절대 진리 한가운데

그리고 나의 고백

절대진리 한가운데 그리고 나의 고백

2020년 8월 22일 인쇄
2020년 8월 22일 발행

지은이 : 김채봉

펴낸이 : 편집부

발행처 : 불수레출판사

전화번호 : 02-2612-5552

FAX : 02-2688-5568

E-mail : pariseoulondon@gmail.com

등록 : 제2510-2018-000044

ISBN : 979-11-964280-0-6

절대진리 한가운데

그리고 나의 고백

김채봉 장편소설

말씀은 99.9%만 믿고 0.1%는 의심의 뿌리를 트는게 아니다
베드로와 바울처럼 무조건 믿고 말씀 자체이신 그분의 이름으로 명령하면
누구든지 악한 영을 내쫓고 각색 병을 고치는 권능을 맛볼 것이다.

솔수레 출판사

저자의 말

보이는 세계가 전부가 아니다

나는 도서관에 갈 적마다 그 수많은 책 앞에서 내 생명을 찾아 줄 책을 읽고 싶었지만, 그 어디에서도 발견하지 못했다. 나 자신도 이제껏 지식과 재미를 곁들인 책은 여러 권 출판했으나 내 영혼을 찾아주는 책은 쓰지 못했다. 이런 이유로 지난 20년 이상을 단 한 줄의 글도 쓰지 못한 채 야훼 하나님이신 절대 진리 한가운데만 깊이 파고드는 환자가 되었다. 하지만 그분의 세계는 아무도 범접할 수 없는 육과 영이 머무는 곳이었기에 쉽게 허용되지 않았다.

어릴 적부터 어머니를 따라 큰무당 집에 들러서 돌과 쇠붙이로 만든 우상의 조각품 앞에서 아무것도 모르고 큰절을 수없이 올리고 노란 부적을 호주머니에 넣고 돌아왔으나 내 영적 부족함을 채워 줄 만족은 찾지 못했다. 그러나 태초에 말씀이 있었고 이 말씀이 천지를 창조한 하나님이셨다는 전도자의 복음을 듣고는 동화 속의 거인을 만난 것처럼 긴 어둠의 잠에서 깨어나서 하루 여러 시간을 쉬지 않고 기도했다.

　그 말씀이 사실이라면 믿는 자에게는 능치 못한 일이 없다고 하셨는데 나에게도 증거를 보여 달라고 기도하는 가운데 정말 암 덩어리와 악령이 떠나가고 병이 낫는 표적이 일어나기 시작했다. 더 놀라운 사실은 내가 야훼를 믿지 못하도록 원초적 방해꾼이었던 남편이 전혀 예기치 못했던 이유로 잘 나가던 회사가 연쇄 부도가 나면서 어려운 환란을 거쳐 하나님께 스스로 돌아왔던 것이다. 이어서 남편은 모세가 시내 산에서 돌 판에 십계명이 불로써 새겨지는 장면을 목격한 것처럼 그것을 연상케 하는 "학개"의 두 글자가 빨간 불빛으로 하늘의 넓은 허공에 써지는 환상을 보았다. 그때 남편은 "학개"가 무엇이고 무슨 뜻인지도 몰랐지만 절대 진리 한가운데 삽입한 『나의 고백』을 공동 집필하고 보니까 너는 사면의 벽과 천장이 튼튼한 집에 살면서 왜 내 집은 허물어진 채 방치하느냐 내 집인 말씀의 성전을 완벽히 지어서 사람들의 생명을 살리라는 의미로 받아들여졌던 것이다.

　그러므로 누구든지 성령의 임재로 기록한 이 책의 성전 안에 들어와서 야훼를 사모하는 가슴으로 『절대 진리 한가운데』로 들어오게 되면 베드로와 바울이 행했던 치료의 표적을 자신도 똑같이 맛볼 수 있을 것이다. 예수께서 제자들에게 악령을 쫓고 병을 고치는 말씀의 권능을 주신 것은 특별한 사람에게만 한정된 것이 아니어서 이 책을 주의하여 읽고 그 권능을 사모하는 모든 믿는 자에게 주어지고 일어나는 만인의 은사가 될 것이다.

이 책을 소설로 읽는 사람에게는 문자의 값어치밖에 없겠지만 세상 신을 섬기다가 하나님의 섭리로 절대 진리의 주인공이 된 내 남편처럼 야훼를 함께 만나면 누구든지 그 생명이 살아나는 권능을 행하고 2천 년 동안 감춰졌던 말씀의 비밀도 스스로 풀어질 것이다. 그날과 그 시는 아들과 천사도 모르고 아버지만 아신다는 말씀은 아버지 그 자체이신 말씀 안에 모든 것이 기록된 터여서 경거망동하게 보았다 들었다는 엉터리 계시에 속지 말고 스스로가 말씀에 기록된 그 경점을 오직 성령의 감동으로만 찾아서 급히 준비하도록 해석해 놓았다. 무화과나무가 연하여져서 잎사귀를 내고 70년이 차면 한 이레가 시작된다는 게 성경 여러 곳에 기록된 숨은 뜻 찾기가 될 것이다. 예루살렘의 황폐함이 70년 만에 그치리라(단 9:2)

　말씀의 유월절을 지키고 싶은 타국인도 할례를 받으면 본토인과 같이 될 것이고 이 법은 본토인이나 타국인에게 똑같이 적용되므로(출 12:48-49)

　표면적 육신의 할례를 받은 유대인은 유대인이 아니고 마음의 할례를 받은 이면적 유대인이 진정한 유대인이어서(롬 2:29) **아브라함의 영 육간의 자손**은 전 세계에서 마음의 할례를 받고 예수를 받아들이고 사모하는 타국인을 포함해 말씀의 유대인인 메시아닉 쥬만 될 것이다. 애굽 땅의 율법으로 돌아가거나 내가 현재 갖고 있는 소유가치와 자존감을 그대로 소유한 예루살렘에 남아 있는 먹지 못할 극히 나쁜 무화과가 아니고(렘 24:8) 자기의 존재가치를 버리고 포로로써 항복하고 갈대인의 땅으로 끌려간 좋은 무화과만이(렘 24:5) 야훼께 순종하는 포로로써 아브라함의 자손이 될 것이다. 이는 이방인들이 복음으로 말미암아 그리스도 예수 안에서 함께 상속자가 되고 함께 지체가 되고 함께 약속에 참여하는 자가 됨이라(엡 3:6)는 하나님의 뜻 안에서 나를 포기하고 무조건 야훼께 순종하고 경외하는 우리 타국인이 축복을 이어받은 아브라함의 영육간의 후손이고 메시아닉 쥬가 된 것이다. 이와 같이 너희 중의 누구든지 자기의 모든 소유를 버리지 아니하면 능히 내 제자가 되지 못하리라(눅 14:33).

이제 세상은 2,500년 전에 예고된(단 9:27) 언약의 정점이어서 이스라엘 독립 70년을 맞이한 그날에 정확히 수도가 텔아비브에서 예루살렘으로 옮겨졌고 제3성전의 이미지가 새겨진 기념주화가 발행되었다. 6월 말에는 다윗의 혈통이라고 주장하는 영국 왕실의 왕세손 윌리엄이 실로 100여 년 만에 중동 나라들의 환영 속에서 예루살렘과 팔레스타인 지역을 방문해 평화협상 분위기를 띠었다.

나는 공적 신분이었던 지난날에 나와 내 자존심을 버리고 NGO 선교사로서 필리핀 앙헬레스에 다녀온 뒤로도 병간호를 하며 생명의 떠나감을 늘 지켜보며 보이는 세계가 전부가 아니고 보이지 않는 사후의 영원한 세계가 생의 알맹인 것을 확인하게 되었다.

이 책은 누구든지 말씀을 믿고 행하는 것을 사모하는 독자들도 악령을 쫓고 병을 고치는 권능을 갖도록 절대 진리에 대해 말하였고 긴 잠에서 깨어나 긴급하게 오실 그분의 경점을 스스로 말씀에서 깨우치도록 이끌었다.

 남편과 내가 공동 집필한 절대 진리 한가운데 그리고 나의 고백은 글로 기록한 시간은 1년이 채 안 되었지만, 말씀을 붙잡고 매일 수 시간씩 기도한 시간은 20년이 되었다. 누구든지 하나님의 말씀과 섭리로 받아들이는 분은 하나님께 선택받은 자로서 하늘 상급을 받고 영원히 살도록 기도드린다.

김 채 봉

목차

저자의 말-보이는 세계가 전부가 아니다 · 4

바람, 그 바람의 언덕 · 12

버림받은 세대 · 136

잃어버린 나 · 183

포기함으로서 얻는 것 · 214

동일본대지진의 현장에서 필리핀으로 · 365

나를 찾아서 · 390

내 안에 생명나무를 심다 · 532

부르심과 낮아짐의 사랑 · 569

감사하세! 그 선하심이 영원하시도다 · 658

후기 · 722

바람, 그 바람의 언덕

그 바람은 바다에서 불어오는 거친 바람, 습한 바람이었다. 어딘가 을씨년스럽고 불안한 기운을 몰고 온 차가운 바람이다. 그 냉랭한 칼바람이 불어오면서 내 가슴에 쌓아둔 사랑의 질그릇도 약탈당한 기분이었다.

가파른 언덕길 아래, 햇무리의 하늘 그 너머로 가오리연이 높이 떠 있었다. 문득 가슴팍을 때리는 칼바람을 맞고 가오리연이 파드득 몸부림치며 짙게 물든 바다의 연무 속에서 떨린 듯싶었다.

나는 미가이현 센다이공항 앞, 호텔 3층 숙소에 여장을 풀고 점심을 간단히 먹고 택시를 타고 달려와 언덕길에서 내려 밑으로 이어진 해안가 제방 곁에 위치한 고바야시 할머니 집을 찾아가는 길이었다. 남편 예수영과 나는 고바야시 할머니를 만나 게센누마시와 동일본의 몇몇 유적지를 탐사하고 오사카와 고베에서 사역하는 선교사를 방문할 계획이다. 고바야시는 필리핀 마닐라와 앙헬레스에서 NGO 활동을 할 적에 우연히 만나 십여 년을 각별히 지내온 이웃이었다. 그녀는 우리 가족과 필리핀을 지극히 사랑하는 순수한 자연인인데 일제 강점기의 잘못을 자신이 그 일부라도 갚으려는 듯 친절한 미소와 사랑으로 우리에게 다가온 봉사자였다. 필리핀에서도 상처 입고 길 잃은 영혼들에게 사랑과 물질로 무언가를 나누려는 나눔의 천사로써 내가 앙헬레스에 NGO로 떠나기 전에 꼭 들렀다 가라는 초청을 받고 언덕길에서 내렸다.

남편은 우윳빛으로 짙다 못해 아득하게 다가오는 바다의 진한 연무 빛을 바라보면서 깊은 생각에 잠긴 듯싶었다. 그리고는 저 멀리 길 건너, 아이들이 연을 날리고 있는 언덕 아래의 평화로운 바닷가로 발걸음을 내디뎠다.

방패연과 가오리연…… 하나, 둘, 셋…… 예수영은 눈짓으로 연을 세어 나갔다. 3월 초순을 넘어 중순으로 접어들었지만, 아직도 바람은 쌀쌀했다. 언덕 밑의 바닷가에는 나무와 흙벽돌로 지은 오래된 다다미 집과 고풍스러운 벽돌집이 뒤엉켜 무질서 속의 고요와 평화가 넘쳐흘렀다. 고바야시 안식처는 해안가와 연결된 바닷가 끝의 아리따운 붉은 벽돌집이었다.

예수영과 나는 연을 신나게 날리는 아이들을 뒤로하고 언덕배기를 내려와 골목의 초입으로 들어섰다. 바로 그 순간, 뭔가 알 수 없는 무서운 불안이 가슴 안으로 내리꽂히면서 땅의 지표면이 크게 진동했다. 흔들리는 자동차의 화물칸에 서 있는 것처럼 강한 진동이 우리 몸을 상하좌우로 정신없이 흔들다가 어디론가 내동댕이쳤다.

"크르릉 우르릉 꽝! 크르릉 꽝!"

예수영과 나는 길가의 풀밭으로 여지없이 굴러떨어졌다. 포장된 시멘트 길이 들쭉날쭉 갈라지면서 사방으로 흙먼지가 휘날렸다. 무서운 공포로 휩싸인 대지의 울음소리와 함께 우리는 몇 바퀴를 굴러떨어지면서 정신줄을 놓았다. 도저히 현실일 수 없는 악몽의 연속이었다.

혼미해진 정신을 가다듬고 사방을 둘러보니 거의 모든 집들이 두 쪽으로 나뉘거나 폭삭 주저앉아 형태도 없이 부서지고 많은 사람이 절규와 비명을 지르며 거리로 뛰쳐나왔다. 흙먼지를 뒤집어쓴 사람들의 얼굴이 사색이 되어 벌벌 떨면서 반쯤 무너지거나 폭삭 주저앉은 자기 집들을 가리키면서 무언가를 소리쳤다. 알아들을 수 없는 부르짖음이었으나 자기 가족들이 폐허 된 집 안에 있으니 구해달라는 절규였다.

그 무시무시한 동일본 대지진의 현장에 우리는 우연히 던져져서 몸소 체험한 실제 순간이었다. 예수영은 자기 몸을 추스를 겨를도 없이 무너진 폐허의 잔재 속으로 그의 평소 성격대로 몸을 날려 뛰어 들어갔다. 먼지와 절규로 뒤엉킨 부서진 집 안에서 이리저리 뛰고 소리 지르다가 축 늘어진 젊은 여자를 둘러업고 나왔다. 그다음에는 두 명의 아이들 그리고 그 옆집의 반쯤 부서진 곳으로 달려가서 또 다른 사람들을 업어오고 열댓 명은 됨직한 사람들을 낑낑대며 길가의 풀밭으로 업어 날랐다. 흰 와이셔츠는 더러운 오물과 핏물로 얼룩져 지진을 당한 사람들과 매일반이었다. 조금이라도 움직일 수 있는 사람들은 그를 도와 폐허더미를 헤쳐서 부상자들을 업어서 거리에 뉘어 놓았다.

그 혼미한 가운데 다시 정신을 가다듬고 부상자들 사이로 뒤돌아보니 예수영이 거의 죽음에 가까운 사람들의 머리에 손을 얹고 뭐라고 버럭 소리 질렀다. 웅성웅성한 비명과 잡다한 혼잡 음으로 정확히 들리지 않았지만 뭔가를 주문하는 명령 같았다.

"~이름으로 명령하노니 신경세포 마디는 완전히 정상으로 돌아갈지어다. 당신의 생명은 그 몸과 더불어 회복될지어다."

예수영은 똑같은 소리를 외치며 혼절한 사람들의 머리 위에서 숨 가쁘게 명령하였다. 그 사이 대지진의 여진이 여러 차례 대지를 흔들었지만 예수영은 실성한 바보처럼 뼈가 골절되어 전혀 움직이지 못하는 부상자들에게 일일이 안수하며 돌아다녔다. 참으로 신기한 것은 그 죽어가던 사람들이 그의 손길이 닿자 언제 집이 무너지면서 다쳤냐는 듯 부스스 일어나는 거였다. 내 눈으로 목격하면서도 도저히 믿어지지 않을 만큼 기이했다. 영화 촬영장의 엑스트라가 감독의 지시로 잠시 누워 있다가 일어나는 장면과 흡사해서 주변에 있던 많은 사람들이 놀라서 입을 벌렸다.

무너진 동네 너머의 해안가로 끝없는 바다가 투시되었다. 그런데 그 많던 바닷물이 갑자기 어디로 간 것일까, 착시 현상인가 해서 다시 바다의 연안을 보아도 얼마 전까지 수북이 넘실대던 바닷물이 사라지고 바다 밑의 모래밭이 드러나 보였다. 얕은 곳의 바다 수초가 누워있고 그 넓은 바다가 텅 비었다.

기이하고 놀라운 광경은 그 이후부터 드러났다. 예수영이 머리에 손을 얹은 죽어가던 사람들이 멀쩡한 정상인이 되어 수평선을 가리키며 다급하게 뭔가를 소리쳤다. 숨 돌릴 겨를도 없이 갑자기 멀리 떨어진 언덕 쪽을 향해 뛰면서 자기들을 쫓아오라고 손짓했다. 그제야 예수영과 나는 이상한 낌새를 느끼고 바다를 보았다. 방금 전까지 바닥이 완전히 드러나 있던 텅 빈 해변에 바닷물이 높이 차오르면서 10m가 넘는 콘크리트 해안 제방을 넘어 육지 쪽으로 밀려드는 게 아닌가. 그 강한 물결이 얼마나 높고 빠른지 커다란 화물선 한 척이 그 제방을 넘어서 우리가 있는 곳을 향해 달려들었다.

나는 도저히 현실일 수 없는 몽환 상태의 꿈을 꾸는 기분이었다. 차가운 폭풍이 일면서 얼음 물결이 잡아끌었다. 아니 거센 파도에 내동댕이치었다. 그리고 어디론가 끌려가면서 기억이 끊어졌다.

뭔가에 부닥쳤는가 싶었는데 정신을 차리고 주위를 살펴보니 바다 한가운데 떠내려온 지붕에 얹혀서 내 몸뚱이가 노란 빨랫줄로 묶여 있었다. 내 옆에서는 예수영이 돌출된 나무 서까래를 잡고 뜻 모를 소리를 내질렀다.

"~이름으로 명하노니 파도여 잠잠 하라! 바다여 고요 하라!"

그는 내 손을 놓치지 않으려고 그 큰 손바닥으로 내 손목을 한껏 부여잡고 악마의 혓바닥같이 소용돌이치는 거센 물결을 나무랐다.

내가 죽어가면서 환상을 본 걸까, 죽음 직전에는 검은 옷을 입은 저승사자와 이상한 헛것이 보인다고 임사체험자들이 증언했는데 내 눈에는 살아있는 자가 분명 볼 수 없는 것이 보였다. 꿈을 꾸는 것도, 죽은 것도 아니건만 너무 기이해 살아서 호흡하는 자로서는 도저히 이해가 되지 않는 차원 높은 광경이 목격되었다. 그러나 가슴은 평강과 강한 기쁨이 넘쳐 남은 웬 궤변일까, 그 무서운 공포가 사라지고 환희가 밀려들었다. 사면으로 밀려든 죽음의 현실을 망각하고 또 다른 동화 속의 세계를 똑똑히 목격했다. 황홀했다.

예수영이 성난 파도와 바다를 향해 잠잠하라고 명령하는 순간, 하늘 위의 공간이 열리면서 찬란한 빛을 입은 수많은 천사의 무리가 하늘 한가운데서 물결 위로 내려왔다. 형형색색의 빛으로 치장한 그들이 이 세상에서 들을 수 없는 곡조를 연주할 때, 내 가슴에는 아름답고 고운 기쁨의 미소가 꽃바람처럼 불어와 내려와서 꽂혔다. 한 마디로 하늘빛의 음색과 바다의 하얀 투명성이 조화되어 북극 오로라의 신기루를 연상시켰다. 이 세상에서는 도저히 볼 수 없는 보석빛의 평강과 고요가 바다 위를 덮어 나갔다.

어느 틈엔가 흉측하게 뛰놀던 쓰나미의 시퍼런 물결은 끝없는 초원에 펼쳐진 포근한 보료가 깔린 듯 잠잠해졌다. 그리고 죽음의 공포에서 놀라운 평강과 터지는 기쁨으로 뒤바뀐 내 가슴 속은 엘리사 때의 일들이 스쳐 지나갔다. 엘리사가 도단에서 아람의 밴 하닷 군사들에게 포위당했을 적에 그보다 더 많은 천사들이 그들을 둘러 진 쳐서 엘리사의 종 게하시를 놀라게 한 장면이었다.

예수영의 잔잔한 사랑으로 넘쳐흐르는 부드러운 눈빛과 마주쳤다. 언제나 그렇듯 그도 넘치는 행복과 기쁨으로 가득 차서 그 놀라운 장면을 주시했다. 천사들의 찬양과 하얀 미소에 흠뻑 젖어 들어서 그 역시 그 하늘 미소에 잠겼다. 하늘 환상과 몽환적 분위기를 즐기는 눈빛이었다.

　나는 천사들의 빛과 경이로운 음악을 들으면서 먼 바다를 보았다. 어디선가 바다 한가운데서 통통거리는 작은 순시선 한 척이 다가와 우리를 태워서 그리 멀지 않은 해안가에 내려주고 떠나갔다.

　그 일련의 사실들은 꿈속에서 헤매는 듯한 몽환 상태에서 전개되었지만 내가 밟고 서 있는 곳은 분명한 땅이었다. 해일의 성난 물결이 무리를 휩쓸었던 근처는 확실하건만 어디를 둘러보아도 살아있는 사람의 흔적은 사라지고 부서져 폐허가 된 집들의 쓰레기 더미가 되어 아수라장으로 변해 있었다. 찌그러진 차들이 여기저기 나뒹굴고 강력한 쓰나미로부터 겨우 버틴 콘크리트 기둥들이 흉물스럽게 서 있었다.

　예수영과 나는 사방에 널브러진 곳곳의 물웅덩이를 피해가며 걷고 또 걸었다. 이곳저곳에 걸쳐진 수많은 시체를 목격하면서 아무 말도 못 하고 입을 굳게 다물었다. 멀리 정유시설로 추정되는 곳에는 대화재가 발생해 검은 연기가 하늘 높이 솟구쳐 불타오르고 있었다. 지금 우리는 어디서 와 어디로 가고 있고 또 가고자 하는 곳은 어디일까?

　나는 초토화된 폐허의 잔해들과 셀 수 없는 주검들을 목격하면서 우린 왜 태어나서 이 세상에 던져졌는지 받아들이려 했지만,

그 해답조차도 풀 수 없는 끝없는 물음표에 사로잡혔다. 먼 수평선의 깊고 깊은 놀같이 물음표의 심연에서 허우적거렸다.

가슴은 이제 불붙어 짙어가는 하늘의 노을인 양 이리저리 흔들려 여러 색채로 채색되었다. 이 많은 주검은 무엇이고 나는 이제껏 무엇을 잡은 것일까. 이승과 저승은 종이 한 장 차이도 아니건만 그 벽은 왜 그토록 두꺼운지 죽은 시신들은 미동조차 하지 않는 동물의 그것이었다.

우리는 쓰레기와 메꾸어진 물웅덩이와 주검의 잔해더미를 피해서 이리저리 걸었다. 어디로 갈 길은 정하지 못하고 무작정 헤맸다. 땅거미가 어둑어둑 짙어지며 바다의 끝자락에 서 있던 추위가 짠 물에 흠뻑 젖은 옷가지 안으로 뼛속 깊이 스며들었다.

어딘지도 모르고 지칠 때까지 걷다가 비탈진 언덕길로 올라오자 쓰나미를 겨우 피한 사람들이 웅성웅성 모여서 모닥불을 지피고 계속되는 두려움에 떨고 있었다. 전신을 파고드는 추위보다 계속되는 여진의 공포로 모두가 사색이었다. 언어는 잘 소통되지 않았지만, 가족들과 뿔뿔이 헤어진 사람들이 향방 없이 가족들의 이름을 부르는 울부짖음이 예수영과 나를 울렸다.

갈 곳을 잃은 우리도 그들 틈에 끼어 젖은 겉옷을 내던지고 속옷만을 걸친 채 모닥불 주위에 걸터앉아서 그들과 한 무리가 되었다. 대지진의 여진이 대지를 종잇장처럼 흔들며 지나갈 때마다 사람들은 숨을 곳, 피할 곳을 찾았으나 이곳저곳을 기웃거렸어도 마땅한 대피소는 어디에도 없었다. 우주 끝자락 한 곳에 떠 있는 축구공만 한 지구에는 그 어디를 둘러봐도 안전하지 않았다. 혹 창조주이신 신의 품에 안겨 있다면 몰라도 사람이 거주하는 곳에는 슬픔과 죽음 그리고 두려움이 떠나지 않았다.

이미 주검은 해안가로 이어진 언덕 전체로 이어져서 빽빽이 들어차 있었다. 예수영은 언덕 위의 폐허 속에 들어가서 부서진 지붕 서까래의 나무 조각들을 찾아내 연신 타오르는 모닥불에 수북이 올려놓았다. 물에 젖은 내의가 거의 마르자 마음의 여유를 찾아갔다. 그리고는 의문에 사로잡힌 내 표정을 절묘하게 읽어내었다.

"이 세상은 하나님께서 빛이 있으라고 말씀하기 전에는 완전한 무(無)였어. 그 무로 불리는 영의 세계와 우리가 현존하는 물질계의 경계선을 좀 더 이해하기 쉽도록 나는 오랜 기간 과학의 논리로 이해하며 받아들였어. 물질계를 의미하는 유(有)와 영의 세계를 의미하는 무(無)는 한 공간 안에 존재하는 극과 극의 두 세계였으니까. 소위 물리학에서는 빅뱅이라고 불리는 우주 대폭발이 무에서 비롯된 유의 시작점이지. 그전에는 시간도 공간도 물질도 아무것도 없었어. 빛이 있으라는 말씀이 각인되며 수소, 헬륨, 리튬 등이 만들어지고 반전하질과 만나 물질이 생성되면서 시간과 공간이 탄생된 것이 아닐까 해. 그러기에 우린 빛의 속도보다 빨리 달릴 수 있다면 상대성 이론이 적응되어 시간을 잡을 수 있어 나이를 먹지 않게 되지. 모든 물질을 원자핵 이하로 쪼개고 부수는 소립자 상태로 들어가는 양자역학 아래에서는 더 이상 나눌 수 없는 쿼크 세계가 열리는데 나는 거기서부터가 영의 세계가 열리는 영의 입구가 아닌지 감히 생각하고 있지. 굳이 표현하자면 빅뱅이 터지기 전의 신(神)의 영원한 세계를 의미하는 거지. 본래 우주 대폭발이 있기 전에는 아무것도 존재하지 않았어. 죽음도 생명도 없는 헛되고 헛된 잡을 수 없는 무의 세계였다가 우주 대폭발로 무에서 시작해 유가 형성된 거지."

예수영은 침침한 허공을 향해 묘한 미소를 짓고는 영으로써 영적 세계를 정립하며 사방에서 죄어오는 시간의 무료함을 달래었다. 나는 도대체 그가 난해하게 전개하는 영의 세계의 설명을 알아들을 수 없어서 모닥불 사이로 보이는 그의 미소만을 응시했다.

"예수영, 당신은 이 세상을 초월한 듯한 미소를 짓는군요. 그렇다면 영의 세계는 소위 하늘나라로 불리는 신의 경지를 의미하나요? 아니면 4차원의 영적 세계인가요?"

"아니, 내 견해는 달라, 우리가 흔히 말하는 영의 세계는 4차원을 뛰어넘어서는 7차원의 세계 가운데 5차원에 속한다고 생각해. 1차원, 2차원, 3차원이 직선, 면, 공간에 속한 것이라면 4차원은 시간과 감정, 느낌, 생각 등이 존재하는 곳이고 그 4차원의 혼적 물질계를 뛰어넘어서 다스리는 그 무엇이 5차원의 영적 세계가 되겠지. 우리가 하나님을 부정하고 순종하지 않다가 제멋대로 「나는 나」라는 배짱으로 허무한 일생을 마치고 그 무서운 죄의 벌로 가는 곳이 결국 5차원의 물질계와 연계된 지옥 또는 스올이라 생각해. 그러기에 스올은 물질계의 지구 내부를 포함한 태양계의 어디쯤 존재하는 곳이고 6차원의 세계는 그 이상을 뛰어넘는 완전히 차원이 다른 넓고 광활한 빛의 세계가 되겠지. 우리가 하나님의 뜻대로 살다가 이 세상에서 주어진 짧은 생을 마치면 그 상으로 가게 되는 영들의 낙원인 영생의 세계가 6차원이라 생각돼. 하늘나라는 낙원과 그 위의 시온성과 예루살렘 성 3단계로 나뉘어 있으니까 7차원은 6차원에서의 영들이 가지지 못한 곧 하나님의 나팔소리로 이 세상에서 신령하게 변화된 영이 살아있는 육체와 함께 하나가 되어서 뼈와 살이 그대로 썩지 않는 몸으로 변화되어 영원히 죽지 않고 살게 되는 완벽한 세계, 빛과 빛으로 연결된 하나님 보좌가 거하시는 하늘나라의 하늘이라 불리는 새 예루살렘성이 되겠지. 이기는 그에게는 내가 내 보좌에 함께 앉게 하여 주기를 내가 이기고 아버지 보좌에 함께 앉은 것과 같이 하리라(계 3:21) 한 바로 그곳이 되겠지."

우리는 허기진 배를 움켜쥐고 밤새도록 모닥불 주위에서 뜻 모를 소리를 주고받았다. 순수하게 받아들이면 그저 이해하는 참 진리의 세계였겠지만 나는 그저 순수하게 받아들이면 조금은 이해할 것 같았다가 반대로 깊이 있게 받아들이면 맨손바닥으로 바람을 움켜쥐는 것이었다. 그런데도 나는 몰려드는 잠을 내쫓기 위해 여태껏 내가 의문시했던 것들을 주저 없이 질문했다.

"그럼 첫째 날에 만들어진 빛은 무엇이고 넷째 날에 창조된 해와 달과 별의 빛은 무엇이 다른가요? 해와 달과 별은 하늘의 궁창에 있어 땅에 비치고 연한과 사시와 일자를 이루라고 하셨는데 그 차이점을 도무지 모르겠어요."

"첫째 날의 빛은 영적 세계의 빛이면서도 온 우주에 창조된 물리적 세계 그 자체의 영원한 생명이 아닐까 해. 말씀은 말씀의 열쇠로 풀어야만 문이 열리는데(요 1:4~5) 그 안에 생명이 있었으니 이 생명은 사람들의 빛이라 빛이 어둠에 비치되 어둠이 깨닫지 못하더라.

그 안에 첫째날의 빛의 정답이 분명히 쓰여 있지. 창조주 하나님께서 빛이 있으라하시기 전의 온 우주는 텅 빈 무중력 상태의 허무뿐이었지. 물질이 혼돈하고 공허하며 흑암의 깊음 위에 있는 하나님의 영이 이 모든 것을 품으면서 해와 달과 별을 만들 수 있는 물질 자체가 생성되었지. 마침내 넷째 날에 지구와 태양과 달, 별들이 그 모습을 드러내었지. 그러나 최근에 천체물리학에서 볼 수 있듯이 보이는 모든 것은 허상의 일부에 불과할 수 있어. 지금도 우주로 팽창하는 힘인 흑암 에너지는 72%이고 빛을 휘게 하는 흑암 물질은 24%인데 그 합계인 96%의 전부는 우리가 깜깜하게 모르고 나머지 4% 미만만 겨우 안다고 할까……. 곧 우리 눈에 보이는 것은 꽉 찬 것 같지만 정작 4% 미만만 보이는 것이고 96% 이상은 완전히 비어 있고 알 수 없는 흑암 상태라는 거겠지. 지구에 가득 찬 돌과 흙 나머지 물질도 신의 관점으로 바라보면 허상에 불과하다는 의미겠지. 사실 지구를 꼭꼭 뭉쳐서 너그럽게 인정해도 4% 미만에 불과한 빈 흙덩이 한 개가 대우주에 떠 있는 거겠지. 물질의 가장 작은 단위인 원자핵 하나가 남산 한 가운데 놓여 있다면 눈에 보이지 않은 전자 하나가 서울시 외곽을 돌고 있고 그 사이의 서울은 빈 공간인 것처럼 지구는 비어 있다는 뜻이지. 이 세상은 우리가 살 동안 즐겁게 누리다가 돌아가면 그만인 헛되고 헛된 것이기에 더 알고자 하는 것도 헛된 것이 아닐까?"

확신하고 명쾌한 답은 아닐지라도 조금은 내 가슴에 와 닿는 무엇이 있었다. 그럴수록 내 의문은 증폭되어 오래된 실타래가 뭉쳐있는 듯 풀어지지 않아서 집요하게 질문을 이어갔다.

"그러면 하루가 천 년이고 천 년이 하루라고 하셨는데 그 하루 동안에 눈에 보이는 세계가 창조되었다는 말일까요?"

"하루, 진정한 하루라! 이 천지를 창조한 기간은 수백억 년의 영겁의 세월이 아니었을까……. 빅뱅으로 시작된 우주의 역사도 어언 137억 년이 된다지만 영적 공간과 육적 공간이 만들어진 천지창조는 사람의 잣대로는 측량할 수 없는 영겁의 세월이 흘렀겠지, 우리가 존재하는 태양계의 지구 형성도 어언 45억 년의 역사이니까 여기서의 하루를 창조된 6일로 나눠도 대충 7억 년 이상은 됨직해."

"그렇다면 왜 이 모든 것을 6일 동안 창조하셨고 사람과 바다의 물고기, 공중의 새와 땅의 짐승과 기어 다니는 곤충 전부를 왜 창조하셨을까요?"

"우리가 이 적막한 폐허의 모닥불 곁에 떨어져 있으므로 외로운 것처럼 하나님도 알맹이인 진짜를 사랑하고 싶어 사람을 창조하셨겠지. 아무리 인공지능 로봇이 똑똑한들 우리가 낳은 자식보다 사랑스럽지 못한 것처럼 수많은 천사가 하나님 보좌를 둘러싸고 있었어도 친자식처럼 정을 주고받을 수 없어서 아담과 하와를 하나님과 닮게 창조하시고 그 후손을 퍼트리라고 하셨겠지. 그리고는 그 가운데서 자기를 사랑하는 자 그 뜻대로 부르심을 입은 자들에게서(롬 8:28) 아들과 딸을 삼으셔서 합력하여 선을 이루시도록 지금껏 옥석을 가르시겠지. 하나님 보시기에 부족해 보여도 자기를 정말로 경외하고 섬기는지를 구별하여 메네메네 데겔 우르바신(단 5:25) 하시면서 저울질하시고 있겠지. 더불어 시험받을 사람이 세상에 살 동안 외롭지 않게 즐기고 배부르도록 물고기, 새, 짐승, 곤충 등을 주셔서 다스리라고 하셨고……. 나무와 꽃 등 모든 만물과 유대관계를 가지면서 다스리고 살리는 가운데 그들의 사랑과 믿음을 저울질하고 계시겠지. 남자와 여자가 사랑하는 것처럼 하나님도 넘치고 넘치는 큰 사랑을 영원히 주고 싶으셔서 사람을 창조하시고 그 가운데서 우상을 따르지 않고 당신을 정말로 사랑하는 자를 시험해서 뽑고 계시겠지. 다스리라는 의미는 서로가 살려내라는 명령이니까 우리가 순종하는지 아니면 자기 의를 내세워 하나님의 의를 애써 외면하는지를(롬 10:3) 바라보고 계시지. 그러다가 우리 사람이 산과 바다에서 잠시 텐트를 치고 즐기다가 집으로 돌아오는 것처럼 이 우주에 떠 있는 우주선에 불과한 지구에서 하나님의 시험에 합격해서 영원무궁한 진짜 본향으로 돌아오라는 뜻이겠지. 그 본향은 얼마나 아름답고 화려한 낙원인지 그 본향의 하루는 지구의 천년과 같아서 내 영도 하나님의 사랑으로 그 영원한 곳을 체험하고는 거기서 돌아오고 싶지 않았지. 삶은 나만을 위해 살지 말고 그분의 무한한 사랑을 깨우쳐서 순종하는 시험에 합격해 그분의 뜻 안에서 살다가 잠시 잠깐 후면 불타버릴 지구의 둥근 우주선에 안주하지 말고 영원한 본향으로 돌아가야만 하는 그분과의 교제를 나누는 것이겠지. 어차피 지구는 뜨거운 불덩어리 공간 안에 흙의 껍질을 입힌 축구공만 한 암석 덩어리에 불과해서 언젠가는 불타서 사라질 테니까."

"맞아요. 어제 오후에 우리에게 나타난 천사들은 영의 그림자에 불과한 허상이 아니고 아브라함에게 나타난 뼈와 살이 붙어있는 천사로서 우리와 똑같이 먹고 마시기도 하지만 영원히 썩지 않는 성화된 육체를 가진 점이 인상적이었죠. 그토록 무서운 성난 바다의 파도에서 하프를 치고 광채가 나는 악기로 하늘나라의 음악을 연주하자 바다는 고요해지고 포근한 잔디밭처럼 평화로워졌어요. 당신과 내가 함께 붙어 있게 하고 순시선을 보내어 이 낯선 땅에 내려주고 홀연히 사라진 것은 높은 분의 뜻이 분명히 전달된 의미이겠지요. 다스리라는 의미는 우리를 살려내라는 그분의 명령이니까. 아브라함과 모세, 베드로와 바울, 여러 선지자들에게 수천 년 동안 나타났던 천사들이 어제 같은 모습으로 우리를 구해준 것은 살아 있는 동안 이 땅에서 무언가를 이루어내라는 그분의 놀라운 사랑의 메시지가 아닐까요? 너무너무 감사해요. 나와 당신이 이 외딴 죽음의 사지에서도 평강과 기쁨이 넘침은 그분의 살아 계심을 목격했기 때문이지요."

나는 말의 끝을 살짝 올려 존칭어를 쓰기도 하고 요 자를 빼버린 평범한 사랑의 언어를 구사하면서 바다의 쓰나미보다 넘치는 감사를 표현했다.

그와 나는 그토록 캄캄한 칠흑의 밤에 이곳저곳에 모닥불을 피우고 긴 밤을 지새우는 동일본대지진의 피해자들 사이에서 하릴없이 사춘기의 아이들처럼 입증되지 않은 개똥철학을 나누고 속삭였다. 오직 긴 어둠의 무료한 시간을 죽이고 밝은 해뜨기만을 기다릴 뿐……. 어차피 우리가 나누는 대화는 일본인에게는 들을 수 없는 방언이고 그들의 대화도 우리에게는 마찬가지로 그럴 것이었다.

밤이 깊어지면서 누군가가 주먹밥을 나누어주었다. 반찬 하나 없는 겨우 소금에 묻힌 주먹밥인데도 시장해진 목구멍에는 입맛이 당기었다. 그제야 우리는 센다이 비행장 근처의 호텔에서 식사를 하고 택시를 탄 뒤부터 아무것도 먹지 못한 것을 기억해냈다.

"예수영, 드세요. 먹을 만해요."

"그래, 먹어둬야만 하겠지. 동터오는 태양을 맞이하려면 살아야 하겠지……. 그래. 바로 이거였어. 내일이 있으므로 주먹밥을 먹는 것 같이 기어 다니던 굼벵이가 실을 짜서 고치가 되어 갇히는 이유는 나비가 되어 자유롭게 훨훨 날아가기 위함이 아닐까. 마치 엄마 뱃속에서 잉태된 태아가 기지개를 켜고 발길질을 하는 이유는 이 세상에 고고지성을 지르고 태어나 건강해져서 주어진 본분을 위함같이 우리가 이 세상에서 주인 될 수 없는 청지기로 사는 이유도 영원히 보존되는 세상인 진짜로 아름다운 본향을 찾아 날아가기 위함이 아닐까 해. 나도 전에는 「나는 나」라는 주인 의식으로 내 중심으로 살았지만 절대 진리 한가운데로 깨우쳐 돌아온 뒤로는 내 존재 자체가 껍질에 불과하고 내 안에서 나를 다스리는 영의 하나님이 나를 다스린다는 말씀의 진리를 깨우친 거지. 웃시아 왕도 자기를 높여 제사장 직분을 행하는 교만이 들어가는 순간, 문둥병에 걸렸고, 미리암도 모세를 질투하는 순간, 문둥병으로 고생했고, 엘리사의 종 게하시도 물질을 탐하여서 영원히 멸망하는 문둥병의 결과를 보았기에 나 역시 영적인 문둥병이 두려워 「나는 나」가 아닌 종의 신분으로 살고 있지 않나 해. 바벨론의 느브갓네살 왕도 그 드넓고 아름다운 시가지를 바라보면서 내가 이토록 웅장한 바벨론을 건설했다고 교만을 떠는 순간, 독수리처럼 손발톱이 자라나고 짐승화되어 풀을 먹고 아침이슬을 맞으면서 짐승과 함께 초원에서 7년 동안 생활하게 되었지. 그제야 내가 이 세상을 세운 게 아니고 내 등 뒤에서 하나님의 임재하심이 이룬 사실을 깨닫게 되자 겨우 인간으로 다시 환원하게 되었지. 그런즉 「나는 나」 아니고 나를 태어나게 하고 움직이는 분은 항상 하나님임을 기억하여야 되겠지. 사람의 3대 문둥병은 웃시야의 교만, 게하시의 물질, 미리암의 질투이므로 언제나 이 세 가지를 조심해 영적 문둥병에 걸리지 않도록 신경 써야 되겠지. 뱃속의 태아가 태어날 세상이 보이질 않는 것처럼 우리가 장차 들어가야 할 본향도 현재의 눈에 보이지 않는 것은 매양 같은 맥락의 일직선상에 놓여 있을 테니까."

예수영은 이 세상을 떠나가면 또 다른 성화된 육신으로 다가오는 영원한 본향의 생을 확신하는 어투였다. 어둠이 물러가면 밝은 태양이 비추이는 것처럼 현재의 생로병사의 어두운 생이 끝나면 다툼과 시기 질투가 없는 영원한 생명의 행복한 날들을 기대하는 그런 믿음이었다.

"예수영! 너무 추상적인 막연함이 아닌가요? 어찌 가보지도 않은 의문의 유토피아를 증언할 수 있나요? 나는 도저히 받아들일 수 없어요. 그런 세계가 존재한다면 좋겠다는 추상은 얼핏 상상해봤어도 정말로 존재할까는 아직 물음표에요."

"어찌 하나님을 모르는 비종교인인 양 의심으로 단정하는 거지? 수많은 이적과 기사를 직접 목격하면서도 아무것도 모르는 문외한인 양 애써 심오한 그 생명의 낙원을 왜 부정하려 드는 거지? 나는 그 극과 극을 달리고 있는 빛과 어둠의 두 세계를 이미 체험했고 지금도 강력하게 느끼고 있어. 한 세계는 5차원의 물질계와 연계된 스올이고 또 다른 한 세계는 양자역학의 원자핵 안에서도 더는 나눌 수 없는 영의 세계 위에 존재하는 7차원의 하늘나라, 곧 신령화 된 뼈와 살이 붙어진 채로 지구처럼 존재하는 평화로운 유토피아이지. 에녹과 모세, 엘리야가 영원히 살아서 생존하고 아들이신 예수가 부활 승천해서 지금도 거니는 장소이기도 해. 생명 강가는 크고 작은 수많은 보석 덩이로 이뤄진 빛의 반사광으로 눈부시고 열두 가지 과일이 주렁주렁 매달린 생명나무에는 수금과 비파를 든 천사들이 하나님의 영광을 늘 찬양하는 곳이지. 너무 찬란하고 눈부셔서 인간의 언어로는 다 표현 못 하는 것이 아쉬워. 아마 인간의 표현으로 다 묘사할 수 있다면 이미 그곳은 우리가 평생 그리워하던 하늘나라의 본향이 아니겠지. 지구 안에 존재하는 걸 전부 팔아서 합산해도 생명 강가의 보석 덩이를 그 하나도 살 수 없는 거룩 그 자체였지. 그 길은 세상 금과는 확연히 다른 빛나는 투명성의 정금이고 생명 강가로 이어진 현란한 열두 과실을 맺는 향기로운 나무들과 시들지 않는 꽃의 들판……. 장미꽃잎의 색채를 짜서 뿌린 듯한 수천수만 가지의 영광의 광채, 영혼을 녹여 끌어들이는 천사들의 멜로디……. 당신은 쓰나미에 쓸려 바다로 밀려갈 때, 그 거센 죽음의 물결 가운데서도 우리를 이끌어 살려준 천사들의 노랫소리를 듣고 목격했으면서도 왜 그 찬란한 빛의 영광을 부정하려 드는 거지?"

"나는 내가 목격한 장면들이 현실일 수 없는 순간순간 착각일지 모른다는 의구심이 들어요. 잠시 졸다가 환상을 본 게 아닐까 하는……. 어찌 현실에서 이런 황당한 일이 있을까요?" 성경 전체가 때로는 허구의 소설로 의심을 주듯이 버젓이 눈을 뜨고 바라보는 데서 천사들이 우리를 인도해 구해주었다는 게 믿어지지 않아 나는 하늘의 표징을 눈의 감각으로 잡았으면서도 시간이 지나자 신경이 마비되어 크로노스의 궁전에서 미로에 빠져드는 느낌이었다. 빛의 결정체로 뭉쳐진 날개 달린 투명한 형체의 생명이 우리를 살려주었다는 게 이솝우화를 떠올리게 하는 기분이었다. 예수영이 체험한 하늘 본향 이야기와 함께 누군가 옛 설화를 들려주는 느낌이 들어 나 자신을 신비주의자로 매도해 버릴 자세였다. 죽음 직전까지 가서 천사들의 도움으로 살아난 마당에 내가 겪은 초현실의 상황을 세상 이치로는 참으로 혼란스러워 엉터리로 부정했다.

어둠이 깊어지면 새벽이 오는 지구의 관성은 그 낯선 바닷가에서도 어김없이 반복되었다. 짙은 어둠을 가르고 찾아온 미명 속에서 드러난 처참함은 한마디로 경악이었다. 언덕 밑으로 환히 드러난 시체들은 쓰레기 잔해와 뒤엉켜 시커먼 갯벌의 진흙으로 뒤덮어 쓴 처참한 몰골이었다. 아이들과 어른 구별 없이 움푹 팬 곳에는 처참한 주검이 나뒹굴었다. 운 좋게 살아난 사람들은 그 몸서리치는 폐허의 잔해를 일일이 뒤집고 다니면서 가족들의 이름을 울먹이며 부르짖었다. 시신을 그나마 찾은 사람들은 주검을 부여안고 몸부림쳤고 미처 가족을 찾지 못한 사람들은 이곳저곳을 기웃거리며 울며 안쓰럽게 헤매었다. 우리가 밤을 지새운 언덕배기는 어디쯤일지는 몰라도 분명 아이들이 연을 날린 곳에서 그리 멀지 않는듯한데 지형 자체가 완연히 다른 곳이었다. 시내로 걸어 들어가면 방향감각이 조금은 살아날 듯싶은데 언덕배기를 넘어서도 낮은 지대는 온통 갯벌 밭이었다. 부서진 차량이 개흙을 뒤집어쓰고 첩첩이 거꾸로 처박혀 있는가 하면 심지어 방파제를 넘어 떠밀려온 화물선이 좌초되어 옆으로 뉘어있는 모습이

가관이었다. 온통 산산이 부서진 잔해물들이 개흙과 뒤엉켜서 어디에도 길은 없었다.

예수영과 나는 물 없는 곳을 찾아서 웅덩이를 돌고 돌아 무작정 걸었다. 멀리 부서진 건물이 보여도 물웅덩이에 막혀 직선으로 나갈 수 없었다. 태양은 짙은 물안개 사이로 떠올랐지만 보이는 건 처참함 뿐, 도저히 사람이 살던 도시라고는 믿어지지 않는다. 예수영은 사람들의 부르짖음과 오열에 눈 주위를 훔쳤고 나 역시 동조의 눈물을 흘렸다. 가만히 서 있어도 시신 앞에 넋을 잃은 사람들의 애곡 소리에 뜨거운 눈물이 볼 주위로 타고 내린다.

이렇듯 한 번의 대지진과 쓰나미로 주거와 생사의 경계가 단번에 허물어진 연약한 인생이거늘 왜 내 것, 네 것을 분류하면서 평생을 싸우고 쟁탈전을 벌이며 살아왔을까? 죽은 사람들이 입고 가는 수의에는 단 하나의 호주머니도 없어서 아무것도 가져갈 수 없는 짧고 허무한 생인데도 왜 청지기의 삶으로 살 수 없을까? 내 주고 나누면서 손잡고 화합하고 사랑하면서 갈 수 없을까?

나는 연신 흘러내리는 눈물을 주먹으로 훔치며 주검들 곁을 지나쳤다. 살았을 때는 좀 더 아름답게 보이려고 온갖 값비싼 화장품으로 얼굴을 치장하고 몸매를 가꿨을 사람이련만 주검이 된 뒤에는 검은 갯벌을 둘러쓰고 퉁퉁 부은 흉측한 모습으로 후미진 곳에 쓰레기 더미와 함께 쓸쓸히 버려져 있었다.

바닷물이 완전히 빠지지 않은 끊어진 진흙탕의 도로는 곳곳이 움푹 패고 금이 간 상태로 전신주가 어지럽게 널브러져 길을 막았다. 게다가 사람들은 지진의 여진이 대지를 흔들고 지나갈 적마다 얼굴이 새하얗게 질려 우왕좌왕 어디에다 몸 둘 바를 모르고 굴러떨어졌다. 때로는 자기들이 섬기던 우상 신을 호주머니에서 꺼내어 주문을 외우고 넙죽 큰절을 올리는가 하면 머리를 무릎 사이에 넣고 쪼그려 앉아 달려드는 여진의 공포를 넘기려고 필사적으로 웅크렸다.

아이들은 엄마 찾아 울부짖었고 어른들은 헤어진 가족의 이름을 부르며 폐허더미를 걸어 나가는 모습이 철저히 파괴된 전쟁터, 그 이상의 비참함이었다. 모두가 비적 떼와 같이 개흙을 얼굴과 옷에 묻히고 어디로도 방향을 잡지 못해 굴러떨어진 휴지조각처럼 날려 다녔다. 나와 예수영도 개흙에 젖어 찢어진 겉옷을 벗어 던지고 언덕배기에 위치한 그나마 조금 덜 부서진 집에서 던져준 몸에 맞지 않는 헌 옷을 적당히 걸치고 각설이의 모습으로 거리에 내던져져 있기는 마찬가지였다. 밤새도록 쬔 모닥불의 끄름에 얼굴과 손발은 숯검정으로 거무뎅뎅하고 잠 못 잔 눈동자는 몰려드는 피로로 반은 감은 듯 졸고 있었다. 가지고 있던 지갑과 소지품은 쓰나미에 휩쓸리면서 전부를 잃어버려 먼지 한 톨 남아 있는 게 없었다.

우리는 허기진 배를 움켜잡고 갈 곳을 잃어 표표히 떠돌았다. 온통 악취 나는 물구덩이와 시신들, 부서진 폐허더미에서 물이 빠질 때까지는 어느 곳으로도 방향을 잡지 못했다. 다른 도시와는 소통이 끊겨 절해고도마냥 떠다녔다. 똑같이 동전 한 닢, 가진

33

게 없는 빈털터리의 나그네가 되어 사람들의 울부짖음을 바라보며 하릴없이 울고 또 울었다.

나는 그들의 억장이 무너지는 슬픔에 동조될수록 보이지도 않고 볼 수도 없는 신에 대한 거부감을 드러내었다.

"예수영, 우리의 창조주 신은 사랑이고 화평이고 축복이라고 했어요. 배고픈 자에게는 배부름을, 약한 자에게는 강함을, 우는 자에게는 웃음을, 헐벗은 자에게는 따뜻함을, 문제 있는 자에게는 매듭을 풀어주는 모두의 전능자가 아니신가요? 또한 참새 한 마리도 그의 허락이 없이는 떨어지는 일이 없고 우리의 머리카락도 다 세신 바 되신 여호와인데 왜 이런 비극을 허락하신 거죠? 이 세상에는 아무리 작은 일이라도 우연은 없고 오직 그분의 섭리만이 작용한다고 하셨는데 이렇듯 비참한 광경도 그분의 섭리일까요? 저 무너진 짚더미와 사방에 고인 바닷물 웅덩이에 산재한 셀 수 없는 주검들을 보세요. 이들의 죄로 인한 결과라면 너무 무섭고 잔인해요. 왜?"

"물론 이들이 이같이 해 받음으로 다른 사람보다 더 죄가 있을까? 절대로 그렇진 않아. 실로암에서 망대가 무너져 치어 죽은 사람이 예루살렘에 거한 모든 사람보다 죄가 더 있느냐고 반문하시면서 아니라, 만일 너희도 회개하지 않으면 이같이 일을 당하리라 하셨지. 이번 대지진과 쓰나미는 태평양판과 아시아판의 지각이 어긋나게 만나 일어난 참극이기 전에 많은 사람들을 절대 진리 한가운데로 깨우쳐 이끌기 위한 그분의 숨은 섭리가 있겠지.

주검은 사람의 눈으로는 끝이 되나, 죽은 자를 자기의 뜻대로 살릴 수 있는 그분의 관점에서는 주검이나 산 사람의 생명력은 아무 의미가 없지 않을까 해. 창세로부터 그의 보이지 않은 것들 곧 그의 영원하신 능력과 신성이 그 만드신 만물에 분명히 보여 알게 되나니 핑계치 못하리라(롬1:20) 하셨으므로 사람들이 마음과 눈의 정욕대로 따라가 몸을 서로 욕되게 하는 걸 깨우쳐 죄에서 벗어나 사랑으로 이끌기 위한 그분의 관심과 배려일 수도 있겠지. 사람들이 하나님의 영광을 거짓됨으로 바꾸어 버러지 형상의 피조물 우상을 조물주보다 더 경배하고 섬기기 때문에 그들의 눈을 열어주려는 사랑의 섭리일 수도 있어. 남자와 남자가 여인 쓰기를 버리고 서로 부끄러운 일을 행하고 그 마음에 하나님 두기를 싫어하므로(롬 1:27-28) 하나님이 그들을 깨우쳐 부르는 사랑의 에코, 메아리가 아닌가해. 사실 이곳은 그런 산업이 발전한 가장 큰 시장이고 암암리에 그런 제품을 필요로 한 사람들이 몰려드는 장소이니까.

"너무도 천편일률적인 신의 입장에서만 추측하는 관점이 아닌가요. 지금 대지진의 피해를 입은 사람들이 생지옥을 헤매고 있어요. 그 고통이 우리에게 전해져 와서 우리 또한 눈물을 흘리고 있지 않나요?"

"나도 마음이 아파서 눈물 흘리기는 마찬가지야. 하지만 우리 눈에 보이는 현실만을 보기보다는 보이지 않는 말씀의 축을 봐야 하지 않을까? 사람 몸은 100조 개의 체세포로 이루어져 있고 그 한 개의 체세포 속에는 30억 개의 DNA로 이루어져 있는 건 주지의 사실이니까.

　그런데 그 30억 개의 DNA 중 두세 개만 잘못돼 틀려도 장애인이 되든가 희귀병을 안고 태어나게 돼. 임산부가 많은 알코올과 약물에 중독되면 DNA가 변경돼 태어날 아기에게 치명적이겠지. 이와 같이 말씀도 이 세상을 창조하고 다스리는 신의 DNA이므로 말씀의 DNA에 절대로 충실해야겠지. 내 기분이나 감정, 상태를 따지지 말고 영원부터 영원까지 존재하는 하나님 그 자체이신 말씀의 DNA에 무작정 순종해야만 해. 우리 생명을 앗아가는 자를 당장 두려워 말고 죽인 후에 스올에 던져 넣을 권세 있는 그를 두려워하라고 말씀에 경고하셨지.

　그래, 우리가 이 세상에 존재하는 이유는 애벌레가 고치 속에 묶여 있다가 나비가 되어 허공으로 날아가기 위함인데 나비가 되지 못하고 스올의 뜨거운 불에 빠진다면 이보다 큰 비극이 어디 있겠어. 예수를 죽인 유다처럼 스올에 빠지려면 차라리 태어나지 말았어야 했지. 하나님이 지구촌 곳곳에서 크고 작은 사건을 허락하셔서 눈먼 영적 소경을 눈뜨게 하시려는 사랑의 이유는 이런 맥락에서 받아들여야 하지 않을까 해. 사람은 실수가 있어도 하나님은 자기가 하신 일에 절대 실수가 없으신 완벽한 분이시니까 그분은 시작과 끝이고 처음과 완성이시므로 우주의 시작에서부터 땅의 체질이 불탈 때까지 모든 것을 아시고 전부터 사람을 일분일초도 놓치지 않고 침을 삼킬 때에도(욥 7:19) 감찰하고 계시지. 그런즉 우리에게 회개의 영을 불어넣어 알고 지은 죄, 모르고 지은 죄까지도 잘못을 회개시키기 위해 여러 가지 방법을 사용하시지. 나도 당신도 죄인이기는 마찬가지일 터이니까."

예수영은 자신이 하나님을 부정하고 그 명령에 순종하지 않는 죄인인 것처럼 애써 심적 고통을 삭이면서 절대자, 그 자체를 대변했다. 나는 지난해, 아프리카를 순례하면서 우연히 목격한 한 장면을 회상했다.

"이곳과는 대조적으로 거기는 극심한 가뭄을 겪고 있었어요. 한 젊은 엄마가 젖이 부족해 여위고 말라 죽은 아이를 품에 안고 하늘을 원망하는 표정으로 우러러보고 있었어요. 창조주께서 약간의 비를 내려주셨더라면 아이가 죽이라도 먹고 죽지 않았으리라는 아쉬움이었겠지요. 사랑의 하나님이시라면 당연히 하늘의 빗물을 흡족하게 내려서 만물을 소생시키고 알곡들이 풍년이 들게 해야 하건만 왜 온 땅을 극심하게 마르게 해서 그 어린 생명마저 굶주려 죽게 했을까요? 이건 말도 안 되는 이율배반이에요. 악마가 아니고서야 어찌 어린아이를 빼앗아가고 그 엄마까지 배고픔으로 죽어가도록 방치했을까요? 다만 당신의 뜻이라는 이유만으로 소외된 불쌍한 사람들을 배고픔의 고문으로 죽이는 게 정당할까요? 한쪽은 홍수와 지진으로, 다른 쪽은 가뭄과 배고픔으로 도대체 매 순간 감찰하시는 사랑의 신은 존재할까요? 우리는 앞에 펼쳐진 대지진의 참상과 비탄을 목격하면서도 창조주 신을 사랑이라고 말할 수 있나요? 이렇듯 명백한 흑백논리의 결론을 목격하면서도 깨닫고 신의 품에 돌아오라 부르는 신의 깊은 뜻이라고 말할 수 있나요? 나는 나 자신과 신 자체를 거부하고 싶어요.

　내 시선은 부패된 시신에서 허공으로 뒤범벅된 부서진 자동차에서 멀리 타오르는 정유소의 검은 불꽃 더미에 둔 채 터지려는 울분을 감추지 못했다. 예수영의 믿음을 공박하기보다는 내 정체감마저 빼앗아가는 흉측한 주검들 앞에서 막연히 흥분되어갔다. 예수영은 생과 죽음이 만나는 상반된 현실 앞에서 자신의 믿음을 지키는데 무언가 뭉클하게 와 닿는 부분이 있었는지 나와 눈빛을 마주쳤다. 다가서는 기운의 차가움과 짙은 피로로 수척했으나 잿빛이 감도는 검은 눈동자는 사려 깊고 평안했다.

　"긴 세월을 우상숭배와 무신론자로 살아온 나로서는 얄팍한 논리나 근거로 현실을 부정하기는 역부족이야. 내가 바라는 건 실체와 어긋나지 않고 실체에 근거한 합치되는 믿음만을 바랄 뿐이야. 나도 처음에는 채림이 들려준 하나님의 존재가 조금도 믿어지지 않아서 창조주 신앙의 정밀검사를 통해 기필코 밝혀내겠다는 심정으로 말씀과 지성의 공통분모를 찾아 배회했었지. 사고하는 지성이면서도 종교인이 되고 싶었던 거야. 어릴 적에는 어머니를 따라 토속종교와 불교에 귀의해 수십, 수백 번의 절을 올렸고 허리가 아파도 저항하지 않았어. 아마 내가 보증을 서준 대가로 사업이 망하지 않았으면 그대로 부적을 지니고 다녔을 거야. 잘못된 보증으로 사업이 거덜 나면서 의문과 회의가 나를 공격해 생의 탈출구와 버팀목으로 불가피한 선택을 하게 된 거지. 그리고 새로운 신을 만나면서 나를 짓누르던 영혼의 짐이 벗겨지며 내 속에서 샘솟는 평강과 기쁨을 누리기 시작했어. 내 머리와 어깨를 내려누르던 사신의 우상이 도망가고 그 대신 내 뇌와 팔다리 몸통에는 정확히는 양심의 직관에 뜨거운 불이 들어와 과거의 나를 깨끗이 태우고 새 생명을 만끽했지. 내 입술에는 나직한 속삭임으로 감사, 감사를 연신 읊조렸고 찬란한 평강과 기쁨에 찬 나를 발견했지. 지구에서 화성으로 날아가던 로켓이 방향을 잃고 허공을 헤매다가 창조주를 만나 인도되어 다시 화성으로 날아가는 기분이었어. 말씀의 한 자. 한 자가 생명의 DNA가 되어 나를 하늘 본향으로 인도하는 거듭난 확신으로 사로잡혀 나는 전율했지. 나를 인도하던 분의 유일하신 이름은 여호와이고 히브리어로 여호와는 예수와로 발음하고 예수와는 예수와 똑같은 이름이라는 걸 나중에야 알았어. 이 완벽한 하나님이면서 완벽한 인간이 되어 자기 몸을 인간의 죄를 위해 대신 피를 흘리신 그분의 사랑을 이해하면서 감격하지 않을 수 없었어. 완벽한 하나님이신 그분이 인간의 몸에 갇혀 고난당하는 것을 바라보면서 처음에는 혼란스러웠지만, 그분의 DNA를 통해 내 영혼의 설계도가 변해가면서 내 믿음의 중심이 확고해졌어. 그래. 그거였어. 내 귀에 들린 대로 예수와 여호와는 똑같은 이름이고 예수는 보이지 않는 여호와가 보이는 인간의 몸을 입은 하나님 그 자체임을 공감했지. 그 뒤로 나는 예수의 이름을 믿지 않으면 아무것도 할 수 없다는 것을 진실로 깨닫고 그 이름을 실험하기 시작했어. 레위기 24장 10

절 이하에서 어떤 이스라엘 여인의 아들이 진영 중에서 싸우다가 그만 화가 나서 여호와의 이름을 모독하고 저주하므로 무리가 모세에게 끌고 갔지. 그때 여호와께서 모세에게 명령하셨지. 그 저주한 사람을 진영 밖으로 끌어내어 그것을 들은 모든 사람이 그들의 손을 그의 머리에 얹게 하고 온 회중이 그를 돌로 칠지어다. 누구든지 그의 하나님을 저주하면 죄를 당할 것이고 여호와의 이름을 모독하면 그를 반드시 죽일지니 온 회중이 그를 돌로 칠 것이니라. 거류민이든지 본토인이든지 여호와의 이름을 모독하면 그를 죽일지니라. 그 이름이 얼마나 거룩한지 또한 솔로몬에게도 내 이름을 위하여 성전을 건축하라고 명령하시며 이 성전을 거룩하게 구별하여 내 이름을 영원히 그곳에 두어 내 눈길과 마음이 항상 거기 있으리라 하셨지. 솔로몬이 성전 건축을 끝내고 감사기도를 드릴 적에는 불이 하늘로부터 내려와 드린 번제물과 제물들을 사르고 여호와의 영광이 그 전에 가득하므로 제사장들이 성전에 능히 들어가지 못하고 선하시도다. 그의 인자하심이 영원하도다 높이며 찬양하였지. 그 이름이 거룩한 하나님의 이름이었기에 빛이 있으라. 명령하셨을 때, 빅뱅이 일어나 온 우주가 시작된 것처럼 오늘날에도 그 이름으로 명령하면 모든 만물이 분명 듣고 복종하는 실험결과를 내 눈으로 확인하고 결국은 믿게 되었지. 우리가 예수와 신부이며 자녀인 관계라면 예수와는 신랑이고 아버지이므로 만물은 예수의 이름 안에서 절대 순종해 내 명령도 들을 걸 확신했지. 내 명령이 언제나 내 안에 임재하신 성령의 명령이고 곧 우주의 통치자이신 예수 그리스도의 명일 테니까. 나는 이미 그 이름으로 이루어진 사실을 바라보면서 조금도 두려워하거나 의심하지 않았어. 그래, 당신도 직접 목격했었지. 어제 대지진이 일어나 사람들이 부상당하고 실신했을 때, 죽음까지 이른 부상자들이 부상의 경중에 관계없이 정상으로 회복되어 걸어가는 걸 똑똑히 확인했지! 만일 내가 예수의 이름을 몰랐다면 어떻게 그들을 치유해 일으켜 세웠겠어. 예수는 권능과 사랑의 이름이므로 누구나 믿는 자에게는 언제나 자기 속에서 동행하시는 그 이름을 사용하여 죽어가는 사람을 살릴 수 있지. 예수 성령님은 밖에 계시지 않고 늘 내 안에 계시므로 내가 부르짖기만 해도 임재하시지. 하나님은 아무에게도 시험을 당하지 아니하시고 친히 사람을 시험하지도 않는 7차원적인 분이시므로 문제의 바다와 병마의 파도 속에서도 외면하지 않으시지. 예수의 이름은 살아계신 하나님, 그 자체시니까. 그리고 가뭄이나 홍수, 지진이나 온역, 인간의 모든 재앙은 사탄의 모략이고 흉계에 불과해. 사탄은 하나님의 허락 없이는 손가락 하나도 까딱할 수 없는 피조물에 지나지 않지만, 하나님은 사탄의 악의적인 모략을 사용하셔서 사람들에게 우상을 숭배하지 말고 돌아오라고 자기의 뜻을 이루시기도 하시지. 사실 이 엄청난 모순 속에서 우리가 하나님을 이해하려는 건 개미 새끼가 인간을 이해하려는 것보다 더 큰 우주를 이해하려는 것과 똑같지 않을까 해. 하나님은 그만큼 위대하시고 거룩하신 창조주이시니까 토기장이가 토기를 만들 적에 하나는 귀히 쓰시고 하나는 천하게 쓰도록 빚으시는 건 그분의 뜻이니까."

예수영은 내 지식적 의문과 회의성보다 자신의 영적 체험과 내면세계의 믿음을 더 앞자리에 두었다. 나의 기나긴 의문과 내면의 회의를 그 짧은 몇 마디 답변으로는 쉽게 풀릴 사항은 아니더라도 그와 나 사이를 가로막은 가장 민감한 다리는 건넌 셈이었다. 그의 사려 깊은 눈과 직접 체험한 증언을 통해 지난 시간 동안 내 지성을 마비시킨 하나님의 은혜를 받아들였다. 영적 전투에서 벌어진 사탄과의 싸움에서 승리했음을 심장으로 감지했다. 여호와께서 악의 진영인 아말렉과 싸워 이기라 하셨으므로 여호와 닛시였다. 예수영은 숨을 천천히 들이쉬고 깊은 평강 속에 잠기면서 다시 승리의 비결을 전수했다.

"사실 사탄은 보이는 하나님이신 예수를 십자가에 매달아 죽이시기 전까지만 해도 여호와의 천사들과 함께 하늘의 영적 세계에 살았지. 욥기에서도 대등한 위치에서 하나님의 허락을 받아 욥을 공격했으니까. 그러나 예수를 죽인 죄의 벌로 영적 세계에서 인간의 세계인 혼적 세계로 쫓겨나게 되었지. 요한복음 12장 31절에서도 친히 말씀하시기를 이제 이 세상에 대한 심판이 이르렀으니 이 세상의 임금이 쫓겨나리라. 내가 땅에서 들리면 모든 사람을 내게로 이끌겠다고 하셨지. 아직까지는 사탄이 아담의 권세를 거짓으로 스스로 이어받아 육체의 임금으로 남아있으니까……. 하지만 혼적인 세계로 쫓겨난 뒤로는 절대로 영적인 세계의 권능을 가질 수 없는 날개 부러진 매가 되었지. 예수의 이름이신 성령 하나님은 우리 믿는 자들의 양심의 직관인 영적 세계에 항상 계시므로 우리가 예수의 이름으로 명령하면 사탄을 무조건 복종할 수밖에 없지. 거부하면 우리를 지키던 천사가 사탄을 포박해 쇠고랑으로 묶어서 무저갱에 집어넣을 테니까. 무덤가에 살던 거라사인의 귀신들도 무저갱에 넣지 말라고 예수에게 빌어(눅 8: 31) 돼지 떼에게 겨우 들어갔지. 돼지에게는 인간에게만 허용된 영혼의 공간이 없으므로 이천 마리의 귀신들이 각각의 돼지 떼에게 들어가서 몸이 뜨거워진 돼지 떼를 호수에 빠뜨려 전부 몰사시켰지. 그런즉 혼적인 세계로 쫓겨난 사탄은 영적 세계의 하나님이신 예수의 이름을 절대로 이길 수 없지. 예수의 이름은 세상을 정복하고 다스리는 말씀이고 절대 진리의 하나님이시므로……."

 예수영의 영감은 그의 내면에 임재하신 성령 하나님으로부터 직접 내려받는다고 했다. 난해한 말씀 구절에 봉착하면 몇 시간이고 며칠이고 기도해 자기 안에서 잠자는 성령 예수님을 깨워, 듣고 깨닫는다고 했다. 세상 지식으로 섭렵한 구절도 있겠으나 성령께서 직접 임재하시는 귀동냥으로 말씀을 재조명한다고 했다. 실제로 그가 말씀의 벽에 부딪히거나 신학자들이 해석해 놓은 기존 해답에 의문점이 생기면 또한 며칠이고 모든 음식을 단절하고 물만 마시면서 기도하는 모습을 나는 종종 목격했었다. 이것이 고집에 가까우리만치 살아가는 그의 집요한 본 모습이고 성령님과의 동행이었다. 예순이 넘은 그의 천진난만한 눈동자 안으로 빨려 들어가면 나는 세상 학자들과 그가 귀동냥한 괴리감 앞에서 그 뜻을 알 듯 모르는 그의 모범답안에 사로잡혀 찬동할 수밖에 없다. 그 말씀의 깊이를 곱씹고 이해하려 사고하다 보면 결국 받아들이게 된다. 만일 거짓이라면 병을 고치거나 귀신을 내쫓고 죽은 자를 살리는 성령의 하시는 일을 그를 통해 할 수 없을 테니까. 더불어 하나님이 짝지어주신 단 한 명의 사랑하는 남편이므로.

쓰나미로 사방에 쌓인 폐허 더미와 물웅덩이 지진으로 움푹 패고 초토화된 길 한가운데서 갈 곳을 잃은 사람들은 같은 장소, 같은 광장을 우왕좌왕 맴돌았다. 무너진 집터의 폐허에 묻혀 실종된 가족이 혹 살아있을까 하는 기대감으로 부서진 벽돌과 쓰레기에 불과한 가재도구를 치우며 온종일 가족들의 이름을 불렀다. 언덕과 언덕으로 이어진 낮은 산등성이는 그나마 쓰나미의 피해에서 비켜 가 가족들이 그 가운데 어디쯤 묻혀있으리라는 기대감으로 초토화된 폐자재를 맨손으로 뒤집었다. 예수영과 나도 그들과 합세해 무너진 건물 더미를 뒤지다가 우연히 우리 대화를 알아듣고는 유창한 한국말로 우리를 불러 세우는 소리에 화들짝 놀라 호흡을 멈추었다.

"살려주세요. 허리가 부러졌는지 전혀 움직일 수 없어요. 너무 아파서 어떻게 해볼 방법이 없어요."

"조금만 기다려요. 서까래에 발목이 끼었을 뿐이에요. 힘을 내세요. 별 것 아니에요. 당신은 말짱해요."

예수영과 나는 젖 먹는 힘을 다해 폐자재와 흙벽돌을 치우고 허공을 향해 대자로 누워있던 삼십 대 중반의 남자를 잡아끌었다. 남자는 "억" 외마디 비명을 지르며 간신히 발목을 빼고는 우리의 물병에 남아 있던 마지막 물 한 모금을 마시고 가뿐 호흡을 내쉬었다. 예수영은 자리에 축 늘어져 일어나지 못하는 남자가 가엾던지 그를 향해 사랑이 넘치는 애절한 소리로 짧게 명령했다.

"청년아! 예수께서 너를 낫게 하시니 일어나 네 자리를 정돈하라. 예수 그리스도의 이름으로 명하노니 부러진 관절 뼈마디와 허리 신경세포, 연관된 근육은 정상으로 회복되어 일어나 걸어라!"

예수영은 청년의 부러진 허리와 관절에 손을 얹고 다른 손으로는 그의 팔을 잡고 힘을 줘 일으켜 세웠다. 그는 뼈마디가 들어맞는 아픔으로 화들짝 놀라면서 지레 겁먹은 표정으로 순순히 일어섰다.

"감사합니다. 정말 감사합니다. 선생님 손바닥이 허리에 닿는 순간, 뜨거운 기운이 온몸에 퍼지며 쑤시고 칼로 찌르는 듯한 아픔이 사라졌어요. 보세요. 이렇게 일어나서 걷고 있잖아요. 어제부터 무너진 골조에 눌려 꼼짝달싹 못 한 저를 일으켜 세운 선생님께 감사합니다. 어떻게 이런 기적이……. 참으로 감사합니다."

"감사한 분은 살아 계신 하나님이신 예수 그리스도이지요. 성령 하나님 그 자체이신 권능의 이름이 젊은이를 살린 겁니다. 그분의 사랑에 감사하세요."

"아무튼 선생님을 통해 저는 고침을 받았어요. 제 생명의 은인인걸요. 사람들은 제가 혼절해 죽은 줄 알고 지나쳤어요. 사실 두 분의 발소리에 겨우 의식이 돌아왔으니까요……. 저를 따라오시죠. 저쪽 언덕 위로 조금 올라가면 작은 소학교가 있어요. 사람들이 거기로 가면 물을 마실 수 있다고 몰려갔어요."

젊은 남자는 자기 허리와 골반이 완전히 회복되어 살아났다는 기쁨에 엉덩이를 좌우로 흔들며 앞장서서 우리를 인도했다. 그는 그 도시의 외곽에 정착한 몇 안 되는 재일교포 가운데 한 사람이었다.

언덕기슭 중턱에 자리 잡은 소학교에는 목마르고 굶주린 사람들이 모여들어 공포에 휩싸인 채 길게 줄을 섰다. 간간이 여진으로 땅이 흔들릴지라도 대지진과 쓰나미로 아무것도 먹지 못한 사람들이 어깨가 축 늘어져 있었다. 먹어야만 신진대사가 원활해져 생명을 얻는 게 사람의 연약한 육체의 속성이어서 저마다 배를 웅크리고 침을 삼켰다. 우리는 한 시간가량 줄을 선 끝에 주민들이 갹출한 쌀과 학생들의 배식을 위한 비축된 쌀로 급히 만든 주먹밥 한 개와 작은 물 한 병을 배급받았다.

젊은 남자는 주먹밥을 허겁지겁 먹어 치우고 물을 한 움큼 마신 뒤, 그제야 우리 행적에 대한 궁금증을 물었다.

"세상의 어떤 맛도 이틀을 굶다가 먹는 이 주먹밥 맛보다 못하겠지요. 저희야 여기에 거주하는 주민들이니까 대지진과 쓰나미를 겪어도 당연히 받아들이겠지만 선생님은 어떤 사유로 이곳에 오셔서 재난을 겪으셨나요?"

"이곳 해안가에 살고 있는 할머니의 초대를 받았어요. 내 아내와 필리핀에서 NGO 활동을 함께 했던 분인데, 내가 뇌졸중에 걸려 병원에 문병 왔다가 퇴원하면 꼭 놀러 오라는 초대를 받았어요. 난생처음 병실에 입원하였기에 하루가 여삼추여서 NGO로 떠나기 전에 답답함을 풀려고 퇴원 즉시 왔어요."

"그 무서운 뇌졸중에 건강한 선생님께서 걸리셨어요?"

"나 역시 사람이고 나이 먹어 가는 길을 피할 수 없었어요. 젊을 적에 매일 마신 술과 담배로 인하여 뇌혈관을 막아 쓰러진 거지요. 교회에 나간 것도 하나님을 믿으면 술 담배가 저절로 끊어진다고 해서 결심한 거니까요. 하루에 담배를 다섯 갑을 사서 한, 두 갑은 사람들에게 나눠주고 나머지는 내가 피고 술을 초저녁부터 다음 날 새벽녘까지 술집들을 방문하며 일 년 365일을 되풀이해 마셨으니까요. 어쩌면 내 잘못의 벌을 받는 건 마땅하지요. 아마 하나님을 몰랐다면 나는 어느 골목에서 쓰러져 이미 땅 아래의 스올에 묻혔겠지요. 그러니까 한 달 전, 저녁 식사를 하려고 집 앞에 있는 음식점에 가는 길이었어요. 큰 사거리에서 초록 신호등이 떨어져 횡단보도를 건너려는 순간, 갑자기 한 발이 굳어지면서 내 몸의 반쪽이 사무라이가 예리한 칼로 두 쪽으로 자른 것처럼 없어지는 거예요. 너무도 황당하고 창피해 목을 굽혀 몸뚱이를 살펴보니까 팔다리는 그대로인데 반쪽이 날아간 것처럼 몸통이 왼쪽으로 쏠려 넘어지고 있었어요. 그때 무슨 현상인지는 몰라도 내 몸에 심각한 이상이 발생한 걸 감지하며 길 건너는 사람들의 눈길을 의식했지요. 진짜 무안하고 창피했어요. 나는 쓸데없는 자존심으로 현실에서 도피하기 위해 살아 계신 성령 하나님이신 예수의 이름을 불렀어요. 그러자 바로 정상으로 회복돼 식사하러 갔는데 둥둥 놀란 가슴이 진정되질 않아 끊었던 소주 한 병을 시켜 먹었어요. 그런데 그게 또 화근이 되더군요. 내 안에 계신 예수를 의지하고 동시에 술을 의지했으므로 시간이 지나자 처음에 이상이 왔을 때처럼 칫솔질이 비정상적으로 되고 혀의 발음이 술에서 깨지 않은 것처럼 혀가 돌아가 버렸지요. 급기야 제 모습에 놀란 아내가 저의 상황을 듣고는 원인을 알아보자고 싫다는 나를 달래며 병원에 갔지요. 담당 의사는 아내의 성화에 못 이겨 3일 만에 무슨 병인지 알아보려고 왔다고 하니까 재미있게 농담처럼 듣더니만 일단 MRI를 찍어보고는 처음과 다른 태도로 바뀌었지요. 하얗게 뭉친 동전 크기만 한 뇌의 자국을 모니터로 확인하고는 산소마스크를 강제로 코에 끼우고 혈액 용해제를 팔에 바늘로 꽂고 퇴원하겠다는 나를 잡고는 일주일간 뽑지 않은 상태로 투약했어요. 사실 나는 예수 이름을 다시 불렀으므로 아무렇지도 않게 회복되었는데 MRI 사진 판독으로만 졸지에 중환자 취급을 받은 거예요. 평생 건강이라면 다른 누구에게 지지 않았던 내가 처음으로 겪는 일이었지요."

"선생님은 운이 좋으신 거예요. 저희 어머니도 뇌졸중으로 넘어지셔서 일주일을 고생하시다가 돌아가셨어요. 3시간 안에 병원을 찾았으면 회복될 확률이 있었는데 그 골든타임을 놓치고 7시간이 경과한 뒤에야 응급실로 후송되었어요. 선생님은 3일 만에 가셨어도 살아 계심은 하나님의 도우심이겠지요."

청년은 고개를 혼자서 끄덕이며 놀란 눈빛이 되었다. 자신의 처지를 잠시 망각한 듯 예수영 곁에 바짝 붙어 호기심 어린 말을 이어 나갔다.

"그렇다면 질병과 죽음은 왜 오는 것이지요? 하나님은 온 우주 만물에서 사랑이 가장 많은 분이라고 들었는데 왜 사람들이 넋이 나가도록 고난을 안기고 슬픔을 주는 것일까요? 제가 철이 들어서부터 이제껏 가진 풀지 못한 의문점이에요."

예수영은 청년의 예기치 못한 당돌한 질문에 눈을 치켜떴다. 내가 가진 의문과 청년의 물음표는 대동소이했다.

"하나님은 아무도 시험하시지 않으시고 질병을 친히 주시지도 않아요. 아담과 하와가 선악과를 따먹기 이전에는 질병도 죽음도 존재하지 않는 영원한 낙원이었어요. 그들이 하나님의 사랑과 공의를 망각한 채 사탄의 달콤한 꾐에 빠져서 보암직하고 먹음직하고 탐스러울 만큼 군침 도는 선악 열매를 보고 자기 욕심에 스스로 미혹되어 하나님의 영역을 침범하는 불순종의 죄를 저질렀기 때문에 그 죄의 대가로 질병과 죽음을 스스로 선택한 거지요. 그 불순종의 죄로 인해 지금도 자기 기분에 도취해 삶이 내키지 않는다고 해서 자살하는 사람이 많으니까요. 물론 이번 대지진과 쓰나미는 누구의 잘못도 아닌 하나님의 뜻과 하시는 일을 나타냈다고 해도 자살은 완전히 차원이 다른 문제이지요. 사람들은 삶이 고달프거나 실패한 사랑으로 인해 생의 끝으로 착각하고 자살로 매듭짓지만 절대로 끝이 될 수 없는 시작이 되겠지요. 시작과 끝은 동일 선상에서는 똑같이 반복되는 거니까요. 육체를 죽이는 일은 하나님의 고귀한 창조물을 자기 것으로 착각하고 하나님의 영을 두기 위한 성전을 불법으로 파괴한 행위이므로 그 죄의 벌로 무조건 땅의 나락인 스올에 떨어지게 되지요. 진실로 하나님이신 예수 안에서 살다가 호흡이 끊어진 사람은 신령한 몸으로 변화되어 영원한 낙원에서 살게 되지만 스스로 자살하거나 예수 밖에서 죽은 사람은 두 번째 사망을 피할 수 없지요. 예수는 사망과 음부의 열쇠를 가진 권능의 하나님이시므로 사람이 평생에 살아온 몸의 행위를 낱낱이 목격하고 기록했다가 마지막 날에 반드시 심판하시지요. 구원은 믿음으로 이루어져도 심판은 육체의 행위로 결정되니까요. 발에 똥이 묻어 더러우면 깨끗한 방에 들어갈 수 없기에 예수는 인간으로 계실 적에 우리 발을 씻기셨고 우리가 저지른 모든 더러운 죄를 대신해 십자가에서 죽임당하신 어린 양이 되셨어요. 반면에 사탄은 죽음과 질병의 권세를 짊어지고 마치 자신이 아담의 대를 이어받은 땅의 임금인 것처럼 거짓으로 사람들을 중독시키고 죽이지요. 술 중독, 담배중독, 마약중독, 도박중독, 인터넷 중독 등등 연속극을 시청하면 그다음 장면이 끌리는 것처럼 사탄은 같은 수법으로 중독에 빠트려 갖가지 방법으로 사람 위에 군림해 서서히 죽이지요. 하지만 하나님이신 예수는 마치 공기가 우리의 사방에 있어서 호흡을 하는 것처럼 우리 안에 계시다가 그 이름만 부르면 램프의 거인처럼 도와주시지요. 영의 세계에 머무는 살아 계신 거룩한 이름은 혼의 세계로 쫓겨난 사탄을 매서운 불 칼로 내려쳐 쫓아내지요. 성령 하나님 그 자체이신 예수 이름 앞에서는 사탄도 미물에 불과한 모기나 파리와 같은 존재이니까요. 갖가지 신으로 위장해서 거대한 척을 할지라도 무너진 블레셋 신전의 돌덩어리에 불과하니까요."

예수영은 극심한 좌절감으로 근심하는 젊은 남자의 심리 상태를 읽어내고 그를 위로했다. 낯선 폐허에 고립된 자신의 처지를 망각하고 자기 답변이 듣는 자의 의문과 모순되는 점이 있을지라도 그의 걱정을 덜어주려는 듯 창조주 하나님을 상기시켰다.

머리 위로는 헬리콥터가 공중을 선회하며 긴급 보급품을 수송하기 시작했다. 물웅덩이와 도로 유실로 외부와의 소통이 완전히 차단돼 난감한 상황인 모양이었다.

성이 이 씨라고 밝힌 젊은 청년은 자신에게 닥친 불운을 지켜보면서 애써 태연한 척해도 부서진 지붕 서까래나 철봉 끝에 목을 매 자살하고픈 심정을 종종 드러내었다. 유치원 종일반에 다니는 아들은 지대가 높은 시내에 가 있어 안전해도 집 근처의 수산물 가공공장에 다니는 일본 아내는 그곳에서 실종돼 생사가 오리무중이라고 발을 동동거렸다. 자신은 평소 우상을 숭배해 난관에 부딪혔어도 당연하겠지만 크리스천인 아내는 왜 그녀가 믿고 따르던 하나님이 지켜주지 않았느냐고 항변했다. 또한 초자연적인 증거를 진작 보여주셨더라면 아마도 하나님을 믿었을 거라고 아쉬워했다.

"그분이 유일하신 창조주라면 여기 일본 땅에서도 다른 우상을 섬기는 사람들에게 기적을 베풀었어야지요. 사람들의 싸움에 찾아와 왜 그들을 끌어당기지 않았을까요?"

"이미 그분은 성경을 통해 많은 증거를 주셨고 사람들을 끌어안으셨어요. 태양계에 빛의 태양이 하나인 것처럼 그분은 빛으로 오셨지요. 말씀이 육신이 되어 우리 가운데 거하시매 그 이름을 영접하는 자에게는 볼 수 있는 영안을 주셨지요. 동시에 자녀의 권세를 주셨으므로 그분의 육은 하늘로 승천하셨어도 그 영은 지금도 이 땅에 계셔서 살아계신 보혜사 성령님으로 자녀들 안에서 일하고 계시지요. 그분의 말씀이신 예수의 이름이 권능이신 어명이므로 굳센 믿음을 가지고 그 이름으로 명령하면 천하 만물이 복종하고 모든 문제와 질병이 해결되지요. 다만 사람이 악기를 만든 것은 악기가 사람의 마음에 흡족한 소리를 낼 때만 사랑을 받는 것처럼 사람도 하나님 앞에서는 그분의 기쁘심을 위하여 창조되었기에 말씀과 기도와 찬양으로 그분을 높이고 소통할 때 그분도 사람의 소원을 들으시고 이루어 주시지요. 다만 사람들은 자기의 아집과 교만 「나는 나」라는 강한 의지 때문에 그분을 등지고 멀리함으로써 그분의 이름으로도 소통이 단절되는 거지요. 그분은 사람들에게 각각 자유의지를 주셨으므로 아무도 억지로 떠밀어 자기와의 소통을 바라지 않아요. 사람은 무작정 강요로는 되지 않고 설득으로만 이끌리는 영혼을 가졌으니까요. 그러므로 설득력 있는 증거의 말씀을 통해 택한 자들을 서서히 자기에게로 이끄시지요. 이 세상 진리는 지혜를 주장한 공자도 아니고 해탈을 주장한 부처도 아니고 선지자로 자처한 마호메트도 아닐 터여서 오직 사람의 몸을 입고 오신 말씀만이 유일하시겠지요. 말씀이신 예수 그리스도의 이름으로 명령하면 온 우주의 자연계로부터 세미한 체세포의 DNA까지 말씀을 듣고 하나하나 벌벌 떨지요. 요즘 주변에서 흔히 볼 수 있는 AI 음성제어 기술도 사람의 음성으로 통제해 스스로 진화하는 시대가 되었으니까요. 그런즉 하나님 자체이신 그 이름은 죽은 자를 살리시고 없는 것을 있는 것같이 부르시는 놀라운 권능으로 믿는 자가 그 이름으로 명령하면 자기 속에 동행하시는 성령 하나님께서 이루어 주시지요. 이 씨의 부서진 허리와 다리도 그분께서 고쳐주신 거예요."

예수영은 이 씨가 가진 의문과 혼란함에 물꼬를 트려는 듯 말씀의 진리를 풀어도 다시 풀어도 그 진리는 깊고 심오해 좀 더 쉽게 말을 이어나갔다.

"저기 떠 있는 밤하늘의 수많은 별을 보세요. 한 세기 전만 해도 별들의 숫자가 수만 개에서 수십만 개 정도로 착각했어요. 하지만 망원경이 발명돼 천체를 관측하고 우주선에 실려 허블 망원경이 발사되어 조사된 결과, 우리의 상상을 초월하는 숫자로 밝혀졌어요. 우리가 살고 있는 우리 은하계에만 빛나는 항성인 태양이 이천억 개가 존재하고 이런 은하계가 저 우주 안에는 이천억 개 이상이 또 존재한다는 엄청난 사실이 밝혀졌지 않나요? 이천억 개를 곱한 이천억 개의 자승이 태양이 허공에 떠 있는 셈이지요. 더 경악할 점은 전 세계의 바닷가에 널린 모래알 숫자가 우주의 별들의 숫자와 같은 20^{22}개라는 점이지요. 하나님은 그런 별들의 이름을 한 개, 한 개 부르시고 기억하시지요. 그런데도 어리석은 사람들은 그토록 크신 하나님을 저주하고 대적하다가 멸망으로 치닫고 있어요. 타락한 천사들이 무저갱에 갇힌 것 같이 그 죗값으로 죽어서 무저갱의 위에 위치한 지옥의 음부인 스올에 갇혀 있다가 두 번째 심판인 영원한 백 보좌 심판을 받고 불 못에 떨어지게 되지요. 첫 번째 심판보다 더 혹독한 영의 심판으로 최종적인 파멸을 맞게 되는 거예요.

"그렇다면 왜 놀라우신 지혜의 하나님께서 모든 생명을 또 다른 생명으로만 유지되도록 만들었을까요? 이런 껄끄러운 문제의 상처들이 서로를 불순종하게 만들었겠지요. 육식 동물은 또 다른 생물의 개체를 잡아먹어야만 자기 생명을 존속시키는 비명횡사의 참사를 왜 만들었을까요? 전능한 신이라면 얼마든지 죽이지 않고 존재하는 사랑과 사랑으로 이어진 사랑의 원을 그릴 수 있었을 텐데요. 뱀이 개구리를 잡아먹고 개구리가 벌레를 또 잡아먹고 벌레가 벌레를 잡아먹는 악순환이 없었겠지요."

"본래 하나님은 인류의 조상인 아담과 하와가 하나님이 금지하신 선악과를 따먹는 불순종의 죄를 짓기 전에는 동물이건 사람이

건 서로 잡아먹지 않는 초식성으로 지으셨어요. 말씀하시기를 내가 온 지면의 씨 맺는 모든 채소와 씨 가진 열매 맺는 모든 나무를 너희에게 주노니 너희 식물이 되리라. 또 땅의 모든 짐승과 공중의 모든 새와 생명이 있어 땅에 기는 모든 것에게는 내가 모든 풀을 식물로 주노라 하시니 그대로 되었어요. 처음의 낙원에서는 동물들이 서로를 잡아먹지 않고 먹히지도 않았어요. 인간이 타락함으로써 모든 피조물의 세계가 죄의 대가로 상황이 바뀌고 그 영향으로 만물의 유전자에 근본적 변이가 일어났다고 할까요? 우리가 알고 지었던 모르고 지었던 불순종한 죄의 대가로 사탄이 개입해 서로가 반목하는 죄의 속성을 끝날까지 이어지겠지요. 그러나 새 하늘과 새 땅을 재창조하실 때에는 이리와 어린양이 함께 먹고 사자도 소처럼 풀을 뜯을 것이라고 선지자 이사야는 기록했지요. 그날에는 하나님이 세상에 허락하신 죽이고 죽임을 당하는 적자생존의 비극은 사라지고 새로운 기쁨과 사랑의 낙원이 펼쳐지겠지요. 하나님의 어린 양이신 아들 예수께서 인간의 죗값으로 십자가에 매달려 죽으심으로 우리의 모든 죄를 완벽하게 대속하셨으니 까요"

이 씨와 예수영의 진지한 토론은 밤새도록 이어졌다. 그는 자신에게 닥친 불운을 잠시나마 잊으려는 듯 진리에 대한 열정을 불태웠다. 난방이 끊어진 교실 한편의 구석에 쪼그리고 앉아 아직도 살을 파고드는 3월 추위를 뜬눈으로 지새우면서 긴 밤을 버티었다.

나 역시 가슴을 파고드는 한 밤의 추위로 캄캄한 어둠을 뒤척이다가 새벽녘에야 겨우 쪽잠이 들었는데 깨어보니 태양이 밝았다. 작은 주먹밥 한 덩이가 먹은 것의 전부여서 전신이 무겁고 찌뿌듯했다.

이 씨가 배급된 식사를 마치고 잃어버린 아내를 찾아 언덕배기 아래의 널브러진 폐허 더미로 내려가자 우리도 만류하는 그의 손을 뿌리치고 그 뒤를 쫓았다. 우리는 오전 내내 부서진 폐자재와 찢기어진 함석과 기왓장, 두 동강 난 벽돌을 치우면서 청년의 아내가 일했던 후미진 구석구석을 샅샅이 뒤졌으나 그녀의 흔적을 끝내 찾지 못했다. 수없이 이곳저곳에 널브러진 다른 시신들을 찾아서 길 한편에 가지런히 뉘었지만, 이 씨의 아내는 강력한 쓰나미 물결에 휩쓸렸는지 어디에도 없었다.

우리는 이 씨와 똑같은 심정으로 동조된 울음을 삼키면서 이쪽저쪽을 꼼꼼히 뒤엎고 애타게 소리도 질러보았으나 허사였다. 길 건너편, 마주한 웅덩이 곁에서는 한 중년의 여자가 주검이 된 남자아이의 시신을 끌어안고 억장이 무너지는 통곡 소리를 내지르며 정신을 놓고 땅을 주먹으로 치면서 몸부림쳤다.

이 씨는 개흙과 땀방울에 젖어 얼룩진 얼굴로 자기 일을 멈추고 여자를 내려다보다가 혀끝을 쯧쯧 내리깔았다.

"제 처지나 저 아이 엄마나 한 서린 아픔으로 갈급하기는 마찬가지군요. 늦은 나이에 결혼해서 아이 하나를 얻었는데 저리되어 어이할꼬……."

 넋 놓고 바라보고 있던 이 씨는 굵은 눈물을 훔쳤다. 예수영과 나 또한 죽은 아이의 볼에 입맞춤하며 몸부림치는 엄마에게 동조돼 진한 아픔으로 어깨를 들썩이었다.

 남자아이는 예닐곱 살쯤 되어 보이는 귀염성이 천진난만했다. 엄마는 아이의 생명이 그 안에 있는 양 무슨 대화를 나누면서 아이의 얼굴을 핥는 게 실성한 모습이었다. 차마 그 애달픈 장면을 보지 못한 예수영은 무슨 중대한 결심을 했는지 연신 흘리던 눈물을 그치고 아이 곁으로 성큼 다가갔다. 물에 퉁퉁 부은 주검은 이틀이나 지나서인지 독한 냄새로 얼룩졌다. 예수영은 그 아이의 주검을 엄마로부터 넘겨받아 무릎을 꿇고 자기의 코를 아이의 코에, 눈을 아이의 눈에, 심장을 아이의 심장에 마주 대고 짐승이 포효하는 고통에 차 하늘을 우러러 크게 탄식했다. 얼마나 그 목소리가 애잔하고 설움에 겨운지 안쓰러울 정도로 떨렸다.

 "온 우주의 창조주시며 천지의 주재이신 아버지여! 내가 항상 아버지를 내 앞에 모시므로 흔들리지 아니하리이다. 내가 사망의 음침한 골짜기로 다닐지라도 해를 두려워하지 않는 것은 주께서 나와 함께 하심이라. 내가 날 때부터 주께 맡긴 바 되었고 모태에서 나올 때부터 주는 나의 하나님이 되셨나이다. 내가 주의 이름을 사랑하는 땅에서 선포하오니 아버지의 영광을 드러내시옵소서. 우리 영혼을 사망에서 건지시는 아버지여! 저 가녀린 아이의 영혼을 풀어주시고 차라리 내 영혼을 거두어 주소서. 항상 내 말을 예수 그리스도 이름 안에서 들으신 것을 감사하나이다. 내가 예수 그리스도의 이름으로 명령하노니 사망 권세는 물러가고 아이의 영혼은 본래의 몸으로 다시 돌아올지어다. 멈춘 심장은 힘차게 뛰고 뼈의 골수와 피부, 세포 마디는 깨끗이 살아날지어다. 달리다 굼!"

예수영이 자기 목숨을 담보로 아이의 생명을 돌려달라고 간곡히 기도를 마치고 2~3분 정도 흘렀을까. 상해서 냄새나던 아이의 얼굴에 부기가 빠지면서 혈색이 돌아오고 천천히 맥박이 움직이는가 싶더니 금세 가슴을 들썩이며 숨을 내쉬기 시작했다. 마른 기침을 두어 번 내뱉으면서 좌우로 몸을 뒤척이다가 곧 엄마 품에 안겼다.

예수 그리스도의 이름으로 명령했을 뿐인데 아이는 정상으로 돌아와 배고픈 시늉을 지었다. 그것도 한국말을 전혀 모르는 일본 아이에게 한국말로 명령했는데 아이의 영혼과 육체의 체세포가 신통하게 알아듣고 정상으로 회복되었다. 아이의 엄마와 이씨, 바라보고 서 있던 몇몇 구경꾼들이 갑자기 아이를 돌려주고 일어선 예수영의 주위에 몰려들어 뭐라고 알아듣지 못할 일본 방언을 하면서 털썩털썩 무릎 꿇었다. 예수영은 놀라서 유일하게 한국말이 통하는 청년의 손을 잡아 일으켜 세웠다.

"일어나시오! 살아 계신 성령 하나님이신 예수 그리스도의 이름이 죽은 아이를 살린 것이지 나하고는 전혀 무관하오. 아버지께서 죽은 자를 일으켜 살리심 같이 아들이신 예수의 이름도 자기의 원하는 자를 일으켜 살리시지요. 창조의 말씀이고 우주 만물의 하나님 그 자체이신 예수 그리스도의 이름이 이 아이를 회복시키신 거예요. 그런즉 영원히 살아 계신 하나님께 모두 일어나 경배와 영광을 돌리라고 하세요."

예수영은 두 팔을 곧게 펴 하늘을 우러러 향하고 크신 하나님께 경배와 찬양을 올렸다. 예수는 하나님이신 아버지의 이름임을 더더욱 강조했다.

누군가가 돌아다니면서 소금에 묻힌 주먹밥 한 덩이를 나누어 주었다. 아직도 지진과 쓰나미로 쌓인 쓰레기와 파괴된 길이 복구되지 않은 상태에서 정부 차원의 조직적인 배급은 불가능했다. 살아남은 사람들끼리 조금씩 갹출한 쌀로 겨우 허기를 달래는 정도였다. 헬리콥터가 바쁘게 하늘을 날고 있었으나 거기서는 상당히 떨어진 원자력 발전소가 폭발한 장소로 날아갔다. 위태로운 상황이 긴박하게 벌어지는 모양인지 내가 서 있는 곳은 비껴갔다.

예수영은 그곳 주민들과 합세해서 혹시나 살아 있을지 모른 사람들을 찾아 엉망이 된 폐허의 해안가를 일일이 뒤지고 다녔다. 그러나 대지진 뒤로 쫓아온 거대한 바다 쓰나미로 인해 생명의 호흡 있는 자는 어디에도 없었다. 다만 실종된 가족들의 눈물 어린 부르짖음에 동조되어 지붕 채 날아간 폐허 사이를 누비고 또 누비었다. 그러다가 애타게 찾던 시신 한 구를 발견하면 그 가족과 함께 서럽게 오열했다. 마치 자신의 친형제와 자매인 것처럼 손등으로 눈 주위를 하염없이 훔치었다. 얼마나 사랑의 눈물을 많이 흘리는지 여자인 나보다도 많은 눈물샘을 가진 남자인 걸 처음 알았다. 나는 그 아픔을 애써 외면하려고 말을 걸었다.

"울지 마세요. 예수영, 사람의 육체는 복숭아 씨앗의 단단한 껍질을 벗는 것이고 진짜 생명은 그 씨앗 안에서 숨 쉬고 있는, 그 가운데 숨은 씨눈이 진짜라고 누누이 알려 줬잖아요. 그런데 육체의 파괴가 전부인 것처럼 왜 슬퍼하죠?"

"그래. 우리 육체는 과육의 껍질에 불과하다 해도 육체의 행위로 말미암아 평소의 책임으로 인해 하늘나라와 스올의 극과 극의 갈림길로 나누어지지 않나 해. 살아 계신 하나님, 그 크신 예수를 굳게 믿고 십자가의 대속의 의미를 붙잡는 자는 하늘나라로 올라가고 그 반대로 우리를 위해 대속한 보혈의 피를 부정하는 자는 바다 아래의 스올에 떨어지게 되지. 우리가 무조건 가서는 안 되는 곳인 스올은 마치 살아 있는 미꾸라지에 굵은 소금을 뿌려 활활 타는 숯불에 굽는 것처럼 죄지은 사람들이 그렇게 뜨거운 용광로 가운데서 튀어 오르며 고통당하는 무서운 곳이지. 밤낮없이 그토록 벌을 받는 장소이기에 누가복음 16장의 부자는 거지 나사로를 보내어 물 한 방울을 손가락 끝에 찍어 자기 혀에 묻혀 시원하게 해달라고 아버지 아브라함에게 사정사정 호소하면서 불꽃 가운데서 괴로워했어. 그러나 아브라함은 부자에게 거절하되 너는 살았을 때 좋은 것을 받았고 나사로는 고난을 받았으니 이것을 기억하라. 이제 그는 여기서 위로를 받고 너는 괴로움을 받느니라. 그뿐 아니라 너희와 우리 사이에는 큰 구렁텅이가 놓여 있어 여기서 너희에게 건너가고자 하되 갈 수 없고 거기서 우리에게 건너올 수도 없게 하였느니라. 세상에서의 부자는 예수 안에 있는 대속의 죄와 하나님의 크신 권능을 인정하지 않는 불신의 행위로 말미암아 이미 심판을 끝냈지. 자기 형제 다섯이 있으니 나사로를 보내어 그들에게 증언하여 그들도 이 고통 받는 곳에 오지 않도록 회개하라고 하였으나 아브라함의 대답은 의외였지. 모세와 선지자들에게 곧 입증된 말씀으로 듣지 아니하면 비록 죽은 자 가운데서 살아나는 자가 전할지라도 권함을 받지 아니하리라 하셨지. 따라서 살아서 숨을 쉴 때 말씀의 권능을 인정하고 말씀대로 살지 않으면 생의 육체를 벗어나서는 어떤 결정권도 없게 되지. 사람에게 부여한 자유의지도 육체 밖에서는 무의미해. 길이고 진리이고 생명이신 그분의 말씀 외에는 아무도 하늘나라로 갈 수 없어. 산봉우리로 올라가는 길은 동서남북 어디로 올라가든 상관없이 여러 갈래라고 들려주나 그것은 완전히 거짓이고 스올의 나락으로 떨어지게 하려는 사탄의 속임수에 불과해. 하늘나라는 평지에서 산봉우리로 가는 곳이 아니고 땅에서 달나라로 가는 것처럼 말씀의 우주선을 타야만 갈 수 있는 가깝고도 먼 곳이지.

채림, 기억해 둬. 하늘나라는 우리의 공로나 의로운 행위로 가는 곳이 아니고 살아 계신 성령 예수, 그 자체이신 말씀의 인도로만 가는 곳이지. 말씀을 지켜 믿고 행하면 하늘나라이고 사람의 생각이나 기준대로 살면 자기 딴에는 의로워도 결국 스올을 벗어나지 못해. 인간이 선하면 얼마나 선하고 악하면 얼마나 악하겠어. 태양 앞에서 촛불이 밝으면 얼마나 밝고 어두운들 얼마나 어두워지겠냐는 뜻이지. 우리가 심판을 받는 기준점은 우리의 죄를 대신해 십자가 위에서 한 마리의 양으로 피를 흘려 죄의 값을 지불한 하나님이신 예수의 사랑, 그 끝없는 사랑을 믿느냐 아니 믿느냐에 달려 있겠지. 그분은 천하 만민과 온 만물을 창조하신 하나님이면서도 완벽한 인간의 모습으로 오셔서 우리 죄를 대신해 단번에 제물이 되어 죽임을 당하셨으니까. 사랑으로써 갚을 수 없는 큰 산성이 빚을 당신의 생명으로 대신 갚아주셨기에 그분의 넘치는 사랑을 믿으면 우린 모든 빚에서 해방되어 영원한 자유를 얻어 만끽하게 되지. 하지만 「나는 나」라는 인간의 교만은 이토록 간단한 진리를 받아들이지 못해. 자기의 죄를 청산하지 않아서 결국 그 죄의 무게에 눌려 육체가 사망으로 깨지는 찰라, 깊고 깊은 스올의 구렁텅이로 떨어지고 마는 어리석은 자로 전락하게 되지. 내 눈에서 눈물이 끊임없이 흐르는 것은 저들의 육체의 생명이 끝이란 걸 슬퍼하는 게 아니고 말씀이신 예수를 모르고 인정하지 않아 그 영혼이 영원히 스올에 떨어졌다는 사실 때문에 너무 안쓰러워 울고 있는 거야. 육체는 복숭아씨의 껍질이고 영혼은 그 안에 숨은 씨눈임을 모르는 백성이 정말 가여워. 아무리 이 세상에서 자기 스스로 선하고 의롭게 살았다고 해도 인간은 인간일 뿐이어서 하나님이신 그분이 흘린 대속의 피로 값을 지불하지 않으면 결코 그는 죄에서 자유로울 수 없어. 공자, 맹자, 부처. 마호메트 등 그 어떤 성인이라도 인간의 육체와 혈을 가진 자는 하나님의 그 거룩한 권능의 죄를 대신해 우리를 죄에서 구해낼 수 없으니까. 그것은 태양을 대신해서 지구의 삼라만상을 몇 개의 촛불로 밝히려는 어리석음과 똑같지 않을까? 어떻게 온 우주와 그 가운데 만물을 창조하신 하나님을 대신해 우리의 모든 죄를 갚아 줄 피조물이 이 작은 지구 위에 어디 있겠어? 육체의 호흡이 멎는 찰라, 심판은 이미 끝난 거겠지. 살아서 그분을 믿지 않으면 이미 늦은 거야."

예수영은 머리를 감싸 안고 연신 비탄에 젖었다. 천하보다 귀한 인간의 영혼들이 잠깐의 잘못된 판단과 사탄의 끈질긴 유혹으로 가서는 안 될 곳으로 무더기로 떨어지는 게 자신의 잘못인 것처럼 머리카락을 쥐어뜯으며 좌우로 흔들었다. 천 년이 하루이고 하루가 천 년인 그분의 거룩함 앞에서 인간의 생은 눈꺼풀 한 번, 감았다 뜨는 것에 불과한 찰라 이건만 어리석은 선택의 결과는 캄캄한 어둠의 스올에 떨어지는 당위성에 괴로워했다. 자기가 미처 그분의 살아 계심과 우리 죄의 대속함을 전도하지 못해 그들이 스올로 가는 것처럼 아파하고 탄식했다.

그날 밤도 우리는 교실 한편의 구석에 앉아서 춘삼월의 추운 밤을 학교에서 지급해 준 얇은 간이 담요 한 장을 덮고 뜬눈으로 지새웠다. 겨울이 끝난 시점인데 대기의 불안정으로 싸락눈이 휘날려서 바닷물이 없는 곳으로 하얗게 덮여나갔다. 나는 닥쳐오는 추위를 잠시라도 잊으려고 뭉쳐진 긴 침묵을 깨트렸다.

"예수영, 아직도 나는 죽은 아이가 살아난 걸 똑똑히 목격했으면서도 꿈인가 생시인가 믿어지지 않아요. 나 아닌 다른 사람도 의문의 똬리를 틀었을 거예요. 소경이 눈뜨고 귀머거리가 듣고 벙어리가 말하고 병자가 낫는 등 호흡이 있는 자들이 하나님의 사랑으로 치료되는 건 이해되어도 죽어 냄새나는 아이가 살아난 건 이해하기에는 너무도 난해한 일이네요. 내가 받아들이고 이해되도록 차근차근 설명해 주세요."

"이해하려면 난해해서 채림의 고정된 지식의 관념 속에 있는 생각을 완전히 전환하지 않으면 설명하기 곤란해. 고착화된 사고의 틀에서 벗어나 생각을 전환해야만 받아들일 수 있겠지. 요한복음 5장의 예루살렘 양문 곁에 있는 베데스다 못을 떠올려 봐. 거기 행각 다섯이 있고 그 안에 많은 병자, 다리 저는 사람, 맹인, 혈기 마른 사람들이 누워 물의 움직임을 기다리더니 이는 천사가 가끔 못에 내려와 물을 움직이게 하는데 움직인 후에는 먼저 들어가는 자가 어떤 병에 걸렸든지 낫게 되기 때문이지. 거기 서른여덟 해 된 병자가 언제나 누워 있었어. 하루는 예수께서 그 누운 것을 보고 병이 벌써 오래된 줄 아시고 이르시되 네가 낫고자 하느냐? 앉은 병자가 대답하되 주여 물이 움직일 때 나를 못에 넣어주는 사람이 없어 내가 가는 동안에 다른 사람이 먼저 내려가나이다. 그러자 들으시던 예수께서 이르시되 일어나 네 자리를 들고 걸어가라 하시니 그 사람이 곧 나아서 자리를 들고 걸어갔지. 여기서 예수님은 하나의 모델로 앉은뱅이를 택해서 우리에게 그대로 답습해 행하도록 보여주셨지. 예수가 보이는 하나님으로 오시기 전에는 천사가 하나님의 사자가 되어 병자를 치료하게 하셨고 이후로는 하나님의 자녀가 된 우리가 예수님이 보여주신 모범답안대로 직접 병을 고치는 치유 사역을 펼치도록 은밀한 교훈을 나타내신 거지. 처음에는 하나님의 천사가 병을 고치고 다음에는 예수께서 직접 고치셨고 그다음에는 하나님의 이름인 예수를 믿고 영접함으로써 자녀가 된 우리가 당신께서 남긴 이름의 권세로 자신이 행한 치료사역도 따라 행하고 이 보다 큰일도 행하도록 모범답안을 남겨주셨지. 물은 말씀이므로(엡 5:26) 말씀인물을 움직여 병자를 살리는 모습을 천사를 통해 보여준 거야. 말씀은 하나님이신 예수 이름 그 자체이니까. 아버지께서 죽은 자를 일으켜 살리심 같이 아들도 자기의 원하는 자를 살리는 권세를 받았으므로(요 5:21) 그를 믿는 우리도 동일한 권세를 받은 거지. 거룩하게 하시는 이와 거룩함을 입은 자가 하나에서 났으니까(히 2:11). 아버지께서 자기 속에 생명이 있음 같이 아들에게도 생명을 주어 그 속에 있게 하셨고(요 5:26) 그 영원한 생명으로 말미암아 그 아이의 호흡을 돌이킬 수 있었지. 예수는 사망과 스올의 열쇠를 가지신 분이어서 무엇이든지 그의 이름으로 구하면 반드시 시행하겠다고 약속하셨으니까.”

"받아들이긴 해도 많이 이해가 되지 않아요. 그 아이는 상해서 냄새가 나는 시신이었어요.”

"채림! 진실로 채림은 생각의 전환이 꼭 필요해. 기사와 이적으로 불리는 하늘 나라 법칙에도 나름대로의 질서와 정해진 길이 있어서 세상의 법칙으로는 도저히 범접할 수 없는 똬리로 가득해. 4차원 안에 자신의 생각을 가두지 말고 5차원 이상의 광대한 세계로 날아올라 하나님이 바라보시는 곳을 동일한 선으로 초점을 맞춰 살펴보면 쉬운 문제일지도 몰라." 인간의 생각과 관점은 복잡해도 하나님의 뜻은 어려운 게 없으니까. 빛이 있으라 하니까 빛이 나타났고 천하의 물이 한곳으로 모이고 뭍이 드러나라 하시니 그대로 되었지. 이제 인간 세상에서도 자동차에 말로 명령하면 그대로 달리고 비행기, 배, 로봇, 드론, 가정 전자기기 등 우리가 사용하는 모든 물질이 인간의 언어를 알아듣고 간단하게 작동하는 시대가 되고 있지. 어차피 믿음은 우리 안에 모시고 계신 성령 하나님이 바라보는 곳을 우리도 같은 곳에 초점을 맞추고 바라보며 함께 동행 하는 것이 아닐까? 전에도 언급했지만 약속된 믿음은 내 느낌이나 감정, 사고방식으로 판단하는 게 아니고 하나님의 눈, 곧 기록된 말씀을 통해서만 선포하는 것이니까. 광야의 르비딤에서 이스라엘 회중이 마실 물이 없어 모세와 다툴 때, 그 광경을 처음부터 지켜보시던 하나님이 말씀하셨지. 내가 네 앞에 있는 호렙산 반석 앞에 서리니 너는 홍해를 가르던 네 지팡이로 그 반석을 치라. 그곳에서 물줄기가 터지리니 백성이 마시리라 하셨지. 바로 그 점이야. 모세가 들고 있던 지팡이는 곧 예수의 이름이고 그 이름으로 반석을 쳤을 때 지켜보고 계시던 하나님이 모래사막 밑으로 수십 수백 미터의 물길을 열어 물줄기가 터지도록 은혜를 베푸셨던 거지. 아브라함의 하나님, 모세의 하나님, 엘리야와 바울의 하나님, 나의 하나님이신 성령 예수께서 과거에도 역사하셨던 것처럼 지금도 모세의 지팡이인 예수의 이름을 찾으면 내 안에서 나를 지켜보시다가 조용히 깨어나 일하시지. 과거에 계시던 하나님은 지금도 계시고 미래에도 영원히 계시는 믿는 자의 친구이니까. 예수의 이름이 차원을 바꿔 내 안에서 일하실 뿐, 나하고는 전혀 무관해. 그분의 영광과 사랑의 빛이 아이에게 비추자 사망이 물러가고 아이의 생명이 다시 돌아왔지. 햇빛보다 일곱 배 강한 창조의 빛이 찬란하게 비추는 순간 죽은 피부나 힘줄, 뼈마디의 골수, 각각의 세포가 살아나고 생명의 피가 돌면서 정상으로 회복되었지. 그분의 큰 이름을 인정하자 그 이름의 권능이 임재하셨지. 믿는 자 안에서 지켜보시는 세상의 빛이므로, 자기를 믿는 자는 생명을 얻으리라는 약속이 아이의 영혼을 불러들였지. 그러므로 우리는 홍해를 가르고 죽은 자를 살리는 지팡이, 예수의 이름을 사용할 때는 하나님 안에서 이미 이루어진 사실을 바라보며 무엇 무엇이 이루어졌다, 되었다 등의 완료형으로 확신 있게 믿음의 명령을 하면 그분께서 반드시 이루어주시지. 어차피 불가능을 가능으로 바꾸는 것은 내 안에 계신 성령 예수께서 문제의 파도와 질병의 바람을 잠잠하도록 명령하신 거겠지. 결국 사망과 질병을 일으키는 사탄마귀도 일개 피조물에 불과한 미물이어서 하나님을 아무리 대적해도 완전히 패하고 줄행랑치기 마련이니까. 사탄마귀는 잠깐 아담과 하와를 속여 사망과 세상 권세를 넘겨받은 체하고 질병과 문제의 파도를 일으켜 사람 위에 군림하려 해도 세상이 끝나는 잠시 잠깐 뒤, 명령받은 천사 한 명에게 쇠사슬로 결박당해 영원한 불 못에 갇히는 신세로 전락하겠지. 루시퍼 사탄은 세계 경제, 문화, 정치, 질병, 전쟁까지도 지배하는 척 위장하나 사실은 하나님이 허락하신 범위 내에서만 움직이는 교활한 살인자요 사기꾼에 불과해. 하나님의 거룩함을 도적질해 다른 이름으로 자기가 하나님인 척 가장해도 녀석은 겨우 한 명의 천사에게 쇠고랑으로 포박당하는 미물에 지나지 않아. 각 나라와 민족에게 다른 신의 이름으로 가장해 하나님으로 나타나도 여호와, 예수의 이름을 사용하지 못하면 그 신은 완전히 사탄마귀라는 걸 잊어서는 안 될 거야."

예수영은 사탄마귀에게 속아 우리가 질병과 문제의 파도 속에서 헤엄친다는 것과 어리석은 백성이 악마, 사탄을 하나님으로 착각해 경배하는 죄를 저지르므로 무서운 스올에 떨어진다는 현실을 거듭 강조했다. 그렇다 해도 하나님의 택한 자는 마귀의 공격으로 잠시 심한 곤란에 처하기도 하지만 지켜보시다가 보석처럼 연단하신 후에 반드시 해결해 주신다는 믿음을 주지시켰다.

하나님이신 예수의 이름을 누구나 사용하면 문제를 일으킨 마귀는 도망간다는 만고의 진리도 가능한 한 쉽게 설명하려고 말씀을 실타래처럼 풀어주었다. 그럴지라도 나에게는 난해한 물음표여서 이해가 잘되지 않는 부분이었다. 그의 믿음을 이해하고 받아들여도 수학 문제를 풀듯이 명쾌한 해답을 구할 수는 없었다. 나는 의문의 말꼬리를 살짝 들어 올려 잘 이해되지 않는 부분을 집요하게 질문했다.

"물론 4차원 세계 안에 머무는 사람의 생각이 7차원 너머의 존재이신 하나님의 관점을 이해한다는 건 애당초 불가능하겠지요. 하지만 예수의 이름이 뭐기에 그 이름이 모든 병과 문제의 바람을 잠잠케 하고 해결할 수 있을까요? 그 이름에는 어떤 능력이 작용하는 거지요?"

"그래. 예수의 이름은 듣고 또 들어도 잘 이해되지 않아 누구나 비슷한 의문은 그대로 남게 되지. 나도 그 이름을 깨우치고 실제로 그 이름을 사용해 증거를 얻을 때까지는 그랬으니까. 믿음은 눈에 보이는 단순한 현실을 믿는 게 아니고 하나님이 행하신 말씀의 증거를 미리 바라보는 것이니까. 채림도 나와 같이 예수의 이름으로 귀신을 쫓아내고 병을 고쳐보면 쉽게 받아들이겠지. 믿음은 바라는 것의 실상이요 보이지 않는 것의 증거이므로(히 11:1) 행함과 함께 일하고 행함으로 온전해지지(약 2:22). 채림이 직접 귀신을 쫓고 병을 고치는 행함이 임할 때까지 일곱 번이고 열 번이고 이해하도록 설명하겠어. 아담과 하와가 선악과를 따먹기 전까지는 에덴의 낙원은 병도 문제도 존재하지 않는 오직 기쁨과 평강, 사랑만이 넘치는 곳이었지. 그러나 아담이 하나님과의 언약을 깨트린 죄로 말미암아 낙원은 어둠으로 뒤덮였지. 사탄 루시퍼는 그 죄의 줄기를 타고 다가와서 병과 문제를 일으켰지. 적어도 예수가 십자가에 매달려 우리의 죗값을 대신 치르시기 전까지는 우리는 악마, 사탄을 이길 어떤 힘도 없었어. 하나님이신 예수가 자신의 피를 흘려 한 마리의 양으로 제물이 됨으로써 아담이 저지른 우리의 원죄는 깨끗이 청산되었지. 그럴지라도 우리의 믿음이 예수가 우리 죄를 청산하고 부활 승천하신 것과 완벽하게 연결되지 않으면 힘없는 공수표가 되고 말겠지. 1억 원짜리 수표가 호주머니에 있어도 그것이 돈인 줄 모르고 사용하지 않으면 천 원 값어치도 없는 종이에 불과하니까. 이때 예수께서 피 흘리신 공로로 우리의 죄의 값이 온전히 청산된 증거로 남긴 게 예수의 이름이지. 그 결과 사도 요한은 외쳤지." 너의 죄가 그의 이름으로 말미암아 사함을 받았음이요(요일 2:12). 모든 사도도 증언하길 그를 믿는 사람들이 그의 이름을 힘입어 죄 사함을 받는다 하였느니라(행 10:43). 외치자 위로부터 성령이 임했지. 예수님도 네 사람에게 매어서 그 계신 곳의 지붕을 뜯고 구멍을 내어 달아 내린 중풍 병자에게 그들의 믿음을 보시고 네 죄 사함을 받았느니라. 하시며 인자이신 예수의 이름이 죄를 사하는 권세가 있는 줄 너희로 알게 하노라(막 2:10) 말씀하시자 중풍 병자는 벌떡 일어나 걸어 나갔지. 이와 같이 예수의 이름에는 예수가 직접 행하는 권세가 내재해 누구든지 그 이름을 믿고 외치면 즉시 예수와 연결되어 우리 안에서 언제나 함께 계시던 그분께서 스스로 죽은 자를 살리고 병을 고치고 귀신을 쫓아내시지. 이것은 콜럼버스의 계란처럼 간단한 문제일 수 있어.

　예수의 이름은 떨기나무 가운데서 불꽃으로 나타나신 여호와의 사자와 똑같이 하나이니까. 어렵게 생각하면 한없이 어렵고 쉽게 생각하면 너무 쉬워서 누구나 계란을 세우는 것 같이 병을 고치고 귀신을 쫓아낼 수 있어. 적어도 직분자라면 하나님이 바라보는 곳을 같이 바라보면서 행함으로 온전해져야만 얽힌 매듭이 풀리겠지. 새가 알껍데기를 깨고 태어나야만 날아갈 테니까. 날 수 없는 새는 새가 되지 못하는 닭이 되겠지.

"예수영, 너무 비하하진 마세요. 누구나 날아가는 새가 되고 싶지. 오소리에게 잡아먹히는 닭이 되고 싶겠어요? 그럼 예수의 이름이 큰 권능으로 우리의 죄를 대속했다면 그 이름이 하나님의 표어인가요? 나도 그 이름을 믿으면 권능을 행할 수 있는지 믿어지면서도 믿어지지 않아요."

"예수는 멜기세덱의 빈 차를 쫓는 영원한 대제사장으로써 하나님과 사람 사이에 마지막 중보기도를 드리면서 하늘을 우러러 슬퍼하셨지. 나는 세상에 더 있지 아니하오나 저들은 세상에 있사옵고 나는 아버지께로 가옵나니 거룩하신 아버지여 내게 주신 아버지의 이름으로 저들을 보전하사 우리와 같이 저들도 하나가 되게 하옵소서. 내가 저들과 함께 있을 때에 내게 주신 아버지의 이름으로 저들을 보전하고 지키었나이다(요 16:11-12). 저들을 진리로 거룩하게 하소서. 아버지의 말씀은 진리이리다(요 16:17). 내가 아버지의 이름을 저희에게 알게 하였고 또 알게 하리니 이는 나를 사랑하신 사랑이 저희 안에 있고 나도 저희 안에 있게 하려함이니 이다(요 16:26). 그런즉 영생의 진리는 유일하신 참 하나님과 그가 보내신 자 예수 그리스도를 아는 것이지. 세상 중에서 내게 주신 사람들에게 내가 아버지의 이름을 나타내었다고 고백하셨으니까. 그날에는 너희가 무엇이든지 아버지께 구하는 것은 내 이름으로 주시리라 지금까지는 너희가 내 이름으로 아무것도 구하지 아니하였으나 구하라. 그리하면 받으리니 너희 기쁨이 충만하리라(요 16:23-24) 아버지께서 죽은 자들을 일으켜 살리심같이 아들도 자기의 원하는 자들을 살리시니까(요 5:21) 이 말씀에 근거해 엘리야는 사르밧 과부의 아들을, 엘리사는 수넴 여인의 아들을, 베드로는 다비다를, 바울은 유두고 청년을 살리게 되었지. 마찬가지로 우리 안에 함께 임재하시는 성령 하나님께서 지금도 똑같은 방법으로 살려주시지. 여호와이신 예수의 이름은 어제나 오늘이나 동일하신 하나님의 사자이니까."

예수영은 가장 알아듣기 쉬운 말씀을 풀어가며 나의 의아심을 설득했다. 나는 입춘으로 들어선 긴긴밤에 물음표로 가득한 문제들을 성령의 설득으로 받아들이며 성큼 다가선 해변의 추위를 이겨나갔다. 사람들은 고단한 일정에 힘이 들었는지 코를 골며 깊은 잠에 빠져 몸을 뒤척이었다. 어둠은 사위를 포위하는 싸락눈에 쌓여 고요히 깊어졌다.

게센누마의 아침은 해변에서 불어오는 해풍을 안고 따뜻하게 시작되었다. 사람들은 게센누마 소학교의 마당에 모닥불을 피우고 삼삼오오 짝을 지어 모닥불 주위에 둘러앉아 다가온 재난을 극복할 방법을 이야기했다. 이 정도의 큰 참사와 피해라면 극심한 혼란과 다툼으로 질서가 파괴되어 싸움이 일어날 법도 하건만 오히려 배식을 할 때도 한 줄로 줄을 서는 모습이 질서정연했다. 어디에도 괴성을 지르거나 새치기를 하는 사람이 없고 다만 사랑하는 가족을 잃은 슬픔에 한쪽 구석에서 쪼그려 앉아 손바닥으로 입을 막고 흐느낄 뿐이었다.

해가 높이 떠오르자 간신히 기운을 찾은 사람들이 전날과 똑같이 폐허더미의 해변에서 냄새나는 시신들을 한 구씩 찾아다가 물기가 마른 빈터에 가지런히 늘어놓았다. 찌그러진 자동차 운전석에 그대로 방치된 시신들이며 뒷좌석에 앉은 누구의 가족인지도 모를 시신들을 일일이 옮겨 줄을 맞춰 모셨다. 살았을 때는 한 가족의 가장이고 아들, 딸이었을 고귀한 생명들이 시장통 가판대의 썩은 생선처럼 나란히 진열돼 비린내와 지독한 악취를 풍기었다.

예수영과 나는 이런 사람들의 뼈아픈 처지를 외면할 수 없어 그들을 도와 땀 흘리며 발을 동동거렸다. 왜 태어나서 왜 살며 어디로 가는지 가늠하지 못하는 피부에 와닿은 인생무상이었다. 저녁녘이 되면서 외부와 단절되었던 길이 열리고 도움의 손길이 조금씩 이어지기 시작했다. 흰쌀밥과 신선한 채소를 넣은 된장국이 제공되고 포근한 담요도 배급되었다.

길 가운데 듬성듬성 가로막은 폐허더미로 인하여 지원 단체의 차량은 이곳까지 들어오기 힘들었지만, 일부의 사람들이 등산 배낭 안에 약간의 먹을 것과 구급 약품을 갖고 와 시신을 수습하는 사람들을 도왔다. 위험한 길을 헤치고 들어온 사람들은 초입부터 널브러진 시신들을 목격하고는 아연실색해 눈물을 흘렸다.

운동장 빈터에 대여섯 개의 천막이 쳐지고 어깨에 메고 온 간편한 생필품과 물병을 나눠주었다. 한쪽에는 슬픈 주검이 가득한 만큼 다른 한쪽에는 닥친 재난을 반드시 극복하고 더 아름다운 세상을 만들겠다는 일본인의 굳은 의지가 담겨 있었다.

  예수영은 이마에 송골송골 땀을 흘리며 무엇에 홀린 사람처럼 그들 곁에 다가서 열심히 도왔다. 폐허더미를 뒤져 시신을 운반하고 갈증에 허덕이는 사람들에게 물병을 나눠주는가 하면 지진의 충격으로 무너진 폐자재에 다쳐 골절된 사람을 발견하면 그의 특이한 사랑의 은사인 예수의 이름으로 치료해 주었다. 그의 옆에는 허리와 다리가 부서진 골조에 깔려 크게 다친 젊은 이 씨가 완쾌되어 그림자처럼 붙어 다니며 언어의 소통과 잡일을 도왔다.

  자신의 친가족 이상으로 사람들을 돕고 있는 그의 눈빛은 사랑과 긍휼로 넘쳐흘렀다. 그토록 내성적인 사람이 자신의 체면과 지식도 내려놓고 팔다리가 부러지고 극심한 병이 있는 사람이 이름 모를 아픔을 호소하면 그 자리에서 손바닥을 아픈 부위에 대고 안수해 치료하는 모습은 내게도 충격으로 각인되었다. 예순이 넘은 초로의 나이임에도 이삼십 대의 정력으로 몰입하는 장면은 전에는 한 번도 본 적 없는 또 다른 면의 그를 보는 느낌이었다. 뇌 각성 물질인 새로운 도파민과 세로토닌, 멜로토닌 성분이 온 신경세포 마디에서 각출 되어 그 자신을 놀라운 탄생으로 지배하는 듯싶었다. 예전의 그가 아닌 또 다른 '생각의 전환'이 그의 신경계의 뇌와 더불어 일어난 게 분명했다.

  그날 밤, 우리가 잠시 머문 교실의 한편에서는 예기치 못한 작은 성령의 부흥회가 열려 하나님의 살아 계심을 낱낱이 증명하게 되었다. 부상한 환자들과 고질병이 있는 환자들이 고침을 받고 돌아가 예수의 치료하심을 증거 하는 바람에 가까운 동네의 사람들이 소문을 듣고 찾아왔다. 소경과 귀머거리, 손에 혈기 마른 사람, 잘 걷지 못하는 사람, 몸에 마비가 온 사람 등 세상의 의학으로는 치료하기 힘든 사람들이 한두 명씩 모여들어 집단을 이루었다. 예수영은 그 폐허더미의 험난한 길을 달빛에 의지해 찾아온 환자들이 가엾고 한편으로는 감사해서인지 한 명, 한 명 상처 부위를 손바닥으로 정성스럽게 안수하면서 성령에 이끌려 생각나는 대로 강론을 시작하였다. 환자가 고침을 받을 때마다 그 사이사이 자기가 의지하고 가장 사랑하는 하나님을 증거 하며 큰 영광을 돌렸다.

"여러분이 직접 목격하는 가운데 고침 받고 완쾌된 이 사람들은 현대의학도 사람의 의지나 노력으로도 아닌 예수 그리스도 이름으로 치료를 받았습니다. 그 이름을 믿음으로 살아계신 그 이름이 여러분이 알고 있는 이 사람들을 서로가 생생히 목격하는 가운데 완전히 낫게 하였지요. 이 예수는 이천 년 전에 우리 죄를 대신 지고 십자가에 못 박혀 우리 모든 죄를 단번에 대속하신 하나님 아들의 거룩한 이름이요 살아계신 하나님 그 자체이신 분이셨지요. 공자도 부처도 마호메트도 그 누구든지 숨이 끊어지면 무덤에 들어가게 되는데 어린 양으로 오신 예수만이 무덤에 장사한 지 사흘 만에 살아나셔서 여러분의 눈으로 직접 확인했듯이 지금도 우리 곁에서 살아계셔 영원한 생명이 되어 이 세상의 저주와 질병, 모든 문제에서 우리를 돌보시고 치료하시는 사랑의 하나님이시지요. 다른 이로써는 구원을 얻을 수 없나니 천하 인간에 구원을 얻을만한 다른 이름을 예수 그리스도의 이름 외에는 우리에게 주신 일이 없으니까요(행 4:12). 인간은 죽은 자가 다시 살아나 하늘로 들려 올라갈 수 없어도 예수만은 우리의 죄와 연합해 함께 죽고 아버지의 영광으로 말미암아 살아나심은 우리도 같은 모양으로 그분과 연합해 부활을 맛보려 하심이지요. 이는 죽은 자가 죄에서 벗어나 의롭다 하심을 얻었음이라(롬 6:7) 이는 우리가 그리스도와 함께 죽었으면 또한 그와 함께 살 줄을 믿노니 그가 죽으심은 죄에 대해서 단번에 죽으심이요 그가 살아나심은 하나님께 대하여 살아 계심이니 이와 같이 병 나은 여러분도 당신 자신이 죄에 대하여는 죽은 자요. 하나님께 대하여는 살아났으므로 당신의 몸을 불의의 병기로 죄에게 내주지 말고 오직 자신을 죽은 자 가운데서 다시 살아난 자 같이 하나님께 드리며 당신 지체를 의의 병기로 하나님께 드리시오. 더 심한 것이 생기지 않도록 죄가 주장하지 못하게 죄의 사욕에 종노릇 하지 마시오. 여러분이 섬기던 우상들을 과감히 집어 던지고 예수 안에 들어오면 당신들은 세상 법아래 있지 아니하고 하나님이 보호하시는 은혜 아래 있게 되니까요. 내가 사람의 예대로 말하노니 전에 당신 지체를 우상과 불법에 내주어 불법에 이른 것 같이 이제는 당신 지체를 의의 종으로 내주어 거룩함에 이루도록 하시오. 여러분이 죄의 종이 되었을 때는 의에 대해서 자유로웠지만, 그때 무슨 열매를 얻었나요? 이제 여러분이 그 일을 부끄러워하나니 이는 그 마지막이 사망이지만 지금은 죄의 질병으로부터 해방되어 거룩함에 이르는 열매를 맺었으니 영원한 영생을 얻은 것이지요. 죄의 삯은 사망이요 하나님의 은혜의 선물은 그리스도 예수 안에 있는 영생임을 기억하시오(롬 6:19-23). 한 번 죽는 것은 사람에게 정하신 것이요 그 후에는 심판이 있으리라 하였으나 예수를 진실로 믿는 자는 두 번째 심판에 이르지 않고 아버지 나라에서 영원한 기쁨의 행복을 누리게 되지요. 그런즉 그리스도 안에 있으면 새로운 피조물이라 이전 것은 지나갔으니 보라 새것이 되었도다(고후 5:17). 우리도 예수 십자가의 대속의 피에 힘입어 의롭게 되었으므로 지금껏 전혀 모르고 따르던 나무와 돌, 쇳덩이로 부어 만든 더러운 우상들을 쓰레기통에 버리고 온 우주의 창조주시며 호흡과 생명의 주관자이신 이 예수를 진실로 믿고 그 말씀에 순종하면 여러분도 죄에 대해서는 단번에 죽은 자요 그리스도 예수 안에서 하나님을 대하여는 살아 있는 자로써 그분의 은혜와 사랑, 평강과 기쁨의 보살핌을 받게 되지요. 거듭거듭 성령으로 강조하노니 그리하면 세상 죄가 당신을 주장하지 못하리니 이는 당신이 세상 법아래 있지 아니하고 하나님의 크고 큰 은혜 아래 있기 때문이지요. 아무리 이 세상에서 돈과 명예, 권력으로 살았다 해도 이 말씀의 절대 진리를 모르면 죽은 자요 반대로 세상에서 목숨만은 유지하며 아무것도 모르고 가난하게 살았다 해도 내가 드리는 진리를 깨우치면 모든 것을 아는 자가 되어 영원히 살아서 하늘로 올라가는 자가 되겠지요. 강조하건대 우리가 말씀의 진리대로 살지 않고 「나는 나」라는 배짱으로 자기 뜻대로 살게 되면 반드시 심판을 받게 되지요. 하나님

눈에는 천 년이 하루이고 하루가 천년 인고로 우리가 존재하는 사바세계는 눈 한 번 깜박이면 지워지는 전광석화에 불과하지요. 이렇듯 짧게 살면서 전혀 모르는 헛된 우상을 따르다가 심판을 받지 말고 예수 그리스도를 구주로 영접하여 여기 지구보다 수조 배, 수경 배, 수 경경 배 더 아름답고 큰 빛나는 하늘 에덴에서 영원한 생을 맛봅시다. 주 예수를 믿으라. 그리하면 너와 네 집이 구원을 얻으리라."

예수영의 강론은 성경을 몇 번 독파한 내가 듣기에도 난해하면서 복잡 미묘했다. 그런데도 청년 이 씨의 통역으로 그 어려운 내용을 들은 사람들은 한마디도 놓치지 않고 이해했다는 표정으로 얼굴이 환해져 고개를 끄덕이며 눈물을 글썽였다. 이 씨 자신도 처음 통역하는 성경 내용인데도 가슴에 쏙쏙 들어박혀 이해되는 게 정말 신기했다고 고백했다. 이는 분명히 이 씨의 실력도 능력도 아닌 성령 하나님의 임재였다. 병 고침이나 회개나 통역이나 이해와 감동이 사람 가운데 고요함으로 이루어진 것은 하나님이 개입하신다는 확실한 증거일 터였다.

예수영은 병자들을 서너 명씩 집단으로 묶어 안수하고 고질병이 나을 때마다 예수를 믿겠다는 영접기도와 그 말씀을 받아들이는 아멘을 직접 말하도록 지시하였다. 병자들은 자신들의 고질병에서 놓임 받고 완쾌된 사실에 놀라고 흥분되어 그가 시키는 대로 순순히 받아들였다. 어차피 존재 가치도 없고 알지도 못하는 엉터리 신에게 무릎 꿇고 머리를 조아리느니 자신들의 각색 병을 고쳐준 확실한 하나님을 믿고 붙잡겠다는 의지가 불타올라 보였다. 그들의 눈빛과 가슴에는 기쁨과 감사, 평강과 탄성, 새로운 소망이 넘쳐흘렀다. 강론이 끝나고 밤이 깊어졌음에도 넘치는 흥분으로 그 자리를 떠나지 않고 주위를 서성이며 맴돌았다. 그들과 섞여 한 무리를 이룬 나 역시 일어난 일들에 대한 흥분을 삭히지 못해 교실 구석 한편에서 쪼그리고 앉아 묵상 기도를 드리다가 문득 사람들이 의문시했던 구절이 떠올라 내가 가진 의문을 내던졌다.

"도대체 정의란 무엇이지요? 하나님의 정의도 같다는 뜻인가요?"

"무슨 의문이 당신을 또 궁금케 하는 걸까?"

"별거 아니에요. 어떤 치료받은 사람이 당신을 정의롭다고 극찬했어요. 또한 의롭고 공의롭다고도 했어요."

"어떤 주제의 정의를 내리는 핵심에서 벗어났지만 어느 작가의 책 제목을 화두로 삼으니 좋은 의미로 감사하군. 나는 읽어보지 않은 책이어서 그 내용은 모르나 내가 사고하는 견지에서는 하나님이 바라보는 곳을 우리도 같은 방향으로 함께 바라보며 무조건 그분의 뜻 안에서 순종하는 게 아닐까 해. 또한 말씀이 육신을 입고 태어난 예수님을 완벽한 하나님이시면서 완전한 인간으로 정의를 내리는 것을 말씀 안에서 뒷받침하지 못하면 우리에게 확실한 믿음을 주지 못하지. 예수께서 예루살렘 성전 안 솔로몬 행각에 거니실 때 유대인들이 에워싸고 이르되 당신이 언제까지나 우리 마음을 의혹하게 하려 하나이까 그리스도이면 밝히 말씀하소서 하니 내가 내 아버지의 이름으로 행하는 일들이 나를 증거하는 것이어늘 너희가 내 양이 아니므로 믿지 아니하는도다.(요 10:23-26) 바로 여기서 내가 내 아버지의 이름으로 행하는 일들 곧 예수의 이름의 권능이 완벽한 하나님임을 드러내 증거 하는 점이지. 너희는 아래에서 났고 나는 위에서 났으며 너희는 이 세상에 속하였고 나는 이 세상에 속하지 아니하였느니라 그러므로 내가 너희에게 말하기를 너희가 너희 죄 가운데서 죽으리라 하였노라 너희가 만일 내가 그인 줄 믿지 아니하면 너희 죄 가운데서 죽으리라 나는 처음부터 너희에게 말하여 온 자이니라.(요 8:23-25) 예수께서는 나는 위에서 났으므로 이 세상에 속하지 아니한 말씀 곧 여호와의 이름이라고 분명히 밝히셨고 완벽한 하나님이신 아버지의 이름으로 왔으매 나와 아버지는 하나이니라(요: 10:30)고 명쾌히 밝히셨지. 그런즉 완전한 인간으로 이 세상에 태어나는 예수께서는 완벽한 하나님이신 여호와의 이름과 하나가 되어 존재하셨지. 완벽한 하나님이신 예수의 이름으로 밤마다 기도하셨고 악한 귀신을 쫓아내고 병을 고치셨지. 우리와 똑같은 완전한 인간이셨지만 그분은 온 우주의 만물과 인간을 창조하시고 하늘보좌에 앉아계신 여호와의 영과 이름을 소유한 거룩거룩거룩이셨기에 영원한 생명이고 참 하나님이셨지. 영생은 곧 유일하신 참 하나님과 그가 보내신 자 예수 그리스도를 아는 것이라고 기도하셨으니까(요 17:3) 그러기에 이 땅에서 하늘나라로 아무것도 가져갈 수 없지만 오직 예수 이름만 가져갈 수 있기 때문에 누구든지 이 세상에서 진실로 예수 이름을 자기 평생 가지지 못하면 진실로 죄사함을 받지 못해 하늘나라로 들려 올라갈 수 없겠지. 나 자신도 이 세상에서 내가 가진 전부를 팔아서 밭에 감추인 진주 하나를 산 것은 하늘나라로 유일하게 연결된 예수의 이름이었지. 하나님은 믿는 자에게 주신 성령을 통해 인간과 소통 하시고 육신을 가진 인간은 예수 안에서 기도를 통해 하나님과 만나게 되지. 그 날에는 내가 아버지 안에 너희가 내 안에 내가 너희 안에 있는 것을 너희가 알리라(요 14:20) 너희가 내 안에 거하고 내 말이 너희 안에 거하면 무엇이든지 원하는 데로 구하라 그리하면 이루리라(요 15:7) 말씀하셨으니까. 누구든지 예수 안에 거하면 우리는 기도를 통해 하나님과 만나고 하나님은 우리에게 주신 성령을 통해 우리와 만나시는 게 하나님의 정의가 아닐까 해. 다시 강조하지만 예수의 이름은 완벽한 하나님이시므로 예수님은 완전한 인간이면서도 하나님 그 자체이셨지. 그러므로 그 이름으로 명령하면 성령 하나님께서 직접 명령하는 거나 똑같아서 천하 만물에 그대로 전달되어 어떤 피조물의 체세포 DNA도 저희를 창조하신 하나님의 명령에 복종하겠지. 사탄루시퍼조차도 하나님이 부리시는 악령이고 피조물에 불과하니까."

"그렇다면 하나님께서 우리가 악에서 떠나 스스로 낮아지지 아니하면 비록 내 이름을 위하여 거룩하게 한 육신의 성전일지라도 내가 이것을 버려 많은 민족 중에 이야깃거리가 되게 하리라 하셨는데 그 악이란 무엇을 의미하는 걸까요?

"너무 어려우면서도 쉬운 문답이 될 수도 있군. 하늘에 구름이

끼면 해를 볼 수 없듯이 우리와 하나님 사이에 죄악의 구름이 가리면 결코 하나님을 만날 수 없는 건 주지의 사실이지. 믿음은 무작정 세상에서 당면한 현실을 믿는 게 아니고 그 현실을 넘어 이길 수 있는 성경 말씀의 약속을 믿고 무조건 나는 못 해도 하나님은 승리케 하신다는 약속을 믿고 지켜 행하는 것이지. 우리가 매 순간 알고 지은 죄나 모르고 지은 죄를 회개하지 않으면 하나님은 모른 척, 눈을 감고 계시므로 대신 사탄이 개입해 헛것에 불과한 우상을 섬기도록 미혹하게 되지. 살인보다도 더 악한, 악의 악은 자신을 이 세상에서 존재하게 하신 하나님을 버리고 일개 피조물에 불과한 우상 귀신들을 숭배하고 섬기는 일이니까. 너희가 내 안에 있고 내 말이 너희 안에 있으면 그 약속의 말씀을 믿고 무엇이든지 원하는 대로 구하라. 그러면 이루리라고 약속의 말씀을 주셨는데도 사탄에게 미혹되어 우상 신을 믿고 따르는 건 너무도 슬프고 황당한 일이겠지. 약속의 말씀을 믿기만 해도 여호와의 영광이 우리 육체의 성전에 가득하건만 회개하지 않으므로 악마의 습격을 받아서 하나님을 버리고 사탄의 또 다른 형상인 우상에게 절하고 끌려들어 가게 되지. 곧 매 순간 회개하지 않으므로 하나님과 멀어지고 그 자리를 피조물에 불과한 귀신의 우상으로 채우는 게 죄악이고 최고의 악이지. 그분 앞에서는 흑암이 숨기지 못하고 밤이 낮과 같이 비치나니, 흑암과 빛이 일반인 것을 그분은 우리 형질이 이루기 전에 우리를 보셨으며 나를 위해 이 세상에서 정한 날이 하나도 되기 전에 그분의 책에 내가 갈 길을 다 기록하신 하나님이신데도 내가 항상 내 죄를 회개하지 않으므로 해서 그분과 멀리하고 사탄을 불러들이는 최고의 악을 저지르는 어리석음에 빠지게 되지. 시작과 끝이 그분에게는 동일 선상에 놓인 한 점에 불과해 모든 것을 다 알고 계시지. 시간과 공간도 한 점이고 죽음과 생도 한 점이고 우리가 생존하는 대우주도 한 점이어서 낱낱이 우리는 물론, 모든 피조물과 마귀까지도 일각일초 놓치지 않고 바라보고 감시하시는 부지런하고 거룩하신 분 앞에서 우리가 회개하지 않는 악을 저지르는 죄를 행하므로 그분의 도움을 받지 못하는 건 슬픈 일이겠지. 그러므로 최고의 악과 실수는 매 순간 회개하지 않는 게 무조건의 평생 잘못이 되겠지. 러시아의 수학자 그레고리 페렐만은 대우주의 마름모꼴이 한 점에서 시작되었다는 걸 수학적으로 증명한 대가로 노벨상보다 더 클 수 있는 상을 받게 되었는데 그는 수십억 원의 상금이 부상으로 부여되는 그 큰 상을 당당히 거부했지. 그 나름대로 거부한 이유는 어둠과 빛, 생과 죽음의 대칭되는 두 세계가 충돌했다고나 할까. 사실 찰나와 영원, 부자와 가난한 자, 복과 화, 물과 불, 바다와 육지, 남자와 여자, 건강과 질병, 향기와 악취 등은 한 점에서 시작된 대칭 구조로 선과 악의 종잇장 한 장 차이의 물음표에서 고민한 결과였지. 과거의 레닌그라드였던 상트페테르부르크의 한 서민 아파트에서 그의 늙은 어머니와 단둘이 가난하게 살던 그는 수십억 원의 상금을 거부하고 예전과 똑같이 가난하게 사는 이유는 부자와 가난한 자의 허무함이 하나의 점이라는 걸 깨달아서 일 거라 확신해. 하나님이신 예수의 십자가 주검과 부활을 받아들이지 않으면 물질과 명예로써는 더 평강과 행복을 찾을 수 없을 테니까. 사람이 예수의 이름으로 회개하지 않으므로 하나님과 멀어져 사탄의 우상을 섬기는 악을 행하므로 억지로 평강과 기쁨의 행복을 찾으려 하여도 손에 잡히는 건 바람, 바람이 아닐까? 창세로부터 하나님의 영원하신 사랑과 신성이 만드신 만물에 분명히 보이고 그 모든 것을 예수의 이름 한 점에 가두셨으므로 예수 이름 안에 들어와야만 모든 것을 가질 수 있는데도「나는 나」라는 배짱으로 살고 있다는 점이야. 그 수학자는 나와 하나님 사이에서 한 점을 이론적으로 그 시점까지는 발견하지 못해 전부를 거부한 게 아닐까. 그러나 하나님의 세계는 세상의 어떤 이론으로도 성립될 수 없지. 무조건 자기를 회개하고 그분의 말씀에 순종하는 길만이 사탄의 속임수에 넘어가는 악을 행하지 않겠지. 아무리 세상에서 청빈하게 사는 기품 있는 학자라도 예수 안에 들어오지 않으면 나와 하나님과의 한 점은 영원히 일치할 수 없을 테니까. 석탄은 물에 아무리 씻어도 검은색이 나오는 것처럼 사탄은 아무리 광명의 천사로 위장해도 검은색이어서 빛이신 하나님과 한 점 안에 머무를 수 없으니까."

예수영은 사탄에게 속아 덧없이 지나간 시간들이 바람, 바람이었다고 이어서 지속적으로 강조했다. 빛과 어둠을 대조시킴으로써 선과 악을 종잇장 한 장 차이임을 극명하게 증언했다. 예수 안에서는 선이고 그분과 멀어짐은 무조건 악이라고 강조하면서 긴 밤을 지새우며 악한 영에게 사로잡혀 사탄의 놀잇감이 되었던 지난 과거를 분개했다.

아마 우상과 동거했던 예전의 한 시점이었다면 술 한 잔에 담배 한 개비를 피워 물고 허무를 읊으며 껄껄대었으리라. 그런 그가 바다가 육지로 변한 것처럼 천지개벽이 일어난 것은 창세전에 택함 받은 예수의 신비가 아닐까 추측했다.

그는 자기가 정의라고 생각하면 지옥도 고집스럽게 따라가고 정반대로 아니라고 판단하면 설령 천국이라도 발로 차고 돌아서는 외고집 불통의 문외한이었다. 자기의 전 재산을 한 번에 날린다 해도 자기가 싫은 일에는 고개를 한 번 좌우로 내저으면 그만인 타협은 전혀 모르는 사람이었다. 그래서 이익보다는 자존심이 자기가 정해놓은 한계점을 넘어 버리면 항상 발로 걷어차 손해를 보는 외고집이었던 그가 예수의 신비에 몰입해 완전히 뒤바뀐 남자가 되었다. 나 역시 그의 놀라운 변화를 체험하면서 전에 내가 가졌던 엉터리 신앙관을 접어두고 하나님 중심으로 들어와 예수 알기에 나 자신을 맡겨 전력투구의 경지에 이르렀다. 예수를 입술로 믿었다가 온몸과 행위로 알게 되었다.

그 이튿날도 그는 그곳을 떠나지 못하고 그곳 사람들과 어울려 수많은 시신들을 수습했고 가벼운 상처 입은 사람들에게는 요오드팅크 소독약을 발라주던가, 물병과 주먹밥을 나눠주는 일에 열심이었다. 마치 이 일을 하려고 한국에서 파견된 대표 사절 구급대원인 양 아무 일에나 닥치는 대로 전념했다. 언제나 바다라면 너무 좋아해 자신의 분신인 것처럼 하루에도 수십 번 넘게 바라보았겠지만, 지금은 고개를 들어 먼 바다를 보기는커녕 어려움에 처한 그들을 돕는데 구슬땀을 흘렸다.

시신 옮기는 일이 역겹고 힘든 탓에 외면하는 사람들이 더러는 간간이 있어도 예수영은 대부분 자기의 형제라도 되는 듯 청년 이 씨를 비롯해 시신을 정중하게 들것에 실어 빈터의 공간이면 어디든지 옮겨서 일렬로 안치했다.

인구 칠만 명의 게센누마시는 폭격을 맞은 듯 그 이상의 완전 폐허로 변하였고 멀리 석유화학 단지로 생각되는 곳에서는 큰 화재가 발생해 밤낮없이 시커먼 연기를 휘날리며 불타올랐다. 지진과 쓰나미로 아스팔트 길이 휘어져 끊어진 데다가 지역 소방서마저 큰 재해를 당해 미처 손을 쓰지 못하고 불이 계속 번지도록 방치할 뿐, 모든 사람이 침묵을 넘어 경악했다. 나는 예수영과 이 씨의 뒤를 물병을 들고 졸졸 따라다니면서 사람들이 목마른 시늉을 지으면 물을 먹여 주기도 하고 지친 사람을 대신해 들것의 한 편을 움켜잡고 낑낑대며 거들었다. 처음에는 예수영의 결연한 의지를 꺾지 못해 거들어주는 차원이었는데 끝내는 자발적으로 그들의 눈물에 참여하게 되었다. 그들의 생의 슬픔이 깊게 전이되어 무언가를 돕고 싶다는 자의식이 가슴에서 밀려와 내 영혼을 일깨웠다. 가족 잃은 사람들은 모두가 하나 같이 입은 굳게 다문 채 깊게 팬 상처를 잊으려는 듯 자기가 맡은 일에만 몰두했다. 이런 혼미한 와중에 땅이 흔드는 여진이 여러 차례 반복되고 가까운 거리에 위치한 후쿠시마 원전에서 대폭발이 일어나 많은 사람이 죽었다는 등 흉흉한 뜬소문이 돌면서 주민들의 얼굴은 흙빛으로 변해갔다. 동시에 여러 기의 원전이 더 폭발하면 체르노빌의 대폭발처럼 많은 방사능이 센다이와 게센누마시의 하늘로 퍼져 땅과 공기가 오염돼 수많은 사람이 더 죽은 것이라는 무서운 소문으로 주민들을 발을 동동거렸다. 예수영은 어차피 죽어도 천국이고 살아도 천국인 데 피난 가봤자 길이 막혀 고생일 바에 상황을 지켜보자는 느긋함으로 대처했다.

계절은 봄의 초입으로 들어섰건만 회색빛의 하늘 밑은 차가운 바람이 가슴팍을 꿰뚫었다. 연무에 휩싸인 태양은 후쿠시마 원전 대폭발로 아픔을 겪은 듯 찬란한 빛 대신 구름에 가려 스산함을 더했다.

주인 잃은 시신들이 공터로 한두 구씩 더 늘어갈 때마다 주민들은 방파제 넘어 바다로 눈길을 돌렸고 그들의 고인 눈물이 한없이 흘러내리며 을씨년스러움은 처절한 공포로 이어지는 분위기였다.

그날 밤도 이어지는 뜬소문으로 마음이 텅 빈 공허한 사람들과 원전 사고의 공포 분위기로 죽음의 위압감을 느낀 사람들이 작은 위안이라도 받으려는 듯 해안가 언덕의 비좁은 교실을 가득 메웠다. 예수영은 그 전날 밤과 같이 사람들의 질병을 예수의 이름으로 치료해 주면서 틈새 사이사이 그들의 영혼을 채워나가는 생명의 말씀으로 복음을 전파했다. 사람들은 영혼의 무언가를 갈구하는 강한 눈빛으로 차츰 사위를 둘러싼 죽음의 공포를 잊으면서 예수영의 한마디 한마디의 말씀 증거에 빠져들었다.

"옛날에도 이 세상은 하나님께 복종하지 않는 모든 사람들의 불신과「나는 나」라는 배짱으로 인해 물의 넘침으로 전멸하고 당대의 의인이었던 노아와 그의 가족만이 겨우 구원을 받았지요. 노아의 부인과 세 아들인 샘, 함, 야벳 그 자부들이지요. 이들로 말미암아 백인과 흑인, 황인종이 태어나서 아담과 하와이래 두 번째 조상이 되었지요. 여러분은 우스갯소리로 하나님이 불에 살짝 구운 자는 백인이 되었고 많이 구운 자는 흑인, 적당히 구운 자는 황인종이 되었다고 궁색한 농담을 하는 데 하나님의 그 크신 창조 역사를 함부로 해석하면 하나님이 기뻐하지 않으시지요. 미적분과 인수분해 등 각종 수학 공식과 물리법칙을 주신 하나님은 정교하시고 실수가 없으신 분이니까요. 그 법칙 위에 계시므로 백인, 흑인, 황인종이 탄생된 배경도 끝까지 들으시면 얼마나 과학적인 가를 알 거예요. 그분은 모든 것을 자기 뜻에 따라 완벽히 이루시는데 단 한 가지 못하시는 게 있다면 거짓말이지요. 하나님이신 여호와 곧 예수는 작은 실수와 거짓말조차 못 하시지요. 여러분이 평생에 수수께끼로 가졌을 끈질긴 의문을 이 자리에서 속 시원하게 풀어드리지요. 예수 성령께서 기도할 때, 감동으로 제게 들려주셨어요."

"우리가 살아서 호흡하는 이 세상은 아담과 하와가 선악과를 따 먹기 전에는 질병과 사망, 불행과 슬픔도 존재하지 않는 사랑과 기쁨, 무한한 행복만이 넘치는 에덴동산이었지요. 아담과 하와의 자손들이 수만 년, 수십만 년 그 이상을 살았어요. 아무도 죽지 않았고 질병에 걸려 고통과 비애 등 어떤 어려움도 겪지 않았지요. 사람의 나이가 어린 아이에서부터 수십만 살 이상이 되어도 오직 사랑과 감사, 평화만이 넘치고 하나님을 찬양하는 노랫소리만이 가득한 낙원이었지요. 그러나 이것을 시샘한 악마 사탄이 하나님을 대적해 자기 보좌를 높이려고 하와를 선악과로 유혹했고 급기야 하와가 먹음직하고 지혜로울 만큼 탐스러운 그 열매의 유혹에 넘어갔지요. 동산에 있는 모든 열매는 자유로이 따먹되 하나님과 인간 사이를 구별하는 그 사망 열매를 따먹으면 죽음과 저주가 온다고 하나님께서 분명히 경고하셨음에도 불구하고 하와는 마귀의 유혹을 이기지 못하고 그 선을 넘어버렸어요. 자기도 먹고 남편인 아담에게도 먹이는 최악의 불순종을 저질렀어요. 그때부터 인간의 사망과 생로병사의 고통이 시작되었고 그들에게는 엉겅퀴와 가시넝쿨이 돋아나 무성해져서 이마에 땀을 흘려야만 곡식을 거두어 먹고 생존할 수 있게 되었지요. 하와에게는 그 벌로 해산하는 고통이 더해져 죽음에 가까운 진통을 겪어야 아기를 해산하게 되는 우리가 아는 성경책에 기록된 인류의 역사가 드디어 시작되었어요. 가인과 아벨을 낳고 가인이 동생 아벨을 시기해 돌로 때려죽였고 또다시 셋을 낳고 셋이 자녀를 낳고, 자녀가 또 아들을 낳고 하면서 문명의 역사가 지속되었지요. 그러나 아담과 하와가 선악과를 따먹은 죄의 벌로 마침내 죽음의 저주가 에덴을 덮쳤고 원죄를 범한 뒤에도 그 자손들의 평균수명이 처음에는 구백 세를 넘나들었어요. 한마디로 한 부부의 자손으로 언어가 하나로 소통되는 터여서 노아의 홍수가 일어나기 전, 천오백여 년 동안에는 큰 전쟁도 없고 궁창 위의 하늘에는 큰물로 쌓여 있어 우주 광선이나 자외선도 지구에 직접적인 영향을 끼치지 않음으로 인구는 기하급수적으로 늘어나 수십억이 되었지요. 아마 현존하는 지구상의 인구와 비슷하다고 짐작하면 되겠지요. 궁창의 큰 물이 아래로 쏟아지고 땅의 깊은 샘이 열리는 노아의 홍수 전이여서 육지의 면적도 지금보다 훨씬 넓은 대륙붕까지도 경작할 수 있는 탓에 인류가 조금만 땀 흘려도 먹고 살기에 충분했지요. 향토 병이나 자연재해 등 지금처럼 갖가지 질병도 거의 없어서 먹을 것이 부족해 구백세 이전에 빨리 죽는 사람도 드물었지요. 므두셀라에서 라멕만큼 오래 살았기에 이들은 남색과 여색, 우상숭배 등 육신 즐기기에 흠뻑 빠져 타락에 타락을 거듭했지요. 소돔과 고모라 성에서 탈출한 롯의 두 딸이 아비인 롯을 통해 자식을 낳은 사례처럼 이러한 문화는 홍수 이전의 사람들로부터 답습된 그 당시의 풍습이었어요. 소돔과 고모라와 그 이웃 도시들도 그들과 같은 행동으로 음란하며 다른 육체를 따라가다가 영원한 불의 형벌을 받음으로 거울이 돼었으니까요(유 1:7). 보다 못한 하나님은 타락한 인류를 멸망시키기로 뜻을 세우시고 당대의 의인인 노아로 혈통 전하기로 맘먹으시고 노아에게 이르시되 모든 혈육 있는 자의 포악함이 땅에 가득하므로 그 끝 날이 내 앞에 이르렀으니 내가 그들을 땅과 함께 멸하리라

(창 6:13) 그러나 너와는 내가 내 언약을 세우리니 너는 네 아들들과 네 아내와 네 며느리들과 함께 그 방주로 들어가라(창 6:18) 노아는 500세 된 후에 셈과 함과 야벳을 낳았고 육백세 되던 해에 큰 깊음의 샘들이 터지고 하늘의 창문이 열려 사십 주야를 비가 땅에 쏟아졌더라. 그러므로 노아가 며느리를 맞이한 뒤, 방주를 지으라는 계시를 받았으므로 자식들이 20세에 결혼했다고 해도 거꾸로 계산하면 80년 미만 동안 방주를 지었겠지요. 적어도 노아 가족이 방주를 짓는 그 수십 년 동안 사람들은 불순종의 죄를 회개하고 돌아오기는커녕 방주를 짓는 노아 가족을 비웃고 훼방했지요. 그런즉 땅속에서는 깊음의 샘들이 터져 위로 올라오고 궁창 위 하늘에서는 쌓였던 물의 창이 열려 나이아가라 폭포수 같은 물줄기가 쏟아 부어졌지요. 노아의 입을 통해 내가 지은 모든 생물을 지면에서 쓸어버리리라 경고하신 대로 물들은 산봉우리 위로 덮이고 노아를 비웃고 훼방하던 사람들은 그제야 살려달라고 울부짖었지만, 방주의 문은 닫히고 인류의 심판은 끝났어요. 방주가 아랏릿 산에서 뜨기 일주일 전까지 처절히 알리신 하나님의 경고를 가벼운 농담으로 흘려듣다가 그 당시의 인류는 육체의 죽음으로 몰사당한 거지요. 지금도 그와 같은 상황이 벌어지고 있음에도 사람들은 하늘이 옛적부터 있는 것과 땅이 물에서 나와 말씀으로 된 것을 일부러 잊고(벧후 3:5) 자기의 정욕을 따라 행하고 조롱하여 주께서 강림하신다는 약속이 어디 있느냐 조상들이 잔 후로부터 만물이 처음 창조될 때와 같이 그냥 있다고(벧후 3:4) 주장하다 이로 말미암아 그때의 세상

은 물의 넘침으로 멸망하였고 지금은 하늘과 땅이 동일한 말씀으로 불사르기 위해 간직된 것을 왜 깨닫지 못하는가. 그날에는 하늘이 큰 소리로 떠나가고 물질이 뜨거운 불에 풀어지고 그중에 있는 모든 일이 드러나리로다(벧후 3:10). 주의 약속은 어떤 이들의 더디다고 생각하는 것같이 더딘 게 아니라 오직 주께서는 여러분에 대하여 오래 참으사 다 회개하기에 이르기를 원하시지요(벧후 3:9). 그날은 우리의 생애에 반드시 일어날 것이라 말씀에 기록되어 있어서 누구든지 하나님의 날이 임하기를 바라보고 간절히 사모하시오. 세상 끝 날의 징조에 대해서는 너무 많아 다음 기회에 말씀으로 정확히 가르쳐 드리기로 약속하고 오늘 밤에는 물의 심판으로 죽은 사람들이 무엇이 되어 떠도는가를 짚어보기로 하지요. 하나님께서 인간을 지으시고 생기를 코에 불어넣으시니 생령이 된 지라 말씀하신 것처럼 짐승이나 나무는 죽어서 자연으로 돌아가면 그만이지만 인간의 영혼은 생령이 되었기에 영원히 죽지 못하고 물의 심판으로 죽은 사람들은 지금도 그 영이 살아서 인간의 육체를 숙주로 해서 귀신이 되어 옮겨 다니며 떠돌고 있지요. 잘못을 회개하고 노아의 방주에 올라타라는 노아의 외침을 거부한 단순한 죄를 지었고 또한 죄의 한계를 정한 율법이 주어지기 전인 터여서 율법이 있기 전에는 죄를 죄로 여기지 아니하였으므로 홍수로 죽은 그들은 음부, 곧 무서운 지옥인 스올로 떨어지지 않고 우리가 현존하는 이 세상에서 육체 없는 영혼으로 우리와 함께 살도록 허락하셨지요. 이것이 셀 수 없는 귀신의 무리이고 정체이지요. 그 악령들은 타락한 천사장 마귀 지시를 받고 돌아가신 부모, 형제, 자매, 친구 등의 영혼으로 위장해 계시를 하고 작두 위에 올라타 점을 치거나 술법을 부리는 사람, 하나님이신 예수를 전혀 모르는 사람, 예수를 알되 그분의 전한 말씀을 헛되이 믿고 굳게 지키지 않은 사람(고전 15:2) 등을 평생 동안 후손과 후손 사이를 옮겨 다니며 병을 옮기고 사고를 내고 저주를 퍼붓는 악귀가 되어 인간 위에 군림하지요. 하지만 노아의 홍수 이후에 죽은 사람들은 곧 하나님의 율법이 온 뒤로 죽은 사람들은 무조건 죄를 지면 사방이 꽉 막힌 무서운 스올로 떨어져 갇히게 되고, 하나님 뜻대로 믿고 행한 사람들은 그 영이 낙원으로 올라가 지금도 예수 안에서 살고 있지요. 반면에 부모, 형제, 자매, 친구 등의 잡귀로 위장해 우리가 우상들을 섬기도록 평생 미혹하는 귀신들은 홍수 전에 전멸한 더러운 영들이므로 더는 속아서는 안 되고 예수의 이름으로 쫓아내야 되지요. 예수만이 길이요 진리요 생명이므로 예수 피의 공로에 힘입지 않고서는 어느 누구도 하늘나라에 올라갈 수 없지요. 이것이 예수를 무조건 믿고 의지해야만 하는 이유이고 사람이 세상에 태어나 생존하는 목적이지요. 명예, 물질, 권력은 하나님의 영광을 위해 사용하라고 주셨음에도 불구하고 「나는 나」라는 소돔과 고모라 사람들처럼 자신들의 향락을 위해 제멋대로 사용하다가 끝내는 저주받은 스올에 떨어지게 되지요. 물론 성경에는 주님이 오시는 그날 이후에 천년왕국이 끝나면 심판을 받는다고 쓰여 있어도 이미 스올에 떨어지면 현실적인 일차 심판을 받은 거지요.

참으로 무섭고 통탄할 예수의 이름을 모르는 죄의 대가가 아닐까요? 곧 세계 각국에서는 차별금지법이 등장해 성소수자와 종교를 차별해 예수만이 유일한 하나님이라 외치면 차별금지법에 위배돼 결국 유치장에 들어가 예수를 주장하지 못하는 때가 되겠지만 오직 경배를 받으실 창조주는 하나님이신 예수, 한 분뿐이시지요. 나머지는 피조물에 불과한 우상과 악한 영들이겠지요. 하나님 말씀은 거짓이 없고 이루어지지 않는 것이 없으니까요. 그렇다면 처음 언급한 여러분이 가장 궁금해 하는 백인과 흑인, 황인종은 어떻게 분리돼 나누어졌을까요? 먼저 백인은 아담이 선악과의 죄를 짓기 전에 낳은 사람끼리 결합해 아기를 낳으면 외부 색이 하얀 백인이 되었고 그다음 흑인은 아담이 원죄를 범하기 전의 사람과 죄를 범한 뒤의 사람이 결혼을 해서 아기를 낳으면 하나님의 아들들과 죄악이 있는 사람의 딸들이 결합한 연고로 생물학적인 DNA의 충돌이 불가피해 네피림의 후손, 곧 육체적으로 강건하고 우월한 검은 흑인이 태어난 것이지요. 황인종은 아담이 선악과를 따먹는 불순종의 죄를 범한 뒤 태어난 자녀끼리 결혼해 왜 우리 조상 아담과 하와는 원죄를 범해 아름다운 낙원에서 추방되었는가 하는 영원한 물음표를 지닌 사람으로 태어나 종교성이 강한 중간격인 황인종이 되었지요. 아담의 직계 손인 셈이 생물학적 DNA 일치의 변화로 낳은 황인종의 시조이고 생각하는 갈대이기에 동양에서 발생한 모든 세상의 종교는 황인종으로부터 시작되었지요. 노아의 방주 사건 이후에도 하나님의 계획하심에 따라 셈, 함, 야벳의 자부들에게 각각의 분화된 DNA를 심어주셔서 황인종, 흑인, 백인의 유전자를 그대로 이어주셨지요. 이와 같이 여러분은 그저 우연히 태어난 게 아니고 지구의 바닷가에 흩어진 모든 모래알을 합한 수보다 더 많고 많은 수많은 별들의 이름을 하나하나 일일이 헤아려 부르시는 하나님께서 각 사람에게 의미를 두고 부르시려고 하나님의 치밀한 섭리로 태어난 사람들이기에 그 영광을 높여 드러내야 하지요.

그분의 지혜와 지식은 하늘보다 높아서 그분 앞에서 있는 우리는 보이지 않는 곳에서 슬피 우는 귀뚜라미보다 못하고 허공의 티끌인 터여서 그분을 더욱 알기에 힘쓰고 무조건 믿고 순종해야 하지요. 하나님이신 예수는 여러분 자신인 건축자의 버린 돌로써 집 모퉁이의 머릿돌이 되었고 또한 다른 이로써는 구원을 얻을 수 없나니 천하 인간에 구원을 얻을 만한 다른 이름은 예수 외에는 우리에게 주신 일이 없기 때문이지요(행 4:11-12).

예수영은 자신이 증거 하는 복음에 몰입해 자기도 은혜를 받고 있음인지 기쁨과 평강이 넘치는 어투로 예수의 이름 예수 하나님을 누누이 강조했다. 병 고침을 받은 사람들은 그가 전하는 사랑의 말씀과 자신들의 고질병이 완치된 사실에 놀라면서 예수의 이름에 힘입어 무조건 믿겠다고 많은 사람이 서원해 새로운 성도로 거듭났다. 예수를 받아들이는 영접기도를 예수영을 따라 외치는 순간 과거의 죄는 사하여지고 양 한 마리가 그들을 대신해 피 흘려 죽음으로써 흰 눈같이 새하얗게 되었다. 바로 그때, 팔 부러진 어린 손녀와 함께 온 할머니가 갑자기 귀신들려 소리 지르며 소동을 일으켰다. 예수영은 여기서 떠나라. 내가 예수도 알고 바울도 알건만 너는 누구냐고 소리쳤다. 흰 붕대로 발 깁스를 한 소녀가 말려도 소용이 없었다. 옆에서 쭉 지켜보던 나는 터지려는 분을 참지 못해 방언으로 소리쳤다.

"예수 이름으로 명령하노니 더러운 귀신아 잠잠 하라."

서당 개 삼 년이면 풍월을 읊는다고 예수영이 늘 하던 대로 나도 예수의 이름으로 날뛰는 악한 영을 나무랐다. 그러자 거품을 흘리며 포악하게 굴던 할머니는 잠잠해지고 초등학교 1학년 정도의 아이는 앵두 같은 볼에 눈물을 흘렸다. 나는 다시 아이의 부러진 팔을 잡고 예수의 이름으로 부러진 팔아 붙으라고 힘 있게 명령했다. 아이는 성령의 감동하심에 지배되었는지 팔을 받치던 반 깁스와 붕대를 스스로 풀고 나는 나았다며 기뻐 소리쳤다. 어린 소녀와 할머니는 부둥켜안고 울부짖었고 그 장면을 목격한 사람들은 자기들이 회복된 듯 박수를 보냈다.

예수의 이름을 의지해 처음으로 권능을 행한 나는 도리어 어안이 벙벙해 할머니와 어린 소녀를 말없이 응시했다. 귀신을 쫓고 병을 고치는 게 그토록 쉬운 일인 줄 예전에는 미처 몰랐다. 병 고친 자의 기쁨이 나의 평강이 되어 내 안으로 흡수돼 흘러넘쳤다.

그날의 깊은 밤, 나는 그곳에 남은 사람들의 피로가 누적되어 코를 골고 잠이 들자 주위가 고요해지기를 기다려 예수영에게 소곤거렸다.

"당신은 이 세상의 어떤 목회자나 신학자가 꺼내지도 않은 말씀을 대담하게 강조했어요. 귀신의 존재가 형성된 과정이라든가 흑인, 백인, 황인종에 관해서도 세상 학자들이 회피하는 새로운 이론을 일방적으로 주장했어요. 이것은 어느 신학자에게도 검증 받지 못한 혁명적인 내용이므로 당신이 책임져야 될 거예요.

"나도 내가 왜 이런 주장을 하는지 내 입을 막지 못했어. 강론을 하면서 나도 모르게 어떤 보이지 않는 힘이 예기치 못한 다른 방향으로 나를 이끈다는 것을 알게 되었지. 내가 물질과 명예를 좇아 내면의 질서를 파괴하고 헛된 세상에서 허우적거릴 적에는 전혀 몰랐지만, 그 중독의 늪에서 빠져나와 영적 질서의 내면세계에 안착되자 하나님의 신이 나를 지배하기 시작했지. 사실 방주를 만든 수십 년의 시간과 종족의 갈라짐 등은 내가 처음에 의도한 바는 아니었으니까. 입을 막고 이미 입증된 주제를 전하려고 시도하면 성령께서는 내가 말씀하고 있으니 너는 가만히 있어 내가 하나님 됨을 알지어다. 하시는 거야. 어떤 고질병이든 내가 손가락 하나 까딱 대지 않고 그분이 친히 임재 하셔서 고친 것처럼 내 입에서 흘러나온 언어도 나를 억누르던 그분께서 친히 말씀하신 거였지. 그리고 때가 급하므로 성경에 이미 기록된 세상 끝에 대한 말씀을 입증하기 위해 그 전초전으로 자신을 드러내신다고 증거 하셨지. 모든 사실이 확실히 기록되어 있음에도 자기들의 명예에 혹 해를 입을까 해서 정확히 해석하지 못 하는 목회자와 신학자를 배척하고 나를 사용하신 이유는 나는 그분의 말씀을 무조건 신뢰하고 죽으면 죽으리라는 각오로 이해관계를 뛰어넘어 물불을 가리지 않고 그 가운데로 뛰어들기 때문이라 하셨지 아마도 나의 내면세계의 질서를 회복하고 참 자유를 얻었기에 은밀히 다가와 사용하시겠지. 성경은 예수가 부활해 다시 오시지 않는다면 그 기록된 의미가 무의미한 터이므로 분명 그 오실 경점이 누구나 영적 질서의 평강 속에 내재하면 깨달아 알 수 있도록 자세히 기록되어 있다고 말씀하셨지. 그날과 그 시는 아들도 모르고 천사들도 모르지만, 아버지는 아신다고 기록되었는데, 아버지 말씀 안에 정확히 기록되어 있으므로 어떤 선지자의 예언이나 외침도 듣지 말고 말씀 안에서 오실 경점을 찾아내라고 하셨지. 한 알의 밀알이 땅에 떨어져 죽지 않으면 한 알 그대로 있고 죽으면 많은 열매를 맺는 것처럼 자기 생명을 사랑하는 자는 잃어버릴 것이요 이 세상에서 자기 생명을 미워하는 자는 영생하도록 보존하리라(요 12:24-25)는 약속을 믿으라고 하셨지. 나는 입술을 그분에게 빌려드렸을 뿐, 내가 성경을 빌미로 억지 주장과 이론을 내세운 게 아니어서 그분이 책임질 것이지 나는 결코 아니야. 지금까지 세상의 신학자들이 하나님의 눈으로 바라보고 말하기보다 사람의 눈높이에 맞춰 해석한 부분이 많았기에 세상의 문외한이었던 내 입을 빌려 다시 말씀하시겠지."

"예수영, 오늘 이외에도 당신 주장은 어떤 목회자의 설교라든가 다른 책에서도 읽지 못한 엉뚱한 내용이 많았어요. 그럴 때면 내

가슴은 쿵덕쿵덕 뛰면서 당신이 이단으로 몰릴까 두려워져요. 제발 다른 신학자나 목회자들이 고수하는 이론의 한계선을 넘어가지 마세요. 그러다가 이단의 앞잡이로 돌팔매질과 정죄를 당하면 어떻게 할 거예요?"

"예수님도 바리새인, 서기관, 율법학자 등 산헤드린 공회의 의원들에게 기묘한 이단으로 몰려 십자가에 못 박혀 물과 피를 흘리고 죽음을 맞이하셨지. 나는 살아도 천국이고 죽어도 천국인데 무엇이 겁나서 하나님이 기록한 말씀을 주장하지 못하겠어? 어차피 차별금지법이 국회를 통과하면 예수만을 전할 수 없게 되고 절대 진리인 말씀은 사탄의 웃음 뒤에 감춰지게 되므로 그 이전까지라도 잘못된 것은 반드시 고쳐져야 되겠지. 벌써 차별금지법에 묶여 예수의 진리를 전하지 못하는 국가가 전 세계에 등장하고 있으니까……. 내가 무서워 떠는 대상은 하나님이지 피조물에 불과한 사탄 마귀와 사람은 전혀 무섭지 않아. 그분이 가라 하면 무조건 가고 오라 하면 오는, 백부장 고넬료의 병사와 하인처럼 가고서는 것을 나는 외칠 수밖에 없겠지. 나도 때로는 뭐가 뭔지 모른 적도 있으나 절대 진리 한가운데 꼭 살겠어."

예수영은 빛이 있을 동안에 다녀 어둠에 붙잡히지 않겠노라고 어린아이의 동심으로 돌아가 나에게 손가락을 걸고 약속했다. 어둠에 다니는 자는 갈 바를 알지 못하므로 빛이 있을 동안에 빛을 믿어 빛의 아들이 되리라고(요 12:36) 스스로 내면세계의 질서를 확립했다.

대지진이 터지고 일주일부터는 군인들과 중장비, 많은 자원봉사자가 투입돼 막힌 길을 뚫었다. 바퀴 달린 포클레인, 거대한 불도저, 더러운 오물과 흙더미를 자동으로 퍼 옮기는 스크레퍼, 길을 평평히 다지는 페이로더, 지게차와 트럭 등 인근 도시에서 모여든 중장비의 굉음으로 작은 바닷가는 귀가 따가운 정도로 웅웅대었다. 스크레퍼와 페이로더는 바닷물이 빠진 패어진 길을 정비하고 포클레인은 그때까지 발견되지 못한, 쓰레기 더미 아래 숨겨진 시신을 찾아내 안치하고 힘센 불도저와 지게차, 트럭은 길가에 두껍게 쌓인 갯벌 흙과 폐자재를 긁어모아 임시로 만들어진 하치장으로 바쁘게 실어 날랐다. 자원봉사자들은 시신을 찾아내면 DNA 대조 작업을 통하여 연고자를 찾을 수 있도록 흰 천으로 덮어 적당한 공터가 있는 곳에 정성껏 안치했다.

젊은 이 씨도 우리와 함께 그들의 일부가 되어 송골송골 땀 흘리며 그들을 도왔는데 전날과는 어딘가 다르게 얼굴 화색이 싱그러운 생기가 돌았다. 알고 보니 수산물 가공 공장에서 실종되었다는 일본인 아내는 쓰나미가 발생한 날, 점심시간에 무엇을 먹었는지 급체를 해서 시내의 병원으로 가는 바람에 구사일생으로 화를 모면했다고 연락을 받았다고 했다. 지금은 아이와 센다이 시내의 친누나 집에 머물고 있는데 전화 기지국이 파손되어 겨우 소식을 접했다고 좋아했다. 이 씨는 자기 아내가 평소 예수를 잘 믿고 선한 일을 많이 하여 예수가 살려주었다고 기쁜 감사와 찬양을 드렸다.

하지만 도시 전체가 심각한 피해를 입은 게센누마시는 어디서부터 도움의 손을 펴야 할지 그 방향을 잡기가 심히 어려울 정도로 초토화되어 파괴된 곳이 대부분이었다. 높은 고지대 일부를 제외하고는 20미터가 넘는 바닷물이 휩쓸지 않는 곳이 드물어서 풀 한 포기, 성한 나무 한 그루 보이지 않을 만큼 폐허 그 자체였다. 길가의 전신주들은 쓰러져 두 동강 나고 사람들이 살던 주택들과 담장은 형체도 없이 파괴돼 그 경계가 어디서 어디까지인지 모호해 전쟁의 폐허를 연상케 했다.

다행히 시간이 지나면서 대륙풍으로 부는 바람은 제법 온화하고 따뜻해져 낮 동안은 그리 추위를 모르고 지나갔다. 먹는 것도 품격이 갖추어져 흰 쌀밥에 고기, 된장국이 제공되고 기름에 튀긴 달콤한 생선구이가 잃었던 식욕을 되돌렸다.

예수영은 시신을 찾아 이리저리 옮기는 한낮에 쌓인 노동의 고단함도 잊은 채 어둔 밤이 되면 도시 곳곳에서 초등학교 교실로 몰려든 병자에게 일일이 아픈 부위를 안수해 치료하면서 자기가 가본 하늘나라를 전파했다. 기쁨과 평강, 사랑과 감사가 흘러넘치는 그의 상기된 얼굴에는 하나님의 영광을 높이 드러낸다는 자부심으로 힘이 넘쳤다. 대부분의 환자들은 대지진과 이어진 쓰나미로 어디에 부닥치고 나뒹굴어서 팔, 다리, 손 등이 부러지는 골절상을 입었고 더러는 더 심한 병으로 고생하던 환자들이 몰려들어 답답함을 호소했다. 예수영은 이때를 위하여 보내심을 받은 하나님의 사자인 것처럼 환자들의 아픔을 자기 몸으로 껴안고 자기가 환자가 된 것처럼 하늘을 우러러 기도로 탄식했다. 때로는 절박한 심정으로, 때로는 울부짖는 간구를 드리는 동안 내가 놀랄 정도로 환자들이 완쾌되는 이적이 속출했다. 소경이 눈을 뜨고 병어리가 말하고 예수 이름으로 각색 병을 고침 받은 환자들은 덩실덩실 춤을 추며 하나님을 찬미했다. 예수영은 다리 부러진 골절 환자가 뛰어다니고 휠체어에 앉은 환자가 걸을 때마다 사이사이 하나님께 영광을 돌리면서 예수의 크신 사랑을 찬양하고 증거했다.

"마태복음 18장 24절 이하에는 어느 임금이 자기에게 1만 달란트 빚진 자를 갚은 것이 없는 고로 용서했어요. 현재 금 시세 기준으로 대략 1g당 5만 원이라 가정했을 때, 1kg은 5천만 원이지요. 학자에 따라 다르나 일 달란트는 약 사십 킬로그램이어서 어림짐작해도 20억에 가까운 돈이에요. 여기에 일만을 곱하면 일만 달란트는 약 20조 원이고 US 달러로 환산하면 200억 달러가 넘는 돈이지요. 다시 말해 온 천하의 임금인 예수는 백 데나리온 빚진 동료 한 사람을 용서하지 못한 우리에게 200억 달러를 용서해 주신 거예요. 하루 품삯 일 데나리온이 팔만 원이면 고작 800만 원을 빚진 동료를 용서하지 못한 우리에게 그 큰 사랑을 베푸신 터여서 누구든지 예수를 믿기만 해도 우리 각 사람은 200억 달러의 값어치를 지닌 셈이지요. 어느 신학자들은 사람의 값어치가 화학적인 값어치로 분석하면 인, 칼슘 등이 고작이어서 돈으로 정확히 합산하면 단돈 일만 원도 안 된다고 농담으로 깎아내리지만 그건 마귀가 인간을 비하하는 소리이고 예수 안에 들어오기만 해도 200억 달러의 값어치를 지닌 창조물이지요. 게다가 처절히 기도해 하나님의 성령을 우리 안에 모셔드리면 솔로몬 성전이 파괴되고 예수의 영이 우리 몸의 성전으로 이전돼 있으므로 그 값어치는 상상을 초월할 만큼 훨씬 높아지지요. 다윗이 환란 중에 여호와의 성전을 위하여 금 십만 달란트와 은 백만 달란트, 놋과 철을 그 무게를 달 수 없을 만큼 심히 많이 준비해 그 값어치를 지금의 돈으로 환산하면 사천억 달러가 넘는 어마어마한 금액이지요(대상 22:14). 세계에서 최고 갑부인 빌 게이츠의 총자산이 어림잡아 칠백억 달러인데 하나님의 성령을 모신 우리 몸의 성전은 그보다도 여섯 배 많은 사천억 달러의 값어치를 지녔는데 어찌 가난할 수 있겠어요? 예수를 믿어 하나님의 성전 된 우리는 어떤 갑부도 추종을 불허하는 최고의 부자로서 영원한 하늘나라의 생을 영위하게 되지요. 하나님의 성전 된 예수 이름이 여러분을 모든 병에서 낳게 하고 값어치로 따질 수 없는 평강과 기쁨으로 만족하게 하는 거지요. 그런즉 100일 치의 임금에 불과한 일백 데나리온의 빚진 자 곧 잘못한 사람이 주위에 계시면 무조건 사면하세요. 그 이상이라도 중심으로 상대방을 용서하여야 예수께서도 당신들의 죄를 용서하시고 당신을 신부와 친구로서 맞아들여 영원 천국에 함께 살도록 하시겠죠. 아무나 그 중심에 상대를 조건 없이 용서하지 않으면 나의 주인인 하늘 아버지께서도 그 빚을 다 갚도록 그를 불타는 땅 속의 사탄에게 넘기시겠지요. 긍휼히 행하지 않는 사람은 긍휼 없는 심판이 기다린다고 말씀하셨으니까요. 자신의 마음에 도저히 용서할 수 없는 철천지원수라 하여도 혀를 깨물며 용서해야만 사천억 달러 값어치 이상의 거듭난 사람으로 영원 천국에 올라가 살게 되지요. 또한 무슨 일에든지 누구든 용서하면 그것은 그리스도 안에서 용서한 것이어서 우리로 하여금 사탄의 계략에 말려 속지 않게 하려고 인도한 것이지요(고후 2:11). 내 사랑하는 자들아 너희가 친히 원수를 갚지 말고 하나님의 진노하심에 맡기라. 원수 갚는 것이 내게 있으니 내가 갚으리라. 네 원수가 주리거든 먹이고 목마르거든 마시게 하라 그리함으로 네가 숯불을 그 머리에 쌓아 놓으리라. 악에게 지지 말고 선으로 악을 이기라(롬 12:19-21) 한 번 죽는 것은 정해진 것이요. 그 후에는 반드시 심판이 있으므로(히 9:27) 아무에게도 악을 악으로 갚지 말고 긍휼을 받기 위해 서로가 선한 일을 도모하고 용서해야 하지요. 용서와 사랑만이 거듭난 사랑의 징표인 터여서 용서하기가 분할지라도 주먹으로 눈물을 훔치면서 용서하세요. 이 세상에서 모든 것을 가진 자라도 예수의 이름, 말씀이 없으면 아무것도 가지지 못한 가난한 자이고 이 세상에서 빈털터리로 살아가는 거지 나사로라도 예수의 말씀을 품고 행하면 세상 전부를 소유한 부자이지요. 온 우주와 그 가운데 있는 만물을 지으신 하나님은 천지의 주재이시고 소유주가 되시니까요. 이 전부를 영원히 주시기 위해 잠깐 우리가 자격을 갖추도록 가난과 어려운 시련도 주셨으나 그분의 품에 안기는 찰라, 여러분은 하나님의 진짜 자녀로 신분이 거듭나 천사들이 시중들어 주는 자로 거듭나지요. 너희는 유혹의 욕심을 따라 썩어가는 구습을 따르는 옛사람은 벗어버리고 오직 너희의 심령이 새롭게 되어 하나님을 따라 의와 진리와 거룩함으로 지음을 받은 새사람을 입으라(엡 4:22-24). 너희가 전에는 어둠이더니 이제는 주 안에서 빛이라. 빛의 자녀들처럼 행하라(엡 5:8) 그러므로 잠자는 자여 깨어서 죽은 자들 가운데서 일어나라 그리스도께서 너희에게 비추시리라(엡 5:14) 말씀하셨지요. 어찌 눈 한 번 깜박이면 사라질 세상, 부자와 영원히 존재하는 하늘 부자를 비교할 수 있겠어요? 하나님이 생기를 코에 불어 넣어 생령이 된 인간은 영으로 죽고 싶어도 영원히 죽을 수 없어 우리가 살아서 자유의지로 결정할 행위대로 지옥이나 아니면 각 개인에게 지구 위에 서 주어진 모든 부와 권력, 명예보다 더 많은 게 주어지는 천국에서 영원불변토록 사는 결정은 여러분의 자유의지에 달렸지요. 피조물에 불과한 우상의 신을 섬기다가 불지옥에 떨어지든가 만물의 창조주이신 만군의 하나님, 예수를 섬기다가 하늘로 들려 올라가든가 스스로 판단해 선택하세요. 어둠의 신은 천사의 자비함으로 위장해도 결국 파멸로 이끌지만 보이지 않는 하나님의 형상이신 예수는 사람과 기쁨만이 가득한 빛의 나라로 이끌지요."

충만한 성령의 강론은 설득력으로 가득해 물의 흐름 같이 잔잔했다. 33년을 함께 살아온 부부로서 남편 속에 내재한 영적 질서를 보면서 아내인 나에게는 의문점이 많았다. 집에서는 항상 말이 없고 침묵으로 일관하던 남자가 언제 저런 성숙한 신앙심이 자라나 폭포수처럼 많은 말씀을 뱉어내는지 나는 놀라움으로 고개를 내저었다. 날이면 날마다 사업을 한답시고 술에 곤드레만드레 취해서 비아냥거림으로 읊조리던 그의 두서없는 18번 노랫소리가 다시 떠올라 웃음을 절로 자아냈다. 예수를 믿으려면 나를 믿고 나를 못 믿으면 전봇대를 믿고 전봇대도 못 믿으면 내 주먹을 믿을 지어다…….

돈과 권력과 물질에 쫓겨 하릴없이 바쁘게 살던 그는 하나님의 부르신 사람으로 거듭나서 완전히 개조돼, 내적 질서가 흐트러진 더럽던 구정물이 영적 질서를 회복해 맑은 생명수로 걸러져 있었다. 과거의 방탕했던 그는 사라지고 또 다른 속사람이 그의 내부에서 솟아나 언제까지나 생의 의문으로 다가왔다. 하나님의 택하심을 받고 평범하게 빚어진 그릇이 펄펄 끓는 옹기 가마에 들어갔다가 나오면 멋진 도자기로 거듭나 나온다더니 정말 그런가 싶었다. 그가 우리를 흑암의 권세에서 건져내 사 그의 사랑의 아들의 나라로 옮기셨으니 그 아들 안에서 우리가 속량 곧, 죄 사함을 얻었도다(골 1:12-13).

극한 상황의 환경에, 과거의 자기가 사업실패로 가마터에 들어가 뜨거운 연단의 도자기로 거듭난 게 생각났는지 적어도 그는 예전의 자기 자신에서 벗어나 숨어 있던 사랑을 열심히 표출시켰다. 늘 밤새도록 술에 취하면 스스로 자괴감에 빠져 전부가 헛되고 헛되니 모든 것이 헛되도다, 라고 외치던 그는 아니었다. 사는 것도 헛되고 죽는 것도 헛되고 잘 살고 잘 먹는 것도 헛되므로 내가 왜 사는지 나도 모른다고 허무함의 타령을 노래하던 과거의 그는 어디에도 없었다. 사람 살리는 일에 최고 절정의 보람을 느낀 듯 가장행렬에서나 입을만한 그의 웃음 나는 광대 옷가지하고는 어울리지 않게 그의 얼굴과 눈빛은 진지해서 크나큰 사랑의 빛으로 넘쳐흘렀다. 남루한 헌 옷을 주워 입고 겉모습은 위아래가 전혀 맞지 않아 논 가운데서 참새를 쫓는 양팔 벌린 허수아비 자태였으나 그의 질서정연한 영적 속사람은 고고지성을 지르며 새로 갓 태어난 어린아이처럼 천진난만했다. 물론 예전에도 술에 잔뜩 취한 그의 중심 속에는 천진무구성이 조금은 잠재해 있어서 고급 술집에서부터 포장마차에 이르기까지 많은 사람의 술값을 무조건 그들을 대신해 지불해주는 호기를 부렸다. 상대가 좋으면 열 번, 백 번 이상이라도 연거푸 술값을 지불하며 큰 웃음을 터트리면서 상대의 호주머니를 배려해 열지 못하도록 만류하는 고집불통이었다. 설령, 상대가 맘에 안 들어도 절대로 얻어먹지 못하고 호주머니를 톡톡 털어서 자기만이 돈을 지불해야만 직성이 풀리는 습관이 있었다. 그 후에 상대 회사의 맞상대로 큰 빚보증을 섰다가 자기 회사 전부를 날리고는 그 좋아하던 술을 얻어먹기 싫다고 과감히 끊어버린 고지식한 남자였다.

그런 성격의 소유자인 그가 사람을 살리는 일에 몰두해서 2주 이상을 그곳에 머물며 마음이 아프다고 술 취하지 말라 이는 방탕한 것이니 오직 성령의 충만함을 받으라(엡 5:8)고 설파했다. 낮에는 널브러진 폐허더미에서 시신을 찾아 정리하고 밤에는 소문을 듣고 몰려든 각색 병자들을 일일이 인수해 하늘나라의 복된 소식을 열심히 전파했다. 아내인 내가 바라보아도 돈과 권력에 쫓기던 예전의 그는 사라지고 그의 내부에는 영적 질서가 가지런히 정돈된 또 다른 인격체가 내재해 그를 대신해 일하고 있었다. 그 자신도 세상에 쫓겨 영적 질서가 파괴된 사람에서 성령 하나님이 함께하셔서 어느 순간 부르심을 받은 사람으로서 하나님 스스로 자기 일을 내 안에서 몸소 행하는 것이라고 틈틈이 토로했다. 자신은 몸을 빌려드렸을 뿐, 일하고 말씀하시는 분은 언제나 살아서 임재하고 계신 예수라고 고백했다.

"나는 한 번도 사람을 치료하거나 고쳐본 적이 없어도, 내가 예수의 이름을 부르기만 하면 내 안에 계시는 하나님의 성령께서 구름이 벗겨져 태양 빛이 하늘에서 갑자기 비추는 것처럼 각색 병의 아픈 부위에 강렬한 빛을 비추시어 질병을 태워서 낫게 하시지요. 내가 주님의 눈물을 바라만 봐도 햇빛보다 일곱 배 이상 밝은 빛이 그분의 슬픈 눈물에서 쏟아져 나와서 상처 부위를 태우거나 부러진 뼈를 붙게 해 말끔하게 고쳐주시지요. 그분은 사람 눈에 보이지 않고 볼 수도 없는 7차원 세계의 분이셔도 여러분이 내 앞에 앉아 있는 것처럼 이 자리에 함께 계셔서 그분을 인정하고 믿는 사람에게는 창조주의 권능으로 여러분의 허물어진 영혼을 단번에 고쳐주시지요. 세상 사람은 손을 쓸 수 없는 희귀한 난치병과 풀 수 없는 문제를 친히 사람과 자연을 만드신 권능으로 고쳐 살리시지요. 그분은 죽은 자를 살리시고 없는 것도 있는 것처럼 부르시는 창조주이므로 이스라엘을 메추라기로 베불리시고 40년 동안 만나를 내리시어 먹게 하시고 옷과 신발이 해어지지 않게 하신 완벽 그 자체이므로 세상에서 못 고칠 것도 없고 못 이룰 것도 없는 스스로 계신 분이시지요. 그 이름이 히브리어로 여호와, 예수와 예수로 불리는 그분은 우주의 공간과 시간을 초월하시므로 하나님 우편 보좌에 앉아 계신 것 같이 지금도 동시에 나와 여러분 안에 계셔서 우리를 사랑의 눈으로 지켜보시다가 자기를 믿는 자에게는 치료의 증거를 주시는 신실하신 분이시지요. 그러므로 피조물에 불과한 우상 신들을 버리고 천국이 가까이 왔으니 돌이켜 전심으로 회개하고 생명의 말씀을 밝혀 그분의 흠 없는 자녀로 세상 가운데 빛으로 나타나야만 하지요. 이 길만이 우리가 세상에 태어난 이유이고 영원히 하늘나라에서 살 수 있는 길이므로 우리 안에 이 마음을 품으시오. 곧 그리스도 예수의 마음이니 그는 근본 하나님의 본체시나 하나님과 동등성을 취할 것으로 여기지 아니하시고 오히려 자기를 비워 종의 형체를 가지 사 사람들과 같이 되셨고, 사람의 모양으로 나타나 사 자기를 낮추시고 죽기까지 복종하셨으니 곧 십자가의 죽으심이라. 이러므로 하나님이 그를 지극히 높여 모든 이름 위에 뛰어난 이름을 주사 하늘에 있는 자들과 땅에 있는 자들과 땅 아래에 있는 자들로 모든 무리들을 예수의 이름에 꿇게 하시고 모든 입으로 예수 그리스도를 주라 시인하며 하나님 아버지께 영광을 들리게 하셨느니라(빌 2:5-11) 너희 안에서 행하시는 이는 하나님이시니 자기의 기쁘신 뜻을 위하여 너희에게 소원을 두고 행하시나니 항상 복종하여 두렵고 떨림으로 너희 구원을 이루라(빌 2:13).

우리가 그곳을 무작정 떠나게 된 동기는 대지진의 쓰나미를 기적적으로 피해서 센다이로 갔던 이 씨의 부인이 돌아와 올케인 고모가 다니는 교회에 작은 분쟁으로 시끄러우니 우리에게 돌아가서 도와달라는 부탁에서 비롯되었다. 이 씨의 큰 누나가 센다이 교회의 전도사로 일하면서 신유의 은사를 받고 귀신을 쫓아내는 등의 신유사역을 가끔 병행하는데 그 점이 문제의 시작점이었다. 원양 어선의 선장인 일본인 남편 덕에 남보다 두 세배의 헌금도 드리고 무보수 전도사로써 교회 일에 헌신적인데도 문제는 교회 사람들에게 무조건 귀신이 떠나가라고 안수한다는 거였다. 그녀를 투기한 소수의 일본인들의 주장은 자기들의 성경 지식으로는 예수를 믿어 주로 시인하면 무조건 성령을 받기 때문에 귀신이 없음에도 아픈 환자를 보면 다짜고짜 귀신아 물러가라 외치는 가당치 않은 모순을 저지른다는 거였다. 이에 대해 질투와 시기심으로 점철된 일부의 사람들에게 강론해 오해를 풀어달라는 부탁을 받고 마침 센다이 호텔에 맡겨놓은 가방도 궁금해 바로 젊은 이 씨를 따라나서게 되었다. 우리는 야심한 밤늦은 시간에 이 씨의 큰 누나가 보내준 검은 지프를 타고 어둠을 달렸다. 아스팔트길은 대지진으로 갈라지고 쓰나미가 몰고 온 갯벌 흙으로 군데군데 황폐한 모습 그대로였다. 언덕길을 제외한 낮은 지대는 사고가 난 지 3주가 넘었음에도 완전히 물기가 마르지 않은 패인 곳이 많아 어수선했다. 겨우 보수를 마친 간간이 서 있는 가로등은 안개에 젖어 이정표가 되어주었다. 아름다웠던 센다이 공항도 물이 빠지기를 기다렸다가 둥둥 떠다니던 소형 비행기를 겨우 안착시키고 활주로를 열기 위해 불을 밝히고 부서진 곳은 긴급히 응급보수 중이고 길가의 부서진 집들은 방치된 상태로 그대로 나뒹굴어져 엉망진창이었다.

우리 일행은 새벽녘에야 겨우 센다이 외곽의 허름한 3층 건물에 도착했는데 그나마 비교적 높은 지대에 위치해 쓰나미의 재해를 피해간 곳이었다. 새벽 여섯 시가 넘어서 겨우 도착했음에도 임시로 새벽기도회를 나온 성도들은 그 시간까지 우리 일행을 기다리며 기도하다가 반갑게 맞이해주었다. 원래 그곳에는 새벽기도 개념이 없었음에도 동일본 대지진이 터지면서부터 회개의 간구기도를 위해 반수 이상의 교인이 몰렸다는 것이다. 그 숫자는 서른대여섯 명 정도이나 그 뜨거움은 쓰나미의 젖은 땅을 완전히 물리칠 수 있는 이상의 수준이었다. 예수영은 그들의 열망에 이끌려서 피곤한 몸을 잠시 쉴 틈도 없이 이 씨의 큰 누나인 전도사의 환대를 받고 강대상 앞에 서서 그들이 가장 궁금해하던 문제의 본론을 직설적으로 파헤쳤다.

요한이 예수님께 물었어요. 우리를 따르지 않는 어떤 자가 주의 이름으로 귀신을 내어 쫓는 것을 우리가 보고 우리를 따르지 않는 자이므로 금하였나이다. 예수께서 이르시되 금하지 말라. 내 이름을 의탁해 능한 일을 행하고 즉시로 나를 비방할 자가 없느니라. 우리를 반대하지 않는 자는 우리를 위하는 자니라(막 9:38-40)고 말씀하셨지요. 예수를 따르지 않던 이 사람도 예수의 이름에 대한 확고한 믿음이 있었기에 귀신을 담대히 내쫓았지요. 반면에 유대인의 한 제사장인 스와게의 일곱 아들은 악귀 들린 자에게 시험 삼아 말하되 내가 바울이 전파하는 예수의 이름을 빙자해 너희에게 명하노라 하였을 때, 악귀가 대답하되 내가 예수도 알고 바울도 알거니와 너희는 누구냐 하며 악귀 들린 사람이 그들에게 뛰어올라 이기니 그들이 상하여 벗은 몸으로 그 집에서 도망하였더라(행 19:13-16). 에베소에 사는 유대인과 헬라인들이 다 이 일을 듣고 주 예수의 이름을 높였지요 이와 같이 예수의 이름을 정말로 믿고 내가 너를 못 잡으면 네가 나를 잡으므로 반드시 너를 이기리라는 각오로 귀신을 쫓으면 귀신은 그 이름의 권세에 눌려 쫓겨나가지만 만일 장난삼아 예수의 이름을 빙자해 귀신을 쫓아내면 귀신이 먼저 알고 스게와의 아들들처럼 벌거벗겨서 물어뜯어 쫓겨나는 위험한 망신을 당하게 되지요. 사람의 병은 생로병사의 노화로 인해 자연히 발생하는 것과 우리가 저지른 잘못으로 말미암아 닥치는 죄의 병이 있지요. 육체의 노화로 인한 자연 병은 병원 시술로 나을 수 있어도 우리의 죄가 불러들인 죄의 병은 죄에 붙은 악령을 쫓아낼 필요가 있겠지요. 일반 병이 모두 귀신 병은 아닐지라도 소경이나 귀머거리, 손에 혈기마른 자, 고질병, 집안 내력이 있는 각색 병은 병든 자에게서 귀신을 쫓아내기만 해도 최소한 절반 이상은 놓임을 받지요. 우리가 각색 병에 걸리지 않도록 예방하는 차원에서 미리 백신을 맞는 것은 백신을 맞는 사람이 무조건 병에 걸리기 때문에 맞는 게 아니고 그 일부가 걸려도 백신을 전부가 맞게 되지요. 귀신은 보이지 않고 숨어 있는 먼지보다 못한 존재여서 어떻게 알고 보이는 귀신만을 쫓아낼 수 있겠어요? 모든 병에서 귀신을 쫓아내도 병마에 시달리던 사람이 그 많던 병에서 반절만 놓임 받아도 엄청난 효력을 발하는 최고의 백신이 되겠지요. 귀신들은 본래 육체가 없는 미물이어서 사람과 사람을 옮겨 다니며 DNA를 조작해 병마를 만드는 악마 사탄의 지시 하에 움직이는 수하들이어서 반드시 우리 몸에서 쫓아내야 할 악한 영들이지요. 그들의 대장인 사탄, 마귀는 예수님을 모함해 십자가에서 보혈의 피를 흘려 처형받게 한 그 큰 죄로 말미암아 하늘의 높은 세계에서 인간 차원인 혼적 세계로 쫓겨난 날개 부러진 독수리가 되었지요. 새는 새이지만 날지 못하는 새가 되어 그 밑에 먼지보다 못한 귀신들의 임금이 되어 세상을 장악하려 시도하고 있지요. 그런즉 하나님의 이름이신 예수 앞에서는 영의 세계에서 쫓겨나 혼의 세계에 갇힌 끈 떨어진 연이 된 터여서 마지막 날에는 일개 천사의 쇠고랑에 묶여 무저갱에 가두어지는 처량한 신세로 전락하지요. 천사가 무저갱의 열쇠와 큰 쇠사슬을 그의 손에 가지고 하늘로부터 내려와서 용을 잡으니 곧 옛 뱀이요 마귀요 사탄이라 잡아서 천 년 동안 결박해 무저갱에 던져 넣어 그 위에 인봉하니(계 20:1-3) 사람은 하나님이 생기를 불어넣으니 생령이 되었으나 사탄은 예수를 정죄해 죽인 죄로 영적인 세계와 동떨어진 혼적인 세계로 쫓겨난 무리 아래의 별 볼 일 없는 피조물이어서 믿음으로 예수의 이름을 선포하면 꼼짝 못 하고 그 명령에 복종하게 되지요. 귀신들의 대장 사탄도 영혼육의 중간 단계인 혼적인 곳에 쫓겨나 머물러 있는데 하물며 사탄의 부하 귀신들이 무슨 힘으로 믿는 자를 막겠어요? 이제 이 세상에 대한 심판이 이르렀으니 이 세상의 임금이 쫓겨나리라 내가 땅에서 들리면 모든 사람을 내게로 이끌겠노라(요 12:31-32) 하신 터여서 귀신들에게 속아 무서워하지 말고 귀신들은 모기 파리 떼처럼 사람에게 붙어 질병과 저주를 옮기는 더러운 먼지 같은 존재이므로 반드시 예수의 이름으로 박멸해야 하지요. 그러므로 귀신들은 보이지 않는 미물이므로 무슨 병마인지 모르면 백신 차원에서 무조건 귀신을 쫓아내어 병을 치료하는 것도 잘한 일이고 영적 분별력이 깊어서 각색 병을 가려내어 축귀하는 것도 잘한 일이겠지요. 너희 마음속에 독한 시기와 다툼이 있으면 자랑하지 말라 진리를 거슬러 거짓말하지 말라 이러한 지혜는 위로부터 내려온 것이 아니요. 땅 위의 것이요 정욕의 것이요 귀신의 것이니 시기와 다툼이 있는 곳에는 혼란과 모든 악한 일이 있음이라 오직 위로부터 난 지혜는 첫째 성결하고 다음에 화평하고 관용하고 양순하고 긍휼과 선한 열매가 가득하고 편견과 거짓이 없나니 화평하게 하는 자들은 화평으로 심어 의의 열매를 거두느니라(약 3:14-17). 혀는 곧 불이요 불의의 세계라. 혀는 우리 지체 중에서 온 몸을 더럽히고 삶의 수레바퀴를 불사르나니 그 사르는 것이 지옥 불에서 나느니라(약 3:6)를 말씀처럼 마귀는 싸움을 부추기고 별 볼일 없는 이론으로 서로가 서로를 대적하게 만들어 작은 불씨가 숲 전체를 불사르게 만드는 어리석음에 빠지게 하지요. 오직 예수 그리스도께서 육체로 오신 것을 시인하면 하나님께 속한 것이요. 예수께서 육체로 오신 것을 시인하지 않으면 하나님께 속한 것이 아니므로(요일 4:2-

3) 이럴 경우에만 오직 영들이 하나님께 속하였나 분별하고 그 외에는 서로가 헛된 다툼으로 아무도 미혹하지 못하게 하고 주님의 깨끗하심과 같이 자기를 깨끗이 성화시켜 서로 사랑하고 화목하시오. 죄를 짓는 자는 마귀에게 속하나니 마귀는 처음부터 죄를 범함이라 하나님의 아들이 나타나신 것은 마귀의 일을 멸하려 하심이라(요일 3:8). 또한 귀신은 잠깐 나갔다가도 말씀과 기도로 늘 채워져 있지 않으면 집이 수리되어 빈 상태여서 일곱 귀신을 끌고 다시 들어가는 들락날락하는 추악한 미물이므로 언제나 조심해 깨어 있어야 하지요. 예수께서도 거라사인의 땅에 이르러 무덤 사이에 거하는 귀신들린 자 하나를 만나니 그가 그 앞에 엎드려 큰 소리로 부르짖으며 지극히 높으신 하나님의 아들 예수여 당신이 나와 무슨 상관이 있나이까? 당신께 구하노니 우리를 괴롭게 마옵소서. 우리를 무저갱으로 들어가게 마시고 산에서 먹이를 먹고 있는 저 돼지 떼에게 들어가라 허락하소서. 이에 예수께서 허락하니 쇠사슬과 고랑의 맨 것을 끊고 옷도 입지 않은 채 광야의 무덤 사이에 살던 자에게서 나온 군대귀신들은 그곳의 돼지 떼에게 들어갔지요.(눅 8:27-33) 이천 마리의 군대 귀신들은 각 돼지에게로 들어가고 곧 돼지 떼는 비탈로 내리 달려 호수에 뛰어들어 몰사하지요. 왜냐하면 하나님께서 창조 시에 살아 있는 모든 호흡이 있는 것 중에서 생기를 불어넣어 생령이 된 자는 사람밖에 없는 터여서 어떤 생명체 짐승도 귀신이 머물 자리가 없으므로 영물인 귀신이 들어온 각각의 돼지 떼는 귀신의 영으로 인해 한 마리씩 들어갔음에도 불타는 뜨거운 열이 발생해 본능적으로 그것을 식히

기 위해 시원한 호수 속으로 풍덩 풍덩 뛰어든 거겠지요. 만일 짐승들에게 귀신의 영이 들어간 공간이 조금이라도 주어졌다면 사람마냥 사악하고 더러워져 사람을 공격하고 서로가 서로를 물어뜯어 죽였겠지요. 예수께서도 한 벙어리 귀신을 쫓아내시자 벙어리가 창조 시의 본모습 그대로 말을 하기 시작했는데 서기관과 바리새인, 율법학자가 질투로 비아냥거리길 저가 귀신의 왕 바알세불을 힘입어 귀신을 쫓아낸다고 하였지요. 그러자 예수께서 말씀하시길 사탄이 스스로 분쟁하면 저의 나라가 어떻게 서겠느냐고 반문하셨지요. 스스로 분쟁하는 나라마다 황폐해질 것이고 스스로 분쟁하는 동네나 집마다 서지 못하리라 하셨으므로 사탄도 저희끼리 절대로 분쟁하지 않지요. 무지한 사람들은 예수께서 성령에 힘입어 귀신을 쫓아낸 것을 되레 귀신이 들어갔다고 시기질투하므로 성령 훼방 죄를 저지른 거지요. 그러므로 사람의 모든 죄와 훼방은 사하심을 얻되 누구든지 말로 성령을 거역하면 이 세상과 오는 세상에서 사하심을 얻지 못하리라(마 12:32) 하셨지요. 예수와 함께 아니하는 자는 그분은 반대하고 헤치는 자이고 예수의 이름으로 하나님 성령에 힘입어 귀신을 쫓아내는 것이면 하나님 나라가 이미 그에게 임한 것이니까요. 모든 죄는 회개하면 사하심을 받지만 시기질투로 인해 상대방을 귀신이 들렸다고 거꾸로 모독하면 그가 회개해도 사하심을 얻지 못하고 영원한 심판의 스올에 떨어져 고통을 당하므로 누구든지 사탄에게 속아 함부로 성령 훼방 죄를 범하지 마세요. 사람의 생각과 하나님의 생각은 완전히 다른 때가 있으므로 자기의 느낌이나 생각, 감정은 부정하고 하나님의 말씀만을 직시하세요. 마귀가 우는 사자 같이 성전을 파괴하려고 삼킨 자를 찾아 두루 헤매나니 악한 마귀의 계략에 넘어가지 말고 하나로 뭉쳐 굳은 믿음으로 저를 대적하세요. 한배를 탄 사람들이 그 작은 공간에서 서로 잘났다고 밀고 당기면 배는 결국 방향을 잃고 침몰하는 불운을 당하고 마니까요."

예수영은 성령에 사로잡혀 떠오르는 말씀의 구절들을 두서없이 나열해 인용하며 성도끼리 시기와 질투심으로 방향을 잃고 서로 분열되어 싸우는 것은 사탄을 이롭게 하므로 더더욱 나쁘다고 일침을 가했다. 두 패로 갈라져 흰 것과 검은 것을 가리지 못하고 목적 없이 싸우던 사람들은 성령의 깊은 감동하심을 받았는지 한두 명이 눈물로 회개하더니 곧 모두가 훌쩍거렸다. 성경 지식이 부족해 상 주어야 할 사람을 오히려 핍박해 질투한 게 잘못되었다고 전도사의 손을 굳게 잡고 울먹였다. 사실 일본인 남편과 살고 있는 이 씨의 큰 누나는 그들 가운데 재물이 넉넉한 부자이고 영적 권능이 커서 같은 심정을 가진 여자들에게는 질투와 시샘의 대상이 되어왔다. 40대 중반의 미모가 특출한 그녀는 사랑과 동정심도 많아 거리의 노숙자들에게 먹을 것을 나눠주고 어려운 이웃을 틈틈이 보살피는 두아디라의 자색 옷감장사 루디아처럼 예수의 은혜가 충만했다. 그러다 보니 은혜를 체험하지 못한 사람들에게는 늘 눈엣가시로 초점이 맞춰졌는데 귀신 문제가 갑자기 부각되자 지탄의 대상으로 전락했던 터였다. 예수영은 성령의 이끌림을 받은 성도들의 각별한 요청을 받아들여 나흘 밤낮없이 강론했다. 낮에는 말씀과 간증을 곁들여 예수를 증거했고 밤에는 주위 사방에서 소문을 듣고 몰려든 각색 병자에게 말씀 강론과 함께 치료사역을 병행했다. 한 마디로 몰려든 이웃들은 물론이고 팔백만 우상을 섬기는 외부인조차도 순간순간 예수의 이름으로 일어나는 기사와 이적을 목격하고는 눈이 휘둥그레져 진실로 섬길 신은 살아 계신 예수밖에 없다고 하나같이 입을 모았다.

그 임시 부흥회 기간 동안, 우리는 이 씨의 큰 누나인 전도사로부터 만일 나를 주 믿는 자로 알거든 내 집에 들어와 유하라(행 16:15)고 강권해 거기서 편안하게 머물렀다. 센다이 외곽에 위치한 언덕 위의 하얀 이층 저택은 다행히 지진과 쓰나미 피해를 조금도 입지 않았다. 비상용 자가 발전기를 사용하는 덕에 밤이 되어도 고급 저택 주위를 훤하게 밝혀 전깃불에 비친 무성한 수목이 신비롭게 투시되었다. 서로가 한국말을 자유자재로 사용함으로써 소통의 어려움은 전혀 없고 그녀의 남동생 이 씨와 더불어 외부와의 통역도 앞장서서 도맡았다. 교회 집터와 거리를 산책할 때, 맡겨둔 짐을 찾으려 짬을 내어 센다이 호텔에 갔을 때에도 함께하며 무엇이든 전혀 불편하지 않았다. 쓰나미에 휩쓸린 센다이 호텔은 로비 초입까지 바닷물이 차올라 긴급 보수공사 중이었다. 바닷물이 완전히 빠졌는데도 그 강력한 힘에 밀려 일 층 바닥은 아수라장이었고 그나마 우리가 잡아놓은 객실은 3층이어서 쓰나미 피해로부터 간신히 비껴있었다. 큰 여행용 가방 두 개와 예수영이 평소에 사용하던 노트북은 전혀 손상이 없이 3층 객실에 그대로 안전하게 보관되어 있었다. 그 무서운 자연재해 앞에서도 손님을 배려한 직원들의 넉넉한 웃음과 친절은 우리가 배워야 할 진한 감동으로 다가왔다. 족히 2, 3개월은 걸려야 공사가 마무리돼 호텔 영업이 개시된다고 하면서 호텔 지배인은 현재 영업 상태 이상으로 친절했고 자기로 인하여 자연재해를 입게 된 것 마냥 죄송하다고 사죄하고 일체의 호텔 비용을 사양했다.

 센다이에서 하루는 일본에 도착한 이래 처음으로 여유롭고 안락했다. 이 씨의 큰 누나, 전도사의 따뜻한 미소와 소통되는 언어, 한국식 먹을거리에 여벌로 가지고 간 옷으로 갈아입는 육신의 넉넉함은 드디어 여행지에 온 것을 실감했다. 쓰나미로 인해 못 먹고 못 입어 추위에 떤, 불편한 생활에서 벗어나, 피난민 대열에서 이탈해 낙원으로 이사 온 포근함에 젖었다.

 잔디가 곱게 심어진 넓은 한국식 정원에는 갑작스러운 기온변화로 늦게 피어나기 시작한 목련과 개나리, 진달래, 이어서 벚꽃이 꽃망울을 터뜨렸고 참새처럼 작은 이름 모를 새 떼의 지저귐으로 새벽을 깨웠다. 정원 잔디밭을 함께 산책하던 전도사가 기쁨에 겨워 말했다.

 "따스한 햇볕과 봄바람, 싱그러운 나무와 꽃들의 대화가 하나님을 찬양하는 사랑의 속삭임으로 들려요. 이 천지 만물들이 하나님의 이름을 찬양함은 그분께서 명령하셔서 지음을 받았음이겠지요. 또한 그분께서 이것들이 자리할 곳에 세우시고 폐하지 못할 명령을 정하사 상심한 자들을 자연치료로 고치시고 그들의 상처를 싸매신다지요! 정말 두 분이 아니었으면 사탄이 덧씌운 억울한 누명의 나락으로 굴러떨어져 벗어날 수 없었을 거예요. 일부 사람들의 모함과 손가락질에 얼마나 억울하고 화가 나는지 교회를 떠날까도 생각하면서 하나님께 처절히 기도했어요. 별들의 수효를 세시고 그것들의 이름을 구별해 하나하나 부르시는 하나님! 당신께서는 말의 힘이 세다 하여 기뻐하지 않으시고 자기를 경외하는 자와 그 인자하심을 바라는 자를 기뻐하신다고 하셨지요. 우리 주는 지혜가 무궁하시기에 겸손한 자를 붙드시고 악인들을 땅에 엎드러뜨리는 하나님이시오니 말씀을 보내사 나의 처지를 아시고 모든 어려움을 타파해 벗어나게 해달라고 기도했지요. 그때 두 분의 소문이 들리고 제 동생과 연결돼 혜성처럼 나타나서 단번에 사탄의 올무에서 저를 구해주었어요. 예수가 명령을 땅에 보내시니 그 말씀이 속히 달려서 사탄에게 속아 다툼을 벌리던 성도 간의 모든 오해를 풀어주셨지요."

"여호와 하나님의 생각은 하늘이 땅보다 높음 같이 그의 길은 사람의 길보다 높고 그의 생각은 사람의 생각보다 높으심으로 전도사님의 선한 일을 지켜보셨겠지요. 하나님은 각 사람을 분초 없이 살리시므로 멀리서도 우리의 생각을 밝히 아시고 우리의 모든 길과 앉고 일어섬과 눕는 것을 살펴보셨으므로 모든 행위를 익히 아시고 혀의 말을 하나도 못 알아듣는 게 없는 분이니까요.(시 139:1-4) 사람의 형질이 이루어지기 전에 주의 눈이 보셨고 사람을 위해 정한 날이 하루도 되기 전에 주의 책에 우리의 일생이 이미 기록되었으니까요.(시 139:16) 그런고로 우리가 전도사님을 도운 게 아니고 전도사님의 신실한 순수성과 선한 행위가 예수의 보살피심을 받은 거지요. 또한 전도사님이 부르짖으매 그분이 말씀을 보내어 저희를 고치시고 사망의 위험한 지경에서 건져내 흑암의 얽어맨 줄을 끊으셨지요.(시 107:20) 광풍의 거친 물결도 잠잠케 하시는 그분의 사랑이 혼돈 속에 빠진 우리 모두를 인도하셨지요."

 이 전도사의 해박한 지식과 시편을 인용한 영적인 재능은 일반 여자들의 시샘을 일으키기에 충분했다. 불임으로 인해 아기를 갖지 못하여도 이러한 고난을 나름대로의 이웃 사랑과 신과의 깊은 교감에서 풀려는 듯 하나님의 영을 지닌 하나님의 사람이었다. 예수영은 같은 시편과 이사야서를 인용해 그녀의 감사를 받아서 다시 하나님께 돌렸다. 그녀는 예수영에게 세상에서 살 동안에 멘토가 되고 친구가 되어 달라고 간곡히 매달렸다.

 "선생님! 제가 이제껏 간절히 기도한 게 무엇인지 아세요? 영적으로 마음과 마음의 공감을 서로가 나눌 수 있는 분을 보내달라고 이 세상의 지식과 힘이 아닌, 하늘나라의 권능과 사랑을 지닌 분들을 만나게 해달라고 늘 기도했지요. 많은 사람을 만나 봤어도 세상 자랑과 욕망은 넘쳤을지언정 영적인 평강과 사랑, 권능과 그 내면에 흐르는 순진무구성은 아무도 없었어요. 은근한 자기 과시와 명예욕을 내세워 접근하기 일반이었어요. 하지만 두 분을 뵙고 보니 이 세상의 보편화된 만남이 아닌 하늘나라의 만

남인 걸 분명히 깨달았어요. 부디 거절치 마시고 저를 가족과 제자로써 이끌어 주세요. 세상에서의 부귀와 물질 등 남이 가지지 못한 힘과 명예의 작은 부분은 소유했지만 내면의 속사람은 언제나 빈곤하고 텅 비어 외로웠어요. 두 분을 만나 평강을 누리기 전까지는…"

"우리의 마음과 영혼을 지으신 하나님은 그 거하신 곳에서 세상을 바라보시지요. 하늘과 땅도 그분의 진실한 말씀으로 지음 받아 그 인자하심이 세상에 충만하고 정의만을 사랑하시지요. 그분의 눈은 의인을 향하시고 그 부르짖음에 귀를 기울이시므로 그분께 구하면 응답하시고 모든 두려움에서 건지시지요. 젊은 사자는 주릴지라도 그분을 찾고 경외하는 자는 모든 좋은 것에 부족함이 없고 그의 천사가 둘러 진 치고 닥친 위험에서 건지시지요. 비록 의인은 고난이 많을지라도 거기서 피하도록 손을 잡아 주시니까요."

이 전도사의 봄색을 띤 입가에는 영적인 만족과 기쁨이 넘쳤다. 말씀을 응용해 대화를 나누는 예수영의 난해한 답변을 모두 이해했다는 표시로 머리를 끄덕이며 미소 지었다. 자기의 지적 수준에 응수하는 다윗의 기록된 시편에 놀라운 포만감을 드러내었다. 우리는 나흘간의 부흥회가 끝나고 일본을 떠날 때까지 그녀와 함께 머물며 많은 대화를 나누었다. 이 전도사의 일본인 남편은 참치 잡이를 떠나 한 달 뒤에나 돌아올 예정이니 센다이 공항이 복구될 때 까지만 이라도 자신의 멘토가 되어 영적 굶주림을 채워

달라고 놓아주지 않았다. 우리는 그녀의 대저택이 하나님이 예비하신 오아시스임을 감사하며 하루하루를 꽉 찬 보람으로 지새웠다. 예수영은 부흥회가 끝난 뒤에도 교회를 들락거리며 많은 상담을 해주면서 틈이 나는 대로 남은 시간을 활용해 오래전부터 자기의 사생활을 기록하던 자서전 집필의 완성에 매진했다. IMF가 터지기 전, 그 강한 여파로 부도를 맞고 다시 한 번 재기를 하는 과정에서 너무 어려운 환난을 당한 일과 그로 인해 어떻게 살아 계신 하나님을 만났는지 등을 생생하게 기록한 자서전이었다. 처음에는 이해하기에 어려운 난제와 생의 과정이 세상 사람과 똑같은 사탄의 훼방으로 가로막힌 줄 알았는데 지나고 보니 하나님의 각별한 사랑과 섭리 속에서 이루어졌다고 실토했다. 하나님의 강력한 연단의 섭리가 없었다면 도저히 바뀔 수 없는 「나는 나」라는 자신의 종교관과 아집을 부서트리지 못했을 거라고 자기 스스로를 자평했다.

"나는 맨 처음 내 사업이 무너지는 그 지옥 같은 시련이 하나님의 섭리에서 시작된 테스트임을 알지 못하고서 많은 술을 마셨지. 내가 아무리 분을 풀려고 술을 마셔도 술이 오히려 나를 마시기 시작했어. 그래도 아마 알코올이 나를 중독 시키지 않았더라면 나는 성장이 멈추거나 미쳤을지도 몰라. 아니 나는 이미 미쳐가고 있었다는 게 정확한 표현일 거야. 생각하고 판단해 봐. 한 번 부도 맞은 사람이 다시 용기를 내어 재기하는 과정에서 99.9 프로 모든 일을 성공적으로 애써 추진해 놓으면 전혀 예기치 못한 0.1프로의 일이 터져 반전의 실패로 끝나고 마는데 어찌 미치지 않겠어. 순금도 99.9프로의 용도로 만들어지면 어디서나 정금으로 인정되는데 만일 0.1프로의 부족으로 정금이 아니라고 부인해서 쓰레기통에 버리게 되면 누구인들 미치지 않겠어? 한두 건도 아니고 일하는 족족 실패로 돌아가니 0.1프로의 부족으로 인한 일의 끝자락에는 눈에 안 보이는 귀신이 늘 장난쳤다고 밖에 말할 수 없었지. 그때부터 생명을 건 귀신과의 영적 전투는 시작되고 나는 그 여파로 점점 더 미쳐가고 있었지. 그 큰 프로젝트가 일일이 부서지면서 엄청난 술과 담배는 나의 유일한 도피처이고 내 친구였지. 하지만 종교를 바꾸고 「나는 나」라는 아집을 버리고 질그릇에 불과했던 내가 하나님의 부르심으로 뜨거운 용광로를 통과하면서 강한 도자기로 거듭났다는 게 그분의 섭리임을 깨닫고 항상 감사하지 그 시점부터 물질의 소유가치에 나의 전부를 걸었던 생은, 한 발자국씩 더 나아가 생의 존재가치로 나를 점점 변화시켰지 손에 잡히는 게 없는 헛되고 헛된 무가치의 세계에서 마음과 영혼에 만족과 기쁨을 주는 절대 진리 한가운데로 들어오게 된 계기가 되지 않았나 해. 뒤돌아보면 내가 용광로 속에서 겪은 눈물 나는 시련과 연단은 쓸모없는 질그릇을 도자기로 바꾸게 된 보람된 훈련이었지. 불타는 스올로 떨어질 수밖에 없었던 나의 잘못된 세상의 찰나를 창조주의 강권적 이끄심으로 천국으로 돌려놓은 역전 드라마가 탄생한 거겠지. 내가 만일 그분이 택하신 사랑의 훈련을 받지 않았다면 훈련소에서 훈련받지 않은 약한 병사가 총 쏘는 법도 모르는 상태에서 벌거벗겨져 혹한의 시베리아 추위에 내던져져 전장을 하다가 총받이로 죽는 것과 똑같을 테니까 그 강한 연단이 없었다면 강추위에서 상대방이 쏜 총알에 열 번이고 백 번이고 맥없이 쓰러져 사탄의 밥이 되었겠지. 이 사탄의 올무에서 벗어나는 일, 곧 마귀와 치루는 처절한 영적 전투는 살을 찢고 뼈를 깎는 아픔보다도 더 큰 일생 최대의 난투극일 터여서 뜨거운 풀무불의 연단을 통과하지 않았다면 나는 총 한 방 쏘지 못하고 쓰러졌겠지. 이토록 무서운 사탄 마귀의 유혹을 이기기 위해선 반드시 하나님의 용광로 속 테스트를 통과해야만 하기 때문에 어쩔 수 없이 매를 드셔서 그곳에 집어넣었겠지. 물을 가두는 수력 댐은 조그마한데 그 보다 열 배, 백 배 많은 빗물을 사탄이 한꺼번에 흘려보내면 공들여 쌓은 댐은 반드시 허물어지게 되는 이치와 똑같으니까. 그래서 하나님은 내가 그릇의 댐을 만들어 놓은 양 만큼만 물질도 명예도 권세도 주시는 거고 그 이상, 감당 못 할 만큼은 허락하지 않으시지. 누구든지 천국에 올라가려면 사탄이 만든 용광로를 넘어야만 들어갈 수 있는 세계이니까. 세상의 생은 밤의 한 경점에 불과하지만 우리가 반드시 들어가 도착해야만 하는 세계는 영원한 곳이어서 현세의 전부를 걸고 사탄과 싸워 이길만한 값어치가 충분하지. 이번에 새로 발견한 항성 시퍼A는 태양보다 2천억 배나 크고 밝은 것처럼 천국과 지옥은 이보다 훨씬 크고 가치 있기 때문에 태양과 시퍼A를 감히 비교할 수 없는 바닷가 모래알 한 개와 시퍼A를 비견할 만큼 확연한 차이가 있는 극과 극의 세계이니까. 나는 그 큰 세계의 빛을 발견한 터여서 세상의 소유가치보다 존재가치를 가슴에 품고 평강과 기쁨 속에서 그 나라를 바라보며 세상 끝날까지 살아갈 거야."

예수영은 자신이 겪은 혹독한 시련은 세상의 물질관과 현세 욕에 사로잡힌 집착과 소유욕에서 비롯되었다고 되새기며 말하였다. 누구든지 하나님이 허락하신 낮아짐의 터널을 통과하지 않으면 사탄이 쳐놓은 올무에 걸려 하나님이 예비하신 상상을 불허하는 그 화려한 낙원에 들어가기가 불가하다는 논리였다.

그의 팔로 힘을 보이 사 마음의 생각이 교만한 자들을 흩으셨고 권세 있는 자를 그 위에서 내리치셨으며 비천한 자를 높이셨고 주리는 자를 좋은 것으로 배불리셨으며 부자는 빈손으로 보내셨도다(눅 1:51-53 마리아의 찬가).

그는 건설그룹에 속할 기초 수순을 밟는 찰나 같은 업종끼리의 빚보증으로 상대 그룹의 파산으로 동시에 자기 재산을 탕진한 뼈아픈 수모는 그의 영혼마저도 흔들어 놓았다. 그 뒤로는 다시 재기하려 일을 시도하기만 하면 99.9프로의 성공에 0.1프로의 이상한 부주의로 번번이 실패하는 불운을 겪으면서 그의 길은 나락으로 번번이 굴러떨어졌다. 얼마나 어려웠던지 종교관을 바꿔 개종한 것은 물론이고 밤을 꼬박 새워 술 마실 때면 늘 호탕한 웃음을 짓는 헤픈 남자에서 염세주의자로 변신해갔다.

부흥회가 끝난 뒤에도 그곳의 담임 목회자가 찾아와 많은 환자가 몰려와 병 낫기를 간구한다고 사정하면 차마 거절하지 못해 그의 뒤를 따라나섰다. 센다이 공항의 활주로가 정상으로 복구돼 우리가 이 전도사의 대저택을 떠나가는 날까지 그 일은 지속되었다. 나는 그가 담임 목회자를 따라 나가서 돌아올 때까지 무료함을 달래려고 그가 틈틈이 써 놓은 그의 글을 읽으려고 노트북을 켰다. 그가 기록한 자서전 형식의 글은 회사가 부도를 당한 뒤, 재기하려는 과정에서 맞닥뜨린 험난한 어려움에서부터 시작되었다. 조금씩 읽어 나가는 사이사이, 그 간의 내 물음표는 그를 이해하는 눈물이 되어 눈가를 촉촉하게 하였다.

사실 이 자전적 소설 〈나의 고백〉은 내 권유보다 그가 돌이켜 스스로 기록한 것이어서 일반인의 사고방식으로는 조금도 상상하기 어려운 하나님의 임재와 놀라우신 계획의 이끄심이 내재해 있었다. 세상 과학으로는 도저히 설명할 수 없는 불가사의이다.

예수님이 물 위에 걸으시거나 파도와 바람을 잠잠하게 하신 것 이상으로 신비적이어서 편집 과정에서 삭제했다가 성령의 강한 감동으로 다시 끼워 넣었다. 부디 신비주의를 조장한다는 비방과 의심에 앞서서 하나님은 만유보다 크신 온 우주의 창조주임을 믿고 사실로 받아들이길 바란다.

그 무렵 나는 예수영에게 천국 복음을 전하려고 동행하지 않겠다던 그를 간신히 설득해서 어느 산상 집회에 참석했다. 우리 아이를 포함한 세 사람은 뭐가 뭔지도 모르면서 맨 뒷자리에 멀찍이 떨어져 사이좋게 나란히 앉아서 강사 목회자의 목소리에 귀를 기울이고 있었다. 그때 그곳에 참석했던 장로님 한 분이 우리 세 가족이 나란히 앉아 있는 뒷모습이 어찌나 평화로운지 성령에 이끌리어 카메라 셔터를 그저 여러 각도에서 눌러 대었다. 나중에 알았지만 그분은 건축사 사무실을 운영하는 건축사 사무소 소장인데 지금은 90세가 다 된 분으로 살아서 생존해 계신다.

장로님은 우리에게 선물하려고 현상소에서 사진을 인화하는 과정에서 그 속에 나타난 장면들을 목격하고는 자기 눈을 의심하면서 실로 경악했다고 한다.

현상소 직원들과 확인하고 또 확인해도 우리 가족을 둘러싼 활활 타오르는 환한 불꽃과 불기둥이 선명하게 나타나 있는 게 아닌가! 찍힌 사진마다 각도가 다르나 〈움직이는 하나님의 보좌〉 가운데 불에 옹위 되어 활활 타오르는 횃불 같은 불수레의 일부가 확연히 찍혀 있었다. 그것은 분명 하나님의 영이 계신 상체 부분과 네 생물의 아랫부분을 제외한 중간 부분이 찍힌 〈움직이는 하나님의 보좌〉인 불수레였다. 보라 여호와께서 불에 둘러싸여 강림하시리니 그의 수레들은 회오리바람 같으리로다(사 66:15) 진실로 에스겔 1장과 10장에 자세히 묘사된 하나님의 보좌 그 자체이신 날아다니는 불수레 보좌였다. 내가 보니 북쪽에서부터 폭풍과 큰 구름이 오는데 그 속에서 불이 번쩍번쩍하여 빛이 그 사방에 비치며 그 불 가운데 단 쇠 같은 것이 나타나 보이고 그 속에서 네 생물의 형상이 나타나는데 그들의 모양이 이러하니 그들에게 사람의 형상이 있더라(겔 1:4~5) 또 생물들의 모양은 타는 숯

불과 횃불 모양 같은데 그 불이 그 생물 사이에서 오르락내리락 하며 그 불은 광채가 있고 그 가운데에서는 번개가 나며 그 생물들은 번개 모양 같이 왕래하더라(겔 1:13~14)

건축 소장 장로님은 자신도 이런 놀라운 사진은 평생에 걸쳐 오직 한 번 찍은 것이어서 뭐라 설명할지 모른다고 흥분된 소리로 절대로 조작된 사진이 아니라고 침을 튀겼다. 예수영은 예수 믿으면 모두가 이렇게 미쳐가니까 자기는 멀리 동떨어져 있다고 으헛허허 그 특유의 허탈한 웃음만 터트릴 뿐 전혀 믿지 않았다. 사진사 장로님이 아브라함을 인도하고 목격했던 장면이라 그 성경 지식을 통틀어서 설득했지만 그는 요지부동이었다. 해가 져서 어두울 때에 연기 나는 화로가 보이며 타는 횃불이 쪼갠 고기 사이로 지나더라(창 15:17)

예수영이 우리가 사는 세상 속으로 들어오신 하나님의 날아다니는 불수레가 초 과학을 뛰어넘어서 사진으로 선명히 찍힌 그 기이한 장면을 부인하자 그다음 주에는 예수영을 좋아하는 학교 교장 출신의 은퇴한 장로님이 우리 집에 우연히 들렀다가 밖으로 향한 유리창을 주시했다. 그 유리창에는 전신주의 가로등에 불이 들어오면 큰 허공을 덮는 큰 십자가가 투시되어서 누구든지 유리창을 통한 십자가 불빛을 목격할 수 있었다. 지금은 돌아가셨지만 그 인자한 장로님은 유리창에 투시된 빨간 십자가 형상이 경이로웠는지 그곳에서 무릎을 꿇고 묵상하다가 사진기를 꺼내서 십자가가 새겨진 유리창을 향해 셔터를 연신 눌러대었다. 그런데 그 사진이 인화되어 나왔을 때 우리 모두는 눈이 휘둥그레졌다. 붉은 사랑의 하트가 십자가 위로부터 시계 방향으로 돌면서 차례대로 찍혀져 내려오고 있는 모습이 너무 아름답고 충격적이어서 모두 벙어리가 되어 침묵했다. 그 사랑의 하트는 광야에서 이스라엘을 인도한 하나님의 성령이었다. 성막을 세운 날에 구름이 성막 곧 증거의 성막을 덮었고 저녁이 되면 성막 위에 불 모양 같은 것이 나타나서 아침까지 이르렀으되 항상 그러하여 낮에는 구름이 그것을 덮었고 밤이면 불 모양이 있었는데 구름이 성막에서 떠오르는 때에는 이스라엘 자손이 곧 행진하였고 구름이 머무르는 곳에 이스라엘 자손이 진을 쳤더라(민 9:15~17)

그리고 그날 밤, 코가 컸던 장로님의 사진기를 만지작거리던 아이가 내가 새벽이면 기도하던 안방의 벽을 향해 셔터를 눌렀다. 아이가 갑자기 벽에 그려진 신기한 환상을 목격하고 사진으로 찍은 형상은 분명 사람의 모습이었는데 가슴에 황금띠를 두르고 양팔을 벌린 성자 예수님의 현현이었다. 성체 옆으로는 선악과를 따먹은 인류의 원죄를 자신의 십자가의 죽으심으로 사하신 검붉은 피가 선명히 흐르고 있었다. 피가 없이는 죄사함이 없나니 (히 9:22) 그 피는 온 인류를 대속하신 영생이시고 참 하나님이신 예수그리스도의 보혈이었다. 그 피 한 방울은 온 우주를 정화하고도 남을 살아계신 하나님의 거룩이고 사랑이었다. 우리가 아직 죄인 되었을 때에 그리스도께서 우리를 위하여 죽으심으로 하나님께서 우리에 대한 자기의 사랑을 확증하셨느니라 우리가 그의

피로 말미암아 의롭다하심을 받았으니(롬 5:8~9)

　그럼에도 예수영은 그 경이로운 성부 성자 성령님의 발현을 목격했으면서도 그 사진들은 누군가가 성령 하나님이신 예수그리스도를 믿으라고 조작해 준 가짜일 수 있다고 머리를 세차게 도리질 쳤다. 두 교회의 장로님이 절대 아니라고 강변하는데도 자기가 아는 상식과 초 과학으로는 받아들일 수 없는 허구라고 단정하고는 정말 살아계신 하나님이 계신다면 직접 보여주시라고 선언하고는 처음으로 밥을 굶는 3일 금식에 돌입했다.

　살아계시는 하나님은 마침내 그를 외면하지 않으시고 그가 무릎 꿇고 기도하는 가운데 꿈인지 생시인지는 몰라도 이상한 환상을 직접 체험하게 하셨다.

　시간이 가도 그 환상은 선명해서 어젯밤의 일처럼 항상 생생하게 지금도 기억하고 있다. 한순간 그는 자기 몸이 공중으로 부양되어 날아가면서 어마어마한 대지를 보았다 크기를 가늠할 수 없는 지구만 한 땅덩어리 위에 수많은 성냥개비 같은 것이 날아가는 곳곳마다 헤아릴 수도 없이 일렬로 누워 있었다.

　그는 나자빠져 있는 것들의 정체가 무척 궁금해서 밑으로 고도를 낮춰 날아가며 확인 작업에 돌입했다. 정말 놀랍게도 사람의 시체가 가도 가도 끝이 없이 같은 방향으로 누워 일직선으로 정열 되어 있었다. 그 죽어 있는 시체들을 목격하면서 그는 남에서 북으로 끝도 없이 날아가는데 그 끝자락에 한순간 롯데 서울 타워보다 더 높은 검은 괴물이 시뻘건 눈깔을 부릅뜨고서 자기를 쏘아보며 잡아먹으려고 무섭게 노려보았다.

　예수영은 날아가다가 입을 벌려 자신을 삼키려는 그 검은 사탄의 어깨에 겁도 없이 내려앉았다. 그 검은 괴물인 사탄의 모가지가 얼마나 굵었는지 롯데 서울타워의 123층만큼 억세고 강하게 보였다. 그는 자기 힘으로는 어쩔 수 없어서 자신도 모르게 엉겁결에 얼핏 복음서에서 본 예수의 이름을 들먹이며 명령했다. "너 사탄 마귀야 내가 예수의 이름으로 명령하니 떠나가라." 그 한마디뿐이었는데 123층의 서울 스카이를 정면으로 관통하고도 남을 불이 번쩍번쩍 타오르는 긴 불칼이 갑자기 어디선가 나타나서는 무시무시한 사탄마귀의 모가지를 일직선으로 관통해서 꿰뚫었다. 사탄은 그 불 칼로 앞에서 뒤로 목을 찔리운 채 123층보다 큰 놈이 썩은 나무토막 떨어지듯 뒤로 벌렁 나자빠져 누워 버렸다. 그는 성부 성자 성령님의 이름이신 예수를 체험하고는 그 순간부터 범접할 수 없는 하나님의 확실한 증거에 무릎 꿇었다. 예수는 공자, 맹자, 마호메트, 불타처럼 역사에 기록된 일개 인간일 뿐이라고 항변했던 그가 진짜 그분만이 영생이시고 참 하나님이라고 스스로 주장하기 시작했다.(요일 5:20)

　그날 이후로 그는 모든 사생활을 접어두고 밤낮으로 예수를 사모하고 알기를 원하는 환자로 변모되었다. 마치 야곱이 얍복 나루에서 하나님과 겨루어 씨름하다가 허벅지 관절을 맞고 어긋난 뒤에 산산이 부서져서 자기의 새 생명을 다시 보전한 것처럼 자신을 만나주신 하나님은 말씀이고 예수의 이름이라고 단정 지었다. 예수의 이름으로 열두제자가 일으켰던 표적을 스스로도 체험해 보고는 예수는 참 하나님이고 영생이심을 거듭 확신했다. 한때는 헛되고 허황된 재벌의 꿈을 향해 밤이고 낮이고 사람들을 접대한다는 명목으로 술에 절어 이리저리 뛰어다녔건만 이제는 놀라우신 하나님의 임재로 새 생명을 얻게 되었다. 내가 평생을 기도한 대로 창조주 하나님이신 예수를 모르고 저토록 헛된 물질만을 향해 일생에 단 한 번뿐인 기회를 놓치고 길길이 날뛴다면 차라리 완전히 망해서 빈털터리가 되도록 끈질기게 기도한 게 이루어지고 있었다. 하나님은 나의 간구와 눈물을 보시고 그를 허무한 부자의 집착에서 하나님을 찾아서 섬기는 전도자로 거듭나게 하셨다. 조금만 참으면 재벌이 될 수 있다고 큰 소리를 탕탕 치던 그가 누가복음 16장에 등장하는 거지 나사로와 부자의 비유에서 부자로 거들먹거리고 살다가 스올인 음부에 떨어져 물 한 모금만 찍어서 내 혀에 적시어달라는 부자의 애원하는 소리를 듣고는 바짝 엎드려졌다.

차라리 개들에게 헌데투성이를 핥키던 거지 나사로가 될지라도 천사들에게 받들려 아브라함의 품에 들어가겠노라고 스스로를 낮추었다.

하나님이 그의 욕망의 환도 뼈를 내리치셔서 사랑의 절뜀발이로 만드신 것은 이제 자기를 의지하지 말고 오직 죽은 자를 다시 살리시는 하나님만 의지하게 하심이었다.(고후 1:9) 하나님이 그를 구원하사 거룩하신 소명으로 부르심은 그의 행위대로 하심이 아님이고 오직 자기의 뜻과 영원 전부터 그리스도 예수 안에서 그에게 주신 은혜대로 하심이었다(딤후 1:9) 그러므로 그는 주를 위하여 갇힌 자 된 자신을 부끄러워하지 않고 하나님의 능력을 따라 복음과 함께 고난을 받게 되었다.(딤후 1:8)

이제 이 책의 절반을 차치하는 방대한 양으로 구성된 그의 자전적 소설〈나의 고백〉을 4부분으로 나눠서 절대진리의 한가운데 사이사이에 삽입한 것은 어떻게 하나님이 그에게 임재하셔서 오늘의 그를 만드셨는가를 증거하기 위함이다. 마치 야곱이 얍복나루에서 하나님과 겨뤄 씨름하다가 환도 뼈를 맞은 후에 산산이 부서져서 축복을 받은 것처럼 그도 또한 하나님과 겨뤄 이기려고 씨름하는 순간부터 (그 당시에 그는 전혀 몰랐지만) 욕망의 환도 뼈가 부서지는 순간까지를 꾸밈없이 기록하였다. 처음에 그는 하나님이 허락하신 고난인 줄 모르고 육체의 욕심을 따라 지내며 육체와 마음의 원하는 것을 하여 본질상 진노의 자녀로 자살 직전까지 떠밀려 갔으나 긍휼이 풍성한 하나님이 그 큰 사랑을 인하여 허물로 죽은 그를 그리스도와 함께 그분의 십자가의 피로 살리셔서 하늘에 앉히시었다.(엡 2:3~6) 이제 그는 〈나의 고백〉을 통해서 욕망의 환도 뼈를 맞고 완전히 부서져 한 줌의 재로 변모된 자신을 적나라하게 고백한다.

내가 그리스도와 함께 십자가에 못 박혔나니 그런즉 이제는 내가 사는 것이 아니요 오직 내 안에 그리스도께서 사시는 것이라 이제 내가 육체 가운데 사는 것은 나를 사랑하사 나를 위하여 자기 자신을 버리신 하나님 아들을 믿는 믿음 안에서 사는 것이라고(갈 2:20) 바야흐로 미국 원자력 과학회는 얼마 전 인류문명 종말의 시곗바늘을 2012년 12시 5분 전에 놓여 있던 것을 2015년에는 12시 2분 전으로 앞당겼다. 그리고 2020년 2월 말에는 노벨 물리학상 수상자들과 반기문 전 유엔총장이 참석한 가운데 2분 전에서 100초 전으로 다급하게 전 세계로 종말의 시곗바늘이 분에서 초로 바뀌어 선포되었다. 이유는 통제할 수 없는 기후 변화와 핵무기의 소유, 국가 간 분쟁, 지진과 기근, 전염병, 자연재해, 인간의 끝없는 욕망 등의 불확실성 때문이다. 또한 "UN Agenda 21"의 문서가 공개되었는데 그 의제는 마찬가지로 자연재해와 핵 위협, 국가 간의 전쟁, 민족과 민족의 대립, 식량부족과 지진 등의 대 폭풍이었다. 1900년에서 1940년은 생산시대이고 1941년에서 1980년은 소비시대라면 1981년부터 2020년을 쾌락 시대로 정의하고 2021년부터는 사람이 견제하기 힘든 육과 영, 모든 것의 폭풍 시대를 예견하고 있다.

 그 무서운 불확실성의 대 폭풍 시대를 맞아 누구든지 하나님의 전신 갑주를 입지 않으면 휘몰아치는 폭풍을 감내하기 힘들 것이다. 하지만 예수의 이름을 가슴에 품고 절대진리 안에서 문학 형식과 흥미 위주를 타파하고 4부분으로 구성해 중간마다 끼워 넣은 〈나의 고백〉을 듣게 되면 모두가 그가 입은 전신 갑주를 함께 입게 될 것이다.

버림받은 세대

"사람이 떨어졌어요! 5층 디딤판에서!"

수화기를 내려놓으면서 나는 온몸의 피가 빠져나가는 묘한 떨림으로 손목이 저렸다. 또 무슨 날벼락인가? 날이면 날마다 연거푸 이어지는 의문의 사고로 이마에서 땀방울이 흘러서 눈 속으로 들어간다. 뭔가 섬뜩한 음모가 나를 끝없는 벼랑으로 내모는 느낌이어서 머리가 옥죄어왔다. 유유자적 흘러가는 한강을 바라보는 사이, 차는 서울의 한 병원에 도착했다.

응급실 현관은 온종일 일어난 대형 교통사고 환자와 생명의 위급함에 처한 중환자들이 실려 와 아수라장이었다. 그 틈새를 뚫고 응급실 문을 밀치려는 찰나, 뒷덜미를 낚아채는 또 하나의 다급한 목소리에 발길을 멈추었다.

"이사님이세요. 다행히 구사일생으로 죽지는 않았어요."

사고 현장의 최기술 소장과 담당 총무였다.

"어떻게 되었나? 수술은?"

이런 저주스러운 사고를 당할 때마다 반복되던 물음이었다.

"그게…"

"이 사람들아, 목숨부터 살려놓고 볼 일이지 왜 지체하고 있나?"

"이사님! 이곳에서는 산재처리가 되지 않는답니다. 다른 큰 규모의 병원이나 대학병원으로 옮겨야 한다는데 환자 상태가 워낙 중태라서……."

"무슨 소리인가? 당장 수술부터 할 일이지……."

"산재 포기각서를 쓰고 현금으로 전 비용을 지불하겠다는 각서와 보증금을 걸어야만 수술이 가능하답니다."

"뭐라고? 이런 위중한 상태의 중환자를 보고도 장삿속을 드러내? 도대체 허울 좋은 히포크라테스 선서는 어디로 간 건가? 좋아, 내가 무엇이든 팔아 수술비를 마련할 터이니 당장 시작하라고 해!"

나는 잠시 막막한 자괴감으로 아무런 생각도 움직임도 취하지 못하고 공황상태에 빠져서 멍하니 있었다. 오늘과 같은 원인을 알 수 없는 사고가 연이어서 계속 터지다니……. 나는 미간이 떨리는가 싶더니만 초점 잃은 눈동자는 빈 허공 저편을 더듬었다. 눈꼬리로 이어진 검은 동공은 터지려는 분노로 가득하다 못해서 이글거렸다. 수없이 이어진 의문의 사고와 생의 절벽 끝에 서 있는 내 의식은 실제로 일어난 일이 아닌 것처럼 몽롱한 상태로 끊어지고 다시 이어졌다. 더는 파산할 것도 내줄 것도 없는 빈손의 허탄함이었을까……. 최 소장이 원무과 앞에서 내민 산재 포기각서를 쓰지 않았다면 내 의식은 그대로 멈추었을 터였다. 현실이 아닌 꿈과 환상 속에서 이어진 사고라면 얼마나 좋을까 하는 바람 속에서 겨우 정신을 가다듬고 지갑을 털어서 수술 보증금으로 250만 원을 지불했다. 그리고는 풀리지 않은 의문의 촉수를 드리운 채 응급실에 들러서 환자의 상태를 살폈다. 30대 초반의 환자는 겉으로 살아있다 해도 마치 죽음의 강, 저편에서 불어오는 것 같은 으스스한 찬 기운이 그 작은 몸뚱이에서 흐물흐물 새어나왔다. 그는 스틸 파이프 비계를 철거하다가 누군가가 고의로 풀어 놓은 연결 이음쇠 부분을 잘못 딛고 젖은 빗방울에 미끄러져서 굴러떨어진 것으로 보인다. 마치 그의 몸의 흔적에선 마지막으로 한 번 애타게 살려고 발버둥 치는 그런 처참한 모습 같았다. 끊어질 듯 이어지는 호흡이 기적이랄 만치 폐는 박살 난 수박처럼 산산조각이 나서 그의 옆구리에 삽입한 호스로는 검붉은 피가 연신 흘러내리고 있었고 그의 부서진 몸뚱이는 피멍으로 범벅된 가사 상태로 멈춰 있었다.

밤 7시부터 9시간 동안 긴급히 대수술을 끝낸 집도의들의 표정은 사뭇 어눌했다. 팀장인 흉부외과 과장은 그때까지 수술 결과를 기다리며 서성이던 나에게 환자의 상태를 단도직입적으로 설명했다.

"수술 시간이 예상보다 두 배나 초과했어요. 하루를 지나 봐야 알겠지만, 지금은 살 확률이 절반 이하입니다. 준비를 해두시지요. 살아도 식물인간이 될 확률이……."

"네?"

나는 새하얗게 질려서 신음에 가까운 반응을 토해 대고는 집도의의 말이 채 끝나기도 전에 그 자리에 털썩 주저앉았다. 파득파득 뛰던 관자놀이의 핏줄이 멈춘 듯싶었다.

"안 돼, 절대 안 돼…"

새벽 4시가 넘어선 응급실을 지난밤의 앰뷸런스 사이렌 소리를 멀리하고 깊은 고요가 숨을 쉬었다. 나는 그 정적 깔린 어둠을 밟고 불가사의한 의문의 힘에 이끌려 무작정 헤매다가 방배동 사고 현장 근처의 먹자골목으로 들어섰다. 풀 수 없는 수수께끼의 사고, "왜, 왜?!, 누가 이 몹쓸 짓을……"

문득 걸음을 멈추고 누군가가 뒷머리를 잡아채는 듯한 의문에 다시 이끌려서 골목길 어귀의 포장마차에 들어섰다. 천천히 내려앉는 좌절감을 털어 내려는 듯…

두어 번 들린 적이 있는 곳인데 자리에 앉지도 않아서 유리 진열장 안에 가지런히 진열된 뺄겋고 먹음직한 안주를 손짓으로 가리켰다.

"꼼장어와 소주!"

"소주에는 자갈치 꼼장어가 일품이지요."

삼십 대 중반쯤 보이는 여주인은 졸린 눈을 비벼 뜨고 소주를 내놓으며 소리를 내뱉었다. 소주병이 앞에 놓이자 나는 냉수를 마시듯 큰 물컵에 부어서 단숨에 비워 내었다.

"소주 한 병, 더 줘요."

안주를 준비하다 힐끗 뒤돌아본 여주인이 황당한 눈빛으로 두 번째 소주병을 내놓았다.

"아주머니, 참견 말고 어서 술이나 줘요."

"혼자 사는 노처녀에게 아주머니의 호칭은 서운하네요."

여자는 딱딱한 분위기를 호감 품은 어투로 받아넘겼고 나도 그에 맞춰서 긴장을 풀었다.

"주인, 그러면 사죄의 뜻으로 내 한 잔 따라주지요."

나는 구워진 매콤한 꼼장어를 내놓는 여자의 손에 마시려고 따라놓은 술잔을 내밀고는 여자가 머쓱해 하는 사이, 또 다른 컵에 소주를 따라 부어서 한입에 털어 넣었다. 여자는 아직도 자신을 주체하지 못하는 내 행위에 실소를 금치 못했다.

"손님, 천천히 드세요. 무슨 일인지 모르지만 외로운 듯 보이니 제가 대작해 드리지요. 어차피 손님이 끊어져 문 닫으려 했어요."

"고맙군요. 허나 나는 취하고 싶고 취해야만 해요. 내 주량은 두 병을 밑돌지만 세 병을 마실 수 있는 날이네요."

어제저녁을 거른 탓인지 내 혀는 벌써 꼬부라져 있었다. 사실 나는 매일 조금씩 술을 즐기긴 했지만 잘 마시는 편은 아니었다. 급한 다혈질의 성미대로 항상 남들보다 먼저 취해서 어쩌다 마음 편치 못한 상대와의 술자리에서는 상대가 위선을 떨고 거짓말을 하면 술자리를 종종 뒤엎기도 했었다. 그렇다고 알코올중독까지 간 것은 아닐지라도 회사가 부도 맞은 뒤로는 끝장을 내고 말자는 심리로 최후의 발악처럼 마셔야만 똬리 진 분노의 텅 빈 가슴이 조금은 후련해지는 기분이었다. 여자는 내가 염려스러운지 곁눈질로 보고 있었다.

"손님같이 급하게 마시는 분은 드물어요. 주제넘은 추측 같지만 세상에 속고 사업에 실패하신 분 같아요."

"주인장, 별나게 잘 맞추시네요."

"네, 무엇인가를 향한 분노로 세상을 끝장내고 말겠다는 표정과 호남형의 관상에 쓰여 있어요."

"하하… 사람을 많이 상대하는 주인장이라 과연 다르긴 다르네요. 관상은 형이상학 속의 통계학이라 했던가?"

"제 말이 맞네요. 어떻게 해서?"

한입에 술잔을 쭉 들이킨 여자가 내 잔에 다시 술을 채워주며 깊은 호기심을 드러내었다. 이겨내지 못하는 술에 세찬 고갯짓으로 외로워하는 나를 읽으면서…

여태껏 나는 무작정 달려온 게 아니었다. 날아가는 화살의 표적을 확고히 정해놓고 과녁을 향해서 뒤도 돌아보지 않고 앞으로만 열심히 달려왔다. 그러다가 한순간의 잘못된 보증으로 발목이 잡히고 그 뒤부터는 박자의 엇갈림으로 원인이 불분명한 무서운 사고들이 줄줄이 이어졌다. 술을 마시지 않고는 꽉 막힌 가슴을 진정시키기 어려울 정도로 이어진 인위적인 사고의 함정은 나를 막다른 골목으로 몰아넣었다. 들판의 야생마처럼 내 의도대로 자유롭게 뛰어다니던 나는 악마의 올무에 걸려 나의 전부를 억누른다는 느낌을 받을 만큼 내 영혼의 고삐가 점점 죄어져 왔다. 나는 연거푸 쓴 소주를 입에 털어 넣고 싸움 직전의 야수가 성난 몸짓으로 허공을 들이받는 것처럼 긴 울분을 토해내면서 치밀어 오른 화를 대신했다.

"좋아요. 올 때까지 왔으니 궁금하면 안주 삼아서 털어놓지요. 나는 S그룹에 다니다가 사직하고 어떻게 하다 보니 개인 주택과 다세대 주택부터 시작해서 농공단지의 소형공장, 시내 빌딩에서 산업단지의 대형공장 등을 건축해 남부럽지 않은 기초를 쌓았지만 그것도 잠깐이었지요. 건설회사에서는 돌발 사태를 대비한 공사의 마무리를 위해서 불가불 맞보증 서주는 관행이 있는데 상대방의 큰 부도로 나 또한 자금난에 몰려서 연쇄적으로 도산했지요. 그 후로도 그대로 침몰할 수 없어서 지인의 소개로 건설 면허를 빌려 그 회사의 법원 등기부에 이사로 등재하고는 시화 지구와 산업단지 서울 곳곳의 빌딩 등을 건축하고 있지요. 하지만 날이면 날마다 누군가가 날 절벽 밑으로 떨어뜨려서 죽이려는 식으로 사고와 사고를 일으켜서 사고투성이로 애당초 풀리는 일이라고는 없네요. 아무도 미워하지 않고 평범하게 살아왔건만 어느 죽일 놈의 악귀가 무서운 괴력으로 내 모가지를 밟고서 숨통을 누르고 죽기를 기다리고 있는 거예요. 나는 의문의 물음표로 이어진 사고 사건에 잔뜩 화가 치밀어 올라서 꼬부라져 가는 혓바닥을 나불거렸다.

"어머나, 얼마나 화가 나실까. 이런 아리송한 사고들은 원한 맺힌 악귀가 훼방꾼으로 장난하고 있는 것이 분명해요. 필요하시다면 제가 해결책을 알려 드릴게요. 아니 꼭 도움이 되실 거에요. 본디 본(本) 어지러우면 말(末)이 흩어지지요. 마음의 질서가 붕괴되면 세상일도 어지러워진다는 뜻이지요. 곧 그 마음의 뜻에 반하는 것은 악귀들의 장난인지라 무당을 불러서 악귀들을 위로하면 앞으로 닥칠 재난을 사전에 막을 수 있지요."

여자는 자기 안에 내재해 남아있던 과거의 잔영인 양 악귀 타령으로 일관했다. 나는 악귀와 무당 타령으로 일관된 여자의 소리를 들으면서 뱃속이 울렁거렸다. 술기운이 흐드러지게 몸 전체로 퍼지는가 싶더니만 구역질이 올라왔다. 스스로의 원칙을 무너뜨리는 데서 받은 충격일 수도 있었다. 나 자신의 원칙은 내가 찍은 생의 표적을 향해서 무조건 살아서 태동하는 활화산처럼 활활 불타오르는 거였다. 그러나 연쇄 부도와 뭐에 홀린 듯한 괴이한 사건 사고로 전부가 엉망으로 뒤엉키면서부터는 생과 정체성의 원칙이 어긋나서 삐딱해지는 대혼란의 연속으로 이어졌다. 정체를 잡을 수 없는 무서운 추적자들의 음모가 끝까지 내 발목을 잡고 넘어뜨리는 올무의 대함정 앞에서 나는 속수무책이었다. 급기야는 무서운 놈들의 음모의 덫에 걸려 내 생의 불꽃이 흔들리는 것을 깨우치면서 점점 파멸되어 가는 자신의 무력감 앞에 스스로 화를 내고 절망의 늪에 빠졌다. 복잡한 세상이 나를 보는 눈은 후하지도 아닐 터인데 아무것도 모르는 암흑 상태에서 알맹이가 없는 자신의 겉치레로 일을 하기 때문에 누군지 모를 추적자에게 이유

모를 보복을 받아서 스스로 화를 자초했다는 추리도 해보았다.

어쩌면 내 분수와 능력에 맞는지도 헤아리지 않은 채 뭐든지 급한 성격대로 막무가내식으로 일을 해치운 터여서 비참한 불운을 스스로가 자초하는지도 모를 일이었다. 악한 정신병자 집단이 내가 완전히 도산해서 거리의 노숙자로 전락할 때까지 시도 때도 없이 무차별 공격해 오는 것을 당해낼 재간이 없었다.

한쪽으로 기울기 시작한 상상력은 언제나 엉뚱한 방향으로 휘기 마련이었다. 그 실패와 분한 마음을 곱씹다가 돌파구를 찾은 것이 세검정에 위치한 큰무당과 연줄이 닿게 된 것이다. 나에게 닥친 무서운 사건들을 잊으려고 내 원칙에서 벗어나 우상 숭배의 마력에 이끌려 큰무당 선녀의 올무에 걸려든 것이다. 애당초 나는 하나님을 전혀 모르는 뒷골목의 방랑자이고 술꾼이어서 선녀님 숭배에 혈안이 되었었다. 나는 그 나약한 짓거리가 연상되면서 여자의 대답에 눈을 치켜떴다.

"무당과 굿판이라… 하하하…"

"내 지갑에 소중하게 모신 노란 부적을 보여 줄까요? 얼마 전에도 신명 나는 굿판을 벌이지 않으면 집안 악귀들이 요동쳐서 대형 사고를 일으킨다는 점괘가 나와 후딱 굿판을 벌였지요. 하늘 상재가 감동하는 큰 지성을 드리면 그 정성에 감복하여 악귀들로 예견된 사고를 피해준다고 했지만 웬걸, 혹시나가 역시나였지요. 사고는 갈수록 빈번해져서 내 일상의 생은 생명력을 잃고 베어진 물고기처럼 흐트러져 말라버렸지요. 지금도 사고 뒤치다꺼리로 지친 몸을 이끌고 술 한 잔에 내 모든 시름을 풀고 있지요."

"그럴 리가…… 저는 굿을 치르면 꼭 횡재를 했지요. 신심으로 하늘과 신명을 섬기면 하늘 상재님도 감동하셔서 나의 착한 정성에 복을 더하셨지요."

"몰라요, 몰라! 하늘의 상재이건 역리의 무당이건, 신을 빙자한 악귀이니 표리부동한 그 악귀를 내쫓기 위해 건배합시다. 주인장, 소주 한 병, 더!"

소주가 거듭될수록 혼절할 만큼 취해서 꼬부라진 혀로 횡설수설 떠들어대었다. 그렇게라도 해야만 천근만근 어깨를 내려 누르는 생의 중압감에서 벗어나 새로운 아침을 맞이할 듯싶었다.

한마디로 큰무당은 어떤 꼬투리를 나에게서 잡기만 해도 그것을 발판삼아 계단을 오르듯 비약시켜 허한 논리로 검은 것도 흰 것으로 금세 거꾸로 둔갑시키는 마력의 재주꾼이었다. 혼적 악귀들을 주춧돌 삼아서 끈질긴 묘한 재주로 나를 넘어뜨렸다. 그럴 때마다 나는 엉터리 짓거리인 줄 지레짐작하면서도 지푸라기라도 잡고 싶은 심정으로 달리기 위해서 간교한 점괘와 능변에 넘어가서 그녀의 치마폭을 벗어나지 못하고 허울 좋은 지상명령에 무작정 복종했다.

지갑 속에는 나 자신을 대변하는 듯, 노란 종이 바탕에 붉은 선으로 그려진 부적이 항상 들어있지만 내 불운의 연속은 그대로였다. 정체를 알 수 없는 음모 군들이 내 뒤를 추적하며 일으키는 무차별 사고는 내 모가지를 거세게 움켜쥐고 점점 숨통을 옥죄어 나갈 뿐이었다. 포장마차를 나와 정신을 잃을 만큼 술에 절어 팔자걸음을 걸으면서 나는 늘 그러하듯 자작으로 지어낸 나의 자화상을 습관적으로 읊조렸다.

『나는 가진 것이 전혀 없어요. 돈과 자유, 담배 외에는 정작 이것이 내 생이라면 나는 전신주 밑에 한 발을 들고 실례를 할 테요. 나는 사라져가는 안개를 잡은 것이지요.』

넘어오는 구토를 토해내고 눈을 붙일 겨를도 없이 얕은 잠에서 깨어보니 낯선 방배동 모텔이었다. 토악질 뒤의 의식은 명징한 것이어서 새벽의 끊어진 필름이 어둠의 뒷골목을 헤집고 이어진다. 포장마차를 뒤로하고 맨홀 뚜껑으로 덮인 하수구 위에서 쪼그리고 앉아 토사물을 쏟아내고는 모텔의 네온사인 불빛을 쫓아 들어온 게 기억났다. 맥주 두 병을 시켜 더 마시고 그다음은 뭐 했더라… 기억의 저편에서 씽씽 찬바람이 몰아쳤다.

모텔 현관의 전면 거울에 비친 내 얼굴이 술의 취기와 속 쓰림으로 인해 고릴라의 조상쯤으로 보이는 묘한 입체감을 형성해서 내가 아닌 듯 낯설었다. 눈썹 밑의 촉촉한 물기에 젖은 눈동자, 숱 많은 수염과 완강한 근육질의 피부는 큰 신장과 어우러져서 사냥꾼에게 쫓겨 살려고 발버둥 치는 고릴라의 그것이어서 신비감을 더했다. 앞니가 드러난 두꺼운 입술과 사냥꾼의 올무에 걸려서 자신에게 무작정 분노하다가 살길을 찾아 쥐구멍이라도 숨으려는 그 모습은 자신의 골격에 값하는 인상이 아니었다.

궁여지책의 허세이었을지언정 어깨에다 잔뜩 힘을 주고 나를 쓰러뜨리려고 작정한 악한 추적자를 만나면 숨겨놓은 폭탄을 터트릴 모양으로 사방을 경계하면서 어지러운 발걸음으로 방배 모텔을 나섰다. 어느 때라면 흑석 현장을 들릴 시간이었지만 사건의 궁금증을 풀 심산으로 먼저 전날에 사고를 일으킨 방배동 현장으로 걸었다. 내 구두 발걸음 소리 속에서 그저 방향을 잡지 못한 채 바쁘게만 달려온 자신을 뒤돌아보며 꼭두새벽을 열고 싶었다.

나는 누구이고 어디로 가는가? 이제는 사업 자체에 대한 열망과 내 영광을 찾아 헤매기보다는 그저 살아있는 것에 무작정 도전하는 나를 발견할 터였다. 매일 여러 곳을 전전하며 밤새도록 술을 마시고 다섯 갑의 독한 담배를 사서 한두 갑은 상대에게 나눠주고 나머지 서너 갑의 독한 담배를 입에 문 역설로 말미암아 어느 시점부터 등허리 속에 주먹만 한 뭔가가 솟아나서 등짝이 짓눌리는 건강의 적신호가 켜졌지만, 그것마저도 나는 누구인가의 살아있는 것에 그저 도전해야만 하는 남자의 뼈저린 숙명을 거부할 수 없어서 그 아린 통증마저도 쓰러질 때까지는 인내할 것이라고 어금니를 깨물었다.

공사 현장에 걸어서 도착한 20여 분 사이, 동터오는 여명의 빛이 어둠을 몰아내고 가 등은 희미한 빛을 잃었다. 그 새벽의 미명을 깨고 현장 최기술 소장은 벌써 인부들을 재촉해 그날의 공사를 시공할 준비 작업에 박차를 가하고 있었다. 건물 뒤의 넓은 공간에 잡석을 깔고 콘크리트를 타설 하는 주차 공간 확보 작업이었다. 나는 사고 현장을 바라보면서 무엇을 어떻게 처리해야 될 것인가에 대해 깊은 혼란으로 침체되었다. 어젯밤에 치렀던 사고의 후유증이 되살아나며 술의 힘을 빌려서 잠시 잊힌 지각들이 하나씩 숨쉬기 시작했다. 나는 살아서 호흡했고 아직도 살아날 수 있는 생명의 체세포들이 꿈틀거렸다. 내가 쓰러지면 병원에 누워있는 피해자보다도 먼저 벽제 화장터로 직행할지는 모를 일이지만 일단 피해자의 후유증에 대처하기 위해서라도 사고를 일으킨 범인들을 색출해서 반드시 잡아내야 할 일이었다. 이제껏 수많은 사고와 불운을 당하면서도 범인들을 잡기는커녕 그 윤곽마저도 파악 못해 매 순간 답답한 울분으로 냉가슴 앓아왔다. 게다가 사고가 겹치다 보면 잊히려던 지난 기억마저도 되살아나서 복잡한 갈등과 절망감으로 흥분한 적이 한두 번이 아니었다.

정신을 가다듬고 현장을 지켜보는 동안, 마치 시간대를 벗어난 고속 촬영된 화면처럼 느린 동작으로 5층에서 젊은 인부가 떨어져서 폐와 장기가 산산 조각나는 장면이 눈앞의 새벽빛을 뚫고 지각의 공간 안에서 영사되었다. 동시에 지각기관들이 이어지고 합치해서 사고를 일으킨 범인들의 형상을 추적해 나갔다. 뇌의 중추신경을 자극해서 범인들의 꼬리를 더듬기 시작하면 그 사악한 악귀들은 나를 비웃기라도 하는 듯 금세 깜깜한 미로 속으로 흔적도 없이 사라졌다. 오히려 나 자신이 미로의 나락 밑으로 굴러 떨어져 내리는 오싹한 느낌이 들었다. 나는 틀어진 생각을 가다듬고 곧바로 달려와서 아침 인사 하는 현장 소장에게 먼저 작업상의 주의사항부터 전달했다.

"최 소장, 물과 시멘트의 혼합비율을 낮춰 타설 해서 지반침하에 따른 균열이 가지 않도록 주의하라고 지시해. 시공을 쉽게 하려고 물을 섞지 않도록 작업반장에게 단단히 일러줘. 원래 이곳 지형은 논바닥의 물둠벙이었으니까."

"네, 알겠습니다."

잔뜩 긴장된 표정으로 내 옆에 다가선 최 소장은 머리를 조아리고는 전달된 작업 현황을 작업반장에게 즉석에서 다시 뜨끔한 목소리로 지시했다.

"어이! 호수 물을 레미콘 차에 조금만 뿌리라고 해. 물 시멘트 비율이 낮춰지면 모르타르 강도가 떨어져서 균열이 간다는 사실을 몰라서 그래!"

최 소장은 어제의 사고에 신경이 예민해진 듯 불안의 그림자가 드리워졌다. 쿵쿵거리는 그의 심장 뛰는 소리가 눈동자의 두려움과 떨림으로 표출되었다. 최 소장의 곤혹스러운 눈빛을 응시하면서 나 또한 윙윙대는 현기증의 울림으로 그의 불편한 심리가 전이되어 옴을 느꼈다. 내 심장도 점점 두근거림의 정도를 넘어서 단거리 달리기를 끝낸 선수처럼 마구 날뛰는 것이었다.

전생에 어떤 필치 못할 원한을 맺었기에 현생에서도 한 맺힌 복수극이 전개되는지 나는 알 수 없지만 죽어서 태어나 복수하고 또다시 태어나서 서로 복수하고 돌고 도는 무상한 윤회설이 나를 지배하는 것이 싫었다. 이방 종교의 회전하는 생으로 점철된 나는 거짓 진리 안에서 가짜에게 속아 절대 진리를 받아들이지 못하고 그 변방을 맴돌 뿐이었다. 피를 말리는 사고가 발생하면 나는 순전히 전생의 업보가 맞물려 이생에서도 복수극이 전개되는 업보를 믿었기 때문에 큰무당이 지시하는 대로 돌부처 앞에서 허리가 끊어지도록 수십에서 수백 번의 큰절을 올리면서 내 과거의 업보를 용서해 달라고 빌고 또 빌었었다. 먹고 먹히는 수레바퀴식의 처절한 복수극을 내 주변에서 더는 용납할 수 없는 사건이었기 때문에 내 피해 의식이 가중될 적마다 큰절을 거듭 올리면서 돌아올 때는 큰무당에게서 노란 부적을 받아서 지갑에 넣고 액땜을 시도한 일이 정말 많았었다. 그래도 대형 사고는 줄을 이었고 그 체념의 중압감으로 내 몸뚱이는 만신창이가 되어서 늘 휘청거렸다.

최 소장은 사고가 터진 5층으로 말없이 나를 안내하고는 찬물을 뒤집어쓴 듯한 놀람과 겁에 질린 소리로 사고 부위를 가리켰다.

"이사님! 저기 돌출된 스틸 파이프의 이음쇠 부분이 문제의 열쇠입니다. 저 숨겨진 이음쇠의 두 군데가 확인 결과 완전히 풀어져 있었습니다."

"이보게 최 소장, 그게 무슨 말인가? 어떤 억하심정을 가진 악귀들이기에 생명을 좌우하는 이음쇠 볼트를 풀어 놓았단 말인가? 대체 누가 왜?"

나는 창틀 밖으로 머리를 쑥 내밀고는 문제의 사고 부위를 유심히 살펴보았다. 단단히 조여져 고정되어 있어야 할 이음쇠 부위가 두 군데나 헐겁게 풀어져 있어서 젊은 인부가 무심코 발을 옮기는 순간, 빗물에 미끄러져서 굴러떨어진 것이었다.

최 소장은 추리할만한 갖가지 가능성이 떠오르는지 머리를 좌우로 흔들며 그대로 전혀 납득할 수 없다는 기색이었다.

"천벌을 받아도 유분수지. 어느 천하의 죽일 놈이 이따위 못된 짓거리를 저질렀는지 천부당만부당한 일이에요. 이사님이나 제가 누구에게든 섭섭하게 한 일이 없거늘 왜?"

"파이프를 밟은 순간, 풀어놓은 이음쇠가 이완되면서 빗물에 미끄러져 그대로 추락했다 이거지?"

"네, 죄송합니다. 미연에 발견하지 못한 제 불찰입니다."

현장을 책임진 최 소장은 상기된 고통이 일그러지다 못해 하얗게 질려 있었다. 굵은 선이 분명한 검은 눈썹 밑으로 40대의 투명한 눈빛이 그의 복잡한 아리송한 감정을 드러내는 게 굳게 다문 입매와 함께 강직한 그의 성격을 그대로 드러내었다. 나는 문제의 이음쇠 부분을 재차 정밀하게 살펴보고는 한층 악화되어 갈게 뻔한 사태의 추이를 직감했다. 왜 어느 악한 비류가 5층까지 올라와서 위험을 무릅쓰고 이음쇠의 볼트 묶음을 풀어 놓았는지 의문의 의문이 증폭되었다. 저승에서부터 보이지 않는 악귀가 뒤쫓아 와서 나를 파멸시켜 무덤으로 끌고 갈 때까지 사방에서 천천히 포위하고 있는 느낌을 떨치지 못했다. 이생에서는 아무리 과거를 더듬어 봐도 누구에게 원한을 사거나 고의로 피해를 입혀서 서운케 한 적이 없건만 비슷비슷한 사고가 줄을 잇고 있어서 도무지 답답한 일이었다.

막 떠오른 붉은 태양의 자잘한 빛의 입자가 누군가가 풀어놓은 이음쇠 부분을 클로즈업시켰다. 사고 부위를 확대시켜 보고 또 보아도 내 기분은 여행길에서 지갑을 날치기당해 돈과 여권을 분실해 어쩔 줄 모르는 그 쓰디쓴 황당함이 들었다. 살리고 또 살려 보아도 꼬리를 문 물음표만이 증폭될 뿐이어서 사고의 실마리를 조금도 풀리지 않고 이상한 악몽을 꾸고 있는 심정이었다.

무서운 악귀가 내 시선이 닿지 않는 후미진 곳에서 자신을 벼랑 끝으로 조금씩 밀어냈다. 사각진 곳에서 나를 넘어뜨리고 늘 그렇듯이 악귀의 발바닥으로 내 모가지를 밟아서 한껏 죄어오는 섬뜩함이 심장을 짓눌렀다. 뭔지 모를 변주곡의 시작이 나의 내일을 뒤흔드는 불안한 두려움의 음률로 귓가에 맴도는 것이었다.

지금은 살아서 호흡하는 것 자체가 천만다행이지만 지난해에는 콘크리트 타설 작업이 채 끝나기도 전에 떠받친 기둥 하나가 기울어져서 하중을 못 이긴 슬래브가 내려앉아 세 사람이 콘크리트 반죽에 묻혀서 한 사람은 즉사하고 두 사람은 발 빠른 대처로 간신히 목숨만 부지한 큰 사건을 겪었었다. 살려내라고 부르짖는 가족들의 울부짖음으로 냉가슴 후려 파는 심고로 그들과 같이 울고 몸부림치는 혹독한 시련을 겪으면서 더는 쏟을 눈물도 메말라

버렸다. 콘크리트 타설 작업이 끝난 정오까지 건물 위에서 묵묵히 지켜보며 의기소침했던 기억을 더듬다가 현장 소장의 외침에 잠에서 깬 듯싶었다.

"식사하러 가시죠. 이사님!"

"그럴까."

그제야 근처의 지정된 함바식당에서 시래기 해장국으로 늦은 아침을 때우고는 곧바로 거기서 가까운 흑석동 현장으로 내달렸다. 미리 대기하고 있던 중년의 운전기사는 어디를 가자고 지시를 안 해도 그다음 코스가 어디인지를 습관적으로 알고 움직였다.

중앙대 앞, 삼거리에 위치한 흑석동 현장은 지하 3층, 지상 9층의 작은 빌딩이 설계된 곳으로 기존 건물의 철거공사가 며칠째 이어지고 있었다. 나는 다른 현장에 비해 일제 강점기에 지은 허름한 집들을 철거하고 그곳에 새로운 9층 빌딩을 건축할 그 현장을 끔찍이 챙기었다. 새롭게 태동하는 미래의 영토를 개척해 나갈 희망이 잉태된 현장이면서도 건축주의 마음을 흡족하게 시공해주면 차기의 공사는 얼마든지 연결되도록 약속이 된 이를테면 시범공사에 준하는 현장이기 때문이다. 중앙대 경영학과를 졸업한 건축주가 참가한 총동창회 그룹 미팅에서 이미 몇 채의 큰 빌딩들의 차기 공사를 운운하고 있던 터였다. 그러나 현장에 도착하면서 나 자신도 모르게 멈칫 뒤로 발길이 물러나게 한 불길한 감정은 왜일까? 눈에 보이지 않는 불안감으로 차에서 내려 현장을 주시하는 내 작은 심장은 평상시의 두 세배 이상의 압력으로 갑자기 펌프질을 해대는 거였다. 어찌 된 영문인지 바쁘게 돌아가야 할 철거 현장은 모든 상황이 올스톱 정지되어서 고요했다. 세 대의 굴착용 포클레인과 20여 대의 덤프트럭이 좁은 길가에 일렬로 늘어서서 시동을 끈 채, 쥐 죽은 듯 졸고 있지 않은가, 너무 놀라고 경황이 없어서 뭘 잘못 본 게 아닐까, 나는 그대로 망연히 서 있을 수 없어 걸음은 곧 뜀박질에 가깝게 조급해졌다. 터질 것 같은 심장을 심호흡으로 자제하며 길가의 구석에 가설한 2층의 현장 사무실로 다급하게 뛰어들었다.

"어이, 현장 총무, 다들 어디 갔나? 현장 소장은 어디로 갔어? 멀쩡한 사람들이 푹 머리만 숙이고 있지 말고 왜 현장이 전부 멈춰있는지 자초지종을 설명해야 될 것 아닌가!"

나는 발밑으로 지진이 나서 지층이 갈라져 그 밑으로 떨어지는 듯한 절망에 휩싸여 왜, 왜라는 신음만을 짧게 내뱉었다. 꼭 집어 단정할 수는 없지만, 이곳을 아수라장으로 망쳐놓은 작자는 어제의 방배동 사고를 일으킨 악한 패거리들이 틀림없으리라 짐작했다. 그전의 붕괴사고와 연이은 사건들… 석연찮은 의혹들이 결집되어서 확연한 현실로 드러나 있었지만, 범인은 항상 간데없고 다가선 파멸의 잔해만 흩어져 내 뼈 속까지 파고들었다.

나에게 시선이 쏠려있던 현장 총무는 경직된 내 몸뚱이에 초점을 맞추고 힐끔힐끔 눈치만 주고 있다가 겨우 말끝을 흐렸다.

"이사님, 면목 없습니다. 방금 전, 철거된 2층 담벼락이 넘어지면서 교회 건물에 붙은 빈 창고를 덮쳤습니다. 아무도 없는 줄 알고 포클레인 삽날로 찍었는데 마침 인형을 찾으러 들어가서 거기 숨어있던 여자아이가 순식간에 피투성이가 되어서 근처 대학병원으로 실려 갔습니다."

현장 총무는 내 표정을 살피며 참담한 얼굴빛이 나와 같은 흙빛으로 변해서 함께 떨었다. 회칠한 고대 무덤에 재를 발라놓은 듯 하얗게 식어버린 목소리였다. 어제의 사고 충격에서 벗어나지 못한 사람에게 보고하는 것 자체가 잔인하고 두려웠던 모양이다.

순간 나는 귀가 의심스러워 가쁜 숨을 몰아 삼키고는 놀란 가슴에 돌개바람이 휘몰아치는 듯 두 주먹으로 머리를 감싸 안았다. 잠깐 비칠대다가 직업의식대로 자신을 의외로 빨리 회복하고 현장 총무의 눈초리를 사로잡았다.

"중태인가?"

"그, 글쎄…… 아직 모르겠습니다."

"어느 쪽에서 터진 건가?"

"저기 교회 담벼락에 붙은 모퉁이 창고입니다."

"나는 강하게 태동하는 가슴을 진정하고 유리창 밖으로 투시되는 사고 지점을 황급히 내려다보았다. 전날 보았던 담벼락과 거기 맞닿은 부서진 창고가 교회 붉은 벽돌 벽의 틈새로 투시되었다. 칸칸으로 쌓은 붉은 벽의 건물이 여느 날과 다르게 섬뜩한 뭔가로 다가서면서 긴장된 땀방울이 눈썹 밑으로 떨어졌다.

"이것 봐 총무, 그래서 현지인들의 건물 벽과 맞닿은 곳은 손작업으로 철거하도록 두 배 이상의 비싼 값에 하청 준 게 아닌가? 포클레인 삽날로 찍어 누르면 철거 비용도 반 이하로 줄어들고 공정도 빠른데 왜 일일이 수작업을 하도록 하청 계약하고 안전을 일 순위로 우선시하도록 지시했겠나? 왜 내 지시에 안 따르고 철거업자 멋대로 하도록 놓아주고 철저한 사전 안전 수칙을 게을리했나? 왜, 왜?"

"이사님께서 끔찍이 아끼시는 철거 사장 양재덕 씨요…… 자기가 필리핀 선교사로 가서 피나보투 화산 폭발 때, 많은 인명을 구해냈다고 늘 자랑하던 양 사장이요."

"그래, 그 양재덕 씨가 어떻다는 거야?"

"네, 그 양 사장이 이사님에게 책임지고 허락을 맡을 테니까 중장비를 들이대자고 해서 그만…… 일의 공정도 단축될 것 같아 알아서 하라고 했더니만 아침 식사를 소장님과 들고 있는 동안 일을 저지르고 말았어요."

현장 총무는 사건 경위를 숨기지 않고 일의 자초지종을 설명하면서 머리를 푹 숙인 채 어깨를 늘어뜨렸다.

도대체 꼬여만 가는 이 난관을 어디서부터 어떻게 풀어야 할지, 심란한 심장의 울림으로 그저 현기증이 일었다. 사실 양재덕 철거 사장을 현장 소장과 총무에게 도와줄 수 있는 범위에서 요령껏 협조해주도록 지시한 건 나 자신이었다. 그렇다고 양재덕과의 만남이 오래된 건 아니고 고작 반년이다. 신문에서 본 적이 있는 압구정동 K교회의 해외 선교사로 파송돼 해충과 반대자들의 총

부리 위협으로부터 죽을 고비를 수없이 넘기고 구사일생으로 간신히 목숨을 부지하고 돌아왔다는 말에 나는 그만 매료되어서 무작정 그를 돕고 싶었다. 그가 반대자들을 설득하며 필리핀에서 겪은 영적 사역을 세세히 듣고 이후로 내 가슴은 온종일 잠들지 않는 파도가 몰아쳤었다.

나는 그을음 많은 불꽃으로 훨훨 타오르던 어린 시절, 내 영혼은 지남철로 끌어당기는 듯한 뭉클한 영적 충동에 가득 차서 방황하던 시간이 있었다. 그 당시 나는 서오릉으로 이어진 흙먼지 길의 대조동에 살면서 그 근방 초등학교에 다녔는데 사방으로 이어진 논과 밭에서 풀벌레를 채집하며 외로움을 달랬다. 어린 나이에 갖가지 영적인 의문을 외견상 잘 제어하는 척 가장했지만 내 속마음은 어지러운 생명의 물음표로 항상 이글거렸다.

사람은 어디서 와서 왜 살며 죽어서는 어디로 가는 것일까? 나는 누구이고 이전에는 무엇이 되어 살았을까? 전생의 윤회설처럼 나는 개이거나 돼지이고 날아가는 잠자리였을까? 태어날 때는 순서가 있지만 죽을 때는 왜 순서가 없어진 걸까? 초등학교 때 수영하다가 죽은 형과 자살한 누나는 무엇이 되어 어디서 살고 있을까 등의 의문으로 어린 나이답지 않게 조숙한 편의 철학자였다.

대조동 끝자락의 산비탈에 낡은 군용 천막의 예배당이 들어서고 이마가 벗어진 젊은 전도사와 늙수그레한 여자 전도사가 나에게 이상한 종교를 전도해온 것도 그 무렵이었다. 나는 그들의 신은 어불성설이라고 도외시하는 척 외면했지만 사실 그 옆에 있는 언덕배기에서 한밤중에 동네 아이들과 작은 땅 구멍에 플래시 라이트를 비춰서 무지개 색깔의 이름 모를 새끼 새를 잡아 온다든가 근처 밭에서 덜 익은 딸기 서리를 해올 적이면 늘 천막 곁에 서서 호기심 어린 눈으로 그곳을 주시하며 맴돌았다. 하지만 천막 교회 사람들을 이해하고 가까이하려 했으나 인연이 닿지 않았는지 아이들의 방해로 번번이 불신의 바람이 불어와서 나를 돌아서게 만들었다. 안수라는 종교의식에 참여한 사람들 가운데 앉은뱅이가 일어나고 소경이 눈뜨고 벙어리가 말하고 각색 병에 걸린 사람들이 완쾌되었다고 기뻐 울며 소리 지를 때면 뺑 둘러서서 구경하던 나와 동네 아이들은 어릿광대에게 속은 기분이 들어서 모래알과 작은 돌멩이를 던지고 빈정거리는 노래를 지어 부르는 훼방꾼이 되었다. 어릿광대들이 사전에 각본을 짜서 서로 뜯어 맞추는 연극으로 착각하고 아이들과 한통속이 되어서 모래알 세례를 퍼부었다. 그리고는 내 의지와는 상관없이 큰 아이들의 선창에 맞춰 곡조도 없는 노래를 신명 나게 따라 불렀다.

"예수를 믿으려면 나를 믿고 나도 못 믿으면 전봇대를 믿고 전봇대도 못 믿으면 내 주먹을 믿을지어다. 하하하"

조금 더 자라서는 같은 동네에 사는 미국인 침례교 선교사가 우연히 학교 가는 등굣길에서 만나면 그 자신의 지프로 가끔 서대문 네거리를 지나서 위치한 중학교까지 태워다 주며 하나님이신 예수를 믿으면 미국 유학을 보내주겠다는 놀라운 제안을 했지만 부모님의 거센 반발로 아쉽게도 포기했었다. 부모님과 나는 몇 닢의 돈이 있다는 자만심으로 하나님을 믿기보다는 물질을 더 믿었고 눈에 보이지 않는 예수를 믿기보다는 확실히 눈에 보이고 손으로 만질 수 있는 무당집의 돌부처를 더욱 신뢰했었다. 그 외에도 수많은 사람들이 부닥치는 곳곳마다 예수를 믿으라고 캠퍼스의 뜰, 남산공원의 벤치, 고궁의 한적한 잔디밭, 명동 뒷골목, 버스 정류장, 여행길의 기차 좌석, 심지어 공군 부대의 격납고와 내무반에서 매번 전도했지만 자아가 깨지지 않고 면박이 씌었는지 번번이 고개를 내저으며 각별한 반응을 보인 적이 없었다. 내가 바라보고 누려야 할 세상은 사람들과의 즐거운 술자리와 강변의 모닥불 파티였고 바다 너머로 있는 그 어딘 가였다. 한 모금의 담배 연기와 희희낙락거리며 양주를 따라주는 젊은 여자들, 뭐든지 즐길 수 있는 세상의 희락과 연회가 눈부신 양지의 세계라면 사람들이 전도해오는 예수는 빛과 색채도 가질 수 없는 허약한 음지의 그늘진 세계로 착각했으므로 나는 그 무미한 허망함에 감동하지 못했다. 그런고로 나의 쾌락을 가로막는 음지의 그늘을 택하기보다는 현실의 몸에 쾌락을 안겨주는 양지의 빛을 받아들여서 사람의 아들인 내 권리를 의기양양하게 즐기는 것이 내 철학의 만족도를 충족시켰다.

이런 무의미한 뒷골목의 철부지 향연이 지속되던 어느 날, 나는 신문을 뒤적이다가 우연히 공동묘지 근처의 천막교회가 서대문 로터리를 거쳐서 여의도로 이전해 수십만 명의 교회로 부흥하여 세계 최고가 되었다는 기사를 읽고 아연실색하였다. 그들이 믿고 의지하는 신의 의미를 깨우치려고 틈나는 대로 그들의 자료들을 탐색하며 전전긍긍하였다.

  연쇄 부도의 불운을 겪은 뒤에도 정체를 알 수 없는 패거리들의 무차별 습격으로 대형사고가 빈번해지자 그 무한 책임의 뒷수습에 육체의 심신에 한계를 느끼면서 정신세계는 무너져 내리고 몸뚱이는 고장이 나기 시작했다. 화가 폭발해 술로 끼니를 채우면서 마음의 무너진 공간을 큰무당의 살풀이굿과 그 무당이 그려 준 노란 부적으로 나를 위로하다가 드디어 척추 부위의 등허리에 주먹 크기의 덩어리의 혹이 만져지면서 건강의 적신호가 켜졌다. 혈압마저 심상치 않은 이상을 보이면서 위와 폐, 내장 전부가 묵직하게 부어오른 불쾌감으로 가득 찼다.

  그때마다 어린 시절의 십자가와 종소리, 천막교회에 작은 돌멩이와 모래알을 던지던 그 완악한 마음이 차츰 녹아져서 내가 장난치고 반대하던 그들이 믿는 신의 존재가 내 영혼 안으로 조금씩 비집고 들어왔다. 당장 난관과 건강이 맞물려서 내가 죽어가고 있다는 불길한 예감이 들면서 적어도 나는 적군에게 포박당해 무장 해제된 병사처럼 욕심이 사라지고 빈 가슴이 되었다. 누군가가 그곳으로 강력히 끌어당기면 못 이기는 척 끌려들어 갈 자세였다. 이를테면 막연한 불안감과 혼란으로 고립되었던 가슴속에 그들이 믿는 신의 존재는 내가 교감할 수 있는 새로운 탈출구가 되고 있었다.

  얼마나 악수하기 어려웠던 자존심 강했던 손이었고 유아독존이었던가. 비로소 그 순간 혜성처럼 등장해 내 영혼의 손목을 덥석 잡아당긴 당사자가 철거를 맡은 양 사장이었다. 겹쳐진 난관으로 지치고 피폐해진 내 손목을 양재덕은 무조건 힘주어 으스러져라 쥐고는 외관상 자신의 신에게로 이끌었다.

내가 손바닥을 펴서 나의 빈 곳을 더듬기 시작하면 이에 나는 그의 세계로 다가서서 일부분이 되었다. 현장 사무실과 목로주점, 어디서 건 그의 다재다능한 말솜씨가 없으면 나는 곧 깜깜한 어둠의 나락으로 떨어져서 세상 끝으로 몰리는 위기의 느낌에 감싸이곤 했다. 갈수록 그에 대한 집착과 의존도는 깊어져서 내가 큰무당 선녀님을 섬기는 것처럼 내가 있는 곳에는 그도 함께 있어서 내 대신 현장 결재사항을 처리할 정도로 나를 이끌었다. 나는 언제나 그가 들려주는 능숙한 이야기로 채우는 쪽이었고 그는 자기의 신을 각색해 할렐루야 믿습니다를 연발하면서 자기 최면으로 자기 믿음을 확인하는 터였다. 어쩌면 자기 자신도 전혀 믿어지지 않으니까 믿습니다, 믿습니다를 주먹을 쥐어 보이며 연발했겠지만 나는 백지상태였으므로 그가 급히 서둘러서 아무거나 그러나 가면 나는 그가 그려서 끌어당기는 대로 그의 포로가 되었다.

온종일 까만 어둠 밑에 깔려 있다 보면 그 어둠 한가운데로 나 자신이 영원히 흡수된 것 같아 그가 이끄는 방향으로 무작정 손목을 내주었다. 불혹의 나이를 넘나들었음에도 어둠의 궤계에 눌리는 게 무서워서 마지막 도피처로 그가 주장하는 그만의 신을 가늠질 하게 되었다. 더불어 과거 나에게 하나님을 믿으라고 전도했던 수많은 사람들에게 극히 일부라도 보상하고픈 일종의 보상심리로써 양재덕 사장을 유독 편애해 그의 요구대로 분야에 관계없이 많은 일감들을 넘치도록 몰아 주었다.

자연히 현장 소장들과 기술팀, 사무실 직원들까지 양재덕의 출현을 점점 못 마땅히 여겼지만, 나와의 밀월 관계는 위험 수위를 넘어서 누가 뭐래도 도가 지나칠 만큼 두터워지는 터였다. 모든 잡다한 것으로부터 떠나서 탈출하고 싶은 공허한 마음을 양재덕과 그의 신에게 의지함으로써 조금이라도 잊고서 위안받고 싶은 꺼져가는 촛불 같은 심정이었다.

창고 밑에 깔려서 피투성이가 되었던 어린 소녀가 3일 만에 의식을 회복하고 상태가 호전되어 4주가량만 입원하면 완쾌될 것이라는 낭보가 전해졌다. 그럴지라도 아이의 처참한 아픈 모습이 내 심장 깊숙이 꽂혀 동조될 만큼 그 사고의 충격은 가시지 않고 의문의 불안으로 증폭되었다. 생각만 해도 도저히 납득할 수 없는 짓거리에 분노의 피가 머리끝까지 끓어올라 숨이 차올랐다.

2층 담벼락이 한꺼번에 넘어가지 않도록 그 사이사이를 현장 안쪽으로 밧줄로 옭아매고 조심해서 작업을 했음에도 불구하고 갑자기 밖으로 조그만 창고를 덮친 것은 분명 보이지 않는 패거리들의 비열한 음모가 있음이 틀림없었다. 밧줄이 저절로 해이해져서 풀어졌을 리는 만무하고 나를 파멸시키려는 악한 세력들이 지금까지 그리했듯이 풀어 놓았을 것이다. 방배 현장의 쇠파이프 이음쇠처럼 연결 나사를 감쪽같이 풀어놓았듯 무서운 억하심정으로 일부러 사고를 유발한 것임을 확신했다. 왜, 왜, 왜 그랬을까?

사고가 터질 때마다 매번 사고 현장에 경찰 조사반이 투입되어 현장 조사를 실시했지만 늘 결과는 원인불명의 불확실성 미스터리로 처리되었다. 그 수법이 아리송하고 고단수여서 늘 심증은 가도 과학적인 물증과 목격자도 없어서 귀신이 곡할 만큼 철저히 위장되었다는 소리를 남기고 수사 결과는 미궁으로 빠져들었다. 초동수사 단계부터 주위를 탐문하고 모든 정황을 이 잡듯이 조사했지만, 수상한 사람은 현장에 얼씬도 하지 않은 미증유의 사건에 부족한 경찰력은 장기 투입할 수 없다는 이유로 곧 철수했다. 서류상의 수사팀만 겨우 명맥을 유지할 뿐, 범인들은 어디에도 존재하지 않는 미스터리로 처리되었다. 하지만 나는 자신이 받아들이기 힘든 비열한 음모가 그 안에 감춰져 있는 것을 늘 간파했다. 안전을 최우선시하는 내 현장에서 조그만 여자아이 하나를 사전에 발견하지 못했다는 점은 전혀 납득되지 않았다. 아무리 잡동사니를 아무렇게나 늘어놓았다 해도 십여 평의 좁은 공간에서 소경이 아니고서야 어떻게 발견하지 못했을까? 안전요원들이 호루라기 신호를 보내면서 일체의 접근을 불허하는 곳에 아이가 나무상자 뒤에 숨어서 숨을 죽이고 가만히 있는 건 있을 수 없는 일이었다. 이것은 우연의 재화가 될 수 없는 무시무시한 음모가 숨겨진 악한 괴한들의 함정임이 틀림없었다.

갈수록 누군가에게 쫓기는 내 두려움과 걱정은 점점 솜사탕처럼 부풀어 올라 마른 검불에도 놀랄 만큼 복잡한 우울증에 사로잡혔다. 과연 음자들의 정체는 뭐기에 악(惡)과 역(逆)과 비(非)로 위장되어서 완벽하게 짜인 완전범죄를 노리는 걸까? 필시 나를 파멸시키려는 음모 군들이 내 영혼을 무너뜨리려고 과격한 수단으로 뒤통수를 내려치고 있는지 내 답답함과 의문은 작은 눈송이가 산 위에서 굴러 산사태를 일으키는 것처럼 심장에서 뼈로 전해지고 뼈에서 신경세포를 타고 몸뚱이 전체로 잠식해 나갔다. 할 수만 있다면 현장 사람들로부터 도망치고 싶지만, 현실은 내가 도망가지 못하도록 수렁 한가운데로 몰아넣고 내 숨찬 모가지를 칭칭 옭아매었다.

중장비를 동원해 철거 잔해를 긁어낸 토공 팀은 축구공이 들어갈 만한 구멍을 수직으로 지하 3층까지 뚫고 그 구멍들을 이어붙이는 옹벽구축 C. I. P 공법을 막 시작한 뒤였다. 옹벽 C. I. P는 볼링 기계로 건축할 지하 밑바닥까지 구멍을 뚫고 그 안에 몇 칸 간격으로 강철 H빔을 끼우고는 매 구멍마다 철근 콘크리트를 타설해서 인접한 도로나 다른 건물의 지반이 넘어지지 않도록 안전한 지벽을 구축하는 작업이었다. 한 떼의 방해꾼들이 흘러와서 바쁜 공사를 중지시킨 시점은 H빔을 끼우는 작업이 한창 진행되던 정오 무렵이었다. 별안간 삼십여 명을 웃도는 사람들이 이마에 붉은 띠를 두르고 시공 현장을 점거했다. 모리배들의 행위가 무색할 정도로 난폭해져서 포클레인 삽날과 볼링 기계, 수북이 쌓아 놓은 H빔과 철근, 시멘트, 자갈, 건축 자재 등이 어지러이 산재한 곳곳에서 패거리를 지어 드러누워서 큰소리로 구호를 외쳤다.

"보상하라! 보상하라! 무너뜨린 창고 건물과 정신적 피해를 보상하라!

보상하라! 보상하라!"

느닷없는 보상 구호의 외침에 놀란 현장 사람들은 꼼짝 못 하고 공사를 중단했다. 사정을 고려한 현장 소장은 무겁게 폭발하려는 분위기를 깨고 무지한 방해꾼들을 향해 머리를 조아렸다.

"아이의 부모님과는 적당한 선에서 합의했습니다. 또한 부서진 담장과 부서진 창고를 당회장님과 애당초 합의한 내용 안에서 붉은 벽돌 담장을 예쁘게 쌓고 그 옆에 기존 건물보다 두 배의 큰 건물을 지어서 보상하겠습니다. 유감스럽게도 다친 아이는 인형놀이 숨바꼭질을 한다고 눈 깜박할 사이에 숨어들어서 우리 안전요원들의 눈을 피했습니다. 이 점은 현장을 제대로 통솔하지 못한 제가 정중히 사과드립니다."

기존 철거된 담벼락의 안전 밧줄이 풀어진 사고의 궁금증을 덮어둔다면 그의 진언은 빼고 보탬이 없었다. 그런데도 포클레인 삽날 위와 각종 시공 자재에 누워있던 교회 사람들의 일부는 꼼짝하지 않고 제자리를 지켰고 일부의 방해꾼들은 해당 구청 건축과로 몰려가서 공사 중지 명령을 요청하는 터였다.

그날의 어둑해진 밤, 그곳의 당회장과 두 명의 재직은 나를 호출했다. 당연히 철거를 하청받은 양재덕이 불려갈 자리였지만 나는 죄인 아닌 죄인이 되어서 일종의 악역을 떠맡고 총책임자로써 그곳에 있었다. 사건의 추이를 덮어두고 뭐라 형용하기 아픈 가슴으로 거듭 사과하고 책임의 한도에 대해서만 진지하게 역설했다.

"당회장님과 저희 현장과의 사전 합의한 내용대로 교회에 어울리는 담장과 두 배 이상의 큰 아담한 창고를 지어드리겠습니다.

"필요 없습니다. 우리 일은 교회 당회에서 알아서 처리하겠습니다."

당회장의 목소리는 매서운 날이 선 독한 노기를 띠었다.

"그럼 어떻게 했으면 좋겠습니까?"

"다친 아이의 후유증을 포함한 보상비를 내십시오."

"얼마를……?"

"우리 당회의 결정대로 깎지 말고 5억 원을 내십시오."

이 무슨 해괴한 괴변이고 추태인가? 그들은 얼굴색의 변함도 없이 세상의 모리배와 진배없는 표정으로 눈을 부릅뜨고 나를 노려보았다.

불교, 천주교, 이슬람교, 천주교, 정교회, 그리고 다른 이방 종교 등 어느 종교인이든 기본 양심을 속여서는 절대 안 되거늘 뭘 잘했다고 세상이 끝장난 듯 왜 자신들의 신을 두려워하지 않고 똥 묻은 놈이 겨 묻은 놈을 타일러 개혁하겠다고 시끄럽게 으름장을 놓았다. 네 이웃을 거짓 증거 하지 말라는 계명을 당당히 흰 벽에 써 붙여 놓고는 처음의 약속을 저버리고 거짓으로 일관했다.

그들의 말을 새겨듣고 있던 나는 숨은 뜻을 간파하고 조용히 미소를 거두며 초조함이 뒤섞인 분노를 내뱉었다.

"수십억짜리 공사에서 그건 불가능합니다. 5%의 순이익을 잡아도 계산이 서지 않는 억지 주장입니다. 당회장님의 허락을 받고 쓰러져가는 창고를 철거하지 않았나요? 오히려 보기 흉하니 부셔 달라고 철거해달라고 양 사장에게 부탁하지 않으셨던가요?"

"이것 봐요. 협상하기 싫으면 관두면 될 것을 시시콜콜 나를 팔고 있는 거야? 어디 내가 그리하라고 써준 증빙자료가 있으면 가져와 보세요."

"……!"

어쩌면 나는 다른 사람들이 파놓은 함정에 걸려들 팔자를 타고 났는지 그 종교인의 혀를 내두르고 남을 뻔뻔한 태도에 그만 할 말을 잃었다. 사람은 나이가 들수록 경험 속에서 연륜이 다져져서 상대를 꿰뚫는 혜안이 열린다고 하건만 나는 어릴 적 교회 종소리의 추억에 젖은 사랑에 어리석음을 자초하는 실수를 저질러서 스스로 농락당하고 있었다.

당회장의 도장을 서류상 받아놓고 철거를 진행했다면 탈이 없을 것을…… 복잡한 세상사에 내 부덕의 소치로 상대에게 모략의 꼬투리를 제공했으니 나는 빈 허공만을 응시할 뿐이었다. 설마 양 떼를 이끈다는 종교인이 이리의 탈을 쓰고 거짓 증언할 것을 나는 상상할 수 없는 터여서 쇠망치로 뒤통수를 강타당한 기분이었다. 나를 믿는 것처럼 상대방도 믿어주는 습관화된 내 실수로 말미암아 이번에도 내가 저지른 잘못을 자탄하며 그 협상 자리를 씁쓸히 돌아섰다. 처음으로 하나님을 받아들여 가까이 나가려던 통로가 봉쇄되어 그분을 믿고 의지하려던 생각이 원래의 불신앙으로 되돌려져서 낙담으로 이어졌다. 브올의 아들, 발람의 길을 쫓는 훼방자로 말미암아 또다시 하나님 존재 자체는 부정하고 아니야, 아냐 괴테의 단언처럼 신은 죽었다고 쓴웃음을 지었다.

나는 사고를 일으킨 장본인, 양재덕 사장에게 협상 결렬을 통보했다. 어차피 철거 시에 일어난 무슨 잡다한 사고이던지 표준 계약서에 명시된 약관에 따라 하청업자가 떠맡게 되어 있어서 양재덕은 그 책임을 모면할 수 없는 일이었다. 양재덕은 호출을 받고 지레 겁먹은 표정의 얼굴에 움푹 팬 눈을 깜박이었다. 5억의 돈이 걸린 사활 문제라서 힐끗이 나를 초조한 곁눈질로 쳐다보고는 마냥 딴전을 피웠다.

"예 이사님! 당회장이 일구이언하네요. 언제는 좋은 담장을 세워준다니까 오히려 보기 흉한 창고 건물을 철거해달라고 먼저 제게 부탁하고는 5억의 보상비를 내라니요? 1~2천이면 될 일을 터무니없는 어불성설이에요. 저도 모태신앙이지만 이런 때에는 교회가 싫어지네요."

"어쩌죠? 쉽게 양보할 태세는 아니던데…… 공사 관례상 직접 피해를 입힌 철거업체에서 피해 보상을 해주도록 명시되어 있는

데 양 사장은 발등에 떨어진 불을 어찌 끄겠어요?"

"책임 회피 차원이 아니고 현장 소장님도 시공 편의상 창고 허무는 일에 동의 했습니다."

"그건 포클레인 삽날로 찍어 부수라는 뜻이 아니고 계약서에 명시된 사항대로 수작업을 통해 위험요소를 없애고 깔끔하게 철거하라는 동의였겠지요. 양 사장은 공사가 처음이라서 확실한 개요를 모르시겠지만 무조건 무한 책임지겠다는 각서까지 쓴 이상은 가히 일어난 피해 상황을 책임질 의무가 있어요."

일단 그 자리는 두 사람만의 자리가 아닌 만큼 그 책임 소재는 뚜렷한 경계선을 그어야 했다. 아무리 그가 몸을 굽혀 사정해도 난장판 된 상황을 주워 담을 수 없어서 뒤로 물러날 수는 없었다. 그는 더 발뺌하지 못하고 낙담과 한숨이 교차되는 호흡을 내뱉었다.

"이사님, 관심을 가져줘서 감사합니다. 필리핀에서 선교하다 겨우 목숨을 부지하고 돌아온 후, 지인에게 돈을 빚내어서 용역업체를 차리고 서너 번 직원 월급 주고 나니까 빈털터리가 되었네요. 어찌해야 좋을지 해결할 지혜를 주시라고 기도하고 있습니다."

"흠, 사정이 그러하시다면 좋아요. 어떤 위기를 만나도 넘어지지 않고 당당하게 맞서 싸워야 하는 것은 나나 양 사장이나 상황이 비슷하지요. 일단 교회와 타협해보고 확정된 금액을 나에게 통보해 주세요. 공과 잡비를 초과할 수 없으니까 1/10 밑으로 싹둑 자르세요."

나 자신도 기진맥진한 상태였지만 그의 기도와 종교심, 어려운 위기로 파산할 수 있는 그를 살려주고 싶었다. 아마 어릴 적에 내 동심을 이끌었던 종소리의 울림과 그들의 신에 대한 경외심에 막연한 동경이 아니었나 싶다.

5억과 5천만 원의 대결, 양재덕은 아침저녁으로 교회 사람들을 만나서 그 타협점을 모색했지만, 그 간격은 좁혀지지 않았다. 오히려 시멘트벽을 밖으로 넘어지지 않도록 묶은 안전 밧줄을 몰래 풀어놓아서 사고를 야기한 범인들이 그들의 후미에서 조종하는 것인지 아무리 사정해도 싹둑 잘라서 3억 미만은 불가하다는 결론이었다. 돈 냄새를 맡은 그들 외의 담장을 맞댄 사람들도 합세해 파죽지세로 몰려들어서 한 푼이라도 더 뜯어내려고 모두가 피해를 입었다고 아우성이었다. 나중에는 자기들이 각각 요구한 얼토당토 않는 타협점이 모색되지 않자 그들은 해당 구청으로 몰려가서 담당 부서에 재차 공사 중지 명령을 떨어뜨리도록 으름장을 놓았다. 선거철인 데다가 나를 파멸시키려는 보이지 않는 손이 어떻게 작용했는지 모르지만, 그들은 생사람 때려잡는 식으로 업자와의 숨은 유착 비리를 밝혀내라고 집단 아우성이어서 담당 부서는 다른 민원업무가 마비될 만큼 상황이 심각했다.

현장 답사를 통해서 돈을 노리는 날조된 조작극임을 알면서도 집단 이기주의 앞에 속수무책으로 다수인의 손을 들어주었다. 그 바람에 공사가 지연돼 건축주에게 공사지체금을 배상해야 할 최악의 상황까지 내몰렸다.

이러한 복합적인 이유로 내 우울증과 병은 깊어져서 간혹 뭐가 뭔지 알 수 없는 불안감과 초조함으로 주위를 두리번거리다가 숨이 막힐 때가 있었다. 뒤를 돌아보면 누군가의 감시하는 눈초리가 후미진 곳에서 지켜보는 느낌으로 섬뜩한 악몽을 꾸고 있는 듯 몸을 떨었다. 방배 현장처럼 흑석 현장에서도 저녁 식사를 곁들인 술을 마시고 돌아와 어쩌다가 하루의 작업이 끝난 텅 빈 현장을 손전등을 비추면서 돌아볼 때면 자재가 쌓인 계단 아래의 으슥한 곳에서 검은 그림자가 내 일거수일투족을 감시하는 기분이어서 살점에 소름이 돋았다. 시화 지구를 비롯한 다른 현장에서도 손전등의 빛을 갑자기 비추면 그 검은 형상의 그림자는 스슥 옷자락 스치는 소리도 들리지 않고 감쪽같이 사라지는 거였다.

용기를 내어 신묘한 그림자를 본 그 지점으로 달려가면 흔적도 없이 사라지고 오싹 소름 끼친 전율만이 어둠 속을 감쌀 뿐이어서 무엇이 그 밤에 출입이 금지된 시공 현장을 어둠을 밟고 맴도는지 종잡을 수 없었다. 현장 경비를 부르고 싶었지만 일 점의 흔적도 남기지 않아 부를 수도 없는 상황이어서 주위를 둘러볼수록 아래턱이 딸그락거렸다. 내 깊은 곳을 후벼 파는 섬뜩한 공포는 누군가가 나를 지켜보고 있다는 반증인 셈이어서 그 어둠의 실체와 맞닥뜨리다보면 번번이 전신에서 힘이 빠진 것처럼 의기소침해지곤 했다.

이번 일도 불쾌하고 억울하기는 마찬가지이지만 시간이 지날수록 사건은 주위로 점점 확산되어서 최종 피해자는 나 자신의 부메랑으로 돌아오기 때문에 문제의 발원지가 된 곳에 합의금을 서너 배로 돌려줄지라도 꼭 매듭을 지으라고 밀어붙였다.

"저들의 주장은 천부당만부당한 처사이지만 문제의 진원지를 덮지 않고는 다른 패거리도 진화시킬 수 없어요. 양 사장의 신에게 헌금하는 착한 사람들의 이야기도 들었으니까 나도 같은 차원에서 내 힘닿는 데까지 협조해드리죠."

"이사님의 선한 이웃 사랑에 하나님께서도 감동하실 겁니다. 감사합니다."

양재덕은 한껏 마음이 달아올라 당회원의 집집마다 찾아가서 일대일의 각개전투로 파고들어 그들 곁을 농밀한 방법으로 다가섰다. 그 결과 분열된 공론이 타협점에 이르렀고 풀이 죽어있던 양재덕은 생기를 되찾았다.

"이사님! 완결되었어요. 2억 원 이외에 제가 모종의 조건을 약속하고 해결되었습니다."

"수고하셨어요. 이후로도 이 일을 거울삼아서 실수하지 말고 내가 믿고 드린 터파기 토목공사도 완벽하게 끝내세요. 계약서류를 준비해 C. I. P 계약도 체결하고 철거처럼 입으로 하지 말고 안전수칙을 최우선으로 하세요."

"네 이사님! 정말 이사님의 배려에 감동했습니다. 항상 이사님을 위해 기도하고 축복하고 있습니다. 그런데 토목 면허 빌리기가 좀 까다로워서 계약서 작성은 뒤로 늦췄으면 하는데 말이죠……"

양재덕은 곤혹스러운 모습으로 목소리를 더듬거렸다. 나는 그의 목소리 속에서 개운치 않은 점을 발견했지만 그를 무조건 신뢰하기로 마음을 가다듬었다. 위험이 도사리는 오지로 선교사로 파송되어 목숨을 건 선교를 했던 점을 높이 평가해서 설령 여러 요인의 위험이 도사리고 있어도 힘닿는 데까지 그를 밀어주고 싶었다.

"전문 면허를 소유한 업체도 밀어달라고 줄 서서 기다리고 있건만 양 사장은 계약체결을 늦춰달라고 늦장을 부리시니 이거야 원 모르는 게 약이지요."

"감사합니다. 어찌 이사님의 사려 깊은 은덕을 잊겠습니까! 제가 돈을 많이 벌어야만 굶주린 필리핀 사람들을 돕지 않겠습니까!"

"열심히 해보세요. 나는 양 사장이 저지른 실수로 내가 피해보상을 해줘야 할 이유는 없지만 선한 관점을 바라보고 계신 하나님께 헌금 차원에서 적극적으로 도와드릴 테니까……"

진실로 그랬다. 이 점이 내 영혼의 밑바닥에 깔린 또 하나의 숨은 의도였다. 어릴 적부터 공동묘지 근처의 천막교회 전도사를 비롯해서 수많은 사람들이 하나님을 전해 왔지만, 번번이 머리를 좌우로 흔들어 거절했던 기억들로 말미암아 미안함의 보상 차원이 깃든 숨은 의도였다.

강남의 병원에서 두 차례의 복부 수술과 뇌 수술을 받은 젊은 중환자는 산소마스크를 낀 채 한 달이 넘었지만, 여전히 혼수상태로 의식이 잠깐 있다가도 없어지는 알 수 없는 현상이 반복되었다. 나는 종종 중환자실에 들려 환자를 살펴본 뒤, 담당 형사를 만나서 수사 진척 상황을 확인했지만 사건 자체가 아리송한 미궁에 휩싸일수록 수사는 용두사미 격으로 흐지부지되었다. 누군가가 쇠 파이프의 이음쇠를 풀어놓아 젊은 환자를 추락시켰다고 하여도 꼭 한 사람을 표적으로 삼아서 범행 대상을 정한 것은 아니라는 어설픈 변이었다.

청주에서 올라와 환자의 빠른 회생을 기다리던 가족들은 빨리 범인을 잡아내라고 차츰 목소리가 커지더니만 내 어깨를 툭툭 치며 자기 아들을 살려내라고 절규했다. 나는 그들이 밀어 재치고 끌어당겨도 무저항으로 먼 허공을 응시했고 전혀 대항하지 않았다. 지금 그들은 자식의 생명을 통절한 아픔으로 가슴에 묻고 있는 아버지와 가족이고 생과 사를 넘나드는 환자를 끈질긴 눈물의 기다림으로 눌려있는 나약한 사람들이었다. 그들의 눈가에 맺힌 이슬에서 반사되는 절규의 빛이 내 가슴을 파고들어서 만신창이가 된 속앓이를 앓으면서도 그 도가 지나친 행위들을 이해하고 말없이 받아들였다. 세상에서 처러야 할 내 전생의 업보를 현장 소장이나 직원들에게 전가하지 않고 종교의 윤회설과 책임 의식 때문에 그들이 밀치고 닦달해도 무저항으로 일관했다.

한 번은 진한 술 냄새를 풍기는 환자의 아버지가 바쁜 와중에도 병실을 방문한 내 목덜미를 느닷없이 낚아채고 한껏 조여 왔다. 순간, 나는 환자 아버지의 살기등등한 칼날 같은 눈빛에서 여태껏 나를 뒤쫓고 숨어서 지켜보던 검은 악귀들의 비웃음을 보았다. 그는 악귀에게 들씌운 눈매가 되어서 저주와 조롱이 섞인 탐욕과 권모술수의 형태로 변해갔다.

"가증한 새끼, 네가 자비한 신사인 척 위장해도 넌 쓰레기야. 내 아들을 살려내지 않으면 네 목줄도 끊어 놓겠어. 네가 안전망을 설치했으면 내 아들은 크게 다치지 않았을 거야. 너 같은 돌팔이 업자가 설치니까 세상이 혼란한 거야. 어떻게 보상할지 해결책을 제시해. 이 새끼야"

호흡이 막혀 정지 상태에 이른 나는 머리끝이 곤두서며 분노로 일그러졌다. 나 스스로를 세상의 패배자로 여겨 스파링에서 K.O 펀치를 맞은 삼류 선수처럼 지쳐서 기진맥진해 있건만 그 악귀의 눈빛을 닮은 남자마저 나를 링의 막다른 곳으로 몰아세워서 순간적으로 뜨거운 피가 뿜어져 나와 자제력을 뭉개버렸다.

"이것 좀 보우, 뭐라고 했소? 내 평생 이런 희한한 봉변은 처음이오. 그게 왜 내 탓이오. 부득이한 상황일 뿐이고 누구의 잘못도 아니오. 공사의 최종 단계에서 안전망을 철거하는 중이었고 환자는 바로 안전망을 철거하는 하청업체 직원이었소. 나하고는 무관하게 산재보험에서 퇴원 즉시 보상해 줄 거요. 우선 환자부터 살려놓고 뒷일은 상의해도 늦지 않아요."

"뭐라, 이 새끼가 적반하장으로 책임을 회피하려고 발뺌하고 있네. 야, 너 이 새끼야 맛 좀 봐라"

그 날벼락의 파장은 성난 파도였다. 이성 잃은 환자 아버지의 공명 파장으로 거기에 합세한 가족들도 입에 거품을 물고 쌓였던 가슴앓이 분노를 나에게 퍼부었다.

이쪽저쪽에서 넥타이를 잡고 흰 와이셔츠와 양복을 찢는가 하면 주먹으로 때리고 발로 짓뭉개져 병으로 연약해진 내 몸뚱이를 병원 바닥에 내동댕이쳐 굴리고 짓밟았다.

나는 부뚜막 아래서 타다만 장작개비처럼 이리저리 내 뒹굴어 굴러다녔다. 힘으로야 전부 집어 던지고 공수도로 옆구리를 강타하면 빠져나오겠지만 나를 패대기침으로 자기들의 뭉친 가슴앓이가 조금이라도 풀어진다면 나는 더 짓밟히리라고 얼굴을 가렸다. 나는 약간의 저항도 없이 울컥했던 마음을 가라앉히고 병원 관계자들이 달려와서 분노한 가족들을 뜯어말릴 때까지 머리를 두 팔로 감싸고 실컷 두들겨 맞았다.

나에게는 그 잡다한 일들이 긴 미로였다. 매 순간이 보통 사람들이 살아왔을 전 생애보다 더 어두울성싶은 기나긴 길이었다.

어쩌면 나는 직접 사건을 일으킨 하청업체에 환자를 떠넘기고 현장 소장에게 지시해서 사건 자체를 적당히 끝낼 수도 있었다. 환자가 살든지 죽든지 개의치 않고 산재가 처리되는 이웃 병원으로 환자를 이송하고 일반 회사의 중역들이 당연히 그런 것처럼 뒷짐을 지고 관망했으면 어떤 하자도 없고 그 점은 가벼웠을 터였다. 그러나 나는 이 세상에 분명 신이 존재할 것이라고 막연한 믿음을 가질 때부터 인간의 영원한 근원인 뿌리 자체로 환원되어서 저승의 생을 살고 싶었다. 만일 비용이 완전히 절약되는 산재 처리 병원으로 환자를 이송하다가 그만 호흡이 끊어졌다면 평생을 두고 내 가슴 구석진 곳에 주홍글씨가 새겨졌을 것이다.

그러면서도 다른 한편으로는 갖가지 어지러운 갈등으로 까마득한 현기증이 일었다. 도대체 이 썩어가는 사바세계에서 내가 찾아 헤매는 신의 공의를 구심점으로 언제까지 몰두할 수 있을까. 돌아가는 팔랑개비의 작은 바람에도 흔들리는 사람들의 탐욕 속에서 언제까지나 나를 지킬 수 있는지 자신이 없는 것은 마찬가지였다.

겉으로는 나를 갖가지 충동과 밀려든 자괴감을 잘 제어하는 척 가장했지만 빠져나갈 탈출구가 보이지 않는 미로에서 주저앉아 갈 길을 잃고 방황하는 나그네였다. 더 나아가서 젊은 환자의 가족들에게 그 숨은 탐욕으로 말미암아 무자비한 행패를 당한 것 말고도 진짜 이유는 나의 몸뚱이 내부에 깊숙이 도사렸다. 패대기침을 당한 멍든 어깨와 팔다리보다는 언제부터인가 인지한 척추 뼈와 뼈 사이에 돋아난 주먹 크기의 종양과 거기서 등허리의 내장으로 이어진 묵직한 아픔에 시달리고 있다는 점이었다. 나의 내부 보이지 않는 깊숙한 곳에서 질병의 검은 덩어리가 점점 뭉쳐져서 굳어지고 있었다. 몸무게가 눈에 띄게 줄어들면서 고열, 구토, 위궤양, 피부발진 등 여러 가지 증상으로 시달려 죽어가고 있었다. 뭔가가 잘못되어 간다는 것을 사방에서 좁혀오는 두려움과 고통으로 지레짐작했다.

병이 생기기 전, 동네 의원에 들렀다가 대학병원에 가서 정밀진단을 받으라는 의사의 처방을 받았지만, 전문의의 입에서 진단될 병명이 두려워 그만두었다. 또한 세상의 질병에 제압당하기보다는 나 자신의 운명을 길라잡이 삼아서 역경의 폭풍우를 헤쳐 나가고 싶었다. 아니 죽음이 불쑥 문을 열고 끌어당길 때까지 열심히 살고 호흡하면 그만이라고 나 자신을 포기했다. 병명을 알고 나서 혼자 공포에 떨며 끙끙 앓느니 차라리 아무것도 모르는 척 가장하고 빌딩 숲 사이의 밤거리를 돌아다니며 술과 담배 연기에 절어 즐기다가 한 줌의 흙으로 돌아가는 것이 운명이라고 생각했다. 게다가 내가 병원 침상에 드러누우면 부도를 맞고 파산한 뒤, 간신히 종합 면허를 빌려 벌여놓은 사업 현장마다 돈의 피가 통하지 않아서 곯아 터지거나 말라서 고사할 것이 분명했다. 이런저런 이유로 나는 사지의 힘이 빠지고 척추와 복부의 통증으로 비지땀을 흘렸지만, 오늘이 마지막 날이라는 각오로 숨통이 끊어질 때까지 참아내었다.

  당연한 일을 당연하게 받아들이지 못할 때마다 세검정의 큰무당을 생각하고 그녀의 신비한 마력에 이끌렸다. 하늘의 팔선녀 가운데 자기가 지상으로 내려온 유일한 선녀님이라고 소개한 그녀는 자주 전화를 걸어서 나의 심히 어려운 난관을 해결해 주겠다고 꼬드겼다. 잔혹하게 속고 속이는 세상에서 내 손목을 잡고 막막한 현실의 벽을 뚫어주는 신은 언제나 큰무당 선녀님이었다. 선녀님의 신비한 점괘와 신명 나는 한풀이 굿은 점점 꺼져가는 나에게 마지막 희망을 안겨주는 도피처였다. 대학에서 무용을 전공하고 연예 기획단에서 무용수로 활동하다가 거부할 수 없는 명령으로 신내림을 받아서 큰무당이 되었다는 40대 중반의 선녀님은 그 몸매에 어울리는 요염한 웃음을 가진 여인이어서 누구든 그녀에게 잡히면 이미 그녀의 손바닥 안에 들어가 있었다.

난 나만의 존재가 될 수 없는 한 아이의 아버지이고 한 여자의 지아비였다. 내 침몰은 나만이 아니고 아내와 아들의 파멸을 의미하는 것이어서 간단히 체념할 일이 아니었다. 가족 사랑의 책임감으로 나를 되살려야 한다. 절대로 넘어져서도 안 되고 죽을 수도 없고 죽어서도 안 된다.

삶의 초점이 생의 한가운데에 맞춰지자 내 관심은 오직 선녀님이었다. 내 몰두는 그녀에게 집착되어서 거짓일지언정 선녀님에게 나를 송두리째 맡기고 편히 쉴 것을 다짐했다. 그녀의 영혼은 상대의 불운을 간파하고 해결책을 모색해주는 극락 선녀의 혜안이었다. 꽉 막힌 어둠의 물꼬를 그녀의 기막힌 살풀이춤으로 풀어 헤치면 쉽사리 풀어질 일이었다.

차가 자하문 터널을 지나면서 몰려든 어둠이 도로의 밝은 가로등과 달리는 차량의 헤드라이트에 밀려서 점점이 흩어져 내렸다. 선녀님의 안식처는 인왕산 개천을 끼고 있는 한 아파트 뒷산의 구 가옥이었다. 나치 마크와 정반대로 구부러진 만(卍)자가 집 뒤뜰의 바위에 꽂혀 나부끼어서 큰무당의 장막임을 표시했다.

선녀님은 수십 보가 떨어진 돌부처 밑에서도 나를 알아보고 양 끝의 눈썹이 치켜 올라간 일그러진 눈꼬리에 요염한 웃음이 번졌다.

"어서 오세요! 오실 줄 알고 진작부터 기다렸지요."

"내 발걸음이 선녀님에게 인도했어요. 아니 갈 곳이라고는 여기밖에 없었어요."

"잘 오셨어요. 연거푸 큰 사고가 터져서 고생이 많으셨지요? 이미 예고된 사고였지요."

나는 그녀의 돌연한 대답에 놀라서 등짝을 커다란 돌멩이로 후려 맞은 것 같은 통증이 갈비뼈 사이로 파고들었다.

"도대체 사고 소식은 어찌 들었고 예견되었다는 뜻은 무엇인지 선녀님은 만날 때마다 나를 놀라게 하는 일가견이 있군요. 그래서 예기치 못한 사고를 염려해서 아무 탈 없이 지나가게 해달라고 지난번에도 살풀이굿을 하지 않았던가요?"

그녀에게 내 사업운의 허를 들킨 기분이어서 단소에 힘을 주고 그녀를 노려보았다. 그러나 그녀는 다 타들어 가는 심지의 불꽃처럼 소진되려는 끝에 더 강렬히 타올랐다. 그녀는 반발심을 띤 내 의식과는 아랑곳없이 연화대(蓮花臺) 모양의 촛대를 응시하며 예상했다는 듯 그 어감이 흐트러지지 않았다.

"한 번 귀하면 한 번 천하게 되니 세상의 정은 눈에 보이는 법, 일귀일천 교정내견이지요. 잘 나갈 때가 있었으면 그 서까래는 풍우에 닳고 닳아서 힘들 때가 있다는 뜻이지요. 한두 번 살풀이굿을 했다고 해서 그 법력이 끝까지 지속된다면 험난한 이 사바세계에서 고난에 처하거나 망할 보살님은 없겠지요. 그때 조상신을 달래었지만, 이사님 가족 가운데 예전에 비명횡사한 원귀를 달래지 못했지요. 그 처녀귀신의 원혼을 먼저 간 총각과 짝지어서 위로해주지 않으면 이사님의 사업은 낮이고 밤이고 첩첩산중이 되겠지요. 지난번에도 강력히 경고한 것을……"

"그러니까 대학 다니다가 자살한 내 누나의 원혼을 달래서 저승길로 고이 보내려면 그 애인과 영혼결혼식을 치르자는 뜻이지요? 혈기왕성한 여자의 한을 꺾어서 나를 방해하지 못하도록 다스리자는 선녀님의 지론인데 믿어도 될까요?"

"어허, 팔선녀님의 영험한 일침이 내게 계시해주고 있어요. 살고 싶으면 무조건 시키는 대로 복종하랍니다. 살고 싶으면……"

40대의 요염한 자태를 지닌 선녀님은 내 의도와는 상관없이 뻔뻔할 정도로 냉소적이었다. 눈썹을 치켜뜬 채 자가당착에 빠져서 그 방법이 아니면 내 사업이 망하거나 내가 죽는다는 식으로 꼼짝 못 하게 팔선녀의 이름을 빌어서 강력히 명령했다.

나는 내 상식으로는 도저히 이해할 수 없어서 더는 기만당해 속지 않으려고 나 스스로를 다스리려고 단전에 힘을 주었다. 하지만 그녀와 마주 앉은 이상, 나는 그녀의 그물에 걸린 날개 부러진 새에 불과했다. 나는 이것은 아니라고 아냐, 아냐를 반복해 되뇌며 머리를 좌우로 흔들었다.

그 순간 온몸이 좌우상하로 저절로 떨리면서 형체를 잡을 수 없는 어둠의 존재가 나를 지배하기 시작했다. 두 손이 움직인 듯하더니만 으스스 한 냉기가 전신에 흐르면서 손바닥이 합장돼 허공을 향해 올라가는 기이한 퇴마 속에 빠졌다. 구역질이 치밀어 썩은 물이 뱃속에서 토해져 나온 것처럼 구토가 일면서 숨통이 꽉 막히었다. 식은땀이 솟고 현기증이 일면서 견딜 수 없는 무서운 공포에 휩싸였다. 검은 철퇴가 뒤통수를 강하게 내려치는 느낌을 받으면서 내 가냘픈 의지는 허물어져 주저앉았다. 왜 이러지, 왜? 자신을 제어하려고 하면 할수록 사지를 압박하는 기묘한 형체가 나를 지배했다. 결국 나는 가슴을 가위 누르는 검은 힘에 제압당해서 내 의지와는 상관없이 체면과 인격까지도 내팽겨쳤다.

"좋아요. 선녀님이 시키는 일은 죽어서 북망산에 갈지언정 따르지요. 나 자신의 기구한 운명과 지, 정, 의를 다스리지 못할 바에야 선녀님의 인도에 따를 수밖에 없지요. 비용은……?"

"두 장도 빠듯해요. 살이 끼지 않는 내 주 초이레로 잡겠어요."

두 장이면 이천만 원, 지금의 현실로는 큰 액수일지라도 선택의 여지는 없었다. 그녀의 말을 거부하면 팔선녀의 신통함에 사로잡혀서 그녀가 올라타는 시퍼런 작두칼이 내 심장에 꽂히고 말 것 같은 두려움이 밀려오는 터여서 급한 자재 대금을 주려고 갖고 있던 수표 두 장을 꺼내 여자에게 내밀었다.

선녀님은 마치 영통한 미륵불이나 되는 양 목소리를 한껏 가다듬고 내가 지켜야 할 원칙과 주의사항을 알려줬다.

"인간의 간교한 몸가짐은 천만 가지로 변화무쌍하지요. 그러니 육체의 행동 가짐은 초이레가 되는 그날까지 정결하게 가다듬어서 팔선녀님의 진노할 일을 피하셔야 합니다. 당신의 귀한 정성, 잘 모시겠습니다."

잃어버린 나

 예수영이 소설체로 기록한 그의 사생활을 엿보는 사이, 그는 센다이 교회에서 주관한 치료 집회에서 돌아와 내 곁에 있었다. 인기척을 느끼고 그를 올려다보는 순간, 그의 눈동자 속에 투영된 그가 겪은 아픔이 전이되어 한 방울의 눈물로 무릎 위로 떨어졌다.
 "당신이 읽는 부분은 초반부의 서론에 불과해. 아직 본론이 의미하는 바가 무엇인지 그 내용을 전혀 예측할 수 없을 거야."
 "그래도 조금은 깊이 이해하게 되었어요. 그 당시 당신의 초조한 아픔과 과다하게 술을 마신 이유를…… 당신은 살기 위해 현실의 벽을 넘어 극복하려고 마신 거예요. 충분히 납득이 가요. 다른 남자라도 똑같이 내적 갈등으로 파괴되었을 거고 더 방황했을지도 몰라요. 당신의 사업과 생명이 그토록 위험한 경각에 달려 있는 줄 정말 몰랐어요.
 "역시 당신은 현명한 조언자로써 신이 맺어준 내 아내임이 분명해. 나를 있는 대로 받아주고 이해하는 동조의 눈물을 흘리고 있으니까. 그때는 하나님의 존재를 전혀 알지 못해 그분이 없었고 이솝우화에 등장하는 가공의 인물로 알고 있는 터여서 나는 나라는 교만한 수식어를 달고 언제나 나로서 나를 의지했었지. 하나님이 계실 자리에 나는 나라고 그 자리를 차지해 벌거벗겨져 거리를 방황했지. 하나님은 보이지 않아 조금도 받아들이지 못하고 백치의 상태에서 눈에 보이는 현실과 환경, 손에 잡히는 나무와 돌과 쇠로 만든 우상, 내가 바라보는 관점과 느낌이 먼저이고 전부였었지. 당연히 나 혼자만의 힘으로 수력 댐보다 단단한 현실을 극복해 이기려고 안간힘을 쓰다 보니 음주와 흡연, 굿을 하는 등 과도한 세상 풍조에 방향 없이 이끌려 이리저리 떠다녔었지."

예수영은 자신의 과거가 송두리째 들킨 게 민망하고 서러운지 돌아서서 말을 멈추고 외투를 벗어 장식장에 걸었다. 그리고는 곧 감정을 추스르고 내가 끓여준 커피를 마시며 말을 이어갔다.

"지금은 선녀님이라 부르던 그 무녀에게 이끌려 현실을 극복하려고 그녀가 가는 대로 놀아난 게 황당하고 창피해. 창조의 권능이신 믿음의 실상을 바라보지 못하고 눈에 나타난 벌어진 현실에만 급급해 무당의 부정적인 저주의 말에 이끌려 과도한 우상숭배에 집착하는 바보짓을 일삼았지.

이후에도 네겝길로 가나안을 정탐하러 간 열 명의 정탐꾼처럼 하나님을 바라보고 전적으로 의지하는 눈이 없었지. 여호수아와 갈렙처럼 믿음의 실상인 하나님을 바라보며 담대하게 세상 풍파를 이겼어야 하는데 현실의 장벽에 가려져서 강하고 견고한 상대의 성읍만을 바라보고 네피림의 후손인 거인족 아낙 자손을 나 자신과 비교해 스스로를 메뚜기로 비하했었지.

물론 크고 높은 성읍과 거인족을 바라보고 정탐한 열 명의 보고서는 한 치의 거짓이 없는 현실이라도 그들은 함께하시는 하나님의 존재를 망각했던 거야. 하나님의 손바닥 위에서 바라보고 있는데도 우리는 거인족에 비해 메뚜기 같다는 신앙은 참으로 어처구니가 없었지.

여호수아와 갈렙처럼 하나님이 함께하시면 저들은 우리의 밥인 먹잇감이라고 담대해야 했음에도 칼과 창을 가진 현실 거인족이 무서워 미사일과 비행기, 탱크로 무장한 하나님을 보지 못한 거야.

나 역시 하나님을 안 뒤에도 하나님 말씀을 묵상하고 그 실상 위에 서서 그분이 바라보는 곳을 나도 동시에 바라보고 그분과 함께 걸어갔으면 그분의 권능이 내 것으로 나타나 현실의 벽을 뛰어넘을 수 있었을 텐데 눈에 보이는 것과 현실의 실상인 고정관념에 사로잡혀 우리 안에서 버티고 계시는 그분을 잊어버린 눈뜬 소경이었지. 하나님이신 예수를 알았지만 믿지는 못한 바보였으니까 어찌 예수께서 내 일을 대신 처리해 줬겠어? 교회에 다녀도 사람들은 믿는다고 하면서도 예수를 알 뿐, 무조건 믿지 않으므로 제자들의 권능을 행치 못하는 바보 놀음을 나도 처음에는 저질렀으니까.

우리 눈에는 지구가 평평해 보여도 실상은 허공에 떠 있는 둥근 축구공의 모습으로 태양계 끝에서 보면 한 개의 점인 것을 나는 몰랐던 거야. 또한 태양은 서쪽으로 기울었다가 매일 동쪽에서 떠오르지만, 사실은 지구가 태양 주위를 돌고 있다는 것을 발견하기 이전처럼 아주 모르면서도 지구는 평평하고 태양은 그 위를 지나가는 뜨거운 항성으로만 착각했던 거야. 눈에 아무 증거 안 보이고 손에 잡히는 것 없는 터여서 요즘은 초등학생도 배워 알고 있는 진리를 모르고 귀에 들리고 눈에 보이는 대로 무녀에게 이끌려 우상들을 의지함으로써 나 자신의 위안을 받았던 거지.

사람이 죽어서 나흘이 경과하면 썩은 냄새가 진동하는 게 과학적인 증거인데 네가 믿기만 하면 죽은 나사로가 살아나는 그 영광을 보리라는 말씀의 실상을 누가 믿고 바라보았겠어?

성령이 내게 임해서 그분이 내 안에 내가 그분 안에서 하나가 되기 전까지는 열 정탐꾼이 진짜 현실을 바라보고 보이는 대로 증거하다가 재앙으로 멸망당한 것처럼 나 역시 믿음은 바라보는 것의 실상이요 보이지 않는 것의 증거라는 말씀을 도저히 이해하고 받아들이지 못했으니까."

예수영은 눈에 보이고 손에 만져져야만 직성이 풀리는 현상에 취해서 진짜로 발견해야 할 진리의 실상을 알지 못한 게 못내 아쉬운지 답답함을 토로했다. 나는 지나간 예전 일을 부끄러워하는 그를 알기에 진심으로 그를 위로했다.

"예수영, 당신은 지나간 실책에서 하나님을 발견하고 지금은 누구보다도 신약시대의 열두 제자처럼 믿는 말씀을 현실로 변화시키는 그런 권능을 행하고 있어요. 현실을 알면서도 말씀의 실상을 믿고 뛰어넘어 그 한계를 벗어나기는 힘들어도 당신의 복음에는 하나님의 의가 나타나 믿음에서 믿음이 이르게 해서 오직 의인은 믿음으로 살리라 하는 말씀대로 말씀의 기적은 많은 사람들에게 증거하고 있지 않나요?

오늘날 예수를 알아도 현실에 붙잡혀 그 안에서 움직이고 아는 게 우리의 나약한 모습인데도 당신은 우리의 절망과 느낌으로 와 닿는 현실을 보지 않고 오히려 여호수아와 갈렙이 믿었던 하나님의 숨겨진 실상과 창조의 권능을 붙잡고 바라봄으로써 더 많은 불신자들을 구원시키고 있어요. 나도 당신의 믿음을 터득하면서 감격해 당신과 닮은 꼴이 되고 있어요. 전에는 예수를 알기만 했는데 지금은 아는 것을 넘어 예수의 이름을 무조건 믿음으로써 예수의 권능을 답습하고 있어요. 서당 개 삼 년에 풍월을 읊조리고 있다고나 할까요…… 믿음이 없이는 하나님을 기쁘시게 못하나니 하나님께 나아가는 자는 반드시 그가 계신 것과 자기를 찾는 자들에게 상 주시는 이심을 믿어야할지니라(히 11:6)는 구절에 진실로 공감하고 있지요."

"당신의 겸허함으로 터득한 믿음의 마력이겠지. 하나님을 경외함이 지혜이고 악에서 떠나는 것이 명철일 테니까. 우리가 하나님의 말씀을 믿음의 실상으로 받아들여 바라보면서 입술로 시인하면 그 말씀이 영광의 권능으로 말미암아 예수의 이름 안에서 현실로 이루어지는 게 하늘나라의 법칙이 되겠지. 수학 공식처럼 빼고 더하는 것이 없는 정확한 해답으로 입증될 테니까. 예수의 이름은 아는 것을 넘어 살아계신 하나님임을 믿어야만 그 사랑의 권능을 누구나 체험할 테니까."

　하나님이신 예수께서 죽은 자에게 일어나라 말씀하시면 다시 살아서 호흡하는 것은 그 분 자체가 생명이기 때문이지 아버지께서 자기 속에 생명이 있음같이 아들에게도 생명을 주어 그 속에 있게 하셨으니까(요 5:26) 폭풍우 치는 바다에게 잠잠하라! 고요하라! 명령하시면 바다가 고요해지는 것도 그 말씀이 생명이시므로 무조건 순종하는 것이겠지 마찬가지로 당신이 그 이름을 믿고 명령해도 그 거룩한 이름이 당신의 명령어를 감싸서 하나가 되는 순간 그 강력한 언어가 예수님과 똑같은 생명이 되어서 하나님의 법칙대로 그 영원한 생명이 모든 병과 악한 영을 내쫓는 권능으로 살아나지. 사람들은 예수님이 우리 죄을 대신해서 흘리신 십자가의 보혈이 단순이 사람이 되신 예수의 몸에서 흘리신 붉은 피로 생각 할 때도 있지만 그 건 너무 중대한 오해이고 착각이겠지. 그 보혈은 말씀이 육신이 되신 살아 계신 하나님께서 흘리신 피 이고 아담부터 지금까지 온 우주와 지구의 인간을 총 망라한 큰 죄악을 단 번에 대속하신 하나님의 뜨거운 사랑이고 용서하신 보혈이셨지. 그런즉 그 피 한 방울은 하늘나라와 우주를 합친 것보다 크시므로 과거와 현재와 미래에 저지를 사람들의 모든 죄는 물론이고 선악과를 따먹은 아담과 하와의 죄악까지 완전히 사함 받은 터여서 이적을 믿는 신앙인에게는 아담과 하와가 선악과를 따먹기 이전의 에덴동산으로 돌아가서 보좌에 앉으신 하나님과 바람이 불 때 동산에 거니시며 네가 어디 있느냐고(창 3:8~9) 사람의 안위를 물으시는 하나님과 직접 대화하며 영원히 살게 되겠지. 우리는 사람이 죽으면 동식물처럼 그것으로 끝이라고 착각 할 때도 있지만 여호와 하나님이 땅의 흙으로 사람을 지으시고 생기를 그 코에 불어 넣으시니 사람이 생령이 된 지라(창 2:7) 우리는 동식물처럼 영원히 죽을 수가 없어서 어떠한 형태로든 영원히 존재 하면서 살아서 저지른 행위대로 상급을 받게 되지. 말씀을 믿고 하나님 뜻 안에서 산 사람은 부활 승천과 들림 받아서 살게 되겠고 자기를 창조하신 예수의 이름을 불신하고 거부하다가 죽음 뒤에는 땅 밑에 불못에 떨어져 좁은 공간에 갇혀서 혀를 깨물며 영생을 사는 사람도 있겠지. 우리가 호흡하면 산소가 이산화가스로 변하는 것처럼 현재의 육체가 죽어도 영원히 없어지는 것은 아니고 변화될 뿐이니까. 눈 한 번 깜빡이면 그만인 세상에서 「나는 나」라는 자만심과 교만으로 혼자만을 위해 살다가 그 무거운 죄악의 짐으로 저승사자에게 잡혀서 땅 밑으로 떨어져 죄의 못에 갇혀서 영원히 살든가 아니면 나만을 위하여 남에게 해를 입히며 살기 보다는 나도 살고 남을 위하는 이타심으로 살다가 마음의 가진 것이 없어서 예수의 이름으로 죄사함을 받고 깃털처럼 가벼워져 위로위로 치솟아 올라 하늘 보좌에서 만만의 천사들과 함께 기쁨을 못이겨 하나님을 찬양하며 지구의 환경과 만만 배, 억억 배 황홀한 유토피아에서 사는 것은 지금 이생에서 살고 있는 우리의 선택으로 갈라지는 거겠지. 「나는 나」 만을 위해 살든가 조금은 고난 받아도 예수의 이름 안에서 그 분의 뜻에 따라 인내하고 절제하며 살다가 그 분이 부르시면 천사들이 가져온 생명의 옷을 입고 들려올라 가든지는 (고후 5:4) 이 생에서 자기의 행위대로 결정된 자유 의지로 결정되는 것이 아닐까 해. 하루는 천 년이고 천 년이 하루 인 것을…(벧후 3:8) 하나님이 우리를 구원하사 거룩하신 소명으로 부르심은 우리의 행위대로 하심이 아니고 오직 자기의 뜻과 영원 전부터 그리스도 예수 안에서 우리에게 주신 은혜대로 하심인 것을…(딤후 1:9)

우리는 창 너머로 투시된 막 피어난 벚꽃의 흐드러진 모양새에 도취해 누가 먼저랄 것도 없이 이 전도사의 정원으로 손잡고 나왔다. 대지진과 물난리를 겪으면서 그 여파로 봄날을 보지 못했는데 이미 싱그러운 봄은 만개한 벚꽃으로 눈앞에 펼쳐져 숨을 쉬었다. 쉽다면 쉽고 어렵다면 어려운 진리의 실상을 내려놓고 눈에 보이는 여러 꽃들의 아름다운 자태에 취하니 한껏 마음에 행복감마저 들었다.

"여보, 봄빛은 이다지도 찬란하건만 실상, 오직 실상만을 가지고 논하니까 머리가 빙그르르 도네요. 이보다도 더 멋지고 풍요로운 꽃들의 향연이 있을까요? 우리는 이런 자연의 향기와 멋 영원과 사랑의 소야곡을 날마다 붙잡고 기뻐해야 해요!"

"영원과 사랑의 소야곡이라! 꽃은 만개한 향기가 열흘을 넘기지 못하고 또한 사람도 그 찬란한 빛이 십 년, 길어도 삼십 년을 버티지 못해 사라지겠지…… 만일 현실의 영원성이 이곳에 있다면 진리의 실상을 알 필요도 없고 잡을 필요도 없겠지. 동그란 지구공이 허공에 떠 있는 이상, 공은 반드시 밑으로 떨어지는 것처럼 밑으로 결국 낙하하겠지. 지구는 태양계와 우주 은하계를 돌고 있는 큰 우주선인 것을 난 수년 전에 말로만 듣고 전설로 여겨졌던 우주보다 크고 우리의 상상으로 가늠할 수 없던 그 하늘나라의 모습을 피부로 확인하며 걸을 수 있었지. 낙원과 시온성과 예루살렘성의 세 부분으로 이루어진 삼천 층은 가도 가도 끝이 없고 보고 또 보아도 끝없는 우주보다도 넓고 평강과 사랑, 기쁨이 넘치는 영원성이 있는 실존하는 곳이었지.

거기는 영겁의 시간이 흘러도 꽃잎은 떨어져 시들지 않고 사람은 영원히 나이를 먹지 않아 생로병사가 없고 항상 젊을 때의 그 모습으로 내가 꽃이 되고 꽃은 내가 되는 천사들과 함께해서 우리 상상이 미치지 못하는 기막힌 기쁨과 평강이 사랑의 강물로 흐르는 세계였지.

그곳은 지구의 현실로는 볼 수 없고 잡을 수 없는 완전한 실존하는 장소라서 지구의 언어로는 그 찬란한 빛과 광대함을 다 표현하지 못해. 다만 그런 곳이 존재한다는 사실을 증거 하려고 억지로 표현하고 있는 거겠지.

아마 지구의 문자와 색채로 표현할 수 있다면 그곳은 하늘나라가 될 수 없겠지.

우린 그 실상을 영원히 누리기 위해 현실 세계에서 서로가 용서하고 사랑하고 받쳐주면서 나누는 삶을 사는 게 아닐까 해. 이 세상은 각 개인이 제멋대로 소유하고 육욕과 안목의 정욕, 이 세상의 자랑으로 홀로 즐기다가 떠나가라고 주어진 곳이 아니고, 오직 하나님께서 말씀으로 정해 놓으신 언약의 계명대로 서로 사랑하고 순종하다가 그분에게로 돌아가는 말씀의 실천 장소가 되겠지.

　예수의 이름을 알기만 하고 믿지 않는 곳, 경건의 모양은 있으나 경건의 능력이 없으면 결코 들어가지 못하는 우리가 돌아갈 영원한 본향일 테니까. 자기 고집대로 나는 나라는 고집 안에서 하나님이 어디 있느냐고 대적하면 땅 밑 아래로 내려가겠고 자기 방식을 포기하고 은혜의 보좌 앞으로 나가 말씀대로 순종해 살면 지구보다 수천만 배, 그 이상의 광대하고 찬란한 곳에서 영원히 젊은 모습으로 살게 되겠지. 이 순간도 그 영원의 세계를 그리워하며 느끼고 있어. 난 어서 빨리 내게 주어진 사명을 마치고 그 실상의 세계로 옮겨가는 게 꿈이고 소원이야. 내가 들어갈 하늘나라의 실상의 세계는 여기 지구가 가진 모든 부의 보석과 권세, 소유를 다 합쳐도 모자라는 드넓고 화려한 쉼터가 아닐까 해. 그곳은 모든 은하계의 하나하나를 합친 것보다 큰 세계이므로 가도 가도 끝이 없고 태양 빛이 없어도 그분의 영광만으로 밝은 밤이 없고 항상 낮이 지속되는 곳이지. 각종 과일 주스와 포도주, 우윳빛의 이름 모를 영양수가 아마존강물보다 넓고 아름답게 흐르고 바다처럼 고여 있는 곳이어서 언제나 배부르고 충족함이 넘쳐나지. 하지만 그곳에 들어가려면 기차가 철도를 통해 궤도를 쫓아 달려가듯 반듯이 하나님의 뜻 안에서 말씀의 궤도를 쫓아 달려가야만 갈 수 있는 시온의 낙원이 되겠지."

"당신은 아직도 천진난만한 어린아이의 순수함이 있어요. 현실을 훌훌 털어버리고 실상의 하늘나라로 올라가려는 동심이 모험을 떠나는 신밧드처럼 동화 속 아이 같아요. 난 그 나라가 믿어지지 않아도 당신을 믿기에 그 나라도 믿을 수밖에 없을 거에요."

이 전도사의 정원은 동일본 대지진과 그 여파로 몰려든 거대한 쓰나미의 거센 물결과는 별다른 세계라는 듯 흰 목련과 노란 개나리, 분홍빛 진달래와 벚꽃이 한꺼번에 흐드러지게 피어있었다. 마치 이곳이 일본이라는 것을 잊을 만큼 한국의 정취를 한껏 뿜 냈다. 다른 해에는 목련이 먼저 피고 진달래, 개나리, 벚꽃이 순차적으로 피는 게 순서인데 금년에는 기상 이변으로 순서가 뒤죽박죽 바뀌어 누가 먼저랄 것 없이 꽃망울을 터트린 덕에 이곳은 예수영과 나에게 에덴의 한 부분으로 느껴졌다. 불과 보름 전만 해도 먹을 걱정을 하던 수용소 생활에서 이제는 호사스러운 에덴의 형상을 띤 평안한 안식으로 바뀌었다. 예수영은 그 안식이 깃든 평강이 너무 좋아 연신 기쁨의 탄성을 터트렸다.

"빛과 흑암의 대조는 죽음과 생의 차이만큼 간격이 벌어진 것처럼 대지진의 바닷가와 지금의 우리는 극과 극으로 나눠져 똑같이 행복을 누리고 있지. 그때 나는 쓰나미에서도 살아난 언덕 밑의 일부 나무들을 보았지. 자갈로 이뤄진 척박한 땅에서 자라난 생명력 강한 나무는 영양분을 찾아 땅 깊이 물이 고인 곳으로 그 뿌리를 수직으로 내려 꿋꿋이 살아남았어도 정원에서 곱게 자란 나무는 퇴비와 거름이 잔뜩 뿌려진 땅에서 자랐기 때문에 양분의 필요성을 몰라 뿌리들이 옆으로만 뻗은 탓에 그 깊이가 없어 혹독한 쓰나미를 견디지 못하고 뿌리가 뽑혀 넘어져서 전멸해 버렸지. 나무의 겉모습은 지구의 중력 위에 바로 서서 똑같이 보였어도 혹독한 시련이 닥치자 퇴비와 물이 충분한 나무는 뿌리가 깊지 못해 일렬로 넘어져 있었지.

반면에 척박한 땅에서 자라난 나무는 뿌리가 깊어서 마치 요셉의 연단과 모세의 40년 광야 생활처럼 크나큰 재앙을 극복하고 끈질기게 살아남았지. 내게 주어진 강한 연단도 뿌리 깊은 나무와 믿음의 조상들이 걸어간 광야 길과 똑같아서 나에게 자기 형상의 나무로 거듭나 영원한 안식을 얻도록 한 그분의 계획된 배려이고 사랑이 아닌가 해. 사업이 엉망진창이 된 것도 모자라 내 안에 악한 영들이 들어와 한동안 자리를 잡고 괴롭혀 날마다 술이고 심지어 자살을 시도했으니까.

만일 이러한 큰 연단이 없었으면 온실에서 곱게 자라난 나는 세상의 쓰나미를 견디지 못해 언젠가 뿌리 약한 나무처럼 쓰러지든가 잘 나간다 할지라도 하늘나라를 깨우치지 못해 누가복음 16장의 부자처럼 그가 간 곳으로 같이 들어가 타는 뜨거움으로 목이 마르니 거지 나사로를 보내어 손가락으로 물 한 모금을 찍어 내 혀에 대달라고 그분에게 사정했겠지. 하지만 나는 그분의 택하신 사랑으로 서해안 바닷가에 핀 갯메꽃들을 보면서 다시 살아나 필수 있다는 확신으로 거듭나게 되었지. 자갈과 모래, 바람만이 가득한 해안가에서 겨우 해당화만이 이겨낼 수 있는 환경임에도 그 연약한 나팔 풀꽃이 싹이 터 꽃이 피었다는 것은 나에게 생명을 불어넣은 그분의 귀한 축복이었지. 추위와 지진이 왔어도 이곳에 꽃들이 만개한 것처럼 식물이든 사람이든 그 일생에 어디서나 한 번쯤 꽃이 반드시 필 것이라는 그분의 공의를 터득하게 되었지."

"당신은 아직도 영원한 안식을 기다리는 로맨틱한 동심의 소유자군요. 당신의 추억을 뒤쫓다 보면 당신은 세상 물정을 초월한 어른 아이임을 새삼 느껴요. 당신은 정말 크로노스의 시간을 살지 않고 현실의 벽을 넘어 카이로스 속에서 존재하는 피터팬 이예요."

"사람에게 주어진 한계 안에서 정한 시간의 이정표로 살고 있는 크로노스의 사람은 영원한 피터팬이 될 수 없어도 하나님의 시공간을 초월한 카이로스의 시간을 살고 있는 사람은 언제나 늙지 않는 피터팬이 될 수 있겠지. 과학자의 관념으로 창조된 수 십, 수백억 년의 긴 시간이 하나님의 시간으로 환산해 바라보면 세상을 단 6일 만에 창조하시고 7일째 안식하셨다면 병을 낫게 하시는 단일초의 하나님의 카이로스 시간도 인간의 방법으로는 몇 달, 몇 년이 걸려도 낫지 못하는 지루한 크로노스의 시간이 되겠지 이와 같이 크로노스와 카이로스의 시간을 비교한다면 한 개의 점과 우주를 비교하는 것과 다를 바 없어서 사람과 하나님의 관점은 그만큼 큰 구렁이 있지 않을까? 사람은 물질과 권력, 명예를 대변하는 소유가치로 잘 살고 못 사는 기준점을 삼아도 하나님은 자기와의 언약된 말씀으로 기준 삼아 무조건 순종하는 자의 믿음 가치로 판단하시겠지.

　우리가 호흡하는 7~80년이 사람의 눈으로는 길게 느껴져도 하나님의 카이로스 시각으로는 눈동자를 한 번 깜빡이는 찰나에 불과한 터여서 영원한 안식을 바라보는 존재가치로 살다가 당신이 부를 때에 사탄의 스올 속 함정에 빠지지 말고 꼭 천국에 들어오라고 말씀하시지. 공자, 석가모니, 마호메트 등의 세상의 성인들, 그 누구도 겨우 손바닥에 그리는 동그라미 생 동안, 구도자로 살았을 뿐, 하나님 신분으로 완벽한 사람으로 태어나 카이로스의 생을 사시다가 우리 죄를 짊어지고 십자가의 죽으심으로 단번에 우리 죄를 대속하신 예수처럼 구원자로서의 생은 살지 못했으니까.

　그분은 하늘로 승천하시면서 예수의 이름을 남기셨어. 저기 여름이 되면 열릴 과일나무를 보니까 갑자기 떠오르는 게 있어.

　아담과 하와가 에덴동산 중앙에 심은 선악과를 따먹는 불순종의 죄를 저질렀을 때, 그들이 그 옆에 나란히 심은 생명과를 다시 따먹고 영생할까 봐 하나님은 그들을 낙원에서 쫓아내시고 두루도는 화염검을 두어 한 입만 먹어도 다시 살아나는 생명나무를 지키라고 엄히 명령하셨지. 나는 이 생명나무의 열매를 꼭 따먹어야만 선악과를 따먹는 죄로 닥친 생과 사의 문제가 풀릴 것을 느끼고 에덴의 생명나무가 어디로 숨었는지 하나님께 집요하게 묻기 시작했지. 세상에 존재하는 한 찾아내리라 각오하고 시시때때로 포기하지 않고 생명나무, 생명나무를 어디로 숨겨두셨느냐고 묻고 또 물었지. 어느 순간부터 그분의 은혜가 임재하면서 생명나무의 비밀을 간단명료하게 듣게 되었지.

너는 모세가 내 지시를 따라 만든 성막과 지성소 안에 있는 언약궤를 알지 않느냐. 성막이 나의 동산이고 지성소의 언약궤는 동산 가운데서 옮긴 생명나무다. 블레셋 사람들이 사울에게 뺏은 언약궤를 다곤 신전에 들어놓았을 때는 우상 다곤이 앞으로 넘어져 목과 팔이 부러졌고, 벳세메스로 보냈을 때는 언약궤 안을 들여다본 70명의 사람들이 죽었다. 또한 다윗이 왕이 되자 언약궤를 아미나답의 집에서 다윗성으로 옮기려 할 때는 웃사가 언약궤를 채에 꿰어 어깨에 메지 않고 쉬운 방법으로 수레에 옮겨 끌고 가다가 소가 갑자기 날뛰므로 떨어지는 언약궤를 잡으려는 순간, 웃사가 그 자리에서 죽는 것을 보지 않았느냐? 웃시야 왕은 제사장을 대신해 언약궤에 스스로 제사를 드리다가 문둥이가 되었고 이외에 언약궤에 관련해 기록되지 않은 수많은 사건이 있었다. 나는 그 언약궤 위의 속죄 소에서 모세를 만났고 진심으로 간구하는 수많은 제사장들의 제사를 받았고 백성을 치료해주었다.

그 후로는 유다의 멸망과 함께 솔로몬 성전이 파괴되면서 그들의 죄로 내가 떠난 빈껍데기의 언약궤는 그 안과 밖에 입힌 금덩어리로 말미암아 무지한 사람들에게 그 가운데 보관하던 두 개의 증거판과 함께 짓밟혀 유린되었다.

이렇게 연관된 사건은 내 뜻 안에서 이루어졌는데 다시 재건된 헤롯 성전에도 언약궤인 생명나무는 없었다. 생명나무의 언약궤는 말씀이 육신이 되어 예수가 태어난 순간부터 말씀의 육신에 임하게 되었고 하나님이신 예수가 십자가의 죽으심으로 부활승천하신 뒤에는 예수 이름의 권능으로 존재해 남겨졌다.

하나님이신 예수의 이름은 시내 산에서 먼저 모세에게 나는 여호와라, 여호와라고 선포되었고 부활사건 이후에는 나를 믿고 영접한 모든 자에게 선포되어 생명나무의 권능으로 임했다.

그 안에 생명이 있었으니 이 생명은 사람들의 빛이라 빛이 어둠에 비치되 어둠이 깨닫지 못하더라(요1:4-5). 나는 생명의 떡이니 내게 오는 자는 결코 주리지 아니할 터이요. 나를 믿는 자는 영원히 목마르지 아니하리라(요 6:35) 살아계신 아버지께서 나를 보내시매 내가 아버지로 말미암아 사는 것 같이 나를 먹는 그 사람도 나로 말미암아 살리라(요 6:57). 살리는 것은 영이니 육은 무익하니라. 내가 너희에게 이른 말은 영이요 생명이라(요 6:63).

나의 끈질긴 물음에 응답하시길 내가 찾아 헤매던 생명나무는 결국 구약에서는 말씀의 언약궤이고 그 이후로는 예수의 이름이었지. 살아계신 예수의 이름이 그분이 전하신 카이로스 시간 속에서 먼저 불타는 시내 산에서 모세에게 선포되고 말씀이 육신으로 부활승천하시면서 우리에게 믿음의 양대로 맘껏 배부르게 따 먹으라고 생명나무인 예수의 이름을 주고 가셨던 거지.

나는 이 절대 진리를 성령 하나님께 감동하심으로 받는 순간, 평생 굶주린 사람처럼 생명나무 열매이신 예수의 이름을 밤낮없이 먹기 시작했지.

천사가 말씀 자체로 형성된 베데스다 연못물을 움직여야만 누구나 먼저 말씀이신 예수의 이름 안에 뛰어들어 무슨 각색 병이든 치료받을 테니까.

그다음에는 이름 자체이신 예수가 직접 등장해 38년 된 앉은뱅이에게 명령해 걸어가게 하신 것처럼 우리도 생명나무 열매로 태어나신 예수의 이름을 믿음으로 먹고 명령하면 그 이름 안에 계시던 하나님이 모든 귀신을 내쫓고 많은 각색 병과 각 개인의 문제들을 바로 해결해 주시지. 선악과를 아담이 따먹음으로써 죽음이 왔으나 하나님의 사랑으로 다시 주신 생명나무열매, 곧 예수의 이름을 믿음으로 따먹으면 죽은 자는 살겠고 살아서 믿는 자는 영원히 죽지 않고(요 11:25-26) 카이로스 시간 속에서 살게 되겠지. 아담과 하와는 사탄에게 속아 흙의 생명을 끝냈어도 천지에 충만한 예수의 이름을 먹는 믿음의 자녀들은 예수의 형제와 신부로써 마라나타의 그날에 끌려 오르는 기쁨과 평강의 생을 살아야 되지 않을까. 내가 아버지의 이름을 저희에게 알게 하였고 또 알게 하리니 이는 나를 사랑하신 사랑이 저희 안에 있고 나도 저희 안에 있게 하려함이니 이다(요 17:26)

"생명나무의 열매이신 예수께서 우리의 죄를 대신해 육신의 생명이 끊어지는 순간, 성소와 지성소를 가로막은 휘장이 찢어지면서 지성소의 생명나무 언약궤이신 예수와 우린 하나가 되어 그분의 이름을 믿으면 믿음의 분량대로 말씀의 권능을 행할 수 있는 친구이자 신부가 되었다는 뜻이 아닌가요.

우리 눈에는 보이지 않고 손에는 잡히지 않아도 우리가 공기를 마시는 것처럼 우리 안에도, 밖에도 살아계신 그분은 이 순간에도 지켜보며 돌보고 계신다는 의미겠지요. 그분은 우리가 쓰나미로 바다 가운데로 쓸려가자 손목을 잡아 통통배에 실어주셨고 게센누마의 해변에서도 죽은 아이를 살리어서 자기의 살아계심을 증거하셨지요.

생명나무이신 그분은 자기의 친구인 신부가 기다리고 찾을 때, 가장 기뻐하신 것도 보았어요. 노아가 하나님의 지시로 물질의 방주를 지어 자기 가족을 살렸듯이 당신은 말씀의 방주를 지어 모두를 살리고 있어요."

나는 하나님이 그에게 알려주신 생명나무의 깊은 뜻을 깨닫고 머리를 끄덕였다. 생명나무는 하나님의 낙원 안에 숨겨져 있다가 때가 되매 성막 안의 언약궤로 나타나 존재했고 무지한 바벨론 병사들에게 짓밟히어 언약궤가 사라지자 끝내는 말씀이 육신이 되어 예수의 형상으로 태어나셨다는 지론이었다.

"당신은 나 자신보다 더 나를 이해하고 받아들여 손바닥 안에서 읽고 있어. 그래 하나님 뜻 안에서 모두 이루어진 예고된 사건이고 생명나무는 말씀으로 오신 예수의 이름이고 우리가 이 땅에서 존재하는 한 먹어야 할 열매이지. 하나님은 사람이 뱀의 유혹으로 선악과를 따먹는 불순종의 죄를 저지르는 순간, 뱀이 사람의 발꿈치를 상하게 할 것을 미리 아시고 뱀의 모습으로 위장한 사탄을 다스리게 하시려고 생명나무이신 말씀, 예수의 이름을 주셔서 악한 영을 지배하게 하셨지."

하나님은 매일 365일 전부를 이 핑계, 저 핑계로 술과 담배로 살아왔던 예수영을 네가 어디 있느냐, 네가 어디 있느냐 찾으셔서, 불순종으로 나무 뒤에 숨어있던 그를 부르시어 물질과 권력과 명예로 점철된 정욕을 끊으시고 영적 질서의 깨끗함으로 부르신 사람으로 삼으셨다. 이토록 꽉 막힌 그가 나를 넘어 밟고 올라가 생명나무의 말씀이신 예수의 이름으로 거듭난 친구가 되었다면 누구이든 회개하면 순전히 그분의 은혜로 친구가 될 수 있다는 것을 나는 그와의 대화에서 확신했다.

그와 나는 따뜻한 봄의 뜰에서 정원 곳곳을 거닐며 해가 질 때까지 청결한 꽃 냄새를 흠향하고 취했다. 잔디밭 틈틈이 깔린 정원석은 밟는 것조차 조심스러운 정도로 깔끔해 쓰나미로 침수된 바닷가 저지대의 뭉개진 집과는 대조를 이룬 완전히 다른 별궁이었다.

땅거미가 내리고 가 등이 하나, 둘 켜지면서 이 전도사가 우리 곁으로 다가왔다.

"두 분이 다정히 거니는 모습이 참 보기 좋네요. 젊은 사람들이 깊은 열정에 빠진 모습이면서도 추수 때의 벼 이삭이 완전히 영글어 노래진 벌판 같은 풍요로움이 너무 아름다워요.

"어서 오세요. 나오실 줄 알고 기다렸어요. 보기 드문 한국식 정원이면서도 주인의 성격이 반영돼 얼마나 깔끔하고 청결한지 놀라고 있어요. 마치 분재 한 그루를 수십 년씩 길러 화분에 옮겨 심고 예쁜 수석으로 단장한 느낌이에요.

　우스갯소리로 정원 어디에 마른침을 뱉을지 당황할 정도로 고즈넉하여서 봄의 정취의 향내가 흘러넘쳐요.

　일본은 외로운 섬 사상이 가득해 문화적인 면에서는 어느 부분에 커다란 구멍이 뚫려 있는 거라 짐작했는데…"

"사모님께서 좋게 봐 주시니 몸 둘 바를 모르겠어요. 사실 외지에서 온 사람들은 일본인의 지나친 청결에 대해서 좀 의아해하긴 해요. 일본인은 왜 저렇게 씻고 닦고 하는 것일까 하는 표정이지만 그것은 무슨 깊은 뜻이나 염원이 담긴 게 아니고 사소한 문화의 차이에 지나지 않아요. 이곳에는 신도(神道)가 있어서 청결이야말로 이 세상 최고의 가치이고 귀중한 보람이라고 여기지요. 신도는 기독교나 불교 회교의 눈으로 보면 알맹이 없는 종교이지요.

　오직 깨끗한 것만을 강조하고 내세울 만한 다른 건더기는 없어요. 제 남편은 신도 신자인데 절대 사상이 없는 범신론적 세계에 살고 있어서 절대 진리이신 하나님의 말씀을 헛것의 공(空)으로 여기지요. 제 기도가 아직도 부족해 그가 절대 진리 자체를 부정하고 예수 그리스도를 받아들이지 않고 있어요.

　자기를 해탈함으로 공이 되려는 사람이니 제발 헛된 망상에 빠지지 않도록 기도해 주세요."

　이 전도사는 자기와 영적 대립 관계에 있는 남편이 우상숭배가 쉽게 해결될 문제가 아님을 알면서도 자기 속에 감추어진 깊은 고민을 나눔으로써 조금은 홀가분한 듯싶었다. 자기의 관념 안에 하나님이신 예수가 절대적인 신으로 존재하기에 반드시 묘한 해결책이 예수영으로부터 나오리라는 기대감도 내비쳤다.

자기를 해탈함으로써 공(空)이 되려는 남자, 심지어 바람 신 때문에 바람이 부는 것이라고 단정하는 범신론적인 사람을 남편으로 둔 그녀는 친동생처럼 불러 달라는 친근감에서 전도사보다 자신의 본 이름을 선호했다. 예수영은 그녀를 힐끔 쳐다보다가 별들이 하나, 둘 빛을 내기 시작한 먼 하늘을 응시했다.

"여화 씨의 남편은 선의 정토 신앙으로 자기를 정화한다는 뜻이지요? 남편은 자기와 신도는 하나라는 생 불멸의 사상을 소유했기에 신도에서는 죽은 뒤의 인간은 썩어 흙이 되는 냄새나는 개체라고 말하지요. 일본인이 신봉하는 불교라도 상반된 모순점이 있을뿐더러 절대 진리이신 예수님과는 티끌도 융합할 수 없는 끝과 끝의 반대편 세계에 있지요. 남편이 아무리 눈에 보이는 육신을 좇아 행하는 거짓과 말씀 진리의 일직선상에 놓여있어서 육신을 쫓을수록 하나님 사상과는 완전히 멀어지게 되지요.

사람의 영은 본시 생기를 불어넣으니 생령이 된 지라. 하나님의 영이신 성령과 붙어있도록 창조된 육신이지 세상의 영인 악령 마귀와 붙어살도록 창조된 게 절대로 아니에요. 다만 창조 시에 자유의지를 주셨으므로 육신을 따라 살며 자기에게 붙어있는 악한 영을 섬겨도 공의의 하나님은 그 사람이 마귀를 배척하고 돌아오기만을 지켜보실 뿐, 심판의 날까지는 결코 간섭하지 않으시지요.

오직 여화 씨는 악한 영을 물리치는 예수의 영이 있으므로 그 이름, 그 거룩한 이름으로 마귀를 몰아내면 쫓겨 도망가지요.

우리가 하나님을 택한 게 아니고 하나님이 우리를 택하신 터여서 이는 항상 우리로 과실을 맺게 하여 예수의 이름으로 무엇을 구하든지 다 받게 하려 함이지요.

예수의 영원한 생명이 언제나 믿는 자 안에 함께 하므로 내 힘이 아니고 살아계신 그분의 권능으로 마귀를 대적해 물리치면 마귀는 도망가고 남편은 반드시 구원받게 되겠지요. 알고 보면 남편의 생각을 결정하는 주체는 남편 스스로가 아니고 남편 안에서 좌지우지하는 마귀니까요.

나의 계명 곧 말씀을 지키는 자가 나를 사랑하는 자니 나를 사랑하는 자는 내 아버지의 사랑을 받을 것이요 나도 그를 사랑하여 그에게 나타내리라는 약속이 있는 터여서 마귀는 일개 피조물이므로 창조주의 명령을 어명으로 하달하면 마귀는 결국 줄행랑치지요.

만일 왕의 왕이 어명으로 분명히 명령했는데도 마귀가 거부하면 말씀의 수호천사들이 그 자리에서 바로 포박해 무저갱에 잡아넣기 때문에 무조건 복종하지요. 우리는 창조주의 자녀 권세와 신부 반열에 앉아 있는데 어찌 더러운 마귀를 누르지 못하겠어요! 나도 기도할 것이니 마귀의 계략에 눌려 허우적거리는 남편을 여화 씨가 소유한 사랑의 힘으로 구해내세요."

이 여화는 예수영의 난해한 설명에 머리를 끄덕이면서도 자세히 풀이해달라는 표정으로 더 많은 이야기를 듣고 싶어 했다.

"솔직히 선생님의 진솔한 말씀은 저를 강하게 이끌고 있어요. 저는 다른 차원의 세계로 끌어당겨 높이높이 올려놓고 있지요. 조금만 더 이끌어 주시면 성령의 바람 날개를 타고 그분의 나라로 날아오를 것 같아요."

"본래 나는 말재주가 부족해 어릴 적 별명이 사원 뜰에 홀로 선 은진미륵으로 불렸지요. 하지만 사람들을 향한 내 마음은 헛된 말의 치장보다는 다듬어지지 않고 정제되지 않았어도 하늘과 땅에 주어진 그분의 말씀만을 증거하고 싶을 뿐이지요. 뭐랄까 전자기 유도현상이라는 과학 용어가 있는데 이 현상은 고압 전기가 흐르는 고압전선 옆에 다른 선이 일렬로 또 있으면 그 선을 따라서도 전기가 흘러가지요.

전기선이 어디에도 맞닿는 곳이 없지만 강한 전기가 유도되는 현상이지요. 이와 같이 부부와 친구 관계의 영적인 세계에서도 똑같은 현상의 흐름이 있어요. 여화 씨의 정제된 정금 같은 믿음을 가지면 남편의 종교관도 언젠가는 여화 씨의 강력한 신앙심을 따라 고압전기의 유도현상처럼 나란히 흘러 같은 공통의 분모를 가지겠지요. 비록 지금은 남편의 생각이 눈에 보이는 현실대로 우상숭배에 사로잡혀있다 해도 여화 씨 자신이 남편을 떠올리면 반드시 정상으로 돌아오리라는 비전을 갖고 그 안에서 항상 바라보고 꿈꾸고 입술로 시인하면 우상숭배의 검은 석탄 덩어리가 여화 씨의 영적 압력을 받아 진리의 다이아몬드로 변화되는 기적이 나타나겠지요. 마치 야곱이 자기 양 떼가 새끼를 밸 때에 나무를 꺾어 점 있는 것, 얼룩덜룩한 것을 물가에서 물 먹는 구유 앞에 놓아두면 흰 양들이, 목동 야곱이 비전을 품고 절실히 꿈꾸던 그대로 이루어져 흰 양 대신 각각의 검은색, 아롱진 새끼들을 낳게 해서 거부가 된 것처럼 여화 씨도 남편분을 가슴에 품고 간곡히 기도하면 바라봄의 법칙대로 그대로 이루어지겠지요.

고압의 전기가 흐르는 전선 옆의 전선도 전자기 유도 현상으로 전기가 나란히 따라 흐르기는 마찬가지니까요. 그런고로 우리는 한 차원 더 높이 올라가서 한 점의 흙으로 돌아가면 그만인 허무 투성이의 육신을 바라보지 말고 내 안에서 내 영과 더불어 계신 창조주이신 예수를 바라보아야 하지요. 육신만을 생각하면 흙으로 돌아갈 육체를 이미 장악하고 있는 마귀의 사망 권세로 깊고 깊은 스올로 빠질 수 있지만 살아계신 예수를 믿고 바라보면 그분께서 이끄시어 낙원과 시온성 예루살렘 성에 이르게 되겠지요.

육신에 속한 현실은 눈에 보이는 것이 전부인 것 같아도 실상은 하나님께 속한 약속의 성령께서 자기의 자녀들은 그분의 시간인 카이로스의 때에 맞춰 영원의 생명 속으로 이끌어 살게 하시지요. 그러기에 돈과 권세, 명예만이 생의 전부인 것처럼 쫓는 사람은 하나님의 정하신 때에 이르면 세상의 잡다한 것에 짓눌려 스올 아래로 내려가지만, 그 유혹을 이기고 그리스도 예수의 피로 죄 사함을 받은 우리는 그분 안에서 믿고 약속의 성령의 인 치심을 받아 살다가 하늘로 올라가지요.

창세전에 그리스도 안에서 우리를 택하여 그 기쁘신 뜻대로 자기의 자녀로 삼으신 것은 하늘에 있는 것이나 땅에 있는 것이 그 분 안에서 통일되게 하사 그의 거저 주시는 바 은혜의 영광을 찬미하게 하려는 것이니까요(엡 1:10).

그저 흙덩이로 살다가 생을 마친다면 높은 영의 세계와 같은 높이로 통일되지 못했으므로 평생 우리를 속이고 대적했던 사탄은 죄과를 기록한 소송장을 내밀어(욥 31:35) 고발해서 심판대에 서게 하겠지요.

흙덩이가 말씀의 영으로 거듭나지 않는다면 사탄은 육신으로 살고 있는 현실이 진짜로 좋다 좋다 칭찬했으나 막상 생의 마지막이 다가온 순간에는 악마로 돌변해 고발자로서 이 사람은 절대 진리의 말씀대로 살지 않고 육신을 쫓아 돈, 권세, 명예의 정욕대로 살았으므로 내가 아래로 끌고 가겠다고 심판의 소송장을 내겠지요.

마귀는 처음부터 살인한 자요 진리가 그 속에 없으므로 진리에 서지 못하고 거짓을 말할 때마다 제 것으로 말하나니 이는 저가 거짓말쟁이요 거짓의 아비가 되었으므로(요 8:44) 사람들을 철저히 속여서 저희 아비 마귀의 욕심을 같이 행하는 자들을 잡아채서 저의 세상인 땅 밑의 스올로 떨어지게 만드는 것이지요.

이 짧디짧은 세상에 잠시 머물다가 사탄 마귀의 속임에 이끌려 육신의 때를 마치고 사망의 스올로 떨어지면 이보다 더 억울하고 분한 일이 어디 있겠어요? 씻지 못할 천추의 한이 되겠지요. 부디 바라봄의 믿음으로써 끝까지 남편을 이끌어 그분의 은혜의 생명으로 거듭나게 하세요. 전자기 유도현상은 영적 세계에서도 카이로스의 때가 되면 바라는 것의 실상으로 확연히 드러나 보이지 않는 것의 증거가 나타나게 되는 법이니까요."

예수영은 이제껏 자기가 믿고 거듭나게 된 진리를 두서없이 설명했다. 그의 장황한 증거는 흙을 흙으로만 받아들이면 납득이 잘 안 되는 부분도 있으나 흙을 그 가운데 숨겨진 영으로 받아들이면 얼마든지 받아들이고 소화할 수 있었다. 흙은 흙이고 물은 물일지라도 그 안에 생기를 하나님이 불어넣으면 생령이 되는 것처럼 그 안에 그분의 말씀을 받아들이면 성화된 영으로 온전히 거듭나는 순환의 진리를 강조하는 듯싶었다. 이 여화는 남편을 위한 예수영의 사려 깊은 응답에 활짝 핀 미소를 짓고는 가지마다 흐드러지게 핀 벚꽃 한 줄기를 꺾어 그에게 내밀었다. 그의 뜻을 받아들여 그대로 행하겠다는 무언의 약속처럼 그녀는 화사한 미소를 연신 지어 보냈다.

"진실로 선생님의 말씀을 듣다보면 황량한 분위기로 악명을 떨친 미국에 위치한 죽음의 계곡(Death valley)에 수많은 꽃이 핀 느낌이 들어요. 예전에 광대한 사막 가운데 꼭 저승과 같은 으스스한 공포를 주는 곳이어서 영화촬영지로 유명한 죽음의 계곡을 방문한 적이 있어요. 바로 그 마른 땅에 수 년 동안 내리지 않던 비가 갑자기 쏟아져 내렸어요. 아주 멀리서 날아온 꽃씨들이 그 긴 기간 동안 그 사막에 그대로 묻혀 있다가 하늘에서 내린 단비를 만나니까 하룻밤 사이에 발아되어 갑자기 이름 모를 꽃이 피어나는 들꽃 잔치가 시작되었어요. 완전히 죽어서 달나라를 연상시키던 대지가 하나님이 주신 흡족한 비를 마시므로 색색의 꽃들이 흐드러지게 피어서 죽음의 계곡에서 낙원으로 변화되었어요. 이와 같이 제 심령이 선생님께서 들려주시는 말씀의 단비를 만나는 순간, 은혜의 꽃이 피어서 뻥 뚫린 숨을 내쉬기 시작했어요.

죽어있던 영혼에 말씀의 생명력이 돋아남으로서 호흡이 터진 기쁨의 숨터로 변화되었지요.

감사합니다. 선생님! 그런데 한 가지 의문은 여전히 풀리지 않아서 발아되지 않은 꽃씨처럼 심히 답답해요. 이 문제를 풀려고 인터넷 검색도 해보았고 여러 학자들도 만나 보았지만 시원하게 제 심령을 채워주지 못했어요. 하지만 선생님은 하나님의 영과 연결되어 있으니까 흡족한 단비를 내려 마지막 발아되지 못한 꽃씨를 발아시킬 줄 믿습니다. 왜 하나님은 만유 안에 계시고 모든 충만으로 채워진 만유 그 자체이신 분이 무엇이 부족해 사람을 창조하셔서 사람의 희로애락을 보면서 감찰하고 계시는지 이해할 수 없어요. 사람이 당신의 뜻 안에서 행할 때에는 함께 기뻐하시겠지만 반대로 생로병사를 겪으면서 우상숭배를 하고 슬퍼할 때는 함께 슬퍼하면서 왜 울고 계실까요? 사람이 속성상 어느 시점에서 당신을 배신 할 것을 아시면서 왜 그런 사람을 창조하셨을까요."

"여화씨도 내 아내와 똑같은 의문을 평생 품고 계셨군요. 내가 하나님께 감사함은 여화씨가 내게 듣는바 하나님의 말씀을 받을 때에 사람이 말로 받지 아니하고 하나님의 말씀으로 받음이니 진실로 그러하지요. 이 말씀은 믿는 자 가운데서 역사하여 여화씨에게도 하늘상급으로 임재하시겠지요.(살전 2:13) 어느 면에서는 여화씨의 끊임없는 의문은 세상의 모든 철학자와 종교인들의 의문일 수도 있어요. 그러나 하나님의 답변은 간단명료해요. 이 백성은 내가 나를 위하여 지었나니 나를 찬송하게 함이니라(사 43:21) 물론 여화씨가 이사야의 구절을 몰라서 질문한 게 아니고 겨우 찬송 받으시기 위해서 어떻게 수백억 년 이상을 창세전에 영혼을 미리 창조하시고 온 우주와 은하계를 만드신 다음, 그 안에 축구공만한 지구의 파란 빛을 밝히셔서 사람에게 자연과 동식물을 다스리면서 당신을 찬송하라고 하시는지 조금은 이해 할 수 없다는 뜻이겠지요. 그 의문은 누구나 대동소이해서 마찬가지의 또아리를 품고 있겠지요. 헤아릴 수 없는 만만의 천사 들이 밤낮을 가리지 않고 하늘 보좌를 감싸고 찬송을 하는데 또 사람의 하찮은 찬송까지 받으시려나 하는 의문이겠지요.

찬송한다고 하늘나라가 무엇이 달라지는 것도 없는데 왜 굳이 수백억 년 이상의 세월동안 우주와 사람을 창조하셔서 찬양을 받으시려는 걸까 하는 수수께끼로 나도 처음에는 이 단순한 생각을 지니고 또아리를 틀었어요. 그러나 찬송의 거룩함과 위대한 힘을 우리에게 주신 그 놀라운 영광을 이해하면서 부터는 하나님의 창조 목적을 받아들이게 되었지요. 하나님께서는 무에서 유를 창조하신 거룩거룩거룩하신 분이시기에 우리가 존재하는 우주와 제

2우주, 제 3우주 제 4우주……도 수없이 만드신 거룩하시며 아무 것도 영원히 필요한 것은 없는 절대자이시지요. 사람은 이마에 땀을 흘려야만 무엇을 만들 수 있지만 그 분께서는 말씀만 하시면 오병이어의 기적을 일으키고 엘리사의 기름병에서 쏟아낸 기름으로 생도의 아내를 먹여 살리신(왕하 4:6) 거룩이시니까요. 또한 그 분은 사랑으로 뭉쳐진 영원한 사랑이시므로 하늘과 땅 위와 땅 아래 있는 것들과 찬송의 사랑을 나누시면서 존재하시는 분이시지요. 사랑사랑사랑…… 그 분께서는 어느 것도 필요 없으신 사랑이시므로 사랑 안에서만 유아독존하시지요. 천국은 사랑과 의로 이루어진 손으로 만질 수 있고 볼 수 있는 의가 있는 (벧후 3:13) 새 하늘과 새 땅의 현실 세계이니까요. 그러므로 AI 로봇 천사들을 넘어서 육적인 아버지가 자녀들을 대하는 것처럼 당신의 뜻 안에서 살다가 들려 올려진 자녀들과의 사랑을 그토록 기뻐하시므로 찬양을 통해서만 온 우주와 천국과 이 땅을 다스리시며 만족해하시지요. 그 증거로 이 땅에서도 우리가 찬송할 때 그 권능이 얼마나 위대하고 거룩한지를 보여주시지요. 여호사밧 통치 시절 암몬과 모압, 세일 산 사람들이 유다를 정복하려 쳐들어오자 여호사밧은 두려워 여호와께로 얼굴을 향하고 온 백성과 함께 금식하며 간구했지요. 그러자 선지자를 통해 응답하시기를 너희는 이 큰 무리로 말미암아 두려워하거나 놀라지 말라. 이 전쟁은 너희에게 속한 것이 아니고 하나님께 속한 것이니(대하 20:15) 노래하는 자들을 택하여 거룩한 예복을 입히고 군대 앞에서 행진하며 여호와를 찬송하라 여호와께 감사하며 그의 인자하심이 영원하도다 찬송하라. 그 찬송이 시작될 때에 여호와께서 복병을 두어 유다를 치러온 암몬과 모압, 세일 산 자손들을 치게 하셨더라(대하 20:21~22) 암몬과 모압이 세일 산 자손을 죽이고 그 들을 멸절한 후에는 암몬과 모압이 상대방을 적으로 인식하고 서로 쳐 죽였지요. 이렇듯 찬양단의 입술에 하나님에 대한 찬송이 드려질 때에 그 들의 손에는 두 날 가진 하나님의 칼이 쥐어졌지요. 찬송으로 뭇 나라와 민족들을 벌하고 그 들의 왕들과 귀인들을 철 고랑으로 결박하는 거룩함이 나타났지요. 말씀으로 기록한 판결대로 그 들에게 시행하셨지요. 이런 영광은 그 분의 모든 성도에게 있으시니까요(시 149:6~9) 내가 노래로 하나님의 이름을 찬송하고 감사함으로 하나님을 위대하시다 하리니 이것이 소, 곧 뿔과 굽이 있는 황소를 드림보다 여호와를 더욱 기쁘시게 함이 될 것이니까요.(시 69:30~31) 여호사밧의 연합군이 적군과 싸울 적에 물이 없어 패하려 할 그 때에도 엘리사가 거문고 타는 자를 불러 찬송하자 여호와의 손이 엘리사 위에 있어서(왕하 3:15) 모압을 단 번에 무찌르고 승리했지요. 또 바울과 실라가 억울한 누명을 쓰고 옥에 갇혔을 때에도 그 들이 한 밤중에 기도하고 찬송을 드리자 갑자기 큰 지진이 나서 옥터가 움직이고 문이 다 열리며 모든 사람의 메인 것이 다 벗어졌으니까요.(행16:26) 나는 우리 성도들이 전심으로 땀을 흘리며 기도 할 적에 부러진 필 다리가 붙고 각색 병이 떠나가고 악한 귀신이 소리치며 도망가는 것을 여러 번 목격하기도 했어요. 이와 같이 찬송에는 하나님께서 주신 생명과 의가 있으므로 보이지 않는 세계의 권능이 드러나게 되지요. 이 땅에서도 하나님께 대한 찬송은 그의 나라와 의를 구하는 것이어서 악한 사탄을 내쫓고 무엇을 먹을까 입을까 구하지 않아도 되는데 하물며 하늘나라의 찬송은 하늘보좌와 생명강가를 진동시키고 큰 우주를 격동시켜서 하나님의 사랑과 기쁨이 하늘나라와 온 만유에 충만으로 가득 차게 되지요. 하늘나라에서도 보좌주위의 네 생물과 이십사 장로들, 천천만만의 천사들이 밤낮 쉬지 않고 찬양드리며 거룩하다 거룩하다 거룩하다 주 하나님 곧 전능하신 이여 전에도 계셨고 이제도 계시고 장차 오실이시라(계 4:8)하면서 영광과 존귀를 드리지요 동시에 하늘의 높은 곳에서 하늘의 하늘도 여호와를 찬양하며 해와 달과 별, 모든 자연과 사람을 위해 선택된 천사들, 그 분을 믿는 사람들도 다 그 분의 이름을 찬양함은 그 분께서 명령하시므로 지음을 받았기 때문이지요.(시 148:6) 그러므로 다윗은 시편이 끝날 때 까지 쉬지 않고 찬송했지요. 호흡이 있는 자 마다 여호와를 찬양할지어다(시 150:6) 사람이 물을 마시 듯 하나님께서도 자기 자녀들의 사랑과 찬송을 받고 시원한 기쁨을 누리기 위해서 사람을 창조하셨지요."

찬양하라 내 영혼아 찬양하라 내 영혼아 내 속에 있는 것들아 다 찬양하라.

예수영은 이여화가 테라스에서 준비한 진수성찬의 맛있는 저녁식사를 대접받고 침대로 돌아가 깊은 잠에 곯아떨어졌다. 언제나 평강과 생명을 되찾는 휴식의 잠이었다. 나는 다시 그의 과거의 행적에 궁금증을 품고 노트북을 뒤적여 자서전을 읽어 내려갔다.

포기함으로서 얻는 것

선녀님과 헤어져서 돌아오는 길에 나는 문득 결제한 일들을 떠올리면서 토요일이라는 사실을 깨달았다. 운전기사인 강 기사에게 을지로와 대한극장 중간에 위치한 삼풍상가의 사무실 차고로 돌아와서 너무 늦은 게 미안해 저녁값을 쥐여 주고 곧바로 귀가시켰다.

상가 양쪽으로 늘어선 고만고만한 사무실들은 거반 불이 꺼져 있고 그 옆으로 이어진 삼풍호텔 나이트클럽만이 대조적으로 전등 빛이 휘황찬란하게 밝혀져서 선남선녀들이 분주히 출입하고 있었다. 입구에 들어서자 출입구를 지키던 제복 입은 중년의 경비가 일일이 드나드는 사람들을 통제하다가 나를 알아보고는 꾸벅 반가운 인사를 나누었다.

"아직 퇴근 안 한 직원이 남아 있는지 열쇠가 반납이 안 되었습니다."

"사무실은 열려 있겠군요?"

"당연히 그렇겠지요."

나는 토요일 늦은 시간까지 누군가가 나를 기다려주는 것 자체에 한껏 가슴이 훈훈해져서 긴 복도를 뛰다시피 달려가 문을 힘껏 열었다.

고작 30평이 될까 말까 한 비좁은 사무실에는 여직원 3명과 기술 관리 남자직원 4명이 얼굴을 마주 대고 내 수족처럼 언제나 현장을 분석하고 열심히 움직였다. 그들은 이전 회사가 부도를 맞고 공중분해 되기 이전부터 경리 팀과 공무팀에서 동고동락하며 지금까지 고통을 함께한 핵심 멤버들이어서 나를 손금 들어봐 보듯 훤히 꿰뚫고 있었다. 그 가운데서도 미스 지는 나의 분신처럼 내 호흡까지도 살펴 체크하고 나를 끔찍이도 챙겨주는 경리 책임자였다. 과연 예상했던 대로 그녀 혼자 남아서 내 귀사를 기다리고 있었다.

"어머, 이사님! 꼭 들리실 줄 알고 기다렸어요. 오늘도 많이 고생하셨지요. 틈틈이 전화라도 주시지 그러셨어요?"

"미스 지는 왜 퇴근 안 했나, 내가 전화 안 주면 특별한 일이 없는 줄 알고 퇴근하라고 했지 않나? 내일은 휴무일인데 일찍 가서 쉬지 않고."

"이사님께서 고생하시는 줄 뻔히 아는데 저 하나라도 남아있어야지요. 다른 직원들은 공무과장 외아들 돌잔치에 가버렸네요."

그녀는 빼어난 미모의 흠도 티도 없는 빛나는 흰 살결에 순검정의 긴 머리카락은 강한 자극을 주는 개성이 강한 여자였다. 알맞은 키에 탄력 진 가슴, 툭 쏘면 눈물을 흘리는 칠흑의 동공, 30대의 중반이 되어가는 성숙한 나이답게 적당량의 유혹을 풍기는 사랑스러운 자태였다. 더불어 그 입술의 사근사근한 정감 어린 언어는 그 영혼이 얼마나 빛나고 깨끗한가를 드러내는 증표였다.

　나는 눈앞에 앉아있는 그녀의 빼어난 모습과 변치 않는 충성심을 받아들이며 세상의 찌든 의식들이 정화되어서 한결 가벼워진 느낌이었다. 잠시 잡다한 생각들을 접어두고 자리에 앉아 각 현장에서 올라온 자재 구입 명세서와 공사 시공 진행 보고서 등을 꼼꼼히 훑어보고 결재란에 사인했다. 동시에 남아있는 운영자금이 바닥났으리라고 추측하면서도 그 사실을 확인했다.

　"미스 지, 통장 잔고가 얼마나 되지?"

　"다음 주까지 버티기에도 힘겨운 금액이에요. 벌써부터 시화 현장 송 소장은 현장비가 바닥났다고 난리예요."

　"그곳은 인건비와 레미콘값, 급한 자재비 등 공과 잡비 일체를 지급했는데 뭐가 부족하다는 거지?"

　"확실치는 않지만 뭔가 낌새가 이상해서 도무지 알 수 없어요. 공무과장 판단으로는 시화 송 소장에게 중요한 문제점이 있다는 거예요. 현장비가 엉뚱한 곳으로 세어 나가고 있나 봐요.

　지난해 논현 현장의 도박 사건에서 절대로 용서해 주는 것이 아니었는데……"

　아무에게도 의구심을 품지 않고 덮어주는 미스 지의 대답이 사뭇 떨렸다.

　"뭐, 당장 내려가서 공사시공 현황과 경리 장부를 실사하라고 공무과장을 불러들여! 아냐, 아기 돌잔치니까 내일은 편히 쉬고 월요일 아침에 시화 현장에서 만나자고 연락해 둬. 송 소장 어머니가 요양병원에서 사경을 헤매고 있다기에 용서하고 넘어 갔건만…… 거기서 다음 주에 공사비를 수령하지 않으면 당장 나올 데가 막막해."

연거푸 사고로 이어진 지난 몇 주간에 방배와 흑석 현장, 병원 등을 돌며 사고 뒤치다꺼리에만 매달리다가 시화 현장에 관심을 소홀히 한 점이 불찰이었다. 도박 사건에서 송 소장을 용서하고 다시 책임을 맡기고 철저히 믿었지만 나 자신의 믿음의 척도가 몰려드는 불안감으로 순식간에 무너져 내렸다.

종전 같으면 당장 달려가서 자초지종을 밝혀내야만 내 직성이 풀리는 다혈질의 성격이나 삶에 지친 고달픈 몸과 건강이 따라주지 않았다.

회사가 부도 맞기 전까지는 감기몸살 정도는 거뜬히 넘어가는 강골이었지만 이후로는 억압된 스트레스로 가위도 자주 눌리고 급작스러운 발열과 경련 증세가 심심찮게 나타나더니만 급기야 허리 증세가 더욱 악화되어 몸무게가 줄어들기 시작했다. 매 순간 이 증상이 나타나면 마음 한편이 무너지면서 죽음의 저승사자에게 내 영혼이 점령당하는 것을 어렴풋이 깨닫게 되었다.

종합 병원에서 정밀 진단을 받고 걱정의 잔해를 잠재우고 싶지만 어떤 병명이 진단될 줄 이미 짐작하고 있어서 그럴 수도 없는 일이었다. 온몸의 맥이 풀려 피가 엉기고 터져서 수족을 놀리기조차 어려울지라도 나는 심장이 멈추는 순간까지는 움직이고 뛰어야만 했다.

당장 드러눕는다면 바람 앞의 촛불같이 벌려놓은 사업들이 IMF의 광풍을 견디지 못하고 한계상황으로 치달을 것인데 그럴 수도 없었다. 나는 강렬한 분노로 잠시 피가 끓는 격정에 휩싸였지만 송 소장을 조금 더 믿어보기로 마음을 추슬렀다. 송 소장 스스로 잘못을 깨우치는 양심의 순응에 전부를 맡기고 그 이상의 사고는 일체 이어가지 않으려 했다.

직원을 불신하는 나쁜 공상을 이어가봤자 득보다는 실이 많을 터이고 확인되지 않는 일에 부하직원을 의심하는 죄의 유혹에 내 생각을 맡기고 싶지 않았다. 나는 내 마음의 갈등을 추스르고 서둘러 수북이 쌓인 다른 결재서류에 일일이 사인했다. 내 모습이 안쓰러운지 비음 섞인 미스 지의 위로가 꽃물이 스미듯 가슴에 와 닿았다.

"일하시는 모습이 보기 좋아요. 남자는 열심히 일할 때가 가장 아름답다고 했어요. 사모님이 기다리시니 그만 들어가세요."

"음, 그렇게 보여? 그렇군. 미스 지가 입사한 지도 꽤 되었지?"

"네, 어느덧 강산이 한 번, 훌쩍 변했지요."

"세월이란…… 오너를 잘못 만나 참 고생이 많았지. 그간 미스 지는 내 수족 이상으로 내가 미처 보지 못한 잡다한 일도 잘 처리해 주어서 늘 고마웠어. 오랜만에 맛있는 거라도 사주어야 되겠네!"

나는 풍파 많던 지난 어려운 일들을 떠올리고는 담배 한 개비를 피워 물고 쓴 연기를 후 내뿜었다. 점점이 올라가는 회색 연기는 내 가슴팍에 숨겨진 허무를 허공으로 짜내었다.

불현듯 그 회색 허무에 섞여서 달과 별이 뜬 창문 밖의 허공 어디론가 날아가 그 어둠의 쪽빛 속으로 떠오르고픈 강한 충동에 이끌렸다.

무엇이 꼬이고 막히면 보름달이 떠 있는 경포대 해안으로 달려가 그 바닷가에서 파도 소리를 벗 삼아 심장이 터지도록 술을 마시고 헤매다 보면 진정된 적이 한두 번이 아니었다. 지나간 과거의 시행착오와 다가올 미래를 가다듬으며 모래밭을 달리다 보면 막힌 호흡이 터져서 내가 기댈 생명의 깃발이 되었다. 문득 숨겨진 방랑벽이 기지개를 켜고 일어나자 내 영혼의 목마름을 채우려고 미스 지를 불렀다.

"미스 지, 미안하지만 지금 동해안으로 떠나는 차편이 있는가 알아봐 줘. 심야버스나 총알택시, 둘 다 좋아."

"토요일 밤은 완전 매진 사태여서 표는 없고 총알택시는 위험해요. 떠나시려거든 진작 강 기사를 붙잡아두지 그러셨어요."

미스 지는 내 열병과 비슷한 방랑벽에 눈 주위가 미세하게 흔들렸다. 바다와 사랑을 나누는 철부지 소년을 대하는 듯 자기 혼자 쓴웃음을 짓기에는 내가 가엽다는 곤혹스러운 당혹감이었다. 그럴수록 이미 발동한 내 격정은 나이를 넘어서 해변에서 울부짖는 파도처럼 내 가슴으로 밀려들어 잠들지 않고 철퍽 거렸다.

"내게는 뜨거운 방랑의 피가 줄줄이 흐르고 있다고 고백했었지.

지금도 그 보헤미안 집시와 같은 피가 날 강렬히 끌어당기고 있어."

"그렇게 하세요. 이사님이 위안받고 싶은 그 격정의 방랑을 누가 막겠어요. 저도 주문진 집에 들러 엄마를 보려고 달려가고 싶었어요. 쇠뿔도 단김에 빼라고 어머니도 만날 겸 해서 제가 이사님을 모셔다드릴게요."

"그렇게 해주겠어? 그럼 경포대에서 늦은 저녁을 먹고 헤어지면 되겠네."

"정말이시죠. 이사님! 제가 입사해서 처음으로 가져보는 둘만의 장거리 여행이 되겠네요. 이사님과 동행할 것을 생각하니 제 자신이 정말 성장한 걸 알겠어요. 이토록 떨리는 기대 부푼 기쁨을 가져본 적 없어요."

그녀의 홍조 띤 미소에는 넘치는 기쁨의 빛이 떠올랐다. 그 빛은 세상의 탐욕으로 더럽힐 수 없는 바다 갈매기의 꿈을 그린 그녀의 순수였다. 그녀는 언젠가는 이런 날이 올 줄 알았다는 표정으로 우연히 주어진 기회에 소풍 떠나는 어린애처럼 행복해했다.

미스 지는 십여 년간 습득한 능수능란한 운전 솜씨로 복잡한 서울을 탈출해서 중부고속도로를 질주했다. 호법 IC를 돌아서 영동고속도로를 달릴 때까지 그녀는 만사에 편안함을 가진 자만이 있는 승차감을 주었다. 더더욱 편안한 것은 내 미어지는 가슴을 꿰뚫고 배려한 그녀의 여유로운 안락함으로 내가 좋아하는 곡들을 용케도 선정해서 들려주는 점이었다.

"이사님께서 좋아하시는 곡만을 세 개의 테이프에 옮겨 담았어요. 이사님이 바쁘신 와중에서도 즐겨들으시니까 어느새 저도 좋아지게 되었어요. 쇼팽의 이별곡, 녹턴 2번 베토벤의 월광 소나타, 엘가의 사랑의 인사, 슈베르트의 미완성 교향곡 영화음악으로는 남과 여, 닥터 지바고 그리고 클레멘타인 등 좋아하시는 피아노곡 위주로만 선정해 봤어요."

 나보다 더 나를 잘 알고 있는 그녀는 달빛의 빛 무더기 속을 달리며 고요히 속삭이는 한 마리의 새가 되어서 막 시작된 가을로 날아갔다. 하나밖에 없는 어린 아들이 나를 위해 피아노로 치던 곡들을 내가 즐겨듣는 줄 파악하고 내 취향을 따라주었다.

 때 이른 가을밤의 달빛이 응축되어 빚어낸 풀잎의 향연이랄까 그녀의 싱그러운 감성과 들려주는 멜로디가 얼마나 감미롭던지 졸음에서 깨어났을 때는 경포대 바닷가 앞이었다. 그녀는 해수욕장 입구에 위치한 비즈니스호텔 안에 자기 차를 주차하고 바닷가로 이어진 모래사장을 나란히 동행해서 걸었다. 가슴이 펑 뚫리는 시원함으로 마치 남극대륙에서 녹아떨어져 나온 하얀 얼음덩이처럼 바다를 미끄러지면서 떠다녔다. 그러다가 돌고 돌아서 얼음산이 머무른 곳은 해변 끝에 위치한 인적 드문 횟집이었다.

 그녀와 나는 먼발치로 보이는 검은 바다 위로 집어등을 밝힌 고기잡이배에 시선과 귀를 기울이고 바다가 들려주는 교향곡을 들으면서 쥐치 회에 소주를 시켰다.

 "쥐치 회는 담백한 맛이면서도 양식 광어가 풍기는 비린 맛이 없어서 아주 맛깔스러워. 미스 지는 전복죽이든 꽃게탕이든 입맛대로 주문해."

"됐어요. 이사님께서 좋아하시는 쥐치 회에 소주를 얻어 마시겠어요. 제가 어렸을 때만 해도 쥐치 회는 김치와 해초를 곁들여서 늘 밥상에 올렸어요. 고깃배가 잠길 만큼 지금보다 백배는 잡히는 흔한 어종이었지요."

"그렇군. 미스 지는 동해안의 한적한 바닷가에서 자라났다고 했지? 아버님은 그곳의 목회자이면서 어부시라 했던가?"

"이사님, 바닷가에서는 쥐치 회에 소주가 제격이 아니던가요. 제게도 술을 따라주세요."

그녀는 자신의 심장에 못질하는 과거의 그림자에 덮이지 않으려는 듯 내 물음을 회피하고는 쪽빛 검은 바다의 파도 소리를 자신의 숨결로 삼고 훌쩍훌쩍 소주를 들이켰다. 바다와 자기 어린 시절의 기억을 떠올리고 받아들이기에는 어설펐던 모양이었다.

"미스 지는 그저 바다의 소녀였지. 저 바다를 안주 삼아서 마시면 마셔도 취하지 않는 불취 도인이 되겠지."

"너무 사랑스러운 밤이에요. 제가 이 자리에 앉아 있는 게 무슨 실수가 아니라면 수미산의 깊은 인연일지도 몰라요. 살다 보니 이토록 아름다운 시간이 제게 주어질지 몰랐어요."

"미스 지가 이 정도로 바다를 그리워하는 줄 알았으면 진작 함께 갔을 것을…… 자, 마시자! 술로 쓰는 내일을 위하여!"

"위하여! 그녀와 나는 위하여를 외치고는 그간 피로와 지치고 상처 난 마음을 풀면서 비슷한 양의 술을 거듭 마시고 술잔을 부딪쳤다. 소주 두 병을 넘기면서부터는 나를 능가하는 술 실력을 지닌 미스 지가 소리를 죽여 클레멘타인과 섬소년 등 가사가 떠오르는 대로 내가 평소에 홍얼대던 곡들을 노래했다. 나 역시 낮은 톤의 목소리로 그녀의 밝고 청량미 넘치는 소리를 따라 홍얼거렸다.

"넓고 넓은 바닷가에 오막살이 집 한 채, 고기 잡는 아버지와 철모르는 딸 있네. 내 사랑아, 내 사랑아 나의 사랑 클레멘타인. 늙은 아비 혼자 두고 영영 어디 갔느냐."

그녀의 목소리는 뭔가를 찾아 헤매는 오랜 그리움이고 바다로 쓰는 시였다. 나는 가슴에 절절히 메이는 노래를 함께 홍얼거리며 내가 살아있음을 새삼 공감했다. 그 까닭에 술을 불러들이고 산산이 부서져 상처 난 가슴을 조금은 치료하는 기분이었다.

"술은 술을 마시고 끝내는 술이 사람을 마시는 법이지. 미스 지는 가족을 만나야 하니까 그만 나갈까."

미스 지는 심야 택시를 타고 곧바로 갈 수 있는 충분한 시간이건만 헤어지기가 아쉬운 듯 집으로 가지 않고 내 뒤를 따라왔다. 그녀와 나는 그 밤의 잠들지 않는 파도 소리를 들으며 지칠 때까지 바다와 걷고 걸으면서 향방 없이 떠오른 야광충인 양 어둠 속을 표표히 맴돌았다. 그것은 수렁에 빠진 듯한 일상의 권태에서 벗어나려는 날갯짓이고 우주로 날아서 비약하려는 새로운 시도의 방황이었다.

여름이 가는 줄 모르게 넘어선 가을 하늘 아래로 촘촘한 별들이 우리가 걷고 걷는 걸음 사이로 빛들을 쏟아부었다.

"정말 아름다워요. 이토록 경이로운 두 개의 별똥별을 가까이서 목격하긴 어린 시절 이후로는 처음이에요. 몽상의 시인이 되어 갈매기의 꿈을 꾸는 게 아닌가 해요."

"시인과 갈매기의 꿈이라. 내가 자랄 때도 떨어진 별똥별을 찾는다고 온 들판을 이리저리 헤맨 적이 있었지. 그러다가 반딧불을 모아 투명한 병에 넣고 그 빛을 밝혀서 길을 찾아 돌아오곤 했었지."

나는 잃어버린 시간을 찾아서 과거로 헤엄쳤다. 그것은 온몸의 숨구멍이 막혔던 나 자신으로부터 열린 하나의 통로이고 내 밑바닥의 텅 빈 영혼을 넋 나간 슬픔의 노래일 터였다. 더불어 미스 지도 고향 바다의 소녀가 되어서 어린 추억과 만나는 과거의 뒤안길로 돌아가 있었다.

"이사님도 잃어버린 기억 저편의 찬란한 추억이 있으셨군요. 바다 소년이 되어서 파도의 시를 읊었던 돌아가는 시곗바늘이 되신 적도 있으셨군요. 그러지요. 돌아가려는 그 순수 열망을 위해서 또 마시고 취해서 주태배기 시인이 되는 거예요."

"좋아, 그날의 순수로 돌아갈 수 있다면 술의 신, 박카스의 힘을 빌려서라도 주태배기의 건배를 외치는 거야. 원래 과거와 현재와 미래는 동일 선상에 놓인 점에 불과한 하나이고 지구는 공중에 떠 있는 공에 불과할 테니까. 박카스 신이 잔뜩 술에 취해서 지구의 공을 발로 차버리면 어디론가 날아가서 가루가 되어서 흔적도 없이 흩날릴 터이니까."

"저와 닮은 이사님의 순수한 동심을 보았어요. 저길 보세요. 풍문으로만 듣던 경포 호수에 담긴 달, 허공 위에 뜬 달, 바다에 비치는 달을 술잔 속에 담아서 배부르도록 실컷 마시는 거예요. 바람이 되고 바다가 되고 시인이 되어서 세 개의 달을 술잔 속에 부어 동시에 마시는 거예요."

우리는 백사장 끝에 닿은 모래사장을 되돌아와서 경포대 해변 입구로 통하는 비즈니스호텔 앞에서 발걸음을 멈추고 나란히 포장마차에 앉았다. 해수욕 철이 지난가을 밤의 자정을 넘은 깊은 시간임에도 전국에서 몰려든 젊은이들의 외출로 주변의 비치 파라솔은 불야성을 이루었다.

그녀와 나는 대학가의 축제 때 뿌려진 형형색색의 색종이를 밟은 흥분으로 들떠서 술잔을 부딪쳤다. 불타는 조개구이와 매콤한 꼼장어를 안주 삼아서 미스 지가 한잔 마시면 내가 그 잔을 이어받아 들이키고 또 그녀가 마시면 내가 들이키었다. 현장이 막혀서 사람이 다치고 또한 시화 현장에서 불미스러운 일들이 벌어질지라도 그 일상으로부터 완전히 해방되어 그저 가벼운 순수에 머물고 싶었다. 술의 자유로운 열기가 생의 뜨거움으로 변하면서 그녀와 내 관심은 골치 아픈 사업을 떠나서 오직 시와 음악, 그림과 순전한 영적 세계의 이야기로 꽃피웠다. 영적 부유와 빈곤이 교차되면서 그녀는 목회자의 딸답게 확고한 식견으로 나를 이끌었다.

"이사님은 우리가 어디서 와서 왜 살며 어디로 가는지 모른다고 하셨지요. 하지만 저는 돌아가신 아버지의 설교 말씀이 떠올라서 그 정해진 해답을 생생히 기억하고 있어요. 우린 태어나는 순간, 아담과 하와가 선악과를 따먹은 불순종의 죄악으로 똑같이 죄인이 되었다고 하셨어요. 그래서 하나님이 그 외아들을 십자가에 못 박히게 한 양과 같은 속죄제물이 되게 하시어서 그 귀한 성자의 피로 우리의 죄를 대신 지시고 산 제물이 되셨기 때문에 모두가 죄 사함을 받게 하셨대요. 그러므로 우리를 사탄이 쥐고 있던 흑암의 권세에서 그리스도이신 사랑의 아들의 나라로 옮기신 거지요(골 1:13)

이것은 그분이 흘리신 보혈의 피를 믿는 사람에게만 주어지는 사랑일 뿐이고 믿지 않는 사람에게는 죄의 대속함이 없어서 선악과를 따먹은 죄가 여전히 계승된다고 하셨어요. 우리가 사탄과 싸우는 무기는 혈육이 아니고 그분의 날 선 검보다 예리한 말씀이므로(히 4:12) 육신을 벗고서 영원한 낙원으로 들어가려면 말씀에 순종하는 천국행 기차를 타야지, 만일 불순종의 기차를 타고 있으면 그대로 악마 사탄에게 이끌려서 지옥으로 떨어진대요.

누구든지 사탄의 간교한 속임수에서 벗어나서 그 아들 예수를 믿어서 반드시 천국행 기차로 갈아타야만 하지요. 출애굽 할 당시 양의 피를 문설주에 바르지 않으면 죽음의 천사는 절대로 지나가지 않고 바로의 장자로부터 종에 이르기까지 그 장자를 지옥으로 끌고 갔으니까요. 심지어 짐승의 첫 새끼까지 예수의 피가 없으면 그 무서운 죽임을 피하지 못했어요. 사람은 창세전에 예비 되어 하나님으로부터 와서 하나님 뜻대로 살다가 하나님께로 돌아가는 것이지요. 왕족이나 부자로 살아도 하나님 뜻대로 살지 못하면 지옥에 떨어지는 어리석은 생을 산 것이지요."

"아버님의 교훈이 아직도 생생하게 살아서 미스 지를 이끌고 있군. 그 훌륭한 아버님은 어떻게 돌아가셨지?"

"제가 이사님을 만나기 직전이었어요. 가족들이 아버지의 병명을 확실히 알게 된 건 간암이 온몸으로 전이된 뒤였어요. 아버지는 자신의 병을 진작 알고 계셨지만 가족들에게 치료비 부담을 주지 않으시려고 단상에서 쓰러질 때까지 숨기고 계셨지요. 가난한 바닷가의 어부로써 겨우 입에 풀칠하는 자비량 목회자 생활은 하루하루가 생존 싸움이었으니까요. 아버지가 쓰러진 그 당시에 저는 대학 2학년이었고 유일한 남동생은 고등학교 3학년이었어요. 학비는 융자형식으로 빚을 내어서 다녔으므로 치료비는 엄두도 내지 못할 형편이었지요. 아버지는 남동생이 대학에 입학하면 큰 병원에서 수술받으실 모양으로 겨우 진통제로 아픔을 누르면서 꾹꾹 참고 계셨지요. 그러나 심통 많은 암세포는 그때까지 기다려주지 않고 아버지의 생명을 걷어가고 말았지요. 팔자가 편한 사람들은 얼마 되지 않는 치료비가 무서워 병원 수술을 받지 않았느냐고 핀잔하겠지만 그 당시 건강보험도 들지 않은 가난한 형편에는 전 재산을 주고도 부담하지 못할 돈이었어요. 저는 그 충격으로 집을 가출했고 당장 식생활을 해결하려 아르바이트를 구하다가 하나님의 도우심으로 이사님을 만난 거예요. 아무도 시골 처녀에게 관심을 갖지 않는 황야의 사막과 같은 불모지에서 이사님이 우연찮게 제 사정을 듣고 적극 도와주지 않으셨으면 신사동의 야간업소를 그대로 전전하다가 타락한 거리의 여자로 전락했을지도 몰라요. 이사님의 강력한 도우심으로 신사동 다리 건너의 야간대학으로 옮겨서 무사히 졸업했고 가족들도 살아나는 행운을 얻게 되었지요. 이사님은 저와 가족, 모두의 후원자이신데 어찌 그 깊은 사랑을 감사하지 않을 수 있겠어요. 늦게나마 다시 진심으로 감사드립니다."

그녀는 잠깐 스쳐간 신사동 시절이 슬픈 그리움으로 떠오르는지 술 한 잔을 다시 들이켜며 과거의 물살을 타고 둥둥 떠다녔다. 가난한 과거를 추억거리로 떠올리기 위해서는 현재의 풍요가 받쳐줘야만 가능한 것이어서 그녀의 표정과 그 안에 담긴 영혼은 밝아 보였다. 그녀의 심연, 그 깊은 곳에서 흘러나오는 힘의 정체는 그녀가 믿고 의지하는 신의 권능일지는 알 수 없지만 그녀는 구김살 없는 평화로운 미소를 띠고 있었다. 나는 물끄러미 그녀를 바라보다가 그녀 속에 진실로 잠재해 있는 평강의 미소가 부러워서 혼잣말 비슷한 넋두리를 중얼거렸다.

"저 맑은 영혼의 정체, 저 작은 가슴에 숨겨진 기쁨과 평강의 원초적 힘은 어디서 솟는가! 미스 지, 미스 지는 나와는 달리 눈부신 감사의 세계에 살고 있지 않나 해. 나 또한 그 일부라도 나눠가져 그 안에 동화되어 살 수 없는 걸까!"

"미스 지, 미스 지 하지 마세요. 전 지은미예요. 은미, 은미라고 제 이름을 불러주세요. 저에게 사랑과 기쁨, 평강과 감사가 넘친다면 그건 하나님이 주신 아버지의 말씀이 항상 제 가슴과 영혼 속에 넘치도록 채워져 있기 때문일 거예요. 아버지는 늘 성경을 쉽게 풀어 교훈하셨어요. 참 감람나무인 이스라엘 민족이 넘어짐은 세상의 부요가 되며 저희가 넘어짐으로 해서 세상의 부요가 되며 하나님의 구원이 불꽃놀이의 폭죽이 밤하늘의 허공에 사방으로 흩어져 뿌려져서 점점이 형형색색의 빛을 발하는 것처럼 생명을 살리는 그분의 복음의 씨앗이 온 세계에 뿌려져서 열매를 맺고 있다고요. 참 감람나무의 가지가 얼마인가 꺾이고 잘린 곳에 돌 감람나무인 우리 이방인이 선민의식을 가진 이스라엘 민족을 대신해서 접붙임을 받은 것은 하나님의 크나큰 계획이고 창조의 비밀이었다고 하셨지요. 이방인도 예수의 이름을 믿기만 하면 선민의식을 가진 아브라함의 후손이 될 수 있다고 하셨지요. 제 표정이 기쁨과 평강으로 넘치는 것은 참 감람나무인 예수의 진액을 빨아들여서 그분의 부요와 충만에 이르렀기 때문이지요. 예수의 이름을 믿기만 해도 금 일만 달란트로 거저 받은 그분의 자녀가 되기 때문에 진실로 부자일 수밖에 없지요. 산다는 것은 잠깐 보였다가 스러져가는 안개이고 그 영광은 풀의 꽃과 같이 시들면 그만인 것을 어찌 땅의 것에 미련을 두겠어요. 저는 하늘나라의 생명책에 제 이름이 기록된 것을 믿고 늘 기쁨으로 감사하지요."

미스 지의 대답은 쉽게 납득할 수 없는 물음표를 던졌지만 그 심연에는 나를 잡아당기는 강한 무엇이 내재했다. 그녀는 사업의 혼돈으로 우상숭배에 눌려있는 나를 파악하고 자기가 믿고 있는 예수에게로 돌아오라고 은밀히 암시했다. 나는 할 수만 있다면 내 멋대로 살아온 뒤안길을 뒤돌아보며 모든 것을 그 바다에 던져버리고 지푸라기를 잡는 심정으로 그녀의 신에게 끌려들고 싶었다.

내 불편한 심기를 낱낱이 들여다보고 있는 그녀는 나의 우상숭배를 질타하면서 그것만은 피하라는 뜻에서 정연한 논리로 술의 힘을 빌려서 자기 신의 이름을 각인시켰다. 나는 그녀와의 종교 이야기를 재미 삼아서 허탈한 말놀이로 지나치려 했지만 그럴수록 숙연해져 그 가운데로 이끌렸다.

그러나 어느 순간, 내 육체의 혼에서 거부반응이 일어나서 내 의도와는 반대로 이 세상 신의 방해로 내 마음을 혼미케 하여 그녀가 들려주는 사랑의 복음을 우렛소리처럼 거부시켰다.(고후 4:3)

"하하하! 미스 지, 그 비과학적이고 싱거운 이야기는 그만하자! 자네가 들려주는 성경의 예수는 선과 악이 꾸며낸 가상의 세계이고 말쟁이가 꾸며낸 동화 속의 이야기일 뿐, 진짜는 될 수 없어. 정말 죽음 뒤에 심판이 있고 그 결과 지옥과 천국으로 나눠진다면 세상 사람들은 서로 저주하고 속이면서 사람 위에 사람이 없고 사람 밑에 사람이 없는 악행이 저질러지지 않았겠지. 난 내 두 눈으로 확인하기 전에는 절대로 아무것도 믿을 수 없고 믿어지지도 않을 거야. 진짜로 자네가 강조하는 창조주 예수의 신이 존재했다면 나를 매번 곤경에 처하게 해서 죽음의 절벽으로 밀어내지는 않았을 거야 미스 지 나는 잠시 세상의 번거로움에서 탈피해서 나를 찾으러 왔으니까 어려운 종교 소설은 그만 쓰고 손에 잡히는 저 바다와 현실을 느끼면서 신나게 술이나 들자! 술, 술의 축배를!"

 미스 지는 그만 어처구니가 없는지 망연자실해 파도치는 검은 바다를 응시하며 어이없는 듯 술잔을 들이켰다.
 캄캄한 바다 위로는 집어등을 켜고 오징어잡이 낚시를 하는 고깃배가 멀리 점점이 떠서 밝은 빛으로 바다의 윤곽을 드러내었다. 그 집어등이 밀어내는 파도 소리에 미스 지는 청천벽력처럼 자신의 의식을 일깨운 침묵을 깨고 이유 있는 항변을 늘어놓았다.
 "이사님은 귀신의 존재를 인정하시기에 큰무당을 찾아가 굿을 하고 우상들에게 큰절을 올리는 게 아닌가요? 그렇다면 눈에 보이지 않는 귀신들은 어디에 살고 어떻게 존재하는 것일까요? 더러운 귀신들이 존재하는 처소가 지옥이라고 인정한다면 반대로 어딘가에는 천사가 살고 있는 하늘나라가 반드시 존재하지 않을까요? 이사님! 이것만은 절대로 장난이 될 수 없는 너무 무섭고 확실한 사실의 세계에요. 그 저주받은 악한 영들은 영세 전에 택함 받은 착한 사람들을 미혹해서 지옥으로 끌고 들어가려고 우상에게 절하게 하고 하나님의 자리에 앉아 그분의 높으신 영광을 가로채는 무서운 음모를 악마 사탄의 지시를 받고 저지르고 있지요. 그런즉 세상 잡신과 돼지머리, 나무, 바위, 해와 달, 별 등 하나님 이외의 것에 절하는 것은 사탄과 귀신에게 절하고 무릎 꿇는 것이어서 죽음 뒤에는 반드시 지옥으로 떨어지는 심판이 있지요.(고전 10:20)

"나는 천국과 지옥을 인정하느니 차라리 벙어리가 되겠어. 지구에서 태어나 살고 죽는 것 자체가 지옥이고 천국이 아닌가 해. 남을 질투해서 살인하는 마음으로 살면 사바세계가 지옥이 될 것이고 상대를 사랑으로 서로가 포용하고 용서하면서 살면 천국으로 변하겠지. 더더욱 죽은 자의 영혼은 갈 곳을 잃고 돌풍에 날리는 휴지조각처럼 이리저리 떠돌다가 생전에 자기가 살던 곳에서 유령으로 머물러 있다가 큰무당이나 도를 닦은 도인들이 기도해주면 그가 살아서 행했던 선행 덕분으로 내생에서 다시 사람으로 태어나기도 하고 다람쥐가 되고 한 그루의 꽃이 되고 하늘의 빗방울이 되어서 떨어지는 사바의 윤회 속에 맡겨지겠지. 다 그렇고 그래서 돌고 돌아 또다시 돌아오면 사바세계의 생명체로 태어나서 아기가 되고 바람이 되고 꽃이 되겠지. 으헛허허"

나는 영적 세계는 확연히 존재하는 현상의 세계라는 것을 확신에 찬 미스 지의 대답을 듣고는 그 소리가 뇌리 속에 파고들수록 악령의 계략에 가위눌려서(행 10:38) 그 괴상한 현상을 벗어나려고 소주잔을 거듭 비웠다. 어쩌면 그녀가 주장하는 양극의 두 세계가 존재할지 모른다는 두려운 압박감으로 술에 취한 가슴은 산산이 부서져 바위에 부딪치는 파도가 되었다. 그녀가 들려주는 두 세계의 이야기가 내 어깨 위로 쌓이면서 검은 도포 입은 악령이 내 목을 개목걸이로 엮어서 땅 밑으로 끌어가기도 하고 그 반대로 하늘에서 별똥별을 타고 내려온 천사가 어깨 위로 내려앉아서 나를 보호해주고 있는 듯한 양극의 착시현상을 일으키기도 하였다. 거기에 비례해 술잔을 한 잔, 석 잔, 일곱 잔을 넘기면서 인적이 끊긴 해변은 부는 바람마저 멎어 고요하고 파도 소리만이 철렁이었다. 그때쯤 나는 미리 예약한 비즈니스호텔로 돌아와서 바다가 투시되는 해변 쪽의 방에 들어섰다. 바다 너머의 별빛은 그 투명한 유리창을 통해 수줍은 빛살을 뿌려주었다. 나는 그 고요한 입자들을 한껏 호흡하며 그녀를 홀로 남겨두고 다른 방을 잡으려고 발길을 돌렸다. 그러던 찰라, 보드라운 그녀의 손길이 내 팔을 휘어 감았다.

"이사님, 가지 마세요. 늦은 시간에 어디를 방황하시려고 나가시는 거예요. 이곳에서 주무세요. 제발 가지 마세요."

가만히 돌변한 그녀의 황당한 몸짓은 바다로 그리는 그리움이었다. 유리창으로 쏟아져 들어온 별빛은 그녀의 굴곡진 나신을 희미하게 드러내고 피와 뼈를 갖지 않은 영롱한 조각품으로 승화되었다. 나는 그녀의 그리움을 진작부터 여자 특유의 숨겨진 숨소리로 전달받긴 했지만 그녀를 혼탁한 세상 가운데 하나로 대할 수는 없는 일이었다. 그녀는 내가 유일하게 의지하는 사업의 동역자이고 나를 어디서 건 목숨 걸고 지켜주는 영적 울타리의 꽃이었다. 그럴수록 그 강렬한 꽃을 꺾으려는 악한 욕망을 힘 있게 물리쳤다.

"미스 지, 나는 심히 취했지만 선과 선을 냉철히 그어야만 해. 물은 물이고 산은 산인 것처럼 물은 물끼리, 산은 산끼리 어우러져야만 해. 더욱이 청정한 산속의 물과 세상 개천의 썩은 물이 어찌 어우러질 수 있겠어. 미스 지가 나를 위해 들려준 이야기를 되살려 봐도 그래서는 안 되고 그럴 수도 없는 일이야."

"이사님과 저는 물이면 물이고 산이면 산이지 고체화된 상반된 물질은 아니에요. 물은 산의 어디서 건 그 형상대로 흘러내리다가 돌멩이에 막혀 멈추면 또 가득 차서 흘러가지요. 높은 산도 낮은 산도 높으면 높은 데로 낮으면 낮은 데로 모두가 아름답지 그 이상은 될 수 없어요. 이사님이 돌아가시면 저 혼자 남게 돼요. 혼자인 것이 싫고 무서워요. 이사님이 적극 도와주지 않았다면 오늘의 저는 없었을 거예요. 사무실에서는 미스 지일지언정 여기서는 바다와 파도의 격정이 숨 쉬는 성숙한 친구예요. 미스 지가 아닌 지은미, 은미라고 불러주세요. 은미!"

"은미! 세상에서는 지켜야 할 양심과 도덕이 있어. 난 어떤 대가를 바라고 은미를 지켰던 건 아냐. 은미에게서 풍기는 아련한 아픔과 슬픔이 나를 감동시키고 이끌었던 거야. 난 어떠한 혼미한 상황 속에서도 보호해야만 해."

난 세상의 어떤 악한 정욕이 물결친다 하여도 도시 빌딩 숲 밑에서 호흡하는 여자들처럼 그녀를 낮추어서 탐닉할 수 없었다. 그녀의 촉촉한 촉감이 나른한 꽃잎으로 변해서 내 얼굴을 향해 사랑의 수액을 흘린 것은 그다음이었다. 그러나 나는 그녀를 가볍게 포옹하고 바다를 응시했을 뿐, 숨을 죽인 채 그 이상의 열정은 냉혹하게 도려내었다. 폭발물의 심지에 불이 댕겨진 강렬한 위험을 이겨내려고 살아있는 그녀의 껍질을 제거하고 뼈만 앙상히 남은 의학 해부실의 실험용 인체처럼 그녀의 전부를 해부해서 해골을 투시했다. 그리고 바닷가의 모닥불 위에 뼈만 앙상히 남은 해골을 태워서 가루로 만들었다. 그 끝자락, 내 손바닥에 한 줌의 재로 덩그러니 남겨진 그녀를 파도 위에 흩어 뿌렸다. 그녀와 나는 한 줌의 재가 되어 우주의 바다에 뿌려지기 위해서 태어난 쓸쓸한 중생에 불과했다.

그녀는 끝내 나에게서 혈육의 반응을 얻어내지 못하자 온통 눈물로 뒤범벅되어서 한동안 그 자세로 머물렀다. 그리고 자기 가까이 닿은 내 반응에 귀를 기울이다가 흐느껴 울먹였다.

"제가 나빴어요. 이사님은 제게 아무 잘못도 저지르지 않았어요. 저도 때로는 저 자신을 모를 때가 있어요. 우울증에 걸려 넘어지려는 이사님에게 지난 일들이 너무도 감사해서 뭔가를 드려 위로하고 싶었어요. 사랑해요. 이사님!"

그녀는 흐르는 눈물을 멈추려고 두 눈을 깜빡이면서 애써 밝은 미소를 지어 보냈다. 나는 그 불가사의한 그녀의 미소에 마음이 닿아서 여태껏 포개져 있던 답답한 우울증이 녹아 풀어지는 시원함을 맛보았다. 내가 전신으로 부닥친 문제해결의 전부는 아닐지라도 내 영혼이 녹아내리는 신선한 충만이었다.

그녀는 회한의 눈물을 대신해서 환한 미소를 보이려고 애써 웃고 있었지만 그럴수록 숨겨진 슬픔이 복받치는지 어깨를 들썩이었다. 어떤 종류의 슬픔인지는 딱 잡아서 선을 분별할 수 없지만 내 아픔마저도 자신의 눈물 속에 담으려는 애잔함이 있었다. 자기가 내 품에 안겨 있음에도 오히려 자신이 나를 껴안은 듯한 슬픔 어린 미소를 연신 지어 보였다.

그날 밤, 그녀와 나는 그렇게 손을 맞잡고 술의 열기에 취해서 그대로 잠이 들었다. 흔히 있을 법한 남녀 간의 선을 넘는 일은 없었고 사하라 사막에 널브러진 오묘한 빛깔의 색을 감춘 동그란 암모나이트 화석처럼 그 빛을 감추고 살아있으나 죽은 듯 잠이 들었다.

송 가을 소장이 책임자로 배치된 시화 현장은 안산시와 반월공단을 지나서 바다와 인접한 방파제 끝에 위치했다. 대부도에서 안산시까지 바다를 막아 방파제를 쌓고 갯벌을 준설한 갯벌 흙과 건너편 산을 절토한 마사토로 공장지대를 형성한 곳인데 흙막이 공사를 끝낸 지가 오래되지 않아서인지 동서남북 사방으로 시공 중인 공장보다도 빈 땅이 많았다.

내가 다른 현장을 둘러보는 동안, 먼저 사무실 공무과장과 두 명의 견적 팀을 현장에 급파해서 시공 진행 상황과 내역서를 비교 검토하도록 지시하고 나는 점심 무렵에야 도착해서 그들이 실사한 내용들을 면밀히 살피기 시작했다. 소금기가 가득한 바닷바람을 으스스 맞아가며 실사 팀과 함께 현장 이리저리 둘러보고 실지 시공 상황과 경비 지출 내역을 일일이 체크해 나가며 점심도 거르고 바쁘게 움직였다.

예상한 대로 송가을 소장은 자신의 실책과 횡령금액이 드러날 때마다 하얗게 질려 뒤를 졸졸 따라다니며 안절부절 서성이었다. 누가 보아도 공정 상황은 한 달 전과 비교해 별로 달라진 게 없었다. 공정계획대로 일을 진행했으면 H빔 철골 구조물 위에 샌드위치 패널을 덧입히고 동시에 4층 사무실 건물의 골조를 끝내고 공장 폐수의 정화조 설치작업도 마무리 지을 시점이었다. 나는 뭐가 잘못되어도 크게 잘못되었다는 것을 한눈에 알아차리고 치밀어 흐르는 분노를 억제하려고 먼 바다를 응시했다. 송 소장은 모든 일정을 물리친 뜻밖의 기습 감사에 예사롭지 않은 살벌한 분위기를 체감하고 흠칫 뒤로 물러나서 사시나무처럼 몸을 떨었다.

"송 소장, 공정 계획표와 실제 시공 상황이 왜 이 모양인지 설명해 봐. 이래서야 이번 주에 타야 할 중간 기성금은 어찌 신청할 수 있겠어? 야 인마 송 소장! 내 성질을 알면 하나도 빼지 말고 이실직고하도록 해. 만일 한 치라도 거짓 발설하면 더 이상 용서하지 않겠어. 논현 현장 도박 사건에서도 너의 성실한 과거를 토대로 한 번 용서했건만 이율배반적인 배신을 또 저질러. 못된 놈!"

나는 부르르 떨리는 주먹을 자제하려 호흡을 가다듬고 송 소장의 멱살을 낚아채었다. 송 소장은 불을 뿜어대는 분노에 찬 내 얼굴을 바라보고는 숨이 조여드는 소리로 용서를 빌었다. 무거운

브라운색 뿔테 안경을 낀 40대 중반의 송 소장은 털썩 현장 바닥에 무릎부터 꿇고 자신도 왜 이런 수렁에 또다시 빠졌는지 모르겠다고 머리를 흔들었다.

"죽을죄를 저질렀습니다. 제가 뭔가 흘려도 단단히 흘려 그 크신 용서와 사랑을 잊었습니다. 지난달, 철거 사장 양재덕 사장이 다녀가신 후부터 저는 자신을 스스로 자제하지 못할 만큼 이상한 괴력에 끌려들어 가서 자신을 상실하고 그 괴이한 소리가 지시하는 대로 저를 내맡기고 통제 불능 상태가 되었습니다. 퇴마록 같은 현상이었지만 어떤 처벌이라도 달게 받겠습니다."

나는 망연자실해 그를 직시하다가 잠시 말을 잃고 등을 곧추세워서 그 자리에 털썩 주저앉았다. 눈조차 감고 격양된 감정을 추슬렀다. 그를 주먹으로 쥐어박아 날리는 것보다 나 스스로의 분노를 다스리려고 연신 흐르는 식은땀을 손등으로 닦아내고는 엉겹결에 일어나서 그의 엉덩이를 구둣발로 냅다 내질렀다.

"야 인마, 송 소장! 자네 포커 놀음 했지? 시화 소장들이 모여 포커 놀음한다는 소문은 들었지만 내 형편을 뻔히 꿰뚫고 있는 자네가 설마 거기 낄 줄은 몰랐네. 어찌 그럴 수가 있어. 이 자식아! 그렇다면 자네가 레미콘비, 비상 자재비, 현장 예비비 등을 닥치는 대로 썼다는 말이 아닌가. 이 자식아! 해도 해도 너무했어. 너같이 성실한 사람이 왜? 이번 중간 정산을 받지 않으면 나에게 위기가 온다는 걸 네가 더 잘 알고 있지 않나? 나쁜 배신자 같으니라고……"

"죽여주십시오. 이사님! 제가 미쳐도 단단히 미쳤지. 귀에 들리는 괴상한 환청의 소리가 현장 생활이 무료하니까 다른 소장들과 어울려 즐겨보자는 미혹으로 다가와서 지시했어요. 처음에 현장 비를 조금 잃자 그것을 만회하려고 밤을 꼬박 새우고 또 붙고…… 그러다가 그만 수렁에 빠져 몸 전체가 잠기고 말았어요.

"집어 쳐, 남자가 그럴 수도 있지만 내 처지를 생각했으면 혓바닥을 깨물면서라도 참았어야지. 이럴 수가, 시퍼런 내 눈 뜨고 있는 앞에서 해서는 안 되는 저주스러운 일을……!"

쥐어짜는 신음과 패색의 절망감이 내 뇌리를 덮으면서 생의 기막힌 인과율 자체가 뿌리째 흔들렸다. 불혹의 나이를 넘나드는 짧지 않은 생이건만 이토록 벼랑 끝에 선 고뇌는 처음이어서 믿었던 도끼에 발등이 찍힌 것처럼 좌절의 낭패감이 몰려왔다.

만일 단단한 반석 위에 서 있던 지난 시절이었다면 큰 소리로 웃어젖히면 그만일 테지만 지금의 나는 벼랑 끝에 돋아난 나무뿌리를 잡고 밑으로 떨어질 몸뚱이를 간신히 지탱하는 추풍낙엽이었다. 그 위기에서 송 소장은 절벽에 걸린 나무뿌리의 밑동을 송두리째 도박의 도끼로 잘라버린 격이었다.

방배동 젊은 인부 추락 사건과 어린 소녀를 담벼락이 덮친 흑석 현장 사건 등으로 사무실의 경제여건은 강풍 앞의 촛불이 건만 흑색선전이 난무한 도박 사건을 일으켜 나를 절벽의 낭떠러지로 밀어뜨린 송 소장의 변명이 마냥 듣기 싫었다. 나에게 덮친 우상숭배의 저주로 말미암아 환청에 끌려서 자기마저 거기에 휩쓸렸다는 변이었다.

순간 나는 붙잡은 나무뿌리와 함께 절벽 밑으로 굴러떨어지면서 무언가를 붙잡으려고 손을 뻗었지만 잡히는 건 아무것도 없는 빈손이었다. 내가 건너뛰어야 할 운명의 심연은 더욱 깊어져서 도저히 넘을 수 없는 구렁텅이로 변해 나를 떨어뜨렸다.

큰무당 선녀님의 지시대로 푸닥거리를 해서 그녀의 신에게 만사형통을 빌었건만 오히려 그 우상 신에게 붙잡혀서 밑이 없는 구렁텅이에 빠져 있었다. 문득 두 눈이 따끔거린다 싶더니만 뜨거운 액체가 동공에 고였다. 지금껏 바라본 방향은 어디이고 무엇을 기대하고 살았는가에 대한 허무와 혼란으로 으스스 전신을 떨었다. 하늘을 우러러 한 점 부끄럼 없이 살려는 이육사 시인의 고백처럼 나 또한 용서와 관용으로 함께한 사람들과 소외된 이웃을 서로 감싸 안고 사랑하며 살려고 했건만 그 작은 꿈이 덧없는 물보라가 되어서 허공으로 날리었다. 기대했던 시화 현장이 무너지면 그 여파로 곧 수주해서 착공할 십여 개의 다른 공장들도 삐걱거릴 것이고 가까스로 유지되던 재기의 발판도 무너져서 사업 전체가 물거품이 될 수 있었다. 나를 넘어뜨리려고 자꾸만 함정을 파놓는 나쁜 패거리의 권모술수와 악귀의 장난에 밀려서 내 공의에 찬 꿈을 이루기도 전에 내 패배 의식은 회오리 광풍으로 변해서 시화호의 바다 밑으로 밀어 넣었다.

전에도 두 번은 용서하고 세 번째는 무조건 그 죄를 따져 물어서 법의 심판대에 넘긴다는 나 스스로 세운 철칙대로 송 가을 소장의 잘못을 추궁하지 않고 더 열심히 일하도록 기회를 주었었다. 송 소장의 가정형편을 뻔히 알고 있어서 용서했고 또한 회사가 풍비박산 났을 때도 끝까지 남아서 회사를 재건하겠다고 강한 충성심을 표출한 사람이었기에 일할 기회를 주었었다.

그 송 소장이 다시 도박에 미혹되어서 이성을 잃은 것은 납득되지 않았고 어쩌면 무서운 악귀가 나를 넘어뜨리려고 그를 먼저 넘어뜨려서 나에게 피해를 끼치려는 마수일 수 있었다. 하지만 세상 이치는 더 내려갈 곳이 없으면 올라가는 법이어서 조금만 사고를 가다듬어 거꾸로 바꾸면 이 패배 의식이 역전될 수 있으리라 생각했다.

포기할 것은 빨리 포기하는 것처럼 용서도 마찬가지여서 화가 나면 상대방의 엉덩이를 발길로 걷어차고 그날의 분노를 내일로 연장하는 어리석은 짓거리를 하지 않는 것이 내 단순한 성품이었다. 그날도 내가 세운 두 번 용서하는 원칙대로 송 소장의 엉덩이를 두어 번 구둣발로 걷어찬 것이 내 분노와 용서의 끝이었다. 횡령죄로 경찰서에 잡아 가둔다든가 두고두고 횡령한 돈을 갚으라고 닦달하는 대신에 잘못을 깨달았으면 더욱 열심히 일해서 튼튼한 공장을 준공하라고 주문한 것이 내 용서의 전부였다.

남에게 손해를 입을지언정 절대로 상대에게 손해를 입히지 않으려는 게 내 생의 철칙이어서 뺑소니차에 친 환자를 병원에 옮기고 응급 치료비까지 물어주는가 하면 현장 인부들에게도 좋은 식당을 정해주고 적당한 범위에서 자유자재로 음식과 술을 먹도록 허용해서 일반 함바집의 개인 식비에 비해 두 세배는 갚아준 것이 다반사였다. 언제나 내 육체가 죽어진 뒤의 모습까지도 염두에 두고 살아가건만 현장마다 문제투성이로 시련이 닥치니 어떻게 대처할지 눈앞이 캄캄해져서 도저히 해답이 없어 보였다. 못 볼 것은 보지 않고 욕먹을 짓은 하지 않았건만 산 넘어 산이 가로막고 있어서 어디서부터 원인을 규명해 매듭의 실마리를 풀어야 할지 의문의 똬리가 둥지를 틀었다.

그 길로 통분할 가슴을 가라앉히면서 화성 산업단지에 위치한 또 다른 현장을 들렀다. 아직 공장 지을 터에 측량 말뚝만 박아 놓고 가설 사무실에서 시공 준비작업이 겨우 진행되는 곳이었다. 공무담당 이 과장은 설계도면과 지적도의 청사진을 구워갖고 나와서 현장 입지 조건을 세세히 보고했다.

"저기 보이는 북동쪽의 산을 절토해서 그 흙으로 반대편의 남서쪽 계곡을 메꾸는 성토작업 기반 공사를 마쳤습니다. 다행히 흙 성분은 최상의 마사토여서 저절로 기반이 단단히 다져져서 구태여 콘크리트 파일을 타설 할 필요가 없습니다. 지난번, 보고 드린 대로 계곡과 접한 저 밑의 다른 현장들도 파일 타설 작업을 한 곳이 없습니다."

"음, 그럴 만도 하지만 뭔가 부족해."

난 한 손으로 턱을 괴고 꼼짝하지 않은 채 흙을 성토해 놓은 바닥의 한 지점을 응시하다가 역학적으로 맞지 않는 지반 침하 현상은 계산하면서 곰곰이 생각에 잠겼다. 그리고는 무심코 지나친 설계실의 실수를 발견하고는 공무담당이 과장과 현장 당직기사를 번갈아 쳐다보면서 낮고 은밀한 목소리로 생각한 바를 꼼꼼히 지적해 나갔다.

"헌데 흙은 성토한 계곡 위에 공장을 짓고 무거운 하중의 기계설비를 마치면 시간이 흐를수록 그 지반이 압축응력과 인장응력을 받아서 결국은 지반 침하 현상이 일어나고 바닥 균열이 발생해 한쪽이 기울어지면 정밀한 기계 시설이 망가지지 않겠나? 이를테면 설계도면이 어떻게 그려졌든 내가 지은 건물은 시공 역학을 무시하고 엉터리로 지을 수 없다는 사실 일세 콘크리트 수명 한계인 일이백 년도 되기 전에 지진이나 기상재해, 어떤 이유로 공장바닥이 주저앉는 피해를 입는다면 난 기술자로서 양심을 저버린 사람이 되어 편히 잠들지 못할 걸세. 몇 백 년 대계를 바라보고 지어야 할 건축물을 돈 몇푼 아끼려고 기초파일을 안 박아서 내진 설계 규칙마저 무시하면 난 경영인이 될 수 없는 거리의 시정잡배와 똑같겠지. 로마의 트레비 분수에 가면 그 밑을 흐르는 포졸라나로 건설한 수로에서 물을 끌어 쓰는데 놀라운 것은 그 수로가 이천 년 전, 로마 시대에 건설했다는 점이야. 난 그 수로 밑을 관찰하면서 나도 그러한 건물을 짓겠다고 스스로 결심했었지. 공사가 지연돼도 한국 엔지니어링 최정수 설계 실장과 긴밀히 상의해서 안전 파일을 타설하도록 설계도면을 원초적으로 고쳐서 수정하게!"

"이사님! 설계실 최 실장님과 상의해 보았는데 공장주가 파일을 빼달라고 해서 기본설계에 반영시키지 않았다는 겁니다. 설계를 변경 시공하면 파일 원자재 값만 구천만 원을 초과하고 추가 설계비와 타설비, 공과잡비 등 계산한 내역이 대략 2억 정도가 추가로 플러스 돼서 공장주가 경비 절감을 이유로 거부한 터여서 저희는 누구로부터도 추가 시공 비용을 받아낼 수 없습니다."

이 과장은 얼토당토않은 불필요한 작업이라고 펄쩍 뛰면서 묵직한 눈꺼풀을 내리깔았다. 그러나 나는 본연의 나 자신으로 돌아와서 냉정을 잃지 않고 지금껏 습관화된 내 소신을 또박또박 요약해 주었다.

"현장답사 기초공사와 볼링조차 제대로 해보지 않고 공사 계약서를 체결한 내 잘못이네. 아무리 좋은 마사토라 해도 성토된 지반에서는 공극 사이로 침투하는 삼투압과 지반침하 현상을 막을 재간이 없어. 그러니 공장주가 못하겠다고 반대하면 우리가 손새를 보고 설계 변경을 감행할 수밖에…… 자네의 충정은 알지만 기술자의 양심을 속이는 것보다 공사를 때려치우는 편이 나을 거야."

"이사님! 다른 건설업체에서는 기존 설계에 반영된 파일 작업도 원가절감을 이유로 눈속임으로 하는 척하고 일부는 빼돌리는 세태인데 이사님께서는 설계도에 없는 파일을 만들어서 그것도 우리 비용 부담으로 시공한다는 것은 도저히… 이사님, 한 번 더 재고해 보시는 것이…"

"이 과장, 이천 년 전에 건축한 로마의 수로는 물론이고 콜로세움, 유럽의 성당 등을 한 번쯤 돌아보고 오게. 지금도 스페인의 한 성당은 육백여 년 전 짓기 시작해 아직 공사 중인 곳이 있네. 기초는 육백여 년 전의 자재이고 마무리 부분은 현재의 자재로 시공하고 있다는 뜻이지. 터키의 소피아 성당이나 블루모스크처럼 그렇게 자손 대대로 물려줄 자랑스러운 보물급을 남겨놓지 못할망정 우리가 시공한 건축물이 어떤 이유이든 몇십 년도 되지 못해서 부서진다면 우리는 세상을 헛살고 있는 거야. 헛되고 헛된 것이 이 세상인 것을…"

"이사님의 절대명령이시면 바로 검토하겠습니다."

이 과장은 흰 것은 흰 것이고 검은 것은 검은 것일 뿐, 회색은 될 수 없는 내 고집스러운 집착을 거부 못 하고 마지못해 순복했다. 어쩌면 이 과장이 나를 좋아하는 것은 좋은 것과 나쁜 것, 아름다운 것과 추한 것, 불의와 정의, 가치와 무가치의 확실한 선을 그어주는 자기의 성품과 닮았기 때문인지도 모를 일이었다. 나는 현장의 실무 차원에서는 말을 아끼고 논쟁 같은 건 피하는 편이지만 잘못된 상황을 덮을 수 없어서 그 자리에서는 많은 말을 남기었다. 파산할 때, 파산할지언정 적당주의로 헛되고 헛된 생 자체를 적당히 넘어가는 것은 스스로가 더 헛되이 만드는 것이어서 구렁이 담 넘듯이 넘어갈 수 없는 일이었다. 스스로를 속이는 비참한 비탄 속에 나를 빠트리는 게 싫었고 양심에 값하는 나를 찾고 싶었던 터였다.

산업단지에서 서해안 고속도로를 타고 서울 쪽으로 올라가다가 오른쪽으로 꺾어 들어가면 바닷길이 갈리지는 제부도가 나오고 거기서 좀 더 진행하면 시화지구와 연길 된 대부도가 나온다.

나는 참담한 가슴을 가라앉히려고 제부도에 들어가려 했건만 밀물이라 바닷길이 열리지 않아서 조금 더 주행해 대부도에 들어섰다. 무엇에 홀려 도박 사건에 뛰어든 송 소장의 어리석은 행위가 떠올라서 그대로 사무실로 돌아가기에는 가슴이 진정되지 않았다. 어쩌면 송 소장을 넘어뜨린 건 나를 파멸케 하려는 악한 패거리들이 그를 도박 가운데로 빠트려 현장 진행 상황을 방해함으로써 궁극에는 나를 넘어뜨리는 수준 높은 공작인지도 모를 일이었다. 그 무지한 악귀들은 잘나가던 회사를 부도로 파산시키더니만 다시 재기하려고 몸부림치는 순간까지도 현장마다 크고 작은 일들을 자연스럽게 일으켜 저희 존재를 감추면서 끝까지 나를 죽이려는 것이 분명했다. 내 명료한 의식으로 악귀 씌운 패거리들의 숨은 뜻은 알 수 없지만 치밀한 작전으로 다가선 악귀들의 범죄행위를 지켜보면서 사람이든 귀신이든 내가 무릎 꿇을 때까지 나를 괴롭히고 있는 것이 확실했다. 그들의 철없는 장난이 공의가 아닌 불의로 밝혀진 이상, 목숨을 걸고 한 줌의 재가 되어 하늘과 바다 속에 뿌려질 때까지 주눅 들지 않고 싸우리라고 다짐했다. 그 악귀 씌운 패거리들은 내게 어떤 확실한 요구사항을 전달하지 않았지만 이 세상에서 가장 나쁜 불의에 속하는 살인까지도 무조건 내가 살기 위해서는 복종하라는 무언의 경고일 수도 있었다.

저희의 힘과 수완이 얼마나 센가를 미리 보여줌으로써 나를 겁에 질리게 하려는 내 뒤통수를 쇠방망이로 수없이 가격해 한 마리의 개구리처럼 납작 엎드리게 하려는 악마의 질곡일 수 있었다. 사실 나는 사탄을 직접 보았고 무시무시한 악마의 저주를 체험했기에 내가 호흡하는 동안에는 어떤 난관에 부닥쳐도 무릎 꿇지 않고 끝까지 싸워서 이길 것이라고 재차 다짐했다. 악마는 악마이고 나는 나였다.

대부도 입구를 들어서서 철조망 울타리를 치고 검문하는 해병대 초소를 지나서 바다를 흙막이로 막은 둑으로 들어섰다. 그곳에는 영원한 신들의 땅인 올림포스의 산정에서나 볼 수 있는 검붉은 노을이 어느덧 시작돼 활활 타올라서 온종일 지친 내 영혼과 육체에 풍족한 안위를 주었다. 차고 넘치는 빛이었다. 모자람이 없는 일몰이었다. 빛의 잔치가 무르익으면서 나는 떨어지는 황혼 속에서 세상의 추함과 격정을 훌훌 털어내고 그 쪽빛 바다에 대 취했다. 눈치 빠른 강 기사는 황홀해진 내 눈빛을 알아채고는 내려서서 뒷문을 열고 조용히 입을 열었다.

"태양의 교지 같은 일몰이 끝내주네요. 이사님이 좋아하시는 저 활활 타는 황혼과 바다를 벗 삼아서 한잔하셔야지요. 저가는 태양이 지워지기 전에 방파제에 앉아 추억의 한 장면을 남기셔야죠."

"자네도 시인이 되어 시인의 시를 읊고 있군. 지혜의 사랑인 필리아를 알고 있음이야."

진종일 잠들지 않는 가슴을 또 하나의 느낌으로 표현하자 그 칭찬이 가공할만한 위력을 주었음인지 강 기사의 얼굴빛도 노을 색으로 물들었다.

"서당 개 삼 년이면 삽살개도 풍월을 읊지요. 이사님을 모신 지가 오래다 보니 이사님을 닮은 풍월을 읊는 것이지요."

"헛허허… 강 기사가 나를 닮아가고 있다고 그래, 월요일은 달의 날이요 화요일은 불의 날 수요일은 불의 날, 목요일은 나무의 날, 금요일은 금의 날, 토요일은 흙의 날인 것을 이 삼라만상이 스러져가는 가을 바다에서 달의 날인 월요일에 술잔 속에 달을 넣어서 한 잔 꺾지 않는 것도 취객의 도리가 아니겠지. 어허 참, 아직은 달님이 숨어 있으니 일몰의 해가 담긴 술잔을 마시는 것, 그것도 좋지!"

나는 저녁 햇살이 가득히 쏟아져 내리는 방파제 한쪽, 태양이 일직선으로 투시되는 둑에서 포장마차 주인이 펴 놓은 자리에 앉았다. 그리고 먼 노을을 벗 삼아 놀래기회에 소주를 곁들여서 가난해질 대로 가난해진 놀란 가슴의 빈 곳을 채워나갔다.

술과 안주도 풍족했다. 가슴도 점점 진정되어 너그러워졌다. 붉은 낙조가 조금씩 지워질 때마다 그 빛을 안주 삼아서 천천히 들이켰다. 마시는 술은 똑같은 술이건만 향기롭고 달콤해서 넉넉한 맛으로 혀끝으로 다가와 마음과 영혼의 시름을 덮어서 마시고 마실수록 잡다한 현실과 근심을 덮어나갔다.

술 한 병을 비웠을 때, 태양은 바다 밑으로 잠겨 들면서 점차 보랏빛 잔상만 남아 그 빈 공간을 밀어닥치는 어둠으로 재촉했다. 고기잡이 어선 서너 척이 쳐놓은 정치망 그물의 물고기를 끓어 올려 땅거미를 밟으며 뭍의 항구로 귀선하고 있었다. 그제 서야 나는 땍땍거리는 뱃소리에 잠겼던 바다의 의식에서 벗어나서 본능적으로 또 뛰어야만 하는 현실감각으로 돌아왔다. 어둠에 가린 포장마차에서 식사를 끝낸 강 기사를 불렀다.

"강 기사, 한국 엔지니어링 최 실장이 살고 있는 동네로 가주게. 영화금속 수주 건으로 긴히 의논할 일이 있네."

"왜 최 실장님 방배 사무실로 가지 않고요?"

"그 친구는 차를 안전하게 주차해야만 고주망태가 되는 꼼꼼한 사람이 아닌가!"

나는 엉거주춤한 강 기사를 향해 갈 곳을 지시하고 그를 포획하는 목소리로 더 확실한 소신을 전달하며 차에 올랐다. 생각할 수록 캄캄한 흑암으로 전락할 뻔했던 다가올 미래가 술기운에 젖어 들면서 불붙어 활활 타오르는 모닥불의 장작개비처럼 반전된 기분이 들었다.

이제 잘만 하면 무언가를 움켜쥘 수 있는 열쇠로 막막하게 닥친 내일 일들을 풀어나갈 수 있으리라 최정수와 동행하고 있는 한, 나는 동터 오려는 새벽도 기대할 수 있었다.

한국 엔지니어링 설계실장 최정수 그는 누구이며 이후로 그와 더불어 동행하며 무엇이 될 것인가 열린 차창으로 가슴팍을 때리는 거친 바람을 맞으면서 해이을녘 뒤의 짙은 어둠을 가르고 최정수를 떠올렸다.

그는 한국 공장설계의 대부로 불릴 만큼 일가견이 있어서 지금 다녀오는 산업단지와 건설 중인 시화지구만 해도 각 건설회사에서 시공하고 있는 공장 가운데 세 개에 한 개꼴로 그의 팀이 설계한 애정 어린 작품이었다. 비슷비슷한 모형의 크고 작은 공장들을 대량으로 설계하다 보니 그 나름의 노하우가 축적되어서 설계단가도 저렴했다. 촘촘하고 아기자기한 성격에 걸맞게 일반 기존의 설계사들이 그려내지 못하는 가정다운 맛을 가미하고 아름다운 조각미까지 톡톡 튀게 하는 설계도면을 각각 창출해 내어서 공장 특유의 멋스럼 없는 딱딱함을 배제한다는 평을 받았다. 자연 공장주들 사이에 소문이 자자해서 그의 이름만 들어도 사람들은 설계에서 시공까지 그가 하자는 대로 믿고 맡겨 주어서 그가 추천하는 종합건설은 공사 수주 확률이 50%를 넘을 만큼 두터운 신임도를 쌓고 있었다.

그와 나는 녹번동 삼거리에 위치한 은평 초등학교 불알친구로서 학교 뒷동산의 언덕에 앉아 동요도 같이 부르고 여치와 호랑나비 등 여름 방학 숙제의 곤충 채집도 같이 했을뿐더러 바라보는 시선이 언제나 한 방향이고 사상과 배짱이 어릴 적부터 맞아떨어져서 실과 바늘처럼 어울리는 단짝 친구였다. 만나면 그저 즐거워서 늘 정겹게 술을 마시고 담배를 피우며 신촌과 종로의 마로니에 거리와 명동 숲 밑을 소리 지르고 다녀서 세상의 이해관계를 떠나 스스럼없이 어울리는 큰 바위의 형상을 띤 힘의 원천이었다.

그의 집은 어린 시절에는 담장을 하나 건너뛴 소와 돼지를 잡는 불광동 도살장 옆의 이웃이었지만 고등학교를 진학하면서 이태원에 새로 건립한 회교도 성전 아래 동네로 이사하게 되었다. 이태원 소방서를 끼고 럭키와 킹 클럽 등 외국인 면세 클럽이 위치한 언덕길로 이어진 도로변에 위치했다. 최신 시설을 갖춘 외국인 술집은 우리가 군대를 막 제대할 무렵에는 술값이 얼마나 싼지 맥주가 만 원에 20병을 가져다주어서 밤이 늦도록 취해서 엉덩이를 흔들었다.

나는 소방서 앞에서 강 기사를 돌려보내고 불야성을 이룬 언덕길을 조금 걷다가 길 왼편에 위치한 외국인 전용의 킹 나이트클럽에 들어섰다. 최정수가 미국 시민권을 취득한 덕분에 자주 이용하는 장소였다. 톡톡 튀는 분위기에 무대로 정해진 장소에서 몸뚱이를 신명 나게 흔들 수 있을뿐더러 슈퍼마켓의 판매가보다 맥줏값이 저렴해서 용산 미 8군의 전용 구락부와 함께 자주 들락거리는 곳 가운데 하나였다.

최정수는 전화를 받고 즉시 달려와서 어린 미군 병사들이 취해 있는 구석 테이블에 앉아 먼저 기다리고 있다가 손을 크게 흔들었다. 새 포도주는 새 부대에 채우듯 나는 그의 발랄한 생기로 만나는 그 자체만으로도 세상의 찌든 때가 정화되어서 말끔히 씻기어진 느낌이었다.

"최 실장, 오늘 밤도 넥타이를 풀어 젖히고 실컷 마시는 거야."

"술고래, 좋지! 자네도 거듭되는 현장 사건으로 지친만큼 회포를 풀기에는 이곳이 적격이겠지. 술이 술을 마시고 술이 사람을 마실지라도 술고래의 이름에 값하도록 밤새도록 건배를 외치면서 내일을 내일로 잊어버리는 거야. 술은 내가 쏠 테니 자네는 술고래의 명성을 그대로 날리면 되는 거야."

"관두게. 이 사람! 내가 아무리 처지가 궁해도 자네 월급은 하룻밤의 용돈으로 쓰기에도 모자라네. 술은 뭘로 할까?"

"시바스!"

"시바스 하나!"

최정수는 스스로 잔을 채우며 연신 웃어 대었고 내 잔에도 넘치도록 가득 따라주면서 뜨거운 정감을 나타내었다.

나는 투명한 글라스에 감도는 쏴한 술 향기를 맡으면서 술잔을 처들고 건배를 외쳤다.

"그 무엇을 위해!"

"끼의 힘을 위해!"

그 무엇과 끼의 힘, 우리는 자신도 알지 못하는 물음표를 앞의 화두로 던지고 킹클럽 특유의 컨트리 송과 록에 취해서 주거니 받거니 달고 시원한 술 마심으로 정체성을 잃어갔다. 클래식을 선호하는 평소의 취향을 버리고 찝찝한 세상을 망각하는 기분 전환을 위해서라면 신나는 록을 들으며 춤을 춰도 괜찮을 듯싶었다. 여기저기서 건배 구호를 외치는 어린 미군들의 술잔 부딪치는 소리가 쨍강거렸고 부대의 사이킥 조명 밑에서는 엉덩이춤을 추는 젊은 열정으로 뜨거운 호흡이 가득했다.

　우리도 술을 마시고 취기가 들수록 그 분위기에 어우러져 땀방울이 송골송골 배어 나올 때까지 춤을 추고 또 추었다. 웃고 떠들고 발악하면서 나무 바닥이 부서지라고 발바닥으로 엉터리 박자를 맞춰나가며 온 몸뚱이를 흔들어대는 끼의 힘을 발산했다. 그것은 단숨에 우리의 나이를 뛰어넘는 살아있음의 끼이고 우주를 움켜쥐고픈 야망의 풀무질이었다.

　그와 내가 오르려는 산은 눈앞에 늘 버티고 있는 터여서 정녕 힘을 길러 두어야만 오르게 될 일이었다. 비록 절제와 질서는 없을지라도 두 팔을 벌리고 거센 날파람 소리를 지르며 푸득이면서 힘이 탈진할 때까지 춘 술의 춤은 막혔던 우울감을 뚫어주는 흡족함을 주었다.

　킹 클럽의 건배와 람바다 춤이 이어지다가 자정 무렵에 그곳을 나와서 술에 덜 취했는지 시장 골목의 선술집에서 술의 느낌이 이끄는 만큼 술을 들이켰다. 나를 지배하는 어둠의 신과 첩첩이 쌓인 난관들로부터 그 누구의 방해도 받지 않고 마시는 그 일탈된 술버릇은 마셔도 양이 차지 않은 술꾼들의 괴력이었고 내일은 내일 고민해야 할 오늘만의 세계였다.

　최정수는 거듭 술잔을 비워대다가 평소에는 업무 내용을 자제하는 편이었지만 나를 심히 염려하여 부풀어 오른 풍선이 터지듯 영화금속 공사 수주 관계를 귀띔했다. 술의 우정 앞에서는 어떠한 비밀이라도 벽이 허물어져서 비밀 없는 비밀이 되었고 그 비밀스러운 비밀은 나를 침묵시키기에 충분했다.

"오늘 영화금속 명 사장을 만났는데 자네가 수주 내역서에 제시한 38억 선에서 6% 정도는 네고해주면 별 탈 없이 자네 차지가 될 걸세. 동시에 명 사장이 회장으로 추대된 십여 개의 회원사들이 계약하도록 약속이 되어서 영화금속이 반드시 계약되어야만 500억대의 회원사 공장들도 계약될 걸세. 다만 자네가 서광건설의 면허를 빌려 시공한다는 것은 무조건 숨기도록 하게. 명 사장이 서광건설의 신용도를 조사해본 결과로는 서광이 천지건설보다는 규모가 작지만 재정상태가 양호해서 신빙성이 간다는 거야. 예수영 이사 같은 적극적이고 확실한 사람이 있으므로 해서 서광은 판정승을 거둔 거야. 자기들의 전 재산을 자네에게 맡겨도 손색이 없는 사람이라고 자네를 높이 평가하더군."

"그게 정말인가, 최 실장! 자네가 나를 진실로 살려 주었네. 모든 것이 자네가 끌고당기는 조율을 제대로 해주어서 얻은 놀라운 결과물이겠지. 명 사장을 자네 사람으로 만든 처방 덕분에 이끌어낸 축복의 승리관이지."

나는 천천히 쌓인 어둠의 긴 동굴에서 벗어나 비로써 빛을 발견하고 탈출구를 찾아낸 양 놀랍도록 기뻐했다. 우선 20%의 선급금인 7억 정도만 받아도 당장 막힌 숨통이 트일 수 있으리라는 계산이었다.

그 순간만큼 최정수가 돌을 깎아 만든 거대한 입상처럼 나에게 힘을 주는 조각상으로 클로즈업되어 보인 적은 없었다. 최정수는 나보다는 약간 작으면서 아담한 편인데 이마가 돌출되어 인류의 조상인 크로마뇽인을 연상시키는 그런 모습이었다. 뭉툭한 콧날과 두툼한 입술, 숱이 많은 머리털은 진흙으로 빚어 생기를 불어넣은 수십만 년 전의 그 얼굴이었다. 선한 눈동자와 돌출된 턱은 풀을 뜯어 먹고 사는 초원의 그것이었다.

나는 그 얼굴을 주시하다가 포획되어서 술잔을 털어 넣고 조금은 민망해져 허허허 큰소리로 웃어젖히곤 했었다. 나 또한 최정수와 닮은 꼴이어서 큰 눈과 두개골, 두툼한 입술은 네안데르탈인 정도의 인상이었는데 거울을 들여다보면 잘생겼다고 하기보다는 호감을 주는 형상이었다. 성품도 최정수와 비슷해서 한 번 물고 늘어지면 이빨이 부러져도 물러나지 않는 악어의 습성을 지녔다.

이를테면 영화금속 명 사장을 물고 늘어질 때도 똑같아서 새벽 일찍 동트기도 전에 그의 집 앞에서 기다리고 있다가 그가 두 손을 들고 항복할 때까지 동행하면서 H 빔과 샌드위치 패널 부자재 등을 가격 면에서 조금 비싸도 인증된 정품을 사용해야만 공장 수명이 길어진다고 주지시켰다. 회사가 끝나서는 내가 시공한 빌딩이든가 현재 건축하는 공장들을 견학시켜 주겠다는 명목으로 가까운 곳에서 시공하는 건물을 대충 보여주고는 바닷가의 으슥한 횟집에 둘러앉아서 소주잔에 내 진심을 담아 내보이기도 했었다. 실로 땀방울이 뚝뚝 떨어지는 부지런함과 노력의 결정체였다. 나는 최정수와 단둘이 앉아서 소주잔을 나누는 것만으로도 상대가 자신에게 어떤 감정을 갖고 있는지를 서로가 추론할 정도로 서로를 알고 있었다. 최정수는 술의 취기가 최고로 달하자 나를 걱정한 그 눈동자에 안타까움을 띄었다.

"예 이사, 자네는 너무 고집불통이야 그렇다고 세상이 정화되거나 바로 서지 않아. 공장주가 원하지 않는 파일타설 작업을 공장하자가 발생해 수명이 단축된다는 이유만으로 자네 개인 돈으로 이미 완성된 설계 도면을 재설계 변경을 시켜서 공사를 다시 강행하겠다는 것은 많이 지나쳐. 자선 사업가도 아닐뿐더러 회사가 부도 맞고 공중분해 되어 자금난에 허덕이는 처지에 그 홍길동적인 고집은 반드시 꺾어야만 살 수 있어. 나는 설계 변경을 거부하겠어. 다시 숙고해보고 힘난한 세상 물결을 타고 동화되도록 하게."

"숙고할 필요도 없거니와 자네는 내 요구대로 설계변경 할 의무가 있어. 세상이 아무리 불신시대의 첨단을 걷고 있다 할지라도 나는 진실을 심고 자네는 물을 주고 있으니 만일 하나님이 계신다면 그 진실의 나무를 곧게 자라게 할 걸세. 내가 끝까지 버틸 재력과 의지만 있다면 내 진실의 공력은 언젠가는 나타날 걸세. 아니 그렇지 아니할지라도 나는 내 양심을 속이는 건물은 짓지 않겠어. 세상과 적당히 타협해서 돈 벌 생각은 추호도 없네."

"그만해. 술 이사! 가족을 생각하면서 술이나 마시자!"

　최정수는 낮은 목소리로 단호하게 거부하는 내 어처구니없는 고집스러운 결정이 안타까운지 술잔을 거듭 비워나갔다. 그제서야 나는 얼마쯤 집에 들어가지 못한 것을 떠올리고 삭이지 못한 슬픔 마냥 눈 주위가 촉촉해짐을 느꼈다. 회사의 파산으로 기존의 집을 경매로 잃고 겨우 거처를 마련한 볼품없는 안식처가 싫어서일까. 아니면 새벽 두세 시에 귀가하는 남편을 기다리다가 초인종 소리가 반가워 문을 열어주는 아내에 대한 미안함 때문일까. 그 여파로 긴 밤 내내 잠을 이루지 못하고 뜬눈으로 밤을 지새우다가 부석부석 한 얼굴로 출근을 서둘러서 눈코 뜰 새 없이 바쁜 일과를 보내야만 하는 아내의 고달픈 생의 중압감이 공감되어서 흐르는 눈물일 수 있었다.

　문득 아내와 어린 아들이 그리워져서 술도 싫어졌다. 그 길로 최정수와 헤어져서 해밀튼 호텔 앞에서 택시를 잡아타고 서오릉 사거리의 한 편에 위치한 보금자리로 돌아왔다.

　현관문의 초인종을 누르는 대신에 가족들이 깨지 않도록 비상 열쇠를 이용해 잠금장치를 해제하고 안방과 마주한 내 방으로 발소리를 죽이고 살금살금 들어섰다. 방안은 외부에서 새어 들어온 가등 빛으로 침대의 윤곽이 선명히 드러났다. 허물어지듯 침대 위로 몸을 내던지자 쌓였던 피곤이 몰려와서 어떤 사소한 생각도 이어지지 않고 깊은 잠에 빠져들 듯싶었다. 그럴수록 여러 가지 잡다한 생각으로 술기운이 깨면서 머릿속은 점점 맑아져서 그 한

가운데로 커다란 동공이 열리고 아내와의 지난 과거가 점점이 떨어져 날리는 터였다.

　내가 아내 채림을 만난 것은 스물아홉 되던 해, 황혼이 짙어가는 월미도의 바닷가에서였다. 활어회를 좋아하는 나는 산낙지와 잡어를 안주 삼아서 소주 한 병을 거뜬히 비우고 나오다가 짙어가는 일몰을 배경으로 저만치 나를 향해 걸어오고 있는 여러 명의 지적 장애 아이들과 한 여자를 발견하고는 첫눈에 굳어서 돌이 되었다. 에로스의 강한 화살을 맞은 듯 눈시린 통증으로 비틀대었다. 황혼의 햇살보다도 화려한 눈부심의 충격으로 발을 멈추었다. 아이들과 손을 잡고 걷는 하얀 모습이 지는 해와 잘 어울려 클로즈업되면서 마치 황혼으로 빚은 눈부신 덩어리인 양 평온하고 뭉클했다.

　개나리 빛 노란 티셔츠에 베이지색 바지와 여름 샌들을 신은 그녀의 단발머리는 짧은 컷이었고 가슴으로 이어진 잘록한 곡선의 각선미는 바다 위를 끼룩끼룩 날아가는 갈매기의 그것이었다.

　내 두 눈은 아이들을 넘어 그녀의 옆모습에 붙박여서 움직일 줄 몰랐다. 붉은 일몰의 조명이 아이들을 바라보는 그녀의 눈빛과 흰 피부에 와 닿아 반사되는 순간, 그녀의 얼굴은 온통 넘실대는 사랑 빛으로 빛났다. 그리고 내 심장은 달콤한 통증으로 멎었고 그녀와 조화된 내 가슴은 뜨거운 불덩이로 화해서 타오르기 시작했다.

　"나는 어디로 가려고 이곳에 와있고 왜 한갓되이 지는 해에 매료되어 있는 걸까. 누구와 어울려 무엇이 되려고 한 사람에게 끌리는 걸까?"

나는 장애 입은 아이들과 그녀의 까르륵 조잘대는 함박웃음소리를 들으면서 스스로 묻고 또 대답했다.

그 당시 나는 부모님이 결정해준 한 여자와의 결혼 문제로 심한 내적 갈등을 빚고 있었다. 그 자리에 있었던 것도 한 여자를 선택해야만 하는 고육책이었다. 그녀는 손이 귀한 집안의 무남독녀로 먹고살기에 충분한 집안으로써 그녀도 교육 공무원인 데다가 결혼 승낙만 해주면 데릴사위로 살면서 그녀 아버지가 운영하는 회사의 대리자로 키우겠다는 보기 드문 조건이었다. 그러나 그것은 내 자존심을 건드릴뿐더러 왠지 상대의 거드럭거리는 형태가 썩 마음에 내키지 않아서 뜸을 들이는 터였다. 나에게 물질을 초월해서 무조건 부귀영화를 누릴 수 있는 여자를 만나는 것도 현실감이 있었지만 장애아들 사이에서 행복해하는 또 다른 그녀의 얼굴이 황금빛 바다의 노을 속에서 평강의 기쁨으로 채색되어 나를 잠잠케 하면서 지금껏 사귀어온 예비 된 여자와의 생각이 일시에 무너져 버렸다.

싱그러운 바닷가의 붉은 노을을 받고 그녀가 서 있는 한, 그 영상미가 내 젊음에 깊숙이 각인되면서 나는 자나 깨나 그녀의 노예였다. 신의 고귀한 선택과 이끌림이 아니었다면 결혼하기로 예비 된 여자에 비해서 그 여러 조건과 미모가 뒤떨어질지언정 전혀 앞서지 않는데도 그녀의 영혼까지도 사랑할 수 있을 만큼 적당량의 유혹으로 이끌림을 당하는 것은 웬 조화인지 나 자신도 나를 알 수 없었다.

나는 그녀의 절묘한 마력에 이끌려서 봉고차를 타고 가는 그녀의 뒤를 눈치채지 않을 만큼의 거리를 두고 미행했다. 그녀는 H 아동 복지회의 기관에서 운영하는 센터의 간호사 신분으로 아이들과 함께 뒹굴며 그곳의 기숙사에서 동고동락하는 처지였다.

그때부터 나는 자진해 시간 틈틈이 그녀가 근무하는 곳에서 무료 봉사자로 봉사하면서 둘의 관계가 자연히 가까워져 결혼하게 되었다. 채림은 재물과 미모 면에서는 이전에 결혼하기로 예비된 여자와 비추어보면 별로 가지지도 뛰어나지도 않았음에도 내가 알지 못할 신비한 마력에 이끌려 태양풍을 맞고 빛나는 오로라처럼 갈 곳을 잃고 결혼하게 되었다. 어쩌면 영세 전에 신이 깔아놓은 궤도가 있다더니만 정말 그럴지도 모를 일이었다.

그녀는 음악과 문학, 연극과 무용 발표회, 통기타 자선 콘서트, 사회사업, 선교 등에 관심이 많아서 종종 시간을 쪼개서 그 일에 매달리는 모습이 어느 곳에서든지 잘 조화되어 어울렸고 돋보였다.

이후로 내가 벌여놓은 사업이 성장 가도를 달렸다면 나는 좋은 스폰서로 남았겠지만 전혀 알 수 없는 이유로 황금기를 이루던 사업이 연쇄 부도가 터지면서 둘의 관계는 눈에 띄게 서먹해졌다. 나는 사업 재기를 서두른다는 핑계로 가족과의 관계는 서먹해졌고 생활비 마련을 늘 그녀의 몫이 되었다.

이것은 돈이 많고 적음을 떠나서 내가 사업에만 몰두할 수 있도록 내게 베푼 최선의 배려였다. 그녀는 나의 큰 사업 야망에 불만을 터트리거나 화를 내지 않았고 오히려 회사를 다시 일으켜 세울 때까지는 사소한 일은 자기가 책임지겠다는 의미로 생활비 전부를 떠맡았었다.

그러면서도 내가 큰무당의 엉터리 미혹에 말려서 살풀이굿을 한다거나 노란 부적을 지갑 안에 은밀히 숨기고 다니는 주술행위를 할 바에야 차라리 사업이 망쳐지고 새로 시작하길 기대했던 그녀의 바람이 이루어지는도 모를 일이었다. 그녀는 늘 야훼 하나님께 새벽 제단을 쌓고 남편인 나를 위해 기도하기를 내가 어떤 댓 가를 치루 어도 좋으니까 내 종교관이 바뀌어서 하나님을 비방하지 말고 우상숭배에서 하나님께 돌아와 달라고 매일 기원했다. 하나님이 먼저이고 사업은 그다음이라는 원칙을 고수했다. 언젠가 나를 전도하려고 같은 교회의 목회자에게 전화하자 먼저 낌새를 알아차린 나는 소주를 병 채로 들이키고는 스스로 자작한 곡을 전도단 앞에서 흥얼거렸다.

"예수를 믿으려면 내 주먹을 믿고 내 주먹도 못 믿으면 전보 선대나 믿으세요."

그럼에도 그녀는 남편의 성공과 실패에 연연하기는커녕 하나님 품으로 언젠가는 돌아오기를 무릎 꿇고 기도하면서 술에 찌든 남편을 위로하고 감싸주며 용기를 북돋아 주었다. 다만 나 자신이 사업에 실패한 죄책감과 자격지심으로 그녀와 같은 방을 사용하는 것조차 멀리 피하고 잠깐 쉬었다 가는 하숙생처럼 밤늦게 들어와서 눈을 붙이고 해가 뜨기 전에 현장으로 출근하면 그만이었다. 보통 여자들이 남편의 사업 실패에 대한 일상의 불안과 권태감으로 남편을 피곤케 하거나 혐오스러운 눈빛으로 채근 대는 것과는 정반대로 남편에게 평강과 안식을 안겨주려고 항상 애쓰는 편이었다. 그럴수록 나는 아내의 온유한 처신에 주눅이 들어서 사업을 정상 궤도에 올릴 때까지는 일부러 피하게 되었다.

그날도 아내는 현관문의 열쇠 돌아가는 소리를 감지하고는 내가 술에 취해서 갈지(之)자의 비틀걸음으로 들어온 것을 알았다고 고백했다. 남편이 들어오지 않은 그 며칠 내내 늘 새벽녘까지 깨어있었으므로 쉽게 잠들 리가 없었다.

하지만 그 으슥한 시간에 쪼르륵 일어나서 나에게 달려오면 오히려 심리적 부담을 안겨 줄 것 같아 화장실에 다녀오는 척하고 애써 남편의 자존심이 상하지 않도록 배려하며 방문을 두들겼다.

"아! 당신이셨군요. 얼마나 기다렸는지 몰라요. 당신이 들어오지 않으니까 집이 완전히 빈 거나 마찬가지였어요. 당신의 빈자리가 너무도 컸어요. 어쩜 전화도 하시지 않고요!"

"미안, 미안해. 본래 나는 그런 남자인 것을 당신도 진작 알고 있으면서 왜 기다려… 나는 언제 왔다가 어디로 가는지도 모르게 떠나가는 이방인인 것을…"

아내의 깊은 상심을 지레 알고 있는 나로서는 할 말이 없는 만큼 아내의 말을 더하지 못하도록 중도에서 끊었다. 다른 변명 따위는 중요하지 않고 잠시의 미안함을 피하면 그만이었다. 핑계의 말을 이어가봤자 숨을 곳이 어딘지 알지 못하는 처지이기에 일단 어디로든 지 화두를 바꾸면 될 일이었다. 그렇지만 나를 향한 아내의 출렁이는 격정은 잠재울 수 없었다.

"이방인이라뇨? 당신은 아내와 아들이 함께하는 행복한 분이 미처 그 행복을 깨닫지 못해서 스스로 방황하시는 거예요. 서울역 같은 외딴곳에서 숙식을 해결하는 노숙인들을 만나봐야만 이 도시의 진짜로 불행한 이방인이 누구란 것을 아실 거예요."

"그럴지도 모르지만 나 역시 그들 가운데 하나로 전락되어가는 느낌이 드는 거야. 누군지는 몰라도 사방에서 나를 포위한 악한 세력이 나를 파멸의 덫으로 점점 몰아갈 때면 나는 어디를 가서 날개 없이 추락하는 느낌이 드는 거야."

나는 아내에 대한 미안함으로 시치미를 뚝 떼고 내 변명만을 늘어놓았다. 정작 울화통이 터져 미쳐버릴 상대는 아내이건만 그녀는 남편의 숙취 해소를 위해서 미리 갈아놓은 인삼즙을 냉장고에서 꺼내 내밀며 딴청 부리는 나와의 사이를 좁혀 나갔다.

"여보, 술과 담배를 많이 하면 노화 현상이 빨리 일어난대요. 당신이 우상을 숭배하는 곳에서 하나님께 돌아오면 모든 엉킨 문제는 자연히 풀어질 거예요. 사업도 중요하지만 이제는 건강을 돌볼 나이가 되지 않았나요? 자그마치 내일이면 50대로 들어가는 불혹의 나이에요. 돈은 잃으면 조금 잃어도 건강을 잃으면 모든 것을 잃게 돼요."

"벌써 내 나이가 그렇게 되었던가. 나이를 다스리려면 언젠가는 술, 담배를 끊고 젊게 살아야 되겠지… 알았으니까 사신의 미혹 같은 충고로 그 존재하지도 않는 하나님을 내세우지 말고 본론을 말해. 나에게는 하나님일 수 있는 기다림의 처방, 곧 시간의 처방 만이 나를 고칠 수 있어. 하나님이 정말 계신다면 내가 믿는 대자 대비하신 돌부처님처럼 떳떳하게 나타나서 맞짱 떠보자고 해."

나는 보이지도 않는 하나님을 티끌도 믿지 않는 터라 그분의 존재 자체를 부정하며 시간이 흘러야만 내 처지가 회복된 것이라고 스스로 위로하면서 그녀와의 대화를 회피했다. 일이 안 풀리고 꼬이는 원인이 아내 채림이 하나님을 의지하는 탓이라도 되는 듯 오히려 그녀를 황당하게 몰아붙였다. 그 줏대 없는 모양새가 은근슬쩍 자신의 심기를 건들지 말라는 경고성 과시였지만 그녀는 물러서지 않고 화를 내거나 분노를 표시하는 대신 더 자기를 낮춰서 나를 감싸는 위로의 말을 던졌다. 그 겸손한 낮아짐이 세상 것으로 더럽힐 수 없고 더럽혀지지 않을 나에 대한 사랑이었다.

"당신이 철저히 혼자이고 외롭다는 것도 알고 있어요. 세상의 아귀다툼과 무관심 속에서 살다 보면 어디라도 기대어서 지푸라기라도 붙잡고 싶은 심정은 이해하고 공감하고 있어요. 당신의 그 큰 포부에 맞는 일을 성취하려고 해도 어떤 철벽같은 걸림돌에 걸려서 번번이 실패한다는 것도 또한 알고 있어요. 어제 선녀님이라는 큰 무당이 굿 준비가 끝났다고 당신을 찾았어요. 어쩌면 당신의 뜻에 동의하라고 나를 향한 섬뜩한 미혹이었어요. 한 집에서 두 신을 섬기면 그 마찰로 배가 파선해 산으로 갈 수 있다는 충고였어요. 그러나 금, 은, 동, 돌과 나무 등으로 만든 우상 덩어리들이 당신의 일을 어떤 방식으로든 돕기는커녕 망친다는 걸 알아야 해요. 우리 가족의 생사화복은 온 우주와 이 세상을 창조하신 야훼 하나님께서 쥐고 계시므로 사람의 손으로 만든 우상 따위가 당신의 일을 방해하거나 돕지도 못해요."

큰무당의 속임수에 넘어가 일개 귀신 따위에 빠지면 빠질수록 하나님의 진노가 더 커지는 까닭에 당신의 사업은 갈수록 사방이 꽉 막혀서 꼬일 수밖에 없어요. 당신이 포도를 심고 가꿀지라도 벌레가 먹으므로 포도를 따지 못하고 많은 종자를 심을지라도 메뚜기가 먹으므로 거둘 것이 없는 거예요(신 28:38-39). 옛날 성서 시대에도 바알세불, 밀곰, 드라빔, 그모스, 아스다롯, 아세라 등 우상을 숭배한 나라들은 모든 세상 앞에서 끝내는 놀램과 비방거리가 되곤 했었지요. 폐병과 열병, 한재와 풍재, 염병과 썩은 재앙으로 진멸 당하고 비 대신에 티끌과 모래가 그 위에 내려서 필경 망하게 되었지요… 사람의 눈에는 우상을 숭배함으로 잠깐 성공한 듯 비칠지라도 그건 엉겅퀴가 잡초의 무성함에 불과하고 내실도 없어요. 만일 하나님이 이 세상을 주야의 법칙과 천지의 법칙을 세워서 원칙대로 다스리지 않으신다면(렘 33:25) 당장 파멸시키겠지만 하나님은 사랑이시라 우상 숭배자에게도 돌아올 기회를 주시는 거겠지요.

추수 때에는 알곡을 창고에 쌓여도 가라지는 모아서 불 지르려고 마니까요. 저는 당신에게 큰돈을 벌어오라 요구하지 않았고 강요하지도 않았어요. 제가 버는 수입만으로도 보통 사람들처럼 입에 풀칠할 수 있고 부족한 대로 쓸 수 있으니까요. 사람이 산다는 것은 하나님의 뜻 안에서 그분의 말씀을 지키며 살다가 부르시는 심판의 날에 위로 올라가는 것이지 삼시 세끼를 잘 먹고 호화롭게 사는 게 전부가 아니니까요. 제발 저는 당신이 십자가의 공의로 거듭나서 야훼의 품에 안기길 바랄 뿐이에요. 큰무당의 살풀이굿에 의존하지 말고 당신을 분초마다 바라보시고 지켜보시는 야훼 하나님께로 돌아오세요. 당신에게서 눈을 들이키지 아니하시며 당신이 침을 삼킬 동안도 놓지 아니하시고 감찰하시는(욥 7:19) 하나님을 인정하고 감사하세요. 그리하면 유황불로 멸망한 소돔과 고모라, 아드마와 스보임처럼 무너짐을 당하지 않고 그분의 사랑 속에 영원히 거할 수 있을 거예요.

"미안해, 나도 이런 극한의 주술행위는 원하지 않지만 이번이 마지막이야. 나는 큰무당에게라도 기대지 않으면 그만 미쳐버릴지도 몰라. 큰무당이 내게 큰 도움이 되지는 않았지만 이상한 능력으로 나를 길들여서 번번이 위안을 주었던 건 사실이야. 나는 스스로 힘을 잃고서 어떻게 하지 못해 심신이 완전히 지쳐있는 상태였어."

"여보, 스스로 포기하거나 자학하지 말고 힘을 내세요. 당신은 그 강한 의지로 당신을 미혹하는 큰무당 귀신도 끊고 술과 담배도 과감히 끊을 수 있어요. 당신이 우상을 단절하고 바로 서겠다는 옳은 결단만 보이면 우리와 똑같은지, 정, 의의 감정을 지니신 야훼 성령께서 확실하게 도와주실 거예요. 어둠에서 한 발만 뒤로 물러나 빛으로 들어가면 그 온화한 빛이 당신을 둘러싸고 보호하실 거예요."

 채림은 며칠 동안 전화 한 통 없이 돌아온 남편이 야속하지도 않은지 질타하지도 않고 오랫동안 가슴에 묻어둔 신앙적 고뇌를 약간 내색하며 털어놓았다. 언제나 하던 일이 복잡하게 꼬일 때에는 그 문제가 풀릴 때까지 전화도 하지 않고 술만 마시는 성격 탓에 무소식이 희소식이라고 포기하고 살아온 지난 세월을 그녀는 늘 미워하지도 않고 이해해 주었다.
 나는 넥타이를 풀고 바지를 벗겨 눕혀주는 아내의 따뜻함에 잠시나마 세상의 차가움보다는 포근함에 젖어 들어서 전등 스위치를 내려주고 나가는 그녀의 속삭임을 들으면서 잠이 쏟아졌다.
 "여보, 욕심을 제어할 수 없다 해도 키우지는 마세요. 남자는 자기만의 집을 지으려는 고집 때문에 욕심이 커가는 거예요. 욕심이 잉태한즉 죄를 낳고 죄가 장성한즉 사망을 낳는 거예요."
 나는 잠을 자는 둥 마는 둥 설치고 어둠이 채 가시기도 전에 깊이 잠든 늦둥이 아들의 이마에 사랑의 입맞춤을 남기고는 종종걸음으로 차에 올랐다. 번뜩이는 차의 전조등 빛에 막 단풍이 든 단풍나무의 잎새들 사이로 새벽하늘의 별들이 빨갛게 떠서 빛을 발했다. 골목길을 벗어나 가로등 밑의 대로변에서 숨을 헐떡이며 바쁘게 살고 있는 자신을 돌아다보니 나는 어느 면에서 사업 자체에 대한 미련을 찾아 헤매기보다는 남자만이 갖고 있는 살아있는 끼에 도전하는 셈이었다. 사업이 본궤도에 오르게 될 날을 기다리며 자신의 사생활과 가족은 내팽개치고 매일 접대를 핑계로 술에 절어서 그 여파로 몸뚱이가 망가지고 있어도 어쩔 수 없다고 스스로를 위로하며 다녔다. 허리가 아프고 등짝에 돋아난 뭔가의 묵직한 것에 짓눌려서 압박당하는 괴로움이 들었지만 그 병명을 아는 게 일을 추진하는데 방해가 된다면 숨이 멈출지라도 혼자의 비밀로 남겨두고 그 아픔조차도 인내하리라고 다짐했다.

동작대교를 건너 방배동 현장에 도착하자 벌써 동터오는 여명의 빛이 어둠을 몰아내고 가 등은 하나, 둘 빛을 잃어갔다. 현장 최기술 소장과 인부들은 주차장의 마무리 에폭시 작업을 시작하고 있었다. 나는 곧바로 달려와서 아침 인사하는 최 소장에게 먼저 작업 시 주의 사항부터 하달했다.

"최 소장. 에폭시의 주제와 경화제를 충분히 희석해서 기포가 생기지 않도록 철저히 지시해. 시공을 쉽게 하려고 두어 번 휘저으면 시공 후에 경화도 잘되지 않고 큰 기포 현상이 발생해서 재시공해야 할지도 몰라. 푸라이머는 깨끗이 청소하고 도포했겠지."

"네, 이사님! 지하층과 지상층 모두 물청소로 깨끗이 씻은 후에 완전히 건조하고 기초 푸라이머를 발라줘서 다른 건물에 비해서 그 수명이 몇 배는 오랫동안 지속될 겁니다."

작업 현장을 감독하고 있던 최기술 소장은 시공현황을 보고하고는 다시 에폭시 작업반장에게 뜨끔한 목소리로 소리 질렀다.

"조그만 기포도 발생하지 않도록 주제와 경화제를 적당히 희석해 줘. 너무 많이 해도 안 되고 황금비율을 맞추도록 해. 조그만 하자가 발생해도 재시공을 지시할 테니까 알아서 성의껏 하도록 해."

현장은 인테리어 공사와 화단 조성공사를 끝내고 마무리 일들을 매듭짓고 있었다. 나는 현장 각 부분의 미진한 곳들을 일일이 체크하고는 병원에 입원해 있는 환자 상태를 넌지시 물었다.

"입원한 환자가 어떠한지 잘 돌보고 있나?"

"어젯밤에도 면회하고 왔는데 아직은 불투명해요. 산소호흡기로 인공호흡을 시키고 목에 구멍을 뚫어서 강제로 영양분을 투여하고 있는 그대로예요. 담당 의사의 소견으로는 환자가 살아있는 게 기적이래요. 이사님의 관심이 환자의 생명을 살렸다고 극구 감탄했어요. 산재처리 되지 않는 환자를 이송 도중 사망할지도 모른다는 이유만으로 가까운 병원에서 현찰로 치료해주는 분은 보기 힘든 경우래요."

최 소장은 굳은 표정으로 경청하고 있는 나와는 달리 내 감정을 간파하기도 한 듯 살짝 미소까지 흘리다가 곧 웃음을 멈추고 곤혹스러움이 나를 닮은 짙은 눈썹에 한층 넓게 표출되었다. 아직도 사고를 일으킨 범인이 누군지도 감을 잡을 수 없을뿐더러 도대체 왜 어떤 억하심정으로 나쁜 짓을 저질렀는지 그 후유증의 혼돈으로 나와 같이 긴장하고 있었다.

"다칠 때가 있으면 나을 때도 있는 법이어서 하늘의 뜻에 맡길 수밖에… 최 소장은 그동안 이곳에서 여러 잡다한 일로 수고했고 내일부터 흑석 현장을 맡아줘야 하겠어. 지금 맡은 이상재 소장은 공장 전문이어서 화성산업 현장으로 나가라고 했어. 나머지 사소한 일들은 작업반장에게 맡기고 일이 있으면 폰으로 지시해도 충분해."

방배 현장은 인명사고만 나지 않았어도 깔끔하게 마무리될 곳인데 최기술 소장의 감독 소홀로 멀쩡한 젊은 인부를 큰 부상을 당하게 함으로써 내가 경제적인 짐을 떠안은 것 이상으로 그에게도 심리적 부담은 나와 똑같을 거라고 짐작했다. 그 최 소장의 짐을 조금이라도 가볍게 해 줄 수 있는 길은 사고 현장을 떠남으로써 사고의 악몽에 붙잡혀 있던 시선을 다른 데로 돌리도록 빨리 선처해주는 방법밖에 없었다. 최 소장은 인사이동을 선처한 내 배려를 알아차리고 그 묵직한 얼굴에 시원섭섭한 희색이 맴돌았다. 나는 에폭시 도포 작업을 지켜보다가 근처의 지정식당에서 최 소장과 함께 몸에 밴 에폭시 신나 냄새를 지우려고 시래기 해장국을 안주 삼아 막걸리로 컬컬한 목을 축이고 늦은 아침을 때우고는 곧바로 흑석 현장으로 내달렸다.

국립묘지 앞을 지나 명수대 직전의 삼거리에서 좌회전 신호를 받고 중대 입구의 현장에 도착했다. 그런데 이게 웬 날벼락인지는 모르지만 나는 현장에서 눈앞에 벌어진 괴상망측한 사태로 말미암아 갑자기 혈압이 오르면서 가슴과 등허리의 통증이 재발되어 빈혈이 일어났다. 필연코 거쳐야 할 어려운 홍역을 치러냈음에도 불구하고 나를 파멸시키려는 무서운 음모꾼들의 추적으로 인해서 내 병증이 재발되었다.

멀리서 얼핏 본 시야에는 CIP 흙막이 공사에 투입된 볼링 기계 3대가 한꺼번에 정지되고 지반 정지작업을 벌이던 포클레인과 흙을 나르는 트럭들, 보조 인부들까지도 작동 정지된 중장비 옆에서 일손을 멈추고 차렷 자세로 멍하니 서 있었다. 포클레인 삽날 안에는 멀쩡한 사람이 들어가서 등 기대고 누워있고 중장비와 H 빔, 철근과 부자재 위에도 수십 명의 사람들이 몰려와 뺑 둘러앉기 도하고 서서 알 수 없는 구호를 외치며 아우성이었다. 삽과 곡괭이를 든 사람, 고래고래 험악한 소리 지르며 이상재 소장과 말다툼을 벌이고 있는 사람, 그들을 지켜보며 웃고 있는 사람 등 가지각색이었다.

내 눈으로 지켜보는 현장은 마치 CIP 작업장 한가운데 연극 무대를 설치하고 수많은 연극배우들이 모여서 각각의 맡은 역할을 담당하는 슬럼가의 전위예술을 연출하는 싸움터로 내비쳤다. 내 눈이 실명하지 않았다면 포클레인 삽날 안에 비스듬히 누워있는 사람은 담장이 헐린 옆 교회의 목회자와 당 회원이었고 삽을 든 사람들은 그곳의 직분 자들이었다. 그들 옆에서는 철거와 CIP를 하청 맡은 양재덕이 허리를 구부리고 뭔가를 통사정하며 설득 작업을 벌이고 있었다.

나는 인간의 전위예술 희극이 공연되고 있는 그 희한한 노천극장 무대를 관람하면서 돈 몇 푼의 오차 때문에 물질을 초월해야 할 종교인들이 현란하게 연기하는 코미디의 추태 극에 솔직히 절망했다. 자의가 될 수 없는 타의에 의한 한숨이었다.

나는 사태의 추이를 대충 짐작하고는 하청업자 양재덕을 불러서 추궁하듯 날카롭게 쏘아붙였다.

"양 사장, 왜 저 모양으로 또 말썽인가요? 전번에 2억 원을 받고 합의서를 써 주고는 왜 저러지요? 버러지가 아닌 사람의 형상을 입고는 어찌 저런 추태를…? 어디서부터 잘못되었는지 그 이유를 요약해 설명해 보시죠?"

"이사님, 제 불찰을 용서하세요. 이사님이 지급한 것 외에도 최선을 다했지만 제가 약속한 금액은 지급하지 못했습니다. 제가 알아서 섭섭지 않게만 하겠다고 했는데 5천만 원을 더 내라고 저 야단들이지 뭐예요.

나도 하나님을 전하는 선교일을 했지만 목회자와 장로, 직분 자들이 저 모양이니까 세상의 빛이 되어야 할 교회까지 타락할 만큼 타락한 거지요."

양재덕은 회의심에 깃든 내 절망을 눈치채고는 그의 벗겨진 관자놀이의 땀방울을 팔소매로 훔치며 그들의 몰지각한 행위를 성토했다. 그래도 나는 그 내막이 의아했던 터여서 그 까닭을 재차 확인했다.

"양 사장, 이건 하나님께로 조금은 기울어진 내 막연한 열정과 관심을 무참히 짓밟고 부숴 버린 어이없는 추태이고 절망이에요.

돈도 중요하지만 전번에 합의서를 받았으니까 그대로 밀어붙이면 될 것 아니오?"

"그게 좀… 말씀드렸듯이 사실은 그 모종의 약속을 지키지 않으면 그 합의서를 무효라는 각서를 제가 별도로 써준 게 불찰입니다."

"일 처리를 경박하게 하셨군요. 어찌 권한 밖의 일을 심사숙고하지 않고 저질렀나요?"

"사람들의 태도가 완강하고 돈을 당장 마련할 수가 없어서 그렇게라도 하지 않으면 합의가 이뤄지지 못해 공사가 지연될 것 같아서 급한 마음에 잘못 판단했습니다."

"정확히 얼마를 더 요구하고 있나요?"

"5천만 원인데 깎아봐야 되겠지요. 에누리 없는 장사가 어찌 없겠어요."

"양 사장은 남의 일이나 되는 것처럼 태평하시군요. 알았어요."

나는 발등에 불이 떨어졌는데도 태연자약한 양재덕의 안일함에 발끈 분노가 치밀어 올라서 쏘아붙이듯 일침을 놓았다.

도대체 이 난관은 어디서부터 어떻게 풀어야 할지 그냥 까마득한 현기증이 일었다. 이미 사무실 금고가 바닥난 상태에서 절망한 체 번번이 얻어터지면서도 참고 웃어야 하는 마조키스트, 절망에 의한 피학대음란증 환자가 된 느낌이었다. 한 번 발을 들여놓은 이상, 빠져나갈 수 없어서 억지로 끌려 들어가야 할 억울함으로 수렁에 묻힌 분노가 일었지만 목을 죄어오는 멍에를 풀기 위해 어쩔 수 없이 현장 전화통을 잡고 삼풍 상가의 개인 사무실로 다이얼을 돌렸다.

"여보세요. 미스 지입니다."

"나 예 이사인데 현재 예금 잔고가 얼마나 남았지?"

나는 거두절미하고 지출할 수 있는 돈의 액수를 물었다.

"5천만 원 정도밖에 없어요."

"뭐, 겨우? 아무튼 좋아. 아래층의 은행으로 얼른 내려가서 흑석 현장의 통장에 입금시켜!"

"철근과 부자재 값을 지불할 잔액인데…"

"거긴 며칠 여유가 있으니까 당장 입금시켜, 발등의 불부터 끌 수밖에…"

적어도 1억 선은 지레 남은 걸로 착각했지만 그 정도로 예금 잔고가 바닥난 줄은 몰랐다. 겨우 오천만 원밖에 남지 않았다는 미스 지의 울먹이는 목소리에 나는 잔인한 비수에 찔린 듯 휘청거리며 떨리는 손으로 수화기를 내려놓았다. 아련히 비치던 한줄기 빛마저 차단된 듯싶었다. 당장 돈이 떨어지면 현장들은 마비될 것이고 일단 궁지에 몰리면 작은 쥐구멍 때문에 터진 둑의 봇물처럼 일시에 모든 게 휩쓸려 무너져 내릴 것이다.

머릿속이 휑하니 비어져 나가고 텅 빈 가슴으로는 절망의 찬바람이 또다시 밀어닥쳤다. 일개 하청업자인 양재덕에게 책임을 전가하기는커녕 왜 전권을 행사하도록 위임했을까를 미처 후회할 틈도 없었다. 필리핀에서 귀국한 선교사라는 말 한마디에 그의 사람됨을 믿고 무언가를 돕고 싶은 간절함으로 나 자신의 영혼마저 맡긴 불찰이 심히 부끄러웠다. 첫인상에 신임이 가는 사람은 무작정 믿고 보는 그 어리석은 믿음이 무너져 내렸다. 타인을 의심하느니 속을지언정 믿고 보는 그 순수한 열정이 사라져 허탈감마저 들었다. 게다가 사무실의 잔고가 오천만 원인 줄 알고 우연의 일치라도 오천만 원을 요구하는 그가 나를 파멸시키려고 뒤쫓는 일당 가운데 하나일지 모른다는 의구심이 갑자기 일어서 머리를 도리질했다. 내 행동 하나, 하나를 감시하며 숨통을 조여 오는 감시자라는 생각으로 혼란스러웠다. 어떻게 할렐루야를 인사말로 던지는 능수능란한 달변의 양재덕이 종교인들에게 얽힌 공통된 분모를 처리하지 못해서 나를 왜 곤경에 몰아넣을까 하는 의구심을 가질수록 전부가 악귀인 듯 의심스러웠다.

엉터리 철거공사로 큰 피해를 입혔음에도 불구하고 CIP 흙막이 공사와 터파기 공사를 그가 요구하는 대로 밀어주었건만 그 애틋한 사랑을 몰라주고 자기가 저지른 실수조차 마무리 짓지 못해서 끝까지 내 목을 조여 오는 것은 어쩌면 나를 넘어뜨리려는 악귀의 패거리 중 하나일지도 모를 일이었다.

내 아픈 숨 가쁜 상상은 더 이어갈 수 없었다. 공사가 지체되면 중간 기성금을 타내지 못하는 것은 물론이고 연결될 공사조차 수주하지 못할 터이고 표준 계약서의 규례대로 공사 지체 보상금마저 물어야 할 형편이어서 발등의 불부터 끄고 볼 일이었다.

나는 절망 깊은 곳에서 터져 나오는 격렬한 흥분을 자재하며 그에게 시퍼런 칼날 섞인 목소리로 차갑게 지시했다. 명령이라기보다는 차라리 적나라하게 도와달라는 애원이었다.

"양 사장, 사무실 통장의 잔고가 저들이 요구하는 오천 밖에는 없어요. 누구의 잘못을 따지기 이전에 저들을 당장 몰아내고 즉시 공사를 재개하지 않는다면 나는 큰 곤란에 처하게 돼요. 시범공사에 준하는 이 일을 완벽히 처리하지 못하면 건물주와의 관계가 비틀어져서 약속된 다음 공사도 수주할 수 없어요. 양 사장도 사업하겠다고 용역회사를 차리신 분이니 오천만 원을 가지고 해결하든 더 보태서 하시든 저들과 타협을 끝내고 지체하지 말고 곧 일을 시작하세요. 지금 내가 나선다고 해도 득보다는 실이 클 터여서 같은 크리스천인 양 사장이 깔끔히 매듭지으세요. 어차피 양 사장 팀의 실수로 저질러진 중대한 일이니까요."

"염려 마십시오. 이사님의 말씀을 들으니 실존하시는 하나님을 만난 것 같아요. 저 하나 믿고 적극 도와주시는 이사님에게 너무 큰 폐해를 끼쳐 면목이 없습니다. 이번만은 뚜렷한 선을 긋고 확실히 해결하겠으니 진노를 푸십시오. 이 은혜와 따스한 사랑, 두고두고 잊지 않고 보답하겠습니다."

양재덕은 분노의 수치심으로 낯빛이 뜨거워진 내 격정을 읽었음인지 허리를 60도로 꺾고 머리를 조아렸다. 내 사업이 무너지면 자신도 비빌 언덕을 잃을 거라는 위기의식을 공감하는 듯싶었다. 나의 코피 터질 듯이 달아오른 분노를 어떻게든 풀지 않고서는 자신도 끝장이라는 사태의 엄중함을 직시했다.

 나는 사무실 통장에 돈이 떨어졌다는 것은 전쟁터에서 싸움하던 병사가 총알이 떨어져 죽음에 내몰리는 것과 똑같아서 솔직히 무엇을 어찌할지 몰라 허둥대었다. 훗날에 많은 총알이 생겨서 부자들의 소꿉장난에 참여할지언정 당장 그 자리에서 총알이 떨어지면 적군이 먼저 쏜 총알을 맞게 되는 터여서 벼랑 끝에 돋아난 나뭇가지를 잡고서 버티는 심정이었다. 입술은 왜 그리도 바싹바싹 타 들어가고 있는지 밑이 없는 수렁에 빠져서 아편 먹은 것처럼 비실대었다.

 송 가을 소장의 어설픈 포커 놀음으로 시화 현장의 중간 기성금이 늦어진 마당에 기대했던 흑석 현장마저 기성금을 제때 받지 못하면 은행거래마저 끊긴 상황에서 전체 현장의 파산은 불가피한 일일 수도 있었다. 특히 공사 현장에서 돈줄은 피의 순환과 같아서 피를 공급받지 못한 인체는 산소 결핍으로 썩어서 고사되는 것처럼 나도 넘어질 수 있었다.

 나는 덜컥 밀려든 심리적 공황장애로 식욕을 상실하고 그 힘에 눌려서 온 몸뚱이가 뼈 없는 낙지인 양 축 늘어져 맥없이 주저앉았다. 점심을 거르고 저녁 먹을 시간이 넘었지만 뜨뜻한 국물 몇 숟가락조차 뜨고 싶지 않았다.

 명치끝에 극심한 통증과 압박감이 밀려와서 진통제를 복용해도 그 아픔은 가시지 않고 등허리의 신경이 끊어진 것처럼 살덩이가 아파왔다. 대학 병원에서 종합검진을 받고 싶었지만 진찰 결과 무서운 병명을 진단받는 것이 두려워 그만두었다. 정말이지 중한 병에 걸려서 고통 없이 단번에 죽으면 그만이겠으나 풍을 맞고 전신 불구가 되거나 실어증에 걸려서 말을 못 한다면 그건 죽음보다 더한 영혼의 통증이 될 터였다. 육체와 죽음의 한계가 실감되면서 그 두려움이 창자를 끊어내듯 전신을 휘감았다. 어림잡은 불쾌한 상상이 떠올라서 등허리의 어딘가에 단단한 혹이 돋아나 굳어지면서 그토록 거부하던 죽음이 심장을 죄어오는 기분이었다. 이후로 나는 알 수 없는 중한 병으로 스스로 죽어가고 있는 현실을 어렴풋이 인정하게 되었다. 척추와 척추 사이 돌덩이 같은 암 덩어리가 돋아나서 심장과 가슴 전체로 전이되고 있는 게 틀림없었다.

 나는 고통의 내출혈로 파멸되기 일보 직전 이어서 배짱과 집념이 나약하다고 운운하는 것 자체가 언어의 사치였다. 도끼를 휘둘러서 돈을 더 내라고 시위하는 종교인들의 머리통을 박살 내고 그들과 한 패거리일 수 있는 양재덕의 의심스러운 행위를 쳐부술 수 있겠지만 곧 닥칠지 모를 죽음의 통증은 막아낼 수 없는 일이었다.

 나는 문득 대학가에 돋아난 가을 잎새의 잔잔한 떨림 속에서 내 사업이 솟아날 구멍조차 없는 파멸로 치달으면서 죽음의 해일로 화(花)해 덤벼드는 자신의 죽음을 보았다. 아니었다. 죽음은 그 어디에도 없었지만 흐드러진 내 상상의 나래를 타고 살아 있었다. 죽음의 아픔은 절망의 틈을 비집고 들어와서 등허리 밑에 숨어 있었다. 나는 낮이나 밤이나 죽음의 병이 깊어가는 환자였다.

그 공황장애의 두려움을 떨치고 살기 위해서는 처리할 일이 산더미만큼 축적되어 있을지라도 나는 현실의 벽을 넘어서 어딘가에 기대어야 할 터였다.

내 영혼을 쥐어짜는 슬픈 공상에 시달리다가 결국은 최정수를 떠올리고 방배동 한국 엔지니어링을 찾아 내달렸다.

십여 개의 자동차 부품 단지 가운데 영화금속 명 사장이 발주한 실계 약 금액 36억 상당의 계약만 성사되어도 그 선급금으로 당면한 위기는 모면하게 될 것이다. 영화금속이 계약되면 십여 개 공장이 모든 것을 명 사장에게 위촉한 상태여서 총금액이 오백억대는 넘기 때문에 돈 문제의 해결로 자연히 절망은 사라지리라 믿었다.

최정수는 공장 설계 수주와 다른 설계도면 변경 문제로 외출하고 없었다. 대부분 5.16을 거치면서 구로공단에서 기반을 다진 공장주들이 인천 남동공단과 시화 지구 화성산업단지, 전국으로 흩어져 공장을 수 배, 수십 배씩 늘려나가면서 이전하는 문제로 최정수 설계실장은 늘 바빴다.

나는 최정수의 개인 비서에게 내가 가 있을 곳의 위치를 대략 설명해주고 계단을 내려왔다. 딱 집어서 내가 기다릴 업소를 정해주지 않고 방배동 먹자골목의 목로주점이나 길 초입의 포장마차에서 입술을 축이는 정도로 귀띔해 주었다. 혼자라는 외로움과 자기 혼란의 무력감으로 방황의 올무에 잡혀서 정체성을 잃고 어디서 헤매 일지는 나 자신도 알지 못했다. 전에는 자신을 일컬어서 힘과 실력을 겸비한 끼의 남자라고 뽐냈던 알량한 자만과 교만이 아픈 몸으로 뒤돌아본즉 손바닥에 잡았다 놓친 바람인 것을 깨닫고 그만 자신을 조소하는 쓴웃음을 헛허허 터뜨렸다.

 미친 자의 광적인 직관이 아니었다면 자신이 살아온 생을 왜 잘난 척했는지 우스웠다. 앞으로 사업이 번창한다 해도 죽음에 넘겨줄 일이어서 우습고 나를 파멸로 몰고 가는 악의 세력을 일망타진해서 감옥에 처넣는다 해도 나는 이 생명을 떠나서 저승길로 걸어갈지 몰라 너무도 허탈해 나를 조소하는 쓴웃음이 입가에 번졌다. 나는 바람을 잡았었고 손가락 사이로 빠져나간 바람이 허무해 웃음을 그치고 어둑어둑 어둠이 내리는 술집 골목으로 흡수되었다.

 그리고는 골목을 한 바퀴 돌아 원점으로 돌아와서 병원에서 나오던 꼭두새벽에 여주인과 술잔을 나눴던 골목 초입의 포장마차를 찾아 딱딱한 나무 의자에 앉았다. 여자는 저녁 장사를 시작하려고 얼음 진열장 안에 여러 가지 안주를 보기 좋게 나열하다가 나를 알아보고 반가운 눈빛을 보냈다.

 "어서 오시죠. 지난번에는 맨 끄트머리에 오신 마지막 파장 손님이셨는데 오늘은 맨 처음으로 오신 마수손님이 되셨네요."

 "잘 있었어요. 마담의 친절에 끌려 이곳으로 발길이 돌려졌어요. 소주에 꼼장어 주세요."

 "손님께서는 지난번에는 많이 취하셔서 오늘은 적당히 드세요.

강술로 들지 마시고 안주가 구워지면 함께 드세요. 손님은 술을 잘 감당해내지 못하는 편이어서 염려스러워요."

여자는 슬그머니 반기는 실소를 흘리며 관심 어린 표정으로 바라보았다.

"마담은 눈썰미가 대단해요. 나를 바로 파악했어요. 오늘만은 금주를 하겠다고 거듭 다짐했지만 마시지 않고는 견딜 수 없어 찾아왔어요. 나는 마셔서 취해야만 내일을 잊고 나를 지워버릴 수 있어서예요."

"손님은 제가 7~8년 전에 사랑했던 남자처럼 솔직한 성격이며 호탕한 웃음까지도 너무나 닮은 분이셔서 제 기억에 각인된 거예요. 손님을 보면 그 사람을 만나는 착각에 빠져서 늘 오시기를 기다렸어요. 지난번 파장 무렵에도 그 사람이 생각나 손님과 스스럼없이 마신 거예요."

"그토록 사랑한 남자라면 결혼해서 함께 살 일이지 왜 헤어졌나요?"

"지나치게 술을 과음해 교통사고로 저세상으로 떠나갔지요."

여자는 말라붙은 과거의 사람을 답답하게 회고하면서 나를 마주하는 뜨거운 눈빛이 그 시절의 기억이 되살아나는 듯 슬퍼 보였다. 그제 서야 나는 여자의 남자가 나와 같이 폭음하는 이유로 죽음을 맞이했고 자신에게 애정 어린 호감을 가진 것도 이해하게 되었다.

소주와 술잔이 앞에 놓이자 나는 끝장을 내고 말겠다는 발악을 하며 한 병을 물을 마시듯 털어 부었다. 여자는 나를 이어 들어온 다른 손님의 안주를 구우면서 걱정스러운 눈빛으로 힐끔힐끔 지켜보다가 쉽게 방도가 서지 않는 모양이었다.

"꼼장어를 씹으면서 천천히 드세요. 안주를 안 드시면 위에 구멍이 나요."

마침 최정수가 술병의 끝잔을 비울 때쯤 가쁜 숨을 뱉어내며 포장마차 안으로 불쑥 얼굴을 내밀었다. 그는 엉덩이를 붙이고 내 옆으로 다가와 앉으면서 나를 찾아낸 게 반가운 듯 회심의 미소를 지어 보였다.

"내 예감이 빗나가지는 않았군. 자네는 고급스러운 분위기보다는 소박한 곳을 기웃거릴 줄 짐작했지."

"최 실장, 어떻게 여긴지 알아차리고 쪼르륵 달려왔는가!"

최정수의 발 빠른 출현은 무슨 말을 할 수 없도록 일격에 나를 침묵시켰다. 더불어 그와 나 사이에 끼어든 포장마차 여주인의 수상쩍은 말투는 나를 저만치 밀어내었다.

"어머, 최 실장님 어서 오세요. 그럼 이 손님이 실장님께서 늘 말씀하시던 예 이사님이세요?"

"마담의 센스도 잽싸구먼! 그래요. 이 친구가 아니면 내 단골 포장마차에서 호탕하게 술 마시는 멋진 남자는 없겠지요."

"세상에! 제가 옛날 애인하고 똑 닮아서 술을 대접했다고 말한 분도 바로 예 이사님이신데…"

"이 친구는 기막히게 여자 복도 넘쳐서 어디에나 인연이 닿아 있지요. 나는 그 많은 날 가운데 마담 술잔을 받지 못하였거늘 이 친구는 단번에 마담을 녹여내었으니 기가 막힌 인연이 아닌가요. 그런 의미에서 내가 쏠 테니 마담도 한잔해요. 꽃게 무침과 닭발 알아서 골고루 줘 보세요."

최정수는 나처럼 폭주 파에 들지 못할지언정 누구에게나 분위기를 맞춰 술을 즐기는 한량이었다. 술잔을 나누는 가운데 나를 꿰뚫어 보고는 종종 조언도 아끼지 않으면서 편안하게 붙잡아 주는 과묵한 친구였다. 그건 그만이 가진 짙은 인간미의 미덕이었다. 그 순간도 내 낯 설은 방황을 눈치채고 이끌었다.

"예 이사, 자네는 참담한 고통을 이기지 못해 방황하고 있어. 정신은 육체를 지배할지라도 악순환 적인 방황은 습관화되어 정신을 망칠 수 있지. 인간의 강함이나 나약함도 정신의 의식 속에서 스며 나오기 때문에 마찬가지로 우리의 정신도 육체의 지시에 굴복함으로써 습관화된 방황은 노예화되겠지."

"자네는 그렇게 느끼겠지만 그렇지는 않아. 나는 죽겠다는 용기로 억세게 살려고 해. 체념하는 자는 그 누구도 완전한 성취감을 맛볼 수 없을 테니까."

우리는 소주잔을 건네주고 건네받는 것처럼 어릴 적의 말 없는 우정을 받아 나누었다. 여주인은 우리들의 대화에 끼어들고 싶은 눈치였지만 두 친구의 진한 우정 앞에 선뜻 끼어들 만한 숫기가 없는지 점점 철학적 관점으로 비화되면서 말없이 경청하는 자세였다.

술병이 거듭 비워지고 최정수도 술을 못 이기고 혀가 꼬부라진 발음으로 연신 떠들었는데 그건 마치 투정 부리는 어린아이를 달래는 듯한 어감이었다.

"이것 봐. 예 이사! 세상은 프로메테우스가 제우스의 불을 훔치는 데서부터 시작되었어. 그 불을 인간에게 전한 것이 제우스에게 발각되면서부터 철학은 시작되었지만 이것은 누구에게나 태양처럼 원하는 자에게는 공평하게 주어진다는 걸 자네도 알고 있지 않나? 큰무당 선녀님만 좋아하지 말고 인간을 불로써 뜨겁게 사랑한 프로메테우스에게도 관심을 기울여보게."

"됐네. 되었어. 자네도 큰무당 선녀님을 만나보면 철학이 해결하지 못하는 답답한 응어리가 절로 풀어질 걸세. 나는 신이 존재한다고는 꼭 믿지 않지만 그 선녀님을 통해서 신을 만나고 소통한 계기가 된 거야."

그와 나는 제우스에서부터 신은 죽었다고 외치는 니체에 이르기까지 아무런 알맹이의 소득도 없이 취기가 더해 갈수록 횡설수설 몰두해 섭렵해나갔다. 그렇게 떠들며 뭔가는 몰라도 그저 폭소하면서 이 말 저 말을 두서없이 큰 소리로 떠들다 보니까 꽉 막힌 가슴과 쌓인 스트레스가 풀어져 내렸다. 이렇듯 해소하는 힘이 술꾼들을 유혹하는 술의 마력이고 술을 마시고 접하는 변명 아닌 변명이었다.

나는 술을 마시는 틈틈이 술에 전 장아찌가 될 게 아니라 무언가를 정리해 거듭나야 된다고 마음먹고 술자리에서 일어났다. 무엇을 어떻게 거듭날 것인가 그 해법은 알 수 없지만 아내 채림이 하나님을 믿어야만 그 속에서 거듭난다고 한 간곡한 호소가 뇌리에 맴돌았다. 하지만 거듭날 때 거듭날지언정 마지막으로 한 번만 더 약속된 살풀이굿을 해야만 진짜 거듭날 듯싶어서 선녀님이 그리웠다.

술을 마시고 나갈 때까지 기다리던 강 기사는 세검정 자하문 터널을 지나고 파출소를 끼고 우회전해서 또다시 개천을 끼고 우회전했다.

시간이 너무 늦어 강 기사를 거기서 돌려보내고 나는 산 밑에 자리 잡은 큰 무당집에 들어섰다. 약속된 시간이 훨씬 지난 깊은 밤이어서 굿판을 이미 짙게 무르익어서 큰무당 선녀님은 벗은 두 발로 시퍼런 작두칼을 딛고 신문지도 닿기만 하면 두 쪽 나는 무시무시한 칼날 위에서 너울너울 춤을 추었다. 보기만 해도 소름 끼치는 작두칼은 면도칼보다 예리한 마광의 빛이 번뜩이었다. 아차 하는 순간, 티끌만 한 실수가 있어도 큰무당의 발바닥은 그 살기 서린 칼날에 두 쪽이 날 게 분명해서 밟고 서 있는 것 자체가 작은 기적이고 조상신님의 임재였다.

나는 술에 취해 흐느적대는 와중에도 생살을 베는 소름이 끼쳐서 칼날을 밟고 춤추는 큰무당 선녀님을 애써 외면했다. 큰무당은 악령에게 씌운 사람들의 올무를 풀어주는 선녀님이라고 자부심이 대단해서 죽은 영들의 계시로 사람들의 미래를 예언하고 불행해진 운명을 거꾸로 바꿔서 행복해질 수 있도록 해준다고 장담했다. 그 처방으로 굿과 푸닥거리, 부적과 비방을 사용해서 선처해주는 탓에 단골들로 넘쳐났다.

그녀는 방울달린 고깔모자를 쓰고 선녀님을 연상하는 형형색색의 무녀복을 곱게 차려입고 딸랑 방울을 요란하게 흔들며 용왕님, 칠성님, 성주님, 삼신할머니, 삼신님 등의 망측한 이름들을 부르면서 신묘한 주문을 외웠다. 그러다가 지켜 서 있는 내 존재를 확인하고는 혀를 길게 내밀면서 위압적으로 소리쳤다. 순전히 명령이었다.

"산왕대신, 산왕대신, 산왕대신을 반복해서 외쳐라! 산왕대신을 계속 외쳐라!"

수 삼 분이 지나고 십여 분이 지나면서 내가 이해할 수 없는 장면을 목격하게 되었다. 귀신의 실체가 그토록 극명하게 드러날 줄은 몰랐었다. 술에 취해서 헛것을 본 것도 아닐 텐데 참 해괴한 짓거리가 펼쳐지고 있었다. 눈에서는 비늘이 떨어져서 두 개로 분리되는 희한한 귀신들의 노닥거림를 목격했다. 영안이 열려서인지 술의 취기로 헛것을 본 것인지는 불분명하지만 정신의 끝을 놓은 것은 아니었다.

큰무당과 세 명의 새끼 무당이 거창하게 차린 제사상을 배경으로 무녀들의 춤을 추는 와중에 갑자기 깃발로 꽂아 놓은 대나무 이파리가 심하게 요동치기 시작했다. 바람 한 점 불지 않는 밤이건만 대나무를 잡은 새끼 무당의 손도 강렬하게 떨렸다. 나는 젊은 그녀의 손목 흔들림 속에서 묘하게 드러난 검은 형체를 포착하고 정신이 혼절할 정도로 떨었다. 무당집에서 뒷산으로 이어진 길로부터 정체 모를 수십 개의 검은 형체가 날아와서 대나무 잎새들을 강하게 흔들어 내었다. 사람 형체를 띈 주먹만 한 검은 무리들이 큰무당 주위를 맴돌며 달빛에 반사되어 반딧불 크기의 어두운 빗살을 뿌려대고 있었다.

속된 언어로 장난일 수 없는 귀신들의 출몰로 단정하고 나는 뭐라 말을 하려 해도 입술은 놀라운 경악으로 닫혀서 열리질 않았다. 차라리 공포였다. 큰무당의 벼락 치는 소리가 귀신들을 대신해서 고막 안으로 그 찰나에 쟁쟁히 울려 퍼졌다.

"어이, 어이, 음부에서 떠도는 네 조상들과 물에 빠져 처녀귀신이 된 네 누나의 한으로 네가 당하는 시퍼런 파멸을 깨닫지 못하는가! 저 살려달라고 외치는 네 누나의 혼령과 조상들의 통곡 소리가 들리지 않느냐? 저 절규하는 자들의 원혼을 달래주지 않으면 너는 제명대로 살지 못하고 파멸당하리라. 어이, 어어이! 너는 이 자리를 떠나가면 당장 내 명령을 시행하라. 네 아내와 아들이 소유한 성경책을 뺏어서 불 속에 던져 넣고 십자가의 흔적조차 말끔히 지워버려라. 성경의 신과 십자가의 죄는 우리네와 원수이고 마귀이니 너와 네 가족이 영원불멸하도록 내 명령을 지켜 불사르면 네 운세는 대통해서 천궁에 올라가는 상급을 누릴 것이다! 네 불운의 파멸은 네 아내와 아들의 성경책이 십자가의 피를 불러서 너와 우리네를 갈라놓아 일어난 무저갱의 저 주임을 명심하고 명심하라. 산왕대신, 산왕대신, 어이, 어어이 산왕대신."

큰무당은 몽유병 환자처럼 내 앞으로 바짝 다가서서 조상들까지 들먹이며 슬피 우는 흉내를 연출하더니만 거창한 주문을 외우다가 귀신들에게 쩔쩔매는 시늉으로 그들의 영매가 되었다. 익히 내가 알고 있는 물에 빠져 죽은 큰누나의 흉내도 똑같이 재연하면서 어디가 진짜이고 허상인지 구별할 수 없는 만큼 큰무당 선녀님의 살풀이굿은 능수능란했다. 나는 살아서 역사하는 귀신들의 기세에 눌려서 진상 맞게 큰무당이 하는 대로 복창했다.

"네, 네. 산왕대신, 산왕대신, 산왕대신 대왕님, 산왕대신 대왕님!"

큰무당과 새끼 무당은 징과 꽹과리를 울리면서 악령들의 검은 형체가 사라진 소롯길의 한 편 귀퉁이에 멈춰 서서 한 발을 들었다 올렸다 하며 무녀의 춤을 덩실덩실 신명 나게 추었다. 나 또한 귀신들의 덫에 걸린 생쥐처럼 무슨 수작인지 몸뚱이를 부들부들 사시나무 떨듯 떨면서 산왕대신을 반복해 불렀다.

무당집 뒤편으로 이어진 소롯길을 오르다가 술기운에 넘어져서 장딴지가 피멍으로 얼룩졌고 귀신들의 역한 냄새에 웩웩 더러운 구역질을 뱉어내었다. 산왕대신을 부를수록 점점 무서움은 사라지고 취기도 귀신이 곡할 만큼 없어져서 새 힘이 돋아났다.

그때까지만 해도 나는 야훼 하나님과 사탄 루시퍼를 인간의 탐욕이 빚어낸 동일한 일직선의 줄 위에 놓인 가상의 존재로만 여기던 터여서 만일 나를 도와서 내 욕망을 채워주는 신이라면 악마에게라도 내 영혼을 팔아버릴 만큼 너무도 영적 세계에 무지했었다. 그러나 수십 개로 날뛰던 검은 악령의 형체를 목격한 뒤로는 눈에 보이지 않는 존재가 반드시 어딘가에서 나를 지켜볼 수 있으리라는 것을 지레짐작하게 되었다.

살풀이굿이 어두운 새벽까지 이어지는 내내 술을 연신 퍼마시면서 새끼 무당을 흉내 내어 귀신 춤을 추었다. 술에 절고 피로에 지친 짐승의 육체가 되어서 악령들의 축제에 동참한 철없는 주인공이 되었다. 땀이 물씬 배도록 상왕대신을 부르면서 귀신 춤을 춘 사탄극의 연극배우였다.

"산왕대신, 산왕대신, 산왕대신 대왕님, 산왕대신 대왕님"

그 이튿날은 늦은 밤까지 큰무당 집의 구석진 쪽방에서 식은땀으로 범벅이 되어서 깊은 잠에 빠져들었다. 잠결에도 귀신들의 냉랭한 기운이 목을 조이기도 했고 검은 옷 입은 저승사자가 나타나서 갈퀴 같은 손바닥으로 뒷덜미를 잡아끄는 바람에 나는 무저갱의 지옥으로 떨어지지 않으려고 식은땀을 흘렸다.

"살려 줘, 나를 살려 줘. 나는 너를 따라서 뜨거운 유황 쇳물이 펄펄 끓는 지옥에 끌려가지 않을 거야. 제발 나를 놓아줘."

나는 깊은 한숨 섞인 놀람의 헛소리를 큰무당이 흔들 때까지 고래고래 소리 지르다가 죽음 같은 잠에서 깨어났다. 그 무서운 잠은 가정에서 편히 쉬는 편안한 잠과는 비교조차 할 수 없어서 나는 살아서 숨을 쉬었지만 실은 죽어 있었다. 무저갱을 향해 절을 하는 오체투지의 이방인처럼 검은 몸체의 저승사자와 동행한 긴 잠이었다.

집으로 돌아온 나의 열 손가락 안에는 큰무당이 직접 그려서 쥐여준 노란 부적을 한 장이 무슨 대단한 훈장처럼 움켜쥐고 있었다. 나는 아내 채림이 보지 못하도록 소중하게 접어서 지갑 깊숙이 쑤셔 넣었다.

채림은 자주 들어오지 않는 남편일지라도 저녁상을 늘 차려두고 자정이 넘은 깊은 시간까지 한결같이 무릎 꿇고 기도했다. 그녀는 남편의 습성과 방황, 본래 남편의 모습일 수 없는 불규칙성과 이율배반에 익숙해 있어서 남편에 대한 미움도 기다려지는 설렘도 없어 보였다. 눈에 띄게 변한 남편의 일상에 대해서조차 화를 내거나 투정을 부리지 않았다. 일 년 365일을 새벽 2~3시까지 술을 마시고 그것도 모자라서 이 핑계, 저 핑계로 자주 외박하는 남편을 쥐어짜지도 않았다.

삼경과 사경의 한밤중에 들어간 남편은 고약한 술 냄새가 미안해 현관문에 들어서서 곧장 자신의 좁은 방으로 들어가 쓰러지면 그만이었다. 또 잠이 들었다가 지나가는 차 소리에 일어나서 근처의 사우나에 들려 세면과 용변 일체를 해결하고 출근을 서둘렀다.

회사가 잘못된 보증으로 연쇄 부도를 당하기 전만 해도 규칙적이고 모범이 될 만한 남편이었지만 그 후로는 다른 사람일 만큼 변해 있었다. 술기운이 덜 깬 푸석푸석한 얼굴에 늘어난 신경질, 말을 걸려 해도 피하는 태도 등 남편에게 큰 의미를 두었다가는 혈압이 터져서 쓰러질 일이었다.

그럴수록 그녀는 남편과 친한 친구, 형제자매, 세상의 호흡을 가진 사람들을 일체 의지하지 않고 외톨이가 되어서 그 대신 외롭고 어려운 위기에 처할지라도 늘 기도하고 감사하면서 야훼 하나님에게만 매달리었다. 너희는 인생을 의지하지 말라. 그의 호흡은 코에 있나니 수에 찰 가치가 어디 있느뇨(사 2:2).

어차피 인간은 용서하고 사랑하고 껴안아 줘도 광야의 들꽃을 스쳐가는 안개처럼 잠깐 보였다가 사라지는 부평초인 것을. 그녀는 하나님을 무조건 의지하는 편이어서 갱년기의 무기력한 권태가 나타날 법도 한데 남편의 어색한 태도가 별스럽지 않은지 전혀 신경질도 내지 않았다. 다만 남편을 처음 만날 때의 뜨거운 사랑과 열정은 방향을 돌려서 신을 향했을 뿐이다. 참 기쁨과 행복, 쓸 만큼의 물질을 주는 분도 남편이 될 수 없는 야훼 하나님이심을 그녀는 진작 깨달아 아는 터여서 남편이 생활비를 들어놓지 않아도 스스로 벌어서 탈 없이 해결하면 그만이었다.

그날도 초등학교 저학년인 아들 성령과 아내가 깨지 않도록 비상키로 현관문을 열고 도둑고양이처럼 살금살금 들어섰다.

"철커덕"

그녀는 남편이 우상숭배에 빠져 하나님을 대적하는 큰 죄를 그만 저지르고 바로 서게 해달라고 무릎 꿇고 기도하다가 불도 켜지 않고 벽을 더듬고 있는 남편의 발걸음 소리를 계단 입구에서부터 듣고 있었다. 그리고 늦게나마 들어온 남편이 고마워서인지 현관문이 열리자 남편임을 확인했다.

"여보, 들어오세요."

"으, 응, 왜 일찍 자지 않고 깨어있었지? 아들은 잠이 들었나 봐."

기뻐해야 할 내 얼굴은 계면쩍어서 잔뜩 일그러져 쓴 소주를 마시는 듯한 떫은맛이었다.

나는 티끌만 한 잘못이 있거나 양심에 어긋나는 작은 일을 저질렀을 때, 혹은 어쩔 수 없는 상황에서 거짓말을 했을 때도 먼저 얼굴부터 붉어져서 내 잘못된 거짓을 스스로 자백하는 나약함이 드러났다. 절대로 우상숭배를 하지 않겠다고 맹세한 마당에 큰무당에게 달려가서 우상숭배의 굿풀이를 하고 돌아온 죄로 말미암아 무엇에 갈고리로 코가 꿰어서 귀신들과의 춤판을 벌였는지 부끄러웠다. 야훼를 전적으로 의지해 성경대로 살려는 아내를 대하면서 몸들 바를 모르고 얼굴의 피가 역류해 뜨거웠다.

그녀는 이 한심한 나를 지켜보면서 내가 가여워 와락 껴안고 하염없이 통곡하고픈 심정인지 소리 없이 눈물을 머금었다. 그 눈물은 나를 사랑하는 저항적 인식이 빚어낸 동정 행위이고 미움이 깃든 건 아니어서 울음을 진정한 뒤에는 직접 갈아서 냉장시킨 인삼즙을 술이 깨도록 마시게 하고는 따뜻한 물을 대야에 받아서 무릎 꿇고 정성껏 발을 닦아주었다. 그건 나를 적당히 옭아매는 그녀만의 기상천외한 사랑의 기습이었다.

"여보, 오늘은 술기운이 심하지 않으니까 보기가 좋아요. 인삼즙을 마시면 알코올이 중화되어 머리가 개운해질 거예요."

"그래 맞아. 돌아가신 내 아버지도 술 취하시면 인삼즙을 갈아

마시곤 하셨지. 그분은 나와는 달리 몸살을 앓을 정도로 취하진 않으셨지."

나는 시치미를 뚝 떼고 엉뚱한 대답으로 궁색한 변명을 늘어놓았다.

"알아요. 여보! 그래도 드셔야 해요. 당신도 건강을 돌보야 할 나이가 되었어요. 앞만 보고 열심히 뛰어왔으니까 한 번쯤 뒤돌아 볼 시기가 아닌가요?"

"내 건강은 이 정도면 되었어. 아파서 터질 몸이라면 벌써 어딘가 펑크 나서 쓰러졌을 거야."

나는 잘못되고 있는 내 건강을 숨기려고 태연함으로 일관했다. 그녀는 내가 따돌리려는 고약한 처방을 알아차리고 물음표가 붙은 미소를 지어 보였다. 나는 적당한 거리를 두고 그녀의 물음표를 둘러대려 시도했지만 나를 파악하고 있는 그녀의 눈빛은 따돌리지 못하고 말꼬리를 이어나갔다.

"당신, 나도 시간의 저편에 서 있는 25시의 주인공 안소니 퀸처럼 과거를 뒤돌아볼 여유도 없이 살아온 지도 몰라. 어쩌면 그 주인공보다 더 어리석고 나약한 과거를 살아왔지. 내가 잘못되어 가는 줄 알면서도 사탄 마귀의 힘을 빌려서라도 나를 지탱하려고 발버둥 쳤으니까. 이렇게라도 하지 않았으면 돌아가다가 멈춰 서는 팽이처럼 동력이 없어 쓰러지고 말았을 거야. 어젯밤만 해도 돌아가는 팽이가 멈추지 않게 하려고 귀신들의 존재를 확인하면서 그 추악한 것들과 귀신의 춤을 추었지. 나에게 떨어진 무서운 저주를 뒤바꾸려고 큰무당의 살풀이 굿판을 벌였을 때, 검은 형체로 다가선 악령들은 하나님을 대적해서 욕하고 저주하면 반드시 나를 도와주겠다고 사주했어. 악령과 놀아나는 우상숭배가 먹어야만 살 수 있는 식욕만큼 지독한 탐심이라 해도 나는 어쩔 수 없어. 당신의 야훼 하나님은 항상 나에게 멀리 계셔서 어떤 위로나 걱정도 해준 적이 없지만 돌부처가 된 악령일지라도 그들은 죽은 조상과 누나의 혼령으로 찾아와서 내 길을 위로하고 점지해 주었지. 무엇이 옳고 그른가 나는 그 선을 그을 수 없는 버림받은 존재이기에 내 영혼이 혼란스럽기는 마찬가지야. 이러므로 나에게는 태양과 달, 별과 우주, 지구의 나무와 돌멩이, 산왕대신 등 눈에 보이는 자연 전체가 내가 의지하는 나의 신일 수밖에 없어."

"저도 큰무당이 당신을 찾았을 때, 당신의 살풀이 굿판을 벌인다는 것을 알았어요. 하지만 당신은 기만당하고 속고 있는 거예요. 어떻게 갖가지 형상으로 조각된 생명 없는 나뭇조각과 돌멩이, 쇳물을 부어 만든 쇳덩이가 당신의 미래를 책임질 수 있겠어요? 사람이 만들어 세운 물건 앞에 어찌 절하고 굴종할 수 있겠어요? 세상의 높은 학문과 예리한 분석력을 가진 당신이 어떻게 우매한 사람들이나 저지르는 귀신 놀이에 재미를 붙였는지 조금도 납득할 수 없어요. 당신이 본 귀신의 검은 형체는 곧 조상의 혼백과 물에 빠져 죽었다는 당신 누나의 혼령은 진짜일 수 없는 악한 영들의 위장술에 불과해요. 그것들은 육체도 없는 미물에 불과한 귀신들이 죽은 조상들과 누나의 혼령을 사칭하고 큰무당의 몸을 빌려서 거짓 연극을 시도한 거예요. 악령들은 사람의 생존 시에 그 일생과 움직임을 세세히 보았을 터여서 마치 가족의 죽은 혼령이 찾아온 것처럼 속임수 연극으로 당신을 기만하고 속인 것이지요. 사람은 살아있을 동안 예수를 진실로 믿으면 천국으로 가고 반대로 모르면 지옥의 음부로 떨어지기 때문에 절대로 그 영이 이 세상에 머물지 못하는 것이 하나님이 정하신 천지의 법칙이지요. 사탄 마귀는 파멸의 대명사이자 거짓의 앞잡이인 악령이므로 당신의 운명을 바꾸지도 못하고 이끌 능력도 없어요. 오히려 무당 점쟁이를 통해서 모월 모시에 좋은 일이 있으리라고 점지해 놓고는 그것들은 검은 것을 흰 것으로 바꿀 수 있는 능력이 주어지지 않은 터여서 오직 악마의 습성대로 나타나서 당신을 파멸의 구렁텅이로 빠트리는 것이지요. 연탄은 아무리 물에 헹구어도 검은색에서 흰색으로 변할 수 없는 것처럼 귀신들은 악의 대명사여서 검은 파멸은 행해도 하얀 선을 행하지 못해요. 죽은 자의 행위를 모방에 두었다가 친척들의 혼백으로 나타나서 당신을 혼란에 빠뜨리는 거짓의 앞잡이고 파멸의 살인자이지요."

채림은 사탄 마귀의 속임수와 파멸을 부각시켜서 영적 세계의 문외한인 나에게 침착한 어조로 나의 답답함을 일깨워 주었다. 나는 야훼의 지혜가 빚어낸 그녀의 설득 앞에 전전긍긍이었다.

"채림, 나는 그 악한 영들의 실상을 깨달을 수 없을뿐더러 더더욱 받아들일 수 없어. 우리 조상과 부모 세대도 그 귀신들을 의지해서 나쁜 일도 좋은 일도 함께 겪으며 일평생을 열심히 살으셨어. 그처럼 나쁜 일만 일으키는 검은 존재라면 왜 우리 조상들은 부유하도록 만들었을까? 하나님은 나와 멀리 계셔서 볼 수 없는 분이시지만 칠성님과 산왕대신은 나와 가까이 있는 존재들이어서 내가 외치면 나타나 그 존재가 드러나 도와주곤 했었지."

"그럴 리도 없지만 설령 그렇다 해도 그건 당신을 음부의 무저갱으로 끌고 가려는 궤계의 속임수이지요. 죽음 뒤에는 반드시 심판이 있으므로 영원한 불 못에 떨어뜨리려는 수작이지요. 악한 귀신들도 영적으로 죽은 사람들은 잡아서 망태기에 가둔 물고기 같아서 어차피 죽는 순간, 저희들의 고향인 지옥으로 떨어질 터여서 손을 대지 않지만 당신처럼 야훼 하나님의 세계를 발견하려고 추구하는 사람은 언젠가 틀림없이 하나님 품으로 돌아갈 것이므로 세상에서 타락시켜 못 돌아가도록 넘어트리려 시도하지요. 그런즉 때로는 부자로 만들어서 도와주는 척 가장하지만 결국은 지옥의 음부에 떨어트려서 구더기도 죽지 않는 뜨거운 불 못에 처넣어 미꾸라지에 소금 치듯 영벌을 주려는 사탄의 속임수지요. 여보, 제가 살을 섞은 남편에게 왜 잘못되기를 바라고 거짓을 증언하겠어요? 영원한 반려자인 제 말을 듣고 사탄의 하수인인 큰무당과의 관계를 과감히 청산하세요. 그들은 당신을 저주의 올가미로 잡아매어서 해롭게 할지언정 절대로 당신을 이롭게 이끌어서 돕지 못해요."

사랑의 정체는 하나님만이 아시겠지만 그녀의 진심 어린 사랑은 조금씩 나를 설득시켰다. 특효약은 아닐지라도 내 영혼을 감동시켜 움직였다. 금방 잠들어야 할 내가 그녀의 처방에 반응해서 귀 기울이는 사실 자체가 그 증거였다.

"아아, 여보! 갈수록 혼미해져 난 이해할 수 없어. 나는 내 방식대로 살 거니까 당신은 당신의 방식대로 살도록 해. 애당초 당신과 나는 물과 기름의 만남이어서 한 방향으로 혼합돼 나갈 수 없었어. 나를 놓아주고 내 길을 붙잡지 마."

"아니에요. 당신은 바람 부는 낭떠러지 끝에 서 있어요. 위태한 당신을 아내 된 제가 어찌 붙잡지 않겠어요. 세상에서의 육체는 죽어서 한 줌의 흙으로 돌아가지만 영적 세계는 그렇지 않고 그때부터 시작하는 거예요. 살아계신 하나님을 살아서 만나지 못하면 주검이 되는 순간, 음부의 지옥에 떨어져서 소름 끼치는 고통을 영원히 당하는 거예요. 그 무자비한 고통은 이 세상의 사업 실패와 악독한 자의 고문에 비해서 천 배, 만 배의 지독한 영벌을 받게 되는 것이지요."

"그럴 리가… 사람은 과거의 번뇌와 윤회의 업을 종자로 해서 태어난 정욕의 부산물인 것을…"

"여보, 저는 거짓말을 지어내지 못하는 당신의 아내예요. 어긋난 말 같지만 사실 저는 당신의 사업 실패로 막다른 골목에 있어도 오히려 기뻐했어요. 하나님과 재물을 동시에 둘 다 섬길 수 없는 터여서 당신이 잘못된 보증으로 회사가 부도나 재물을 잃으므로 해서 하나님을 만날 수 있는 절호의 기회를 갖게 되었을 때, 감사 기도를 드렸어요. 하나님이 허락하지 않으신 재물이 많게 되면 자연히 세상의 풍류에 미혹되어서 자신의 기분대로 살겠지만 혹독한 고난에 처한 당신은 살아계신 하나님의 진리에 굴복해서 매달릴 날이 있을 거니까요. 하나님의 축복은 고난의 대가를 지불하고 눈물 젖은 빵을 먹어본 사람에게만 주어지는 선물이니까요."

그녀는 남편의 사업이 기울어져서 철저히 빈손이 되어 지기만을 기다린 듯 내 사업 실패를 반기는 어감이었다. 나는 기가 막혀서 두 손으로 머리를 감싸 안았다. 혹 떼려다가 혹 붙인 꼴이어서 안 들을 것을 듣고 느껴서는 안 될 것을 느낀 양할 말을 잃었다. 하나님께 두 손 들고 항복하기 위해서라면 남편의 사업이 어떻게 쫄딱 망해도 좋다는 막말을 내뱉을 수 있는지 그녀의 신앙심에 어안이 벙벙했다. 그녀의 까만 눈방울 안에 고인 투명한 눈물을 머금은 진실 그 자체를 나타내지 않았다면 도저히 받아들일 수 없는 충격이어서 뺨따귀를 때릴 일이었다. 그 많은 술집 여자들과 동침해본 적도 없이 오직 사업에만 전념해온 남편에게는 납득할 수 없는 생각이었다."

그녀는 울음을 삼키려고 혀를 깨물어 질경이다가 거기서 주저앉지 않고 물꼬 터진 둑처럼 지금껏 가슴에 묻어둔 더러운 가슴앓이를 줄줄이 터트렸다. 전혀 내 기분은 고려하지 않고 밀어붙였다.

그건 평소의 그녀답지 않은 권능의 설법, 수식할 필요 없는 그녀의 부정관이었다. 그야말로 명쾌한 착상이었다. 기회는 가까이 왔을 때, 포착해야 된다는 것이 그녀의 빼어난 결론이었다. 물고기를 그물에 들었을 적에 잡아야만 하는 것처럼 그녀는 내 심성을 잡고서 매우 유용한 교육 효과로써 마음을 끌어들였다.

"여보, 당신은 아들 성령이를 심리적 측면에서 어떻게 자랄까 돌아보았나요? 아들은 아버지의 붕어빵, 닮은 꼴이 아닌가요?"

"......?"

"평소의 아버지의 습관을 그대로 닮게 되는 아들의 미래를 바라본 적이 있나요? 아버지가 술을 지나치게 마시면 술에 질려서 그 반대일 것 같아요? 아들이 장성하면 아버지의 습성을 그대로 답습해서 아버지 이상으로 더 마신다는 통계치가 나와 있어요. 마찬가지로 아버지가 잡다한 우상을 습관성으로 섬기면 아들도 막다른 골목에서는 그 우상을 내림 받아서 섬길 수도 있어요. 그래서 아들은 아버지의 모형이고 아버지는 할아버지의 모형인 셈이지요. 저는 아들이 당신을 답습해서 술에 만취해 비틀대고 생명 없는 돌과 나뭇조각, 쇳덩어리로 만든 우상에게 절하고 육체조차 없는 버러지에 불과한 귀신들에게 끌려다니는 초라한 모습은 상상하기조차 싫어요."

"채림, 내 아들은 내가 마시는 술과 엉터리 우상 따위는 거들떠보지 않을 거야. 산왕대신, 삼신할미를 비롯한 돌멩이와 쇳덩이 등 사람이 만든 조각품과 자연 자체를 신으로 떠받드는 우둔한 짓거리를 나를 따라 절대로 답습하지 않을 거야. 나는 조상 대대로 내려온 관습을 좇아서 손으로 만든 갖가지 조각품들에게 무릎 꿇고 절하고 껍데기도 없는 버러지 형상의 검은 귀신들에게 끌려 다녔을지라도 내 아들 성령이만은 당신의 섬기는 온 우주의 창조주이신 야훼를 경배하고 예배하게 될 거야."

나는 피골이 상접해 몸과 정신을 망치는 악마의 술을 마시고 대취해서 거리에 쓰러지고 검은 마귀에게 속아서 지옥으로 떨어지는 아들의 모습을 떠올리기조차 무서웠다. 아버지는 이미 썩어서 밑 등마저 말라버린 병든 나무일지라도 아들만은 흰 꽃잎의 향기를 날리는 꽃 마냥 함초롬이 피어난 나무가 되길 아버지로서 기원했다. 나는 무덤에서 흘러나오는 시체 썩은 물을 마실지라도 자라나는 아들만큼은 영원히 생명 하늘 생명수를 마시길 원하는 이율배반적 논리를 펼치고 있었다.

아내는 변화된 내 심기를 곧 파악하고 그 틈새를 기습해서 설득했다.

"당신도 모든 만유와 우주를 창조하시고 자연계와 인간을 만드신 살아계신 하나님을 의지해서 그 전능자의 아들로 거듭난다면 성령이도 당신의 잘못된 습성을 답습하지 않고 당신이 원하는 대로 싱그럽고 향기로운 한 그루의 꽃나무로 튼튼히 자라날 거예요. 당신의 내면 밑바닥에서는 크신 야훼 하나님이 그리워서 늘 울고 있었어요."

"나는 그분을 경시하고 비방하는 많은 죄를 저질러 온 터여서 그분의 아들이 되기에는 너무 늦었어. 내 죄의 토사물을 절절히 쏟아내지 않는 한, 나는 그럴 만한 자격자가 될 수 없어."

"여보, 야훼 하나님께서는 당신의 독생자이신 예수 그리스도를 보내셔서 십자가에서 죄 없이 흘리신 피로써 우리 모두의 죄를 단번에 대속하셨어요. 한 마리의 희생양이 되시어서 우리의 죄를 대신해 짊어지고 속죄 제물로 바쳐지셨지요. 건강한 자에게는 의사가 필요 없고 병든 자에게 의사가 필요한 것처럼 하나님이신 아들 예수께서 당신의 죄를 대신해지고 돌아가셨기 때문에 그 어떤 무거운 죄일지라도 단번에 용서받을 수 있어요. 세상 법은 살인죄가 제일 큰 범죄이지만 하늘나라의 법은 그분을 믿지 않고 경외하지 않는 것이 최악의 죄가 되지요. 살인죄는 잘못을 회개하면 그 죄가 사하여지지만 하나님을 훼방하고 대적하는 죄는 성령 훼방 죄로써 영원히 사하여질 수 없어요. 당신도 그분을 받아들이고 믿기만 하면 운명의 저주도 풀어져서 성령이도 그분의 지혜와 그릇 안에서 모자람 없는 아들로 자라날 거예요."

그녀는 한층 강화된 설득력으로 말의 끄트머리에 아들 성령이의 이름을 끌어들였다. 내 가슴 바탕 깊숙이에 아들의 이름이 겹쳐지면 입체감 짙은 협공이 되어서 나를 꼼짝 못 하게 옭아 메일 터이므로 내 손을 잡고 거듭해서 말을 이었다.

"누구든 대동소이한 의문을 지니고 있어서 당신의 물음표는 당연해요. 당신이 야훼를 인정하고 받아들이면 당신이 만든 붕어빵 형태에 맞춰서 아들의 그릇도 닮은꼴로 형상화되겠지요. 학교와 교회에서는 세상 지식은 채워줄 수 있어도 그릇의 형태는 부모가 만들어 줘야 하겠지요. 당신의 선택 여하에 따라서 좋은 그릇을 만들어 놓으면 지혜와 사랑을 얼마든지 주위 담을 수 있는 큰 그릇이 되겠지요. 아들에게 깨끗한 큰 그릇이 되라고 교훈하기에 앞서서 직접 행동의 모범으로 천한 항아리가 아닌 귀한 도자기로 만들어 주세요. 소년원에서 잘못된 아이들을 역 추적해보면 그 원인은 대부분 그 부모의 문제점에서 시작되니까요. 인간은 자기의 그릇만큼만 커질 수 있는 인격법칙대로 당신만이 아들의 그릇 형태를 확실한 도자기로 뜨거운 용광로에서 구워날 수 있어요."

그녀는 남편의 귀가 시간만을 일방적으로 기다리는 새장에 갇힌 새의 고독한 둥우리를 벗어나서 훨훨 나는 자유 새가 되어 실로 오랜만에 자기 공간 속에 머물렀다. 남편을 그대로 놓아두면 비명횡사해서 원하지 않는 땅 밑의 불 속으로 떨어질 줄 뻔히 알기에 결혼 서약을 깨트리는 아내로 머물 수 없어서 내 어리석음을 용납하지 못하는 듯싶었다.

그녀는 검은 머리가 흰 파뿌리로 변해서 한 줌의 흙이 될 때까지 서로 위하고 부부로써 사랑할 것을 하나님을 증인으로 결혼식을 거행했었다. 당시만 해도 특이한 결혼식으로 결혼 하객들을 공항 청사로 초청해서 제주도로 이끌고 5.16 횡단 도로를 가로질러서 모슬포 항구 근처에 도착했다.

그해 봄날은 유달리 따뜻해서 하룻밤을 거기서 머물고 그 동네에 위치한 일본강점기의 군용 비행장을 무단 점유해서 결혼식을 올렸다. 잔디와 들풀이 돋아난 수십만 평의 넓디넓은 들판 끝으로는 얼룩말들이 뛰놀았고 샛노랗게 타오르는 유채꽃이 바닷가를 끼고 끝도 없이 이어져서 봄 빛깔을 채색했다. 비행장을 지키던 3분 비상대기 기동타격대가 놀라서 중무장한 군용 트럭을 타고 출동했고 그 후로는 그곳이 너무 좋아서 아내가 쓴 책, 야훼의 딸이 영화로 촬영되기도 했었다.

 나는 그 당시 예수의 이름만 들어도 소름 돋는 거부 광이었지만 기이한 인연으로 그곳 목회자를 주례 선생으로 모셔서 말들이 자유로이 뛰노는 초원을 배경으로 하나님 앞에서 순결 서약하고 결혼식을 치렀다. 어찌 보면 나는 하나님을 증인으로 서원하면서 이미 선택되어 그녀의 분신으로 하나님이 준비하신 계획 속에서 살고 있는지도 모를 일이었다. 아무튼 부부 연을 맺은 그녀는 최근 들어 내가 더 늦게 귀가하며 토악질을 할 때마다 자신도 남편이 마시는 술을 실컷 마시고 취하고 싶은 만큼 신경이 머리 끝까지 치받치는 충격도 매번 받았겠지만 자신의 행위 자체가 남편의 귀감이 되어야만 남편이 돌아올 것이라 의식하고 있어서 그럴 수도 없을 터였다. 자기가 근무하는 병원에서도 결핵에 걸려 거리에서 노숙하다가 술에 취해 경찰차를 얻어 타고 강제 입원한 결핵 환자들이 그녀의 평소 행위와 권고를 듣고 병원 구내의 베데스다 교회에 출석하는 변화를 종종 목격하는 터여서 그들과 대동소이한 남편도 꼭 돌아오리라고 확신하는 듯싶었다. 이런 소망으로 그녀는 아무리 화가 치밀어도 분노를 자제 하고 한 단계 높이 올라가 영적인 싸움으로 승화시켜 바라보면서 더욱 큰 사랑으로 감싸주었다. 남편과의 싸움은 혈과 육의 싸움이 아니고 남편

뒤에서 조종하는 이 세상의 악한 영들인 사탄 마귀와의 피 터지는 영적 전투인 것을 그녀는 진작 깨닫고 대처했다. 사탄 마귀는 영적으로 허약한 자에게 큰 분노를 일으켜 싸움을 부추기는 세상 악의 숨은 장본인이어서 악에 대적하는 뜨거운 사랑만이 악귀들을 물리칠 수 있는 최신식 무기임을 알았다.

이 높은 차원의 생각으로 가득 찬 그녀는 남편의 미련함이 너무도 가엾고 안쓰러워서 넓찍한 어깨에 이마를 기대고는 소리 없이 눈 주위를 흐르는 하얀 눈물을 자꾸만 닦아내었다. 나는 아내의 서러움에 찬 눈물방울이 내 손등 아래로 떨어짐을 느끼면서 쥐구멍이라도 들어가고 싶은 영적인 가책으로 아내의 허리와 전신을 껴안은 팔은 세게 죄어졌다. 허탈하고 그보다 당혹해하던 나였기에 그 눈물의 힘은 두 부부의 결혼 서약을 지키는 촉매제가 되었다. 창을 통해 투시된 스산한 별빛은 두 부부의 얼굴에 내려 비쳐서 가녀린 슬픔으로 변해 굴러떨어졌다.

이른 새벽부터 가을 빗방울이 거리의 가로수와 아스팔트를 적시고 주룩주룩 내리는 가운데 나는 그 길을 밟고 안산 시화 현장과 화성 산업단지의 공사 현장을 돌아서 흑석 현장에 도착했다.

어디를 둘러보아도 기성금을 넉넉히 받아낼 만한 현장 조건이 되지 않았다. 화성 현장은 겨우 콘크리트 파일 타설 작업이 시작되었고 시화 현장은 송 가을 소장의 포커 놀음 사건으로 공사가 3주 이상 지연된 상태였다. 또한 방배 현장은 공사대금의 1/3인 약 십억 원을 입주자들을 받아들여 전세 보증금에서 정산하기로 계약했고 반포에 짓고 있는 다세대 주택은 골조 공사를 간신히 끝낸 상태여서 분양해서 돈을 받기에는 시기상조였다. 이제 기댈 곳은 흑석 현장뿐인데 이곳마저 겨우 CIP 흙막이 공사를 끝내고 옹벽을 받쳐주는 H빔을 좌우로 엮어가며 터파기 공사를 진행했다. 공사 공정표대로 시공했으면 지하 기초 콘크리트 공사를 타설하고 지하 2층의 주차장과 사우나 시설의 바닥까지는 골격 공사를 마칠 단계이지만 교회와의 마찰과 엎친 데 덮친 격으로 옛날에 수렁인 곳이어서 물막이 작업에 계획 공정이 한 달 가량 지연된 상태였다.

하청 업체에 일한 만큼의 기성금을 나눠주고 자재비와 직영 인부들에게도 급료를 지급할 기성날짜가 다가오지만 수금할 돈은 쥐꼬리만 해서 나는 숨을 쉬어도 살아있지 않는 얼굴이었다. 수출이 급감하고 외화가 바닥난 김영삼 정부의 경제 정책 실패로 은행마저 부도 위기로 바닥을 기고 있어서 나 같은 건설역군은 은행 돈을 차입할 엄두도 못 내고 현장에서 자급자족해야 할 형편이 건만 마지막 보루인 흑석 현장마저도 녹록치 않게 꼬여져갔다. 이곳은 시범 사업으로 잘 마무리해야만 그곳 대학을 졸업한 건축주의 소개로 동창들의 대형 빌딩, 두 채를 더 계약하기로 구두 약속된 터여서 나는 늘 그 현장에 머물렀다. 별로 크지 않은 건물이라도 조금만 버틸 수 있으면 대형 공사 두 개가 줄을 이어서 계약되는 건 시간문제였다.

쏟아지는 빗방울을 뚫고 현장 좁은 귀퉁이에 2층으로 지은 현장 사무실 계단을 밟았다. 까무잡잡한 얼굴, 중간키의 뚱뚱한 몸매를 가진 최기술 소장은 내 발소리를 알아차리고 계단 입구에 나와 공손히 허리를 굽혔다.
"빗방울이 세게 떨어지네요. 오늘은 좀 늦으셨습니다."

"응. 화성 현장에서 파일 타설 작업을 지켜보다가 조금 늦었어. 빗방울이 굵어져서 공사를 중지시켰지."
"저희도 붕괴 위험이 도사려서 쉬기로 했습니다."
 콘크리트 타설 작업은 굵은 비가 내리면 쉬는 것이 당연하건만 최 소장은 뒷머리를 긁적였다. 나는 가벼운 목례로 잘했다고 대답을 대신했다. 최 소장은 방배 현장의 추락사고로 나에게 심려 끼쳐 미안하고 나 또한 그에게 넉넉한 현장비와 공사 일정을 뒷받침 못해서 서로가 미안함을 가졌다.
 나는 비가 오는 날이면 내가 들리는 그곳의 현장 소장을 목로주점으로 불러서 그의 고충을 듣고 해결책을 모색했다. 소주잔을 기울이며 그의 사생활부터 현장 기술의 문제점까지 파악해서 잘잘못을 표출했다. 빗방울이 거세게 창틀을 내려치자 최 소장은 내 열망을 눈치 채고 자주 들리는 대학가의 목로주점으로 발길을 이끌었다. 어차피 한 끼를 때워야 할 점심시간이 가까워 반주를 곁들인 식사도 좋을 듯싶었다. 말을 절제 하는 최 소장은 식사와 안주도 나오기 전에 널찍한 안면의 선한 얼굴 그대로 어색한 눈빛으로 소주잔을 내밀었다.

"이사님, 반주로 먼저 한 잔 드시지요."

"왜? 무언가 하고 싶은 이야기가 있는 것 같은데 최 소장이 방배 현장에서 이곳으로 옮긴 지도 며칠 지났지?"

"……!"

최 소장의 숨죽이는 침묵은 나에게 작은 두려움이었다. 요즘 들어서는 어디 현장을 가도 무슨 엉뚱한 사건이 발생해서 예기치 못한 보고를 할까 봐 은근히 불안했다. 사실 잘 나갈 때는 유명 정치인이나 재벌 그룹의 회장도 부럽지 않았다. 빠른 시간 안에 그들을 추월해서 선두 자리를 빼앗고도 남을만한 자신감으로 살았지만 연쇄 부도와 연속된 의문의 사고 그로 인한 자금난으로 차라리 월급 받는 현장 소장과 직원들이 부러울 정도였다.

40대 끝의 힘겨운 뜀박질, 거대한 거인의 꿈에서 왜소한 사내로 전락한 남자, 나는 다가올 미래를 대비하는 것이 두렵기조차 했다. 대낮에 술을 마시고 얼굴이 붉어진 사람을 보면 천박하게 인식했던 나 자신이 도리어 술의 편리함으로 술잔을 기울이는 타락자가 되었다. 그 이상은 추락할 곳도 없거니와 추락해 보았자 그 아래로는 떨어질 곳도 없는 바닥 모를 체념으로 술을 마시고 전부를 잊어버리는 망각의 편리함을 선택하고 있었다.

나는 물끄러미 소주잔에 시선을 고정시키고 고개 숙인 채 술잔을 비웠다.

"저… 이사님!"

그 깊어진 침묵의 답답함을 최기술 소장은 견뎌내지 못했다. 내 몰두의 고고(孤高)함을 행여 방해할까 해서 주저하는 눈치였다.

"괜찮아. 할 이야기를 해보게."

긴 침묵 뒤에 튀어나온 내 섬뜩한 반응이 아예 나를 포기해버린 초연함으로 감지되었는지 최 소장은 한층 망설였다.

"저… 이사님! 강남 성모병원에 입원한 환자 가족이 다녀갔는데 치료비 독촉이 심하다고 간병비를 포함한 중간 정산을 부탁했어요."

"해주어야 되겠지. 내가 택했으니 책임도 따라야겠지. 이것 보게 최 소장, 이번 기성금은 얼마나 탈 수 있겠나? 최대한 많이 신청해 보게!"

"이사님 계획대로 5억 선은 최소한 신청하겠지만 공정 지체 관계로 깎일 것 같아요. 그것도 공과 잡비를 포함해야만 그 정도 수준은 받아낼 것 같아요."

"음, 그래. 그렇겠군!"

나는 자신도 모르게 신음에 가까운 팽팽한 목소리를 토해내었다. 십 년 이상을 내 밑에서 일해 온 최 소장도 내 심각한 표정을 이렇게 목격하지 못했다는 듯 불쑥 튀어나온 내 한 마디에 긴장하기는 마찬가지였다.

회사가 연쇄 부도를 당했다고 설명할 때는 남의 일인 것처럼 호탕한 큰 웃음으로 웃어넘겼지만 일부 기성금을 많이 못 탄다고 풀이 죽은 나를 대하는 그의 눈동자는 연민의 빛이 엿보였다. 뭔가의 악한 영에게 가위눌린 나를 보면서 최 소장은 두 번째 술병을 옆으로 밀쳐놓고 자기 잔을 들어 단숨에 비웠다.

일상의 상식으로는 빗나간 나의 가위눌림 현상을 목격하면서 나에게 위안을 줄 묘책을 찾는 듯했다. 내게서 호탕한 웃음과 경영자다운 배짱을 기대했지만 총알이 떨어진 내 기분을 그 무엇으로도 붙잡기는 역부족임을 실감했는지 전혀 평범할 수 없는 생각의 빛깔로 다가섰다.

"저, 이사님, 저 같이 경영도 모르는 건축쟁이가 감히 이사님 앞에서 입방아를 찧기엔 시건방지지만 술의 힘을 빌려서 한 마디 하겠습니다. 저도 이사님 밑에 오기 전에는 산전수전 다 겪은 전과자였지요. 성깔을 못 참아서 더러운 놈들을 때려눕히고 형무소에 다녀오자 그 낙인이 찍혀 어디에서도 받아주지 않았지요. 허구한 날 애꿎은 소주병을 비우다 보니까 자식새끼들에게 미안하고 마누라 보기도 부끄러웠지요. 세상은 전과자에게 냉랭하고 만만치 않았어요. 우연한 기회에 일용직 신분으로 제 하소연을 들으신 이사님께서는 선뜻 내 밑에 와서 일해봐 하시면서 저를 높여주셨지요. 그때부터 저는 이사님의 손과 발이 되어 동분서주했고 이사님이 기쁘시면 저도 덩달아 기뻤고 이사님이 슬퍼하시면 저도 슬펐습니다. 그래서 제 현장만이라도 이사님께서 신경 쓰지 않도록 할 요량으로 스틸 아시바를 조심스레 철거했지만 어느 억한 심정을 가진 못된 놈들이 나사못을 감쪽같이 풀어 놓아서 미숙한 비계공을 추락시킨 인사과실을 저질렀습니다. 그럼에도 이사님께서는 한 마디의 나무람 없이 지갑을 털어서 그 중환자를 돌보시는 것에 저는 감복했어요."

최 기술 소장은 잠깐 말을 멈추고는 뭔가를 정말로 암시할 것이 있음인지 침을 꿀꺽 삼켰다. 가슴이 겹질린 듯한 격한 감정을 자제하려고 술잔을 또 들이키는데 끄윽 트림과 동시에 술 냄새가 풍겼다.

"이사님께서 비록 물질을 잃어 한 찰나의 경영난에 빠졌을지라도 저희 기술자들이 자재가 부족하고 난관이 닥쳐도 어떤 수완을 부려서 건 흑석 현장을 비롯한 다른 현장도 책임지고 준공할 것인데 왜 풀이 죽어있는 것이지요? 예전처럼 저는 허허헛 큰 웃음을 터트리시는 이사님의 대범함을 보고 싶어요. 이사님! 아무것도 염려 마시고 지켜만 봐 주세요. 이사님께 해를 끼치는 못된 범인들도 그 윤곽이 서서히 드러나고 있어요. 못 믿으시겠지만 범인은 본사 수주담당 박 전무를 비롯한 건물주 한두 명, 하청업자 한 명과 기술자 두어 명이 가담한 조직적 범죄로 가닥이 잡히고 있어요. 특히 이사님께서 신임하시는 양재덕이 포함되어 있어요."

나는 가식 없는 충고에 내 치부를 들킨 것으로 얼굴이 화끈거렸지만 그가 내던진 범인에 관한 언질을 받는 순간, 불시에 뒤통수를 얻어맞은 듯 휘청대었다. 최 소장은 내가 충격을 받지 않도록 이리저리 말을 돌리다가 그가 하고자 하는 핵심을 털어놓았다. 하지만 그가 파악한 범인의 윤곽은 나와 밀접한 관계로 나를 적극 도와주는 사람들이어서 어쩌면 나와 그들과의 관계를 끊으려는 모함자의 함정일 수도 있었다. 범죄자라고 지칭한 그들이 없으면 나는 사업을 접어야 할 정도로 나와는 떨어질 수 없는 한계이므로 한 가족 안에 자식들이 아버지를 배신했다 해도 이보다는 놀라운 충격일 수 없는 일이었다.

최 기술 소장이 나의 충직한 부하로써 수집한 정보였지만 이번만은 신뢰할 수 없는 만우절의 거짓 언질같이 허탄하게 들려서 입술이 떨어지지 않아 잠시 끙끙거리다가 창가를 스치는 빗방울에 시선을 두고 간신히 입을 열었다.

"최 소장, 자네의 충고 어린 사랑이 내 뼈마디를 시리게 하였네. 내가 자네에게 기 죽고 풀 죽은 리더로 비쳐졌다니 아주 미안하네. 나는 본래 내가 저지른 일을 후회도 않고 속에 감춰진 뜻은 잘 드러내지 않는 사람이네만 이번만은 지나쳐서 자네에게 들통이 났어. 그래, 자네가 나를 보고 얼마나 고심했으면 나를 따르는 본사 박 전무와 철거 사장 양재덕, 우리가 시공 중인 건물주, 현장 기술자들을 범인으로 지칭해서 나를 억지로라도 웃게 만들려고 만우절도 아닌 날에 코미디를 연출하고 있으니 참 고맙네… 그래, 자네 같은 충성된 부하직원이 있으므로 해서 응어리를 털어내고 밝은 웃음을 지어 보이겠네. 하하하하하 그들이 범인이라고…. 으헛허허….."

"이사님, 이사님! 제가 언제 허튼 정보를 제공하던가요? 정통한 라인을 통해 수집한….."

"하하하하하, 자네도 능수능란하게 내 닫혔던 가슴을 열어서 웃기고 있구먼! 하하하하하…..!"

나는 최 소장의 어처구니없는 범인 지목에 실로 오랜만에 실소를 금할 수 없어서 큰 웃음을 웃어젖혔다."

그렇지만 최 소장은 자기가 들은 정보가 농담이 아니고 틀림없는 소식통에게 받은 증거를 반증으로 나와는 정반대로 웃기는커녕 점차 표정이 굳어져서 소주잔을 기울였다. 평소에는 내가 큰 소리로 함박웃음을 지으면 자기도 파안대소한 사람이 심각한 표정으로 굳어지고 있는 것은 내가 알지 못하는 비밀을 시사하고 있었다.

그제 서야 나는 웃음기조차 없는 초조한 빛의 그를 관찰하면서 최 소장의 손을 잡고 흔들었다. 두 사람의 힘을 합쳐서 이 위기를 무난히 이겨내자는 격려의 악수였다. 나는 최 소장이 우산을 받고 현장 정리를 하러 나간 뒤에도 그 자리에 머물며 스스로 술잔을 채우고 들이키면서 최 소장의 사랑이 빗물이 되어 가슴으로 흘러내림을 맛보며 그의 충언을 되짚었다.

아무튼 나는 그토록 나를 의지하는 부하직원을 위해서라도 현재 부닥친 난관을 반드시 극복해야 할 일이었다. 현장 식구와 하청업체, 그 딸린 가족들……

내가 쓰러지면 너무 많은 사람들이 차가운 IMF의 거리로 내몰려서 어려움을 이어갈 것은 자명한 이치였다. 적어도 일주일 뒤에 지급해야 할 인건비와 급한 자재비 등 냉정한 현실을 극복하려면 큰 것은 어음으로 끊는다 해도 최소한 8억 이상의 현금이 필요했다.

나는 어디서부터 실마리를 풀어야 할지 엄두가 나지 않아서 전혀 손을 쓰지 못하고 전전긍긍했다. 직원 급료와 하청업체 인건비 등 지불해야 할 날짜는 다가오건만 나올 곳은 없고 시간이 흐를수록 심장이 조여 오는 초조함 속에서 비로써 현실의 냉혹함이 실감되었다. 그래도 연쇄 부도를 당한 지난 시간에는 남은 재산을 정리하고 친분 있는 지인들의 돈을 융통해서 인공호흡으로 숨통이 트였지만 지금에 와서는 그 고통의 차이를 비교할 수 없을 만큼 그때는 사치스러웠다.

나는 술잔을 비우면서 그토록 거부하고 싶던 막다른 골목에 서 있는 자신을 주체 못 하고 머리를 세차게 좌우로 내저었다. 줏대가 약한 허약한 정신 탓도 있겠으나 신의 장난이라면 빌어먹을 무슨 시험이 그 모양인지 지나쳐도 너무해서 술에 잔뜩 취해 망각의 바다 위로 잠시라도 띄워버리고 싶었다.

술기운이 오를수록 내 처지가 외로워져서 위선과 거짓이라도 누군가의 위안을 받고 싶었다. 스님이 되었든, 목사, 신부, 큰무당 선녀님, 그 누가 되었든 외롭고 피폐해져서 자신의 막다른 처지를 하소연하고 아직도 내가 쓸만한 사람인 것을 검증받고 싶었다.

바로 그때, 무슨 찹쌀 궁합 악연이라고 하청업자 양재덕 사장이 귀신같이 내 허탈한 심리를 꿰뚫어 보고 목로주점 안으로 들어서

서 움직일 줄 모르는 조각상처럼 버티고 서 있었다.

"이사님! 최 소장이 이곳에 계신다기에 걱정스러워서 찾아왔습니다. 어디 불편하세요? 입술이 창백해지셨어요."

그는 사뭇 걱정스러워 나의 지친 모습을 보고 두 눈이 휘둥그레졌다.

"아. 아니요. 아무렇지 않아요. 돌아가세요."

"이사님, 백지장도 둘이 함께 맞들면 가벼워진다는 속담이 있습니다. 이사님의 고민을 함께 나누려고 찾아왔습니다."

나를 간파한 양재덕의 호의를 무시하지 못해 그제 서야 가벼운 눈짓으로 탁자 앞의 의자를 가리켰다. 나를 괴롭히는 범인 가운데 하나라고 최 소장의 충언을 방금 들어서인지 그러지 않을 거라고 짐작하면서도 뭔가 개운치 않은 구석이 없는 것은 아니었다.

"양 사장, 나 이런 사람이에요. 외롭고 허전하면 일과 중에도 술을 마시고 내 어깨에 멘 무거운 짐을 술에 의존해 해소해야만 호흡을 연장하는 사람이에요. 한 잔 받으시겠어요?"

"아닙니다. 저는 크리스천이라서 술은 입에 대지도 못합니다."

양재덕은 양손을 흔들며 내가 내민 술잔을 단호히 거절했다.

"천주교 신부님들은 곧잘 술을 마시던데요……"

"그들은 술을 마실지라도 개신교는 원천적으로 술을 금하고 있습니다."

내 호의를 거절한 양재덕은 몽롱한 상태로 가다듬고 재조명해 보니 어딘가 낯선 모습이 돋보였다. 나 자신이 은밀히 향하던 선교지를 향한 열정이 그를 통해 겹쳐졌다.

"그렇지요. 양 사장은 필리핀 선교사로 파송되었다가 돌아 오신 지가 얼마 안 되었지요. 그런데 왜 그 훌륭한 사명을 제켜두고 이 하찮은 일에 끼어들어 고생하시나요? 나도 때로는 아무도 모르는 미지의 땅으로 들어가서 아프리카에 파송된 리빙스턴처럼 순박한 원주민들과 대화도 나누고 껴안아 주면서 살고 싶어 부러워했었지요. 종교의 벽을 넘어서 파송된 선교사들은 소외된 땅에서 소외된 사람들을 만나 좋은 일을 하기 때문에 나도 많은 돈을 벌면 어디든 찾아가서 막연히 도와주고 싶었고 지금도 같은 심정이지요. 그런 의미에서 양 사장님은 한껏 도와드리고 힘이 되어야 하건만… 뭐 불편한 점은 없으신가요?"

"이사님께서 적극 도와주셔서 CIP 옹벽도 끝내고 터파기 공사도 만족하고 철거 사고로 야기된 문제도 무사히 해결되었습니다."

"천만다행이네요."

"이사님의 하야와 같은 배려와 넓으신 아량 덕택이지요. 감사합니다."

머리를 조아리는 양재덕의 숙연한 태도에 그나마 닫혔던 마음이 풀려서 양쪽 가슴이 부풀어 올랐다. 그를 돕는 것이 가난한 나라를 돕는 것이었다.

그쯤 되자 그와 무슨 말을 더 이어가야 할지 마땅한 생각이 떠오르지 않아서 담배 한 개 피를 피워 물고 폐 깊숙이 니코틴 연기를 빨아들였다. 양재덕의 깊은 곳을 들여다보면 진짜로 할 말이 떠오를 것 같아 무감각을 가장한 인내로써 그의 눈치를 살폈지만 역시 말이 없었다. 나는 급한 성미를 이기지 못해 직선적으로 그의 내부를 찌르고 들어갔다.

"양 사장도 한 잔 드시면 술이 술을 마시게 되어서 흉금을 털어놓고 막힌 담을 무너트릴 수 있으련만… 그래요. 사적으로는 나에게 할 말이 적재돼 있을 거예요. 술을 마신 것처럼 취한 척 가장하고 나를 대해 주세요. 나는 술을 마시면 어떤 난감한 문제도 귀기울이며 듣고 잘 소화해 냅니다."

"이사님! 안주는 양껏 드시고 해로운 술은 적게 드시지요. 술을 마셔서 세상사가 해결된다면 저도 닥치는 대로 마시고 취하겠습니다. 술은 어둠의 자식들에게나 어울리는 세상의 해독약이지 빛의 아들들에게는 불필요하지요. 이사님은 선택된 빛의 아들이셔서 잠시 당하는 난관은 야훼 하나님께서 허락하신 사랑의 매가 아닐까 합니다. 도가니가 은을 연단해서 찌기를 걸러내고 풀무가 금을 연단시켜 깨끗한 정금을 걸러내는 것처럼 야훼는 인간을 연단시켜 새롭게 만드셔서 자기 아들을 삼는 분이시지요. 야훼께서 그 손을 드시면 돕는 자요 넘어지고 도움을 받는 자도 엎드러져 함께 넘어지게 되지요(사 31:3). 그러므로 야훼를 경외하고 믿는 것이 지혜의 근본이고 부의 원천이 되지요."

양재덕은 거기서 말을 멈추고 잠시 나를 살폈다 갑작스럽고 오만한 도전이었지만 그 안에는 거부할 수 없는 말씀의 힘으로 나를 강하게 압박했다.

나로서는 일찍이 가져보지 못한 신선한 충격이어서 그를 향해 가볍게 미소 지었지만 실은 내심 경악했다. 야훼라는 이름만 들어도 심장이 징 울려오는 잡아끄는 힘이 있었다. 내 어두운 가슴에는 수백, 수천 줄기의 빛을 뿌려주는 두렵고 떨리는 이름이었다. 나는 나름대로의 뜨거운 열망이 뭉클 대어서 좀 더 자세히 듣고 싶어져 그 이름의 빛줄기를 잡고 늘어졌다.

"양 사장, 나는 어려워서 뭐가 뭔지 통 알아들을 수 없어요. 내가 이해할 수 있도록 핵심만을 요약해서 쉽게 풀어 주세요."

"할렐루야, 성령 하나님께서 임재하셨군요. 이 순간, 세상에서는 이사님 자신보다 더 소중한 것은 없지요. 이사님 자신을 교통정리하고 거듭나야만 야훼께서 함께하십니다. 야훼께서는 해를 낮의 빛으로 주었고 달과 별들을 밤의 빛으로 규정하였으며 바다를 격동시켜 그 파도로 소리치게 하신(렘 31:35) 자비와 사랑의 하나님이셔서 그분을 믿으면 역경은 물러가고 그분의 호흡이 함께 하신다는 뜻이지요."

"이론이야 그럴듯합니다만 어디 당면한 현실을 그분을 믿는다고 해결 받을 수 있나요? 나는 당장 8억 이상의 현금을 수혈 받지 않으면 공사 현장들을 꾸려가기가 어렵게 되는데 그분이 도와주신다고요? 거참 양 사장답지 않게 놀리지 마세요. 해결 받을 실마리만 정말 주어지면 삼신할미와 산왕대신, 더러운 쇠붙이 우상과 돌덩어리를 팽개치고 그 지존하신 하나님을 어찌 안 믿겠습니까?"

"미련한 자의 입은 그의 멸망이 되고 그 입술은 그의 영혼의 그물이 되지요.(잠 18:7). 사람은 입에서 나오는 열매로 배가 부르고 만족하게 되므로 죽고 사는 것이 혀의 권세에 달려 있지요(잠 18:20) 그런데도 제가 어찌 입술의 다툼을 일으키는 세 치 혀를 놀려서 매를 자청하겠어요. 이사님이 그 좋으신 하나님과 아들이신 예수 그리스도를 믿기만 하면 반드시 도와주실 겁니다. 필요하면 제가 긴급 수혈해야 할 8억을 제 친구인 은행 지점장을 통해 마련해 보겠습니다."

나는 그의 은밀한 복음 전도를 흘려듣다가 긴급 자금을 빌려 준다는 말에 귓구멍이 번쩍 열렸다. 얼빠진 사람이 아니라면 김영삼 정부 말기의 시국은 완전 어려워져서 외환은 바닥나고 경제는 곤두박질한 마당에 보증 선다는 것은 폭탄을 안고 있는 거나 마찬가진 데도 양재덕은 앞장서서 나설 기세였다.

양재덕, 너는 누구이기에 네가 말한바 보증이 되리라는 뜻의 깊이를 파악하고 감히 그토록 자신 있게 말하느냐 나를 놀리지 말라고 멱살 잡고 다그칠 정도였다. 하지만 그런 의심도 잠깐이고 나의 불가사의한 영혼의 껍질이 깨진 것처럼 고마운 눈물이 핑 돌았다. 하얀 너울을 쓴 그 소리는 내 고립된 가슴을 전율시켰다.

"양 사장은 내 처지를 알면서도 보증인이 되겠다는 건가요? 혹 위장된 바보가 잘난 체하려고 위선과 허세로 나를 속이는 건 아니겠지요? 그렇게 되기만 하면 내 방황하는 영혼은 그 좋으신 하나님의 도움이신 줄 믿고 내 전부를 그분에게 맡기고 받아들이지요. 그러나 양 사장은 왜 나를 도와주는지 이해가 안 되네요."

"어려운 이웃을 도와주는 것은 야훼에게 빌려주는 것이어서 그 선행을 그분께서 갚아주시기 때문이지요(잠 19:17)."

양재덕이 내게 베푼 사랑의 훈풍은 뜨거운 빗물이 되어 움츠렸던 가슴을 넓혀서 강렬하게 각인되었다. 양재덕의 얼굴은 실제보다 뚜렷한 선으로 양각되면서 나의 초라해진 처지가 부끄러움으로 다가섰다. 몇 닢 안 되는 금전 문제로 그 선이 확실하게 그어져야 할 하청업자에게 내 궁색을 드러낸 게 심히 민망했다. 동시에 최기술 소장이 양재덕이가 범인 중의 한 사람이라는 조언이 떠올라서 한 편으로는 야훼를 닮아 보였고 다른 편으로는 사탄의 음험한 속임수로 겹쳐지는 것이었다. 야훼를 닮은 눈으로 보면 그의 사랑이 넘실대었고 사탄의 속임수가 내 마음에 겹쳐지면 악귀의 저주가 빚어져서 각각 보이는 터였다.

나는 사탄의 눈을 버리고 야훼의 마음에 발목이 잡혀서 타오르는 목구멍을 소주 한 모금으로 채워 넣었다.

"양 사장, 나의 초라한 모습을 보여드려 죄송해요. 들려주신 이야기, 많은 도움이 되었어요. 나는 겨우 내 정체를 알았어요. 쥐뿔도 없으면서 자존심은 살아서 입방아만 찧었던 빛 좋은 개살구, 속물이었어요. 언행이 일치하지 않는 두 얼굴의 야누스였어요. 이제부터라도 그분의 살아계심을 볼 수 있다면 나도 거듭나서 새사람이 되어 그분을 신뢰하고 영광을 돌리겠어요."

"네, 물증을 보이시라면 보여드릴 수 있지요. 살아계신 하나님과의 대화, 곧 방언으로 기도하고 찬양하는 모습도 볼 수 있어요!"

"지금, 바로 당장 보여 주세요."

나는 내친김에 술기운을 무기로 하나님의 증거인 방언의 실체를 확인하고자 재촉했다. 방언이 무언지는 모르지만 그 방언이 이 세상 언어와는 상이한 다른 비밀의 실체라면 야훼 하나님을 무조건 부정하기보다는 꼭 만나리라고 다짐했다. 나와 양재덕은 누가 먼저랄 것 없이 무언의 대화로 서로 화답하며 그 자리에서 일어섰다.

그 길로 양재덕은 나와 동행해서 온종일 내리는 빗속을 달렸다. 올림픽 도로를 질주하다가 우회전을 하여 자신이 적을 두고 있는 압구정동에 위치한 어느 큰 교회에 도착했다.

양재덕은 다짜고짜 그곳의 한 편에 마련된 어두컴컴한 방으로 나를 이끌었다. 방 안에는 대여섯 명의 여자들이 모여 시끄럽게 뭔가를 기도했는데 어떤 소리의 언어인지는 분간해 낼 식견은 없었지만 들을수록 애절하게 울리는 간구였다. 두세 명의 여자가 침을 튀기어가며 자기들의 신에게 알아들을 수 없는 혀 꼬부라진 소리를 내뱉었는데 그녀들의 외침은 참 기묘한 울림으로 내 영혼까지 파고들었다. 난생처음 들어보는 생경한 소리여서 신비스럽기조차 한 가슴이 뭉클한 외침의 기도였다.

철학자였던 팡세가 신을 탐구했을 때는 신은 나타나지 않고 숨어버리시더니만 그가 스스로를 낮춰 어린아이의 동심에서 다시 신 앞에 엎드리자 신은 비로써 만난 바 되었다고 했는데 나 또한 파스칼이 체험한 그 신을 만날 수 있다면 내 자존심 따위는 배설물 같이 무시하고 그 지존하신 분 앞에 엎드려 무릎 꿇고서 내 사정을 통회하고 싶었다. 그리하여 한없는 방황과 바람 앞의 촛불 같은 위기 상황에서 나를 탈출 시켜 달라고 애원하고픈 심정이었다.

양재덕은 그녀들 옆에 정중히 무릎 꿇고서 그 자신도 뭔가를 기도하기 시작했다. 숨죽이고 서 있던 나 역시 어떤 무거운 분위기의 불가항력의 힘에 지배당해서 그 자리에 털썩 주저앉았다. 심신이 피곤해 더는 서 있을 기력도 소진한 터여서 고해성사를 하는 심정으로 눈을 감고 주위의 외침에 귀를 기울였다.

어떻게 해석해야 할지 그 묘한 소리들은 간간이 이어지면서 점차 자세히 구분되어 들려졌다. 영어와 라틴어, 스페인어와 헬라어, 히브리어도 아니고 세상의 어느 나라 언어도 아닐 성싶은 혀 꼬부라진 소리가 내 영혼 안에서 감동으로 채워져 울렸.

여러 나라의 언어가 뒤섞여 함축된 듯 높낮이가 뚜렷한 소리였다. 기도하는 사이사이에 마이 갓, 파더 등 신과 아버지를 부르는 영어 단어가 삽입되지 않았다면 미친 여자들의 모노드라마쯤으로 인식될 터였다. 하지만 그 선과 음률, 높고 낮음과 끝맺음이 세상의 어떤 언어보다 청명하게 들려와서 나는 깊은 감탄으로 그녀들의 야릇한 고고지성을 경청했다. 맑은 소리의 울림이 내 영혼

안으로 침투해 나를 거듭나라고 종용하는 듯 들려서 끝까지 경청하기에는 신비하고 벅차서 그 놀라움을 어떻게 표현할 수 없는 일이었다. 그때, 실눈을 살짝 뜬 양재덕이 내 옆구리를 꾹 찌르고 낮은 귓속말로 속삭였다.

"이사님, 저 기묘한 소리가 성령 하나님과 여자 자매님들이 친히 나누는 하늘나라의 방언이어서 아무도 훔쳐 듣지 못하지요. 제가 소개 드린 방언인데 이사님은 하나님의 택함을 받으셔서 듣기 힘든 언어를 물증으로 듣게 되셨어요. 축하합니다."

"양 사장도 방언인가 하는 저 하늘나라 언어를 한 번 흉내 내어 보시지요."

"저는 못 합니다. 아무나 할 수 있는 말이 아니고 성령을 받은 사람만 사탄이 알아듣지 못하도록 비밀리에 말하는 고귀한 언어이지요."

양재덕은 고개를 가로저으며 저 방언을 자유자재로 사용하려면 먼저 자신과 싸워 이겨야 한다는 거였다. 자신을 깨우쳐 마음을 비운 자만이 방언의 소통으로 그분을 만날 수 있다는 지론이었다.

그 감동은 나를 다스릴 수 없는 강한 격정으로 남게 되었다. 교회는 바쁘다는 평계로 나가지 못했지만 하나님의 존재를 부정하지 못하고 이미 그분과 함께 있었다.

"좋아요. 야훼 하나님의 존재를 부정하지 못하겠군요. 이제 그분의 살아계심을 방언의 증거로 확인했으니 나갑시다. 고약한 술 냄새 탓에 여자분들 기도하는데 방해될 것이니까요."

이 일을 기점으로 최 소장이 진언한 양재덕에 대한 의심은 사라지고 축제 때 터진 폭죽처럼 내 종교관은 부풀어 올라서 그와 많은 종교 이야기를 나누게 되었다.

그 이튿날, 인사동 화랑 골목의 서쪽 입구에 위치한 하나로 빌딩의 카페에서 양재덕을 또 만났다. 흑석 현장의 미미한 사고로 쉽게 가까워지질 못하고 신경전의 대상으로 저만치 떨어져 있던 그와의 관계가 전날의 사건으로 급속히 가까워졌다. 일단 그와의 벽이 허물어진 이상, 두 사람의 쿵 짝은 맞아떨어져서 나는 하청할 일감을 그가 소화하지 못할 만큼 밀어주고 그는 내 신용 보증이 되어서 은행에서 돈을 빌려주기로 합의된 상태였다.

나는 긴급 자금 수혈 문제로 굳었던 얼굴이 헤벌어져서 안면 가득한 함박웃음으로 양재덕을 맞이했다. 벽을 채운 거울 안에는 나의 큰 웃음 위로 동양화가의 붓끝이 그려낸 산맥같이 눈썹이 한층 짙게 투영되었다.

"양 사장, 폐를 끼쳐 미안합니다. 양 사장의 보증으로 가뭄 든 땅에 단비의 소나기가 내리게 되었군요."

"이사님께서 사업에 문외한인 저를 적극 돕고 계신 마당에 저 또한 그 보답을 해드려야지요. 일은 이사님의 고운 심성만큼 잘 추진되고 있어요. 이곳 지점장이 선처해 주겠다고 좋은 대답을 주었어요. 일단 지점장실로 가시지요."

양재덕은 내 궁금증을 풀어주고는 자리에서 휑하니 일어나 당당하게 앞장서서 걸었다. 그의 목과 어깨는 한껏 힘이 들어가서 흰 깁스를 두른 것처럼 뻣뻣했다. 나는 그의 뒤를 따라서 2층의 한 편에 있는 지점장실로 들어섰다. 양재덕은 은행원에게 찾아온 용건을 설명하자 바로 인터폰으로 연결해 안으로 들여보냈다.

그와 나를 푹신한 소파에 앉도록 권유하는 지점장의 태도로 미루어 보아 꽤 친밀한 관계인 것 같았다.

"이 사람, 얼마 만인가! 자네가 필리핀에 다녀온 소문은 들었네만 언제 입국했나?"

"일 년이 채 안 되었어. 오래 살다 보니 자네 도움을 받을 때도 다 있구먼! 내가 귀한 손님을 모셔 왔으니 자네가 최선을 다해 도와줘야 되겠네. 내게는 대단한 은인이시지."

"서로 돕고 사는 게 우리의 삶이 아닌가. 전화로 소개하신 분이 이쪽 선생님이신가?"

"그렇다네."

양재덕과 지점장은 초등학교 때부터 친구이자 먼 친척 관계였다. 양재덕의 주문은 어려운 문제가 아니어서 팽팽한 줄다리기를 하지 않아도 지점장의 결재로 간단히 넘어갈 수 있는 범위였다. 지점장은 내가 일하는 건설현황과 금융 관계 등 몇 마디를 물었다.

"왜 건설 공제조합을 통해 대출받지 않으시고요?"

"네. 대부 금액이 넘쳐서 조금 벅찰 것 같아서요."

나는 건설 면허를 빌려 사는 나의 뼈저린 약점을 내색하지 않으려고 대충 둘러대었다.

"한보와 기아 사태로 모든 경기가 하향곡선을 그리고 있고 유독 건설 경기는 밑바닥을 헤매고 있다지요?"

"태국과 인도네시아 등 동남아시아가 실질적으로 모라토리엄 상태라 그 여파가 국내까지 미쳐 그 파장이 큰 것 같습니다."

"담보는 넣으실 수 있지요?"

"……!"

지점장은 인사치레로 형식적인 몇 마디의 말을 나누다가 대출 건에 대한 본론으로 들어갔다. 지점장의 돌연한 담보 문제가 거론되자 당연한 요구 사항임에도 나는 그만 기가 죽어서 얼굴이 붉어졌다. 양재덕은 담보 문제로 어쩔 줄 몰라 난처해하는 나를 가로막으며 그의 눈꼬리는 지점장을 향해 눈썹 아래의 눈이 웃고 있었다.

"내가 담보 물건은 책임지기로 했네. 나는 1억짜리 아파트 한 채가 고작이어서 우리가 요구하는 금액의 담보가치로는 부적합해서 그 대신 내 여동생의 상가건물을 담보 잡기로 여동생과 합의를 보았네. 자네도 학교 다닐 때 본 적이 있는 여동생이 지금은 금호동에서 피아노 학원을 크게 하고 있다네. 긴급자금이니까 가급적 빨리 빼주게."

"이 사람, 급하긴… 아무리 급해도 담보물건을 감정하러 왔다 갔다 하면 시간이 좀 소비되네. 감정 서류가 준비되면 곧장 나갈 수 있도록 최대한의 조치를 취하겠네."

지점장과 양재덕의 대화는 비집고 들어갈 틈도 없이 빠르게 진행되어서 전혀 의심할 요소가 없었다. 그제야 나는 담보물건이 양재덕의 여동생 소유임을 알게 돼 머리를 조아려 고마워했다.

눈을 뜨고 있어도 코 베어 가는 세상에서 양재덕의 호의는 인간의 한계를 뛰어넘은 신의 도움으로 여겨졌다. 나는 위기일발의 자금 문제를 기적처럼 해결한 그의 도움이 감사해서 눈 주위가 따뜻해짐을 느꼈다.

그로부터 나의 몰두는 깊어져서 양재덕이 있는 곳에는 내가 등장해서 그의 이야기를 듣는 쪽이 되었다. 그와의 밀접한 동행을 두고 현장 소장들과 기사들은 공연히 못마땅해서 범인 가운데 하나인 사기꾼의 농락에 걸려들었다고 저희끼리 소곤거렸다.

나는 양재덕의 해박한 성경 지식을 알고 있어서 누가 뭐래도 사람들의 사려 깊은 충언을 듣지 않고 진정한 친구를 찾은 것처럼 그를 높이 받들어 주었다. 아무리 재차 평가해 봐도 지점장에게 보증이 되어준 양재덕의 신앙관은 각별한 감응을 불러일으키기에 충분했다. 이번에 닥친 위기를 간신히 넘기면 아내 채림과 아들이 등록해있는 교회에 나가서 하나님 앞에 귀의할 의향으로 땀에 젖은 주먹을 굳게 쥐었다. 신은 인간의 탐욕과 공허가 만들어 낸 허구의 상징이라고 매도했던 나 자신을 반성했다.

사실 나는 아들 성령의 나이 세 살 되던 해인 8년 전에 아이 성화를 못 이겨 서너 번을 예배당에 들어가 본 적이 있었다. 살고 있던 아파트에서 창을 통해 바라보면 삼각산 밑, 동네 어귀의 언덕배기에 빨간 벽돌로 지은 아담한 예배당이 버티고 있었다. 돌이켜보면 그림 같은 종탑 위로 붉은 네온사인이 켜지는 철제 십자가가 종종 아이의 관심을 끌었던지 아이는 자주 그 십자가에 눈이 맞춰져 있었다.

아이는 창문에서 정면으로 투시되는 언덕 위의 십자가를 밤과 낮을 가리지 않고 틈틈이 내려다보고 있다가 일요일 아침이 되면 어김없이 소리치는 거였다.

"십자가, 십자가, 나~ 가고 싶다. 십자가를 찾아가자. 십자가와 놀고 싶다."

"녀석 또 시작이구나! 아이들과 놀고 싶으면 유치원에 보내줄게. 저기 예배당에서 놀고 있는 아이들은 네 친구가 될 수 없어. 가도 네 나이 또래는 없어. 때 쓰지 않으면 어린이 대공원에 가서 놀이기구도 태워주고 사자와 원숭이도 보여 줄게."

나는 진땀을 흘리며 아이를 구슬렸지만 겨우 말을 토해내기 시작한 어린 아들은 막무가내로 나를 귀찮게 보채기는 마찬가지였다.

"싫어. 나는 십자가 밑에 가서 놀 거야."

"녀석, TV에서 십자가 동화 만화를 매일 보더니만 예배당의 십자가와 정들었구나! 저 유치한 십자가가 네 어린 동심을 아주 망쳐 버렸어."

일요일마다 아이의 성화는 강도를 더해갔고 평소에는 울지 않던 아이가 무슨 장난감을 갖다 줘도 울음을 멈추지 않고 징징대었다. 일요일 아침이 될 적마다 어김없이 그 예배당의 십자가를 우러러보며 아이의 성화는 이어져서 무슨 마력에 이끌리는 듯한 고집스러운 울음은 끝내 막지 못했다.

고백하자면 예배당의 십자가를 바라보는 일을 이후로 아이로 인해서 어지러운 고역이고 갈팡질팡 이었다. 예수를 닮지 않은 자가 그 십자가를 바라보는 것 자체가 어불성설의 엇박자였다. 아이는 사무엘처럼 창세전에 선택 되었는지는 아무도 모르지만 나는 열외라고 생각했다. 아이와의 절묘한 싸움에서 그 십자가를 바라보기에는 너무도 지쳐서 예배당의 출입을 허락했을 뿐, 나와는 거리가 상당히 멀었다.

아내 채림은 결혼과 동시에 나의 무자비한 만류로 나가지 못했던 교회를 아이의 치근대는 울음 덕택으로 다시 다니게 되었다고 뛸 듯이 기뻐하며 눈물을 찔끔거렸다. 어찌 보면 대학 다닐 때 종교부장이었던 그녀의 끊 질긴 기도가 아이들을 통해서 이루어진 셈이었다.

영적 전투의 승리로 아내는 아들의 손을 잡고 일요일 아침마다 종탑의 십자가가 아름다운 교회로 향했고 나는 혼자 남은 무료함을 이기려고 바라보이는 삼각산에 오르거나 일영과 장흥 유원지를 배회하다가 실컷 술을 마시고 취해서 돌아오곤 했었다. 그러나 어디를 홀로 돌아다녀도 아내와 아들 성령이 빠진 산행과 혼술 놀이는 거품 빠진 맥주를 마시듯 맥없는 일이었다. 낮에는 그렇다 쳐도 또 저녁까지 아내와 아들이 교회로 향하고 나면 나는 정말로 갈 곳을 잃고 교회 근처에서 맴돌았다.

교회 철문 밖에서 애꿎은 담배만을 줄줄이 피워대다가 그만 화가 치밀어 올라서 교회 아랫길의 코너에 자리 잡은 목로주점에서 외로운 술잔을 기울였다. 아내의 끈질긴 권유로 교회를 향해서 정신을 몰두시키려 했지만 우상숭배로 꽉 막힌 내 가슴은 좀처럼 열려지 않았다.

그 와중에 한 번은 목로주점식 포장마차에서 소주잔을 기울일 때, 교회 정문 앞에서 수차례 목례를 보냈던 젊은 전도사가 찾아와 빼꼼 고개를 내밀었다.

"성령이 아버님 아니세요! 여러 번 뵈었고 말씀도 많이 들었습니다. 저는 허 전도사라고 합니다."

"아직 신학대학원에 다니는 30대 초반의 허 전도사가 아닌가? 이 보게 나도 자네를 보았네만 막노동 현장에서는 나이가 어리면 야와 너로 통상 통성명하는데 그렇게 불러도 되겠나?"

내 숨겨진 분노는 외견상 제법 잘 제어하는 척 가장했지만 허 전도사가 찾아오자 비틀어진 성깔로 분출되었다. 젊은 전도사는 과연 그 칭호에 어울릴 만큼 그 성품이 온순하고 의젓했다.

"이미 그렇게 부르셨으니까 좋으실 대로 부르세요. 모든 사물과 사람의 이름은 부르라고 주어진 게 아니던가요?"

"좋다. 전도사, 너 맹랑하구나! 야, 너 술 한잔해라. 남자는 술을 함께 마셔야지 의기도 투합 되고 가슴도 나눌 수 있는 법이야. 한 잔 마셔 봐."

"성직자는 술을 마시지 못해요. 술을 배운 적도 없고요."

"야 답답한 친구야! 누군 태어날 때부터 술 배웠니? 형님이 따라주면 두 손으로 감사히 받고 서로 취해서 소통하는 거야. 너 벽제 화장터 뒷간에 휘갈겨 쓴 어느 구도자의 시를 읽지 못했니."

『생야일편 부운기(生也一片 浮雲記),

사야일편 부운멸(死也一片 浮雲滅),

부운자체 본무실(浮雲自體 本無實),

인생지사 역여연(人生生死 亦如然).

생이 무엇이냐?

한 편의 구름이 일어남이지.

죽음이 무엇이냐?

한 편의 구름이 사라짐이지.

뜬구름 자체는

본래 알맹이 없는 헛된 것

인간의 생도 죽음도

그와 같은 것이 아닌가.』

"말하자면 선택된 소수까지도 사라지면 그만인 헛된 것이지. 헛되며 헛되고 모든 것이 헛되니 이 밤을 위해 한 잔 마셔주자는 말씀이지."

나는 허 전도사가 믿는 야훼 하나님을 모르는 터여서 그분의 무서움도 모르고 내 방식대로 주워들은 시구를 혀 꼬부라진 소리로 휘둘렀다. 시체가 화장장에 들어가 재가 되고 한 줌의 흙으로 돌아가는 것처럼 나 자신의 종교관도 마찬가지라고 신이 나서 떠들어대었다.

젊은 허 전도사는 내 어처구니없는 비아냥거림에도 화를 내기는커녕 오히려 가벼운 미소로 역공을 퍼부었다. 분명 그의 말과 행위는 거꾸로 나를 역습해서 끌어당겼다.

"선생님! 구도자의 시구처럼 인간의 생은 이 세상에 잠시 머물다 사라지는 한 조각의 쓴 구름이 일어남이지요. 저도 그 말씀을 인정하기에 저의 젊음을 바쳐서 구도의 길로 들어섰지요. 여기 지구의 생이 전부라면 왜 저 많은 사람이 모여서 살아계신 하나님을 찬양하고 예배하겠습니까? 그것은 이 세상이 하늘나라의 형상에 불과하고 진정 저희가 갈 곳은 손으로 만져지고 눈에 보이는 세계가 아니라, 우리가 돌아가야 할 영원한 본향은 저 멀리 존재하신 눈에 보이지 않는 하늘나라이기 때문이지요. 선생님께서도 직접 예배에 참석하셔서 간절한 소망으로 기도하시면 그 나라와 우리 생명의 주인 되시는 주님을 만져 볼 수 있습니다. 하늘나라는 침노하는 자의 것이니까요?"

"허 전도사, 너 아직 어린 친구가 거짓말도 제법 잘하네. 야, 시골 양반의 검은 고무신은 보았지만 신은 보이지 아니하거늘 어떻게 만날 수 있겠어? 어이, 헛소리 말고 내 술이나 한 잔 받도록 해."

"어어, 이러시면 곤란합니다."

"야, 곤란하긴 뭐가 곤란해. 네가 내 술을 받아 마시면 너희 하나님을 만나러 갈 것이고 싫다면 괜스레 헛소리한 것으로 간주하겠어. 나에게는 너의 하나님과 하늘나라가 도깨비방망이로 뚝딱하면 나오는 멍청이 소리로 들리지만 술자리의 사나이 약속은 지키겠어."

"좋아요. 제가 딱 한 잔을 마시면 저를 따라오시는 겁니다."

"약속할 테니 마셔 둬. 남자는 대범하게 살아야 해. 원효대사도 수도자의 신분이면서 끝없이. 반복되는 자기 성찰을 위해서 할 짓을 다 했어. 너도 서열로 치면 원효대사보다 새까만 졸병인 이병도 못 돼. 알겠나? 원효대사의 졸병, 허 전도사!"

"네, 알겠습니다."

허 전도사는 나를 구원하겠다는 심정으로 술잔을 받아서 단숨에 쭉 들이켰다. 취기가 감도는 내 눈에도 허 전도사의 나를 위하는 대범한 행위는 물음표였고 독특한 유혹이었다. 자기가 믿는 신에게 무언가 자신만만하니까 독약을 마시는 심정으로 당돌하게 밀어붙일 수 있을 터였다.

어쩔 수 없이 나는 그 약속에 끌려서 술잔을 접고 그의 뒤를 추적추적 쫓게 되었다. 그 밤의 설교 내용은 인간이란 죄와 방황의 약을 떠안고 태어났지만 그것은 자기의 선택이 아닌, 완전히 하나님의 계획으로 태어났다고 강조했다. 그 던져진 존재를 피투성이 존재로 명명했고 이어진 설교는 술기운에 잠이 들어서 듣지 못했다.

전무후무하게도 술 취한 냄새를 풍기며 깊은 잠에서 깨어보니까 교인들은 모두 흩어진 뒤였고 아내 채림과 허 전도사가 아들의 손을 잡고 걱정스럽게 지켜보았다. 그 뒤로도 술에 전 상태로 목로주점에 앉아 있다가 간혹 허 전도사의 손에 잡혀서 구석 자리를 차지하게 되었다.

그해 늦여름이 지나서는 그나마도 교회와는 인연이 다했는지 그만두게 되었다. 빨간 벽돌로 지은 아담한 교회의 당회장은 2억 원의 사채 빚으로 시달리다가 교회 건물을 사채 빚의 서너 배를 받고 팔아넘겼다. 당회와는 한 마디 의논도 없이 독단으로 저지른 일이어서 교회는 산산조각이 나서 교인들은 흩어졌다.

당회장은 빚을 갚고 남은 돈으로 역촌동 대로변에 형편없이 작은 지하실을 세내어서 교회를 짓고 몇 명 쫓아온 교인들의 극구 반대에도 불구하고 개봉동 재개발 구역의 시민 아파트 한 채와 동해안의 멋진 콘도를 자신의 명의로 구입해 두었다. 당회장의 설교를 들어보면 무엇을 먹을까 입을까 내일 일은 걱정 말고 하나님께 맡기라고 누누이 강조해 왔지만 실상은 자기의 노후를 걱정해서 교회의 공금으로 그의 배를 채운 격이었다. 거기에 실망한 나는 젊은 허 전도사가 선물한 성경을 지나가는 고물 장사에게 던져주고 진저리를 쳤다.

"목회자를 믿으니 내 주먹을 믿고 전봇대 밑에서 한 발을 들고 쉬하는 똥개를 믿겠어. 모두 개소리였어."

그리고는 또다시 자유인의 해방감을 탐닉하는 편안한 무신론자로 돌아가서 큰무당 무녀를 찾아다니며 굿판을 벌였다. 애당초

신은 죽었고 그 신은 살아있는 사람을 관리할 수 없다는 불가지론자로 남아서 여태껏 방황하게 되었다.

한강을 차고 올라온 강바람은 금호동 언덕배기에 부딪혀서 흙먼지를 일으키며 매섭게 휘몰아쳤다. 6.25의 전흔이 남긴 시멘트 벽돌집과 구 가옥은 거반 허물어지고 언덕배기 밑으로 드물게 들어선 현대식 아파트와 상가건물 밀집 지역 틈새로 흩어진 휴지조각이 허공중으로 날려서 쓸려갔다.

양재덕의 여동생이 운영하는 피아노 학원은 그 상가건물 한가운데 건축한 현대식 건물이었다. 2~3층은 상가와 음식점이고 4층 전체는 열두 대의 연습용 피아노가 칸막이 방마다 각각 배치된 꽤 규모가 큰 음악전문 시설이었다. 양재덕은 자기 여동생의 가세를 은근히 자랑하려는 듯 학원 안으로 들어가지 않겠다고 버티는 내 손목을 억지로 끌다시피 잡아당겨서 사무실로 들어섰다. 나는 자존심의 먼지 묻은 상처 뒤에서 나를 잡아끈 한목소리를 향해 돌아섰다. 작은 키에 부잣집 맏며느리로 활달한 성격의 소유자인 그녀는 솔직 담백한 기질이 엿보이는 40대 중반의 여장부였다. 그녀는 아이들에게 피아노를 가르치다가 그만두고 이마에 송골송골 땀 밴 얼굴로 자신의 오빠를 맞이했다.

"오빠가 말씀하시던 예 이사님이시군요. 주 안에서 뵙게 되어 반갑습니다."

당돌한 그녀의 환영 인사에 나는 엉거주춤 서서 민망한 자세였다.

"갑자기 들이닥쳐서 놀라셨지요. 저도 피아노와 클래식을 무척 좋아하는 편입니다."

"직접 연주할 줄 아시나요?"

"아뇨. 건축쟁이가 어찌 음악을 알겠어요. 우리 아이가 배우고 있습니다."

나는 밤마다 울리는 혼탁한 피아노의 울림에 혼이 빠져 내 영혼이 커다란 소용돌이를 그리는 허공으로 날아간 기분이었다. 어쩌다가 이곳에 올 만큼 궁색기가 들었는지 내 처지가 가여워서 뼈아픈 전율로 신음했다. 도무지 조금도 내키지 않는 일이어서 현실을 떠나서 멀리 보이는 한강 속으로 도피하고 싶었다. 양재덕의 여동생은 내 불안한 심기를 헤아리는 듯 자기의 궁금증을 이어 나갔다.

"그런가요. 가까운 거리라면 제가 가르치고 싶군요. 이사님께서는 어느 곡을 좋아하시나요?"

"우리 아이가 연주하는 곡을 거의 좋아하지요. 쇼팽의 즉흥환상곡이라든가 에튀드나 녹턴들 베토벤의 소나타들과 모차르트의 소나타나 변주곡들 바흐에서부터 거쉬윈에 이르기까지 구분 없이 좋아해요. 영화음악도 가끔 듣지요."

나는 좋아하는 곡을 모두 나열하려면 한도 끝도 없겠지만 평소에 아들이 자주 들려주는 곡들만을 떠오르는 대로 대충 추려서 나열하며 내가 왜 그곳에 왔는지 당면한 현실도 망각하고 말해주었다. 어린 아들의 해맑은 얼굴을 떠올리며 나를 위로해서 들려주는 음률의 향기를 맡았다. 한없이 처절한 가슴에도 아이의 피아노 멜로디는 언제나 위안이고 피로 회복제가 되었다.

학원 원장인 양재덕의 여동생은 몹시 의아해하면서 도무지 이해할 수 없다는 표정으로 놀라움을 나타내었다. 그녀의 눈썹이 꿈틀대며 눈을 크게 치켜뜨고 침을 삼켰다.

"네? 초등학생인 이사님의 아들이 그 어려운 곡들을 모두 연주한다는 말씀인가요? 어디서부터 어디까지가 진실인지 도무지 감잡을 수가 없어요. 제가 20년 가까이 피아노를 지도했지만 아직 그러한 음악의 신동이 태어났다는 소문은 듣지 못했습니다. 이사님께서 감탄사를 터트릴 아이라면 높은 경지에 이른 것 같은데… 도대체 몇 년이나 레슨을 받았나요?"

"2년, 2년이 채 못 되지요."

"절 놀리시는 것은 아니시겠지요. 어찌 2년도 못 배워서 그 정도의 높은 수준에 도달할 수 있을까요? 2년 됐으면 체르니 30 정도 들어가도 상당히 진전한 건데"

"나는 문외한이어서 다른 아이들의 수준은 모릅니다만 우리 아이는 바이엘을 두 달 만에 마치고 체르니를 건너뛰어 다양한 클래식 곡들을 연주했지요."

학원 원장은 아이의 이야기를 들으면서 망연자실했고 나는 대출 보증의 본뜻은 접어두고 자기 흥분에 신이 나서 지남철의 마성에 끌리듯 실제로 일어났던 일들을 나열해주었다. 그리고는 그녀의 성화에 못 이기는 척하고 안개 속 그림자로 다가서는 아이의 지난 영상을 더듬었다.

　아들 성령이는 도레미파를 시작하고 2년이 채 못 되었지만 각종 콩쿠르에서 입상을 했다. 유명 음대를 졸업하고 아들을 가르치는 실용음악 여선생은 자신이 더는 가르칠 실력이 없어서 고민한다는 소리도 들었다. 속독을 가르치지 않았는데 속독으로 많은 음악 책들을 꿰뚫고 어른 수준의 작곡도 하였다.

　하지만 나는 아이가 음악이라는 좁은 틀에 갇히지 않고 나처럼 자유업에 종사하면서 남의 마음을 따뜻하게 해주는 취미생활로 그치기를 바랐다. 가족 가운데 음악을 하다가 자살한 누나가 있었기 때문이었다. 원장은 자신이 잘못 듣고 있는가 하는 의구심으로 눈꼬리가 가는 주름을 그리며 심히 떨렸다.
　"이사님의 아드님은 참 대단하시네요."
　"그런가요…?"
　나는 아주 먼 허공 저편에서 상영되는 영화를 보는 것처럼 아이의 피아노 연주를 그려 보았다. 초롱 한 눈망울 속 가득 담긴 지혜, 꽃잎같이 그려낸 입술, 비단결 피부, 어딘가 늘 슬픈 표정, 저보다 약한 자와는 싸움하지 않고 로빈 후드처럼 도와주는 성품, 거지가 지나가면 외면 못 하고 호주머니에 들어있는 동전 부스러기까지 탈탈 털어서 던져주는 성자의 사랑, 그 따스한 가슴이 전해져왔다. 나 자신은 하나님을 몰라도 꼭 이 세상에 태어난 것을 슬퍼하는 음악인보다는 영혼을 구원하는 신부님이나 목회자로 키울 것을 다짐했다. 그것도 안 되면 나와 같은 사업가로 성장하기를 소망했다.

원장은 내가 들려주는 아이의 이야기에 상기되어 아편에 취한 듯한 도취 속에 온통 환상의 멜로디로 응축돼 떠다녔다.

"세상에! 경이로운 기적의 아이군요. 하나님의 은혜라 말할 수밖에 없겠네요. 다른 자랑거리는 없으세요?"

"아닙니다. 자식 자랑하는 것도 팔불출이라고 했어요. 저를 팔불출로 만드실 작정이세요?"

"천만에요. 이사님! 팔불출이라뇨? 이 순간, 저는 하나님이 임재하시는 놀라우신 은혜의 기적을 듣고 있습니다. 인간의 힘과 노력으로는 불가능한 하나님의 사랑을 간접 체험하고 있지요. 아드님의 성화로 사모님께서는 다시 교회에 나간다고 하셨지요?"

"어떻게 거기까지…"

나는 집안 내력을 들킨 것에 황당했다. 그러고 보니 술에 취해 뭔가를 양재덕에 횡설수설 떠들면서 집안 내력을 생각 없이 흘린 듯싶었다.

나는 원장의 궁금증에 불을 댕긴 격이어서 어쩔 수 없이 사실 그대로를 솔직히 털어놓았다. 인사의 서두로 원장의 관심을 기울일 만한 피아노 이야기를 꺼낸 것이 주객이 전도되어 예기치 못한 방향으로 맞추어져 나갔다. 그녀는 아내와 아들에 이르기까지 내 주위에서 일어나는 일들을 샅샅이 알고 싶어 했다.

그녀는 자기의 전 재산인 상가건물을 걸고 나를 보증서는 입장에서 상대방을 파헤치는 것은 지나친 무리가 아닐 터였다. 어느 면에서 내 사생활을 저울질하는 것보다 이야기를 이어가면서 하나님의 임재 안으로 빨려 들어왔다. 신앙의 대상인 하나님께서 현대판 구름기둥과 불기둥으로 실제 동행하시는 모습을 깊숙이 탐구하는 듯 싶었다.

"이사님은 선택받은 아들을 낳으셨어요. 혹 아들 성령이가 기도할 때, 아픈 병자가 낳았다는 말을 듣지 못하셨나요?"

"나는 별로 신빙성을 두지 않지만 듣기는 들었지요. 엄마와 함께 그 아이가 무심코 기도하자 교통사고를 당한 환자의 부러진 뼈가 즉시 붙었다고 환자가 춤을 추었다지요. 그 뒤로도 큰무당의 병마로 시달리던 사람이 치료되었다고 들었지만 나는 믿지도 않고 믿어지지도 않아요. 아마 나을만한 조건에서 기도와 동시에 환자의 의지로 아픔이 멈춘 것이겠지요."

"아, 그럴 수가! 절대로 의심하지 마세요. 태초에 말씀이 계셨고 이 말씀이 곧 하나님이시죠. 성령이가 기도하는 순간, 하나님이신 예수의 이름, 곧 말씀이 육신이 되신 그분의 권능이 암세포와 부러진 뼈에 박혀서 치유의 기적은 일으킨 거지요. 하나님이신 예수의 이름과 성령님은 한 분이시니까요. 요한복음의 곳곳에도 그 증거가 명확히 기록되어 있지요. 나는 내 아버지의 이름으로 왔으니 내게 주신 아버지 이름으로 보전하사 우리와 같이 하나가 되게 하시고 이 하나님의 이름이 곧 예수이시지요. 그 살아계신 예수의 이름으로 기도할 적에 천지를 창조한 권능의 말씀이 혼과 영, 관절과 골수를 찔러 쪼개어서 더러운 병마를 물리쳤음이지요. 할렐루야!"

반 시간도 안 된 짧은 만남의 시간은 세상 분주한 일로 허탈에 빠졌던 나를 신비로 감아서 번쩍 치켜 든 응축된 거였다. 그녀의 포획된 관심은 아이를 찾아 헤매었다.

처음 보는 남자에게 그것도 보증을 서달라고 찾아온 남자 앞에서 할렐루야를 외치는 그녀의 믿음은 문제의 산을 들어 옮기고도 남을 하나님을 향한 상사병이었다. 나는 그녀의 놀라운 믿음에 빠져들어서 예수에게 홀린 듯 어안이 벙벙해져서 그녀에게 이끌렸다. 그녀 역시 살아있는 성경 속 시대로 돌아가서 당시의 인물과 접하듯이 나를 부추켜서 아이의 숨은 비밀을 들춰냈다.

"그 외에도 이사님께서 목격하지 못한 이적을 많이 행했지요? 저는 눈물이 핑 돌고 감사해서 성령이를 완전히 해부하고 싶어요. 주 안에서 간증은 그분의 영광을 드러내는 일이므로 차근차근 말씀해 주세요."

나는 그녀의 광신자 같은 열병에 혼쭐이 나서 강한 탐구에 순순히 응답했다.

"언젠가는 나를 위해 기도를 해준다고 땀을 뻘뻘 흘렸는데 아이의 머리에서 낙숫물처럼 떨어지는 땀방울이 짙은 향기로 변해 실내를 진동시켰어요. 나는 그러한 아이의 모습이 신기했어요."

원장은 아들의 이러한 이야기를 듣고 놀람과 감동으로 출렁이는 격정을 자제하지 못하고 끝내는 순수의 눈물이 맺히었다.

"이사님, 아들 성령이를 통한 이러한 역사는 필시 이사님께서 영적 세계에 지나치게 무지하시니 하나님이 천사들을 통하여 깨우쳐 주려고 성령님이 역사하신 거라 생각해요. 이사님은 하루빨리 주님의 품으로 돌아오지 않으면 갈수록 하시는 사업이 꼬이고 어려워질 거예요. 이 방법은 선택된 사람에게만 베푸시는 하나님의 뜻이고 깊으신 사랑이지요. 적진에 병사가 침투하려면 먼저 지옥훈련을 받아야만 살아남는 것처럼 사탄과의 싸움에서도 승리하려면 반드시 거쳐야 할 연단의 관문이지요."

나는 원장의 선망 어린 신앙심 속 조언들로 현기증이 일어서 그만 머리를 숙였다. 하나님이 누구신지 모르지만 그분에게 택함을 받고 발을 들여놓으면 빠져나가 길조차 없는 긴 미로를 평생 헤매야 할 그 무엇으로 받아들여졌다.

그쯤에서 자신의 궁금증을 풀어헤친 원장은 이왕지사 해줄 것이라면 은행의 재정보증 용지에 도장을 찍어주겠다고 오빠 양재덕을 앞장서서 따라나섰다. 그녀는 은행 지점장이 밀어준 대출 서류에 의심 없이 모든 보증 도장을 찍어주고 돌아갔다.

부족한 점은 지방에서 교사로 재직하는 그녀의 남편이 돌아오는 토요일까지는 재산세 과세증명과 인감증명을 뗄 수 없는 거였다. 모든 재산이 남편의 이름으로 등기되어 있어서 인감도장을 소유한 그녀의 남편만이 인감증명을 발급받을 수 있었다. 만일 그녀의 남편이 인감증명을 거부하면 착한 부인이 허락을 했어도 남편의 거부권 행사로 받고자 하는 대출은 속수무책일 터였다.

나는 여태껏 꼬여진 일이 예상 밖으로 쉽게 풀어져서 어딘지 모를 일말의 불안감이 도사렸지만 달리 다른 방법을 강구할 수도 없었다. 큰무당 점쟁이가 살풀이굿으로 공들여 풀어준 산왕대신의 효험으로 믿고 털레털레 돌아왔다.

원장의 성경 지식에 입각한 야훼의 사랑 어린 연단 과정이라면 엉킨 실타래가 쉽게 풀어질지 의문이었다. 그래도 한 편으로는 뼈와 살이 타는 듯한 돈의 두려움에서 벗어나 실로 오랜만에 한시름 놓고 깊은 잠을 이룰 수 있었다.

이제 남은 일은 영화금속 명 사장과 시화 지구에 건축할 36억짜리 공장 수주 계약서에 도장을 찍고 선급금을 받으면 비슷비슷한 종류의 협동 공장 10여 개에서 수주 계약서를 작성할 수 있어 수백 억대의 공사가 일단 확보된 셈이어서 만사가 형통하게 풀어진 터였다.

나는 지난 시간을 일일이 기억할 수는 없지만 어려운 사업의 난관과 그 험난했던 가시밭길을 통과하면서부터는 망각의 깃발 밑에 남편과 아버지의 자리를 묻어두었다. 그 귀한 짧은 생을 살면서 가족은 먼발치에 두고 사업의 재기만을 위하여 아침저녁을 동분서주하며 바쁘게 뛰어다녔다.

물론 당사자가 아닌 다른 사람의 관점으로는 내 행위가 책임의 틀을 무너트린 편견과 무지라고 매도할지 모르지만 정작 나의 생, 어느 부분을 뒤져 보아도 가슴 밑의 언저리에는 아내 채림과 아들 성령의 자리를 비워둔 적은 단 한순간도 없었다.

그렇지만 다가올 더 큰 내일과 사업의 명목으로 사랑하는 아내와 아들에게 남편과 아버지의 역할을 비워둔 남자로 자신의 고통을 매번 분담시켰다. 사업 자체가 물고기 그물망처럼 꼬이고 엉킨 주원인은 나에게 기인되었지만 그럴수록 내 가슴은 빈 공터로 물결쳐서 그 짙은 상처와 외로움을 애꿎은 소주잔으로 채워 넣었다. 이것은 비단 내가 아니더라도 사업하다가 벼랑 끝에 선 모든 아버지의 눈물일 터였다.

CIP 옹벽과 터파기 공사가 끝나고 본격적인 철근 골조와 부대공사가 진척되었다. 나는 화성과 시화 단지, 각 건물들을 순회하고 오후 내내 흑석 현장에서 대부분의 시간을 소일했다.

양재덕은 내가 카페에서 커피를 홀짝거리거나 술을 마실 적에는 늘 내 옆에 앉아서 성서 풀이와 등장인물의 해석 등 새로운 영의 양식을 공급하려고 무던히 애썼다. 그는 나를 이용해 여러 공장의 철골 공사와 종합건설에서 나눠지는 각가지 하청공사를 독식하려는 의도가 숨어있을지언정 나는 적어도 이 세상에서 가장 순수한 핵, 그 자체로 양재덕을 대우했다. 어린 시절, 예배당에서 울려 퍼지던 종소리의 아련한 기억 저편으로 그를 맞이하고 받들어 주었다.

그는 현장에서 군림하는 절대적인 힘으로 마음먹기 따라서는 그를 키울 수도 있고 넘어트릴 수도 있는 배경에서 그는 나를 우산받이로 삼아 새로운 영토를 개척하면서 빈번히 등장하는 질투와 시샘도 함께 맛보았다. 그 가운데 근심스러운 시선으로 양재덕을 예의주시하고 있던 최 기술 소장이 나를 걱정해서 드디어 분통을 터트렸다.

"이사님, 다른 하청업자들이 형평성에 어긋난다고 입방아를 찧고 있어요. 도대체 양재덕 따위가 어떤 방식으로 이사님을 구워 삶는지는 몰라도 그 패거리들을 조심하셔야 돼요. 서울 시내의 뜨내기 업자들을 불러서 저희들이 공사 전부를 도급받는 듯 닥치는 대로 견적을 받고 있어요. 심지어 현장 소장인 저마저도 우습게 보이는지 안하무인입니다. 이사님, 현장의 질서 체계가 무너지면 공사가 부실화되고 공과 잡비가 턱없이 많이 소용된다는 점을 염두에 두셔야 될 거예요. 저놈들이 본사 수주담당 박 전무의 지시를 받고 방배 현장에서 인사 사고를 일으킨 것 같아요. 박 전무가 이사님께서 자기들이 합친 것보다 공사 수주를 많이 따므로 해서 본사에서 쫓겨날까 두려워 벌이는 수작일 수 있어요. 그 패거리들을 지켜볼수록 조심해야 할 요주의 인물들이에요."

"이것 보게, 최 소장! 양재덕 사장도 그 부하직원처럼 똑같은 행동을 한다는 것인가? 양재덕이는 결코 무지막지한 위인은 아냐."

나는 양재덕을 내 피붙이처럼 감싸주었다. 내 앞에서는 예의도 바른뿐더러 말끝마다 하나님을 찾는 선교사여서 철거 사고를 빼고는 별다른 나쁜 징후를 발견하지 못했다. 최 소장은 석연찮은 얼굴이 붉어져서 고개를 가로저었다.

"아닙니다. 양재덕이는 직접 겉으로는 설치지 않을지라도 그에게 사주받은 두 똘만이가 현장 사무실을 독점하고는 마치 이사님의 직원들처럼 거드름을 피우고 있어요. 아마도 서울 시내 CIP 옹벽, 터파기, 철근 골조 등 하청업체 사람들이 모조리 다녀갔고 부대공사를 재하청을 준 것이 틀림없어요. 제가 너무 화가 나 삽날을 휘둘러서 녀석들을 쫓아내니까 근처 다방에서 쑥덕거리고 있어요."

"알았네, 현장 상황이 이 정도로 돌아가는 줄은 몰랐네. 나는 길 건너 대학로 카페에서 담배 한 개 피를 피우고 있을 테니까 양 사장에게 하청 계약서를 작성해서 도장 받아 가도록 지시해."

나는 그제야 현장 질서가 무너진 현실을 깨닫고 양재덕의 개인 사정으로 미뤄두었던 계약 체결부터 챙기기로 했다. 원칙은 공사 계약서에 날인하고 하청을 맡겨야만 서로가 불이익을 당하지 않겠지만 양재덕과의 관계는 어쩔 수 없어서 차일피일 미뤄두었었다.

우연치고는 미묘하게 얽혀둔 것이어서 나는 그의 정체를 파악도 못하고 그의 마수에 걸려든 격이었다. 설령 일이 잘못 꼬여도 선교사 직업을 가진 사람이 사회경험이 부족해서 저지른 실수로 넓게 포용해서 받아들일 작정이었다.

나는 벽시계 방향으로 자주 눈길을 돌리면서 왠지 철렁한 가슴이 수렁 아래로 가라앉는 기분이었다. 내가 차에서 내리기도 전, 바보같이 나타나서 문을 열어주고 허리를 굽혀 정중하게 인사하던 사람이 퇴근 무렵이 되었어도 소식이 없기는 드문 일이었다. 나에 대한 집착이 식지 않았다면 자기 여동생과 흡사한 착한 성격은 아닐지라도 내 뒤꽁무니를 시시때때로 가리지 않고 쫓아다니는 그가 반드시 나타나리라고 생각했다.

　예상대로 양재덕은 내가 술 한 병을 비울 때쯤이야 지치고 굳은 표정으로 달려왔다. 나는 그의 숨 가쁜 호흡 소리를 또렷이 들으면서 내 놀란 심장 박동 소리를 듣는 것처럼 크게 심호흡을 했다.

　"양 사장이 해 떨어지는 무렵에 나타난 것은 해가 서쪽에서 뜨겠다는 숨을 까닭이 있는 게 아닌가요?"

　"죄송합니다. 토공과 골조 면허를 빌리려고 허둥대다가 그만 늦었습니다."

　"그래, 면허는 구했나요? 나는 관계없지만 서광건설 측에서는 만일의 하자 발생 문제를 대비해서 받아놓는 거니까 오해하지 마세요."

　나는 양재덕이 늦게나마 나타난 것만으로도 긴장이 풀어져 실랑이를 벌일 이유가 없어져서 그를 다독거렸다. 양재덕은 종업원이 가져다준 시원한 물을 마시고는 내 질문에 응수했다.

　"네, 이해합니다. 내일 면허 사본과 필요한 제반 서류는 함께 보내주기로 했습니다."

　"다행이네요. 문제는 해결되었으니 편하게 식사하세요."

　"이사님, 그게 좀…"

　양재덕의 이마에 식은땀이 돌고 말투는 몹시 더듬거렸다. 나는 그에게서 풀리지 않는 문제의 어려움을 퍼뜩 직감했다.

　"편히 앉아서 차분히 자초지종을 설명해 보세요. 내가 도울 수 있는 일은 돕고 이해되는 것은 받아들이지요."

나는 줄곧 내 시선을 회피하는 그에게 짙은 관심과 관용을 드러내었다. 머릿속은 온갖 어지러운 잡념으로 뒤죽박죽 교차했지만 그에게 뭐라고 추궁하지는 않았다. 그 불가사의한 이해심은 그 여동생의 신앙심에 반하는 관용이고 종교의 힘이었다. 철거사고를 일으켜 그가 내게 입힌 피해와 현장에서 감도는 긴장 따위는 재차 논하고 싶지 않았다.

"이사님, 면목 없습니다. 제가 CIP 옹벽 치기와 H빔 받치기 작업, 포클레인 터파기 등을 너무 몰라서 공사 내역서를 잘못 산출했습니다. 오늘 아침에야 정확한 내역을 산출했는데 7천만 원을 잘못 기재했습니다. 게다가 면허 대여료까지 합산하면 1억 정도의 손실이 예상됩니다. 이사님께서는 여러 현장을 관리하시니까 손실이 쉽게 보전되지만 저는 이사님의 배려로 주인의 상에서 떨어지는 부스러기는 먹는 중이어서…"

"양 사장, 뭔가 일위대가표가 틀려서 견적작업이 잘못 산출된 건 아닐까요? 어떻게 하청된 토공에서만 7천만 원의 손해가 발생할 수 있을까요. 기존 토공업체에서도 그 단가로 하겠다고 내역서를 제출했지만 양 사장을 돕는 차원에서 드린 건데… 정말 낭패군요."

나는 이해의 한계를 넘어선 억지 요구에 팽팽하던 풀이 단번에 뚝 끊어진 단절감마저 들었다. 경제 논리로 풀어도 내가 도와줄 수 있는 탄성의 한계점에 머물러야만 긴장된 스프링이 원점으로 돌아올 수 있으련만 그의 주장은 현장 능력으로는 메꿀 수 없는 일이었다. 본사 수주와 기술 담당인 박 전무가 소개해준 배경만을 믿고 구두로만 계약한 허점을 이용해서 계약 금액을 끌어 올리려는 어불성설 한 무지였다. 2~3천만 원도 아니고 1억의 실수라는 억지에 나는 기가 막혀서 강한 현기증으로 머리가 욱신거렸다. 양재덕의 표정도 쓴 약을 마신 듯 땀방울이 흘러내렸다. 참 억지임에도 자신의 주장을 정당화하려는 뻔뻔한 작태였다.

그는 자기주장을 밀어붙이면서 최소한의 체면 유지를 하려는 듯 숨은 속셈을 드러내었다.

"제가 CIP 공사와 터파기 등 전문 지식이 없는 것은 제 숨은 실책이오나 이곳 지반 자체가 한강을 낀 모래 지반 수렁이어서 CIP 볼링 작업에도 애를 먹었습니다. 거기다가 모래흙이 침전돼 주저앉아서 시멘트 그라우팅 공법으로 주위의 지반을 굳혀가며 시공했습니다. H빔 받침목도 계산 수치보다 훨씬 많이 소요되었습니다."

"보시오. 양 사장, 애당초 나도 그만한 대비를 미리 한 사람이오. 처음에 지반을 시추한 조사공사를 토대로 공사 내역을 마쳤기 때문에 거기 준하는 난공사의 공사비를 더해서 산출했어요. 내역서를 재검토하면 알겠지만 그라우팅 부분과 H빔 버팀목도 충분히 가산해 넣었고 굴착기 작업도 20%의 난공사를 고려해 계산한 겁니다. 도대체 양 사장은 잘 알지도 못하면서 지금에 와서 왜 나를 궁지로 몰아넣는지 알 수 없군요. 확실한 돌파구는 숨김없이 진실을 밝혀서 서로 협력해 선을 이루는 방법밖에 없어요."

"이런 낭패가! 모두 제 잘못이지만 가격 절충에 실패하면 제가 하청 받은 전 공사가 중지될 수도 있어요."

"공사가 중지된다니 어찌 그런 무책임한 말을…"

나는 공사 중단이라는 소리에 소스라치게 놀라서 대갈일성을 질렀다. 양재덕은 철거공사에서도 교회 담벼락과 창고를 때려 부수고 여자아이를 다치게 한 이유로 3억5천만 원의 손실과 공사기간을 연장하는 엄청난 피해를 입히고도 오히려 적반하장으로 억지를 부렸다. 만일 이번에도 공사가 지연되면 꼼짝없이 건축주에게 지체보상금을 물어줘야 할 난관에 부닥칠 것이다. 대학로의 최고 요지의 장소라서 건축주도 상가 입주자들을 이미 결정해 입주 보증금을 받은 터여서 달리 빠져나갈 방법은 없었다. 나로서는 뭐 주고 뺨 맞은 격이어서 적반하장의 어이없는 봉변이었다. 선교사로 필리핀에 파송돼 고생하고 돌아왔다는 이유만으로 쟁쟁한 기존 업체들을 밀어내고 철거, 토공, 골조, 부대공사까지 그가 원 하는 대로 하청을 맡겼건만 그의 도덕성이 의심되는 파렴치함이 엿보였다. 한 번 피해를 입히고도 두 번씩 피해를 주려는 것은 있을 수 없는 억지 주장이었다. 도와주고 싶다 해도 내 한계점에 달한 경제력으로는 손을 쓸 수도 없었다. 그토록 엉터리 주장이라면 내가 아닌 큰무당의 돌부처라도 돌아앉을 일이었다. 내 급한 성미로 보건대 그의 뺨따귀를 후려치지 않은 것이 이상할 정도였다.

나는 별로 취하지는 않았지만 약간 마신 취기마저 냉큼 사라졌다. 울컥 치밀어 오르는 분노를 삭이려고 눈을 감고 깊은 명상에 잠겼다. 양재덕을 소개받은 것 자체에 발등을 찍고 큰 파안대소의 웃음으로 넘어가기에는 심각한 지경에 이르렀다.

그때, 한 무리의 사람들이 몰아닥쳐 카페 입구가 소란해졌다. 그 패거리들은 철골 골조와 부대공사를 맡은 책임자와 인부들이었다.

그들을 바라다본 양재덕은 이집트의 미라를 연상시키는 흙빛의 표정이 되었다. 패거리들은 화가 잔뜩 나서 선전포고를 퍼트렸다.

"예 이사님, 공사 계약서를 체결하고 사인을 해주셔야만 시공을 지속하겠고 그렇지 않으면 현장팀을 철수하겠습니다."

"뭐 하는 짓들인가, 내가 공사 계약서를 작성해 준다 해도 차일피일 미룬 건 자네들이 건만 어찌 적반하장 식으로 말하고 있나?"

오해가 있어도 뭔가 단단한 오해였다. 나는 뼛속까지 얼어붙는 불안감으로 차갑게 응수하면서 어처구니가 없어 자리에서 돌아앉았다.

"이사님, 저희가 무슨 잘못이 있다고 나무라십니까? 저희도 공사 계약서가 체결되어야만 완불 금을 정산해 수령 받지 않겠습니까?"

"야, 자네들, 내가 돈을 안 준 것이 있어? 자네들 사장과 면담하는데 이래도 되는 거야? 냉큼 돌아가!"

목소리를 높여 이어진 고함에도 아랑곳하지 않고 인부들의 태도는 험상궂었다. 그 대비는 온전한 문명과 곡괭이를 든 야만으로 비쳤다.

"양재덕 씨와 우리와는 관계가 없어요. 저 사람이 우리에게 일을 하면 돈 준다고 해서 일해 준 죄 밖에 없어요. 저 사람은 일을 소개해줘 알았을 뿐이고 우리와는 무관해요."

나는 참 빌어먹을 장난에 휘둘려서 뒤통수를 맞은 듯 비실대었다. 적당히 안 된다고 잡아떼고는 넘어갈 일이 아니었다. 썩을 대로 썩은 부위를 도려내지 않고서는 몸 전체가 버거스 병처럼 썩어 들어가기 십상이었다. 발바닥이 검게 썩었으면 발목을 잘라내야만 할 일이었다. 다리를 살리고 몸뚱이를 살리려면 목발을 짚는 한이 있어도 과감한 수술이 필요했다. 아쉬운 건 나 자신이지 그들 몫은 아니었다. 그들이 각 분야의 공사를 중지하고 행패를 부려도 그들이 포기하지 않는 한 다른 시공 팀을 붙이는 것은 현장 생리상으로 불가능했다.

팽팽한 대치의 신경전이 옥신각신 벌어지는 사이, 뒤쫓아 온 현장 최 소장이 나타나 그들을 어르고 달래어서 현장 함바 술집으로 끌고 갔다.

이미 모래사장에 엎지른 강태공의 낚시 물이어서 화를 낸다고 풀어질 숙제는 아니었다. 양재덕을 선교사로 인정하고 도와주는 것 자체가 미친 짓이었지만 세상 물정을 알려서 가르칠 일이었다.

일반 상식으로는 공사금액의 10~20%를 챙기고 재하청으로 공사를 팔아넘긴 양재덕을 용서할 수 없지만 그 말이 안 되는 일을 종종 말이 되게끔 용서하는 성격이 내 자신이었다. 내가 일단 믿고 정을 준 사람에게는 잘못이 있어도 세 번까지 용서해서 기회를 주는 게 나라는 사람의 괴력이고 정해놓은 약속이었다. 비록 하나님의 법칙은 아는 바가 없어도 왼쪽 뺨을 때리면 오른뺨도 대주려고 하는 괴짜 철학을 지닌 돈키호테와 닮은 성격의 소유자였다. 그래서인지 어딜 가도 나에게는 아직까지 적도 없고 미워하는 사람도 없었다. 부처님의 자비와 사랑으로 상대방을 용서함으로써 포용하는 것이 내 좌우명이었다. 화가 머리끝까지 치솟아 오를 때는 법의 판결을 결코 의지하지 않고 강한 핵 주먹으로 상대의 턱주가리를 한 방 날리고 돌아서면 그만이었다. 한 번은 내 호주머니를 뒤져서 지갑을 훔친 도둑을 잡고도 경찰에 넘기지 않고 밥과 술을 먹이고는 일꾼으로 채용하기도 했었다.

화급한 성격의 천성인 것은 사실이지만 그 순간이 지나가면 터무니없게도 상대방의 넋두리를 받아주었다. 그날도 처음에는 자신의 분에 차서 씩씩대다가 혈기를 추스르고는 그 대응책을 되물었다.

"양 사장, 해결 방안을 제시해 보세요. 로마로 가는 길은 사방팔방으로 뚫려있지 않은가요?"

"흠, 흠, 그것참…"

양재덕은 마른침을 삼키면서 헛기침을 터트렸다.

"문제의 실마리는 양 사장이 쥐고 있으니 헛기침만 하지 마시고 돌파구를 찾아보세요. 이 일은 속전속결로 끝내야지 팽팽한 눈치작전을 벌인다고 해서 조금도 득이 되지 않아요."

"용서하세요. 이사님을 처음부터 속이려는 건 아니었어요. 공사를 직접 시공하려고 기술자도 구하고 시공 장비도 대여하려고 이리저리 뛰었습니다. 그러나 일을 파헤칠수록 자신감이 결여되고 또한 지난 철거공사처럼 CIP 옹벽이라도 무너지면 상상을 초월하는 피해를 드릴 것 같아서 철거공사를 끝내고 업체들을 선정해 공사를 맡겼습니다. 철거공사와 토공부터 난공사가 되다 보니까 일이 진행될수록 공사비가 증축되어 계약서 작성이 늦어졌습니다."

"양 사장, 이제 와서 잘잘못을 따지면 무슨 득이 있겠어요. 내가 공사를 통째로 넘겨 드리지 못한 것을 건축주의 동창들과 연결된 대형 공사 두 건이 있기 때문이에요. 내가 이 공사에서 이익을 남기려는 것보다 건축주와 신용을 쌓으려고 끝까지 건설하는 거예요. 처음에 옆 건물과의 손해배상이 적었다면 양 사장이 요구하는 7천만 원을 가감 없이 지불하겠지만 나도 현상 유지를 하려면 발을 뚝 잘라서 3천 선만 드려야 되겠네요. 면허 대여비는 당연히 양 사장이 책임져야죠."

"이사님, 불가합니다. 제가 가격대를 낮춰서 절충했습니다만 번번이 거부되었습니다. 면허 대여비를 포함해 1억 원의 반을 잘라서 공과 잡비로 보태주신다면 거래가 성사될 듯싶지만 그 이하로는 제가 곤란해집니다."

속이 뻔히 들여다보이는 얄팍한 상술이었다. 최소한 5천만 원을 올려달라는 가격은 패거리들과 짜고 떡값으로 챙기려는 배짱일 수도 있었다.

  나는 그를 향해서 도대체 얼마에 공사를 팔아먹고 이 지경으로 만든 장본인이 뭘 더 먹겠다고 탐욕을 부리느냐고 욕을 하면서 턱주가리를 날려버리려다가 그만두었다. 하나님의 섭리로 만난 선교사로 간주하고 목구멍을 타고 넘어오는 분을 식혔다. 가롯 유다가 예수를 팔아넘긴 것처럼 양재덕은 나를 연단시키는 하나님의 섭리가 작용한다는 논리를 대입시켜서 나를 내리눌렀다.

  "양 사장, 다른 집 불 보듯이 태연하지 마세요. 양 사장은 저들의 주장을 대변하는 척하면서 자기 이익을 챙기기보다는 내 입장을 감안해 주어야 해요. 얼마나 돈이 궁하면 양 사장의 여동생까지 보증 세워서 운전 자금을 대출받으려 하겠어요. 나에게는 남은 것이 아무것도 없어요. 여기서 버티지 못하면 영화금속 계약건이 체결된다 해도 나는 신용 여력이 부족해서 쓰러질지도 몰라요. 내가 살아야만 양 사장도 충분한 공사를 하청 받게 돼 살 것 아니오?"

  "이사님, 제가 어찌 이사님의 처지를 외면하겠어요. 이사님에게 도움이 된다면 제 몸뚱이라도 저당 잡혀서 돕고 싶어요. 아직까지 이사님만큼 깨끗하고 일에 대한 열정이 강하면서도 순수한 분은 어디에서도 뵙지 못했어요. 이사님은 그리스도를 아는 어떤 크리스천보다도 정직하고 죄가 없어요. 사실 필리핀에서 긴급한 선교비를 요구해 보냈더니만 저에게도 차질이 생겼어요. 이번 일만 너그러이 처리해 주시면 이사님의 큰 은혜, 잊지 않겠습니다.

"좋소. 나도 양 사장을 만나게 된 올무에 걸렸으나 양 사장이 일부러 그런 것이 아니고 선교비가 필요해서 전권을 행사한 것으로 믿고 싶소. 아니, 내가 세상에서 믿고 싶은 마지막 사람이 되길 바라는 거예요. 나도 양 사장으로 인해 엄청난 손실을 입었지만 더 끌어봤자 골만 파일 것이니 그대로 밀어붙이세요."

"과연 이사님은 소문대로 끊고 맺음이 시원시원한 대장부이십니다. 하나님의 이름으로 이사님은 축복받으실 겁니다."

양재덕은 부닥친 엉터리 협상이 꼬여서 난항을 겪은 줄 알았다가 나의 주저 없는 결정을 듣고는 연신 기뻐서 싱글벙글 이었다. 반면에 나는 건축주에게 넘겨받은 토공과 부대공사 내역에서 여자아이의 치료비와 교회 담장의 손해배상을 포함해서 상당한 액수를 손해 본 터라 머릿속은 말벌에 쏘인 것처럼 아픈 통증으로 쑥쑥 찔러대었다.

이처럼 내 성품은 단순해서 내가 세상에서 살아도 세상 사람에게 걸려 넘어지는 바보라고 주위에서 나를 평가했다.

내가 평소에 돈을 버는 숨은 뜻은 양로원과 고아원, 소외된 불우한 이웃 등 도움을 필요로 하는 목마른 곳에 아낌없이 나눠주려는 어린 시절의 꿈이 있었다. 나중에 형편이 어려워지면 변심될지언정 여태껏 배풂의 기쁨을 낙으로 여겨왔고 미래의 이정표도 그렇게 이루어지길 기원했다.

양재덕이 하청 맡은 일거리를 팔아 치워서 얻은 수익금을 불우

한 선교 현장에 지원한다면 나는 그를 통해 필요한 적소에 나눠 준 것이나 마찬가지여서 쓸데없이 화를 낼 일도 아니었다. 내가 연쇄 부도를 맞아서 잠시 멈춘 일을 양재덕이 나를 대신해서 수고했다고 믿음으로 받아들였다.

나는 병에 남은 술을 마저 비우면서 나만이 아는 외로운 방황과 사랑의 용서가 담긴 너털웃음을 카페 전체로 여울지게 웃으면서 그 시간의 추악한 기억을 지워버렸다.

그 주의 금요일은 각종 분야의 하청업체와 직영 인부들에게 일한 대가를 지불하는 한 달에 두 번 있는 간조 날이었지만 긴박한 사정으로 일주일을 미뤄두었다. 십 년 넘도록 내 밑에서 일해온 하청업체와 상근 일꾼들은 돈을 지급하는 간조 날이 처음으로 늦어졌어도 내 성격을 파악하고 아는 그들은 약간의 불안한 낌새도 내색하지 않았다. 성실한 하청업체는 물론이고 거리의 노숙에서 일꾼으로 변신한 사람들, 연변에서 갓 들어온 중국 동포들에 이르기까지 채용해서 각 현장에서 숙식을 해결해주고 높은 보수까지 지급한 결과로써 그 뿌려놓은 신뢰성으로 일한 보수가 일주일 늦어졌지만 아무도 동요되지 않았다.

돈은 자기 통장에 입금되기까지는 사용될 수 없는 그림 속의 종이 쪽지에 불과해서 양재덕의 여동생이 대출용 인감증명과 보증 서류를 바로 구비해 주겠다고 약속했지만 지켜지지 않았다. 착하고 신앙심 깊은 피아노 원장은 남편인 학교 선생이 지방에서 돌아오면 인감을 떼 주겠다고 약속했지만 남편은 바쁜 일과로 올라올 수 없다는 소식이었다. 아무리 아내가 인감증명을 강요해도 그 남편은 섣불리 전 재산을 담보해주는 어리석은 보증에 넘어갈 리 만무했다. 양재덕도 보증 못 하는 형편에 처남이 오다가다 만난 사람을 보증 설 리 없었다. 그저 양재덕이 세상의 불확실성과 여동생 남편의 꼼꼼한 성격을 익히 알고 있어서 다만 나에게 호감이나 살 겸 해서 거절당할 줄 뻔히 알면서도 장난친 것에 불과했다 나는 그의 장난을 눈치챘으나 먼저 호의를 베푸는 바람에 속은 줄 알면서도 혹시나 하는 심정으로 동요되지 않았다. 일단 내가 관대하게 용서한 이상, 미운 놈 떡 하나 더 준다는 심정으로 그를 나쁜 감정 품지 않고 받아주었다.

양재덕은 내가 처한 심각한 경제 사정과 참모진의 삐그덕대는 부재를 알고서 우려 반, 걱정 반의 자기 나름대로의 음모론을 갖고 내 뒤를 졸졸 뒤쫓아 다녔다. 나는 당장 처한 내 처지를 잊으려고 매일 저녁을 대신해서 쓴 소주로 허기를 때우고 단단하게 굳어진 척추의 혹이 주는 아픔과 나의 내부에서 불길하게 갈등하는 상념을 그 잔에 묻어버렸다. 그 혼자만의 술자리에서도 양재덕은 취기가 오를 때쯤이면 어디에서든 반드시 나타나서 늘 내 곁에 붙어 있었다. 물러나라고 소리를 지르려 했지만 백기를 들고 울타리 안으로 투항한 적을 죽이지 못하는 것처럼 그를 어찌하지 못하고 받아주었다. 오히려 그의 지치지 않는 끈질긴 구애 작전과 입담에 끌려들어서 그가 다가오는 대로 가까이 두었다.

양재덕은 내가 옮겨 다니는 일 하는 현장을 손바닥 손금 보듯 살살이 분석하고는 궁지에 몰린 내 약점을 붙잡고 새로운 돌파구를 제안했다.

"이사님, 강남 터미널 옆, 반포동에 짓고 있는 연립 다세대에 대해 급히 드릴 말씀이 있습니다. 골조공사를 끝내고 벽 쌓기와 실내 장식이 남아 있더군요. 건물이 완성되어도 분양 시기가 최악이라서 완전 분양에는 시일이 지나야 될 것 같습니다."

"뭐, 궁금증이 있나요? 나와 분양하고는 완전 상관없어요. 나는 분양을 하던 전세를 놓던 건축한 자금만 회수하고 건축주에게 권리를 넘겨주면 그만이에요. 그런데 반포 현장은 어떻게 아셨나요?"

"네, 흑석 현장의 유 기사가 골조 슬라브의 벽돌쌓기가 수평이 맞는지 체크한다고 해서 제가 태워다 주었습니다…. 이사님! 이렇게 하시면 어떨까요?"

"뭘 어떻게 하겠다는 말인가요?"

나는 진상 앞에 달라붙은 그의 덫에 걸릴 수 있다는 판단으로 쌀쌀맞게 대꾸했다.

"어제, 나지막이 가보니까 내화벽돌 구입이 늦어져 공사가 잠시 중단되었더군요. 이사님께서 큰일에 바쁘시니까 사소한 현상은 다른 사람에게 맡기면 어떨까요?"

"나는 이제껏 내가 수주한 공사를 아무리 적다 해도 재하청을 주거나 팔아넘긴 적이 없어요. 건축주가 내 인격을 믿고 자기 건물을 맡긴 만큼 내가 시공한 능력이 없으면 수주를 깨끗이 포기했지 돈 몇 푼 남기려고 팔아넘기지는 않았어요."

　나는 다른 건설 회사처럼 작은 공사를 수주해서 얼마의 사례비를 받고 재하청을 주었으면 자금 흐름에도 도움이 되었겠지만 적어도 그렇지는 않았다. 다른 사람들이 평행이동으로 공사를 팔아먹든 말든 나와는 무관하게 외골수의 길을 걸었다. 내가 일단 시공한 건물은 일본의 고베 대지진이 발생해 지반이 갈라져도 건물이 비스듬히 기울어질지언정 절대로 무너지지 않도록 수백 년을 버틸 만큼 철저히 시공했다. 나를 아는 건축주라면 똑같은 가격대라면 내게 공사를 맡기려 했지만 나의 시공 한계를 넘어선 공사는 수주하지 않았다.

　이런 장인정신의 소유자에게 양재덕의 제안은 당돌한 어불성설이었지만 내가 처한 약점의 맥을 짚어 급소를 공략했다.

　"저도 이사님의 그 고집스러운 장인정신을 존경하고 닮고 싶습니다. 하지만 일단 수주한 공사는 끝마무리까지 완벽히 해 줄 의무도 또한 포함되었지요. 큰 현장은 서광 면허를 대여할지라도 15가구 정도의 반포 규모는 적당히 지을 수 있다지요? 이 하찮은 일로 인해 큰 현장을 소홀히 하실까 해서 노파심으로 의논드리는 겁니다."

　"양 사장은 내 허를 찔러서 일격에 나를 거꾸러뜨리는군요. 그래요. 말을 어렵게 돌릴 필요는 없어요. 내가 자금난으로 시공을 잠시 미룬 것도 사실이고 완벽히 끝내야 할 의무감으로 밤잠을 설치는 것도 사실이에요. 나는 국내외 경제 사정으로 사면초가에 갇혀 그로 인하여 다른 현장도 소홀히 하는 것도 사실이에요."

나는 디폴트에 근접한 한국 경제 사정으로 나 자신에게 처한 어려움을 그가 듣고 싶어 하는 것을 실토했다. 양재덕은 그 능란한 말솜씨로 내 처지를 빌미 삼아 자신의 덫으로 몰아넣었다.

"그럼, 이사님! 이사님 마음먹기 따라서 간단한 해결책이 있어요. 제 처남 친구가 작은 공사가 전문인데 그 친구에게 나머지 공사를 맡기면 이사님의 명예를 실추시키지 않을 겁니다. 물론 이사님이 직접 시공하는 걸로 건축주에게는 그대로 알게 하고 그 친구를 현장 책임자로 임명하는 절차를 밟으면 됩니다."

건축 계통에 첫발을 내디딘 사람치고는 삼국지의 조조를 뺨치는 전략이었다. 작은 다세대 연립은 건설 면허가 없어도 신축할 수 있는 맹점을 주워들었는지 그걸 미끼로 나를 공략했다.

그는 성서의 지식을 인용하는데도 재치꾼이고 그것을 바탕으로 사람들을 공략하는데도 누구의 추적도 불허하는 일가견을 터득해 하나님을 팔아서 나를 잡아매었다. 나는 야훼의 이름만 들먹여도 간음하다 들킨 창녀처럼 꼼짝 못 하는 터여서 공사의 공기를 지연시키는 것보다는 차라리 양재덕의 잔머리에 못 이기는 척 넘어갔다. 어차피 돈이 떨어져서 머뭇거릴 처지라면 먼저 매를 맞는 게 좋을 성싶었다.

"좋소, 양 사장이 소개한 친구와 다리를 연결해 보세요. 최 소장이나 현장 식구들과도 비밀로 은밀히 추진해 주세요."

"그 친구는 당장이라도 일을 착수할 수 있도록 만반의 준비를 갖췄습니다. 제 처남의 친구 관계를 떠나서도 제가 시키면 죽는 시늉이라도 내는 믿을만한 사람입니다."

"언제든 소개하세요."

"네, 이사님께서 허락하실 줄 알고 벌써 제 옆에서 대기하고 있습니다."

"과연 선견지명이 능란한 양 사장이시군요."

칭찬 같은 그 말 뒤에는 뒤집어보면 강한 불쾌감이 섞여 있었다. 성급한 성격의 나를 파악한 양재덕이 내가 취한 다음 동작을 사전에 준비한 철저함에 왠지 구토를 일으켰다. 그는 나를 살살 꾀어서 급기야 에는 자기의 의도대로 낚을 수 있음을 습득하고 질서 정연한 논리로 나를 무너뜨리는 추태를 벌였다. 그랬어도 나는 칼날보다 예리한 현실 앞에 속수무책이어서 양재덕이 소개해준 하청업자를 거부하지 못했다.

그는 쏜살같이 달려나간 양재덕의 뒤를 쫓아 2~3분도 지나지 않아서 들어왔다. 작달막한 키에 빼빼한 체격, 야무진 입술, 찢어진 눈매가 예리한 30대 중반이었다. 아직은 양재덕을 믿으려고 노력하고 있는 만큼 그 젊은 사람도 저울질을 거치지 않고 반감 없이 받아들였다. 그는 60도 각도로 허리를 굽혀서 정중히 경의를 표하고 자리에 앉았다. 이사님, 감사합니다. 이사님의 명성은 자주 들었습니다. 제가 가진 기술과 정성을 몽땅 쏟아서 이사님의 명예가 실추되지 않도록 최선의 노력을 기울이겠습니다.

"시공 경력은 어떠한가?"

"네, 다세대 빌라는 제 전문분야로써 7년이 좀 부족합니다."
"이름이 뭔가?"
"이영곤입니다. 나이는 서른다섯입니다."
"좋아, 패기 있는 나이이군. 해보려면 해 봐."
"네, 감사합니다. 감사합니다!"

이영곤은 어려운 시기에 호박이 넝쿨째 굴러든 행운을 어찌하지 못해서 연신 호들갑을 떨었다. 얼마의 금액도 결정하지 않은 채 반절 이상을 지어놓은 공사를 무조건 맡긴 결정에 귀가 번쩍 뜨이는 모양새였다. 가격대는 사무실 기술팀과 실사를 벌이면 될 일이었다. 나는 그만큼 어수룩한 심성의 소유자로 상대가 나를 속인다는 낌새를 알면서도 오히려 시치미를 뚝 떼고 상대를 더 믿고 관용을 베풂으로써 패대기치는 대신 감싸 안았다. 일위대가 표를 기준으로 전 건물의 철거 비용과 부지조성비, 정화조와 설비시설, 전기 기초시설과 조적, 방수, 상주 실장과 야간 경비의 월급 등 공과 잡비를 포함시키면 실질 공사비는 대충 산출될 일이었다.

지켜보던 양재덕은 비행기 타고 붕 뜬 기분이 되어서 이영곤과 나 사이로 다시 끼어들었다.

"이사님! 이영곤, 이 친구가 공사를 마치면 두둑한 선교비를 약속했습니다. 이익이 넘쳐도 독식할 친구는 아니니까 실사 팀에게 우격다짐으로 밀어붙이지 않도록 이사님께서 너그럽게 도와주십시오. 부탁드립니다."

선교의 올무로 내 가슴이 흐물흐물 녹아지도록 멍에를 지웠다. 다급하면 신을 팔아서 호의호식하는 사람처럼 선교의 이름으로 돈의 노예가 될 수 없는 나를 가슴을 비우도록 잡아매었다.

그때까지 나는 돈의 위력과 의미를 모르는 편이었고 알려고 하지도 않았다. 상대방의 보증을 서줌으로써 부도를 당했지만, 돈의 위력 앞에 철저히 무릎 꿇은 적도 없었다. 어려서부터 밥술이나 먹는 부자 아버지의 덕으로 보릿고개조차 체험하지 못해서 피나는 고난과 돈의 위험성을 알지 못했다. 나이가 들어서 주름살이 늘어난 어른이 되었지만, 마음만은 어린아이 적의 그대로 천진난만한 초연이길 바랬다.

어차피 돈은 이 세상에 머무는 순간을 빼고는 전혀 무가치한 종이 쪽지일 뿐이고 그 이상의 가치 의미는 될 수 없었다. 더더욱 암 전문의의 설명을 들어보면 척추 사이에서 돋아난 암 덩어리는 이미 폐와 간, 오장육부로 전이되어서 오직 시간만이 내가 영면할 수 있는 해결책이라는 답변이었다. 이러한 건강의 극한 상황에서 나는 모든 것을 포기했고 돈에 대한 집착도 버린 지 오래였다.

이영곤은 준비해 온 5천만 원짜리 수표를 계약금으로 건네주고 나머지 돈을 실사 팀과의 조율을 끝내고 공사대금을 받아서 맨 먼저 갚겠다고 구두 약속하고는 헤어졌다. 현금 보관 중이나 어음 공증을 받아두면 틀림없겠지만 그들의 신임도에 맡겨두었다.

기술팀에서는 현장마다 의문의 사고를 일으킨 범인들이 본사 박 전무와 어릴 적의 고향 친구인 양재덕, 그들이 거느리는 패거리들이라고 주장했지만 그럴만한 하등의 이유가 없어서 조금도 의심치 않고 너털웃음으로 받아넘겼다.

  설령 심증이 간다 해도 물증이 없는 절친한 사람들을 범인으로 몰아낼 수도 없는 일이었다.

동일본대지진의 현장에서 필리핀으로

 깜깜한 고요는 자정을 넘어 방 안에 가득했다. 부스스 인기척이 들리고 화장실에 다녀온 예수영은 내 옆에 앉아 자기의 글을 읽고 있는 나에게 시선을 주었다.

 "어느새. 내가 쓴 논픽션의 전반부를 끝내고 중심부의 반을 넘어섰네. 그 당시만 해도 예수는 전혀 모르고 세상이 좋아 정욕의 향락에 탐닉할 때였어. 아들 성령이의 신선한 증거로 예수의 소문은 들었어도 예수는 몰랐었지. 그즈음, 필리핀에서 온 양재덕 선교사가 내 건설 현장에서 일감을 하청받으며 예수를 전도해 알았지만 예수는 믿지 않았지. 그는 빛도 아니고 어둠도 아닌 어정쩡한 세상 안에서 머뭇거리고 있었지."

 "나도 양재덕 씨가 정말 선교사가 맞을까 하는 의구심을 품고 읽고 있어요. 그는 하나님을 믿고 의지하기보다는 세상 중심에 서서 입술로는 하나님을 들먹거려도 자기 발길은 세상 길로 가는 두 개의 인격체로 생각해요. 당신은 그를 용서했어도 매번 그는 당신을 이용해 세상 욕심을 만족하는 양의 탈을 쓰고 사냥하는 늑대가 아닌가 해요. 하나님의 말씀으로 위장한 양의 탈을 쓰고 당신을 겁탈한 모리배지요. 당신이 조금만 주의를 기울여 경계하고 받아들이지 않았다면 더 큰 손해를 입지 않고 적당한 선에서 끝낼 수 있던 일을 당신의 사랑을 교묘히 이용해 끝까지 당신을 수렁에 빠지게 한 철면피였지요. 그때를 돌이켜보면 분노가 차올라 무거운 욕설이 절로 나와요. 그는 자기가 마땅히 당할 일을 당신에게 그 책임을 떠넘겨 은밀히 우리를 괴롭힌 장본인 가운데 하나였지요. 그래도 당신은 그때까지 영향력을 끼쳤던 불타의 자비심과 사랑으로 그를 용서했지요?"

"그때는 관세음보살 부처님의 대자대비하심이었지만 이제는 하나님이신 예수의 사랑으로 용서하고 받아들인다 해도 과언이 아니겠지. 그는 나에게 낚싯바늘이 숨겨진 먹이를 늘 던져주었지. 나는 그 먹이 안에 바늘이 들어있는지도 모르고 의심 없이 넙적 받아먹은 게 화근이었어."

예수영은 범인 가운데 하나로 자신을 몰락시킨 양재덕 선교사를 떠올리면 분노가 차오를 것이나 말씀을 좇아 자기의 아집을 꺾고 하나님 안에서 관대하게 용서하고 있었다. 그에게 스친 잠깐의 분노가 곁들인 눈동자의 떨림으로 보아도 양재덕이 얼마나 예수영을 기만했던 인물인가를 짐작케 했다.

적어도 예수영은 아버지가 자식을 사랑하는 만큼의 사랑은 아닐지라도 예수가 십자가를 지고 흘리신 보혈의 사랑을 공감하고 다가서는 듯싶었다. 나는 내 안에서 가라앉지 않는 내적 갈등을 표출했다.

"예수영, 하나님은 천지를 창조하시고 동식물과 인간을 창조하셨을 때, 왜 아버지가 자식을 사랑하는 것만큼의 무조건 사랑으로 이웃을 사랑하도록 창조하지 않았을까 의문이에요? 애당초 목숨 바쳐 사랑하는 아버지의 사랑을 각 사람의 양심의 직관 속에 심어주셨다면 오늘날에 일어나는 전쟁, 각 사람에게 깃든 미움과 질투, 분쟁, 원수 맺는 것, 우상숭배, 살인, 그 어떤 싸움도 일어나지 않고 오히려 나보다도 상대방이 잘되기를 축복하고 기도했을 터인데 그 이웃사랑 마음을 본능적으로 깊이 주지 않음으로써 인간은 서로 반목하고 싸우는 게 아닌가요? 왜 가인이 질투심에 눈이 멀어 하나밖에 없는 동생 아벨을 돌로 쳐 죽이게 된 비극적인 사람을 만드셨을까 잘 이해가 되질 않아요. 나쁜 마음은 빼버리고 모든 사람에게 아버지의 자식 사랑하는 마음으로만 존재시켰더라면 언제까지나 사랑과 평강만이 넘치는 낙원이 되지 않았을까 상상도 해봐요. 실수가 없으신 완벽한 하나님께서 이러한 비극이 사람 사이에서 일어날 줄 아시면서 선과 악을 동시에 창조하셔서 인간을 더럽게 타락시켰을까요?"

"당신이 언젠가는 이런 점의 짓궂은 질문에 머무를 줄 짐작했지. 나 역시 그런 난해한 점을 고민하다가 성령 하나님께 집요하게 기도했지. 그때, 아담과 하와가 선악과를 따 먹고 죽음이 왔을 적에 아직 생명나무를 동산 가운데 그대로 심어져 있어서 하나님은 그 생명나무 열매를 따먹고 그들이 다시 영생하지 못하도록 에덴동산 동쪽에 그룹들과 두루 도는 불 칼을 두어 생명나무 길을 지키게 하셨다고 이여화와 같이 정원에서 말했었지. 중요한 내용이니까 다시 상기시키지만 바로 그 생명나무가 모세가 광야에서 지은 회막이 되고 그 안에 있는 지성소의 언약궤, 곧 말씀으로 솔로몬 성전이 약탈당한 뒤로는 말씀이 육신이 되어 예수 그리스도로 태어나 그분의 큰 사랑이 회복되었다는 응답을 받았지. 그 생명나무가 인간으로 태어나신 예수 그리스도임을 알려주셨을 그 당시 아담과 하와가 사탄에게 속아 임의로 선악과를 따먹음으로써 하나님의 사람이 에덴에서 떠나고 그 대신 사탄이 사람에게 심어준 반목, 질투, 불법, 질병, 죽음 등이 사람에게 닥쳐 죄가 시작되었지. 아담이 선악과를 따먹음으로써 이 세상에 죄로 인한 생로병사의 질병과 사망이 들어오고 사람이 창조된 수백 년 동안 멈추었던 육천 년 역사의 시계가 작동된 출발점이 되었지. 하나님이 육일 일 하시고 칠 일째에 안식했던 것처럼 죄의 시계도 선악과를 기점으로 거꾸로 돌기 시작했어. 아담과 하와가 선악과의 죄를 짓기 전까지만 해도 그전에 낳은 자식들은 정말로 부모가 자식을 사랑하듯 나 자신보다 상대를 더 사랑하고 상대의 잘못을 내 잘못으로 돌리고 좋은 것은 상대에게 먼저 주어서 아버지의 기쁨을 만끽하게 했지만, 선악과의 금지된 죄를 아담이 저지름으로써 사탄의 어둠이 세상을 덮어 서로의 사랑을 산산이 조각내 버렸지. 그 순간부터 아담이 범한 죄의 결과로 사람들 아담과 하와가 낳은 수많은 자손들은 에덴의 낙원에서 쫓겨나고 각 사람의 마음에는 사탄이 준 어둠과 탐심, 미움과 증오가 가득 들어와 하나님의 심판과 멸망의 시계가 재깍재깍 돌기 시작했지. 수십만 년 이상 살던 무한의 존재에서 천년도 살지 못하는 유한의 존재로 생로병사의 질병과 죽음이 태풍처럼 불어와 유토피아의 낙원은 끝이 난 거겠지. 사람은 선과 악을 분별하게 되어 4대 강을 중심으로 흩어져 문명 생활을 시작하게 된 동기가 아닐까 해."

예수영은 자신이 성령 하나님에게 받은 관점을 자기 나름의 해석을 곁들어 설명했다. 하지만 나는 그 크신 하나님의 사랑이 아담의 실수를 얼마든지 용서해 줄 수도 있을 텐데 에덴의 낙원에 어둠을 허락하신 건 납득되지 않았다.

"예수영, 하나님의 사랑으로 바라보시면 아담과 하와의 작은 불순종의 실수는 얼마든지 용서하고 다시 가르칠 수 있을 건데 야속하게도 낙원에서 쫓아내는 벌을 주셨을까 좀 의아해요. 생로병사의 질병과 죽음이 닥치면 인간은 희로애락의 고달픔 속에서 평생 존재할 것을 아시면서 왜 낙원 가운데 애초에 선악과를 심으셨을까 내 짧은 머리로는 도저히 이해하지 못하겠어요."

"물론 자유의지가 전혀 없고 명령으로만 조종하는 로봇 인간으로 사람을 창조하셨다면 아담은 선악과를 따먹는 작은 실수를 저지르지 않았겠지만, 하나님은 자기의 형상을 따라 자기의 모양대로 사람을 만들고 저희로 바다의 물고기와 하늘의 새와 가축과 온 땅과 땅에 기는 모든 것을 다스리게 하시고 심히 좋아하셨지(창 1:26) 만일 사람을 컴퓨터 빅 데이터의 지식을 가진 표본 인간을 만들어 오직 사람을 섬기라고 보낸 천사처럼 하나님의 명령대로만 모든 것을 다스리라고 프로그램을 짰으면 아담의 실수는 없었겠으나 그건 그분의 종으로 부려먹을 수 있을지언정 지정의의 자유의지를 가진 사랑을 서로 나누는 자식은 가질 수 없으셨겠지. 자유의지를 제거한 혈육만을 나눈 자식이라면 어찌 희로애락의 기쁨과 슬픔의 사랑을 나누는 진정한 의미의 가족이 되겠어? 지. 정. 의를 나눈 자식이나 사랑으로 합친 부부는 외로움과 슬픔을 해소할 수 있어도 아무리 훌륭하게 일을 잘 처리하는 빅데이터 기반의 AI 로봇은 우리 인간애를 나누긴 불가능하지 않을까? 아마 하나님은 우리에게 주신 자유 의지로 스스로 사랑하고 잉태하는 감정을 주셔서 스스로의 외로움과 정을 나누는 자녀와 신부로서 살도록 시간이 되면 따먹도록 눈을 밝히는 선악과를 동산 중앙에 심어두셨겠지. 선악과를 따먹기 전에는 죄를 알지 못하는 무조건적 사랑이었으나 선악과의 죄를 범함으로 인간의 선과 악, 빛과 어둠, 사랑 등의 자유의지대로 모든 것을 터득하게 하셨겠지. 음식물에 소금을 안 쳐도 먹을 수 있으나 소금으로 간을 함으로 더 맛있게 먹을 수 있도록 맛을 더하셨겠지… 또한 빛과 어둠의 자유의지를 통해 진정한 자기 자식을 찾아 하늘나라에서 사랑하며 영원히 살도록 한 그분의 뜻이 선악과에 담겨있지 않나 해. 하나님은 우리 마음보다 크시고 모든 것을 아시기 때문에 말과 혀로만 아니고 행함과 진실함으로 사랑하는 자식을 원하기에 믿음의 진위를 아시려고 심으셨겠지. 생과 사는 그분에게는 한직 선상에 놓여진 극과 극에 불과하니까 사랑은 하나님께 속한 것이니 사랑하는 자마다 하나님으로부터 나서 하나님을 알고 사랑하지 아니하는 자는 하나님을 알지 못하나니 하나님은 사랑이심이라. 하나님이 자기의 독생자를 세상에 보내심은 그로 말미암아 우리를 살리려 하심이라.(요일 4:7-9) 본래 하나님은 사랑이시라 진짜 사랑을 찾기 위해 선악과를 심어 죄를 짓게 해 사랑하는 자를 선택했고 선악과를 대신해 생명나무이신 자기 아들을 줌으로써 예수의 피의 증거를 믿기만 하면 선악과를 따먹기 이전으로 돌아가 그분의 큰 사랑으로 우리가 죄 사함을 받고 원초적 아버지의 기쁨을 누리게 하시려 선악과를 심으셨겠지. 시험은 흰 것과 검은 것을 가려낼 수 있는 유일한 기준점이니까."

 딴은 이해할 수 있고 받아들이기에는 난해한 궁여지책 대답이었으나 어디에도 정답이 없어서 나는 웃음으로 그저 받아들였다.

 "예수께서 선악과의 잘못을 생명나무이신 자기의 육신으로 우리의 죄를 대신 갚으셨으므로 같은 마음으로 갑옷을 삼으면 선악과의 죄는 그치고 그분의 큰 사랑으로 잃어버린 낙원이 회복 된다는 뜻이 아닌가요? 사랑은 허다한 죄를 덮으므로 다시는 사람의 정욕을 따르지 않고 하나님의 뜻을 따라 서로 뜨겁게 사랑하는 선한 청지기로 육체의 남은 때를 살라하는(벧전 4:2) 뜻이 아닌가요? 선악과 옆에 생명나무를 심은 것은 사람을 죽이려고 한 게 아니고 자기의 자녀들을 골라서 영원히 함께 살게 하려 하신 것이겠지요."

 "정답에 차츰 근접하고 있어. 사랑 안에 거하는 자는 하나님 안에 거하고 하나님도 그의 안에 거하시기(요일 4:16) 때문에 하나님은 선악과와 생명나무를 심어 자기를 진정으로 사랑하는 자를 골라내시려는 것이 아닐까 해. 우리는 그분의 뜻을 깨닫고 주인 의식을 버리고 선한 청지기로써 열심히 살다가 그분이 부르실 때, 그가 예비하신 생명나무 강가에서 열두 가지 과일을 따 먹으며 영원한 복락을 누리는 게 우리가 태어난 이유가 되겠지. 하나님의 뜻을 무시하고 나는 나라는 잘난 척으로 한심하게 살다가 편히 죽을 수도 없고 예비 된 본향에 들어가기는 더더욱 불가능하겠지. 죽음은 그 사람의 거울이 되어 위아래로 갈라지는 갈림길이 될 테니까."

나는 그 깊은 센다이의 밤을 여태껏 품었던 의문들을 이야기하다가 긴 잠이 들었다. 예수영은 뭔가를 하나라도 더 깨우쳐주려고 도란도란 말했으나 편안한 숙면에 빠져들어 그 이상을 기억하지 못했다.

게센누마시의 바닷가에서 큰 쓰나미의 해일에 사라진 고바야시 할머니의 소식은 더 이상 듣지 못했다. 이 전도사의 동생인 젊은 이 씨가 해일이 발생한 해변 길의 구석구석을 샅샅이 찾아 헤매었어도 흔적조차 찾을 수 없다고 연락해 왔다. 큰 해일의 파도에 휩쓸려 바다에 수장되었을 가능성이 가장 높다는 소식이었다.

나는 정부 산하기관인 비정부기구의 NGO로 필리핀의 클락에 위치한 앙헬레스시에 4월 초까지 들어가기로 계약되었기 때문에 물바다가 된 센다이 공항이 복구되는 대로 한국을 경유하지 않고 곧바로 마닐라의 아키노공항을 거쳐 미군이 주둔했던 클락 공항으로 날아가기로 결정했다.

지금은 미국의 태평양 함대가 거주하던 서쪽의 수빅만과 함께 폐쇄된 기지로 전락했지만 한때는 러시아와 중국의 군사력을 감시하고 견제하던 막강한 공군력이 주둔했던 전 세계의 세 번째 큰 공항이었다. 앙헬레스시는 비행장으로 이어진 수십 킬로의 벽을 경계로 발전한 도시인데 미 공군이 철수함으로써 40만이 군집하던 화려한 도시가 경제적 몰락으로 필리핀에서도 가장 어려운 도시 가운데 하나로 전락했다. 그곳에서 고바야시 할머니와 잠시 동고동락하며 어려운 아이들을 돌본 적이 있었는데 그분의 실종으로 어쩔 수 없이 혼자 가게 돼서 발길이 내키지 않았다.

마지막으로 집주인인 이 전도사와 예수영을 대동하고 새벽 일찍 집을 떠나 아직도 제대로 복구되지 않은 길을 헤치고 정오 무렵이 되어서 게센누마시의 해변가에 겨우 도착했다. 고바야시가 살던 동네는 대해 일이 휩쓸려서 겨우 사람이 살았던 흔적의 폐허만이 남아 쓸쓸함이 더했고 그녀가 살던 부서진 집터 밑으로는 흰 파도가 넘실대었다.

우리 일행이 그곳에 도착하자 나는 고바야시의 친절한 미소와 소외된 이웃을 적극적으로 돕는 고운 심성, 원래는 한국인과 일본인이 샘족의 후손으로 같은 자매라는 믿음으로 나를 포옹했던 그 어진 얼굴이 떠올라서 억장이 무너져 그 해안가에 무릎 꿇고

통곡했다. 고이 만들어 가지고 온 흰 국화꽃 다발을 넘실대는 파도 위에 띄우고 내 가족이 절명한 것 이상으로 점심을 거른 채 슬픔을 억누르지 못하고 울고 또 울었다.

앙헬레스에서 NGO 활동을 하기 전에 자기 집에서 찾아온 봄을 즐기고 가자는 연락을 받고(필리핀에서 4월부터 최고 더위가 시작되므로) 한국에서 급한 일정을 제쳐두고 찾아왔건만 예기치 못한 진도 9의 동일본 대지진으로 그녀는 한 마리의 바닷새가 되어 바다에 수장돼 어디론가 날아갔다. 아무도 미워하지 않고 국경을 넘나들며 모두를 사랑했던 그녀, 한쪽의 아픈 다리를 질질 끌면서도 가난한 아이들이 사는 곳이면 찾아가 손자 손녀처럼 사랑으로 끌어안았던 그녀의 어진 심성이 심히 그리워 이 전도사가 슬피 우는 우리의 어깨를 감싸 안을 때까지 흐느꼈다.

우리는 다시 그 해변에서 언덕길로 이어진 무너진 집터 사이로 숨이 차도록 걸어서 올라왔다. 처음 택시에서 내려 방문하던 날, 아이들이 모여 찬 바다의 맞바람에 연을 날리던 그곳이었다. 그곳에서 팔과 다리, 가슴에 반쪽 깁스를 한 아이를 만났는데 아마도 연을 날리던 시간에 예수영과 나를 본 아이라는 생각이 들었다. 하얀 깁스를 한 일곱 살 정도의 여자아이가 팔과 다리를 흰 천으로 고정시키고 절뚝거리는 다리를 땅바닥에 끌면서 우리를 향해 배시시 웃었다. 예수영이 마음이 심히 아픈지 아이를 손짓으로 부르자 이 전도사가 귓속말로 뭐라고 속삭이면서 아이는 눈동자가 동그라져 예수영을 똑바로 쳐다보았다.

"내가 예수 이름으로 명령하노니 부러진 팔다리의 마디와 심줄은 정상으로 회복되고 힘차게 뛰어갈지어다"

예수영은 아이의 이마에 손을 얹고 아이의 눈동자를 강하게 바라보면서 부드러운 어조로 그만이 할 수 있는 예수의 명령을 하달했다. 불현 얼굴 화색이 환해진 아이는 팔과 다리, 가슴에 감은 흰 천을 풀고 몸을 옭아매었던 반깁스를 떼어서 언덕 밑으로 내던지며 두 손을 번쩍 들고 만세를 외쳤다. 얼마나 심신이 자유로워졌는지 우리에게 밝아진 기쁨과 감사를 나타내고는 곧바로 언덕 위에 서 있는 허름한 집 쪽을 향해 뛰어 달렸다. 우리 일행은 팔팔나는 아이를 바라보며 파도에 수장된 고바야시의 슬픔도 잠시 잊고 행복한 미소를 지었다. 아이를 얽매였던 반깁스가 우리 각 사람의 몸에서 떨어져 나간 듯 홀가분한 기분으로 첫날에 아이들이 날리던 각종 연이 되어 하늘 위로 솟구쳐 날아갔다. 이 전도사도 한껏 기분이 상기되어 자기의 들뜬 감격을 드러내었다.

"가나안의 혼인 잔치에서 돌 항아리에 물을 아귀까지 채우고 하객들에게 포도주로 떠다 준 물 떠온 하인들의 믿음만큼 아이의 믿음이 크네요! 떠가지고 가는 게 물인 줄 알면서도 연회장에 놓인 하객들에게 포도주로 내놓은 하인들의 믿음은 실로 대단했지요."

"사람들이 이 전도사처럼 잘못 착각해 말하기도 하나 그건 완전히 잘못된 해석이에요. 적어도 가나의 혼인 잔치에서 예수의 어머니 마리아가 포도주가 떨어진 것을 걱정해 예수께서 저들에게 포도주가 없다 걱정할 정도면 마리아는 그 집의 실질적인 주인으로써 친정집의 가족이 결혼했을 거예요. 그럼에도 예수는 나와 무슨 상관이 있나이까 내 때가 아직 이르지 아니하였다(요 2:4)고 단호히 거절합니다. 그러자 마리아는 자기의 무조건적 믿음을 하인들에게 나타내며 너희에게 무슨 말씀을 하시든지 그대로 하라고(요 2:5) 명령하지요. 예수께서는 마리아의 온전한 그 큰 믿음을 보시고는 그제야 물을 항아리에 채우게 해 포도주로 변화시켜 하객들에게 떠다 주도록 조치했지요. 하인들은 혼례식장의 실질적 주인인 마리아의 명령에 따랐을 뿐이고 하인들의 믿음과는 조금도 상관이 없었지요. 물이 포도주로 변한 건 마리아의 전적인 온전한 믿음이었지요. 이와 같이 여자아이도 첫날의 치료 사역을 목격하고 내가 뭐라고 말하면 자기의 뼈가 단번에 붙으리라는 단순한 믿음을 가진 거겠지요."

예수영은 성경 구절에 대한 이 전도사의 잘못된 해석을 교정해주고 여자아이의 치료 사역이 결코 자기가 아니고 여자아이의 믿음으로 돌려 한 발 뒤로 물러나 겸손히 했다.

이 전도사는 자기 동생 이 씨를 그가 살던 동네에 그대로 남겨두고 해가 떨어져 깜깜하기 전에 센다이시에 도착하려고 운전대를 넘겨받아 조심히 달렸다. 아직도 도로는 패이고 끊어진 아스팔트를 보수하는 중장비들로 도로의 반쪽이 간간이 막혔고 어둠이 짙어져서야 센다이의 구석진 횟집에 간신이 도착했다. 이 전도사는 점심을 걸러 배가 고픈지 잡어회와 매운탕으로 허겁지겁

배를 채우고는 배부름 뒤의 만족한 빛으로 평소의 궁금증을 늘어놓았다.

"선생님, 왜 하나님은 각종 질병을 앓게 하셔서 늘 고통당하다가 죽게 하시는지 알 수 없어요. 애당초 창조 시에 로봇과 같이 아픔을 모르는 인간을 창조하셨다면 고통 없이 살다가 편안한 생을 끝낼 수 있는 것을 왜 질병의 올무를 허락하셔서 한평생 대부분을 고통과 싸우다가 죽게 하는 것일까요? 아무리 건강하게 태어나도 한 개의 질병에 노출되지 않고 죽는 사람은 보지 못했어요."

"여화 씨도 생로병사의 의문을 품고 왜 사느냐는 질문은 내 아내와 똑같군요. 내 아내도 시시때때로 같은 주제를 놓고 나를 곤란에 처하게 했지요. 사실 나도 그 문제로 내 아내와 여화 씨, 많은 사람들이 의문시하는 동일한 수수께끼로 성령 하나님께 기도해 해답을 갈구했어요. 왜, 왜, 왜를 반복하면서 왜 병을 모르는 로봇과 같은 육신을 주시지 않고 생로병사의 연약한 몸을 만드셨냐고 질문했지요. 내 양심의 직관에 들려오는 소리는 아담의 불순종이 저지른 선악과 사건으로 인간 스스로 병과 문제를 불러들였다는 거예요. 선악과를 기점으로 병이 없는 무한의 인간을 창조했는데 불순종을 저지른 스스로의 잘못으로 생로병사의 죽음이 시작되고 각종 질병의 엉겅퀴가 나타나 땅에 뿌려지고 사람이 이마에 땀을 흘리지 않고는 수확할 수 없는 무서운 저주가 질병과 함께 인간을 휩쓸었다는 거예요. 수 십, 수 백 만년을 질병 없이 살아오던 무한대의 인간에게 선악과를 따먹은 불순종한 죄의 결과로 질병의 가시넝쿨과 엉겅퀴가 돋아난 유한대의 인간으로 전락해 각 자의 탐욕의 죄만큼 주어진 어둠의 병을 입고 죽음을 맞이하게 되었지요. 하나님의 명령이신 선악과의 원죄를 범함으로써 한정된 생명을 살게 된 인간을 한 수 더 떠서 완전히 짧아진 생을 제멋대로 즐기려고 남자가 남자를 껴안고 여자가 여자를 탐닉하는 생물 불일치의 큰 죄를 저지르는 각종 음행과 우상숭배, 주술, 분쟁, 시기, 당 짓는 것, 분열, 이단, 투기, 술 취함, 방탕 등에 스스로 빠져 잠깐 살게 된 유한의 인생을 즐기기 시작하면서 각종 병마도 죄와 비례해 깊어졌지요. 하나님의 사람들조차 헛된 영광을 구하여 서로 노엽게 하거나 투기하지 말고(갈 5:26) 육신과 함께 그 정욕과 탐심을 그분의 십자가에 못 박아야 함에도 불구하고 더욱 악행을 저질렀기에 각 종 병에는 가시넝쿨과 쐐기가 박혀 병마도 깊어졌지요. 이에 격분한 하나님은 더 방관하지 않으시고 마음에 근심 하사 내가 창조한 사람을 지면에서 쓸어버리되 사람으로부터 가축과 기는 것과 공중의 새까지 그리하리니 이는 내가 그것들을 지었음을 한탄함이라(창 6:7) 하셨지요. 그로 인해 하나님은 당신과 동행하던 당대의 의인이요. 완전한 자인 노아를 세워 방주를 짓게 하시고 결국 노아의 가족 여덟 식구 외에는 혈육 있는 자의 포악함이 땅에 가득해 그 끝 날이 이르렀으므로 땅 위의 모든 사람들을 땅과 함께 멸하셨지요(창 6:13). 그때, 전멸당한 수많은 사람들이 살아있을 적의 각 종류의 질병을 그대로 가지고 악한 영이 되어 지상을 떠도는 귀신이 되었고, 율법이 만들어지기 이전에 한꺼번에 전멸한 터여서 그 거처를 인간의 육신에 들어가 인간의 영과 함께 기생하도록 허락하신 거지요. 이것들이 사탄 마귀의 부하가 된 귀신들의 정체이고 생로병사로 기인한 자연 병 외에 저희가 살았을 적에 앓던 병마의 매개체로서 자기의 질병을 들어간 사람에게 자연스럽게 옮겨 괴롭히고 있지요. 모세의 율법이 시내산에서 선포된 이후에 죽은 자들을 누가복음 16장 19절 아래로 기록된 자색 옷을 입고 호화롭게 즐기던 부자와 거지 나사로의 기록처럼 거지 나사로는 천사들에게 받들려 아버지 아브라함의 품에 들어가고 부자 나사로는 음부인 스올에 들어가 불꽃 가운데 갇혀 물 한 방울을 나사로의 손에 찍어 내 혀에 묻혀달라고 애걸하면서 괴로워하지요. 노아 홍수를 기점으로 음부에 갇혀 꼼짝 못 하게 된 악한 영들과 홍수로 멸망해 떠돌던 귀신들이 육신을 매개체로 삼고 소경과 앉은뱅이, 귀머거리 등 각종 질병을 옮기는 악한 영으로 떠돌며 병마를 일으켜 옮기는 것이지요."

"선생님이 이곳에 계시면서 하나님의 말씀이신 예수의 이름으로 명령하시면 그 더러운 병마와 각종 귀신이 떠나가 많은 질병에서 놓임을 받아 누구나 자유로워졌지만, 선생님이 떠나가시면 누가 이곳의 고질병들을 고쳐 주겠어요? 다행히 예수의 이름을 믿는 자는 그 이름으로 명령해 고침을 받겠으나 그 이름을 모르는 자는 불치의 병마에 시달리다가 안타깝게 남은 생을 마감해야 하는 건가요? 저는 선생님께 그동안 많은 가르침을 받았어도 아직은 우리 가운데 숨어서 아버지와 아들, 손자로 이어지는 육신을 대대로 갈아타며 각종 더러운 병마를 옮기고 그 사람을 은밀히 조종하는 귀신의 존재도 제대로 모르거니와 예수의 이름 이외의 어떤 다른 방법으로 치료받을지도 몰라 안타까워 발을 동동거리고만 있어요."

"예수 이름을 믿고 순종하는 여화 씨는, 말씀이신 그분을 경외하는 믿음 자체만으로도 충분히 치료 사역을 홀로 감당할 수 있어요. 누구든지 이 산더러 들리어 저 바다에 던져지라 하며 그 말하는 것이 이루어진 줄 믿고 마음에 의심하지 않으면 그대로 되리라(막 11:23)는 게 살아 계신 그분의 확실할 약속인 터여서 무엇이든 기도하고 구한 것은 받은 줄 믿으면 반드시 이루어지지요. 또한 네 사람에게 지붕을 뚫고 들려온 중풍 병자와 눈물로 예수님의 발을 닦은 한 여인에게 네 죄 사함을 받았느니라 하셨을 때 그 권능의 사랑을 마음으로 받아 느끼면 그 말씀이 가슴으로 진동되는 순간, 어떤 병도 치료함을 받게 되지요. 그분과 깊은 기도의 대화를 나누면 그분께서는 네 죄 사함을 받았느니라는 말씀이, 느낌의 감동으로 다가서는 순간, 어떤 문제의 병도 씻은 듯이 나아 사라지지요. 더불어 수로베니게 여인처럼 자기를 바짝 낮추면 귀신들린 딸에게서 귀신이 도망가는 엄청난 기쁨을 맛보지요. 예수께서 자녀의 떡을 취하여 개들에게 던짐이 마땅하지 않다 하셨을 때, 그녀는 개들도 주인의 상에서 떨어지는 말씀의 부스러기를 먹나이다 하고 자신을 한 마리의 개라고 한껏 낮추자 귀신이 더는 버티지 못하고 그 여인의 딸에게서 줄행랑쳤지요. 첫째가 되고자하는 자는 뭇사람의 끝이 되고 자기를 한껏 낮춰 섬기는 자가 되면 귀신들도 낮아짐의 법칙에 더는 버티지 못해 도망가는 각종 병마에서 놓임 받게 되지요. 우리를 향하신 그분의 뜻대로 항상 기뻐하고 범사에 감사하고 쉬지 말고 기도하면 누구나 네 죄 사함을 받았느니라는 말씀을 받게 돼 악한 병마에서 해방되지요. 예수를 자기들 배에 태우고 가던 제자들이 배를 침몰시킬 강한 폭풍을 만나자 우리를 살려 주소서 예수여 하였을 때, 잠잠 하라 고요하라고 바람과 파도를 꾸짖으시고 저희에게 믿음이 없는 자여 왜 의심하였느냐, 너희 믿음이 어디 있느냐고 질타하셨지요. 이것을 믿기만 하면 누구나 문제의 바람과 질병의 파도를 꾸짖어 내쫓을 수 있는 것을 무섭고 두려워 하나님의 영광을 가리었기 때문에 교훈하신 거지요. 반면 중풍 병 걸린 하인을 둔 백부장은 나도 남의 수하에 있는 사람으로 군사가 있으니 이더러 가라 하면 가고 저더러 오라 하면 오고 내 종더러 이것을 하라 하면 하니(마 8:9) 말씀만 하시면 내 하인이 낫겠나이다. 고백했을 때, 예수께서 이스라엘 중 아무에게서도 이만한 믿음을 보지 못하였노라 네 믿음대로 될지 어다 하시자 그 즉시 하인은 완전히 낫지 않았나요? 그런즉 믿음으로 행하지 아니한 모든 것은 죄가 성립되지요(롬 14:23). 이미 하나님께서는 자기의 뜻 안에서 믿고 행하면 모든 일이 이루어지도록 자연계에 명령하신 터여서 문제의 파도와 바람도 잠잠해지지요. 성경에 믿음이 없는 자와 있는 자를 말씀하셨는데 그것을 비교하면 누구나 믿음 있는 자가 되어 네가 죄 사함을 받았다는 감동과 함께 개인의 각색 병에서 놓임을 받는 기쁨을 맛보겠지요.

　하늘나라는 말에 있지 않고 오직 능력에 있으닌까요(고전 4:20)."

　예수영이 전하는 말씀은 안과 밖이 바뀌어 두서없는 듯했으나 오히려 잘 짜인 패를 맞추기보다도 잘 나열된 믿음이었다. 한 마디, 두 마디를 분석해 짜 맞추다 보면 세상 어떤 책이나 방송에서도 듣지 못한 그 나름대로의 질서 정연한 깊이가 있었다. 각색 병이 왜 사람에게 찾아와 괴롭힘을 주는지 질병의 정체와 어떻게 예수의 이름으로 물리칠 수 있는가를 자세히 언급했다.

　이 전도사는 언급된 놀라운 진리에 더 깊이 배워 어려운 이웃을 위해 사용하겠다는 집념으로 깊고 세세히 파고들었다.

　"선생님의 상세한 해석을 경청하다 보니 그분의 말씀만 순종하면 예수의 이름으로 사탄 마귀도 물리치고 악한 병마도 이길 수 있는 자신감으로 기쁨이 샘솟아요. 한데 말씀 가운데 거라사인 안에 들어있던 2,000마리의 귀신들이 예수님의 허락을 받고 돼지 떼에게 들어갔는데 왜 돼지 떼는 호수 물에 뛰어들어 전부 몰사했지요? 또한 귀신들이 조상에서 자손 대대로 어떻게 이어지는지 늘 궁금한 만큼 두렵고 무서워요."

　"하하, 여화 씨도 내 아내와 닮아 똑같은 질문을 연거푸 하는군요. 이 점도 우리가 배워 물리쳐야 할 악한 영들의 처사이므로 답변해드리지요. 본래 하나님은 땅의 흙으로 사람을 지으시고 생기를 그 코에 불어 넣으시니 사람이 생령이 된지라(창 2:7) 영이 들어가는 공간은 사람 이외의 다른 생명체는 일절 허락하지 않으셨어요. 예수께서 이미 거라 사인 안에 숨어있던 귀신들에게 명하사 나오라 하셨으므로 그 군대 귀신은 결국 들어갈 곳이 없으므로 때가 이르기 전에 무저갱으로 들어가지 않도록 간구했던 터여서 마침 그곳에 많은 돼지 떼가 산에서 먹고 있는지라 귀신들이 그 돼지에게로 들어가게 허락하심을 예수께 간구하니 이에 허락하셔서 2,000마리의 귀신들이 그 미친 사람에게서 나와 돼지에게로 각각 들어가니 그 떼가 비탈로 내려 달려 호수에 들어가 몰사했지요(눅 8:31-33). 귀신의 영은 사람을 숙주로 삼아 살 때에만 사람 안에는 영을 담을 공간이 있어 가장 안락하고 편안할뿐더러 그 어떤 짐승이나 새, 생명체에도 들어갈 영의 공간이 없는 터여서 예수께 지옥의 무저갱 대신 돼지 떼에게 잠깐 들어가도록 허락받은 거지요. 돼지 떼는 귀신의 영이 들어와 사람처럼 허락된 공간이 없으므로 귀신이 들어가자 살덩이가 뜨겁게 불타올라 몸뚱이를 자연히 식히려고 모두 호수에 뛰어들어 몰사했지요. 이와 같이 악한 귀신들은 저희 때가 되어 무저갱의 문이 열려 감금되는 순간까지는 영의 공간이 유일하게 허락된 사람과 사람을 숙주로 옮겨 다니며 각종 악행을 저질러 그 사람이 똑같이 하도록 조종하고 더러운 병마를 옮겨 죽게 만들지요. 할아버지가 죽으면 아버지에게로, 아버지에게서 손자, 증손자로 지속적으로 육신 속에 숙주 하며 소위 집안의 내력이라는 병마를 전해 옮겨 다니며 자손 대대로 괴롭히지요. 물론 본인이 하나님이신 예수를 믿거나 아들 손자가 예수를 믿어 살아계신 그분의 영광의 빛이 그 육신을 비추게 되면 촛불 하나가 어둠을 물리치는 것처럼 귀신은 하나님의 빛을 이기지 못해 집안의 내력 귀신은 도망가지요. 그다음에는 예수를 모르고 우상을 섬기는 가까이 거주하는 가족과 친척, 친구의 몸속으로 도망쳐 숨고 심성이 엇비슷한 사람에게 들어가지요. 그러므로 성경을 수십 번 읽었어도 그저 예수를 알고 믿지 않으면 경건의 모양은 있어도 경건의 능력이 없어서 그 사람에게도 귀신들을 신명 나게 들락거리지요. 우리가 말과 혀로만 사랑하고 행함과 진실함으로 사랑하지 않으면 어찌 하나님의 빛이 그의 속에 머물러 어둠이 된 악한 귀신들을 쫓아낼 수 있을까요?(요일 3:18) 네가 하나님은 한 분이신 줄 믿느냐 잘하는 도다 귀신들도 믿고 떠느니라. 아아 허탄한 사람아 행함이 없는 믿음이 헛것인 줄 알지 못하느냐 우리 조상 아브라함이 그 아들이삭을 제단에 바칠 때에 행함으로 의롭다 하심을 받은 것 아니냐 네가 보거니와 믿음이 그의 행함과 함께 일하고 행함으로 믿음이 온전하게 되었느니라(약 2:19-22) 이와 같이 행함이 없는 믿음은 그 자체가 죽은 것이지요(약 2:17) **그러므로 말씀을 믿고 행하는 자가 되고 듣기만 하여 자신을 속이는 자가 되지 말라, 누구든지 말씀을 듣고 행하지 아니하면 그는 거울로 자기의 생긴 얼굴을 보는 사람과 같아서**(약 1:22-23) 진짜 실체를 만지지 못하므로 귀신들도 이를 정확히 알고 예수를 아는 것 자체만으로는 떠나지 않고 여러 암을 비롯한 각색 병을 일으키고 옮겨 지속적으로 괴롭히지요. 내가 너를 죽이지 못하면 내가 너에게 죽는다는 죽을 각오로 회개 기도를 드리고 예수 이름으로 쫓지 아니하면 네 죄 사함을 받았느니라는 영광의 빛이 핵폭탄처럼 번쩍 터지지 못하는 터여서 악한 병마는 절대로 물러가지 않지요. 이웃에게 선을 행할 수 있는 힘이 남아 있을 적에 선을 행하며 악한 영을 이기는 힘을 길러야겠지요."

"인간 스스로도 악한 병마를 이기고 치료될 수 있는 권능을 주신 하나님께 감사와 영광을 돌려요. 그런데 한 가지 풀리지 않는 수수께끼는 선생님께서 각종 질병을 쫓으시고 귀신들을 물리칠 때, 나를 보라하고 예수의 이름으로 떠나가길 명령하면 상대방 눈동자가 하얗게 변하거나 눈동자 틈새로 눈곱 색깔의 연결돼 깨진 유리알처럼 금이 쭉 가는 걸 이따금 목격했는데 그건 어떻게 해석해야 할까요? 예수의 이름이 번개 치듯 우르르 꽝꽝 울리면 귀신들린 눈동자가 파란빛으로 질리며 유리창에 금이 가는 것처럼 누런 줄이 죽죽 그어졌어요."

"베드로와 요한이 성전에 올라갈새, 나면서부터 못 걷게 된 사람이 성전 미문에 앉아 구걸하거늘 베드로가 요한과 더불어 주목하여 우리를 보라 하니 앉은뱅이가 무엇을 얻을까 하여 바라보니 베드로가 이르되 은과 금을 내게 없거니와 내게 있는 이것을 네게 주노니 나사렛 예수 그리스도의 이름으로 일어나 걸으라 하고 오른손을 잡아 일으키니 발과 발목이 곧 힘을 얻고 뛰어 서서 걸으며 그들과 함께 성전으로 들어가면서 걷기도 하고 뛰기도 하면서 하나님을 찬송 하니라(행 3:1-8) 여기서 베드로가 주목하여 우리를 보라고 상대방과 눈을 마주쳤는데 중요한 비밀을 귀신들도 저희가 숙주로 머무는 사람의 눈을 통해 베드로의 눈빛에 가득 찬 하나님의 영광을 목격하고 줄행랑친 사실이지요. 저희 귀신들처럼 베드로의 눈빛이 캄캄한 어둠이었다면 귀신들도 관심을 두지 아니했을 것이나 베드로와 요한이 매일 회개 기도한 깨끗한 성령님의 성전일 터여서 귀신들은 그들의 눈을 통해 나타난 하나님의 강한 빛에 쫓겨 도망가고 자연스레 못 걷게 된 다리가 회복되어 뛰어간 것이지요. 누가복음 11장 33~36절의 말씀을 보면 누구든지 등불을 켜서 움 속에나 말 아래에 두지 아니하고 동경 위에 두나니 이는 들어가는 자도 그 빛을 보게 하려 함이다 네 몸의 등불은 눈이라 네 눈이 성하면 온몸이 밝을 것이요 만일 나쁘면 네 몸도 어두우리라 그러므로 네 속에 있는 빛이 어둡지 아니한가 보라 네 온몸이 밝아 조금도 어두운 데가 없으면 등불의 빛이 너를 비출 때와 같이 밝으리라 하였지요. 이같이 우리 몸의 등불은 눈동자여서 하나님의 영광의 빛이 늘 깨어 기도하면 사탄은 영광의 빛을 이기지 못해 눈동자에서 소리치고 줄행랑치지요. 기도 외에는 이런 악한 종류는 나갈 수 없어서(막 9:29) 예수의 이름으로 명령하기 전에 회개 기도로 내 속에 성령의 기름을 가득 채워 놓으면 생로병사로 인한 자연 병 이외의 모든 병마를 일으키는 악한 병들은 도망가고 현대의학으로도 못 고치는 각색 병이 치료받게 되지요. 생로병사로 인한 자연 병은 현대의학의 도움을 받아도 죄로 인한 뿌리 깊은 병마는 예수 이름으로 내쫓아야 하지요. 그런즉 인간에게 닥친 수많은 병마는 현대의학과 함께 예수 이름의 회개와 명령으로만 깨끗함을 얻겠지요. 병마에 시달리던 사랑의 눈동자가 하나님 자체이신 예수 이름으로 명령하면 눈동자에

줄이 가면서 깨지는 현상은 영광의 빛에 악한 영이 놀랄 적에 종종 일어나지요."

예수영은 자신이 직접 체험한 사례들을 예로 들어 나열했으나 어느 면에서는 난해하고 어려워 귀를 쫑긋 세워 듣지 않으면 쉽게 놓칠 수 있는 부분이었다. 하지만 우리가 싫어하고 좋아하고를 떠나서 말씀의 진리는 틀림없이 이루어지는 성령 하나님의 임재이시므로 하나님의 권능을 배워 행하려면 무조건 순종해야 한다. 예수영은 이 전도사와 나에게 생로병사로 인한 자연 병과 죄로 인한 귀신 병을 두 가지로 나눠 풀어 주면서 누구든지 예수 이름을 믿고 그 이름으로 명령하면 네가 죄 사함을 받았다는 말씀으로 풀이돼 스스로도 병에서 놓임 받고 상대도 치료할 수 있다고 강조했다. 이 전도사는 하나님 뜻 안에서 이루어지는 약속된 치유법을 그녀 나름대로 이해되었는지 연신 고개를 끄덕이었다.

우리는 동일본 대지진의 쓰나미로 물바다가 된 센다이 공항의 활주로가 복구돼 제 기능을 하기 시작한 4월 초순까지 며칠을 더 이 전도사의 저택에 머물며 한가한 시간을 보냈다. 다행히 필리핀 NGO 사역을 떠나는 사흘 전에 활주로가 열려서 마닐라행 티켓을 예약할 수 있었다.

이 전도사는 오래된 친구가 떠나는 것처럼 센다이 공항까지 우리를 배웅했다. 그녀는 큰 눈망울에 눈물을 내비치며 슬피 흐느꼈다.

"두 분이 떠나시면 저는 제 핏줄과 헤어지는 것 이상으로 가슴이 아플 거예요. 저도 사정이 허락되면 사역 현장인 앙헬레스를 방문하겠지만 두 분도 한국으로 귀국하는 길에는 꼭 들려 쉬었다 가세요. 그날까지 제가 위로를 받고 지켜야 할 말씀을 들려주세요."

"우리가 다 서운하기는 마찬가지예요. 시간 나는 대로 저희가 있는 곳을 방문해 주세요. 나도 1년에 반 정도는 그곳에 머물며 지낼 계획이에요. 거기서도 아내에게 하나님은 사랑이시므로 서로 사랑하라고 우리가 나눠 받은 사랑을 잊지 않게 할 거예요. 우리가 그곳에 가는 이유는 사랑 이외에는 아무것도 없으니까요. 내 계명은 곧 내가 너희를 사랑한 것 같이 너희도 서로 사랑하라 하는 이것이라. 사람이 친구를 위하여 자기 목숨을 버리면 이보다 더 큰 사랑이 없나니 너희는 내가 명하는 대로 행하면 곧 나의 친구라(요 15:12-14). 보세요. 여화씨! 예수께서는 우리 죄를 대속하기 위해 자신의 목숨을 버리면서까지 사랑하셨는데 우리는 그저 목숨을 버리지 못하는 약간의 사랑만을 나눌 뿐이에요. 사람이 그분 안에 거하지 아니하면 가지처럼 밖에 버려져 말라서 불태워지기에 우리도 그분의 사랑 안에서 보호를 받고 하늘 열매를 거두려고 어쩌면 우리 자신을 위해 사랑하러 떠나는지도 몰라요. 너희가 내 안에 거하고 내 말이 너희 안에 거하면 무엇이든지 원하는 대로 구하라 그리하면 이루리라(요 15:7)한 것이 그분의 약속된 진리인 터여서 어느 면에서는 상대방보다는 나 자신의 영원한 기쁨을 바라고 나눔의 생을 사는 게 아닐까요? 보는 바 그 형제를 사랑하지 아니하는 자는 보지 못하는바 하나님을 사랑할 수 없다 말씀하셨으니까요(요일 4:20).

  이 전도사는 서로의 아쉬운 포옹을 끝내고 검사대 안으로 들어가 서로의 모습이 보이지 않을 때까지 울고 또 울었다. 정 많고 사랑 많은 여자였다.

  비행기가 활주로를 벗어나 1만 피트 이상으로 비상할 때까지 나는 이 전도사의 슬픈 눈동자에 흐르는 눈물을 생각했다. 마닐라까지 4시간의 시간이 걸리기에 나는 무료함을 달래기 위해 예수영의 자서전을 다시 읽어 내려갔다. 예수영은 대지진의 여파로 한 달간 그곳에 머무르며 밤낮없이 전파한 놀라운 시간들이 너무 고단했던지 깊은 잠에 빠져 있었다.

나를 찾아서

나는 사무실에 들르지 않고 현장에서 곧바로 퇴근할 적에는 전화를 걸어서 퇴근하지 않는 직원이 있는가를 확인했다. 몇 명 안 되는 직원들은 내 눈치를 본다든가 혹은 동료 직원들끼리의 은근한 힘겨루기로 서로 돋보이려는 투기심을 내세우지 않았다. 나 자신도 그러한 생색내기 위선은 싫어해서 자기들의 주어진 일과를 끝낸 직원은 퇴근 시간 전이라도 일찍 귀가하도록 종용했고 반면에 일이 많을 적에는 늦은 밤일지라도 일을 마치도록 설득했다. 나는 가족 분위기로 그들을 이끄는 가장일 뿐이었다.

직원 가운데서도 미스 지는 내가 사무실에 들리든가 전화하기까지는 유일하게 퇴근하지 않고 밤이 늦도록 혼자서 나를 기다렸다. 저녁 7시가 넘으면 나와 무관하게 무조건 퇴근하도록 지시해도 듣지 않았다. 내 목소리를 듣지 않거나 얼굴을 보지 않으면 사무실 일들을 종료 지을 수 없다는 이유로 고집을 부렸다.

그날도 그 충직한 여직원을 퇴근시키려고 술에 취해 비틀거리면서 잊지 않고 다이얼을 돌렸다. 밤 8시가 넘은 늦은 시간임에도 미스 지는 역시나 전화를 기다리고 있었다.

"어머, 이사님! 얼마나 애타게 기다렸다고요. 자주 전화를 하시지 않고…"

"왜 아직 퇴근하지 않았어? 내 성격이 워낙 그런 걸 꺼려해서… 하루 한 번이면 되지 자주 전화해서 뭐 하겠어?"

"그래도 해주셔야지요. 최 실장님도 연락되지 않는다고 답답해서 찾아오셨어요."

미스 지의 또랑또랑한 해맑은 목소리는 세상사에 지치고 찌든 내 영혼에 치료에 울림으로 용기를 심어주었고 최정수의 방문 자체도 큰 힘으로 메아리쳤다.

"알았어. 곧 들어갈 테니까 기다리시라고 해."

어깨가 축 처져있던 나는 돌연 신바람이 났다. 필시 최 실장이 영화금속의 계약 체결 소식을 통보하러 온 것이 분명했다. 나는 수화기를 내려놓기가 무섭게 강 기사를 독촉해서 사무실로 내달렸다. 영화금속 계약이 순조롭게 체결돼서 그 선급금을 20%만 받아도 막힌 숨통이 트이게 된다. 계속된 허탈함과 억눌린 가슴이 기대감으로 부풀어 올랐다. 36억의 아이스 블랙이 계약되면 카르텔을 형성한 십여 개의 기업들이 동시에 연결되어서 사오백억 원의 외형은 거뜬히 올릴 수 있기 때문에 하도급은 가급적 피하고 철골과 샌드위치 패널을 직영 처리하면 순이익은 70억대 이상으로 될 성싶었다. 나는 이제 살아났다는 안도의 기쁨으로 달리는 차 안에서 휘파람을 휘휘 불었다.

나는 삼풍 상가 밑에서 동원 훈련 통지서를 받은 강 기사를 돌려보내고 뛰다시피 엘리베이터를 타고 사무실로 올라왔다. 미스 지와 소파에 앉아 커피를 마시던 최정수는 한껏 고무된 얼굴로 화색이 가득 차서 나를 반기었다.

"예 이사, 자네가 드디어 월계관을 차지했어. 확실하게 승리했네. 영화금속 명 사장이 내일 계약서류를 준비해서 구로 공장 본사로 들어오라고 연락이 왔어."

"그렇군! 마침내 일어나 빛을 발하고 승리의 월계관을 쓰게 되었군. 자네가 끝까지 나를 검증해주고 믿어준 결과가 아닌가! 진정으로 고맙네."

나는 창문 너머로 투시된 도시의 빈 하늘을 우러르며 불붙은 모닥불처럼 뜨겁게 타올랐다. 빈 허공 가득히 빛을 발하는 별들의 향연이 나를 위한 희망의 소야곡으로 들려왔다. 나는 기쁨에 넘쳐 아프도록 쥐었던 주먹 안으로 땀이 젖어 들었다. 최정수도 나 이상으로 흥분에 들떠서 밝게 웃었다.

"됐어. 알았으면 힘을 내게, 남자는 어떤 험난한 처지에서도 늘 당당하게 우뚝 서는 배짱이 있어야 된다고 자네가 말했었지."

"허허허, 그런 배짱대로 살겠다는 뜻을 기원하며 한 잔 마시러 가야지."

"자네의 그 활기찬 웃음, 아주 오랜만이어서 듣기가 경쾌하군."

최정수는 자신이 계약을 체결하는 것처럼 만면이 행복한 표정으로 가득하였다. 옆에서 듣고 있던 미스 지도 감격에 겨워 눈물을 글썽이며 두 손바닥으로 손뼉을 쳤다. 열 개 가운데 한 개의 선급금만 입금되어도 바닥난 자금은 아쉬운 대로 해소되는 셈이었다.

나는 술을 마시고 깜박 잊기 전에 위 호주머니에서 오천만 원짜리 수표를 꺼내 미스 지에게 보관하도록 내주었다.

"미스 지, 내일 통장에 넣고 선급금으로 일차적으로 받을 7억과 함께 급한 불부터 끄도록 해."

"이사님! 이런 정처 없는 돈이 어디서 들어왔나요?"

"하하, 미스 지가 궁하긴 궁했던 모양이구나! 겨우 오천만 원을 보고 놀란척하다니…"

"그럼요. 연쇄 부도 전이야 수십억 원씩 예치되었었지만, 지금은 비가 오지 않아서 바짝 마른 사하라 사막처럼 단돈 몇천만 원도 없는 실정인걸요."

미스 지의 감탄은 최고조로 올라서 그녀의 내면에 스쳐있던 걱정의 그림자까지 일시에 제거되어 전혀 찾아볼 수 없도록 그 홍조 띤 얼굴이 더욱 환한 희색으로 변했다. 그녀를 지켜보고 있던 내 심정도 나보다도 그녀가 더 처연해서 말을 이었다.

"모두 내가 못난 탓이지."

"이사님! 덩달아 서글퍼지게 또 그런 약한 말씀을 하세요? 맞보증을 서준 상대 회사의 부도로 운수 없게 아무 잘못도 없이 당한 것은 이사님 잘못이 아니에요. 이사님, 우리 그 전부를 잊고 새로이 시작하기 위해 식사나 해요. 회 사주세요."

눈시울이 붉게 젖어있던 미스 지의 가녀린 뺨 위로 결국 감격의 물줄기가 주르륵 흘렀다. 우리는 누가 먼저 할 것도 없이 대한극장 대로 건너편에서 삼풍상가로 이어진 음식 골목으로 사무실을 벗어나서 단골 횟집으로 향했다. 횟집 주인은 우리에게 인사를 건네고 가게 뒤편에 자리한 그곳에서 가장 은밀한 귀빈실로 안내했다. 주인은 오랜 고객으로써 항상 찾아주는 우리의 성품과 주문 성향, 입맛까지도 낱낱이 파악하고 있었다.

"오늘은 뭘 드릴까요. 이사님?"

"제가 좋아하는 것으로 주세요."

"예, 알겠습니다. 자연산 놀래기와 쥐치회, 각각 대자로 드리겠습니다."

"좋아요, 소주부터 먼저 주세요."

털털한 성격 그대로 나는 놀래기와 쥐치를 주문하고 소주를 시켜 입가심을 했다. 쥐치회는 광어, 우럭에 비해 십여 년 전까지만 해도 가격이 저렴해서 습관대로 그 담백한 맛에 취해서 항상 즐겨 먹었다.

푸짐한 안주상이 차려지면서 미스 지는 모처럼의 따스한 분위기에 무르익어 정중히 우리에게 술을 따라주는 편안함이 느껴졌다. 그녀는 살랑대는 엉덩이를 들고 내가 병을 넘겨받아 따라주는 술잔을 받고 무척 행복한 표정이었다.

"짙은 가을인 만추가 되면서 괜히 분위기 있는 이곳에 와보고 싶었어요. 이사님께서 사주시는 술맛은 일품이었지요."

"자주 맛있는 걸 사줬어야 했는데 바빠서 혼이 빠졌다고나 할까… 미안해. 미스 지. 마음고생이 크지?"

"아무렴. 이사님에 비해 뭐 고생이 대단하겠어요… 그리고 급한 연락드릴 수 없으니까 그 흔한 핸드폰 하나 들고 다니세요. 제가 처리하긴 해도 답답해요."

필요하다는 것은 알지만 별로 내키진 않아. 어디서나 핸드폰의 신호음이 울리면 내 자유를 강탈당하는 기분이어서 약간의 손해를 본다 해도 싫은 거야. 의외가 될 수 없는 솔직한 심정이었지만 상대방은 누구든지 답답함을 호소했다. 나도 그걸 모르는 바는 아니나 술집 카페에서나 한적한 바닷가에서 골똘한 공상을 이어가다가 핸드폰 신호음이 울어대면 날던 갈매기가 돌팔매질을 당하는 것 같아서 차고 다니질 않고 차라리 손해를 감수하는 편을 택했다. 최정수는 흥미진진한 시선으로 둘의 대화에 몰두하다가 코믹한 너스레를 떨었다.

"이 친구, 벌써 남자의 갱년기가 기습한 건 아니겠지. 구차한 핑계 댈 필요 없이 미스 지에게만 번호를 알려주면 될 게 아닌가. 자네가 홀로 외롭고 방황할 때, 편안한 목소리로 불러주면 얼마나 포근하고 위로가 되겠는가!"

"이보게, 그럼 나보고 늦바람이라도 나라고 부추기는 건가, 싱거운 사람!"

우리의 대화 밑에는 섬김과 겸손을 바탕으로 깔고 서로를 위하는 우정과 사랑이 담겨 있었다. 술잔을 주고받으면서 격의 없는 진솔함과 풋풋한 사람 내음으로 인해 현장에서 쌓인 긴장을 자꾸자꾸 뱉어내었다. 척추 사이와 몸 전체로 퍼진 아픔도 잠시 접어두고 융통되는 돈에서 해방되었다는 기쁨으로 환호성을 외쳤다. 나는 신명 나서 혼자 떠들고 미스 지와 최정수는 주로 듣는 편이었다.

"나는 20대 초반, 사람들이 나이를 먹음에 따라서 생로병사로 늙어지고 온갖 잡다한 병에 걸려서 시달리다가 끝내 죽음에 이르는 것을 종종 목격하고는 못내 슬퍼서 결심했었지. 신이 나를 시들고 말라버린 목숨의 들꽃을 만들어서 저승으로 개 줄에 묶어 끌고 가기 전에, 내가 먼저 내게 주어진 한정된 생명을 무조건 거부하고 내 자유의지대로 스스로가 내 생명을 끊어서 신의 품에 안길 작정이었지. 내가 생로병사의 한을 안고 늙어서 말라 추한 몰골로 변하기 전에 스스로 실행하려 했는데 벌써 그 40대의 끝을 넘어서 50대에 이르는 불혹의 나이에 이르렀지. 어차피 한 줌의 들꽃이 되어서 시들고 썩어 사람들의 구둣발에 짓뭉겨져 버릴 바에야 그래도 생생한 들꽃으로 향기를 발할 적에 말리어져서 그 싱그러운 형태로 보관되길 바라는 바지."

"자네는 어릴 적의 낭만과 염세적 사고관은 여전해서 나이가 들어도 그 동심의 감상은 꺾이질 않았군. 자네는 스스로의 죽음을 선택해서 신의 질서에 도전할 속셈으로 표현하지만 그렇다고 자네를 넓은 사바세계에 태어나게 하신 대자 대비한 신께서 과연 기뻐하실까 의문이 드는군. 스스로 깨달아 싯다르타처럼 성불하시면 몰라도 신께서는 책임지지 못할 어설픈 결단의 죽음을 거부할 건데, 그 에고이즘의 염세 사상과 니힐리즘의 허무를 수정하지 않으면 곧 지구를 떠나갈 기세이지만 수선화의 전설이 된 목동처럼 자기 얼굴을 물속에 관조해보고 그 자리에서 굳어진 나르시시스트의 삶은 남아있을 가족들에게 무책임한 자기 도피가 되겠지. 자네가 신을 이해하면 그런 엉뚱한 망상을 갖지 못할 건데 신을 이해 못 해서 염세 사상을 선호하는 거겠지. 살아있는 개가 죽은 사람보다 낫다는 격언도 모르는가!"

살아 존재하나 죽어서 저승으로 떠도나 똑같은 차원의 세계로 체념한 나하고는 달리 최정수는 등골이 오싹한 내 결단의 소리로 들리는지 나와는 상반된 견해로 내 생각을 가로막았다. 그럴수록 삶과 죽음의 경계선을 엇갈리게 맞이하는 사람들의 시선이 우스워서 나는 언어의 사치에 빠져 은밀히 죽음을 예찬했다.

"물론 신을 무작정 거부하고 내 방식대로 죽음을 실행에 옮기겠다는 생각은 아니네. 다만 이 세상에 태어나게 한 섭리의 권한이 신에게만 있다면 똑같은 공평성이 우리에게도 주어져서 그 생명을 다스려서 끊을 권한도 인간에게 주어져야만 자신의 허무와 이율배반 등에 맞장서서 싸울 수 있지 않을까? 내가 원하지 않았음에도 강제로 이 세상에 태어나게 했다면 인간도 신과 타협해서 살 만큼 살았으면 한정된 자유의지의 삶을 살 수 있도록, 다시 말해 죽을 수 있는 신과 똑같이 공평의 기회를 달라는 나의 아우성이겠지."

"이것 보게, 예 이사! 인간의 강함과 약함도 자신의 의식 범위 안에서 솟아 나오는 법이어서 자네의 사고방식처럼 자기 의지의 지시에 노예화되면 악순환 적인 좌절의 벽에 부딪치는 순간, 정말로 자기의 육체를 파괴시키는 자살에 이르게 되는 것이지. 육체와 영혼은 자네 소유가 될 수 없는 절대로 인간이 거부하지 못하는 신의 영역임을 분명한 선으로 그어놓고 우리는 그 주어진 하루하루를 알차게 살면 그만이겠지! 자네가 빈손으로 태어난 만큼 빈손으로 돌아가겠다는 무소유의 사상은 받아들이겠지만 그 이상의 신의 영역에 속하는 자기 생명은 건드려서는 안 되네. 그렇지 않은가요. 미스 지!"

최정수는 나의 형상화된 자살 심리가 어떤 동기부여가 된다면 실현될지 모른다는 노파심으로 걱정스럽게 내 개똥철학은 그저 똥일 뿐이라는 반박 논증을 늘어놓았다. 동시에 잘 나가던 분위기가 문득 나의 허황된 자살 철학으로 딱딱해짐을 의식하고는 미스 지의 동의를 구했다.

미스 지는 알쏭달쏭한 두 남자의 맞장 대화에 침묵으로 일관하다가 최정수의 부름에 그 잠에서 깨어나 배시시 웃었다.

"저는 인과의 수레바퀴로 돌아가는 운명론자가 아니어서 어디서 어디까지 생과 사의 선을 그을 수 없네요. 다만 자기를 스스로 죽이는 자살도 타인을 죽이는 것처럼 엄격한 살인행위인 것은 틀림없어요. 인간의 육체와 영혼은 야훼 하나님께서 지으셨으므로(사 57:14) 소유주가 되시는 그분 외에는 누구든 손을 대면 무서운 유황불이 들끓는 지옥에 빠지겠지요."

그녀의 눈부신 미소와 판결은 넌지시 최정수의 손을 들어주어서 두 친구의 논쟁은 일단락되었다. 채색된 조명보다 자연 빛이 더 어울리는 그녀의 해맑은 웃음에는 생기가 넘쳐흘렀다.

두 남자와 한 여자, 성격이 비슷한 세 사람은 밤이 깊어지도록 쨍그렁 술잔을 마주치다가 사무실과 같은 층에 있는 삼풍호텔 나이트클럽에서 젊은이들과 어울려 엉덩이를 마주치며 신나게 춤을 추었다. 톱 가수들의 노래와 사이키 조명 빛에 맞춰 온 전신과 팔과 다리, 허리 밑의 엉덩이를 물결치듯 흔들었다. 그것은 단순한 춤을 넘어서서 전신의 경색된 근육과 세상에 포로 된 영혼을 풀어주는 열망이었다. 열심히 살려는 생의 의지이고 앞으로 나가고자 하는 열정의 몸부림이었다.

대한극장 앞의 대로변은 심야상영 영화를 관람하고 나온 사람들과 근처의 술집에서 쏟아져 나오는 취객들이 한데 어우러져 한낮을 연상할 만큼 인산인해로 붐볐다. 나는 수많은 인파로 혼잡한 틈새를 뚫고 이리저리 뛰어다니며 택시를 잡아서 먼저 최정수를 태워 보내고 두 번째 택시를 잡아서 미스 지를 태워 보내려고 오른손을 마구 흔들었지만, 사방에서 불어난 손님의 물결로 그녀의 차례는 좀처럼 오지 않았다. 순서를 무시하고 서로 승차하려고 무질서하게 택시로 달려드는 취객들 속에서 이리저리 자리를 옮겨가며 손을 흔들었지만 마찬가지였다. 그 많던 택시들이 회오리바람에 몰려간 나뭇잎처럼 어디론가 달려가서 흔적이 묘연했다. 내 옆을 열심히 따라다니던 미스 지는 문득 기발한 생각을 쥐어 짜낸 듯 술 취한 머리를 좌우로 흔들어 정신을 가다듬는 내 자세를 바로 서도록 고쳐주며 팔짱을 끼었다.

"이사님, 저희 더 걸어가요. 충무로를 지나서 명동 쪽으로 걷다 보면 택시가 잡힐지도 몰라요."

"내리는 손님이 많으니까 그게 좋겠어. 어디 충무로 영화인 골목을 끼고 걸어갈까."

미스 지의 기발한 착상에 반응하는 남자의 본능으로 내뱉는 반사적인 대꾸였지만 미리 계산된 응답은 아니었다. 미스 지는 자기 뜻에 맞아떨어진 게 좋은 듯 팔짱 낀 팔에 더욱 힘을 주었다.

"정말이지 이사님은 예전 성격 그대로 변함없이 멋을 아는 분이세요. 저도 때로는 큰 길보다 흐릿한 뒷골목이 좋아요. 단, 저를 지켜줄 사람이 있을 때에 한해 서지만요."

"좋아. 가자고! 출발!"

둘은 길을 역행해서 삼풍상가 옆으로 이어진 파출소 골목을 끼고 걷다가 큰 길을 건너서 스카라 극장 뒤로 이어진 골목길로 들어섰다.

앞만 주시하고 걷던 두 사람 앞에 돌연 골목을 밝히는 포장마차의 불빛이 새어 나왔다. 참새가 방앗간을 그냥 지나칠 수 없듯이 우리는 눈이 마주쳐 그 빛이 휘어지면서 서로의 마음을 포획하고 포장마차의 딱딱한 나무 의자에 주저앉았다. 황색 포장마차 안에는 술집에서 막 쏟아져 나온 서너 명의 젊은 여자와 그 숫자에 걸맞은 남자들이 술에 범벅이 되어 시끌벅적 떠들어 대었다.

안주를 준비하던 나이 든 주인은 힐끗 우리를 쳐다보고는 고추장과 쪽마늘이 담긴 접시를 밀어 내놓았다.

"꼼장어와 대합 주세요. 매운 고춧가루 약간 뿌려서 구워주세요."

미스 지가 나를 대신해서 안주를 주문했다. 그녀의 눈초리는 곧장 나를 섭렵해 묻어버렸는데 나는 피할 새도 없이 그 눈빛에 사로잡혔다.

"미스 지, 어떻게 내가 좋아하는 취향을 알고 그대로 주문했지?"

"이사님의 취향을 모르고서야 어찌 십여 년을 모셨겠어요."

"과연 미스 지는 대단해."

"이사님, 섭섭해요. 매번 밖에 나와서까지 미스 지라고 부르시니… 제 이름은 어디에 두셨어요? 제 이름은 은미에요. 은미! 이제는 제 이름을 불러주세요."

그녀의 민감한 반응은 그 말끝에 열망이 묻어 나와서 사랑의 힘에 값하는 서운함을 드러내었다. 나는 그녀의 당당한 반응에 압도당해 비로써 그녀의 이름을 불러주었다.

"은미, 참 부르기 좋을 만큼 그 뛰어난 미모에 어울리는 이름이야. 은미, 지은미! 미스 지는 남자와 차별 없이 부를 수 있는 대명사격의 이름이지만 지은미는 그 얼굴이 뛰어나게 예쁜 만큼 회사 차원을 넘어서 한 여자로 보일 때도 있었지. TV에 출연하는 여배우들과 비교해도 은미는 훨씬 앞서 있어서 나는 자부심을 느끼지. 아마 나를 만나지 않았으면 TV의 주인공으로 그 이름이 날렸겠지."

"저는 이사님께서 그렇게 불러 주시는 것이 좋아요. 한 여자가 되고 싶지 군대의 관물처럼 딱딱한 대명사로 불러지기는 싫어요. 이사님이 저를 아름다운 한 여자로 보아주시니 그런 의미에서 저희 새로운 축배를 들어요. 이사님과 저의 성숙한 만남을 위하고 사업의 번창을 위하여!"

"위하여!"

그녀와 나는 조그만 소주잔을 쨍그랑 부딪쳐 그 작은 잔에 큰 포부와 꿈을 담아서 어울리지 않는 우리만의 축배를 들었다. 그녀와 나를 담은 축배의 잔은 지속적으로 변함없이 이어온 그녀와의 끈끈한 사랑이고 거듭나기 위한 새로운 확인이었다. 그녀와 나는 코가 비틀어지도록 마셨는데 그건 날이 새면 내일 계약될 영화금속을 시작점으로 십여 건의 각기 다른 공장들의 계약을 받아서 다시 원점에서 시작해 도약할 꿈과 성취의 기대감으로 부풀어 올라서 마시는 "위하여"였다.

그렇게 해서 술 이사라고 불릴 만큼 둘만의 위하여는 깊어지고 가물거려오는 잠을 버텨내며 마셔대었다. 그녀도 마찬가지로 자기를 제어하던 마지막 자존심을 풀어 마셨고 술이 깊어질수록 두 눈을 들어서 나를 응시하는 시선이 짐짓 눈 장난일 수 없는 강하고 진지한 것이었다. 눈으로 자기를 말하고 나누는 작위적인 여심이었다. 나는 영혼까지 와닿아서 찌르릉 울리는 그 슬픈 눈빛을 감당할 수 없는 애꿎은 소주잔을 들이켰다.

"미스 지의 눈빛이 너무 뜨거워 내 영혼마저 화상을 입고 있어."

"저는 미스 지가 아니고 지은미예요. 은미라고 부르시지 않으면 저는 깡 술을 마시고 취해서 기분 것 술주정을 할 거예요."

"은미가 술주정을 해? 그건 술주정일 수 없는 귀여운 요정의 노래이고 사랑이겠지! 좋아, 좋아, 육체는 물리적 존재여서 그 무엇이 굉장한 힘으로 풀어줘야만 누적된 스트레스가 단번에 풀리고 행복을 느끼게 해주는 세로토닌이 분비되겠지. 내가 이 밤이 새도록 그동안 쌓인 긴장감과 고독, 암병을 만드는 코티졸을 풀어줄 테니 모든 것을 하소연해도 좋아."

"이사님은 매일 술을 마시는 논리로 논하시지만, 여자를 모르시는 거예요. 물리적인 육체는 각각의 체세포에 적어도 사랑의 힘이 가미되어야만 머리의 뇌하수체가 힘을 얻어서 세로토닌이 충분히 분비된다고 가르쳐주셨잖아요!"

그녀는 내 말을 가로막으며 항의했는데 오르지 못할 나무는 밑동의 그루터기를 넘어뜨려서 서로를 무너뜨리면 쉽게 오를 수 있는 나무라는 것을 은밀히 암시하는 어투였다. 그리고는 조금 전보다 더 강렬한 시선으로 나를 응시하였고 그 강도가 모닥불처럼 뜨겁기 이를 데 없어서 나는 불덩이를 맞은 듯 흔들거렸다.

"은미, 내가 평소에 술에 취해서 흔들리는 모습이 가련하고 보기 싫었지? 그래서 술의 무서운 마력이 어떤 방법으로 사람을 타락시키는지를 직접 체험하려고 과다하게 술을 마셔보는 거겠지. 나는 충분히 은미를 이해하고 받아들일 수 있어."

"절대로 아니니까 오해하지 마세요. 저는 이사님이 연쇄 부도를 당하기 전에는 술 마시고 술 취해서 흐느적대는 걸 본 적이 없어요. 세상의 거짓과 기만, 사람들의 탐욕과 더러운 풍조에 이사님이 큰 상처를 입고 그걸 이기시려고 술을 마시는 거예요. 하지만 이사님은 술의 마력을 빌려서라도 순간의 역경을 딛고 거대한 빙산으로 우뚝 서셔야만 해요. 저는 항상 그렇게 하시기를 기도드려요. 이사님은 누가 뭐래도 커다란 몸체는 수면 밑에 숨기고 그 얼굴만 수면 위로 내밀고 고요히 떠 있는 거대한 빙산이 아니었던가요?"

그녀는 살아있는 활화산처럼 펄펄 끓어오르면서 청산유수의 비유로 나에게 힘을 실었다. 나를 위해 기도하고 있다는 그녀의 고백에 천군만마를 얻은 기분이 들면서도 어딘지 모를 쑥스러움으로 무언가를 들킨 사람인 것 마냥 한껏 움 추렸다. 그녀가 쏘아대는 영혼의 불화살에 못 이겨서 내 심장이 뚫린 듯 술에 취한 가슴팍은 더욱 빨개졌다.

"나는 진정 행복해. 훨훨 넘치는 센스의 이지력으로 나를 붙들어주는 지은미가 내 옆에 나란히 버티고 있는 한, 나는 언제나 평강과 기쁨을 누릴 수 있어. 은미는 귀여운 요정이 나를 위한 수호천사로 변신한 게 아닐까?"

"이사님도 저에게 최고의 찬사로 갈채를 보내시는군요. 하지만 그 수준 높은 찬사는 저에게 과분해요. 저는 이사님의 사심 없는 의로움과 도덕성, 더러운 세태 속에서도 홀로 고결함을 지키려는 그 깨끗한 무소유의 유아독존이 좋을 뿐이지요."

"말의 진수성찬으로는 은미를 이길 재간이 없군. 지은미! 내 일을 위하여 술의 건배를!"

"위하여!"

그녀와 나는 끝없는 미소로 서로 화답하며 캄캄 무지의 어려웠던 시간들을 털어내려는 듯 쨍강 소주잔을 부딪치고는 위하여를 합창했다. 강한 자극의 맛을 주는 살아있는 생의 건배였다.

우리 두 사람이 내던져진 충무로 거리는 대낮의 번화하던 사람들의 통행이 끊어지고 즐비한 상점과 카페 문이 닫힌 빌딩 밑으로 조용한 정적이 내려앉았다. 나와 나란히 팔짱을 끼고 걷던 은미는 어둠이 두터워진 골목길 한 편에서 가던 발걸음을 멈추었다. 그녀 앞에는 충무장이라고 쓴 네온 간판이 붉은빛을 토해내었다. 그녀는 잠든 수초 안에 숨은 모텔 입구에 자리한 어항 속 은빛 물고기처럼 싱싱한 꽁지를 흔들었다. 애써 흐트러지지 않으려고 정신을 가다듬으면서 아리따운 홍화꽃 입술로 또박또박 속삭였다.

"이사님! 저 오늘은 집에 들어가지 않을래요. 여자가 술에 취해 함부로 택시를 타고 가다 보면 어디로 납치될지 모를 일이잖아요! 그리고 온전히 지쳐서 왠지 편히 쉬고 싶어요."

"안돼. 은미! 은미의 보금자리는 어머님이 기다리시는 안락한 집이지 철새들이 쉬었다 가는 저 늪지대가 될 수 없어."

"싫어요. 친구 집에서 하룻밤을 유숙하겠다고 전화를 해뒀어요.

더군다나 이사님이 상상하시는 즐거운 보금자리는 아니에요."

"무슨 뜻?"

나는 갑작스러운 의혹으로 그 자리에 붙박였다. 은미는 당연한 반응이라는 표정으로 자신을 해부했다.

"그렇지요. 제가 최후의 보루로 남겨둔 자존심마저 말씀드리겠어요. 제 친아버지는 목회자였는데 간암으로 돌아가셨다고 말했었지요. 이후로 어머니는 저와 동생을 곱게 키우고 학비를 충당하려고 재혼하셨지만, 오히려 결혼하지 않는 편이 나을 뻔했어요. 성격 차이로 부부싸움이 심해 주문진 집에서 이곳으로 자주 피난을 오시니까요."

"그럴수록 어머니를 찾아 들어가야 되지 않겠어? 은미도 자기 짝을 찾아 떠나야 할 시기가 무르익었으니까."

"놀라지도 않으시는군요. 놀라시지 않을 줄 알았어요. 사실 지난번에 경포대 갔을 때, 이사님과 함께 동행 하고 싶어 간 것이고 어머님은 서울에 계셨더랬어요."

그녀는 딴 여자의 사생활을 넋두리로 털어놓는 것처럼 덤덤히 자기를 고백하며 충무장 모텔 안으로 성큼 들어섰다. 나는 자기를 깎아내리는 그녀의 솔직한 심경 변화에 잠시 망연자실했지만 곧 그녀의 갈등에서 빠질 수 있는 낯선 외로움임을 알아차렸다. 가족이 된 심정으로 그녀의 발길을 돌리려 했어도 돌변한 태도를 제어하기에는 역부족이었다.

나는 그녀가 머무는 방을 정하고 침실로 들어서는 것을 확인하고는 말 없이 뒤돌아섰다. 그러나 그녀는 세찬 몸짓으로 나를 붙잡고 힘을 응축시켜서 사랑의 격랑 속으로 뛰어들었다.

"이사님! 가지 마세요. 제게는 잠이 들 때까지 이사님이 필요해요."

"은미, 오히려 내가 옆에 머무르면 은미를 귀찮게 할지도 몰라. 붉은 홍화꽃처럼 활짝 핀 보조개와 각선미 확연한 아리따운 몸매를 보면 나 자신도 허물어질 수 있는 것을…. 어찌해 빼어나게 예쁜 은미는 나같이 결점투성이고 부족한 사람을 신뢰하는지 모르겠어."

"한 마디로 이사님은 어느 누구도 채워주지 못한 제 영혼의 빈 공간을 순수의 마력으로 항상 채워 주셨으니까요."

"은미는 내가 좋아하는 너무 과분한 고백으로 날 끌어당기고 있군."

"아니에요. 이사님은 제 아버지가 돌아가신 이래, 채워주지 못한 사랑을 늘 채워주신 분이니까요. 아버지의 사랑으로 줄곧 이끌어 주셨어요. 대학 학비 전부를 분기마다 지불해주셨고 제 생일이면 매번 꽃으로 장식한 생일상을 차려주셨어요. 그 순간마다 저에게는 필리아의 사랑이 움텄고 그 무조건적인 조건 없는 사랑을 지울 수 없었어요."

"은미, 그 외적 감정은 바람 부는 날에 잠깐 일렁이다가 멈추는 파도에 불과해. 은미처럼 모자람이 없는 눈부신 숙녀는 누군가 은미를 위해 곱게 꾸며놓은 평생 반려자의 보금자리에 안착해야만 해."

　지은미의 지극한 사랑, 그 늦가을의 바람은 겨울을 시샘하는 단순한 치마폭의 바람이 아니었다. 그녀가 십여 년이 넘도록 자기와 동행한 아버지의 체취와 흔적이 새겨진 부정의 바람이고 어린 시절에 머문 그리움의 냄새일 수 있었다. 그녀는 뭔가 부족한 나를 통해서 아버지와 남자를 동시에 만나고 채우는 듯싶었다.

　나는 유리창의 휘장을 걷고 어둠의 덩어리가 나의 격정보다 더 잔잔한 충무로의 불 꺼진 골목을 응시하면서 안락한 소파에 앉아서 담배 한 개비를 입에 물고 불을 당겼다. 그녀는 이토록 한심한 나를 기가 막힌다는 듯 멀뚱히 주시하다가 장난스러운 실소를 머금었다.

　"이사님은 꼭 제가 요즘 다니는 명동 성당의 어느 신부님 같아요. 자기감정을 무섭게 다스리는 자제력의 기품이 비슷해서 일생에 한 번 우는 가시나무 새를 닮았어요. 가시나무 새는 자기에게 맞는 둥지를 찾아 평생을 헤매다가 그 가시나무 둥지를 발견하면 그 굵은 가시에 찔려서 아픈 비명을 내지르면서도 거기에 내려앉지요. 나이팅게일보다 청아한 미성을 자랑하는 가시나무 새는 가장 높은 곳에 도달하려고 자기의 심한 고통도 참아내지요. 그리고 그 둥지에 앉는 순간, 굵은 가지에 찔려서 아픈 비명을 내지르고 죽게 되지요. 죽음과 동시에 승화되어서 하늘나라로 날아가는 가시나무 새의 신부님을 닮았어요. 자기의 애틋한 사랑을 죽어가면서도 승화시키려는 처절한 싸움이 가시나무 새의 전설을 닮았어요. 가시나무 새의 영혼은 자기희생으로 죽어야만 무거운 육체를 벗어나서 날아갈 수 있으니까요."

"그 새는 필리아보다 아가페의 사랑을 닮으려고 가시에 찔려 하늘 높이 날아가겠지?"

"그렇지만 영적 사랑 앞에는 육적 사랑이 먼저 와 닿아서 실천되어야만 하지 않을까요? 저를 꼭 껴안아 주세요."

담배 끄트머리의 불꽃을 비벼 끄는 순간, 그녀의 촉감과 더운 입김이 뇌쇄적 느낌으로 얼굴 가득히 내려앉았다. 나는 그녀의 팔 안에 꼼짝 못 하게 갇히어서 격렬한 돌풍에 갇힌 가시나무 새처럼 사력을 다해 외마디 비명을 내질렀다.

"안 돼. 이래서는 안 돼. 내가 은미를 갖고 싶은 만큼 내 영혼의 사랑을 승화시켜서 극기할 수 있는 남자임을 알아야 될 거야."

"이사님은 바보예요. 흠뻑 취한 꽃도 꺾지 못하는 착한 고집쟁이 바보예요. 바보!"

그녀의 눈동자는 촉촉이 젖어있는 비바람을 일으키며 사랑의 몸짓으로 부르짖었다. 무한한 사랑으로 자기를 빚어서 찬란한 무지개가 되려는 턱걸이에서 나는 정신을 수습하고 그녀를 번쩍 안아서 침대 위에 가만히 내려 눕혔다.

"은미, 더 이상, 아무 말도 하지 말자! 바보는 바보짓도 할 수 없는 영원한 바보가 될 테니까."

"이사님은 천하의 고집쟁이 바보, 바보예요. 바보, 바보…."

그녀는 윗옷을 벗어 던지려던 열망의 포식을 포기하고 잔잔한 흐느낌으로 이어졌다. 나는 술래잡기에서 들키지 않으려고 숨는 아이처럼 그녀의 강한 바람에 날려서 술 취한 몸뚱이가 꼬꾸라지기 전에 가만가만 충무장의 층계를 내려왔다. 겨울로 이어질 만추의 바람은 발바닥을 앞으로 내딛는 발걸음마다 시원하게 물결치면서 골목길을 빠져나갔다.

그 이튿날 나는 강 기사가 여러 차례 예비군 동원 훈련에 불참해 빨간 줄의 최고장을 받은 상태라서 전용차를 쓰지 못하고 택시를 이용했다. 한강대교를 건너서 중앙대 입구의 삼거리로 들어서자 출근길 러시아워가 시작되었음인지 많은 자동차의 홍수로 좁은 도로는 그야말로 주차장을 연상시켰다. 급한 성격을 이기지 못한 나는 중도에서 하차해 등교하는 학생들로 초만원을 이룬 좁은 길을 지나서 바리케이트를 처놓은 도로 옆으로 다가가 현장 시공 상황을 점검했다. 지하로 내려가는 현장 인부를 뒤따라서 지하 2층으로 내려가자 벌써 지지대로 설치한 스틸 아시바를 철거하고 사우나가 들어설 곳에 불을 밝히고 인부들이 방수작업을 위해 방수시트를 깔고 있었다. 솔벤트유 속에 고무와 아스팔트, 송진 등의 화학 재료를 녹여 만든 방수시트를 접착 면의 박리지를 벗겨내고 도배하듯이 일렬로 쭉 펴서 바닥 면에 접착시키고는 가스불로 이음새를 지지는 작업이었다. 현장 사무실에서 지켜보던 최 소장이 나를 발견하고는 뒤쫓아 내려왔다. 그는 잠을 못 자서 푸석푸석한 얼굴로 현장 상황을 보고했다.

"나오셨어요. 이사님! 어젯밤에 접착 콜타르를 바르고 공정이 너무 지연되어서 어쩔 수 없이 새벽부터 방수 팀을 붙였습니다.

"이것 보게. 최 소장 콘크리트의 완전 경화도 끝나지 않아서 접착 타르를 바르면 모르타르에 함유된 경미한 수분이 어디로 증발되겠나? 공정이 늦어진다 해도 건축의 생명일 수 있는 방수작업을 서둘러서 대충 시공하면 되겠어?"

"건축주가 입주할 사우나 주인이 동네에 광고한 시기를 맞춰주지 않으면 기성금을 지체한다고 해서 무리수를 두고 있습니다."

"이 사람아, 그래도 그렇지, 자네가 나를 생각해 무리한 줄을 아네만 접착한 시트를 떼어보게. 바닥 면의 청소도 제대로 되지 않은 데다가 습기마저 있어서 박리되는 것은 시간문제야."

"죄송합니다."

나는 최 소장의 변명을 듣는 대신에 방수 인부들의 일을 중단시키고 바닥 면에 부착된 시트의 한쪽 끝을 잡고서 쭉 잡아당겼다. 예상대로 시트의 바닥 접착 면에는 검은 타르에 붙어서 덜 경화된 시멘트 가루와 이물질이 희끗희끗 묻어져 나왔다.

"이것 보게. 최 소장, 바닥 면을 깨끗하게 청소하지 않고 더더구나 콘크리트 기공에 함유된 물기가 완전히 증발되지 않으면 이렇게 부실 현상이 일어나는 거야. 방수는 전체 부위를 잘 시공해도 한 곳만 하자가 발생하면 삼투압을 받아서 물이 어디론가 침투해 떨어지는 거야. 로마의 지하수로에 들어가 보면 2500년 전에 생석회와 포촐라나를 섞어서 방수한 수로에 지금도 물이 새지 않고 흘러서 트레비 분수와 일부의 가정집에서 사용하는 것을 견문하면 너무 놀라워. 또한 로마 시대의 건물들이 지금도 건재하는 것은 장인 정신이 있기 때문이야. 사우나 시설이 아무리 급해도 당장 공사를 중지시키고 바닥 면을 완전히 건조한 다음, 깨끗이 청소하고 내 검열을 받고 재시공시켜."

"정말 죄송합니다. 건축주의 성화가 이만저만 아니어서 제가 실수했습니다."

현장 최 소장은 도적질 하다가 놀란 고양이처럼 머리를 조아리고 공사를 중지시켰다. 그는 내가 공사에 관해서는 얼렁뚱땅 넘어가지 않고 재료와 인건비가 다시 투입된 만큼 내가 막대한 손실을 입는다 해도 수주 계약서에 일단 도장을 찍으면 철두철미하게 시공한다는 것을 알기 때문에 아무런 토를 달지 않았다. 현장 소장들은 내가 하는 방식대로 정확히 시공해주면 헛장사라고 안타까워했지만 나 자신이 그 집에 들어가 산다는 장인 정신으로 치밀하게 진행하지 않으면 양심이 뜨거워져서 견딜 수 없었다. 유럽에서 포촐라나로 시공한 건축물이 천 년 이상을 버티는 것을 목격하고는 나도 그런 건물을 시공할 것을 다짐했었다. 차라리 타인에게 속을지언정 이익이 없다 해도 속일 수는 없는 일이었다.

양재덕은 시화단지의 철골과 골조공사가 많이 발주된다는 사실을 어디서 들었는지 그 공사들을 하청받을 심산으로 아침 일찍부터 서둘렀다. 공장 공정 가운데 H빔 철골로 골조를 세우는 일은 가장 비중이 높은 하청공사여서 공장주와 서류 계약을 끝내기도 전에 그는 단단히 벼르는 모습이었다.

어쩌면 그는 이제껏 자기가 상대한 사람 가운데 자신의 검은 속셈을 눈치챘으면서도 웬만한 잘못을 이해하고 받아주면서 변함없이 대해주는 것이 고마웠던 모양이다.

그는 내가 지하에서 방수작업을 중단시키고 올라오자 계단 입구까지 뛰어나와서 허리 각도를 굽혔다.

"안녕하세요. 이사님! 청명하고 화창한 날씨 덕에 이사님께 좋은 일이 있을 것 같군요. 좋은 하루가 되시길 기도하겠습니다."

"양 사장도 더불어 복을 받으세요."

그는 자기의 인사를 가볍게 받아주자 무슨 말을 하려다가 머뭇거리고는 말을 돌렸다.

"이사님, 아침 식사를 하셔야지요. 제가 정중히 모시겠습니다."

"됐어요. 함바식당에서 간편한 해장국으로 때우겠습니다."

"이사님의 배려로 저도 먹고살기에는 지장이 없습니다. 으뜸가는 걸로 대접하겠습니다."

"아니요. 난 해장국이 좋아요."

나는 양재덕의 호의를 물리치고 현장 소장이 함바로 지정한 식당으로 들어갔다. 아니나 다를까 양재덕은 내 뒤를 곧바로 쫓아와서 똑같은 해장국을 주문하고는 포기하지 않고 보채기는 마찬가지였다.

"저 이사님! 화성산업단지에 곧 철골 공사가 발주된다면서요? 파일 박기가 끝나고 지주발이 공사가 거반 끝나서 철골이 시작돼야 한다던데…"

"양 사장은 모르는 것이 없군요. 왜 그건 묻지요?"

나는 그의 속셈을 바라보면서 좀 퉁명스럽게 응수했다. 그는 괜한 말을 꺼내 심기를 불편하게 한 것이 어쭙잖다는 표정으로 딴청을 부리더니만 조심조심 내 눈치를 살폈다.

"이사님! 저한테도 기회를 좀 열어 주십시오. 이번만은 실망시켜 드리지 않고 깔끔히 처리하겠습니다. 사실 필리핀에 보내는 선교비가 워낙 벅차서 제가 한층 분발해야겠기에…"

자기를 회피하지 말아 달라고 간청하는 그의 표정은 비굴해 보였지만 나는 선교비의 이름으로 공격해오자 그에 대한 경멸감만큼 비슷한 비중의 동정심도 우러났다. 철거와 CIP 토공 공사도 나에게 막대한 손해를 입힌 걸 계산하면 싹둑 단칼에 자를 일이었으나 오죽하면 해외 선교비가 모자라서 저토록 굽실댈까 하는 생각이 동정심을 불러일으켰다. 어릴 적에 대조동 천막교회 가난했던 젊은 전도사에게 돌팔매질을 했던 몹쓸 기억이 떠올라서 양심의 가책으로 말을 돌렸다.

"양 사장은 한 가지만을 선택해서 전문분야로 삼아야지 이것저것 손대시면 전문성의 결여로 서로가 낭패 보기 십상이에요. 철거와 CIP 토공 만 해도 직접 시공하라고 드렸더니만 재하청을 주지 않았나요? 이런 짓은 나를 죽이는 행위였어요. 그 분야 기술자를 채용해서 직접 시공해야만 기술도 축적하고 돈도 벌 수 있는 거예요."

"이사님! 이번만은 말씀하신 대로 제가 직접 기술자를 확보해서 일을 깔끔히 끝낼 것인즉 길을 열어주세요. 시공비도 제 여동생과 친구를 끌어들여서 모자람 없이 흡족하게 처리하겠습니다. 부족한 선교비를 채워주시면 그 은혜는 두고두고 잊지 않겠습니다."

양재덕은 자기의 하청 요구가 염치없는 짓이라는 것을 아는지 모르는지 필리핀 선교비와 피아노 치는 여동생마저 끌어들이며 조바심을 내었다. 나는 그가 해외 선교비와 여동생을 들먹거리는 얄팍한 비열함에 머리를 가로저으려 했지만, 신앙심 깊은 피아노 원장과 여의도로 입성한 젊은 전도사에게 저지른 철부지 행위가 떠올라서 그 심정을 회상하며 망설였다. 어린아이를 다치게 한 인명사고를 내고도 뻔뻔하게 다른 현장에까지 끝없이 손을 뻗치는 그의 한계를 넘어서는 욕심에 어처구니없어서 실소할 일이었지만 식사를 끝내고서도 말없이 눈을 감고 어릴 적 가난한 천막교회에서 울리는 종소리를 들으면 무언가 추억을 쥐어짜는 상념에 젖어 들었다. 내가 눈을 감고 사고하는 깊은 뜻을 알아차린 양재덕은 선교비를 들먹이며 조바심을 내었다.

결국 돌처럼 굳어져 있던 나는 교회의 종소리만 들어도 그 주위를 맴돌던 어린 시절의 이끌림을 감추지 못하고 이왕지사 두 번 속은 것을 네 번 속은 셈 치고 양재덕을 마지막으로 믿어보자고 결단을 내렸다. 애당초 관용과 사랑의 포용성으로 받아들인 사람이라서 세 번까지는 믿어보는 게 나의 철학이고 신념이어서 나 자신과의 약속을 지키리라고 결단했다. 하나님을 믿는 사람은 더는 거짓말을 늘어놓거나 장난치지 않을 것이라는 상식적인 기준이 앞섰기 때문에 만일 이번마저도 그의 위선과 기만이 들통 나면 그가 의지하는 하나님에게도 등을 돌릴지도 모를 일이었다. 하나님의 사람, 선교사라고 자처하는 양재덕이 상대를 속이고 기만한다면 누가 그의 악한 행위를 보고 하나님 앞에 귀의하겠는가.

나는 감은 눈을 치켜뜨고 하나님을 전혀 모르면서도 하나님이 두려워 떨리는 심정으로 양재덕의 양심을 갈퀴같이 쭉 훑어내었다.

"나는 나도 모르게 하나님을 무조건 믿고 싶으니 양 사장도 하나님의 사람으로 믿겠어요. 진실로 철골 공사를 원한다면 자신의 행위를 반성 회개하고 선으로 무장한 양심을 갖고 견적서를 제출해 보세요."

"네, 이번만은 이사님을 실망시키지 않고 열심히 하겠습니다. 감사합니다."

조바심에 차 있던 양재덕은 다른 철골업체들이 공사한 것을 수주하려고 수시로 나에게 접촉하는 것을 본 터여서 단숨에 굴러온 행운데 믿기가 어려운지 몇 번이고 자기 상체를 구부려 조아렸다.

그 길로 양재덕은 강 기사가 예비군 동원훈련에 참석해서 전용차를 쓸 수 없음을 알고 자진해 자신의 차를 몰고 와 떼를 쓰다시피 나를 태우고는 휘파람을 불면서 구로공단으로 향했다. 그는 예리한 관찰력으로 내 행동반경을 일일이 분석하면서 나와 가까워지려고 정공법으로 나의 약한 심리를 강타하며 끝까지 내 곁을 맴돌았다. 기회가 포착되면 나를 밟고 넘어뜨릴 기세로 내 행동

거지와 사생활까지 넘보면서 일일이 체크하는 느낌이었다.

양재덕은 구로공단의 반듯한 포장길을 달려서 잔디밭이 잘 가꾸어져서 청초함을 풍기는 공장 내부로 들어섰다. 정문의 수위는 자기 회사의 명 사장과 상당히 두터운 교분임을 종종 목격해서 거수경례를 붙이고 신분증 검사 없이 들어가라고 손짓했다.

나는 공장 구내로 들어가 "생산부"라 찍힌 푯말 밑의 계단을 밟고 이 층으로 올라갔다. 조금은 음산한 외부 겉모습과는 달리 드높은 천장과 초록빛 우레탄을 입힌 작업장 바닥은 정리정돈이 잘 되어서 깔끔했다. 자동차 부품을 생산하는 영화금속 사장실은 생신부의 귀퉁이를 칸 막은 예전 건물이어서 발전한 회사 규모와는 어울리지 않게 비좁고 검소했다.

오십 대 중반에 들어선, 작은 키에 까무잡잡하게 그을린 얼굴의 명 사장은 자동차 부품업계의 리더로서 손색이 없을 만큼 야무져 보이면서도 그 안에 담긴 사랑의 정감은 나를 닮은 인상이어서 일맥상통했다. 명 사장은 나를, 대하기를 오랜 죽마고우 대하는 듯 스스럼없이 벽을 허물었다.

"예 이사님, 앉으세요. 아침 내내 기다렸는데 좀 늦으셨군요."

"네, 운전기사가 동원 훈련에 들어가서 차량 관계로 좀 늦었습니다."

"좋아요. 그럼 늦은 만큼 네고를 많이 해 깎아줘야 해요."

"부자 사장님께서 더 깎으시려고 하시더라."

"부자도 한 푼, 두 푼, 모아서 피나는 노력으로 되었지 막 쓰고 입고 마시면 될 수 있나요! 내가 계약되면 우리 회원사 공장들이 일차적으로 오백억 대의 계약이 자동 체결될 거고 본사 건물과 엔진 등을 생산하는 다른 회원사까지 합치면 수천억에서 조 단위는 넘을 거예요. 이익은 거기서 남기고 나에게는 원가로 해줘요. 내 공장이 제일 작은 만큼 나 돈 없어요."

"참 사장님도 알아드려야겠어요. 대범하고 빈틈 없기로 소문난 분이 조크도 잘하시네요. 저를 믿어줘서 고맙습니다."

"날아다니는 새도 나뭇가지를 골라 앉는 법이지요. 썩은 나무가 멀쩡하다고 아무 데나 함부로 앉으면 떨어져 죽지 않겠어요!"

명 사장과 나는 설계 청사진을 구워 전해주는 과정에서부터 내역서를 작성하기까지 이십여 차례를 접촉하면서 서로를 신뢰하고 끈끈한 정으로 맺어지게 되었다. 그는 십여 개가 넘는 자동차 순환계 일부 부품의 회장으로서 절대적인 신임과 수십 년의 공덕을 쌓아온 터여서 그가 계약서에 서명하면 시화 지구로 옮겨갈 모든 회원사가 순차적으로 계약 체결할 것을 그에게 일임했다. 더불어 같은 동종 업계도 막대한 영향력을 끼쳐서 지방 도시에 이르기까지 그 파급효과는 내 상상을 넘었다.

이제 그가 최초로 자기 공장의 계약서를 체결하면 나머지 회원사도 그에게 준하는 내역 방식대로 최종 단가를 결정짓고 하나하나 선급금을 지불할 것이다. 나는 그 하나의 결정이 그네들의 회원사 전부를 결정하는 일이어서 형식적인 이야기를 몇 마디 더 나누고 본론으로 들어갔다.

"예 이사님! 몇 %로 깎아 네고해 주겠어요?"

"말씀드린 대로 5%로 하시죠. 그 정도의 선이면 싼 것도 비싼 것도 아니고 제가 소신껏 정직한 시공을 할 수 있는 적절한 단가이니까요."

"조금만 더 깎읍시다. 예 이사님도 알다시피 다른 건설사에서는 7%에서 12%까지 최종 네고를 해주고 돌아갔어요. 그럼에도 내가 예 이사님에게 맡기려는 것은 예 이사님의 신실한 성품과 고지식한 시공 능력, 한국 엔지니어링의 최정수 설계실장이 보증해 줬기 때문이에요."

"좋습니다. 두말 마시고 6%로 네고 단가를 사인해 드리겠습니다. 가격이 싸도 B급 자제를 적당히 섞어 사용하면 싼 것이 비지떡이지요. 다른 회원사 공장들도 곧바로 계약되도록 선처해주십시오."

나의 집요한 설득에 명 사장은 더 이상 가격을 낮춰달라고 조르지 않았다. 부가세를 별도로 하고 제출한 38억 2천만 원의 견적단가에서 6%를 네고한 금액, 2억 3천만 원을 빼고 최종 단가를 확정 지었다. 이를테면 견적단가의 94%인 35억 9천만 원에 수주한 셈이어서 나머지 회원사인 그만그만한 공장들의 가격대를 합치면 약 오백억 정도가 계약되어서 꽤 짭짤한 수주 단가가 되었다.

선급금은 표준 계약서에 명시된 약속대로 서광건설의 관인을 찍고 건설보증 보험 증권이 발급되면 최종 단가의 20%를 지급하기로 최종 합의했다.

명 사장은 최종 합의에 도달한 뒤끝이 개운하고 만족한지 미리 준비한 샴페인을 터트렸다. 그는 투명한 유리잔에 한 잔 가득 부어두면서 당부의 말을 잊지 않았다.

"예 이사님, 축하드립니다. 이제는 내가 부탁하겠어요. 내 전 재산과 우리 회원사의 회원님들이 평생 비축한 전 재산을 이사님의 손에 맡겼으니 튼튼하고 멋있는 작품을 지어주세요."

"염려 마십시오, 명 사장님! 대지진이 일어나서 근처의 공장들이 휩쓸려 모두 무너진다 해도 사장님의 공장들은 건재하도록 튼튼한 작품으로 남기겠습니다.

"아무튼 다시 축하합니다. 예 이사님, 참으로 정력적이었어요. 예 이사님 같은 월등한 세일즈맨이 계시면 우리 회원사들도 금새 놀라운 성장 발전으로 클 것이오. 서광 사장은 예 이사님에게 큰 공로패를 주어야 할 것이오. 내가 감탄하고도 남을 놀라운 세일즈였어요. 사실 서광하고 맞붙은 천지건설에서 9%까지 네고해서 깎아 준다고 했을 때, 천지를 결정하려 했으나 예 이사님의 믿음직한 얼굴이 자꾸만 떠올라서 비싸도 신실한 예 이사님을 선택하기로 결정한 거지요. 회원사의 사장님들도 예 이사님을 뵙고는 나와 같은 결정을 내렸어요. 좀 비싸도 단단한 반석 위에 튼튼한 작품을 짓는 게 회원사 사장님들의 한결같은 바람이었어요. 이사님은 소문대로 충분히 우리 만족을 채워 줄 그럴 분이라고 직감했어요."

"과찬해 주셔서 감사합니다. 곧 계약서류를 준비해 전화드릴 테니 여의도의 저희 서광 본사 사무실로 나오셔서 계약서에 서명하십시오. 감사합니다."

명 사장은 적은 돈에는 자린고비처럼 샌님 꽁생원 소리를 들었지만 큰돈에는 큰 획을 긋는 사업가답게 계약 합의는 시원스레 매듭지었다.

나는 상대방에게 신뢰감을 주려고 내가 법원 등기부에 이사로 등재되어 있는 서광 본사로 건축주들을 대동해서 계약을 맺는 방식대로 특별고객인 명 사장도 여의도로 나오도록 종용했다. 어떤 건축주든지 사전에 건설회사의 재력과 신용도를 세밀하게 조사했을지라도 건설 본사의 대표이사가 참석한 가운데 계약 체결 계약서에 도장을 찍어주면 무척 신뢰감을 표시하고 좋아했다. 건축주에게 또 다른 신뢰의 연대감을 주어서 중간 기성금을 받기도 수월하고 이래라저래라 감독도 별로 않는 편이어서 계약은 반드시 본사에서만 이루어지는 게 관행이었다.

양재덕은 사장실 구석에서 혼자 떨어져 앉아 두 사람이 오랜 지기마냥 마주보고 웃으면서 쉽게 계약 합의에 도달하는 것을 목격하고 축하 샴페인을 터트리는 찰나에 나하고는 반대로 온몸의 피가 거꾸로 질주해서 숨이 멎는 듯 침을 꿀꺽 삼키었다. 내 밑에서 부스러기 공사들을 먹어치우는 하이에나처럼 밑으로 전락한 자신의 초라함에 억장이 무너지는 질투심으로 이마를 찡그렸다. 질투의 정체는 스스로 알지도 못하면서 악한 자의 본능으로 뜻밖에 굴러온 행운에 감사하기는커녕 자신이 왜소하게 보이는 만큼 극악한 비명을 질러대었다. 나는 문득 양재덕의 이중적인 인격의 다른 일면을 파악해낸 것 같아서 그동안 선교사의 이름으로 갖고 있던 선한 호감마저 무너져 내렸다. 명 사장과의 가격 결정을 내리는 중요하고 비밀스러운 자리에 함께 동행하여 먼발치에서나마 지켜볼 수 있도록 특권을 부여했건만 그의 미소 뒤에는 심장이 멎어져 쓰러질 만큼의 음모가 숨겨진 듯싶었다.

어쩌자고 그의 평형감각을 잃은 내밀한 음모가 나에게 전해져 오는지 나는 구두계약이 체결되는 순간부터 괴이한 느낌으로 심장이 급박한 통증으로 쿵쾅쿵쾅 뛰기 시작했다. 가롯 유다에게 사탄이 들어간 것을 목격하는 것처럼 그의 입가에 야비한 웃음이 번지는 것을 바라보고는 무언가 잘못되었음을 감지했다. 나를 감시하고 추적하는 패거리들이 그와 연관되었을 수도 있다는 직감에 사로잡혀 차가 영등포역을 통과해 여의도 윤중로를 달리면서도 불안감은 그치지 않고 커져만 갔다.

평소에 말 많던 그의 태도와는 딴판으로 말없이 운전대만 잡고 달리는 표독한 표정 뒤에는 살기마저 드러났다. 어떻게 아침과 오후 표정이 완전히 싹 바뀌었는지 죽음 전후의 사람을 목격하는 듯싶었다. 살아있을 적에는 따스한 온기가 있더니만 죽음 뒤에는 차가운 냉기가 흐르는 것처럼 그의 얼굴은 악마로 변신해서 내비쳐졌다.

나는 명 사장과의 계약 체결로 드디어 고생이 끝났다는 기쁘던 감정이 그의 눈을 응시하면서 무너져 내려 죽음에 이르는 기분이었다. 그 리얼하던 아픔을 어떻게 기록할지를 몰라서 두서없이 갈겨쓰는 이 순간도 나는 황당하다. 아무튼 양재덕은 나를 넘어지게 할 함정을 현장마다 사건을 일으킨 공모자들과 함께 확실하게 나눈 터여서 그 당시의 생생한 모습이 각인되어 심장이 죄여오는 느낌이다.

그는 나에게 하청받은 CIP 토공이나 골조, 철골 등 부분 공사를 뜨내기 업자에게 재하청을 주어서 잔돈 부스러기를 챙기기보다는 공사를 통째로 가로채서 나와 치열한 경쟁을 벌이던 경쟁 업체에 넘겨주고 두둑한 사례비를 받을 것을 계산하고 있는 모양이었다.

사전에 서광건설의 수주 계약 전무인 박순만과 내통해 준비 완료 시키고 각본대로 진행하면 나를 바보 천치로 만드는 것은 시간문제였다. 나중에 양재덕이 죽기 전에 고백한 사실이지만 자기와 고향 친구인 박순만의 지시로 치밀하게 일을 꾸미고 그 각본대로 나와 경쟁 상대였던 천지건설에서 2~3%의 브로커 비용을 받고 내 공사 계약 건을 넘겨주었다는 것이나, 그동안 수시로 빼돌린 30여억 원의 횡령금을 내 현장으로 돌려서 손비처리 할 범죄 계획을 세우고 누구도 눈치채지 못하게 완전범죄를 작정해서 양재덕을 끌어들였다는 것이다. 또한 일감 자체를 확보하는 수주 경쟁에 있어서도 박순만 전무 팀이 서광 본사에서 수주하는 액수보다 나 혼자 수주하는 금액이 많아지고 벌여놓은 시공 현장이 점점 커짐으로 말미암아 자기 위치에 불안을 느껴서 나를 제거하기로 모의했다는 것이다.

 양재덕은 그 나름대로 자기가 나빠서라기보다는 돈이 궁핍한 약자가 능력과 배짱이 큰 강자를 후려쳐서 박 전무의 지시대로 돈을 한몫 챙긴다 해도 하나님은 너그러이 용서해주시리라고 믿었다는 것이다. 설령 후일에 나를 모함해서 함정에 빠트릴 일이 나에게 들통난다 해도 내가 화를 못 참아서 자기에게 복수의 칼을 들이댈 소인배는 아니라고 확신해 박 전무의 음모에 가담했다고 고백했다.

 그는 자기 입술로는 상대에게 천국과 지옥을 운운해도 최첨단 과학이 발전한 21세기에 과학적 논리로도 증명되지 않는 사실을 어찌 믿겠으며 그건 죽어봐야 알 일이라고 단정 지었다. 성서의 말씀처럼 만일 지옥이 있다면 저승사자가 나타나서 자신을 갈고리로 꿰고 철 고랑으로 묶어서 끌고 가기 전에는 승복할 수 없다고 그 가상의 세계를 부정했다. 가상이 현실로 드러난다 해도 팔불출에 불과한 나를 이용해서 돈을 두둑이 뜯어낸 뒤라도 그때 가서 대성통곡 회개해도 늦지 않으리라는 간 큰 선교사여서 사탄에게 화인 맞은 듯 미래에 닥칠 일을 대비하지 못했다.

 양재덕이 서광의 박순만 전무를 만난 것은 방배 현장에서였다. 박순만이 지난 설을 앞두고 나를 만나서 설 떡값을 챙기려고 슬쩍 현장에 들렸다가 우연히 양재덕을 알아보고 통성명을 나누게 되었다.

 "어디서 많이 본 사람 같은데? 혹 태평로 삼거리 근처에서 살았지요?"

"어떻게 나를?"
"나도 그 동네에 살았었는데 잘 기억해보랑게?"
"아, 자네 박순만!"

양재덕과 박순만은 한동네에 살면서 팽이를 돌리고 뚝 방에서 연을 날리는가 하면 학교 운동장에서 여자아이들의 고무줄놀이에 뛰어 들어가 면도칼로 싹둑 잘라 울리기도 했던 망나니 사이였다. 양재덕이 고2 때 다른 동네로 이사를 가서 떨어지게 되었지만 아이들의 돈을 갈취하고 여자아이들의 치맛자락을 들추던 개구쟁이 짓거리는 잊지 못한 추억이었다.

그들은 방배동 카페에서 지난 이야기를 나누다가 나에게 양재덕을 정식으로 소개해 많은 일감들을 하청받게 된 것이다. 박순만은 나하고는 쉬운 사이로 알고 지내다가 내 뒤를 쫓아다니며 계약서를 작성해주고 몇 푼의 떡값을 챙기는 열등감을 지니고 있어서 틈틈이 나를 쓰러뜨릴 기회를 엿보고 있었다.

툭하면 서광의 창업주가 나를 대단히 칭찬하는 반면에 자기는 상대적으로 비하되고 있어 굴러온 돌이 박힌 돌을 빼내는 형상이어서 분통을 터트리다 못해 나를 넘어뜨리려고 치졸한 음모를 계획한 것으로 드러났다.

보통의 중키에 똥똥한 몸매, 처진 비곗살이 붙은 얼굴, 자기를 돋보이려고 일부러 창업주와 동향인 사투리를 강하게 구사하는 박순만은 자기의 쌓인 불만을 고향 친구인 양재덕에게 퍼뜨렸다. 나의 세일즈 능력과 간 큰 배짱 싸움에 완연한 놀라움을 표시하면서 그의 내면에 감추어진 질투로 시종 가시 있는 말을 내뱉었다.

"예수영 이사는 공사를 수주하는 능력은 탁월한데 고집이 쎄서 탈이랑께. 나서기만 하면 그 친구는 예전처럼 수백억 수주하는 것도 어렵지 않는디 적당한 선에서 떡값을 받고 팔아치우지 않는 고집불통이랑께. 저 혼자 잔뜩 수주하면 뭐혀, 공사 시공팀도 빈약하고 돈이 없는디 그 널린 현장들을 어찌 처리할 거여! 지라고 용빼는 재주가 있느냐 말여! 자본주의 사회에선 돈 없으면 못혀, 못헌당게. 내 계산엔 지가 까불어도 얼마 못 가 무너지고 말꺼구먼! 내 신임하는 똘마니들이 기필코 무너지게 할 거구먼!"

"딱 맞아, 박 전무님! 예 이사는 일을 겁나게 많아도 뒷 힘이 부족해서 받쳐주지 못해. 나도 하청 받아 일하는 입장이지만 자기만의 장인 고집이 세서 자기 배짱에 조금 안 맞으면 바보가 손익 계산은 뒤로하고 하던 일도 당장 중지시켜 함마로 부숴버리고 다시 하라고 채근 대는 바보이지. 이따위로 시공하면 백 년도 못가니까 적어도 수백 년, 천 년은 갈 수 있는 작품을 남기라고 소리치는 고집쟁이야."

"염려 말랑께. 이 박 전무가 떡 버티고 있으면 지가 잘난 체 해도 꼼작 못하니, 암… 못해. 양 사장만 아직은 알 일이지만 여차하면 서광 본사에서 예 이사의 현장을 접수해 직접 시공하고 빈손으로 겨울날에 소박맞은 볼기짝 큰 아낙네처럼 쫓아낼 계획이구먼. 우리 사장님도 예 이사의 자금 사정을 보고 받고 깜짝 놀라셨당께. 이 박 전무에게 알아서 처리하라고 사장님이 전권을 맡긴 이상, 이제 예수영은 날개 부러진 독수리 신세이구먼! 날개 부러진 독수리가 어찌 날 것서… 참새 새끼보다 못하니… 안 그렁가?"

　둘의 이해관계는 쿵짝이 척척 맞아 떨어져서 장군 멍군이 되었고 쿵 짝꿍이 짝짜꿍으로 합치돼 박순만은 일부러 더욱 신이 나서 엉터리 사투리를 구사했다. 이 비밀스러운 이야기는 내가 그 악한 모리배들의 치밀한 작전에 희생양으로 몰려들어서 모든 것을 잃고 거리에 휴지조각처럼 내 던져졌을 때 일말의 가책을 받은 양재덕이 우연을 가장하고 만나서 들려주었던 내용이다.

　양재덕과 박순만이 만나는 순간부터 나를 죽이려는 음모는 가중되어서 조직 폭력배와 손을 잡고 우연을 가장한 사고를 유발시킨다든가 내 모가지를 옭아맬 올가미의 덫을 설치해 놓고 조직적으로 내 뒤를 쫓아다니며 기회를 노렸다. 현장 사무실에서 최정수 설계실장에게 전화를 걸면 녹음 장치를 통해 내 비밀을 엿듣는 다든가 혹은 설계실의 여직원을 미혹해서 수주 진행 상황을 낱낱이 파악해 박순만에게 보고했다. 영화금속의 자동차 부품 단체건 외에도 서너 군데의 견적서를 제출한 빌딩들의 진행 상황을 훔쳐 수집해서 저희들의 이익이 극대화될 결정적일 적에 나를 단칼에 제거하기로 무자비한 계획이 진행되었다고 고백했다. 박순만의 30억 원에 이르는 횡령금액도 경리부장을 매수해서 나를 지원한 금액으로 처리했고 영화금속 사건도 경쟁회사인 천지건설에서 나와의 계약이 취소되고 천지와 계약이 체결되면 횡령 금에 준하는 사례금을 받아서 가로채기로 준비된 상황이었다. 박순만은 나와의 수주 경쟁에서 자기 팀이 패배한 이유를 자신들의 무능으로 돌리기는커녕 투기의 적개심으로 나를 넘어뜨리기로 결단하고 패거리들을 소집해 최대한 내가 일하고 있는 현장들을 뺏어서 통째로 우려먹고 영화금속을 포함해서 자기가 횡령한 돈까지 나에게 덤터기 씌운 것이다.

윤중로 옆 고수부지 한 편에 서 있는 가로수들과 공원 부속 건물 위로는 차가운 겨울을 재촉하는 강바람이 불어와 적막함이 감돌았다. 양재덕은 강물 위로 떠가는 유람선을 얼핏 바라보다가 빈말로 나를 치켜세우며 구로 공단부터 이어진 긴 침묵을 깨었다.

"이사님은 참으로 대단하세요. 큰 공장 건물을 수주하시면서 그것도 십여 곳 이상을 위임받으면서도 오히려 건축주가 부탁하는 모습을 지켜보며 이사님의 인품을 알았습니다. 이사님이야말로 타고난 세일즈의 귀재시더군요. 그 비법이라도 있으십니까?"

"과찬의 말씀은… 세일즈는 영업을 하기보다는 대등한 입장에서 자기를 파는 것이지요. 꼭 이익을 내겠다는 장 사술의 아집을 버리고 나보다는 상대방의 이익을 어떻게 창출할까를 고민하고 자기를 비우게 되면 건축주는 끌려들기 마련이지요. 자연히 상대를 위하려는 빈 마음 안에서는 서로의 마음과 마음이 영적 공감의 일치성에 머물게 되어 실리의 계약 체결이 이루어지기 마련이지요."

"대단한 체험 논리십니다. 그런데 영화금속 명 사장님은 서광 본사에서 직접 시공하는 것으로 알고 있던데요?"

"당연하죠. 면허를 빌려 시공하면 면허 대여료를 지불하는 것만큼 견적 단가가 올라가는 터여서 어떤 건축주든지 그 진위를 파악하고는 책임질 수 없는 돌팔이 업자에게 자기의 소중한 재산을 맡기지 않겠지요. 하자 발생 시에도 그 소재가 불분명해 건축주는 본사에서 직시공하길 당연히 원하지요. 내가 설령 손을 떼어도 회사 차원에서는 그 모든 책임을 질 수 있지만 나는 할 수 없으니까요. 이 점이 내 취약점인 만큼 각별히 조심해야지요."

나는 양재덕의 함정에 걸려들 수 있는 내 약점을 그와의 벽을 허문 채 진심을 토로했다. 내가 내뱉는 한 마디 한 마디가 적에게 먹이의 올무가 되는 줄 까마득히 몰랐다.

양재덕은 능숙한 솜씨로 국회의사당 앞의 골목에 위치한 서광 본사 건물의 지하 주차장에 차를 세웠다. 나는 엘리베이터 안에서도 나를 응시하는 그의 묘한 시선의 정체를 알지 못했다. 그가 가슴 언저리에 감추고 있는 비뚤어진 시선은 나를 넘어뜨리려는 악마의 눈길이고 비웃음이라는 걸 미처 깨닫지 못했다.

공무부를 거쳐서 곧바로 박순만 전무의 방으로 들어서자 그는 한강이 내려다보이는 창가에 서서 담배 연기를 내뿜고 있다가 나를 맞이했다.

"뭔 일로 귀한 손님들이 행차하셨는가요? 예 이사님과 양 사장, 두 분이 나란히 동행하시니 보기가 좋습니다요."

"기뻐하세요. 박 전무님! 영화금속은 주관사로 십여 개의 동일업종 공장들을 계약 체결하기로 최종 합의하고 왔어요. 우리가 견적한 38억에서 6%를 네고해 주고 36억 선에 계약하고 나머지 공장들도 똑같은 조건으로 계약해주면 500억 선은 족히 되어서 한숨 돌리게 되었어요. 영화금속 사장님과 오늘 내에 계약서류를 갖춰서 계약을 서둘러 주세요."

나는 그들의 더러운 흉계를 알 까닭이 없어서 다소 흥분된 목소리로 바로 본론으로 들어가 자신의 기쁨을 샅샅이 풀어헤쳤다. 그럼에도 박 전무는 잔뜩 나를 경계하면서도 대범한 척 너스레를 떨었다.

"아따 바쁘시긴… 근디 내가 바빠서 설계도면과 내역서를 일일이 검토해보지 못했구먼유. 사흘은 지나야 빨리 잡아도 검토가 끝나니께 그때 보잔께…"

"무슨 잠꼬대요? 내가 충분히 검토해서 정부의 일위대가표를 기준으로 내역서를 견적한 것인데 박 전무님이 재검토하겠다는 것은 무슨 이유인가요?"

"사장님의 특별지시가 있어 내가 검토하지 뭐 할라구 내가 구찮게 한당가유… 오해하지 말랑께!"

박순만은 당황하는 목소리에 비례해서 사투리를 심하도록 드러내었다. 그는 상대에게 같은 동향임을 알려서 협조를 구하거나 허를 찔렀을 때는 유독 정처 없는 사투리를 심하게 남발했다.

그는 한껏 당황해 딸꾹질 먹은 숨을 가슴 아래로 뚝 끊어서 내리쉬며 격한 충동으로 몸을 떨었다. 자제 못 할 질투심으로 활활 타올라서 그 열기가 숨통을 내리누를 기세였다.

　박순만은 내가 의무상 가져다준 영화금속의 설계도면과 내역 한 견적서를 펼쳐놓고는 그 정도의 단가라면 내가 한몫 단단히 쥘 수 있는 고급 단가임을 단번에 파악했다. 웬만큼 건축 시공을 해본 경험자라면 설계도면에 그려진 H 철골의 두께와 샌드위치 패널의 질, 공장의 높낮이, 바닥에 깐 우레탄 종류와 부속 자재, 사무실 동의 평수와 내외의 치장 등을 확인하고 일위대가 표에 의해 평당 단가를 산출해서 손익계산을 짚어볼 수 있었다. 그는 내가 제출한 평균 내역 단가가 평균을 웃도는 최소한 18% 이상의 순이익을 낼 수 있는 고수준의 고급 단가임을 알면서도 내 유능성이 더 알려지면 천지에서 받을 떡값은 제쳐놓더라도 자기가 처한 현재 위치가 위태롭다는 판단으로 나를 무조건 넘어뜨리려는 나쁜 수작이었다.

　천지건설은 서광건설에 비교해서 규모와 도급순위도 높고 재정도 튼튼해서 내가 공사를 포기하면 틀림없이 공사비와 공사 잡비가 저렴한 천지건설로 공사가 낙찰될 것은 뻔한 이치였다. 그는 주저함 없이 이미 천지건설의 수주 담당 전무를 룸살롱에서 만나 양주 접대를 받고 내가 제출한 총액과 내고 될 금액을 알려주고 거기에 답하는 큰 액수의 뇌물 금액을 받기로 확정 지은 상태였다. 자기가 조사한 바로는 내가 만일 영화금속 수주가 실패로 끝나서 선급금을 받지 못하면 현재 시공 중에 있는 현장들도 운전자금이 부족해 그 여파로 도산할 것이 뻔해서 은행에서 돈을 빌리는 것도 허락하지 않았다.

서광 본사 입장에서도 손익을 따져 봐도 내가 벌여놓은 흑석 빌딩, 시화 공장, 화성산업단지 현장 등을 대가 없이 빼앗을 수 있고 거기에 따른 연관된 공사들도 공짜로 수주할 수 있어서 호박이 넝쿨째 들어오는 엄청난 횡재였다. 거기다가 나의 철저한 시공 능력을 높이 평가한 이웃 공장주들과 빌딩 사업자들이 수주 상담을 진행하는 수십 곳과 인맥 등을 감안하면 박순만의 협잡은 이루 헤아릴 수 없을 만큼 놀라워서 서광의 수주 팀에게도 꿩 먹고 알 먹는 일거양득의 대 소득이 될 터였다.

박순만은 나를 죽이지 않으면 자기가 죽어야 할 형편에 그것도 30억을 웃도는 횡령 금액이 들통나면 횡령범으로 구속될 위기에서 그 돈을 내 현장에 덤터기 씌워서 손비로 처리하고 천지건설에서 제공하는 막대한 떡값도 챙길 수 있으므로 나를 죽이는 것이 박순만에게는 모든 게 안전하게 해결되는 절호의 기회였다. 이러한 일생일대의 기막힌 기회에 내가 계약을 체결하자고 준비 서류를 서두르고 있는 터여서 그는 어떤 수단과 방법을 동원하더라도 계약체결만은 꼭 막아야 할 노릇이었다. 창과 방패의 싸움이었다. 그에게 이 일은 양보할 수 없는 한판 승부여서 궁하면 통한다는 식으로 우선 계약체결을 사흘간 미뤄놓고 쓰러뜨릴 방도를 모색하는 듯싶었다. 나는 박순만의 얼토당토않은 작전에 휘말려서 뒤통수를 강타당하고 현기증이 일어나 눈동자에 날 파리 같은 막이 몇 가닥 겹쳐지며 어지러워서 휘청대었다. 눈동자의 실 핏줄이 혈압의 압력으로 터진 징조였다. 사람의 형상으로 위장한 검은 도포의 괴물이 돌연 내 앞을 가로막고 지옥으로 끌고 가는 자괴감에 빠져서 휘청대었다.

박순만의 냉소 섞인 방해 공작은 어이없는 미친 짓이어서 충격을 받고 터진 왼쪽 눈의 핏줄기로 서강대교 밑으로 흐르는 한강 물결이 흐릿하게 투시되었다. 건설면허를 빌려 쓰면 이러한 곤궁에 처할지 모른다는 소문에 막연한 걱정을 해본 적은 있지만 실제로 나에게 현실의 괴물로 나타나서 왼쪽 눈동자의 실핏줄을 터트리라고는 상상조차 못 한 일이었다. 내가 재기할 수 있는 기회를 저들은 질시하고 나를 넘어뜨림으로써 그 기반을 딛고 편하게 올라서려는 거였다. 그 모리배 협잡꾼들은 인간의 형상만을 입고 사는 지옥에서 파견된 검은 괴물들이었다.

나는 넘치는 울분으로 눈동자와 함께 심장의 피까지 터져서 달아나는 탈진함에 빠졌다.

"박 전무, 도대체 왜, 왜 이러는 거요. 내가 서광에 잘못 처신한 부분이 있다면 사나이답게 털어놓아 보세요. 면허세는 선급금을 받는 즉시 선지급하면 될 일이거늘 왜 비토를 놓는 거요? 이익을 봐도 내가 보고 손해를 봐도 내가 볼 것을 왜 안 된다고 고집부리는 거요? 애당초 면허를 빌려주기 싫으면 이사 등재를 그만둘 일이지 밥을 다 지어 놓으니까 더러운 코를 빠뜨려? 오늘 당장 건축주는 계약하자고 하는데 뭘 검토하겠다고 억지 떼를 쓰는 것이요?"

"어허, 내 말을 못 알아듣는디 그게 아니란 말이여! 예 이사님은 고집불통이어서 일반 건설회사에서 받는 단가로는 턱없이 부족하다는 말이랑께. 화성 현장 만해도 혼자만 수백 년은 유지되는 공장을 짓는답시고 필요 없는 파일 말뚝을 암반층까지 박아서 손해를 보지 않나 시화 현장은 송 소장 멋대로 풀어줘서 도박을 한답시고 공정을 늦춰 말썽이 나지 않나. 흑석 현장은 방수공사가 잘못되었다고 멀쩡한 시트를 걷어내고 공사 중지 명령을 떨어트리지 않나, 방배 현장은 떨어진 인부의 생명이 급하다고 산재처리가 되지 않는 바로 현장 옆의 큰 병원에 입원시켜서 금쪽같은 공사비를 낭비하지 않나… 예 이사는 허점투성이란 말이여! 말이 나왔으니께 나도 한마디 충고 하는디 예 이사는 아이들을 가르치는 서당에 들어가 양심 바른 훈장이나 해야지 사업가는 되지 못한단 말이여! 건축주가 좋은 단가를 주었어도 예 이사의 경영 스타일로는 적자 보기가 안성맞춤이랑께. 내가 틀렸단 말이여? 틀렸으면 말을 해보랑께. 사는 것은 장난치는 것이 아니랑께. 예 이사가 돈이 떨어져서 자재비도 못 줘 미룬다는 소문이 자자한 판에 만일 잘못되면 우리 서광건설이 전적인 책임을 질판인디 나보고 어쩌란 말이여! 그리어. 누가 뭐라도 나는 책임자로써 정밀 검토해 볼랑께 마음대로 해보더라고!"

숫제 반말이었다. 얼마 전까지 내가 쥐여주는 많은 용돈을 받아 쓰며 상전으로 받들던 박순만이 시베리아 벌판의 얼음처럼 차가워져서 검은 괴물의 형상으로 변신해 고릴라같이 숭숭 돋아난 털복숭이 팔을 네 짚었다.

나는 오장육부가 뒤틀려서 그 추악한 괴물의 주둥이를 걷어차고 싶었지만 흥분된 가슴을 꾹 내리눌렀다. 절벽 끝에 매달려 떨어지지 않으려면 최후의 수단으로 나뭇등걸이라도 잡고 사투를 벌여야 할 일이었다.

나는 치솟는 분노를 자제하고 박순만에게 돌연 애걸하다시피 매달려 타협점을 모색했다.

"박 전무님, 여태껏 나로 인해서 서광이 손해 본 것 없지 않습니까? 내 계약고가 올라가면 서광의 도급순위도 올라가서 더 큰 관급공사도 수주할 것인데 왜 나를 죽이려 하나요? 내가 윤중로를 달려올 때만 해도 영화금속을 필두로 십여 개 회사의 선급금을 받으면 내 어려움은 끝난다는 부푼 설렘으로 왔지 이런 부당한 결과는 예기치 못했어요. 박 전무님, 누가 잘하고 못하고 잘잘못은 접어두고 나 한 번만 살려 주시오. 예수영을 죽여서 뭐 하겠어요. 나 예수영은 아직껏 법이 있어도 법이 무엇인지도 모르고 오직 의리 하나만을 생명으로 여기고 살아왔어요. 제발 나를 좀 살려주시오."

"나가 언제 예 이사를 죽이려고 했당가. 나 사람 안 죽여! 한 사흘 설계도면과 내역서를 비교 검토해 계약 여부를 통지해 준다고 했지 예 이사를 죽인다고 안했당께, 그리여, 오해는 피차 말더라고…"

"이게 죽이는 게 아니면 무엇이오? 어렵게 작업해서 구두 계약한 공사들을 건설회사에서 못하겠다고 보이콧한 경우는 보지도 듣지도 못했어요. 박 전무, 이러지 말고 나를 도와주시오."

"아따, 사람 끈질기당께! 내가 도장 못 찍겠다고 거절한 것도 아니 것만 왜 그런지 모른당께. 사람 폭폭 해 죽겠네. 내가 사나흘 검토해 보겠다고 말하는 거 아닌가 베. 환장하게 피차 오해는 말더랑께. 아따 복장 터질 일이로구먼. 나 그만 괴롭히랑께."

당장 칼자루를 쥔 쪽은 박순만이고 나는 아니었다. 나는 자존심을 내리고 어떤 잘못도 없이 잘 봐달라고 통사정을 했지만 박순만의 태도는 요지부동이었다. 내가 사정할수록 그의 점박이 뭉텅코는 한층 높아져서 나를 깔아뭉개려고 그 부리를 더해갔다.

나는 마침내 전의가 꺾이어서 날고 싶어도 어디로도 방향을 잡지 못해서 날지 못하는 꽁지 털이 떨어져 나간 새가 되었다. 달리 날을 방도를 찾지 못해 방향을 잃고서 땅 위만을 기어 다니는 키위 새였다.

나는 비게덩이가 뒤룩뒤룩하게 살찐 그 교활한 얼굴을 정면으로 주시하다가 역겨워 토할 것 같은 구역질을 억제했다. 박순만의 완강한 태도는 면허를 빌려줄 수 없다는 거부 의사의 표현인데도 나는 꽁지 빠진 키위 새가 되어 힘을 잃고 발걸음을 돌렸다.

"알았소, 박 전무, 영화금속 명 사장에게 전화를 걸어 사흘 후에 서광 본사에서 만나 계약 체결하자고 통보할 것인즉 충분히 검토해 보시오. 이 정도로 돈 받기 쉽고 우량한 공사들은 이 어려운 시기에 어디를 둘러봐도 없을 것이오. 박 전무가 현명해지길 기원할 뿐이오."

"훗, 그런가! 맘대로 하랑께!"

박순만의 입가에는 이죽거림의 비웃음이 툭 튀어나왔다. 나는 어떻게 해야만 저들의 심장을 꺼내어 돌려놓을지 등허리가 시리고 핏줄이 터진 한쪽 눈의 흰 막이 가리어져서 보이지 않았다. 열려라 참깨, 나는 동화 속에 등장하는 도적들이 보물 창고를 여는 마법의 주문을 외워서라도 저들의 닫힌 가슴을 열어젖히고 나의 숨겨진 보물을 꺼내고 싶었다.

나는 그 기다림의 사흘을 미친 사람처럼 돌아다녔다. 수십 년 전부터 연안부두에서 배를 타고 와야 했던 내가 자주 찾던 용유도 해변에서 술을 마시고 술에 찌들어서 떨어져 구르는 휴지조각처럼 방향을 못 잡고 이리저리 날아다녔다.

여의도에서 택시를 잡아서 곧장 경인 고속도로를 가로질러 월미도에서 700원짜리 도선을 타고 바다를 건너서 을왕리 해수욕장에 도착한 것은 캄캄한 어둠이 내린 뒤였다. 내가 스트레스가 쌓이거나 울적할 때면 자주 들리던 횟집에서 소주를 마시고는 을왕리 고개 너머에 위치한 빈 바닷가에 누웠다. 을왕리는 놀러온 사람들의 발길이 끊어지지 않아서 아직도 사람들의 시선이 머물렀지만 그 너머의 전에 염전이었던 바닷가만 해도 너무 조용해 갈매기 떼만 울어대던 곳이었다.

나는 그 텅 빈 해변가의 구석진 바위틈에 앉아서 오징어 다리를 안주 삼아 소주잔을 들이켰다. 마시고 또 마셔도 가슴에 뭉친 분노는 풀리지 않아서 술이 술을 마셨다. 술을 마시다가 행락객들이 버리고 간 찢어진 바다 비닐 돗자리를 주워서 밤의 추운 이슬을 가렸고 술을 마시다가 지치면 잠이 들었다. 잠이 깨면 너무 허망해 웃어보기도 하고 정말 억울해 울어보기도 했지만, 찬바람과 파도만이 넘실댈 뿐, 그 넓은 바닷가에서 나를 환영해주는 사람은 아무도 없었다. 핏줄이 터진 한쪽 눈은 시력이 극도로 악화돼 눈동자 안에서 검은 날파리가 날아다니는 것처럼 하늘과 먼 산도 흐릿하게 투사되어 눈이 먼 장애인들이 얼마나 가여운지 그 심정을 헤아리게 되었다. 나는 한쪽 눈으로 보아도 답답하건만 눈먼 장애인은 아무것도 알 수 없으니 그들의 마음이 나에게 닿았다. 여태껏 그들을 만나면 모른 척 외면했지만, 이제는 단 2, 3미터도 손을 잡아서 안내해주고 싶었다. 나는 졸지에 한쪽 눈이 먼 반절의 장애자였다.

곤 색 양복에 넥타이 차림이 아니었다면 직장에서 퇴출당한 사람이 노숙자로 전락해서 거지 형색으로 떠도는 거나 다름없었다. 월급쟁이 퇴출자는 아닐지라도 술에 찌든 형색의 겉모습은 이 세상을 떠나기로 작정하고 최후의 만찬을 준비하는 사람과도 흡사했다.

인간의 종말이 출생일처럼 예정되지 않은 것 자체가 신의 자비이고 축복일지는 모르지만 이런 까닭에 나는 종종 신께서 나 자신을 죽음의 벼랑에서 떨어뜨리기 전에 내가 먼저 죽음을 선택할 것이라고 누누이 생각했었다. 나는 그 적절한 시기가 바로 눈앞에 당도했음을 깨닫고 술 한 잔을 마실 적마다 지나간 그리운 기억들을 하나하나 회상했다. 과거의 지난 일들이 파도에 양각되어서 내가 누워있는 모래사장 곁으로 떠밀려 왔다. 나의 뜻과는 관계없이 타의에 의해 죽음의 아가리 안으로 들어서고 있었다.

정말이지 DNA 체세포가 늙어가는 50대가 넘기 전에 죽음을 내 의지대로 맞이해서 죽음의 신이게 좌지우지되는 그 맥없고 추한 꼴을 보이지 않으려 했던 젊은 날, 나 자신의 철학이 소박한 객기만은 아닐 성싶었다. 나이 들어서 인천 자유공원이나 종로 파고다공원, 부산 용두산공원 등을 하릴없이 떠도는 많은 노인들을 먼발치로 접하면서 삶을 적당한 때에 스스로 포기하고 한 줌의 재가 되어서 자연으로 돌아가는 것이 신에게 도전하는 나의 선택권으로 여겼던 죽음의 철학이 파도에 밀려서 가슴에 사무쳐왔다. 생과 사의 갈림길에 선 유혹으로 말미암아 흐릿한 한쪽 눈에 등허리까지 고랑이 패는 듯한 통증이 밀려왔다. 척추와 척추 사이에 굳게 박힌 주먹만 한 돌멩이가 전신으로 퍼져 아픔으로 전이되면서 꽉 맞물린 어금니가 들썩거렸다. 술에 취해 가끔 다가오는 아픔을 참아왔지만, 이제는 한계를 넘어서 사지를 찌르는 오장육부의 통증으로 비명을 질렀다. 이제 얼마 못 가서 나 스스로 선택할 수 있는 일을 저지르지 않을지라도 신은 내 생명을 걷어갈 것이라는 확신된 생각으로 눈물이 고였다. 나는 문득 아내 채림이 자주 읽던 솔로몬의 전도서 한 구절이 떠올랐다.

"헛되고 헛되며 헛되고 헛되니 모든 것이 헛되도다. 사람이 해 아래서 수고하는 모든 수고가 무엇이 유익한가 한 세대는 가고 한 세대는 오되 땅은 영원히 있도다."

"해는 떴다가 지며 그 떴던 곳으로 빨리 돌아가고 바람은 남으로 불다가 북으로 돌이키며 이리 돌며 저리 돌아 불던 곳으로 돌아가고 모든 강물은 다 바다로 흐르되 바다를 채우지 못하며 어느 곳으로 흐르든지 그리로 연하여 흐르느니라."

어쩌면 내가 해 아래서 행한 모든 일을 돌아본즉 다 헛되어 바람을 잡으려는 것이었고 눈은 보아도 족함이 없고 귀는 들어도 내 욕망의 바다를 재우지 못했다. 어린아이 적이 어제 같은데 어느새 장성해서 어른이 되는가 싶더니만 한 줌의 흙으로 화할 처지가 되었고… 나는 세상의 지혜와 미련한 것을 알고자 하여 차갑게 밀려오는 파도에 마음을 씻으나 그것도 바람을 잡으려는 것이었다. 지혜가 많으면 번뇌가 많고 지식이 더하므로 근심이 더해지고 있을 뿐이어서 지구가 우주의 티끌인 것처럼 나는 지구의 티끌도 되지 못하였다.

달빛 아래로 허공 가득히 여러 색의 범벅된 유혹의 잡념들이 바다와 맞닿아서 점점이 떨어져 날렸고 그 밑으로 밀려온 파도 소리에 묻혀 아내 채림과 아들 성령의 호탕한 웃음소리가 정겹게 들려왔다. 현재 처한 곤경은 생각할수록 캄캄 무지의 어둠이었지만 아내와 아들의 처연한 모습이 나를 붙들어 매면서 나는 고개를 가로 저었다. 채림과 성령에게 내가 남겨 줄 뭔가를 해놓고 내 자신의 선택대로 죽음을 껴안아만 모양새가 좋아서 세인들의 눈총도 밟지 않을 성싶었다. 도끼를 들고서 박순만의 머리통을 내려찍은 복수극도 상상했지만 그렇다고 내 분이 풀리는 것은 아니었다. 나는 생과 사의 틈새에서 이러지도 저러지도 못하고 애꿎은 술잔으로 이틀의 시간을 메꾸어 나갔다. 나는 온종일 조수가 밀려간 굵은 모래톱을 검은 바윗돌이 솟아난 을왕리에서 왕산 선창가까지 끝에서부터 끝까지 왕복해서 걸어 다니며 술병을 비우고 또 비웠다. 수십 마리의 갈매기 떼가 나와 친구가 되어서 던져주는 새우깡을 받아먹으려고 이쪽에서 저쪽 끝으로 내 뒤를 날아서 쫓아다녔다. 붉은 노을이 활활 탈 때는 나는 갈매기 떼와 하나가 되어 그 붉은 태양의 채색옷을 입고 바다와 점점 동화되어 갔다. 새 떼와 나, 그 배경에 깔린 저가는 노을빛 태양은 내 영혼을 묻혀서 수평선 밑으로 가라앉았다. 내 심장은 갈가리 찢어지고 있었지만 노을빛 바다는 속고 속이는 세상의 더러움이 될 수 없는 영원히 더럽혀지지 않는 순수 그 자체의 세계였다. 그 자연과 동화되어 하나가 된 나는 그토록 타오르던 노을과 허공중의 순수한 새떼처럼 살기를 바랐었고 살아왔다고 그래도 자부했었다. 속을지라도 누구를 속이지 않고 이용당할지라도 누구를 이용하지 않는 스스로 깨닫는 부처가 되고 바닷새가 되고 싶었던 지난 시간이었다. 나는 갈매기의 꿈을 꾸며 한 마리의 바닷새가 되어서 핏줄이 터져 흐릿해진 한쪽 눈을 감고 그 바닷가를 날았다. 저무는 노을 위를 날아서 인간의 온갖 추함과 더러움, 권모술수가 닿지 않는 나만의 감추어진 세계로 술의 도가니에 빠져서 훠이 날아다녔다.

태양은 산 너머의 수평선 아래로 잠기고 땅거미가 바닷가를 덮으면서 흑암에 가리어져 갈매기 떼는 보이지 않았다. 그러나 한쪽 눈이 감긴 눈동자를 통해서 한 점이 살아서 멀리 떠다녔다. 완전히 타서 시들어진 노을 속으로 바닷새 한 마리가 갈 곳을 잃고서 이리저리 날아다녔다.

나는 완벽한 환희를 찾아서 한 마리의 새가 되어 날아오르고 싶었지만 육체를 가진 지구에서는 완벽이라는 단어 자체가 존재하지 않는 것을 보았다. 그러므로 나는 살아있는 산 자보다 죽은 지 오랜 죽은 자를 복되다 하였다. 이 둘보다도 출생하지 아니하며 해 아래서 행하는 악을 보지 못한 자가 더욱 났다 하였다(잠 4:2~3).

나는 눈에 보이는 세계가 아닌 눈에 보이지 않는 세계에서 그 무엇을 찾아서 잡아보려고 물에 빠져 지푸라기라도 잡으려는 것처럼 밤하늘의 검은 허공 끝까지 날아보았다. 세상 수고와 교묘한 투기로 소위 이웃에게 시기를 받는 것도 헛되이 바람을 잡으려는 것이고 뭔가 잡힐 듯하다가도 잡히지 않아 나는 또 술을 마시고 검은 허공을 향해서 배시시 웃었다.

내가 바라는 것은 돈도 명예도 권력도 아니고 구멍 뚫린 빈 영혼을 채워야 할 그 무엇이 건만 그 물음표의 똬리는 왜 채워지지 않는 걸까. 빈 가슴에는 바다에서 불어닥치는 찬바람과 파도 소리만이 차곡차곡 채워져 나갔다. 무엇을 잡아야 하는데… 내 영혼의 빈 공간을 채워 줄 꼭 무엇을 잡아야 하는데 나는 인적 끊어진 밤 바닷가에 누워 주어온 거적때기를 둘러쓰고 외롭고 외로워서 외치고 외쳤다. 나는 잡을 거야. 나의 물음표를 꼭 잡을 거야. 이 세상의 그 어떤 것도 나를 만족시키지 못했지만 나는 내 영혼을 채워 줄 완벽한 환희를 꼭 잡고 말 거야. 인간의 영혼이 정말 존재한다면 분명 내가 알지 못하는 보이지 않는 세계와 그 통치자가 반드시 계실 거야. 과연 그분이 누군지는 모르지만 나는 기필코 그분을 만나서 왜 나를 이 지구에 태어나게 하셔서 말도 안 되는 환란에 왜 던졌냐고 영원한 물음표를 꼭 풀고 말 거야. 속이고 속이는 이 세계는 알맹이가 될 수 없는 껍데기에 불과해. 둥근 알 속에 갇힌 세계이고 새는 반드시 알의 껍질을 깨고 나와야만 미지의 통치자 품으로 날아갈 수 있을 거야.

그 처량한 바닷가에서 이틀 밤을 술로 지세 운 나는 인생의 해답을 찾지 못한 채 여의도로 돌아왔다. 서광 빌딩 근처의 사우나에서 자라난 수염을 깎고 수면 휴게실에서 푹 잠을 잔 뒤여서 내 영혼은 떠나기 전보다 자유로웠다. 영화금속과 관련된 공장들을 포기하고 세상의 탐욕과 나 자신을 체념한 무소유의 빈 공간이어서 초조함을 초월해 차라리 편안했다.

박순만은 예상했던 대로 없는 흠집을 만들어서 질투 섞인 냉랭한 사투리로 질책하고 나섰다.

"설계 도면과 설계 내역 견적서를 면밀히 검토해 봤는디 이 단가로는 어림도 없당께. 결정된 총금액에서 3%를 더 올려 받지 않으면 계약체결 도장을 찍어 줄 수 없단말여! 예 이사님이 영화금속 명 사장을 만나 6% 네고해 주었던 단가를 번복해서 3%만 네고해 주어야만 된당께. 이것도 내가 최종적으로 봐주는 것이니께 싸게싸게 나가서 명 사장과 재접촉을 해보란 말여!"

"박 전무! 이거 왜 생떼를 쓰는 거죠? 결정된 단가를 어떤 바보 건축주들이 올려주겠다고 동의하겠어요? 3%면 백에 3억, 10개 공장 오백에 15억인데 그 상당한 돈을 명 사장이 월권행위로 올려주겠어요? 천지건설에서는 나와 비슷한 견적금액으로 참가해서 오히려 9%까지 네고해 내가 받은 금액보다 15정도 싸게 해준다는데 나보고 3%를 고수해서 15억을 더 받아내라는 것은 언어도단이고 생떼를 쓰는 것이에요. 차라리 나올 공사들을 비싼 가격으로 수주해서 그 15억의 차액을 채울 것인즉 약속된 이번 건은 계약 체결을 즉시 서둘러 주시오."

"아따 장난이 아니랑께. 나가 지랄맞을려구 이렇게 예 이사를 닦달하는 게 아니란 말여! 공무팀에선 1%도 네고해 주지 말라고 했지만 나가 예 이사와 친분을 고려해 사장님께 떼쓰다시피 결재 받은 금액이랑께. 그런 줄 알고 싸게싸게 영화금속으로 달려가 설득해보란 말여!"

박순만은 그 시커먼 꿍꿍이속을 노골적으로 드러내놓고 내 절망에서 얻어지는 쾌감조차 느껴지는지 엉터리 견적이라고 핀잔하면서 그의 게슴츠레한 눈은 쓰레기장의 찌그러진 깡통이 햇살을 반사하는 듯 빛나고 있었다. 그 야비한 뒤룩뒤룩 찐 비게덩이의 얼굴에 축 처진 돼지 눈은 불가능한 것을 뻔히 알면서도 막다른 골목으로 나를 몰아넣었다.

그도 그럴 것이 박순만은 사흘간의 시간을 벌어놓고 양재덕을 브로커로 앞세워서 천지건설 사장을 만나 조건부 비밀 타협을 성사시켰다. 서광 측에서는 어떤 핑계를 잡아서라도 나에게 계약 체결 도장을 찍어주지 않을 테니까 영화금속에 나보다 적은 3%를 더 깎아주기로 한 15억을 자기들에게 입금시키라는 약속의 지령이었다.

"양 사장, 당신도 정보제공을 했고 지난밤에도 술자리를 함께 참석했으니께 천지의 수주 담당 이사와 사장을 만나서 약속한 떡값을 입금시키라고 하랑께. 이만하면 단가도 최고고 공사도 단조로워서 천지한테는 호박이 넝쿨째 굴러 들어간단 말여! 하지만 말여, 나와 예 이사를 포기시키지 못하면 천지의 행운은 어림없당께. 그려, 배 아픈 놈이 똥 누러 갈 때와 똥 싸고 난 뒤에는 사정이 바뀌니께 똥 싸기 전에 확실히 입금시키라고 독촉할 것이여! 이 기회에 당신도 한 몫 단단히 잡아야 될 것 아니겄어? 강남 아파트 몇 채 값의 눈먼 돈이 굴러다니고 있으니께 후딱후딱 서둘러 다녀 오랑께! 내가 하는 것보단 양 사장이 중간 역할 하는 게 모양새도 좋고 나도 발뺌할 수 있지 않으냔 말여! 아무튼 예 이사란 놈은 대단하긴 해! 이 한 건만 성사시켜도 우리 같은 월급쟁이 평생 받는 돈보다 많으니께 어쩔 수 없당께."

"그렇게 성사되면 박 전무님의 자리는 위태해지지 않겠지. 예 이사의 배짱과 능력이면 맘먹기에 따라 수천억 넘게도 공사를 수주해서 서광의 전 임원들이 수주한 금액보다 훨씬 많으므로 박 전무는 자리보전이 힘들겠지. 다만 예 이사는 자기 공사 팀으로 일을 처리할 만큼만 수주하고 그 이상은 바라보지 않는 것이 우리에게는 행운이겠지."

"아따, 당신도 눈치 한 번 빠르구먼, 내 걱정도 그거랑께. 여우 같은 마누라와 토끼 같은 자식새끼 책임져야 하니께 나도 먹고 살려면 이 방법밖엔 도리가 없단말여! 예 이사놈, 그 병신천지 같은 팔불출, 공사를 따는 대로 통째로 하청업자에게 넘겨주어서 큰돈을 벌자고 꼬셨지만 고집이 하도 쎄서 내 제안을 받아들이지 않는 것이 탈이었단 말이여! 그 잘난 주둥이로 번번이 대답하길 내가 브로커가 아닌디 공사를 팔아 못 먹는다고 거절하더란 말여! 지를 신뢰하고 아껴 일감을 밀어준 건축주들을 배신 못 하겠다는 거지 뭐여! 보증 잘못 서서 단번에 거덜 나 돈도 없는 주제에 의협심만 강하고 덩치만 컸지 주제 파악도 못 하고 영 돈을 모르는 바보 천치란 말여! 그런 팔불출 바보가 이 험악한 공사판에서 어떻게 살아가는지 알다가도 모를 일이랑께!"

둘의 계획은 착착 진행되어 천지에서 계약을 끝낼 수 있도록 연결해주고 묵직한 떡값을 받기로 밀약을 끝냈다. 양재덕이 앞장서고 박순만이 뒤에서 조종한 역모의 결과여서 그쯤 해 돌아가는 정황을 눈치챈 서광 임원들은 아무도 내 편을 들어주지 않고 침묵으로 일관했다.

 그들도 말할 나위 없이 예외자는 아니어서 그들 나름대로 내가 서광 면허로 추진하고 있는 많은 거래처의 공사 수주 건들과 현재 시공하고 있는 공사들을 넘겨받아서 막대한 이익을 챙기게 될 터여서 박순만을 은밀히 지지했다. 이미 박순만의 꾀에 포섭된 뒤여서 내 사정이 먹혀들 리 없었다. 서광에는 두 명의 사장이 있었는데 한 사람은 창업주 겸 회장을 겸했고 그는 해외에 출타 중이라 만날 수 없었고 월급 사장만이 자리를 지켰다.

 "사장님! 이번만 면허를 빌려주시면 이후로는 다른 건설 면허를 쓰던지 좀 무리해서라도 회사를 다시 세우겠습니다. 사장님도 건설 계통에서는 있을 수 없는 일이 이곳에서 벌어지고 있는 것을 잘 아시지 않습니까? 건축주들이 좋은 단가로 계약하자고 하는데도 서광에서 못하겠다고 갑자기 거절하니 이래도 되는 겁니까?"

 "이것 보시오. 예수영 이사님! 당신은 돈이 없어 자재비와 인건비도 미룬다는 소문이 파다하지 않소? 또한 다른 사람보다 평당 단가가 많이 소모돼 회사에서는 할 수 있어도 당신을 웬만한 단가로는 못 한다는 보고를 들었소. 예 이사가 서광에 공사를 넘겨주면 그 단가로도 우리는 충분하겠지만 당신은 하지 못해요. 당신이 잘못되면 면허를 빌려준 서광이 모든 책임을 떠안아야 되는데 어떻게 면허를 남발할 수 있겠소? 나는 승낙 못 하니 공사 전부를 서광 앞으로 떠넘기든가 박 전무하고 타협해 해결점을 모색해 보세요. 공사를 따온 데 대한 사례비는 후하게 주겠소."

　월급 사장도 박순만에게 속아 치부를 드러내긴 마찬가지여서 욕심이 더 하여져 내 말은 듣지 않고 그릇 판단하고 있었다. 최선을 다하여서 조르고 들볶아도 넘어올 태도는 아니었다. 나는 상기된 낯빛을 붉히다가 한 자, 한 자를 똑똑 끊어 내 선을 그어서 사장의 제의를 거절했다. 자신의 자존심에 상처를 받는 한, 어떤 달콤한 제안이라도 세상의 불의하고는 타협할 수 없는 일이었다.

"내가 서광에 적을 둔 월급 이사라면 몰라도 내가 어렵게 서로의 신뢰 관계를 바탕으로 수주한 공사를 넘겨주지는 않을 것입니다. 적어도 돈 몇억 몇십억씩 먹으려고 서로의 신뢰 관계로 일을 성사시킨 나를 믿어준 상대 건축주를 분명히 말씀드리지만 나를 신뢰한 만큼의 멋진 작품을 만들어 넘겨줌으로써 믿음에 대한 대가를 순수한 진실로 갚으려는 것입니다. 언제까지나 내 자존심과 나를 신뢰해준 고귀한 사랑을 팔아먹는 예수영은 결코 되지 않을 것입니다."

　어찌 보면 나는 그들이 지적한 대로 온실 속에서 자란 난 팔불출이어서 눈물 젖은 빵을 먹어본 체험이 있었다면 먹고살려고 쉽사리 공사를 포기하고 돈 몇 푼의 떡값을 호주머니에 챙겨 넣고 적당히 마무리 지었겠지만 나는 아직은 발등의 불이 떨어져도 그럴 수는 없었다. 그 알량한 자존심을 내세워 말없이 뒤로 돌아섰다. 달그림자를 밟고 산책하기를 좋아하는 처용가의 처용처럼 자기 아내가 다른 남자와 간통하는 장면을 목격하고도 아내를 살리려고 상대의 잘못을 눈감아주고 휘파람을 불면서 다시 달그림자 속으로 떠나가고 있었다. 상대 패거리들이 파놓은 탐욕의 함정에 빠져서 숨이 끊어진다 해도 도끼로 찍으려 했던 처절한 복수극 대신에 더러운 똥을 피해서 나 홀로 떠나가면 그만일 터였다.

어린 시절에도 비슷한 또래의 고아원 아이들이 구멍 난 운동화에 책 보를 둘둘 말아서 허리에 묶고 다니다가 내가 가죽 구두에 예쁜 가죽 가방을 메고 등교하면, 응암동 언덕배기의 희망 고아원에서 녹번동 삼거리의 은평 초등학교로 다니던 전쟁고아들은 입을 쩝쩝거리며 내 뒤를 따랐다. 내 옷과 가방, 맛있는 도시락을 시샘해서 수시로 싸움을 걸었는데 나는 싸움 대신에 아이들이 불쌍해서 가끔 도시락과 가방, 입은 옷을 벗어주고 우정과 관용으로 받아들이고 친구가 되었었다. 박순만의 모가지를 잡고 그 비계덩이의 턱주가리를 번쩍거리는 도끼로 후려쳐서 시체로 만들까도 생각했지만 고아원 아이들을 대했던 관용으로 용서한다면 결코 싸움될 일도 아니었다. 혼자서 감수하고 돌아서서 한강의 달그림자를 밟고 사라지면 그만일 터였다. 하지만 내가 파멸된다 해도 사람들은 여전히 오고 가고 그 오고 가는 사람들의 자리만 바뀔 뿐, 세상은 도무지 아무것도 변화되지 않을 것이다.

내가 벌려놓은 공사와 계약 체결한 일들을 포기해도 다른 누군가가 그 자리를 대신해 맡아서 처리할 것이고 현장 설계가 거꾸로 바뀌거나 건축주가 바뀌지는 않을 것이고 또한 바뀌면 바뀐 대로 있으면 있는 대로 지구는 변함없이 돌아가고 세상도 돌아가리라 끝내는 저마다의 사연과 저마다의 음모로 세상을 티끌 정도로 아주 작게 변해가는 것일 뿐이고 떠나가는 사람은 흘러가는 세월 앞에 사라져 잊힐 터였다.

　박순만과 그 패거리들의 철저한 흉계 끝에 당한 패배, 그 계산된 흉계로 각 현장들은 실타래처럼 꼬여 갈가리 찢기었고 내가 느낀 아픔은 참 쓸개를 곱씹는 맛이었다. 그동안 추진한 영화금속 계약 체결이 실패로 끝났다는 소문이 퍼지면서 현장들은 일시에 마비되어 아수라장으로 변했다.

　한 달 이상, 받을 돈을 미뤄줬던 하청업체들과 자재를 납품하던 사람들이 시공하던 일들을 중지한 채, 서광 본사로 몰려가서 어깨동무 스크럼을 짜고는 밀린 자재비와 하청 대금 등 일해 놓은 돈을 몽땅 지불하지 않으면 공사를 일체 못하겠다고 농성을 벌였다. 영화금속 단체 건을 계획대로 계약체결 했으면 각 분야별로 속한 하청업체들이 자동으로 그 일도 하청받을 수 있기 때문에 지급받을 돈을 형편상 다음 기성금을 탈 때까지 유예해준 것인데 상황이 정반대로 바뀐 터여서 당장 돈을 지급하라는 것이다. 이를테면 철골을 시공한 업자는 철골 대금을 샌드위치 패널을 시공한 업자는 패널 하청 대금을, 석공을 맡은 사람은 돌 값을, 방수 우레탄은 자재비를, 중장비는 중장비 임대료를, 전기분야는 전기 하청 금을, 새시, 페인트 등 전 분야가 일어나서 농성에 합류했다. 거기다가 기업 해결사까지 동원되어 내가 공사에서 손을 뗀다는 거짓 소문이 굴러다니면서 나를 잘 아는 하청업체까지 나를 몰아

내려고 박순만의 지시를 받은 기업 해결사들에게 농락당했다. 엎친 데 덮친 격으로 내가 면허를 빌려서 직접 시공한다는 사실이 알려지면서 건축주들은 일한 기성금을 박순만의 지시대로 서광 본사 경리부에 바로 입금시켰다. 일부 기성금을 건축주들에게 전과 같이 받아서 부족한 만큼 사정을 하고 각 하청 업체에게 골고루 나눠줘도 문제 될 게 없건만 박순만의 잔꾀와 그 패거리들의 개입으로 나는 돈줄이 완전히 막혀서 패배해 좌절하게 되었다. 이 점이 내가 우려한 현실이고 세상인심이었다.

한보 사태가 몰고 온 IMF로 수많은 기업들이 쓰러지고 직장인들이 거리로 내몰리면서 시중에서 떠돌던 기업 회생 자금마저 씨가 말라버렸다. 거기다가 박순만에게 지시받은 패거리들이 그 불안심리를 이용해 나는 물 건너갔으니 하청 대금을 서광 본사에서 수령하라고 뒷북을 치고 다녀서 일은 더욱 꼬여서 내 마지막 숨통을 끊어버렸다.

빼고 더할 것 없이 박순만이 뒷 조종하는 잔꾀는 사람들을 회유하기에 충분해서 돈의 마력으로 나를 넘어뜨렸다. 누구든지 내 밑에서 의리를 지키려거든 시공하던 공사를 당장 그만두고 현장을 떠나라는 공갈협박도 서슴지 않았다.

그 가운데서도 더 큰 문제는 공사대금을 빼돌려 포커 놀음으로 억대의 돈을 잃은 시화 지구 송 가을 소장이었는데 그는 업자들과 짜고 거짓 술수를 부려서 하청 금액을 부풀려 나갔다. 이를테면 철골과 샌드위치 패널로 5억 선이면 될 공사대금을 현장 사정상 6억 가까이 소모된 것으로 부풀려 원천 행위를 저질렀고 다른 나머지 일부 공사도 비슷한 수준으로 부풀렸다. 한 수 더 떠서 자기의 횡령을 감춰서 빠져나가려고 나를 헐뜯어서 마치 내가 돈을 빼돌린 것처럼 박순만에게 보고하는 누명을 씌웠다.

  박순만은 송 소장이 상납한 뇌물을 정기적으로 얻어먹고 계약과 공무담당 전무로써 원가의 비밀을 뻔히 알면서도 공무 실무자들을 설득해 송 소장의 손을 들어주었다. 분명 현상 유지 이상의 이익금을 낼 수 있는 우량 현장이 건만 2억이 넘는 액수의 결손처리로 둔갑시켜 졸지에 나를 빚쟁이로 몰아세워 현장 경영에서 손을 떼도록 만들었다. 그는 하청업자와 자재대금, 직영 인부들에게 직접 기성금을 수령해 나눠주고는 내가 관리했던 서류들을 현장 금고에서 압수해가고 나머지 현장들도 진두지휘해 처리했다. 그만의 이상한 계산법으로 시화 현장을 물론 나머지 현장들도 적자 투성이로 만들어서 나를 빚쟁이로 둔갑시켜놓고는 어리숙한 이상재 소장마저 얼리고 구슬려서 자기 패거리로 흡수해 버렸다. 부도난 회사 사장이 재정 파탄으로 날개를 꺾이듯이 내 처지가 그렇게 되어서 예전의 회사가 연쇄 부도 맞았을 때는 그나마 이것저것을 처리해 푼돈을 만들어서 인공호흡이라도 했었지만, 이제는 박순만의 느닷없는 습격으로 팔아 쓸 대상조차 없었다. 살아있는 양을 심장에 손을 넣어 순간적으로 숨통을 자르는 것처럼 나 역시 동일한 처지로 전락해서 어디를 둘러봐도 잡을 지푸라기도 없이 철저하게 빈손이었다.

미래의 부푼 열망으로 가득 차 있던 꿈은 물거품이 되었고 빈 가슴은 잠시라도 현장에 머물러 있다 보면 온종일 잠들지 않는 파도로 철렁거렸다. 나로부터 마음이 떠나간 현장 사람들을 바라본다는 것은 큰 권태였다.

나는 갖가지 외로움을 잘 제어하는 척 가장했지만 내 영혼조차 밀려오는 물음표로 깨어진 유리창처럼 산산이 조각나서 갈팡질팡 방향을 잃고 표류했다. 그 조각난 현장에서 정신을 차렸을 때는 사람들의 비웃음이 내 뒤통수에 꽂히는 듯싶어서 어느 때까지 그곳에 머물 수 없음을 새삼 깨달았다.

돈의 마력으로 사람들을 제압하지 않는 한, 그들은 내가 함정의 올무에 걸려서 허우적거림을 알면서도 혹 그 여파로 박순만 패거리에게 피해를 입을까 해서 내게 등을 돌리고 아무도 나에게 돌아오지 않고 떠나갔다. 이것이 야훼 하나님의 사랑을 닮지 않은 사람들의 정서이고 세상의 냉혹성이었다.

혹시나 하는 심정으로 양재덕의 정체성을 눈치챘음에도 그의 여동생을 담보로 한 은행 대출 문제를 떠보았지만 오래전에 물 건너간 일이었다. 양재덕의 머리에 든 거짓은 가증스러워서 여유만만한 웃음으로 자기 입장을 태연하게 통보했다.

"이사님, 정말 죄송해요. 이사님께서 제게 무한정 베푼 호의를 봐서라도 대출 문제를 성사시켜 꼭 도와드리려 했는데 그만 안 되었네요. 제 여동생이 이사님의 인품에 반해서 보증을 서 드리려고 했지만, 그 남편이 워낙 깐깐한 성격이라서 동생 말을 들어

주지 않았어요. 여동생이 대단히 미안하게 되었다고 전하라 했지요."

"괜찮아요. 이 각박한 세상에 도와주려고 한 그 성의만 받아도 여동생께서는 보증해 준 거나 마찬가지예요. 나는 그 마음을 받은 것만으로도 진심으로 행복하다고 전해주세요."

그의 여동생에 대해서는 단순한 인사 표현이 형식이 아니고 그 마음에 담긴 성의를 받은 것만으로도 그냥 만족해서 나의 꾸밈없는 고마움을 낱낱이 드러내었다.

어찌 내 심정이 말 그대로 편할 리 있겠느냐만 아무도 원망하지 않고 미워하지 않는 마음, 자비와 관용으로 감싸려는 마음이 타고난 성품이어서 모든 것을 내 탓으로 돌리고 그저 배시시 웃었다. 이번 사건만 해도 아무리 잘못된 상황일지언정 건설 면허를 잘 못 빌린 내 탓이고 박순만에게 높은 점수를 따지 못한 나 자신에게 달려있어서 나 자신을 질책하고 나무라면 될 일이고, 누구의 잘못도 아니라고 결코 넘어지지 않았다. 어찌 보면 이것은 진실을 바탕으로 한 자신의 철학과 순수한 삶을 살고 싶은 바람이 있었기에 세상과 타협하지 않고 미워하지도 않으면서도 그저 호흡하고 웃으면서 살아온 내 천성의 성격이 모든 것을 포기하도록 이끌었다.

나는 하루하루 벌어지고 있는 상황들에 대해서 비장한 각오를 하고 있었지만 감당할 수 있는 한계점을 넘어서 이토록 처참하게 무너져 내릴 수 있는지를 스스로도 경악했다. 이 싸움이 육체와 혈기의 싸움이라면 주먹과 발길질로 붙는다 해도 박순만은 감히 내 적수일 수 없겠지만 잘못도 없는 나에게 가혹한 형벌을 허락한 야훼의 착각이어서 정녕 말도 안 되는 방법으로 음흉한 공략은 나를 넘어뜨렸다.

나는 무엇을 어디서부터 시작하는 것이 아닌, 어디서부터 어떻게 끝내야 하는 것의 체념으로 핏줄이 터져서 흐릿하게 보이는 눈가에도 물기가 어려서 주르륵 흘러내렸다. 한낮의 부푼 꿈은 사탄의 개입으로 물거품이 되었고 사람들의 조소와 냉소로 몸 둘 바를 잃고서 목마른 사슴처럼 긴 목을 치켜들고 먼 하늘만을 보았다.

이때 양재덕이 현장에서 나와 마주치고도 자진해서 다가와 살갑게 말을 건네지 못한 것은 그의 영혼 밑바닥에 자기가 저지른 죄의식으로 인한 두려움이 깔려있는 듯싶었다. 그러다가 내가 전부를 잃고서 쫓겨나던 토요일, 흑석동 대학로 카페 안으로 자진해 들어왔다. 카페의 유리창을 통해서 차가워진 햇살이 쏟아져 바다에서 오징어를 유인할 때 켜두는 집어등처럼 흡사 몽환적인 분위기의 빛이 가득할 때 양재덕은 그 빛에 이끌려 들어왔다.

양재덕은 내가 자기에게 베풀어준 사랑이 갑자기 양심을 깨우는 자극의 맛을 주었는지 무언가를 이야기하려다 그만두고 눈의 부상으로 유별나게 짙어진 내 표정과 눈동자를 살폈다. 자신의 위선적 존재가 왠지 보잘것없이 비칠수록 반사적으로 내가 섣불리 범접할 수 없는 인물로 대비되는지 도무지 예전의 그 답지 않게 말이 없었다.

　세상의 상황은 이해관계를 따라서 변해도 나는 변할 수 없어서 예전이나 다름없이 그를 반가이 받아들이고 맞이해주었다. 나는 몇 마디의 내 처지를 나누다가 스스럼없이 자신의 모자람을 하소연했다.

　"양 사장, 내가 전생에 무서운 죄를 지은 걸까요? 전생에서 아주 나쁜 사람이었기에 모가지에 걸린 올가미를 잡아당길수록 되레 그 올가미의 덫에 더 엮어 들어서 꼼짝 못 하게 되었어요. 나는 이제 전부가 끝나서 살아날 가망은 없겠지요. 그렇지 않나요?"

　"세상적인 기준으로는 이사님은 죄가 없는 순수한 분이시지요. 흰 눈으로 덮인 깨끗한 설원을 연상시키는 분이지만 애당초 하나님을 믿지 않은 죄, 그 원죄로 인해서 그분과의 거리가 떨어져서 하나님이 정한 믿지 않은 죄를 범했지요. 살인죄와 세상 죄는 회개함으로써 용서받을 수 있지만, 그것보다 한층 무서운 죄는 하나님을 모르는 원죄인데 예수 그리스도를 믿음으로 말미암아 죄 사함을 받을 수 있지요. 하나님을 알고 그분 안으로 들어가서 우리를 위해 보혈을 흘리신 그 피를 믿으면 그 원죄에서 해방되어 얼마든지 망한 사업이라도 재기할 수 있습니다. 영적 죄는 이런 큰 연단을 통해서만 하나님을 발견하고 그 안에서 거듭날 수 있지요. 만일 가롯 유다가 사악한 역할을 맡아서 예수를 고발하지 않았다면 예수는 십자가의 피를 흘리지 못해서 인류를 구원할 구세주의 능력을 받지 못했겠지요."

가까이 다가서서 나를 위로하는 혹독한 표정은 어떤 교회의 빛이 눈 주위의 볼 밑으로 어려 있어서 조금은 양심의 찔림으로 가히 변화되는 증거였다. 양재덕은 내 목줄을 쥐어서 숨통을 끊고 있는 자기 패거리들에게 적의 어린 살의와 원망의 화살을 돌리기 커녕 오히려 솔직한 심정을 토로하는 나의 순수성에서 아름다움을 읽고 자신들의 짐승적 이율배반에 자괴감을 가진 듯싶었다.

아무런 미움도 갖지 않고 미간의 찡그림도 없이 자기를 용서하고 받아들이는 초월된 사랑이 그의 양심을 자극해서 찔러대는 모습이었다. 사탄의 사주를 받지 않은 이상, 자기를 도와주고 사랑한 사람을 어쩌다가 처참하게 부서뜨릴 수 있었는지 자기의 행위가 용납되지 않았겠지만 이미 부서질 대로 철저히 망가진 나를 일으켜 세워주기에는 역부족이었다.

양심이라는 뻔뻔한 만용으로 나를 품겠다고 양심선언을 해보았자 끊어진 생명을 그의 힘으로 소생시킬 수 없는 일이어서 차라리 양심을 사탄에게 그대로 맡겨둔 채 처음 각본대로 믿고 나가려는 중심 없는 움직임도 엿보였다. 흑도 백도 될 수 없는 회색 지대였다. 양재덕이 자기를 돌아보는 심경의 변화를 받은 것은 박순만과의 이해관계에서 비롯되었다. 처음 천지건설과 맺은 비밀 협상은 영화금속을 주관사로 한 십여 곳을 넘겨주는 대가도 외형의 3% 선인 15억을 받기로 확약했지만 막상 계약 체결이 된 뒤에도 감감무소식이었다. 화가 난 박순만과 양재덕은 강력히 항의했고 그 결과 아직 모든 공장들의 계약이 끝나지 않았다는 핑계로 약속된 금액의 반 정도인 8억을 거지가 동냥 받는 식으로 간신히 넘겨받았다. 너희가 한 짓이 무엇이냐고 요동치면서 억울하면 법대로 고발하라고 나무라더라는 거였다. 그나마도 박순만은 나눠 갖기로 한 약속을 저버리고 우선 받은 금액을 패거리들에게 나눠준다는 핑계로 혼자 독식하고는 양재덕에게는 당신이 일을 잘못 처리해서 피해를 당했으니 천지건설에 눌어붙어서 나머지 돈을 수금해오면 나눠주겠다고 한 수 더 뜨더라는 거였다.

  양재덕은 자기가 저지른 더러운 짓거리가 여동생과 자기를 아는 교인들에게 알려지는 것이 두려워서 꿀 먹은 벙어리처럼 입을 다물고 전전긍긍하게 되었다. 그제야 비로써 양재덕은 악과 선, 악마와 천사의 경계선을 깨닫고 자신이 악마의 하수인이었다면 나는 하나님의 천사였음을 자각하고 발을 동동거렸다. 양재덕은 창턱에 기대어 자기가 저지른 몹쓸 행위를 뒤돌아보는 듯한 몽환에 젖어 있다가 맞은편의 출입문을 주시했다. 어차피 저질러진 일들을 끝내야 할 의무대로 반포 다세대를 소개해서 넘겨준 이영곤을 만나 나와 마침표를 찍어야 할 시간이었다. 나는 속여서 작은 공사였지만 송두리째 넘겨주고 떡값을 받아먹었으니 끝까지 나를 물고 늘어져서 공사 포기 각서를 받아낼 모양이었다. 다행히 반포 연립은 그 규모가 협소해서 서광 면허를 빌리지 않아도 시공이 가능해 2억 5천만 원을 적정선으로 진행하던 공사를 넘겨주고 1억 원만 받았는데 건축주는 내 이름으로 서면된 공사포기 각서를 받아와야만 중간 기성금을 내주겠다고 으름장을 놓아서 양재덕이 어쩔 수 없이 앞장서 있었다.

양재덕은 떡값을 받은 죄로 발목이 잡혀서 자기가 중간에서 보증서주고 공사를 하청받은 이영곤의 사정을 털어놓았다.

"이사님, 저… 이사님의 심기가 편치 못하다는 걸 알면서도 워낙 사정이 급해 어쩔 수가 없네요."

"양 사장님이 풀이 죽어 나에게 못한 사정 이야기가 있던가요? 내가 내 힘으로 들어드릴 수 있는 내용이면 부담 갖지 말고 해보세요. 나를 만난 본론이 그 사정 이야기를 꺼내려고 했던 것이 아닌가요.!"

나는 양재덕의 머뭇거리는 태도에서 그가 말하려는 핵심 의도를 간파했으면서도 일부러 이영곤의 일 처리 관계를 불어서 그를 곤란하게 만드는 성급함을 보이지 않고 자연스럽게 이실직고하도록 이끌었다.

"네, 이영곤이가 이사님께서 공사 포기각서를 써주셔야만 건축주에게 들이밀고 중간 기성금을 타낼 수 있답니다. 인력을 각 현장에 보내주고 소개비를 챙기는 인력 관리소장이 건축주인지라 워낙 깐깐해서 이것저것 트집을 잡아 공사비도 깎아 먹고 있답니다. 제가 책임지고 결산해 드릴 테니 도와주십시오."

"건축주 영감님도 무리가 아니지요. 내 소문을 스크루지 영감도 들었을 건데 일을 중단한 나를 줄 수도 없고 그렇다고 이영곤에게 지급하지도 못하지요. 내 이름으로 계약 체결이 되어 있어서 내가 재청구하면 꼼짝없이 법적으로는 지급해야 되지만 내게는 법적 구속력을 지닐 그 무엇일 뿐, 나는 법이 무언지도 모르고 이제껏 살아왔어요. 서로가 신뢰하고 바로 살면 법은 무용지물이지요. 필요하다면 써 드리겠지만 나에게는 당장 돈이 필요해요. 내가 공사 포기각서를 써 주는 순간부터 반포 현장은 내 것이 아니니까요"

"알겠습니다. 저쪽 구석 자리에 이영곤이 금 새 들어왔으니까 상의하고 오겠습니다."

양재덕은 이영곤이 앉아있는 동그란 탁자로 옮겨가서 뭔가를 쑥덕쑥덕 숙의했다. 상의 끝에 이영곤은 휑하니 밖으로 나가더니 10분도 채 못 되어서 내 앞에 나타났다. 이마에 흉터가 남아 조금 성깔이 있어 보이는 이영곤은 몇 마디의 귓속말로 양재덕에게 주절거렸다. 양재덕은 표정 없이 고개를 끄덕이면서 이영곤을 그의 옆자리에 앉혔다.

"이사님, 이 친구에게 이사님의 사정을 이야기했더니만 우선 5천만 원만 수표로 넘겨드리고 나머지는 기성금을 받아서 현장 자제비를 제하고 견적하겠답니다. 나머지 금액에 관해서는 제가 보증서겠으니 편리를 좀 봐주세요."

"5천만 원은 지금 주고 나머지 잔금은 양 사장이 지급보증을 서시겠다는 말씀인데… 양 사장은 여기에 준하는 담보물을 걸어야 하는데… 뭐든 잡히겠어요?"

"제 양심과 하나님을 잡히겠어요."

"하하, 천지를 창조하시고 만물의 주인 되신 하나님을 담보물로 잡힌다… 온 우주에서 최고로 큰 담보물이군요. 좋아. 좋아요. 그 배짱을 가슴에 담아두고 공사 포기각서를 써주겠어요."

나는 그 5천만 원이 내가 받는 마지막 돈임을 짐작하면서도 실로 오랜만에 유쾌하게 웃어 보았다.

거꾸로 풀어보면 각 자재 대금을 제한다 해도 현금 5천만 원 정도를 하나님을 담보로 빌려준 거나 다름없었다. 때때로 나는 타인들이 필치 못한 곡절로 빌려준 돈을 갚지 못하면 아예 받으려 하지 않고 다행히 상대가 능력 범위 안에서 갚으면 좋은 일이지만 갚지 않아도 추궁하지 않았다. 더더욱 하나님을 담보물로 잡힌 간 큰 사람에게 현금 보관증을 받아 무엇에 쓰겠는가. 나는 절대 진리의 하나님이 누구신지 모르지만 양재덕이 의지하는 그의 하나님을 막연히 경외하고 있었다.

서광건설과의 공사 정리 문제로 야기된 줄다리기를 몹시 외롭고 힘에 겨웠다. 서광건설은 내가 돈 들여 벌여놓은 현장들을 한 푼의 대가 없이 거저 인수하려는 작전을 구사했고 나를 사무실과 현장 직원들에게 나눠 줄 석별금이라도 확보하려고 안 간 힘을 썼다. 성격대로라면 잘 먹고 잘살으라는 식으로 욕을 하면서 포기하고 싶어도 직원들의 내일을 위해서는 타협점을 모색해야 했다. 그럴수록 서광건설은 피와 땀의 결정체인 기득권을 인정해서 돈을 보태주기는커녕 한 수 더 떠서 화성 단지와 시화 현장에서 손실 본 금액을 어떤 방법으로든 채워 넣으라고 공갈협박을

일삼았다. 물론 포커 놀음에 빠진 시화의 송가을 소장이 횡령한 1
억 원으로 추산되는 돈을 인정해도 그 돈은 공사 이익금으로 충
당하면 충분히 손익계산을 제로 점으로 맞추고도 남을 장사였다.
그럼에도 송 소장과 짜고 각 분야별 하청 금액을 대폭 올려서 조
작해 놓은 박순만은 2억 이상의 적자투성이로 부풀려서 손실된
금액만큼 갚으라고 온갖 거짓으로 으름장을 놓았다. 화성 단지와
다른 현장도 마찬가지여서 전문적인 기업사냥꾼까지 동원해 이
곳저곳에서 가격 조작을 해놓고 입을 맞춰 물증까지 확보된 상태
라 홀로된 나로서는 적자투성이로 조작된 현장들을 감당조차 할
수 없었다. 박순만은 현장 실사를 한다는 구실로 잔뜩 쌓인 패널
거푸집과 쇠 아시바 수북한 철근과 H빔 기타 부자재 등을 송가을
소장과 이상재 소장과 함께 장부 조작을 끝내고 뒤로 빼돌려 놓
고는 나에게 덮어 씌웠을 때도 변변히 항변도 못 하고 다수 앞에
눌린 고아가 되었다. 현장 소장들이 박순만 패거리에게 넘어간
관계로 그들의 장부와 물증을 조작한 올무의 덫에 걸려서 죄인이
아니면서도 죄인이 되었다. 많은 자금과 패거리 숫자로 똘똘 뭉
쳐서 나 하나만을 공격하는 데는 항우장사라도 당할 수 없는 노
릇이어서 명백한 강자들의 승리로 돌아갔다. 현장 소장들까지 합
세한 박순만과의 한판 승부는 사랑의 머리로는 줄 수 없는 악마
사탄과의 싸움이었다. 하나님이 허락하신 악마 사탄과의 싸움은
도리어 사람의 힘으로는 이길 수 없는 영적 전투였다.

　나는 이왕에 포기한 현장과 수주할 공사들, 나 자신이 가진 전

부를 포함해 송두리째 사탄에게 내준 상태라서 나의 모든 것을 뺏어서 가져가도 좋지만 한솥밥을 먹은 아무 죄 없는 현장 사람들과 사무실 직원들은 그대로 인수해 달라고 최소한의 조건을 내걸고는 순순히 물러났다.

서광은 내가 열심히 훈련시킨 설계내역을 작성하는 견적 팀과 현장 시공 팀은 내 조건대로 인수하되 경리 팀 여직원 3명과 운전 강 기사는 불필요하다고 보이콧을 놓았다. 나는 그들의 추악한 짓거리에 괴로워도 어쩔 수 없이 승복하고 강 기사에게는 내가 타고 다니던 승용차와 약간의 송별 금을 주어서 내보내고 나머지 여직원 두 명은 지인의 회사에 옮기도록 자리를 보전해주고 쥐꼬리만 한 송별 금으로 아쉬움을 달래었다.

하지만 나에 대한 관심과 몰두가 대단했던 미스 지만은 예외여서 친구 회사에 일자리를 만들어 주었어도 듣지 않고 내가 서광 측과의 관계가 완전히 타결되고 잔무 처리가 끝날 때까지는 빈 사무실을 지키겠다고 고집부렸다. 어차피 사무실 임대료는 일 개월 분을 미리 선불한 상태이므로 운영비가 더 소요되는 게 아니어서 그 기간만이라도 사무실은 지키면서 마지막 유종의 미를 거두겠다는 취지였다. 나는 그녀의 숨어있는 비밀한 힘을 보는 듯해서 가슴이 뭉클했다. 그리고는 양재덕과 헤어져 흑석동에서 며칠 만에 사무실도 돌아왔다. 한강을 건너는데 어떤 이상한 소리가 귀에 쟁쟁하게 들려왔는데 실패자로 사느니 차라리 한강물로 뛰어들라는 끈질긴 유혹이었다. 나는 앞으로 그럴 수도 있겠지만 지금은 아니라고 사탄의 미혹을 거부했다.

 직원들이 앉았던 자리에 허전한 여운만이 감돌았다. 서류도 재떨이도 말끔히 치워진 사무실, 나의 애착이 닿는 데까지 이어진 그 빈 공간을 대하는 내 가슴은 갈래갈래 찢겨 나갔다. 나는 폭발하려는 감정을 숨기고 수금한 오천만 원짜리 수표를 미스 지에게 입금시켰다.

 "미스 지, 내가 미스 지에게 입금시키는 마지막 돈이 된 거야. 반포에서 나머지 잔금은 추후에 받기로 하고 포기각서를 써주었지만 돈은 내 호주머니에 들어오기까지는 내 것이 아니겠지. 미스 지를 포함해서 송별 금을 적게 준 직원들에게 미스 지가 알아서 적당히 더 분배해 주도록 해"

 "어머! 양재덕의 추천으로 공사를 이어받은 이영곤에게 공사 포기 각서를 써 주셨다고요?"

 "써줄 것은 써주고 끝낼 것은 끝내야 되겠지. 선교사로 다녀온 양재덕 씨가 책임지기로 했으니까 어디 거짓말은 하겠어!"

 "아녜요. 이사님! 제가 흑석 현장 최기술 소장님에게 들은 이야기로는 진짜 선교사는 아니었데요. 필리핀에서 중고 자동차 장사도 하고 한국교회에서 지원을 받아 현지인 교회를 건축해 주면서 몇 배의 이익금을 챙기는 선교사로 가장해 살았던 것 같아요"

 미스 지는 양재덕의 위선에 경악하며 그런 돌팔이에게 속아서 나머지 수입금도 날리게 되었다고 분노를 드러내었다. 도와줄 사람을 도와주어야지 그 배은망덕한 야바위꾼을 도와주었냐고 소리를 높였다. 그녀는 내가 양재덕에게 돈 받아낼 위인이 아님을 진작 간파하고 있었다.

나는 포기각서를 써주는 순간 포기해서 별로 아쉽지 않았지만 양재덕이 위장된 선교사라는 사실에는 내 귀를 쫑긋 세웠다.

"그럴 리가… 자기 입으로 선교사라고 실토했는데… 나 또한 선교 목적으로 그를 아낌없이 도와주었고."

"이사님 선교사로 갔다 왔던 아니든 간에 그 사람은 거짓투성이에요. 자기에게 유리한 대로 말을 바꾸고 적당히 타협하는 사람이에요."

"설마 하나님을 알고 성경에도 해박한 지식이 있는 사람이 그럴 리 없다고 생각해. 자기 말로는 모태 신앙으로 성경을 정독한 횟수도 몇 번 넘는다고 자랑했어."

"아직도 이사님은 어린아이의 순진무구 성을 지녔어요. 최 소장도 양재덕 씨는 겉 다르고 속 다른 위인이어서 그를 가까이하시면 낭패를 당한다고 경고했어요. 성경을 많이 읽었다고 해서 모두 인간답게 사는 것은 아니에요. 그 사람은 성경을 자기의 지식으로 받아들였어도 성령의 감동으로 받아들이진 않았을 거예요. 하나님을 알긴 해도 믿지는 않는 사람이에요. 말씀을 수없이 독파했어도 그분을 믿어서 나와 하나가 되지 않으면 말씀을 모르는 사람과 다를 바가 없어요."

미스 지는 내가 양재덕이 쳐놓은 올무의 덫에 빠져 모가지가 걸린 사실을 눈치채고 그 분함이 끝내는 격정으로 분출되어서 나의 양재덕에 관한 관용에 어이없다는 표정이었다. 어쩌면 내가 저지른 어리석은 짓거리가 사무실을 문 닫게 하고 그녀가 걱정한 염려의 의미에 값하는 것인지 심히 부끄러웠다. 그녀 앞에서 나 자신과 양재덕 패거리와의 실체가 눈의 비늘이 떨어져서 명암이 그토록 극명하게 드러날 줄은 몰랐다.

정말 그녀의 온화한 영혼 속에 감춰진 빛은 세상의 어떤 영롱한 빛깔보다 눈부셔서 투명한 보석이 잘 어울려 투영되는 여자였다. 나의 잘못된 일거수일투족이 잘못됨을 알면서도 그녀는 흔들림 없이 자기 맡은 일을 당당하게 처리함으로써 나에게 든든한 버팀목이 되어주었다. 나는 그러한 그녀의 진솔한 행위와 사려 깊은 사람에 이끌려 그녀가 믿는 하나님의 영적 세계가 도대체 무엇인지 궁금해서 점점 동화되어 갔다. 아내 채림과 아들 성령과 더불어서 그녀도 하나님의 존재를 인식하고 받아들이는데 큰 보탬이 되었다.

그녀는 어색하게 침체된 분위기에 불편해진 내 심기를 바꾸려는 듯 원두커피를 내려서 내놓으며 화제를 바꿨다.

"요사이 집에 못 들어가셨지요?"

"……!"

"말씀 안 하셔도 힘든 시기를 잘 버텨내는지 알고 있어요. 엉망진창으로 일이 꼬여서 당장 탈출구가 보이지 않는다고 집에 안 들어가시고 괜스레 술만 드시면 건강에 치명타를 입게 돼요. 이 사님도 이제는 건강을 돌아볼 나이가 되셨어요. 차라리 훌훌 털어버리고 무엇이 안 되면 원점에서 다시 시작하는 이사님의 신념처럼 다시 시작하기 위해서 혼자서 지우개로 지우는 여행을 다녀오시면 어떻겠어요?"

그녀는 작은 바람에도 굴러가는 거리의 마른 잎새처럼 흔들리는 내 가슴을 영혼의 눈으로 꿰뚫어 보고는 일방적으로 제안했다. 그렇지 않아도 나는 내게 전부인 오천만 원을 입금시키고는 어디론가 떠나가서 스스로 무너진 내 나약함을 훌훌 털어내고 신선한 돌파구를 찾고 싶었던 터였다.

나는 내 비밀스러운 방황과 죽고 싶은 혼란함을 그녀에게 들키고 놀라서 얼굴을 붉혔다.

"여행을 한가로이 다녀오라고 했나? 허허허… 역시 미스 지답게 나를 알고 있어."

"부담 갖지 마시고 새로이 정화되기 위해 다녀오세요. 제가 동행해 드리고 싶지만 이번만은 제가 함께 함으로서 도리어 힐링에 방해될지도 몰라요."

"나도 미스 지가 어디서 건 함께하면 훈훈해서 외롭지 않지만 이 혼란과 방황으로부터 무엇을 하든 마음의 정리를 끝내고 나를 잡으려면 혼자서 고행의 길을 걸어야 하겠지."

나는 마른침을 꿀꺽 삼키고는 더는 할 말을 잃고 망설였다. 미스 지는 잠시의 침묵이 이어지자 나를 가로막고 내 생각을 나 자신보다 한층 선명하게 읽어 나갔다.

"이사님이 고통스러워하시는 걸 보면 가여워요. 저는 이사님이 말씀하시는 의도 뭔지 알아요. 이사님은 악한 사람들에게 속아서 전부를 잃은 것보다 더욱 큰 세계를 찾지 못해 슬퍼하시는 거예요. 눈에 보이는 세계에서는 아무것도 잡을 수 없으니까 눈에 안 보이는 저 심오한 영적인 세계를 찾아 떠나시려는 거예요. 그 크고 넓은 세계는 침노하는 자에게 만나준 바 되어서 그분을 만나 뵐 수 있을 거예요. 그 세계의 주인이신 하나님을 뵙게 되면 평강과 안식의 기쁨이 저절로 찾아와서 감사 기도가 나올 거예요. 다메섹 도상에서 해보다 더 밝은 빛 가운데서 하나님이신 예수를 만난 바울처럼 이사님도 종과 증인 삼아 많은 사람들의 눈을 뜨게 하여 그들을 어둠에서 빛으로, 사탄의 권세에서 하나님께 돌아오게 하고 죄 사함과 그분을 믿어 거룩하게 된 무리 가운데서 기업을 얻게 하는(행 26:18) 사명을 받을지도 몰라요."

"미스 지는 내가 지금껏 발견하려는 세계의 비밀까지도 알아맞히고 있군. 나는 오래전부터 어떤 초인적인 힘에 이끌려서 이 어두운 세계를 벗어나려고 안간힘을 쓰면서 그분의 존재 여부를 확인하고 싶었어."

"이사님은 반드시 지존하신 그분을 만나실 거예요. 세상에 살면서도 세상의 추악성을 거부하는 그 어린아이 같은 동심의 순수성 때문에 이사님을 사랑하고 계신 거예요. 어쩌면 이사님은 그분을 만나기 위해 전부를 잃고 고난을 당해야만 하는 좁은 길로 들어선 지도 몰라요. 그 놀라우신 분은 화려한 길에서는 만나기 어려워도 찔레의 가시가 우거진 고난의 좁은 길에서는 만날 수 있지요. 이사님께서 그분을 선택한 게 아니고 세상이 창조되기 이전에 그분께서는 이사님을 미리 아시고 선택하셨으므로 지금의 아픈 고난은 그분의 놀라우신 계획안에서 주어진 사랑의 연단이 아닌가해요."

그녀의 깨끗한 육체에 흠 없는 영혼이 내재하지 않았다면 그토록 나를 꿰뚫어 맞추어서 내뱉을 수 없는 꼭 나에게 위안을 주는 한 마디였다. 그리고 그녀는 가늘고 약한 서러움을 토해내고는 참고 참아왔던 신음을 토해냈다. 그 소리 없는 아우성은 눈물의 흐느낌으로 변해서 나에 대한 관심과 안쓰러움이 혼합돼 폭발한 서러운 혼적인양 꽃잎이 물 위에 떠 있는 듯한 발그스레한 두 볼을 타고 흘러내렸다.

그녀는 내 성격이 사업가보다는 신부나 목회자가 안성맞춤이라고 말해온 터여서 나와 떨어져야 하는 아쉬움과 나를 하나님께 보내는 갈림길에서 자신을 자제하지 못한 흐느낌이었다. 사업가는 상황의 변화에 촉각을 세우고 때에 따라서는 거짓말을 진실처럼 위장해야 하는데도 나는 속고 속아서 큰 손실을 입게 됨을 알면서도 한 번 믿은 사람은 세 번까지 속여도 또 믿겠다는 옹고집 철학으로 손실을 자초하면서도 상대방을 이해하고 받아들이는 것이 사업가로서는 타당하지 않다는 지론이었다. 양재덕의 위선과 거짓을 짐짓 알아챘으면서도 그가 언젠가는 바른 사람이 될 것을 믿고서 그의 잔꾀에 모르는 척 속아 넘어가 주는 팔불출이라는 거였다. 미스 지는 이러한 뜻깊은 내 마음을 알고 있던 터여서 내가 가여워 억제했던 눈물이 흘러내리더라는 거였다.

　나에 대한 묘사와 수식은 불필요하겠지만 굳이 표현하자면 남자의 관능과 뜨거운 열정을 자제하고 경포대 호텔에서는 자신을 껴안고 잠을 청했을 뿐 어떠한 이성 간의 행위도 거부한 그 초월된 사랑이 그녀를 울렸다. 충무로의 모텔에서도 욕정을 억제하고 돌아서는 나의 쓸쓸한 뒷모습이 자석에 이끌리듯 마력으로 다가서서 그녀는 슬피 울었다. 소돔과 고모라를 방불케 하는 썩고 문란한 세상에서 자신을 지켜준 나의 인내심이 경이로움이고 의혹이었는지 모른다. 그녀는 내가 여행을 떠나도 당장 써야 할 용돈마저 충당 못하고 빈 주머니로 갈 것이 가여워 나를 위해 준비해 둔 봉투를 내밀었다.

　"제가 지난달 받은 월급의 반을 아껴 두었어요. 제가 드리는 최초의 보답이니까 귀하게 쓰세요. 백만 원밖에 안 되지만 받아주세요."

　"미스 지의 생활비를 뺏어써도 될지 모르겠군."

　"염려 마시고 쓰세요. 그동안 월급 한 푼 받지 않아서 이사님 호주머니가 텅 빈 것을 저는 알고 있어요. 급하면 방금 주신 오천만 원에서 빼 쓸 수도 있어요. 제가 술대접하려고 아껴둔 쌈짓돈이니까 이사님께서 보람 있게 쓰시면 제가 감사하지요. 수백억 공사하시던 분이 달랑 만 원짜리 두어 장밖에 없는 청량한 분은 이 세상에서 이사님 외에는 없을 거예요."

　"……! ……! 고마워! 미스 지!" 그 고마움을 짧은 언어로는 표현할 수 없어서 감격으로 떨리는 격정을 숨죽여 속삭였다. 많은 말의 수식어로 그녀의 아름다운 마음이 더렵혀질 터였다.

　나는 돈을 받기보다는 미스 지의 지극한 사랑을 호주머니에 넣고 마땅히 갈 곳을 찾지 못해 자주 다니던 동해안으로 가려고 청량리 역으로 달려가서 중앙선 열차표를 알아보았다.

　마른 잎이 떨어져 날리는 만추가 지나가고 대기가 차가워진 초겨울이 왔건만 주말이어서 정동진의 해돋이를 맞으려는 젊은 남녀의 발길로 무궁화 열차는 대만원이었다. 나는 줄을 서서 열차표 한 장을 구해 지치고 아픈 몸뚱이를 등받이에 기대었다. 공교롭게도 내 옆에 동석한 손님은 외국어 학원 강사인 캐나다 여자로 어찌나 뚱뚱하고 비대한지 그녀의 자리가 비좁아 내 자리까지 굵은 팔을 뻗쳤다. 팔은 웬만한 처녀의 장딴지 굵기여서 숨을 쉴 적이면 스스로의 살덩이에 짓눌려 헉헉거렸다.

　나는 그녀가 누르는 팔 무게를 피해서 비스듬히 옆으로 몸의 중심을 돌렸지만 오히려 그녀의 굵은 팔은 내 아픈 허리를 압박해 내리눌렀다. 비로써 나는 내 몸뚱이가 세상에 대한 울분과 화를 삭이려고 매일 들이켠 폭탄주와 찌든 담배 연기로 인해서 철저히 망가졌음을 인식하고 허리의 장기를 찌는 통증으로 신음했다. 허리와 어깨 중간에 돋아난 아기 머리통만 한 돌덩이의 혹이 열차가 덜컹거릴수록 척추와 척추 사이를 압박하고 명치끝과 심장으로 아픔을 전이했다. 핏줄 터진 왼쪽 눈동자는 아프지는 않았지만 멀리 사물들이 흐릿하게 투시되었다. 지금까지는 벌여놓은 사업의 뒤치다꺼리로 눈코 뜰 새 없이 바쁜 탓에 살을 찢긴 통증이 이따금 찾아와도 어금니를 꽉 물고서 독한 술은 들이켜고 담배의 니코틴으로 참아냈으나 여자의 비곗덩어리에 눌려서 뼈마디를 압박하는 통증은 송곳으로 찌르는 듯해서 식은땀이 흘러내렸다.

마침내 나를 창조하신 신은 시퍼런 죽음의 칼날을 내 썩은 몸뚱이에 들이대며 실낱같은 생명을 걷어가려는지 평안은 사라지고 들썩이는 불안함을 가중시켰다. 차라리 살기 싫은 세상에서 먼저 신이 서둘러 도전장을 낸 것인 만큼 억울함은 없지만 진짜 두려운 것은 바로 숨이 끊어지지 않고 그 어쭙잖은 상태로 병상에 누워서 가족들은 괴롭히는 곧 나 자신조차도 용납하지 못하는 뒤치다꺼리였다.

생각을 뒤집어보니 나는 죽을 준비가 전혀 되어있지 않아서 이후로 무엇이 되어 어디로 떠도는가를 일일이 정리하니까 만일 그 자리에서 숨이 끊어진다면 지옥에 떨어질 게 십상이어서 식은땀이 흘러나와 내의를 축축이 적시었다.

나는 여자의 몸뚱이가 내리누르는 묵직한 중압감을 이겨내려고 앞으로 살짝 몸을 굽힌 채 캔맥주에 땅콩을 사서 밤새도록 들이켰다. 여자는 잠이 곤하게 들어 코를 드르렁 고는데 어찌나 그 울림이 커서 귓바퀴를 찢고 고막을 터트리는 대포 소리여서 잠을 깬 승객들이 여자에게 시선을 모으고 낄낄대었다. 나는 여자의 코 고는 파열음과 집중된 사람들의 시선, 척추종양을 난도질하는 고통을 참지 못해 자리에서 벌떡 일어나 마침 불 켜진 작은 역사 앞에 멈추어 선 기차에서 무작정 뛰어내려 역사에서 빠져나왔다.

얼핏 바라보며 역사에는 도계라고 쓴 이정표가 붙어 있었고 거기서도 갈 곳이 없기는 매한가지였다. 어딘가에 병들어 아픈 몸을 쉬고 싶어 몸부림쳐도 가려는 곳이 어딘지 모르고 또한 어디에도 나를 기다리는 사람도 없었다.

내가 세상을 비관해서 잘못 살아왔는지 아니면 내가 상상으로 기대했던 세상과는 거꾸로 돌아가고 있는지는 모르지만 이미 나는 버려져서 어디론가 흘러가고 있었다. 차라리 기차표를 끊은 정동진역으로 직행했으면 밀려드는 겨울 파도에 발 담그고 솟아나는 일몰에 힘찬 재기의 꿈을 다시 품고 식어버린 열정을 훌훌 털어낼 수 있었을 것이라는 때늦은 아쉬움도 스쳤으나 기차는 떠난 뒤였다.

"나는 지금 무얼 찾아 어디로 가고 있는가. 내가 찾아 헤매는 이 세상에 태어난 생의 표적은 무엇인가 나는 이후로 무엇이 되려고 떠도는 것인가!"

나는 역사 앞의 마른 화단에 털썩 쪼그리고 앉아서 아내 채림과 사랑하는 아들과 사람다운 사람으로 우뚝 선 사람이 그리워 통곡하는 심정으로 이마의 식은땀을 훔쳐내었다. 허리의 복부를 내리누르는 통증도 무섭지만 나를 지탱하던 생명의 기 마져 빠져나간 빈껍데기에 전신의 혼란이 거듭되는 것이 두려움으로 밀려왔다.

역사 건너편, 조금 떨어진 곳에는 야식을 파는 해장국집이 기차 도착 시간에 맞춰서 불을 밝혔다. 우두커니 맥을 놓고 앉아있던 나는 정신을 가다듬고 그 일대가 폐광이 되어 광부 한 사람 없는 을씨년스러운 야식집에 들러 해장국에 소주 한 병을 시켜마셨다. 식은땀을 물수건으로 닦아내고 심호흡으로 정신을 수습하면서 소주 세 병에 순대 한 접시를 주문해 비닐봉지에 담아서 인적이 끊어진 거리로 팽개쳐졌다.

마을버스 한 대가 아직 짙은 새벽어둠을 밟고 이른 손님을 태우려고 야식집 앞에 멈춰 섰다. 나는 자신의 일그러진 모습에 일말의 절망을 느끼고 그 작은 버스가 어디로 가든 상관없이 무작정 올라탔다. 중년의 버스 기사는 나의 지친 행색에 뭔가 의아하다는 듯 나름대로 친절하게 행선지를 물었다.

"손님, 어디까지 가시나요?"

"이곳 버스 종점까지 가겠어요."

"네, 새벽 기차 손님이시군요. 새벽에 내리는 손님 가운데는 간혹 산행을 하거나 그곳에서 가까운 기도원에 가려고 종점까지 가시기도 하지요."

나는 자신이 가야 할 곳이 어디일지, 왜 가고 있는지도 모르기에 묵묵부답으로 대답을 대신했다.

마을버스는 낙동강의 발원지인 황지연못을 돌고 태백 시내를 벗어나 어딘지도 모를 산과 들을 돌아서 어둠이 벗겨지는 여명이 동틀 때 종점에 도착했다. 버스 한 대가 겨우 몸을 비빌 수 있는 산 밑의 작은 공터였다. 바라보면 짙게 회색빛으로 물들어가는 여명의 하늘, 그 새벽 밑으로 강한 바람이 달려와 정신을 차리라는 듯 내 가슴팍을 때렸다. 나는 겨울을 재촉하는 그 강한 바람에 떠밀려 아무도 올라가지 않는 산길을 휘적휘적 올라갔다. 얼마나 올라갔는지 계곡 옆으로 넓고 평평한 바위가 양각되어 들어왔다.

 달리 갈 곳을 알지 못한 나는 그 너럭바위에 주저앉아서 다시 한 번 하늘을 바라보았다. 해가 떠오를 일출 시간이 지났음에도 허공은 검은 구름이 한 아름 몰려와 하늘을 덮고는 곧 해가 떠오를 것 같던 새벽의 아침 빛은 지워져 내렸다. 우중충한 아침이었다. 흰 눈발이 날리려는지 싸늘하게 동해에서 불어오는 바람마저 그나마 추워진 가슴을 으스스하게 냉각시켰다. 시간이 흐를수록 바람은 더 거세게 불어 닥쳤고 그 찬바람을 이기지 못한 마지막 남은 마른 잎새가 떨어져 이리저리 굴러다니다가 갈 곳을 잃고 바위 밑, 움푹 팬 곳으로 차곡차곡 쌓여져갔다.

 나는 불어오는 맞바람의 한기를 이기지 못해 양복 윗저고리를 벗어서 카라를 세우고 머리 위까지 뒤집어써 보았지만 겨울바람 앞에서는 역부족이었다. 산허리의 많은 나무들은 가지 채 흔들려서 마지막 남은 말라비틀어진 마른 잎새들을 함박눈처럼 한꺼번에 우수수 떨어트려서 나그네가 되어서 어디로도 가지 못하는 내 처지와 친구가 되어서 이리저리 길을 잃고 굴러다니게 했다.

 나는 뼛속으로 파고드는 차가운 한기를 버티지 못하고 넙적 바위에서 십여 미터의 계곡 아래에 펼쳐진 움푹한 곳으로 내려가서 푹신한 침대의 보료처럼 수북이 쌓인 마른 잎에 몸을 감추었다. 삭풍의 위력은 그 차가운 기력이 대단해 그대로 살갗에 파고들어서 나는 그 냉랭한 한기를 쫓으려고 가지고 온 소주를 병 채로 벌컥벌컥 들이마시면서 순대를 안주 삼았다. 등허리를 찌르던 예리한 통증은 술에 중독되어 약간은 멍멍해졌으나 가슴의 폐와 위장은 거듭된 술독으로 아프고 쓰라렸다.

나는 그 쓰라림의 고통을 잠시나마 참아내려고 거듭해서 술을 마셨고 또다시 내가 소유했던 일들의 파산된 허전함과 나와 같은 처지로 전락해 갈 곳 몰라 이리저리 떨어져 뒹구는 소유와 존재가치를 잃은 마른 잎새의 외로운 침묵에 동화되어 온종일 술을 마시는 악순환이 이어졌다. 그 우울한 침묵의 정체는 나를 이기려는 나 자신과 싸움, 이 세상에 던져진 깊은 허무함을 이기려는 그 무엇과 싸움인지도 모를 일이었다.

나는 술을 조금씩 들이키며 내가 바보처럼 살아온 지난 생이 안타까워 울고 나를 일시에 침묵해 한 사람들의 배신이 싫어서 울고 척추종양에서 시작해 복부 전체로 전이되어 퍼진 죽음의 병이 무서워서 울고 이 세상의 생이 끝나면 어디로 가는지 몰라 두려워서 울고 또 울었다. 그 무엇인가를 마무리 지으려고 정리하는 의미의 울음이었고 왜 태어났고 왜 그간 살아왔느냐는 물음표에 대한 의문이었다.

마른 잎은 자꾸자꾸 어디에서 굴러와 그 움푹한 좁은 웅덩이를 메꿔서 어느새 허리까지 쌓이고 그 밀려오는 생각의 무게로 몸뚱이가 저리고 뻐근해서 거동하기조차 불편했다. 조금도 움직이기가 싫어서 그저 어딘가에 하염없이 숨고 싶었다. 불어오는 삭풍은 차가웠지만 마른 잎새의 배낭 속은 따스해 차오르는 술기운과 포근함으로 엉거주춤 기댄 자세로 잠이 들었다. 술의 힘으로 기진맥진해 잠이 들었고 칼바람의 추위에 잠이 깨었을 때는 첩첩이 떨어져 날리는 마른 잎새 위로 짙은 땅거미가 쌓이면서 어둠이 내리고 있었다. 어디선가 사람을 덮치는 야수나 검은 도포 입은 귀신이 튀어나와 덮치고도 남을 그런 공포의 어둠이 금세 덮치면서 사방이 구별되지 않을 만큼 짙은 흑암이 나무와 나무 사이를 가리었다. 나는 몇 시간이고 그렇게 내던져져 살을 스치는 바람을 타고 달려든 캄캄한 공포와 나 혼자 떨어진 외로움에 시달리다가 무서워서 남은 소주를 병째로 들이 마시고 나 자신의 모순을 발견하고는 미친 사람처럼 웃음인지 울음인지 모를 짐승의 소리를 내질렀다. 스스로 죽으려고 몸부림쳤던 사람이 막상 죽음의 그림자가 덮쳐오자 그 거대한 죽음이 무서워져서 떨고 있는 자신의 나약함이 우습고 기가 막혀 더 큰 소리로 웃기도 하고 울기도 하면서 자신을 위로했다.

　죽으면 죽고 살려주면 살으리라는 각오로 남은 술을 마저 비우고 계곡이 떠나갈 만큼 웃고 울다가 그만 제풀에 낙담해서 찔끔찔끔 울고 또 울었다. 왜 울어야 하는지도 정확히 모르면서 마냥 눈가 주위를 닦아내는 눈물의 카타르시스, 정화 작업을 이어 나갔다. 마른 잎새는 사방 어디선가 굴러 쏟아져 어깨를 덮고 머리 위까지 차곡차곡 덮여 쌓여서 더 이상 바람 귀신도 보이지 않고 술의 취기에 기진해서 검은 피로의 잠으로 무거운 눈꺼풀을 닫아

내렸다. 마른 잎새의 침낭이 그런대로 포근해서 따뜻한 이불의 포근함으로 착각하고 깊은 잠에 점점 빠져들었다. 깨어날지도 알 수 없는 죽음보다 깊은 잠이었다. 이대로 지그시 눈을 감고 잠의 수렁에 빠지다 보면 저승까지 들어갈지 모른다는 무서운 상상으로 꿈결 속을 헤매며 깊은 수면의 나락으로 떨어지고 있었다.

그 깊은 잠은 바닷바람에 날리는 비릿한 해풍의 냄새도 아니고 도시를 탈출한 자유인의 비상도 아니었다. 아직은 마지막 이별을 준비할 나이도 아니건만 신에게 자신의 존재가치가 약한 내면을 들켜버린 가혹한 집시의 방랑벽이었고 잃어버린 미래에 대한 혼란일 성싶었다. 아내와 아들에게 이별을 고하지 않고 떠나왔는데 벌써 자신의 몸을 눕힌 곳이 무덤이 되어서 구천을 떠도는 영혼처럼 황량한 공간에 머물러 죽음의 흔적을 그려나갔다.

누군가의 부르는 소리가 꿈결인 듯 아련히 들려왔다. 가까운 거리로 보이는 너럭바위에서 들려오는 부드러운 목소리였다. 나는 실눈을 뜨고 첩첩이 쌓인 가랑잎을 헤치며 나를 부르는 소리를 향해 얼굴을 돌렸다.

"거기 사람 있수? 사람 있으면 말 좀 해 보슈?"

여기는 어디이기에 하필 왜 이런 장소에 청승맞게 누워 있을까? 나는 간신히 눈을 떴지만 숙취로 인한 두통과 척추종양의 고통에 시달리면서 허우적대었다. 일어나려고 안간힘을 써도 다리와 머리, 가슴에 이르기까지 온통 낙엽 더미로 짓눌리고 추위와 통증으로 기진해서 몸이 잘 움직이질 않았다.

그 순간, 쏜살같이 바위에서 미끄러져 내려온 사람이 낙엽 더미 위로 드러난 내 손목을 잡아 이끌었다. 나는 그 잡아끄는 힘에 의지해서 간신히 몸을 세워 주저앉았다. 정면으로 달려드는 태양빛이 눈부셨다.

"어어 빛이… 붉은 태양빛이…"

"큰일 날 뻔 했수! 이토록 외진 장소에서는 추위 동사할 수도 있고 마른 잎이 높이 쌓이면 질식사할 수도 있수! 손바닥이 마른 잎 위로 나와 있지 않았으면 사람인 줄도 모르고 지나칠 뻔 했수다!"

"감사합니다. 몇 시나 되었는지요?"

"깊은 잠에 빠졌었군요. 오후 세 시가 지난 늦은 시간이라우!"

50대로 보이는 남자는 놀란 듯 쭈뼛쭈뼛 뒷걸음치다가 입을 딱 벌렸다. 수상쩍은 사람을 탐색하는 예리한 눈초리였다. 그리고는 불량한 사람이 아님을 확인하고는 무언가를 짐작했다는 듯 혼자서 묻고 결론을 내렸다.

"어디로 가는 길손이기에 마른 잎에 묻혀 잠이 들었수? 이곳은 가슴에 상처 입고 떠돌던 사람이 찾아와 죽기도 하고 종종 쉬었다 가기도 하지요. 갈 곳이 마땅치 않거든 나랑 같이 저 너머에 위치한 기도원이나 갑시다. 여기는 산 그림자가 덮여 5시가 되면 어두워져 길을 잃기 십상이니까 거기서 요기도 때우고 쉬어가면 답답한 가슴도 편해질 거요. 나도 거기로 가는 길이라우!"

"그래도 되겠어요? 어제 어느 경점에 잠이 들었는지 몰라도 벌써 하루해가 져가고 있군요."

479

하루하고 반나절을 마른 잎새와의 속삭임 끝에 내가 할 일이 무엇이 되었든지 찾아 나서서 살아야 되다고 생각했다. 첩첩이 둘러싼 마른 잎새 가운데서 결부가좌를 틀고 앉아 술을 마시던 어젯밤에도 그 물음표의 해답을 찾아서 어디론가 가리라고 다짐했었다. 나는 가는 곳까지 그를 따르리라 다짐하고 그와 눈을 맞췄다.

"뭔 저런! 하룻밤을 이 척박한 곳에 묻혀 지새웠단 말이우? 인생은 저 마른 잎새처럼 한순간의 실수로 헛되이 굴러가는, 헛된 것도 될 수 있지요. 자 갑시다. 기도원에 올라가 참 좋으신 하나님을 만나서 죄 사함을 받으면 우리가 가야 할 곳이 어디이고 왜 사는지를 알게 되지요. 세상 것은 저 마른 잎새처럼 물기가 말라서 떨어지면 그만이지만 하나님은 저 아픈 잎새를 썩히어 분토로 만들어서 내년 봄에 싹이 트는 새싹이 밑거름으로 소생시킨답니다."

"깨워주셔서 감사합니다. 깨워주지 않았다면 내 영혼 깊은 밤까지 잠이 들어서 영영 일어나지 못할 수도 있었을 것을… 말씀이 좋아 가시는 곳으로 따르겠습니다. 어디서 무엇 하는 분이신지?"

"나는 저 산 아래의 교회에서 목회하는 윤시온 목사입니다. 주일 설교가 끝나면 종종 기도하러 기도원에 올라가지요. 기도원은 저 산모퉁이의 버스 종점에서 곧장 올라가면 빠른 지름길이 있습니다만 나는 운동 겸해서 이 오솔길로 돌아간다우!"

"단풍철에는 아름다웠겠군요."

"네. 산수가 수려해 지난달까지만 해도 찾는 사람이 많았다우.

허나 흰 눈이 소복이 쌓이면 단풍철 못지않은 장관을 이룬다우!"

호리호리한 몸매에 안경을 통해 나를 내려다보는 눈매가 예사롭지 않은 친절한 목사였다. 나를 사업에 실패하고 간 곳을 잃고서 떠도는 마른 잎새처럼 방황하는 나그네임을 단숨에 알아차린 눈초리였다.

그는 나와 산길을 동행하면서 나의 가슴앓이를 풀어주려는 듯 자신이 기도원에 올라온 이유를 묻지도 않아 먼저 설명해 주었다.

"나는 강대상에서 설교하기 전에 선포된 말씀을 받지 못하면 단상에 오르지 않아요. 성령 하나님께서 내게 선포된 말씀을 주실 때까지 하루 이틀이고 온밤을 지새워 기도하지요. 그래도 만족히 받지 못하면 기도원에 올라와 일주일 내내 기도드린 다우! 우리 성도님들이 영적 충만을 먹으려고 나름대로 귀한 시간을 투자하면서 놀러 가지도 못하고 내 입술 하나만을 바라보는데 나는 성도님들에게 만고의 밥버러지 죄인이 되지 않으려면 게으른 타성에 젖으면 안 되겠지요."

그는 타성에 빠져 성도들을 기만하는 목회자가 되지 않으려는 듯 하나님과 최선을 다해 교제하고 적어도 밥이나 축내는 밥버러지가 아니고 생명의 만나를 먹이는 목회자임을 조심스럽게 강조했다. 나는 그 선포된 말씀이 무슨 뜻인지 나름대로 삭혀서 들으려고 무진장 애를 썼지만 목회자의 설명에 전혀 감이 잡히지 않고 납득하지 못해 고개를 내저으며 호기심을 표출하였다.

"선포된 말씀이라뇨? 나는 불경의 능엄경이나 금강경은 들어보왔어도 선포된 말씀은 들어보지 못했어요."

"아, 미안해요. 내 고정된 사고의 틀에 갇혀 쉽게 풀지 않고 내 생각만 했구려! 성경에서 요한이 기록한 요한복음 1장 1절에서 3절을 보면 이렇게 쓰여 있지요. 태초에 말씀에 계시느니라. 이 말씀이 하나님과 함께 계셨으니 이 말씀이 곧 하나님이시라. 그가 태초에 하나님과 함께 계셨고 만물이 그로 말미암아 지은바 되었으니 지은 것이 하나도 그가 없이는 된 것이 없느니라. 그렇습니다. 태초에 이 말씀으로 빛과 어둠, 물고기와 동식물 등 천지와 만물을 다 이루시고 그 가운데 우리 사람을 끝으로 만드셨지요. 그런고로 이 선포된 말씀대로 그분의 뜻 안에서 믿고 행하면 성도들의 온갖 고통과 질병, 어려운 문제들을 해결 받지요. 이 일점일획의 착각이 없는 수학과 과학의 정답보다도 더 정확한 무서운 말씀의 해답을 머리의 지식으로만 풀게 되면 말씀의 꿀 젖인 은혜의 사랑을 공급받지 못해서 진짜로 살아계셔서 역사하시는 분이실까 의심부터 하게 되지요.

그러나 자기를 완전히 비우고 머리의 지식이 아닌 하나님께서 은혜로 공급하시는 성령의 가슴으로 받게 되면 육신의 질병과 사업 문제, 인생사에서 얽히고설킨 갖가지 의문들이 자연 풀어지게 되지요. 성경 31,173 구절의 약속된 말씀들은 단순히 기록된 문자를 넘어서 지금도 살아서 생생하게 역사하시는 하나님 그분 자체이시니까요. 달이 지구를 돌고 지구는 태양 궤도를 돌고 태양계는 우리 은하계에 속해서 돌아가는 게 하나로 뭉쳐진 질서 정연한 우주의 법칙인 것을 왜 모르냐고 묻지 않는 것이 과학의 진실이고 전부인 것 같이 성경도 무조건 말씀을 믿고 기도하면 하나님의 은혜가 우리를 감싸 안아서 그분을 직접 만날 수도 있지요. 하나님이 친히 창조하신 태양계와 은하계, 그 집합체인 우주를 과학 논리로 무조건 믿고 수긍하면서도 그 모든 것의 주인 되신 하나님의 말씀을 무조건 믿고 받아들이지 않으면 스스로가 자기모순에 빠지지 않을까요? 지구를 도는 인간이 만든 우주선에도 정밀한 설계도가 있듯이 온 우주와 만물, 동식물과 인간의 설계도를 계획해서 정밀하게 그리신 분은 살아계신 하나님이시고 바로 성경은 그 거대한 우주선의 사용법과 인간이 왜 창조되어 왜 살며 죽어서는 어디로 가는가를 자세히 설명한 사용설명서를 기록한 선포된 생명의 말씀이니까요. 이런 이유로 나는 선포된 말씀의 부분 부분이 확실히 이해돼서 나와 하나가 될 때까지 그분을 의지해 밤새워 기도하고 우리 성도들에게 시간과 물질을 빼앗은 밥버러지가 되지 않으려고 입술에서 침을 튀기어가며 최선을 다해 선포하지요. 형제님도 먼저 말씀과 회개 기도로 그분과의 바른 관계를 맺게 되면 그분의 무한한 은혜로 사랑과 긍휼을 받게 되어 그분의 자녀로 인침을 받게 되는 영원한 기쁨과 평강을 누리게 되지요. 하나님의 택한 자가 당하는 환난과 고난은 어린아이가 치르는 홍역 같아서 반드시 거쳐야 할 천국에 들어가는 입문서지요. 사도 베드로가 물 위에 걷게 된 것은 안전한 배에서 뛰어내렸기 때문이고 파도와 바람이 무서워 물에 빠짐으로써 하나님이신 예수의 손을 붙잡게 되었으니까요. 어느 면에서 형제님의 알지 못하는 환난도 하나님께서 허락하신 범위 내에서 사탄에게 내어준 방해 공작에서 비롯된 것으로써 그분을 믿고 진실로 행해야만 그 시험에서 벗어나 비상할 수 있겠지요. 너희가 그리스도에 속한 자면 아브라함의 자손이요 약속대로 유업을 이을 자이므로(갈 3:29) 사탄의 포로에서 벗어나려면 반드시 알을 깨고 나와야 날아갈 수 있지요. 베드로가 안전한 배에서 뛰어내린 것처럼 형제님도 여태껏 의지하던 세상 것을 버려야만 예수의 손을 잡을 수 있다는 뜻이지요."

"그분과의 바로 정립된 관계를 맺고 믿음으로 행하면 나에게 환난을 가져다준 사탄의 포로에서 벗어날 수 있다는 뜻인가요?"

"한 바퀴 뒤집어서 냉철한 눈으로 살펴보면 세상 신으로부터 하나님에게 돌아온 자는 그분과의 죄의 관계가 깨끗이 청산되지 못하고 같은 죄를 다시 반복해서 짓기 때문에 그 사랑하시는 자를 훈련시키려고 사탄에게 환란과 고난을 주도록 허락하셔서 회초리를 든 것이 아닐까 사료되지요. 자신은 아직 하나님께 귀의하지 않았다고 해도 은연중에 하나님을 찾기만 하면 사탄은 이미 그 사람의 중심을 파악하고 환란의 소용돌이 속에 그 대상자를 집어넣지요.

아담과 하와가 에덴동산에서 사탄의 유혹에 속아서 선악과를 따먹는 순간부터 악마 사탄의 캄캄한 죄와 더러움이 인간의 육체 속에 파고들면서 생로병사가 시작되고 죄의 습성으로 말미암아 자신도 모르게 사탄에게 얽매이게 된 죄의 노예가 되었지요. 술 중독, 마약 중독, 담배 중독, 도박 중독, 컴퓨터 중독, 여자 중독, 거짓말, 게으름, 사치, 탐욕 등 갖가지 중독 현상으로 사람의 영혼을 잡고 있는 것은 사탄이 심어놓은 죄의 결과로써 하나님에게 돌아가지 못하도록 사탄이 공작한 거대한 죄의 댐이 되겠지요. 가시넝쿨과 엉겅퀴, 가시와 찔레가 처음 싹이 났을 때는 아무것도 아닌 것 같아 보여도 그 잡초의 세력이 점점 자라나서 그 키를 훌쩍 넘기게 되면 자신이 감당 못 할 만큼 비대해져서 중독 현상까지 이르게 되어 하나님과 점점 멀어지게 되지요. 죄의 속성이 얼마나 강한지 무슨 중독이든 그 잡초가 무성하게 자라나서 자신의 키를 넘게 되면 그 중독 현상을 이기지 못하고 사탄이 심어놓은 중독의 노예가 되어 오직 한 번뿐인 인생을 하나님의 궤도에서 벗어나 제멋대로 살다가 사망에 이르게 되지요. 우리는 절대로 사탄이 쳐놓은 죄의 그물을 스스로의 힘으로는 이기지 못하므로 창조주 예수께서는 자기가 택하신 자에게 반드시 사업 실패와 질병, 여러 가지 환란과 역경을 허락하셔서 잘못된 방향으로부터 중독된 그물에서 탈출하도록 이끌어 내시지요. 내 육신 속에는 선한 것이 거하지 아니하는 줄 아노니 원함은 있으나 선을 행하는 것이 없도다. 만일 내가 원하지 아니하는 것을 행하는 것은 내 속에 죄니라 누구든지 하나님을 믿어도 선을 행하는 나에게 악이 함께 자라나는 것(롬 7:10~21)은 사탄이 애당초 악의 씨앗을 뿌렸기 때문이지요. 문제는 자신이 알고 지었든 모르고 지었든 죄의 삯은 사망이므로 예수의 피로 반드시 죄 사함을 받아야만 한다는 점이지요. 살아서 죄의 청산이 이루어지지 않으면 죽어서 불타오르는 땅 아래의 지옥인 스올에 갇혀 있다가 세상 끝 날에 심판을 받아야하니까요. 그분께서 택한 자에게 환란과 역경을 허락하셔서 자기의 인장으로 삼으신 것은 나쁜 죄의 습성과 중독 현상으로부터 돌아서게 하신 사랑이기 때문에 매일 말씀과 기도로 발에 묻은 먼지를 닦아 내야만 하지요. 자동차가 가속 페달만을 밟고 달리면 커브 길의 절벽에서는 굴러떨어지기 십상이어서 브레이크를 밟아서 속도를 줄이도록 허용한 것이 환란의 때가 되겠지요. 또한 사람의 악한 습성은 중독성이 있어서 다윗처럼 훌륭한 왕도 우리야의 아내인 밧세바를 범하는 중죄인인 터여서 피나는 역경의 중벌을 받았으므로 형제님도 죄의 유혹에 끌려들지 않도록 항상 자신을 살피고 회개해야 하지요. 그런즉 살리는 것은 영이니 육은 무익하지요. 내가 너희에게 이른 말이 영이고 생명이라(요 6:63) 육신을 따르는 자는 육신의 일을, 영을 따르는 자는 영의 일을 생각하나니 육신의 생각은 사망이요 영의 생각은 생명과 평안이니까요(롬 8:5~6)."

그의 말은 어렵고도 쉽게 깨닫기에는 나보다 한발 앞서 있었다. 그럴지라도 그 거룩하신 분을 만나기 위한 예비 된 여행이라면 이제껏 내가 만나고 싶던 영적 지도자일 수도 있어서 인내심을 갖고 납득되지 않는 구절들도 귀를 기울여서 경청했다.

순수하면서도 영적 세계에 확 트인 영감을 주는 그 목회자는 내 심경을 알아차렸다는 듯 엷은 미소까지 흘리며 유창한 말의 성찬을 다시 늘어놓았다.

"하나님과 바른 관계를 나누려면 먼저 그분의 독생자이신 예수님을 구주로 영접하고 믿어야 되지요. 일반 종교는 인간이 신을 찾아 평생을 쫓아다니지만 반대로 그분은 하나님 그 자체의 형상이면서도 하나님의 어마어마하신 창조주의 권능을 내려놓고 하찮은 인간의 형상으로 입으시고 인간들에게 먼저 이 땅으로 찾아오셨지요. 어리석은 사탄은 자기의 임금 자리를 유지하려고 그분을 십자가에 매달아 죽이셨으나 그 순간, 인간의 죄를 십자가 위에서 한 마리의 속죄양으로 죽기 위해서 태어나신 그분에게 옮겨져 그분을 믿기만 하면 누구든지 죄 사함을 받게 되었지요. 사탄이 그분의 발꿈치를 물음으로써 선악과로 말미암아 빼앗아 간 권한을 소와 양을 잡아서 제사를 드려 죄를 사함 받는 것 같이 한 마리의 양으로 제물이 되신 예수의 피 흘린 공로에 힘입어서 되돌려 받게 되었지요. 요한복음에서도 내가 아버지의 이름으로 왔으매 내게 주신 아버지 이름으로 무리와 같이 저희도 하나 되게 하소서라는 구절로 정확히 기록되어 있지요. 세 분이 한 분이고 한 분이 세 분이신 신비의 주님을 믿기만 하면 형제님도 세상의 갑작스러운 고난과 제한적인 삶의 굴레에서 탈피해 영원한 생명과 평강의 안식을 누릴 수 있으니까요."

"진짜로 하나님은 이 세상에 존재하는 지금도 살아계신 분인가요? 나는 여태껏 성경은 천일야화나 만화나 불교와 힌두교 그리고 이슬람교 속의 다른 종교에 나타난 주인공쯤으로 인식했지요.

지인의 강요로 읽어본 성경에는 죽은 자가 살아나고 사람이 물 위에 걷고 물이 포도주로 변하고 빈 공간에서 물고기와 떡이 뻥 튀겨져 오천 명을 먹이고 모세가 지팡이를 처들자 홍해 바다가 두 쪽으로 갈라지고 엘리야 선지자는 불수레를 타고 하늘로 올라가고 천사 한 명이 내려와서 수십만의 적군을 한순간에 전멸시키고 여호사밧의 찬양대가 찬양을 드릴 때에 적군끼리 서로를 죽여서 브라보 골짜기에서 삼 일간 전리품을 획득하고 눈먼 삼손이 성의 기둥을 무너뜨려 수천 명을 죽이고 하늘나라에서는 하나님과 사탄, 하나님의 아들들이 회의를 해서 의인 욥을 욕창으로 치고 끝에 가서는 그 거룩한 하나님께서 이곳 사바세계로 내려오시어 죽은 자와 산 자를 하늘로 끌어올리셔서 결혼식을 올리고…그들과 새 하늘과 새 땅을 창조해서 살겠다는 약속의 구절들…나는 요약된 성경을 만화로 읽으면서 참으로 거짓말투성이인, 아니 기이한 동화책보다도 더 거짓투성이이고 공상과학을 넘어 옛날, 옛날이야기 쯤으로 상상되는 황당한 내용들을 보면서 하나님도 뻥을 잘 친다고 배꼽 잡고 웃었었지요. 하지만 목사님께서 말씀하시니 그 믿음의 진지성에 의지해서 이후로는 성경을 재조명하겠습니다.”

“그렇게 하시지요. 지구와 태양은 빈 허공에 떠 있고 아무도 붙잡고 있지 않지만 정확한 궤도를 한 치의 오차 없이 수십억 년을 돌고 있지 않나요? 우리의 무지한 상식으로는 밑에서 밑으로 끝없이 추락해야 되지만 마치 우리가 하늘로 쏘아 올린 야구공과 골프공이 수십억 년을 땅에 떨어지지 않아야 되는데도 그렇지 못하고 해와 지구와 달의 행성만이 그러하니 이것도 이해하기 힘든 신비겠지요. 이와 같이 하나님의 말씀도 왜 지구와 태양이 공중에 떠서 정해진 궤도를 도느냐고 섣부른 과학지식으로 이론다툼을 하지 말고 그로 인해 하루와 시간이 만들어지는 것을 믿는 것처럼 그 경이로운 우주를 설계해서 만드신 우리 하나님을 무조건 믿기만 하면 우리를 하늘로 이끌어서 영원히 살게 하시지요. 예수께서는 세상의 의인을 부르러 오신 게 아니고 죄인을 부르러 오셨기에 하늘 천사들도 죄인 한 명이 회개하고 돌아오면 의인 99명이 모인 것보다 한층 기뻐하지요. 의사는 병든 자에게 필요해도 건강한 자에게는 불필요하시니까요. 형제님에게는 이토록 좋으신 야훼 하나님을 빨리 만날 수 있도록 기도해드리지요. 그분의 사랑은 거룩한 소원을 가지고 가슴의 믿음을 행위로 옮길 때 분명 임재하시지요. 차던지 뜨겁던지 양자택일을 해야만 진실한 크리스천으로 거듭나서 그분을 만날 수 있으니까요. 나와 형제님이 그 흐릿한 오솔길의 마른 잎새 가운데서 만난 것은 우연일 수 없는 그분의 섭리로 이루어진 것이니까요."

운명처럼 다가선 윤시온 목사와의 만남과 어서 돌아오라는 설득… 난 윤 목사의 정감 어린 속삭임이 아득히 먼 동화 속의 병정을 만난 것처럼 난해한 언어로 들렸지만, 그의 초연한 믿음 속에는 한 줄기 빛의 그 무엇이 내재해 있어서 거부할 수 없었다. 그 영감 어린 빛의 속삭임은 내 영혼을 뚫고 내 깊은 곳을 비추면서 시원한 확신으로 자리 잡았다.

　야훼, 예수라는 지존자의 이름, 나는 입이 두 개일지라도 술 마신 뒤의 숙취 뒤의 썩은 혀로는 그 거룩한 이름을 부를 수 없을 것 같았다. 그 예수의 두 글자가 최초로 마음속 깊은 속살에 각인 될 적마다 육체의 가슴앓이가 조금씩 해소되는 느낌이면서도 양심은 뜨거운 숯불 위로 굴러가는 듯싶었다.

　윤 목사와 이런저런 말씀을 나누는 동안, 샌드위치 패널로 임시 건축한 가건물과 그 옆으로 나란히 붙은 태백 기도원의 전체 윤곽이 드러났다. 기도원 본당 앞에 선 나는 선뜻 들어가기가 쑥스러워서 발을 주춤거렸다. 윤시온 목사가 내 뒤에서 등짝을 힘껏 떠밀지 않았다면 용기를 얻어서 본당 안으로 들어가지 못하고 오던 길로 방향을 바꿔서 뒤돌아섰을지도 모를 일이었다. 내가 들어선 기도원 본당은 인간으로써 도저히 넘을 수 없는 한계의 벽에 부닥쳤거나 갈 곳 없는 사람이 적당한 도피처로 찾는 곳쯤으로 알았던 터이어서 그곳은 실재로서의 내 방황의 종착역일 수도 있었다. 마침내 맨 끝의 착지점에 이르려는 그 어디쯤이었다.

　별로 크지 않은 밀폐된 본당 안에는 70여 명의 신자들의 방석을 깔고 양반다리 자세로 앉거나 무릎 꿇은 상태로 저마다 사연을 간직하고 예배를 정중히 드렸다. 강단에 선 설교자는 공교롭게도 요한복음의 서두인 태초에 말씀이 계시느니라 이 말씀이 하나님과 함께 계셨으니 이 말씀은 곧 하나님이시라는 구절을 윤시온 목사처럼 강해했다. 설교 내용은 동행한 윤 목사가 산길에서 강조한 깊이와 대동소이해서 내 귀에는 들어오지 않았다. 오히려 윤 목사가 성경을 펴서 손가락으로 짚어준 서두 절에 어디선가 주워들은 단어를 어린아이 심성으로 때려 맞춰서 신의 존재에 장난기를 대입시켰다.

태초에 방황이 계시니라 이 방황이 하나님과 함께 계셨으니 이 방황은 곧 하나님이시라 외로움이 태초에 방황과 함께 있었으니 만물이 외로움으로 말미암아 지은 바 되었고 방황 없이는 된 것이 없느니라 그 방황 안에 외로움이 있었으니 이 외로움은 사람들의 방황이라 그 외로움 가운데 방황하던 신은 그 외로움을 나누시기 위해 사람을 만들었으니 사람은 외로움과 방황의 수확물이고 친구가 되었느니라.

나는 성경 요절에 시선을 고정시키며 아직도 남아있는 서먹한 분위기를 이겨내려고 외로움과 방황을 대입하다가 무엇을 들킨 사람인 양 가슴을 움츠리고 몸을 숨겼다. 그래서인지 문득 신의 존재를 확인해 어딘가에 숨어있는 신을 한꺼번에 찾아서 움켜쥐고 싶었다. 왠지 궁금증과 바짝 당겨지는 호기심이 일어서 그 미지의 신에게 발목을 잡힌 듯 찾아 은폐된 낯선 곳에서 무릎 꿇고 이제껏 나 자신에게 쌓인 고뇌를 풀어헤쳐 삭이기 시작했다.

만일 신의 존재가 명명백백 여실히 증거되지 않으면 뭐에 홀려 잠시 이곳에 머물렀을지라도 2, 3일 덜 살 셈 치고 처음에 목적지였던 정동진으로 떠나리라 다짐했다. 해돋이의 새 출발과 물보라가 일렁이는 흰 파도가 선연히 떠올라 내일 죽어도 가슴이 확 트이는 그 거센 파도와 더불어 술 한 잔의 낭만과 추억을 즐기다가 이 세상에서 깨끗이 사라질 것이라고 웃음 지었다. 어차피 내가 태어나고 싶어 태어난 게 아니고 미지의 신에 의해 무작정 던져진 존재라면 나에게 주어진 한계상황을 운명으로 받아들이기에 앞서서 신이 나를 데려가기 전에 내가 먼저 내 생명을 죽음으로 초극하고 싶어 굳게 쥔 주먹 안에는 땀방울이 흘렀다.

　내가 나의 생과 죽음, 방황과 외로움에 대해 간절한 심정으로 고뇌를 삭이는 사이에 이미 설교는 끝나고 남은 신자들은 이상야릇한 알아들을 수 없는 소리를 질러대며 기도했다. 저마다의 사연이 제 각각인지라 울부짖고 박수 치면서 큰소리의 외침으로 중얼중얼 떠들었다. 그 뒤의 빈 공간에서 혼자 앉아 윤 목사가 요지부동의 자세로 무릎 꿇고 기도하는 모습을 넌지시 훔쳐보던 나는 시간의 무료함을 참지 못해 신의 존재를 증거 해 내 의심을 풀어달라고 기도했다. 나 자신의 뜻이 신에게 전달되지 못해 명확한 증거를 찾지 못하면 나 역시 철학자 괴테처럼 신은 과연 죽었다고 선포하고 동해로 뛰어들어서 태평양 한가운데로 수영할 것이라고 그들이 기도하는 신에게 간절히 매달렸다. 그들이 하는 대로 두 눈을 질끈 감고 조용히 간구했다.

　"야훼 하나님! 사람들은 하나님께서 살아계신 분이라 증거하던데 정말 그렇습니까? 아니, 예수님과 성령님 세 분이 한 분이시고 한 분이 세 분이신 똑같은 하나님이라고 내가 이해할 수 없는 사실들이 있는데 그 말도 맞습니까? 그리고 제가 무작정 태어난 사람이 아니고 창세전에 하나님께 택함 받아 이 고난의 세상에 태어났다고 억지 주장을 하는데 그 말이 맞는다면 그 증거도 보여주시겠습니까? 만일 제가 납득할 수 있는 충분한 증거와 표징이 나타나지 않는다면 과연 하나님은 죽었다고 판단해 제 길을 멋대로 가겠습니다. 제가 홀로 우연히 태어난 걸로 알고 술 한 잔에 시한 수를 읊으면서 죄 많은 한 많은 목숨을 끊어 외로이 잠들겠습니다. 저도 이제는 지쳐서 쉬고 싶으니까요. 제가 우연일 수 없는 섭리로 태어난 게 맞는다면 제발 뭔가를 보여주시고 응답해 주세요. 살아계신 하나님! 신의 응답은 그 순간에 분명 더 난폭한 그리고 더욱 고요한 불 체험으로 사도행전 2장의 공격적인 형태로 거짓말같이 나타났는데 새 술은 새 부대에 담는다고 내 귀는 신의 불가사의한 증빙으로 새롭게 열렸다. 갑자기 실내는 떠들썩한 시장통같이 시끄럽던 신자들의 울부짖음과 박수 치는 큰 기도 소리가 사라지고 겨울밤의 눈 내리는 고요보다 더 큰 고요가 밀폐된 공간에 깔려서 내 호흡 소리조차 들리는 이 세상에서는 없는 고요가 나를 지배하기 시작했다. 이어서 그 고요하던 성전 안으로 쉭쉭 불의 혀가 갈라지는 날카로운 바람 소리가 이쪽에서 저쪽으로 사방으로 절도 있게 돌아다니다가 내 등허리를 겨냥했다. 나는 그 불 바람의 정체가 뭔지 궁금해 실눈을 뜨고 잠깐 훔쳐보려고 했으나 그 불 바람 소리의 무서운 힘에 깔려 눈을 뜨지 못하고 내 몸뚱이의 사지가 죄어오는 공포로 벌벌 떨려서 그 무엇도 훔쳐보지 못했다. 왠지 신에게 멋모르고 함부로 내뱉은 말들과 과거에 저지른 엄청난 죄악들이 선연히 떠올라서 그 불 바람과 접합되어 눈물로 승화되면서 멈추지를 않았다. 이상하게 그 불 바람의 실체에 깔려 헐떡거리면서도 한편으로는 몰려오는 흰 파도에 몸 담그는 것처럼 시원한 쾌감의 전류가 흘러내렸다.

그 쾌감과 공포가 양면의 칼처럼 교차된 순간은 몇 분도 되지 않는 촌각이었음에도 마치 오랜 시간의 흐름으로 여겨져 머리카락이 쭈뼛 서서 팔다리와 뜨거워진 육체 전부까지 야릇한 떨림의 진동이 느껴졌다. 어쩌면 그 불바람의 맛은 나를 키우고 거기까지 이끌어 준 충일한 충만이었는지 모른다.

한동안의 시간이 정지된 휴지, 진공 상태가 이어지는가 싶더니 그 불 바람의 혀는 쉭쉭 내 뒤를 돌아서 무한한 강력으로 내 등허리를 때리고 깊숙이 꽂혀 순식간에 가슴을 뚫고 앞으로 빠져나갔다. 참 뜨거웠다. 나는 성인의 주먹으로 강타한 것 이상의 힘에 밀려 몸의 중심을 가누지 못하고 부끄러운 줄 알면서도 앞으로 엎어졌다. 그러던 찰나, 외롭고 허허했던 가슴속의 방황은 신과 교접되면서 놀라운 평강으로 가득 차 샘솟는 기쁨이 넘쳐났다. 마시면 마실수록 숨결에 감도는 향기가 달콤해 그대로 돌이 되어 멈추고 싶었다.

영혼을 꿰뚫는 평강의 기쁨을 충족히 호식한 나는 그제야 부끄러워져 실눈을 뜨고 주위를 두리번거렸다. 해괴하게도 온통 주위는 박수 치며 기도하고 울부짖는 사람들의 시끄러운 아우성으로 시장을 방불케 하는 처음 분위기 그대로였다. 그 한없는 고요는 어찌 된 일이며 내 앞뒤에는 아무도 없는 빈 공간이 건만 누가 내 등을 강타했으며 무서운 주먹으로 등 뒤에서 때리고 지나갔을까 하는 의문으로 가득했다.

사방의 시끄러운 소음들은 변함없건만 혼자 눈 내리는 고요 속에서 불 바람을 체험한 까닭은 무엇일까? 아아, 그렇다면 퍼뜩 스쳐가는 느낌표가 일어났다. 그랬었구나! 자신이 살아계신 하나님을 보여 달라고 떼를 쓴 표징이 이것이었구나! 아아, 살아계신 하나님! 언제나 의심하고 반항했던 이 죄인의 아집과 교만의 죄를 사하여 주옵소서! 나는 다시 무릎 꿇고 기도했고 원인 모를 눈물이 다시금 불을 타고 흘러내려 눈 주위를 주먹으로 훔치고 훔쳐도 그 뜨거운 눈물은 그치지 않았다.

나는 아무렇게나 내 멋대로 살아온 지난날들을 뼈저리게 뉘우치며 회개했다. 고달프다고 밤새도록 종로와 명동, 강남을 순례하며 술 취하고 뭐가 잘났다고 사람들에게 거드름을 피우고 잘난 척 교만을 일삼던 어리석은 행위들을 회개했다. 이제껏 바라고 이루려 했던 부와 명성도 공허한 허상으로 다가와 그 높아지려는 허상에 속아 한 번뿐인 아깝고 소중한 시간을 덧없이 낭비한 지난 부끄러운 탐심을 회개했다. 사업을 한답시고 미래라는 이름으로 한 자리의 술값에 불과한 생활비 한 푼도 집에 들여놓지 않고 가정을 내팽개쳐 아내 채림을 생활 전선에 뛰어들게 한 그 무책임한 행위가 죄스러워 회개했다. 세상의 틈새를 비집고 들어가 나만의 왕국을 세우려 했던 그 헛된 탐욕에 속아 세상의 공허와 함께했던 교만의 시간들을 하나하나 회개했다.

　강남의 밀실, 그 화려한 주연(酒宴)에 불러들여 위스키와 코냑으로 먹칠을 해주던 사람들이 나의 개인 사무실마저 쓰러졌다는 소문이 퍼지면서 혹 사업 자금을 빌려달랄까 봐 졸지에 연락을 끊고 내 주위를 떠난 술친구들을 미워하지 않게 해달라고 모두의 용서를 빌었다. 또한 자신이 앓고 있던 척추 종양이 폐까지 전이돼 치유조차 불가능하다는 사실이 알려지면 동정심은 고사하고 한발 더 나아가 완전히 배신하고 떠날 사람들도 용서하는 관용을 주시고 그 허무의 끝에서 누구든지 미움 대신에 사랑하게 해달라고 기도드렸다. 박순만, 양재덕, 그 패거리 등 주마등처럼 지나가는 그 냉정한 얼굴들을 떠올리면서 그들을 용서하고 사랑하는 마음을 가지려고 한정 없이 울었다. 어떤 이유든 자신이 거울을 들여다보았을 때 낯빛이 누렇게 변해버린 몰골이 된 병을 숨기고 신이 부를 때까지는 자살할 마음을 접고 이를 악물고 입술을 지키리라고 다짐하면서 자신의 수명 다한 육체가 불쌍해 정작 서러워서 울고 또 울었다. 동행한 윤 목사는 평소의 체면마저 접고 울고 있던 내 곁으로 다가와 손목을 덥석 잡았다.

　"형제님, 축하드립니다. 형제님은 성령의 인도하심으로 주님을 깊이깊이 영접하셨습니다. 회개의 눈물을 흘림으로써 죄 사함을 받고 거듭나셨습니다."

　"주님을 영접하고 거듭났다니요?"

　"그렇습니다. 진실로 예수님을 받아들이고 자기의 지난 죄를 고백하고 회개했으니 거듭났지요. 절대 진리이신 주님의 은혜로 이곳까지 인도되어서 그분의 지극한 사랑을 받은 겁니다. 참새 한 마리도 주님의 허락 없이는 떨어지지 않는 법이라 형제님은 주님의 섭리로 인도돼 거듭난 겁니다. 타 종교는 자신의 노력과 힘으로 정진해 신을 만나려고 찾아가지만 주님은 조건 없는 은혜의 사랑으로 자기의 택한 자에게 먼저 찾아와서 만나 주신 거예요."

"……!"

나는 왜 우는지 모르는 눈물 가운데 나름대로 하나님의 표징을 받은 터여서 닫혔던 가슴이 펑 뚫리며 무언가를 살살이 풀어헤친 뒤의 충만감으로 한층 새로워진 기분이었다.

나는 그 밤을 기점으로 어떤 음식도 일체 사양하는 금식기도를 작정했다. 윤시온 목사와 한방을 쓰면서 그의 정성 어린 기도와 말씀을 먹으며 힘겨운 싸움에 들어갔다. 아침, 점심, 저녁으로 세 번의 예배를 드리고 남은 시간에는 뒷산의 기도굴에 들어가 윤 목사가 이끄는 대로 보살핌을 받으면서 젖 먹던 힘을 다해 기도드렸다. 무슨 말을 어떻게 기도할지 몰라 망설일 적에 그는 중풍병 걸린 환자에게 예수님께서 소자야 네 죄 사함 받았느니라는 말씀으로 병이 깨끗이 치료되었다는 예화를 들려주면서 나도 실질적인 죄 사함에 들어가도록 여러 곳의 말씀의 구절들을 짚어가며 이끌었다. 나는 그의 가르침대로 주님, 나에게도 죄 사함을 받았느니라 말씀하소서 하고 거듭 되풀이해 기도했다. 참으로 신기한 것은 네가 죄 사함을 받았느니라는 말씀을 잡고 반복해 기도

하고는 가만히 눈을 감고 앉아있기만 해도 세상 근심과 욕망이 잊히고 몸 전체가 전기에 감전된 듯 머리부터 발끝까지 찡 울리며 머릿속이 시원해지는 느낌이었다. 흔히들 말하는 평강과 기쁨이 넘친다는 게 이런 것일까…

아침 일찍 산에 오르자 폐와 등허리를 압박하던 척추종양의 아픔이 멎은 듯하면서 매 순간 들이키는 호흡이었으나 새롭게 쉬어지는 상쾌함을 주었다. 살아 숨 쉰다는 게 감사해서 무거운 짐을 그분에게 맡겨버리고 동해에서 떠올라 산봉우리의 지평에 걸린 일출의 해를 한없이 바라보았다.

습관적으로 피우던 담배를 끊고 술을 못 마시는 것이 마약 성분의 결핍으로 배고픔보다 더한 형벌이라서 내 몸의 중심을 잃고 안절부절못했으나 폐와 장기가 깨끗해져 내쉬는 호흡도 점차 자유로워졌고 가슴도 시원한 생수가 넘쳐 술의 자극에서 벗어났다. 가랑잎이 수북하게 떨어진 숲길을 걷다 보면 아침의 마른 자연향이 코끝에 배어들어 담배를 끊기 전에는 도저히 맡기 힘든 은은함을 흡입했다.

산 위로 살짝 걸린 둥근 달이 쪽빛으로 비추던 날, 나는 문득 솔바람마저 멎어있는 듯한 고요와 달빛을 밟고 싶어 그 고요 속으로 걷다가 소롯길 위의 마른 잎새를 방석 삼아서 무릎 꿇었다.

내 존재의 밑바닥에 아직도 조금은 잠재해 있는 뱀의 똬리 같은 물음표의 심연에 빠져, 사탄의 시험일지도 모를 나 자신의 회의와 싸우기 위함인지도 모른다.

"과연 내가 체험한 불의 혀처럼 갈라진 강한 불바람이 하나님의 임재가 확실할까?"

그간 성령님이 주신 은혜의 사랑이었다고 잘 다스려오던 생각이 그 밤에 한가한 여유로운 틈을 타고 문득 의문으로 다가서 그 심연의 아가리는 깊고 넓었다. 그 밑으로 미끄러져도 나 자신이 막상 붙잡을만한 나무뿌리나 풀 한 포기가 돋아나 있지 않아서 정말로 하나님의 징표를 받고 보니 그 진위가 의심스러워졌다. 예수께서 사역을 시작하시기 전에 광야에서 금식 기도하시며 사탄의 시험을 받은 것처럼 나에게도 얼마든지 거룩한 소리의 형체로 나타나 그 놀라운 위장술로 가장해 내 영혼을 점령할 수 있을 것이라는 의문의 심연이었다. 사탄은 하나님의 불꽃 같은 눈동자는 감히 속일 수 없지만 하찮은 사람은 마음껏 조롱하고 속일 수 있는 악령이므로 나 자신이 하나님의 표징을 받으려는 간절한 분위기 때문에 눈이 아리어져서 자신의 감정에다가 하나님을 대입시켜 놓고는 빙산의 일각일지라도 사탄에게 속고 있는지도 모를 일이었다.

그 심연의 물음표가 내 자아를 점령할수록 불바람의 정체는 사탄의 속임수일 수도 있다는 의문이 일어나 가슴이 답답했다.

"나는 누구이며 어디서 와서 어디로 가는 존재일까?"

주위의 달빛조차 사탄이 지배하는 두려움으로 변해 마음 밑바닥을 파고들면서 미지의 신을 향해 악다구니를 써댔다. 어쩌면 그 미묘한 항변은 신의 세계와 세상 것을 하나로 조화시킬 수 없어서 두 세계가 충돌된 몸 전체의 똬리였다.

"요한의 아들 시몬아, 네가 나를 사랑하느냐고 물으신 주님! 나도 주를 사랑하는 줄 주께서 아시오니 나에게 살아계셔서 임재하시는 표징을 이 순간에 다시 보여주옵소서. 내가 주의 영을 시험하려는 것이 아니옵고 스스로의 물음표에 빠져 주를 찾사오니 누구나 인정할 수 있는 물증으로 확답해 주소서. 기드온에게 땅은 마르고 양털은 젖게 한 표징과 또 그 반대의 표징으로 하나님의 존재를 드러내신 것처럼 하시든가, 아니면 마가의 다락방에 모인 사람들에게 주의 영을 부어 각 나라의 방언을 주신 것처럼 나에게도 그 방언의 말씀으로 임재하소서. 이는 내 영혼이 사탄에게 속아 음부에 버려지지 않으려 함이니 나를 긍휼히 여기사 약속하신 성령을 또다시 흡족하게 부어주소서 그리하시면 내가 사탄에게 속지 않았음을 기뻐하며 주를 영원히 찬양하겠나이다."

나는 눈을 꼭 감은 채 뭐라 뭐라 중얼거리며 의식은 말짱히 깨어있어 잠들지 않은 상태로 미친 듯이 항변하는 기도를 드렸다. 시간이 시간을 넘어 측정할 수 없는 시간 속에 머무는 긴 시간 동안 그토록 절규하는 기도로 간구했다. 내 깊은 심연에서 의문의 물음표가 보이지 않는 신에게 똬리를 틀었던 것처럼 그 의심이 바뀌어 뭔가 보여 줄 수 있는 신으로부터 활화산이 폭발할 것 같은 강한 힘으로 확실한 응답이 들려질 때까지 나는 항변하듯 떠들었다.

밤은 깊어질 대로 깊어졌다. 내가 미친 게 아니라면 그건 분명 그분의 응답이었다. 나 자신의 중심이 말하고 있었으나 차츰 한글 단어의 구절들은 사라지고 혀가 꼬부라져 말리면서 흡사 아마존과 아프리카의 원주민의 토속어 같은 말들이 내 입에서 터져 나왔다. 소리를 죽여 기도를 멈추려 해도 어떤 강한 존재의 권능에 이끌려 정작 나는 전신마비가 된 것처럼 힘을 못 쓰고 또 다른 인격체가 나를 지배하면서 나는 그 알지 못할 뒤범벅된 혼란의 소리에 이끌려서 되려 내 입술에서 넘어오는 소리를 듣다가 머리의 인지능력마저 돌아버릴 성싶었다.

그러기를 얼마쯤 지났을까. 나를 강하게 억누르던 힘이 사라지고 동시에 포근한 사랑의 결정체로 변해 나를 사방에서 둘러 감싸고 안위했다. 이어서 그 평강의 사랑은 어디선가 지존자의 또렷한 음성으로 메아리쳤다.

"네가 나를 사랑하느냐. 네가 나를 사랑하느냐. 네가 나를 사랑하느냐."

이 세 구절의 말씀은 2천 년 전, 시몬 베드로에게 물으신 지존자의 음성이었다. 그 순간 그분의 믿음이 내 믿음 안으로 들어오셔서 하나로 완전히 겹쳐지며 잠시 실족했던 믿음이 되살아났다. 나 자신의 혀를 통해 터져 나오는 신의 소리를 내 자신의 의지를 넘어 똑똑히 들리면서 급기야 내 입술의 권세로 응답했다.

"내가 주를 사랑하는 줄 주께서 아시나이다. 내 죄를 사하시고 죽이시든지 살리시든지 주의 뜻대로 하시옵소서."

"네 죄가 사하여 졌느니라(막 2:5)."

그분의 그 강렬한 한마디에 그분을 잠시라도 의심한 가책과 또한 그와 반비례해서 터지는 고요한 기쁨으로 뜨거운 눈물을 글썽이었다. 그 기쁨은 잠시 기분 나쁜 일이 닥치면 좋았다가도 사라지는 세상 기쁨이 아니고 많은 연단을 통해 얻어지는 곧 좋을 때나 슬플 때나 영원히 기쁜 연단 뒤에 그분께서 당신의 형상이 나에게 만들어지는 목적을 이루는 하늘나라의 기쁨이었다.

꼬부라졌던 혓바닥도 본래대로 펴지고 끈질긴 가슴앓이의 물음표도 응답되면서 긴 시간 동안 답답했던 폐와 등허리의 암 덩어리는 말씀의 빛에 녹아 씻기어져서 시원함으로 흘러내렸다.

"네 죄가 사함 받았느니라."라는 그 한마디의 말씀으로 악마에게 사로잡혔던 병마에게서 놓임 받았다는 확신이 생기면서 하늘나라의 꽃향기 속에 코를 박고 취해버린 느낌이었다. 세상의 돈과 권력, 명예와 온갖 부귀영화보다도 귀하신 지존자, 내가 그토록 찾아 헤매던 그분께서는 멀리 계시지 않고 내 안에 계셨다. 내 열정이 그분을 연 것이 아니고 오히려 그분의 택한 섭리로 인해 나 자신이 열렸다. 그분께서는 다시 말씀하셨다.

"더 심한 것이 생기지 않도록 다시는 죄를 짓지 말라(요 5:14)."

나는 실타래처럼 엮어진 물음표의 똬리에서 벗어난 기쁨으로 산에서 내려온 그 새벽에 편안한 잠에 빠져들었다. 하늘도 어제의 하늘이고 산과 나무도 어제와 똑같건만 나는 낯선 세계에 들어선 것처럼 무엇이 안 되면 원점으로 돌아가 다시 시작하면 된다는 자신감의 기쁨이 넘쳐났다. 사업 실패의 좌절과 회의, 척추에서 전이돼 내장 전체로 퍼진 암 덩어리의 통증으로 저승길 문 앞에 서 있던 사람이 그 무서운 병마에서 치료받고 바짝 다가선 죽음에서 해방되어 새 힘이 솟아났다. 더 심한 것이 생기지 않도록 다시는 죄를 짓지 말라는 그분의 경고를 잊지 않는다면 나는 완전히 완쾌된 것이나 다름없었다.

윤 목사는 주일 설교를 위해 토요일 늦은 오후에 하산했다가 내가 일주일의 금식 기도를 끝낸 월요일 밤에 올라와서 내 체험담을 듣고는 매우 흡족해하며 하나님을 바로 알도록 기도해주었다. 야훼는 막연한 기도에는 결코 응답하시지 않는 분이므로 적당히 중언부언하지 말고 분명한 목적과 믿음을 갖고 기도하도록 지도했다.

"하나님은 형제님의 기도에 응답하시기를 늘 기뻐하고 원하는 대로 뭐든지 하실 수 있는 권능 자지만 형제님의 바른 기도를 통해서만 역사하시지요. 사람이 마음으로 믿어 의에 이르고 입술로 시인해 구원에 이르므로(롬 10:10) 믿음의 말을 확실히 해야만 임재해 주시지요. 나침반의 끝이 정확한 각도를 가리켜야만 목적지를 찾아가는 것처럼 문제의 산을 저 바다로 던지려면 믿음의 눈으로 할 수 있는 것을 바라보면서 기도하고 명령해야 하지요. 만일 형제님이 어떤 불치의 병이 들었다고 해서 "아이고 나는 죽게 되었구나!"소리 지르며 자신의 시체를 떠올린다면 정말 죽을 수밖에 없지만 믿음의 눈으로 완치될 목표를 가지고 자신의 회복된 모습을 그리면서 네 죄 사함을 받았느니라는 성령의 언어로 명령하면 형제님은 살게 되지요. 야훼께서는 기도하는 사람의 긍정적인 믿음을 보시고 모든 병과 문제의 산을 옮겨주시지요. 야곱도 일한 품삯으로 삼촌 라반에게서 양들을 물려받을 때 그런 믿음의 바라봄으로 승리했지요. 우물가에 버드나무, 살구나무, 신풍나무 가지를 얼룩덜룩하게 벗겨 세우고 물을 마시러 온 양 떼가 바라보게 함으로써 똑같은 얼룩덜룩한 양 떼를 낳게 한 것이지요.

그의 가르침은 나에게 난해한 점도 있었으나 아내 채림에게 주워들은 어렴풋한 지식으로 그 윤곽을 대충 잡아내어서 이해했다. 마인드 컨트롤이나 요가의 초월적 명상 등 동양의 신비 종교 지도자들도 사탄의 지배권에 근접해가며 그 사탄의 영과 결합해서 그들 나름대로 병 고치는 이적을 행하며 순진한 사람들을 미혹하긴 해도 사실 하나님의 허용된 권세 안에서 제한된 능력을 발휘하는 정도였다.

윤 목사는 내가 자신의 지론을 받아들이거나 반박하지도 않고 이렇다 저렇다 하는 적당한 반응을 보이지 않아 추가적인 설명을 이어 나갔다.

"형제님은 뇌 속의 언어중추 신경이 다른 모든 신경계통을 지배하고 강력한 영향력을 미친다는 사실을 알고 있나요?" 혀는 신체의 가장 작은 부분이지만 온몸을 굴레 씌울 수 있지요(약 3:2). 언어중추신경은 말을 통해 자신의 모든 육체의 신경망을 조정할 수 있다는 게 뇌수술에서 발견된 의학적 증거이지요. 만일 형제님이 나는 사업이 망해 그 여파로 병이 들어서 이제 끝장난 사람이라고 말한다면 모든 신경세포는 그 말에 반응해서 죽을 수도 있지요. 그런고로 내 혈액 속에는 나무의 수액처럼 맑고 싱싱한 피가 흐르고 있어서 나이와 관계없이 재차 도전하면 젊은 사람이 할 수 있는 일을 얼마든지 나도 할 수 있다고 반복해서 자신에게 말하면 중추신경의 반응으로 새 힘을 얻어서 무난하게 성공할 확률이 높지요. 세상을 창조할 때, "빛이 있으라."라고 선포하시자 그대로 이루어진 것처럼 하나님의 은혜 위에 형제님의 믿음의 말이 겹쳐지게 되면 자타를 막론하고 아픈 부위에 예수의 이름으로 낫을 것을 명령해 보세요. 이 세상 안에는 하늘에 속한 것은 아무것도 없고 오직 말씀 자체인 예수의 이름만 계시므로 하나님의 이름이신 예수로 기도하고 명령하면 영적 세계가 열려서 세상 법칙과 관계없이 그분의 권능으로 기사와 이적이 나타나게 되지요. 예수께서도 오병이어의 기적과 폭풍을 잠재우시고 병자를 고치고 죽은 자를 살리신 것 등의 이적을 행하신 것은 자신 안에 계신 예수의 이름에 의지해 명령했기 때문이지요. 사람은 할 수 없어도 야훼 하나님이신 예수의 이름은 자연과 사람, 몸의 언어 중추와 신경계통까지도 지배하시는 전능하신 창조주이셔서 "말씀의 선포"가 이루어지면 그대로 언어를 통해 당신을 나타내시지요. 다만 주의할 점은 예수 하나님은 티끌의 어둠과 죄도 없는 분이시므로 항상 내가 짓는 세상 죄는 그분의 십자가로 회개하고 죄사함을 받아야만 예수 이름이 하늘 권능을 나타내게 되지요. 예수의 이름은 혼탁한 세상에서 유일하게 하나님께 속한 하늘나라의 말씀 자체이므로 하늘나라의 확장과 그분의 의를 위해서라면 반드시 이루어 주시지요."

윤 목사는 내가 쉽게 납득이 되도록 자신이 깨닫고 체험했던 소신대로 세상의 악한 것들과 나 자신을 스스로 이겨내는 방법을 가르쳐 주었다. 무언가 뚜렷하게 잡히지는 않아도 피상적으로 알고 있던 세계가 그에게 들으면 들을수록 그 베일을 벗고 알맹이 가운데로 파고 들어가서 머릿속으로 강한 빛이 비쳐진 느낌이었다. 나 하나의 존재가 수천억 개의 은하계와 그 은하계 속에 일조 개의 태양계가 모인 이 광대무변한 우주에서 한 개의 작은 행성인 태양계의 지구에서 어떻게 태어났고 죽어서는 어디로 가서 어떠한 몸으로 다시 태어나 살까 하는 의문의 고리가 매일 윤 목사와 접하면서 조금씩 풀어졌다. 내가 신을 선택한 게 아니고 신의 은혜로 먼저 선택되었기 때문에 그분의 형상이 내 안에 만들어질 수 있도록 그분의 의도대로 드디어 때가 되자 이 세상에서 하늘나라에 들어가기 합당한 연단을 받고 그분에게로 들림 받아 날아간다는 지론이었다.

나는 내가 방황한 물음표의 해답을 찾은 영적인 기쁨으로 성경을 파고들면 파고들수록 시원한 생수를 사막에서 길 잃은 자가 길을 찾고 들어 마시는 기분이어서 마시면 마실수록 마음의 심저에서 시원한 샘물이 한없이 솟구쳐 올랐다. 그 놀라운 기쁨으로 나의 소중한 체험을 아내 채림에게 털어놓아 영원한 각인으로 생생하게 남기려 했으나 전화가 연결되지 않았다. 이왕 핸드폰을 윤 목사에게 빌린 김에 차순위로 떠오른 곳은 아직도 사무실을 홀로 지킬지 모르는 충직한 미스 지였다.

전화가 연결되어 듣고 싶던 미스 지의 맑은 음성이 수화기를 흘러나왔다.

"여보세요."

"잘 있었어. 미스 지. 아직도…"

"이사님! 목소리가 달라지셨어요. 에너지가 충만한 힘 있는 목소리를 듣게 되어 너무 기뻐요. 이사님 걱정으로 얼마나 애를 태웠는지 몰라요."

미스 지는 반갑다 못 해서 숨소리조차 막히는 듯 훅 숨을 내쉬며 울먹였고 나 또한 그녀에게 반응해 눈시울이 뜨뜻했다. 철저히 파산해 아무것도 남지 않은 나를 도우려고 마지막까지 잔무처리를 짊어진 그녀의 소리를 듣고는 사람아! 사람아! 하고 튀어나온 가슴의 질책으로 나 자신을 나무라면서 그녀의 충직한 고마움에 손목을 덥석 잡고 싶은 심정이었다. 직원들은 뿔뿔이 헤어졌어도 그녀 하나가 마지막까지 남아준 게 전부를 가진 것 같아서 나는 내 영혼의 심연에서 샘솟는 기쁨을 그녀와 함께 나누었다.

"미스 지, 놀라지 마. 나는 신을 만났어. 미스 지가 늘 경외하고 섬기던 야훼 하나님을 만난 거야."

"축하해요. 이사님. 진실로, 진실로 축하해요. 밝아진 목소리만 들어도 그러신 줄 알았어요. 티 한 점 없이 깨끗한 이사님의 심성이 하나님을 불러들이신 거예요. 기쁨 넘치는 이사님을 대하니

저도 이제 마음이 놓여요."

"그럼. 왜 기쁘지 않겠어. 전에는 내가 어디서 와 어디로 가는가를 알지 못해 답답했으나 그분을 만나는 순간, 내가 어디서 와 어디로 가는가를 확연히 알게 되었지. 내가 지금껏 찾아 헤매던 수수께끼의 어둠 속을 그분의 생명의 빛이 비추어져 엉킨 실타래가 풀어지듯이 깨끗이 해소되었어."

"잘하셨어요. 아마 그럴지도 몰라요. 이사님의 순수한 열정이 그분을 불러들인 거예요. 이사님이 하나님을 만나는 순간, 강남성모병원에 입원한 환자의 의식이 돌아왔어요. 아직 하반신 마비는 그대로여도 그 사람을 위해 기도하시면 곧 완쾌될 거예요."

"놀랍고 다행스러운 일이군. 나는 늘 그 문제로 고민했는데 의식이 회복 되었다니 내가 회복된 것처럼 반갑고 좋은 소식이군! 이번 주 금요일에 하산해서 먼저 그 환자를 위해 기도하러 가겠어."

"그 환자분의 밀린 병원비는 우선 전액 지급하고 지금은 산재처리가 되는 한강성모병원으로 옮겼어요. 그리고 사무실 임대기간은 내일모레로 완료되기 때문에 이사님은 금요일에 뵙지 못하겠군요. 필요하면 사모님 근무처에 메모를 남기겠어요. 건강 잘 챙기세요. 예 이사님!"

"미스 지도 건강해."

할 말은 많았지만, 그녀와의 대화는 그것으로 끝이었다. 돌아볼수록 곳곳에서 나의 잘못된 판단과 어리석음으로 박순만을 비롯한 그 패거리들에게 허를 찔려 건설 사업은 또다시 좌절되었지만 미스 지는 나를 끝까지 원망하지 않고 마지막 인사를 눈물로 대신했다.

어떤 불가항력의 마력에 이끌려 기도원을 찾은 나는 왜 금식기도를 해야 하는지도 모르고 이유 따위는 생각할 겨를도 없이 그저 나를 지도하는 강한 섭리에 이끌려 시도했고 그 무모한 일주일 금식을 내 영을 사로잡은 권능의 도움으로 무사히 끝냈다. 그것은 나 자신과 최초의 영적 싸움에서 이겨낸 승리이자 신을 만나서 움켜쥐게 된 시작점이었다. 그곳에서 보호식 관계로 나흘을 더 머물며 이틀은 묽은 흰 죽으로 때우고 나머지 이틀은 배추된장국에 밥을 넣어 먹으면서 잃었던 원기를 회복시켰다. 체중은 5kg 정도 빠져 수척해졌으나 야훼를 만난 영적 몰두는 내 전부를 주고도 바꿀 수 없는 짜릿한 기쁨과 생생한 설렘을 주었다. 물질이 없어진 빈 공간에 야훼의 충만한 사람으로 채워져서 오히려 가난해짐으로 그동안 앓던 방랑벽과 육체의 병이 사라지고 새로운 소망이 솟아남으로 바람에 날리는 마른 잎새와 같은 물질을 빼앗아간 그분에게 감사드렸다.

정동진으로 향하던 발길이 어떤 힘에 지배되어 태백 골짜기의 기도원까지 가게 되었는지는 스스로 뒤돌아봐도 황당하고 신기한 사건이었지만 무작정 토요일에 청량리역을 출발해서 그 낯선 2주를 머물다가 금요일에 돌아오게 된 제법 긴 여행이었다. 서울에 도착하는 즉시 내 현장에서 크게 다친 환자를 위로해 주려고 여의도 성모병원으로 직행했다. 그와의 이별을 끝으로 해서 내 이름으로 짊어진 마음의 부담감을 훌훌 털어내고 자유로이 공중을 날고 싶었다.

한강을 끼고 바라본 여의도의 야경은 화려하고 신선했다. 현장 인부의 병실은 2인용인데 다른 한 명의 환자는 외출증을 끊어 외부로 나가서 그 혼자만 병실을 지키고 있었다.

나는 그 젊은 인부가 크게 다친 이래 의식이 회복된 상태로 만나기는 처음이었다. 그는 혈기왕성한 젊은 사람답게 목구멍으로 직결된 영양제 공급 호스를 빼내고 벌써 미음을 먹었다. 나는 그에게 바짝 다가서서 그의 손을 힘주어 잡고 죄인일 수 없는 죄인이 되어 정중히 사과했다.

"나 현장에서 만난 적 있는 예수영이요. 자주 찾아오지 못해 미안해요. 이만큼 의식이 돌아와 치유된 것만해도 하나님의 놀라우신 사랑이고 기적이에요."

"이사님! 저와 함께 일했던 현장 동료들도 이사님 말씀을 많이 했어요. 이사님께서 산재처리가 되는 병원을 찾아 저를 멀리 옮기셨다면 골든타임을 놓쳐서 죽었을 것을 이사님께서 저를 살려내셨다고… 경제 형편도 여의치 못하면서 그 많은 수술비도 전액 지불해 주시고… 그 은혜 두고두고 갚겠습니다. 진정 감사합니다."

"아니에요. 내 현장에서 다쳤으니 당연히 내가 해야 할 일을 한 것뿐이지요. 빨리 회복돼 또 일을 하세요. 내가 최기술 소장에게 지시해 반장 자리라도 만들어 놓겠습니다."

"고맙습니다. 예 이사님!"

환자가 된 인부는 죽음의 사선을 넘나들어서인지 어딘가 절망의 그림자를 내보이면서도 자기를 향한 내 관심을 깨닫고 어린아이처럼 천진난만해져 미어지는 가슴을 어쩌지 못하고 눈가에 물방울이 맺혔다. 의사의 진단대로 하반신 마비 1급 장애를 입었음에도 아무도 원망하지 않고 자신의 운명으로 받아들이는 그 순박함이 내 영혼에 곧장 와닿아 깊은 감명을 주었다.

나는 그와 나누던 화두를 멈추고 돌아서려다가 여태껏 고뇌의 병을 앓았을 그의 아픔과 무게에 이끌려 그 자리에 멈춰 섰다. 불현듯 내 심령 깊은 곳으로 내가 만난 신의 형체가 뜨거운 불덩어리로 부풀어 올라 자리 잡았다. 그 환자에게 무언가를 주려 했으나 빈털터리가 된 지금의 처지로는 줄 것이 남아있지 않았다. 호주머니를 뒤져도 먼지 밖에 나오는 것이 없었다.

결국 나는 세상에 가난하게 던져진 이유만으로 때로는 슬프게 살며 처참하게 지내는 그에게 짙은 사랑을 억제하지 못하고 그 초월된 가슴을 기도로 승화시켰다. 척추의 신경이 마비돼 다리를 못 쓰는 그의 아픔을 내 가슴으로 끌어안고 차라리 그의 마비 증상을 대신해서 내가 앓으면 좋겠다는 절박한 심정으로 그에게 조용히 다가서서 그의 등에 손을 얹고 눈을 감았다.

"주님, 저희 속에 하나님의 영이 거하면 저희는 육신에 있지 않고 영에 거한다고 하셨지요. 육신은 죄로 인해 죽어도 영은 의로 인해 살 것이라 하셨지요. 육신대로 살면 반드시 죽을 것이로되 영으로써 몸의 행실을 죽이면 산다고 하셨지요. 그런즉 하나님의 영으로 인도함을 받은 저희는 하나님의 아들이 되었고 양자의 영을 받아 아바 아버지로 부를 수 있는 자격을 주셨지요. 이는 주님 안에 있는 생명의 성령의 법이 죄와 사망의 법에서 저희를 해방시켰기 때문이라 하셨지요. 하나님이 우리를 위하시면 누가 우리를 대적하고 정죄하겠으며 주님의 이름을 부르는 자는 구원을 얻는다고 하셨사오니 주님의 의가 지금 당장 나타나서 믿음으로 믿음에 이르게 하옵소서. 여기 한 가엾은 젊은이에게 주님의 뜨거운 은혜로 저를 치료하신 그 영광의 빛이 비추이길 원하오니 다시는 죄에 종노릇 하지 않도록 굳어진 하반신을 풀어주옵소서. 내가 살아 계신 예수의 이름으로 걷기를 명령하노니 젊은 형제는 자리에서 벌떡 일어나서 걸을지어다. 거룩하신 예수의 이름으로 기도드립니다."

나의 서투른 간구는 로마서에 나오는 구절들을 기도원에서 읽고 암송한 것을 기억해서 두서없이 열거시킨 것에 불과했으나 그 기도 안에는 그의 하반신 마비의 아픔을 차라리 나에게 짊어지게 하고 죄 없는 그를 그만 용서해주시라는 끝없는 눈물이 배어들었다. 껍데기보다는 내 중심으로 말씀을 한껏 붙잡고 환자를 사랑하는 뜨거운 가슴으로 포옹했다.

기도가 끝나자 환자는 어디서 주워 들었는지 내가 놀랄 정도의 큰 소리로 아멘을 외쳤다. 나는 그에게 사랑을 말하지 않았지만 더 깊은 무언의 사랑으로 환자의 마비된 다리를 마치 내가 주물러주는 물리치료사인 것처럼 꼭꼭 눌러 주었다. 전체를 쥐어짜서 기는 살리고 혈은 뚫어주는 정성 어린 사랑의 지압으로 누르고 눌러 서로의 눈물로 나눈 무아(無我)의 정화(淨化)였다. 이윽고 환자는 요기를 느끼는지 자리에서 스스로 일어나 앉으면서 바위처럼 굳어진 주위의 침묵을 부서뜨렸다.

"이사님, 죄송하지만 소변이 급해 화장실에 다녀오겠습니다. 제 손을 좀 잡아주세요."

"이 사람, 넘어지면 어쩌려고 그러지?"

"염려 마십시오. 잡아 주시면 문제없어요."

"……?"

환자는 내가 부축해 준 팔을 잡고 조심히 일어서더니만 잠시 휘청거리면서 침대 난간을 잡고 걸었다.

입이 딱 벌어지는 가공할 경악이었다. 나는 그가 소변이 마려워 무심코 내뱉는 소린 줄 알았는데 일어서서 걸을 줄은 전혀 예상치 못하였다. 예수의 이름으로 걸으라고 명령했으면서도 너무나 신기하고 놀라워서 믿어지지 않았다. 반신불수의 젊은 환자는 그제야 자기가 걷는 걸 의식했는지 왈칵 눈물을 쏟으며 감격에 찬 환호성을 터트렸다.

"이사님! 제가 서서 걸었어요. 자 보세요. 제가 서서 걷고 있지 않나요!"

"그래. 자네가 걷게 되었군. 드디어 자네가 병에서 완쾌되어 완전한 사람으로 거듭났네!"

나는 절로 신명이 나서 싱글벙글 파안대소하며 맞장구를 쳤다. 말투도 존칭어에서 친밀한 반말로 바뀌었다. 자신과 가까워진 사람에게는 야, 너, 자식, 인마 식으로 빼고 더 할 게 없이 말을 놓고 내뱉는 습성은 여전했다. 젊은 환자도 신나기는 나와 마찬가지여서 엉거주춤 서서 걷는 상태로 어찌할 줄 모르고 연신 말을 이었다.

"이사님의 간절한 기도 덕택으로 제가 회복되었어요. 이사님이 오시기 전까지는 하반신 신경 감각이 전혀 없어서 꼬집거나 때려도 반응을 못 했어요."

"이…. 이 사람, 됐네 되었어. 자네 하반신이 굳어진 게 아니고 자네는 걸으려는 의지가 약해서 마냥 누워있던 거겠지. 나에게 미안한 감정과 더불어 걷고 싶은 강력한 열망이 겹쳐 걷게 된 거야."

"아닙니다. 이사님! 저도 어느 기도원의 목사님이 걷게 하는 걸 본 적이 있어요. 회복이 안 되면 그곳으로 갈까도 생각했어요."

"자네, 하나님을 믿는가?"

"네, 어릴 적에는 열심이었습니다."

"아무튼 축하하네! 자네 의지가 서서 걷게 하는지 하나님이 낫게 하셨는지 나는 모르네만 자네는 하나님의 은혜로 다시 살게 된 축복받은 사람으로 거듭났네."

나는 내가 드린 기도와는 무관할지라도 자신이 환자에게 일어서도록 의지를 불어넣은 건 확실해서 환자가 걷고 있는 자체를 인정하며 한강의 찬물보다도 훨씬 더 차가운 충격으로 그의 손을 맞잡고 덩실덩실 춤을 추었다.

그 밤에 나는 내 안에 갇혀 방황했던 죄인의 형상에서 그분의 안으로 들어가서 그분이 베푸신 절대적 사랑을 받아들여 끝도 없이 방황한 고뇌에서 벗어나 있는 또 다른 나를 발견했다. 그간의 받은 연단으로 내 안에 그분의 형상이 만들어진 충만한 기쁨이 내 핏줄기의 세포 마디마디에 박혀 터지면서 나의 새로운 출생을 환영했다. 그 밤에 한강 위로 떠오른 달은 이전의 달이 아니고 불어오는 바람도 이전의 바람은 아니어서 새달과 새 바람이 새사람으로 거듭난 나를 환영해 주는 듯싶었다. 발끝에 부딪치는 돌 하나와 달빛이 투영된 흐르는 강물, 기적을 체험한 젊은 환자의 수줍은 웃음소리에도 거룩한 야훼의 사랑이 한껏 깃들여 보였다.

그러나 성령이 강한 곳에 악령도 함께 역사해서 과학 속 작용과 반작용의 법칙을 증거하려는 듯, 한강 성모병원 입구에서 나를 기다리던 사탄의 그림자가 나를 덮쳤다. 볼에 난 칼자국 흉터, 팔에 보이는 용 문신, 짧게 깎은 스포츠머리로 보기만 해도 상대에게 위협을 주는 주먹세계의 건달이거나 기업 해결사임을 암시하는 우락부락한 세 남자가 병원 입구에서 나를 기다리다가 내 팔을 낚아채었다. 그들 가운데 용 문신을 전신에 한 일행 하나가 피우던 담배꽁초를 주차장 바닥에 집어 던지는 동시에 구두 뒤꿈치로 짓이겨 뭉겼다.

"예수영 이사님! 우리가 보름 이상을 사무실 전화기를 도청하면서 이사님이 나타나실 때까지 기다렸습니다. 이사님은 핸드폰도 거의 꺼놓은 상태라서 위치 추적도 불가능하니 그 계획적 수법이 대단하시더군요. 개인 사무실을 정리할지라도 해결해야 할건 해결하고 가셔야지요. 빚을 졌으면 갚으셔야지 한가히 산천유람이나 하시면 되겠습니까?"

"뭐, 내가 자네들에게 무슨 빚을 졌다는 것인가?"

"받을만한 게 있으니까 받으러 왔지요. 가보시면 당장 알 겁니다."

30대 초반의 건장한 남자는 바닥에 떨어진 요구르트병을 다시 구둣발로 냅다 걷어차며 위압감을 주는 것이 나의 어딘가를 강타해서 거뜬하게 때려눕힐 기세였다. 나에게 깊은 상처를 입혀서 세상 구경을 할 수 없도록 해도 남을만한 흉악한 협박이었다.

그 세 명의 해결사들은 나에게 없는 빚을 만들어 협박하려고 박순만의 사주를 받고 채용된 패거리임을 단번에 알아채었다. 그들은 냄새나는 돈 칠을 하고 사는 사람들이나 과시욕을 내세우며 권력을 휘두르는 사람들 밑에서 기생하며 돈을 받고 으름장을 놓아 상대의 기를 꺾어서 돈을 갈취하는 하수인일 터여서 그런 식으로 나를 협박했다. 박순만은 부정한 돈을 주었고 그들은 흔쾌히 받았을 것이므로 박순만의 지시대로 돈의 대가를 해주는 게 당연한 논리라고 짐작했다. 세상은 눈이 멀어버리면 죄악의 수렁이 얼마나 깊은지를 알지 못해 눈먼 자의 손을 잡고 눈먼 자와 함께 달리는 곳일 터였다.

사탄이 우는 사자처럼 나를 핥고 먹어치우려 으르렁거려도 나에게는 스스로 해야 할 일이 없어진 빈 마음이어서 세 남자의 뒤를 순순히 쫓았다. 앞으로 살아야 할 생은 야훼의 택함을 받은 이상, 나를 뛰어넘는 야훼의 몫 이어서 두렵지도 않았다. 더는 잃을 것도 없고 가진 것도 없어서 과거의 열정과 처절히 싸워온 지난 가슴앓이에 갇힐 이유도 없었다. 여자가 해산할 때가 차면 그 당할 아픔으로 근심하지만 아이를 낳으면 새 생명이 태어난 기쁨으로 인해 낳을 때의 고통은 다시 기억되지 않는 것을(요 16:21) 나는 말씀에서 읽고 깨달아 알고 있었다.

내가 납치된 곳은 어느 거대한 쓰레기 매립장이었는데 눈이 가리어진 채 손목을 밧줄로 묶여 차에서 내리자 내 앞을 가로막은 것은 거만하게 버티고 선 지독한 악취의 쓰레기 산이었다. 도시 사람들이 토해낸 쓰레기가 한군데 모인 이방 지대, 멀리 찰랑대는 바다 앞을 보아도 쓰레기, 땅을 보아도 쓰레기, 앞뒤를 둘러보아도 더러운 것들끼리 만나 쌓이고 쌓여서 썩고 문드러진 쓰레기 산더미였다.

나를 납치한 세 사람은 안대와 밧줄을 풀고는 다짜고짜 그 쓰레기 더미 아래로 나를 밀어서 내동댕이치고는 쇠스랑으로 구멍을 파 나를 그 안에 밀어 넣고 주위의 쓰레기를 긁어서 얼굴만을 빼꼼 내놓아 겨우 숨을 쉬게 하고는 몸 전부를 덮었다. 드디어 악다구니를 써대는 그들의 말과 행위는 본색이 드러나서 쓰레기에서 나온 악취처럼 진하고 고약했다.

"이 새끼야, 너 죽고 싶어 환장했지. 너도 그럴듯한 명함을 내보이며 오만하게 살았어도 쓰레기 밑에 묻히면 같은 쓰레기일 수밖에 없는 쓰레기 주제랑께."

한 녀석이 사탄의 화살을 맞은 듯 사타구니가 발정한 망아지마냥 네 피가 모자란다고 길길이 날뛰며 엉터리 사투리를 섞어서 소리쳤다. 그 옆에서 거들먹거리던 또 다른 녀석도 큰 선심이나 쓰듯 제멋대로 거들고 나섰다.

"어차피 갈 데까지 간 거 같은데 치사하게 굴지 말거레이. 니가 쓰레기에 묻혀 쓰레기가 된다고 세상이 눈 한 번, 깜박할 것 같나? 사람 사는 거 우선 지 한 몸 챙기고 보는 기 제일이지 뭐 한다고 우거지국 쒀 감시로 지랄이가 지랄이니, 니도 은행을 주물르길 숫 뵈던 술집 가스나 엉덩이 주무르듯 주무르지 않았나… 어음이라는 종이쪽지 놀음에 바위덩이 같은 은행이 가랑잎맹이로 놀아난기라. 은행 속여 감시로 십억, 백억 써 갈기며 외제차 쌩쌩 달리며 원도한도 없이 으시댔기라. 하이고마 그 거들먹거렸을 꼴이라니! 야, 이사라 카는 사람아. 이 존 세상 남겨두고 저승길 어찌 가냔 말이다! 세상은 니가 발버둥쳐 송장이 되어도 간지럼조차 안탈끼다. 그 억울한 한을 누가 갚아 줄 끼라고? 돈만 있으면 먹을 꺼 지천이니 입을 거 다 못 입어주고 죽는다 아이가, 그 자? 니가 돈 몇 십억을 아끼려고 이 쓰레기 밑에 파묻혀 쓰레기가 될 게 뭐꼬? 니가 서광건설에 돈만 갚으면 니 목숨 살려주는 거 그기야 안 되겠나? 니가 버텨봤자 어느 저승 귀신이 덮치는 줄 모르게 몸뚱이가 쓰레기로 썩어 문드러져 죽을끼라!"

눈썹을 꿈틀 치켜뜬 녀석은 소주병을 병째로 들이키며 숫제 반말과 욕설이었다. 쓰레기 더미에 전신이 묻혀 얼굴만 빼꼼히 내놓은 나는 박순만의 술책으로 잘 돌아가던 현장들을 빼앗기고 조작된 빚을 떠안은 것도 억울한 일이거늘 기업 해결사까지 동원시켜서 나를 은행 돈이나 빼돌리는 악덕 기업인으로 내모는 데는 어이가 없어 귀신들의 놀음에 초청된 기분이었다. 호주머니에 한 푼도 없는 막다른 골목에 선 처지의 사람을 몇억, 몇십억을 숨겨놓은 부도덕한 파산자로 내모는 건 어불성설이었다. 이미 저승 귀신들의 축제에 초청돼 그 제물로 그들의 제단 위에 놓여진 이상, 자신의 힘으로 빠져나갈 구멍은 어디에도 보이지 않았다. 그러나 미묘하게도 쓰레기를 배경으로 쓰레기 짓거리를 흉내 내는 쓰레기 인간들과 파리 떼가 들끓는 쓰레기 산에서 내 살과 뼈가 쓰레기로 썩어가는 나 자신의 육체를 보면서도 어느 누구에게도 화가 나지 않았다. 쓰레기에 던져져 거품을 품고 목구멍으로 넘어오는 악취를 참지 못해 괴롭긴 했지만, 녀석들을 향한 그 잠깐의 화남도 측은함으로 바뀌었다. 내 싸움은 혈과 육의 싸움이 아니고 세상을 지배하는 악한 영들과의 싸움이므로 그 철없는 세 녀석에게 분노의 화살을 쏘는 대신 안쓰러운 사랑이 앞섰다. 이 세상 사람들이 모두 죽어 사라진다 해도 저희만은 죽지 않을 것처럼 착각에 사로잡혀 살아가는 저 어리석은 주먹 패거리들과 박순만을 깨우쳐주기 위해서라도 나 자신이 희생양으로 받쳐져도 좋다고 각오한 터여서 쓰레기 더미로 묻힌 육체는 사방에서 짓누르는 중압감으로 천근만근이었지만 내 영혼의 가슴은 차분해져 두렵지 않았다.

나는 기도원에서 읊조렸던 시편 90편을 태연한 심정으로 묵상하며 말없이 눈을 감았다.

"우리의 모든 날이 주의 분노 중에 지나가며 우리의 평생이 일순간에 다하였나이다. 우리의 연수가 칠십이요 강건하면 팔십이라도 그 연수의 자랑은 수고와 슬픔뿐이요 신속히 가니 우리가 날아가나이다. 누가 주의 노여움의 능력을 알며 누가 주의 진노의 두려움을 알리이까. 우리에게 우리 날 계수함을 가르치사 지혜의 마음을 얻게 하소서."(시 90:10~12)

저들과 나를 가로막은 오해의 벽은 무엇이며 오염된 땅, 악의 쓰레기 산의 저편에서 입에 거품을 물고 주먹을 불끈 쥔 저희의 요구 조건은 돈이겠지만 돈을 힘으로 삼고 물고 뜯는 극악한 각축전으로 긁어모은 돈을 언제까지나 누리겠는가. 누린다 한들 쓰레기 더미에 뒤틀려 썩어가는 세상이 얼마나 화려하게 보일는지 나는 안다. 그 추악한 돈의 사치와 텅 빈 허무를…내가 쓰레기 산에 묻힌 뜻은 쓰레기의 썩은 냄새를 맡고 야훼의 형상이 내 안에 이루어질 때까지 치러야 할 야훼의 연단인 것을…"

나의 눈 감은 환상 속에는 아내 채림과 아들 성령의 밝은 모습이 교차되면서 두 사람이 무릎 꿇고 두 손을 맞잡은 상태로 간절히 기도하는 장면이 나타나면서 창조주 하나님의 연단을 두려워하지 말고 끝까지 인내해서 거듭난 아버지로 살아남으라고 격려했다. 가슴 언저리로부터 흐르는 눈물을 억제하려고 하늘을 올려다 보면서 아내와 아들의 중보기도가 지속되고 있는 한, 내 생명은 저승 귀신들의 축제의 제물이 되지 않고 살아남을 것을 확신했다.

쓰레기 썩은 물에 잠긴 양 쓰레기 악취로 젖어있는 회색빛의 하늘 틈새로 촘촘한 별빛이 흘러내렸다. 나를 쭉 감시하던 패거리 가운데 또 다른 녀석이 술에 취한 상태로 무료한 듯 나를 동정하고 나섰다.

"형씨, 썩을 수만 있다면 쓰레기가 되는 것도 조치! 흙도 되고 거름도 되지만 문제는 말이여! 형씨는 본래 썩어지는 쓰레기가 아니어서 쓰레기들과 어우러져 한 덩어리로 뭉쳐서 뒹굴 수 없다는 점이지. 무진장 쓰레기로 남을 작자들과는 완연히 차별화가 된 점이여!"

미상불 내가 더 살려고 발버둥 치는 생과 의지가 무력해 보이는지 심심해하던 녀석은 쓰레기 철학을 늘어놓으면서 내 손을 붙잡아 주려는 시늉을 지었다. 나는 벌써 내 영혼 깊은 곳에서 자신을 짓밟고 싶은 그 무엇으로도 막지 못할 자존감을 타의에 의해 파괴당한 자포자기가 돋아나서 나를 태어나게 하신 분이 야훼라면 생명을 거둘 분도 그분이기에 신의 뜻에 자신을 내맡겼다.

나는 살아 계신 야훼를 만나기 전에는 누구나가 그렇듯이 저승 사자에게 강제로 끌려가는 이 생에서의 죽음이 무섭고 두려웠으나 그분의 살아 계심을 확인한 뒤로는 무서움이 사라졌다. 모세도 주를 아브라함의 하나님이요 이삭의 하나님이요 야곱의 하나님이시라 칭하셨으니 하나님을 죽은 자의 하나님이 아니요 살아 있는 자의 하나님이시라 하나님에게는 모든 사람이 살았느니라(눅 20:37-38).

나는 감았던 실눈을 뜨고 녀석의 처지가 불쌍해 녀석에게 말대꾸를 해주었다.

"이거 보게나 젊은 친구, 팔팔한 미래가 펼쳐진 사람이 무슨 동기로 이 잡다한 투전판에 끼어들었는지는 모르네만 자네 꼴이 이게 뭔가. 한몫 크게 잡으려면 세상 거금을 강탈하고도 떳떳이 거들먹거리는 간 큰 정치 거물급을 찾아내서 괴롭히는 게 한결 낳지 않겠나? 내 주위를 자네들이 샅샅이 파보아 알겠네만 나는 가진 것도 없고 빼돌린 돈은 더더욱 없는 천하의 빈털터리라네."

"형씨의 태도를 보면 그 점은 수긍이 가지만 있고 없고는 다른 금융팀에서 철저한 조사가 진행 중이니까 나와 보면 알겠지. 간 큰 거물급치고 이 더러운 쓰레기 산에 묻으면 그저 원하는 만큼 줄 터이니 살려달라고 앞발, 뒷발 비비기 마련이 건만 형씨는 죽음 앞에서 태연히 죽이려면 죽여보라는 식으로 요지부동인 건 빈털터리의 증거인 셈이지. 나도 많은 사람을 납치해 쓰레기 산에 묻어 봤어도 형씨같이 죽음의 견인차 앞에서 차라리 죽이라는 식으로 담대한 사람을 보지 못했어. 이래 봬도 난 빵간 출입을 뒷간 드나들 듯했어도 난 가진 놈들보다 치사하게 살아오진 않았어."

녀석은 깍지 낀 두 손을 뒤통수에 얹어 허리를 좌우로 흔드는 운동을 하다가 한숨을 들여 내쉬며 세상을 증오하는 넋두리를 늘어 놓았다.

나는 녀석의 성난 인상과는 다른 순박성을 발견하고는 무료함을 달래는 가벼운 미소를 흘렸다.

"입은 삐뚤어져도 말을 바로 하라 했는데 자네는 이 쓰레기 안에서도 더러움을 비집고 피어난 한 송이 꽃 같은 향기를 발하고 있구먼! 나야 빠져 죽으려도 빠져 죽을 물이 없어 마지못해 살고 있네만 나를 몰라서 이곳에 파묻은 거야. 자살하게 되면 죽음 뒤에 버티고 있는 영원한 지옥이 무서워서 일을 못 저질렀네만 자네들이 도와주고 있으니까 이보다 더 고마운 은인들이 어디 있겠는가! 그럴지라도 자네같이 앞날이 창창한 순진한 젊은이에게 나를 죽인 살인죄를 뒤집어씌울 맘은 전혀 없네."

"귀신 각 뼈다귀 새끼들이 나를 더러운 판에 끌어들였지만 나도 죄 없는 형씨 같은 한량은 죽이진 않아. 이번에 들통 나서 빵깐에 다시 가면 영영 그곳 똥간 귀신이 되어 영영 살 건데… 나는 못 하겠다 이 말이여! 에이, 똥 튀겨 먹을 놈의 세상, 아니꼽고 치사하다. 퉤퉤!"

녀석은 더는 더러워질 수 없는 쓰레기 산에 침을 퉤퉤 뱉으며 비닐봉지 속에 사다 놓은 소주를 또 꺼내어 병째로 벌컥벌컥 들이마시다가 나에게도 소주병을 한 병 따서 실컷 마시라고 입안에 대주었다.

"마셔 마셔둬. 형씨! 이 약으로 말할 것 같으면 각기 다른 이방

인도 한 데로 묶어서 한 패거리로 만들어주는 공포의 근심도 털어내는 악마의 발명품이지. 마셔두면 쓰레기 냄새도 삭혀주고 형씨의 체질까지도 바꿔주는 마법의 중화제가 된다 이거여!"

녀석은 나를 납치할 때부터 연신 마시더니만 절로 취해서 홀로 흥얼거렸다. 나는 썩은 냄새와 축축한 분위기에서 탈피하려고 녀석이 입에 부어주는 대로 한 병을 날름날름 받아 마셨다. 두 병 째를 입에 대주었을 때도 사양하지 않고 거뜬히 들이켰다.

독한 술이 악마를 부르는 독 묻은 화살이 되어 가슴 한복판을 과녁 삼아 꽂히자 세상의 허무를 불러들였다. 쓰레기가 안 되려고 버둥거리다가 도로 쓰레기 산에 묻혀서 어쩔 수 없는 쓰레기의 일부로 흡수되어서 저 겸허한 자연으로 썩고 썩어 돌아가려는 것 자체가 허무였다.

멀리 쓰레기 산 위에서 밤새워 정지 작업을 한 흙차들이 싣고 온 흙무더기를 쓰레기 위로 가지런히 부어 덮어도 바다의 대기는 쓰레기 썩은 내음으로 질척했다. 새벽이 가까이 다가서자 나를 지키던 두 녀석은 어디로 가서 아예 보이지 않고 나에게 술을 먹여준 한 녀석만이 남아서 내가 편안해지도록 허리춤을 반쯤 빼주고는 졸음을 참지 못하고 쓰레기 더미를 베개 삼아 꾸벅꾸벅 졸았다.

나는 이제 세상의 미련과 사업 좌절에 대한 패배감도 남아 있지 않았다. 사고사로 위장돼 쓰레기 더미로 쓰레기 밑에 묻히기를 바랐지만 쓰레기 트럭, 흙 트럭 등 어떤 종류도 달려오지 않았다. 술기운에 취해 갈수록 신이 나 자신을 저승으로 끌고 가기 전에 내가 먼저 신에게 도전장을 내겠다는 허무의 외침이 되살아나서 목덜미를 낚아채려는 사탄의 손아귀에 나를 맡겼다. 질식하고도 남을 썩은 냄새를 피하려고 몸뚱이를 좌우로 흔드는 용트림을 시도하자 쓰레기 더미는 좌우로 밀려서 큰 몸뚱이가 움직여 간신히 빠져나왔다. 술의 마력을 빌려 쓰레기 언덕을 두세 모퉁이 돌아서 파도가 소리치는 곳으로 미끄러져 내달렸다.

채곡한 쓰레기 길은 무디고 차가웠다. 가늠할 수 없을 만큼의 어둠 밑으로 내려 달려가자 아주 가까이 파도 소리가 들렸다. 바닷물을 막은 옹벽 옆의 구정물을 헤집고 가로질러서 갯벌이 질척대는 확 트인 바다로 나왔다. 소용돌이를 치는 바닷물은 썰물이 되어 빠져나가고 말이 바다일 뿐 강화도가 한눈에 잡히는 바다 샛강이었다. 떠밀려온 쓰레기로 흙탕물이 된 바다 가운데에는 서너 척의 낚시 배가 새벽을 깨우고 낚싯줄을 드리웠다. 공휴일을 맞아 숭어와 우럭. 도미, 잡어들을 낚으려고 어스름하게 밝아지는 새벽을 깨고 달려든 낚시광 들이었다.

뒤늦게 나의 탈출을 알게 된 녀석이 새벽 바다의 정적을 깨고 살점이 묻어날 것 같은 악다구니 소리를 질러대며 뒤따라 왔다.

"멈춰 이 새끼야! 잡히면 밟아 죽여! 저런 새끼는 확 밟아 죽여 줘야지."

쓰레기와 어우러져 길길이 날뛰는 녀석은 엄청나게 취해서 그 혀 꼬부라진 주둥이로 험한 욕설을 퍼부었지만 실은 그 자신을 향한 습관적인 넋두리 일성 싶었다. 녀석은 나를 쓰레기 구덩이에 묻을 때부터 자존감이 흔들리는 내 심기를 눈치채고 적당히 겁을 주어서 서광 박순만과의 관계를 깨끗이 포기하는 선에서 마무리 지려고 했는데 내가 나를 포기하고 그 썩어 문드러진 쓰레기 더미와 하나의 일체가 되려 하자 본능의 갈등이 시퍼런 칼날로 변해서 양심을 찔러대는 모양새였다. 가만히 놔두면 나 스스로 쓰레기에 묻혀서 생을 마감할 것 같은지 내 주위를 맴돌며 소주를 먹여서라도 내 결심을 되돌리려고 애를 쓰는 눈치가 엿보였다. 내가 도망가는 것을 잡으려고 내 옆에서 감시하기보다는 오히려 영영 저승길을 선택할 것 같아서 감시하는 낌새였다. 사업을 비관한 기업인은 자기의 자존감에 조금만 충격을 주어도 생을 포기하는 사례가 비일비재 하는 터여서 만일 이런 납치 분위기에서 내가 죽게 되면 살인죄를 뒤집어쓰는 건 뻔한 이치였다. 양심에서 비롯된 동정심은 둘째 치고 뒤집어쓸 살인죄의 덤터기가 무서워서인지 녀석은 악착같이 내 뒤를 뒤쫓으며 나를 죽음에서 지켜준 임명받은 저승사자가 되었다.

"이 새끼야, 니가 세상 쓰레기들과 살려고 씨름하다가 똥구정물에 빠져 죽어 뻐드러져도 아무도 눈 깜빡 안 혀! 그 짓도 헛지랄, 저 짓도 헛지랄이여! 세상 쓰레기들은 헛기침 한 번 하지 않는다 이 말이여! 늦지 않았슨께 당장 그만두지 못혀!"

나는 등 뒤에서 아련히 들려오는 녀석의 숨 가쁜 소리를 뒤로하고 온몸에 묻은 쓰레기 냄새를 지우는 개운함으로 차디찬 물속으로 한 발, 두 발, 일렁이는 파도에 휩쓸려 걸어 들어갔다. 더 산다고 해도 자존감에 금이 간 수치를 당할 바에야 살아야 할 이유가 없었다. 육체가 시들어가는 노화가 깊숙이 찾아오기 전에 깨끗하고 참신한 이미지로 멈춰서 그대로 살아남으려면 미련 없이 나를 버려 지상에서 영원으로 사라져야 할 일이었다.

차가움이 뼛속 깊이 박히고 머리통이 두 쪽으로 갈라진 듯 캄캄한 두통이 치밀었으나 그래도 구더기의 습격과 숨 막히는 고약한 썩은 냄새가 없어져서 좋았다. 무언가에게 떠밀려 넘어지면서 무너지듯 그 자리에 털썩 드러누워 목구멍을 넘나드는 짠물을 들이마셨다. 밀려가는 조수의 소용돌이 속에서 그 자리를 맴돌며 비로소 자연의 일부분으로 흡수되어서 자연의 품에 안겼다. 동시에 쇼펜하우어의 자살 예찬론이 내 혼을 일깨워 당겼다.

"인간은 태어난 것보다 태어나지 않음이 좋고 태어난 이상은 하루빨리 죽는 것이 좋다. 자살이야말로 신에게 거역할 수 있는 인간의 특권이다."

눈을 떴을 때, 나는 강화도와 영종도가 보이는 바닷가의 한적한 곳, 작은 컨테이너 안에 방을 꾸미고 주방기구를 설치한 밀실에 갇혀 있었다. 녀석들은 나의 똥물에 젖은 냄새 나는 양복을 벗겨내고 운동복으로 갈아입혀서 몸뚱이는 한결 개운했다. 두통에 시달리던 머리도 개운했고 술기운으로 오락가락하던 정신도 맑았다. 온종일 깊은 잠에 곯아떨어졌는지 밖은 늦은 저녁이었다. 주위를 두리번거려 살피다가 냉장고 문을 열고 찬물을 꺼내서 벌컥

벌컥 들이켰다.

　나의 움직이는 동태를 일거수일투족 감시하던 녀석들은 내 인기척을 듣고 컨테이너 문을 열고 안으로 들어왔다. 녀석들은 나를 쓰레기 산에 묻던 전날 밤에 비해 확연히 차이 나도록 공손해져서 농익은 허튼소리보다는 오히려 내게 살아야 할 이유를 주려는 말들을 내뱉었다.

　"예수영 이사님! 너무 경솔한 것 아니셨나요? 죽기는 왜 죽어야 하지요? 끝까지 살아서 큰일을 다시 시작하셔야지요. 저희가 놀란 건 이사님처럼 큰물에서 노시던 분이 개인 통장 하나 없이 사적 욕심을 버리고 검소하게 사시는 것을 보고서였지요. 간뎅이가 부은 놈들은 끼리끼리 짜고 도시계획을 한답시고 기획 부동산과 참여 용역업체, 심지어 관계 공직자까지 끌어들여 크게 한탕 해먹고 나르는 판에 저희가 조사한바 이사님은 좁은 집에서 모범적으로 사시면서 숨겨놓은 재산 한 푼 없으시니… 저희가 이사님을 쓰레기 산으로 모신 것은 혹 장부에 드러나지 않은 숨겨 놓은 게 있을까 해서 닦달했지만 그런 분위기에서는 가진 사람이라면 찍소리 없이 가진 것의 일부라도 내놓으면서 목숨을 구걸했겠으나 반대로 이사님은 그 치욕을 못 견디고 생명을 포기하셨지요. 저희의 명백한 결론은 이사님께서 숨겨 놓은 재산이 정말 없다는 것이지요. 저희가 먹고살려고 기업 해결사 노릇을 할망정, 이사님처럼 간 크게 노시던 분이 그 정도로 궁핍하게 사는 모습을 본 건 처음이어서 절로 숙연해졌지요. 이사님 같은 분이 타락한 사회에서 소수만 있어도 저희에게 귀감이 되어 바른길을 갔을 거예요. 저희 모두를 대신해서 이사님께 끼친 결례를 제가 사죄드립니다. 차후로는 별명이 들개인 제가 이사님께서 어떤 상황에서 건 불러주시면 언제나 협조하겠습니다."

주먹들의 책임자를 자처하는 녀석이 내 뒷조사를 할수록 믿기지 않을 깨끗함을 발견하고는 감동된 듯 내 손을 부여잡고 정중히 사과했다. 어렵다고 입술로 떠드는 기업인이라도 최소한 자기가 살아갈 재산을 차명으로 빼돌려놓고 기획 부도를 내는 법인데 나에게는 가진 것 전부가 몇만 원이었다.

또 다른 패거리 가운데 하나가 나를 가혹하게 쓰레기 산에 묻은 게 미안한 듯 그 자신을 향해 혼자 말로 주절거렸다.

"에라이, 썩어질 놈의 세상, 세상천지가 한꺼번에 콱 썩어져 없어져라! 처먹는 놈들은 뱃속에 밑창이 없는지 뭘 그리도 많이 해 먹는지…. 누이 좋고 매부 좋고 실컷 배 터지게 해 먹다가 재수 옴 붙어 들키게 되면 어쩌고저쩌고 사회 환원이다 너스레를 떨고 쪼금 생색내면 그만이고…꼬투리를 잡히면 잡힌 꼬투리만큼 찔끔 아세끼 오줌 찌리는 것만큼만 내어놓으면 그만인 놈의 세상, 무전유죄이고 유전무죄인기라. 에라이 더럽다 퉤퉤! 예 이사님께서도 일찌감치 연쇄 부도를 맞기 전에 선견지명으로 한 움큼 빼돌려 놓았으면 이런 봉변을 안 겪어도 되실 것을… 에라, 주릿대로 틀어서 똥떡을 앵길 놈들… 실컷 처먹구 감출 것 다 감춘 놈들이 세월이 가면 내가 언제 그랬냐는 식으로 성인군자로 둔갑돼 뱃가 죽을 툭 내밀고 돈 번쩍거리고 다니는 세상이니 이거야 원 더러워서 살 수 있나!"

녀석은 어려운 수학 문제를 풀듯이 내 양심의 미적분을 풀었다는 어투로 세상의 아니꼬움을 투덜거렸다. 나는 어떤 반응이나 대꾸하는 대신에 녀석들이 따라주는 술을 사양하지 않고 거듭거듭 입안에 털어 넣었다. 마땅히 곧장 갈 곳도 없어서 술을 마시다가 취하면 꾸벅꾸벅 졸고 졸다가 깨어나면 또 술잔을 기울여서 나중에는 사람이 술을 마시고 술이 술을 마시게 되었다. 바닷바람의 고요한 떨림 속에서 시시각각 나의 세상 병은 깊어져서 나 자신의 과거를 지우려는 술의 환자로 변신했다.

그 미묘한 술자리에서 나를 볼모로 잡은 패거리들의 마음을 불덩어리보다도 뜨거운 그분의 용서로 거꾸로 돌려놓아서 오히려 그들이 나를 보호한 보호자로 등극한 점이었다. 내가 먼저 박순만과 양재덕, 심지어 나를 쓰레기 웅덩이에 묻은 패거리조차 미움을 물리치고 용서의 관용으로 받아들였을 때, 나를 겁박했던 기업 해결사인 악한 녀석들이 건만 내 목숨을 바다에서 건져내 구해주는 희귀한 일이 발생한 사실이었다. 먼저 용서하면 용서받는 것이 놀라운 신의 세계의 비밀인 터여서 세상은 아무것도 달라진 것은 없었지만 그들을 향한 나에 용서의 관용은 다시 똑같은 크기의 동정심으로 내게 되돌아왔다.

그들을 그토록 악하게 만든 장본인은 그 안에 숨어 조종하는 악령들이기 때문에 그 정체를 파악한 이상, 나는 누구도 미워하지 않고 악령들과의 영적 전투에서 이길 수 있도록 관용과 용서를 베풀 것을 결심했다. 야훼의 뜻을 깨달으면서 원망과 미움이 감사와 사랑으로 변해 기쁨으로 솟아 나왔다. 풀무는 금을 연단하고 도가니는 은을 연단해 걸러내는 것처럼 야훼는 사람을 연단해서 당신의 형상으로 조각해 만드시는 분인 것을 알게 되었다.

내 안에 생명나무를 심다

마닐라 공항에 도착하기 위해 착륙 준비를 한다는 기장의 안내방송이 나오면서 예수영은 고단한 잠에서 깨어났다. 나는 예수영의 자서전을 읽다 멈추고 박순만과 양재덕의 얽힌 뒷일이 궁금해 그들의 근황을 물었다. 예수영은 뭔가를 주저하다가 생각을 가다듬고는 기억을 더듬었다.

"그들의 관련된 이야기는 IMF가 끝난 5년 뒤, 양재덕의 여동생인 피아노 학원 원장의 전화를 받고 알게 되었어. 박순만과 양재덕이 지방 공사 현장에서 돌아오다가 고속도로에서 큰 충돌사고를 당해 박순만은 그 자리에서 즉사하고 양재덕은 중경상을 입고 병원 응급실로 실려 간 거야. 거기서 그는 병원에서 각종 검사를 받은 뒤에 대장암 4기 진단을 받은 거야. 교통사고는 완쾌돼 그가 바란 대로 2개월 만에 잠시 퇴원했는데 문제는 집에서 쉬는 동안 시작된 거야. 그는 퇴원하고 나흘째 되는 날부터 도저히 사람의 상식으로는 받아들이기 힘든 이상한 행동을 보였다는 거야. 검은 도포 입은 사람이 자기를 찾아와 어디로 가자고 끌고 가려고 해 그는 현관문 입구에 앉아 검은 옷 입은 남자를 죽인다고 몽둥이와 쇠망치를 들고 매일 밤 지켰다는 거야. 그런가 하면 며칠째 되는 깊은 밤에 검은색 도포 입은 남자와 밤새워 이야기를 나누고는 갑자기 음식물을 거부했다는 거지. 그리고 대소변을 못 가려 병원에 재입원하게 되었는데 그곳에서도 검은색 옷 입은 무서운 남자가 나타나 자기가 먹는 음식물에 독극물을 타 놓아서 절대로 먹지 않겠다고 입을 닫은 거야. 아마도 음식을 먹게 되면 바로 죽는 게 무서워서 그는 조금만이라도 더 살고 싶어 음식을 거부하고 심지어 코로 연결된 호스로 먹는 죽조차 거부했겠지. 가족들이 검은 도포 입은 자가 누구냐고 묻자 멀리서 자기를 데리러 온 사람인데 현재는 자기가 살아서 숨을 쉬고 있으나 그 검은 옷의 남자가 옆에서 감시하고 있으므로 이미 자기는 죽은 자라고 공포에 질린 소리로 고백했나 봐. 또 저승사자가 죽기 전에 양재덕이라 새긴 이름표를 자기 가슴에 달아주었는데 그는 자기가 양재덕이 확실하냐고 가족들에게 어이없게도 되물었다는 거야. 피아노 원장이 양재덕의 인지능력을 의심해 나는 누구냐고 묻자 양재덕이 너는 내 여동생 내가 너도 몰라 하면서 원장의 뺨을 아프게 때린 거야. 이것으로 미루어 보건대 양재덕의 인지능력은 확실히 살아있어서 검은색 도포 입은 저승사자를 허상으로 본 건 아니라고 전하더군."

"그럼 박순만은 트레일러에 받쳐 즉사하고 양재덕은 암이 아니라 굶어 죽었다는 거예요?"

"어릴 때, 친구였던 그들은 돈을 많이 벌어 가족들은 풍족한 생활을 누리게 되었어도 정작 본인들은 유별난 죽음으로 유명을 달리했다는 소식에 안타까웠지. 박순만은 수단과 방법을 가리지 않고 배신을 일삼으면서 돈을 긁어모아 작은 빌딩을 사서 남겼고 양재덕은 그의 충성된 심부름을 하는 과정에서 어느 정도 노후보장을 만들었다고 여동생이 말해주었지. 박순만은 하나님 밖에서 살던 사람이니까 그렇다 치고 양재덕은 하나님을 안다고 하면서도 말씀을 믿지 않아 경건의 모양은 있어도 경건의 능력은 없었던 것 같아. 하나님보다는 돈과 부귀의 노예가 되어 예수 안에서 예배를 드리지 않고 예수 밖에서 예배를 형식적으로 들였지 않나 생각돼. 말씀 안에서 기뻐함에도 불구하고 말씀 밖에서 위장된 나쁜 짓을 하면서 돈 모으는 재미로 기뻐했겠지. 박순만과 어울리는 세월이 길어지면서 세상의 영이 그의 안에 꽉 차 그의 얼굴에는 처음과는 달리 진짜 기쁨이 사라지고 악한 영의 밥이 되어 믿음이 병들어서 돈을 긁어모으는 데만 혈안이 되었겠지. 세기의 재벌 빌 게이츠와 워런 버핏이 많은 돈이 있다 해도 말씀 밖에 있다면 그 수십조의 돈도 무용지물이란 것을 왜 몰랐을까? 구원을 받았다 해도 부끄러운 구원이라 단테의 신곡에서 말하는 연옥의 연단일 수도 있고 부자가 가는 음부에서 혀를 깨물지도 모를 일이지."

예수영은 검은 도포 입은 저승사자가 양재덕에게 나타나 한 달 가까이 자기들만의 대화를 나누다가 결국에는 음식물에 독을 탔다는 협박으로 그를 굶겨 죽였다고 가슴 아파했다. 나는 박순만과 양재덕에 대해서 그의 지난날을 들으며 낱낱이 그들을 파헤쳐 나쁜 정체를 알려 했으나 둘 다 사망했다는 소식에 할 말을 잃었다. 양재덕은 예수영의 건설 현장에서 일감을 받아 갈 적에 우리 집을 방문해 저녁 식사를 나누며 깍듯이 나를 사모님이라고 대한 적이 있어서 그를 어느 정도 알고 있는 터였다.

"그럼 박순만과 양재덕의 마지막은 보지 못했겠네요?"

"박순만은 연락을 받지 못해 가지 못했고 양재덕은 발인 전날 밤, 겨우 연락을 받고 이른 새벽에 벽제 승화원으로 달려갔지. 이른 아침인데도 곳곳에서 달려온 영구차들이 빽빽이 줄을 이었고 나는 양재덕의 이름을 발견하고 가족들과 함께 시신을 불태우는 곳까지 동행하게 되었지. 한 시간 반가량 지나자 고로에서 몇 개의 남은 뼛조각을 긁어 절구통에 담은 직원이 유리창 안에서 양재덕의 이름표 세 글자를 보여주며 그의 가족들이냐고 묻더군. 가족이 고개를 끄덕여 맞는다는 신호를 보내고 1, 2분도 안 돼서 분쇄기에 빻은 뼛가루가 네모난 나무상자에 담겨 나오더군. 가족들이 곧바로 운구차에 싣고 용미리 수목장에 뼛가루를 묻고 돌아왔어. 한 평도 안 되는 나무 밑에 수십 개의 각기 다른 뼛가루가 뿌려 묻혔는데 그가 한 점의 가루가 되어 흙에 묻히려고 처절하게 살아온 그의 과거가 떠올라서 눈물이 핑그르르 도는 거였어. 차라리 필리핀 현지에서 복음을 전하는 선교사로 사역했다면 적어도 어둠으로 가는 저승사자와 동행하지 않았을 것을… 살았을 때도 저승사자가 양재덕의 이름표를 가슴에 붙이라고 명령했고 죽어서도 수목원 비석에 양재덕의 이름표가 새겨졌다고 하더군. 그런데 신기하게도 그 여동생이 양재덕의 부고를 알리던 전날 밤에 내 꿈에 나타나 마지막 작별을 고하러 온 거야. 얼굴은 세상에서의 모습 그대로인데 몸은 영화된 몸으로 완전히 벗은 상태로 무릎 꿇고 큰 인사를 하는 거야. 벗은 몸을 보고서는 남자인지 여자인지 구별 못 해도 영적인 몸 위에 세상 얼굴이 남아있어서 양재덕임을 알 수 있었지. 그 표정이 평소의 그답지 않게 초라하고 담담했지 육신은 흙이 되어 없어져도 주검이 된 고인의 생각은 살아있을 적과 다름이 없어서 삼일장을 치르는 동안 가족 친지를 만나 마지막 하직 인사를 하러 다닌 게 아닐까 해."

"예수영, 그는 영화된 영적 영육으로 나타났다고 했는데 왜 옷을 안 입었지요?"

"고린도후서 5장 1절 이하에 그 근거가 있는데 만일 땅에 있는 우리의 장막집이 무너지면 하나님께서 지으신 집, 곧 손으로 지은 것이 아니요 하늘에 있는 영원한 집이 우리에게 있는 줄 아느니라. 참으로 우리가 여기 있어 탄식하며 하늘로부터 오는 우리 처소로 덧입기를 간절히 사모하노라. 이렇게 입음은 우리가 벗은 자들로 발견되지 않으려 함이라. 참으로 이 장막에 있는 우리가 짐 진 것 같이 탄식하는 것은 벗고자 함이 아니요 오히려 덧입고자 함이니 죽을 것이 생명에 삼킨 바 되게 하려 함이라 이 말씀으로 성령께서는 나를 깨우쳐 주시면서 죽을 것이 생명에 쌓여 영원히 살려면 하늘나라에서 천사를 통해 내려오는 생명의 옷을 입어야만 엘리야처럼 불수레를 타고 들려 올라간다고 하셨지.

　그러므로 우리가 세상 몸으로 있을 때에는 주와 따로 있는 줄을 아노니 이는 우리가 믿음으로 행하고 보는 것으로 행하지 아니함이로라. 바로 그 점이지. 우리가 이 세상에 사는 목적은 죽을 것이 생명에게 삼킨 바 되는 그 하늘나라 옷을 입으려고 항상 나와 싸우고 세상의 유혹과 싸우며 짧은 생을 사는 게 아닐까 해. 아무리 세상의 돈과 권력, 명예를 모두 얻었다 해도 하늘 천사가 가져온 그 생명의 옷을 얻지 못하고 벌거벗은 몸으로 남게 되면 우리가 다 반드시 그리스도의 심판대 앞에 나타나게 되어 각각 선 악간에 그 몸으로 행한 것을 따라 받으려 함이라 하루가 천 년이고 천 년이 하루라는 말씀 안에서 우리가 백 년을 산다고 길게 가장해도 우리 인생이 겨우 두 시간 반에 불과한데 하루살이보다 짧은 생을 살려고 나는 나라는 고집으로 제멋대로 살다가 생명의 옷을 받지 못하고 저승사자에게 벗은 몸으로 발견된다면 그보다 슬프고 억울한 일이 어디 있겠어. 나는 누가복음 16장의 호화롭게 산 부자보다 차라리 부자가 버린 음식물을 주워 먹고 헐은 엉덩이를 개에게 핥기며 생명을 유지한 거지 나사로를 선택하겠어. 우리가 사는 백 년의 평생은 성경의 시간으로는 2시간 30분의 촌음에 불과하니까. 나는 나의 내 멋대로 사는 교만한 죄의 생존법이 아닌, 그분의 말씀 안에서 매 순간 순종하고 경외하는 생존법으로 우리에게 주어진 2시간 30분의 기회를 무사히 견디다가 아브라함의 품에 안겨 영원한 낙원으로 들려 올라가겠어. 영의 몸으로 나타난 양재덕의 벗은 변화된 육체를 보았을 때, 숨이 컥 막혀 멈추는 아픔을 겪었지만 너무 늦어서 내가 해 줄 것은 이미 지나가 아무 것도 없었지."

예수영은 자기 잘못으로 양재덕이 하늘나라로 올라가는 생명의 옷을 못 입은 것처럼 슬픈 빛으로 탄식하며 타원형의 창밖으로 투시되는 마닐라만의 바다 풍경과 도시를 바라보았다. 비행기 창 너머로는 활활 타오르는 짙은 노을이 바다를 낀 도시와 어울려 대 파노라마의 자연 풍경화가 그려졌다.

마닐라의 여름은 4월 중순쯤 시작되어서 공항 청사를 벗어나자 더운 열기가 호흡기를 타고 폐까지 들어차 뜨거움이 몸 안팎으로 가득했다. 센다이는 봄의 입구인 반면, 필리핀은 여름만 지속되는 곳이라 4월은 비가 잘 오지 않는 건기에다가 가장 더운 시기여서 대기의 뜨거움으로 숨이 막혔다.

마침 마닐라의 퇴근 전쟁이 시작된 시간대여서 마닐라 공항에서 앙헬레스까지 1시간 30분이면 도착하는 거리를 두 배 이상의 시간을 검은 탁한 매연이 가득한 상태로 가야 하기 때문에 우리는 가까운 마닐라만에서 하룻밤을 지내기로 하고 두어 번 가본 적이 있는 넓은 바다를 낀 한국 식당 앞에서 택시를 내렸다.

젊은 주인 부부는 우리를 반갑게 마중 나와 유람선 선착장과 근접한 코코넛 나무 밑 테라스의 식탁으로 안내하였다. 그는 우리의 취향을 기억하였는지 다금바리 생선회와 매운탕을 준비해 주었다. 우리는 그 한국 식당에서 먹은 식사 덕분인지 동일본 대지진의 현장에서부터 쌓인 피로를 어느 정도 해소하고 마닐라만의 야간 유람선에 올라탔다.

밤의 유람선은 LED 등의 빛으로 화려한 2층 구조로 이루어져 있었는데 선실 내부는 바다 경치의 시원함을 만끽하는 현지 사람들로 가득하였다. 고정된 수십 개의 테이블에는 가족, 연인들로 보이는 사람들이 마주 보고 앉아 간단한 저녁 식사 메뉴를 먹거나 음료나 디저트를 즐기고 있었다. 수백 척의 유람선에서 나오는 찬란한 색색의 빛으로 요란해진 마닐라 해변은 마치 마닐라 도심의 유흥가를 연상시키게 했다.

해변 옆으로 위치한 카지노의 형형색색의 네온사인 불빛과 달리는 차들의 대열은 가난의 속살을 숨기며 이곳이 옛 명성 속 그곳이라는 것을 말해주는 듯하였다. 해변과 인접한 방파제 위로는 술과 마약에 취한 사람들로 넘쳐났지만 이미 짙은 어둠은 그들을 숨겨 가렸다.

유람선이 선착장에서 차츰 멀어져 바다 한가운데에 이르면서 악기 연주자들은 뭔가 어울릴듯하면서도 어울리지 않는 클래식 음악들을 연주하였다. 예수영은 그 마닐라만의 밤바다에 심취해 살살 부는 해풍의 짠 내음을 한껏 흠향했다. 나는 멀리 떠 있는 거대한 수출입 화물선을 주시하면서 예수영이 하나님께 귀의하는 과정에서 겪은 고난의 순간들을 떠올리며 그를 위로했다.

"당신은 빌 게이츠와 같은 세상의 어느 부자가 되려는 꿈을 이루지는 못 하였어도 하나님께서 허락하신 엄청난 고난으로 말미

않아 영적인 풍족함을 누리게 되었어요. 자기가 감당할 수 없는 만큼의 부를 소유한 부자는 그 어깨를 누르는 물질의 중압감이 무거워 위로 계속 들려 올라갈 수 없어도 쪽배 안의 무거운 금덩어리를 과감히 버린 당신은 저 은하수를 향하여 얼마든지 날아갈 수 있는 것은 하나님의 계획된 축복이 아닌가요? 세상의 부자 되기를 버리고 적당히 가난해짐으로써 쪽배가 갈 수 없는 하늘나라로 택함 받고 날아가는 거예요. 하나님의 뜻은 신묘막측해 인간의 생각이 따라잡지 못해도 생의 끝 날에 심판대 앞에 서게 되면 저절로 터득하게 된다지요?"

"하나님께서 내게 허락하신 역경을 통해 내가 가진 것을 모두 버림으로써 나 자신이 영적인 부자로 탈바꿈하기를 바라신 거지. 하나님은 교만한 자를 물리치시고 겸손한 자에게 은혜를 주시는(약 4:6) 분이어서 내가 약하게 되는 그때가 가장 강하게 돼 나를 스스로 지배할 수 있는 터여서 나의 쓰러짐을 허락하셨지. 내가 교만의 눈으로 세상을 볼 적에는 보이지 않던 게 마음을 비워 가난한 눈으로 보게 되니까 하나님이 예비하신 하늘나라가 보이고 외로운 고아와 과부, 가난한 사람들의 눈물이 어렴풋이 보이기 시작한 거야. 이 세상의 물질과 욕망, 권력과 명예가 전부로 알았던 헛된 생각이 사라지고 점점 세상 것에 흥미를 잃고 버리게 되면서 하나님 안의 영원한 진짜 세계의 존재가 영적인 눈이 밝아지면서 차츰 보이기 시작했어. 베드로와 바울, 영원한 그곳으로 들어가려는 수많은 믿음의 선진들을 이해하고 받아들이게 되었지. 내가 그분을 귀로 듣기만 하였더니 힘든 고난을 통과하면서 이제는 눈으로 그분을 보고 만나게 되었지(욥 42:5) 고난 당하기 전에는 내가 그릇 행하였으나 이제는 그분의 말씀을 지키게 되었으니 고난 당한 것이 내게 유익이라 이로 인해 내가 그분의 율례를 배우게 되었지(시 119:67,71) 내가 거듭나 하나님과 더 친밀한 관계를 누릴 수 있는 것은 내가 누렸던 헛되고 헛된 것들을 그분이 허락한 역경을 통해 미련 없이 버리고 그분의 순수한 사랑으로 채운 덕이 아닐까 해. 내가 척추에서 다른 장기로 전이된 암으로 고통받을 적에 썩은 물질을 포기하고 새로운 눈으로 거듭나서 그분의 세계 안에 포용된 것은 순전히 그분이 거저 주신 은혜였지. 내 은혜가 네게 족하도다 이는 내 능력이 약한 데서 온전해짐이라. 이러므로 도리어 내가 크게 기뻐함으로 나의 여러 약한 것들에 대하여 자랑하리니 이는 그리스도의 능력으로 내게 머물게 하려함이라(고후 12:9)."

예수영은 나의 나 된 것은 하나님의 은혜로 된 것이니 내게 주신 그분의 은혜가 헛되지 아니하려면 내가 모든 사도보다 더 많이 수고해야 할 것이라고(고전 15:10) 자기 의지를 내비치면서 오직 나와 함께 하신 하나님의 은혜로 남은 생을 살 것을 강조했다.

자기가 생의 밑바닥으로 추락하기 전에는 진정한 친구가 누구인지 알지 못했으나 고난의 힘든 시기를 지나면서 곁에서 항상 용기를 주시는 그분의 존재가 영원한 친구임을 알았다고 고백했다. 그에게 역경의 고난을 허락하신 이유는 그분의 변함없는 신실하심을 나타내서 그의 믿음을 반석 위에 세우려는 사랑이었다.

너의 믿음의 시련의 불로 연단하여도 없어질 금보다 더 귀하여 예수 그리스도의 나타나실 때에 칭찬과 영광과 존귀를 얻게 하려함이라(벧전 1:7).

나는 그분의 말씀 안에서 기뻐하고 감사하는 그의 순수한 모습을 보면서 재차 평범한 질문을 던졌다. 유람선이 해안가 선착장에 도착하기까지는 꽤 많이 남아있어 재차 그에게 질문을 던졌다.

"그럼 지금의 당신 심정은 많이 행복한가요?"

"많이 행복하냐고? 병상에서 투병으로 인해 계속 누워있던 환자가 자리에서 일어나 스스로 대소변만 봐도 기뻐할 것이고 벙어리는 말하고 듣기만 해도 무조건 행복해하고 소경은 세상 사물의 생김새는 어떤지, 더 나아가 자기 아내와 자식의 얼굴을 한 번 보기만 해도 소원이 없다고 하는 것을 당신은 잘 알고 있겠지…나에게는 일상생활에서 평범하게 즐기는 그러한 사소한 것들을 그들은 한평생의 소원으로써 간직하며 살아가겠지…이처럼 나는 그들이 할 수 없는 모든 것을 누리며 하나님이 주신 진리 가운데에서 당신과 함께 전부를 누릴 수 있다는 것은 행복하다는 말로밖에 표현할 수 없겠지. 게다가 저 하늘나라의 생명책에 당신과 내 이름이 기록되어 있을 것을 알기 때문에 그분께서 언제든 오라 부르시면 들려 올라가도록 매일 준비하는 생을 살고 있으니 세상의 헛된 금은보화로는 바꿀 수 없는 커다란 행복이 아닐까? 역경의 바다를 통과해 건너기 전에는 나에게 주어진 모든 것이 당연한 거라 여겨서 행복을 느끼지 못하였지만 그분의 이름으로 죄 사함을 받고 뒤돌아보니 이미 행복은 내 곁에 머무르며 바다 같이 넘치고 흘렀지. 당신이 내 곁에 머무는 것처럼 하나님이 내 안에서 세상 끝날까지 나와 함께 계시니 내 행복은 지구에 있는 모든 것과 바꾼다 해도 바꿀 수 없겠지. 나는 지구와 우주, 이 모든 만물에서 가장 행복한 존재라고 감히 고백하고 싶어. 영원에서 영원까지 나는 행복해."

예수영의 행복에 관한 그의 생각들은 지구에서 우주로 뻗어 영원에 이르렀다. 그는 자신의 행복을 이야기하며 흥에 겨웠는지 즐거운 표정으로 연신 화답했다. 그와 평생을 동고동락하면서 이와 같이 그의 즐거운 모습을 보는 것은 드문 일이었다. 그가 갖고 있던 사업체가 공중분해 되며 산산조각이 나고 비교적 넉넉했던 형편도 덩달아 없어지며 빈털터리가 되었건만 그는 하나님과 조우하며 영적인 세계로 들어가면서 자기만의 행복에 심취된 듯싶었다.

빈주먹에 빈 가슴은 허울 좋은 공기로 가득 찬 것을 모두 아는 사실이 건만 그는 전부를 가진 자 이상으로 기쁨이 충만하였다. 하늘의 빛이 그를 비추고 있다는 느낌을 받아서인지 그의 모습에는 어디를 둘러봐도 세상의 그림자가 없는 청명한 빛으로 빛났다.

나는 그의 충만한 기쁨에 동조되어 함께 밤바다를 즐기다가 여태껏 궁금해하던 것을 넌지시 물었다.

"예수영! 하나님이 자기 형상 곧 하나님의 형상대로 사람을 창조하시되 남자와 여자를 창조하셨는데(창 1:27) 어떻게 영으로 존재하시는 하나님께서 아무것도 그 실체가 보이지 않는 영으로 자기의 형상을 따라 자기의 모양대로 사람을 만들었는지(창 1:26) 전혀 이해가 되질 않아요. 그 아리송한 수수께끼는 지금도 납득이 되질 않아요. 당신은 어떻게 받아들이세요?"

"채림도 언젠가는 이런 의문이 자신을 지배할 줄 알았지 나 역시 처음에는 의아해했지만 성령의 감동으로 말씀을 묵상하는 가운데 콜럼버스의 달걀인 것을 깨달았어. 달걀 밑은 깨서 세우면 간단한 것을 말씀을 연구하는 사람들은 자기 틀에 갇혀서 달걀을 세우려고 고집을 부리니까 이리저리 세우려 해도 결국은 넘어지지 않나 해. 이미 자기 형상 곧 하나님의 형상대로 사람을 창조하셨다고 정확한 해답을 주셨건만 모두가 자기의 고정된 사고 안에 갇혀서 하나님의 영은 보이지 않는 그 무엇인 분으로만 한계를 지어 생각하니까 달걀처럼 세우지 못하고 넘어지고 말겠지. 채림, 우리의 사고의 좁은 틀 안에 갇혀서 하나님의 전지전능과 무소부재, 영원한 무한성을 가두지 마. 하나님은 영의 존재이신 것은(요 4:24) 아무도 부인할 수 없는 절대 진리이시지만 그분은 태초에 말씀으로 천지를 창조하셨고 지은 것이 하나도 그분이 없이는 된 것이 없는 분이시기에 모든 것을 아시고 그 전부를 할 수 있는 분이시지. 보이지 않는 영으로 계시고 싶으면 영으로만 존재하시고 또 다른 영의 형태인 영원히 썩지 않는 육으로 보이시고 싶으면 예수께서 육으로 승천하실 때처럼 사람의 형상을 입으실 수 있는 거룩 그 자체이지. 다만 그분은 생명 그 자체이시기에 썩을 육체는 절대로 입을 수 없는 분이시지만 썩지 않는 영의 육체는 언제나 입을 수 있으시지. 아브라함에게 내년 이맘때 내가 반드시 네게로 돌아오리니 네 아내 사라에게 아들이 있으리라(창 18:10)하신 그분께서 아브라함이 차려준 엉긴 젖과 송아지 요리를 드신 것(창 18:8) 자체가 그 증거가 아닌가 해. 본래 우리는 하나님의 형상을 따라 그분이 모양대로 지음을 받았으니까(창 1:26). 아담과 하와가 선악과를 따 먹는 죄를 짓고 네가 어디 있냐고 그날 바람이 불 때 동산에 거니시는 하나님의 소리를 듣고 그분의 낯을 피하여 동산 나무 사이에 숨은 것도(창 3:8) 하나님께서 우리와 똑같은 육의 눈으로 보고 계셨기 때문이지. 또 이사야가 보고 증거 하기를 주께서 높이 들린 보좌에 앉으셨는데 그의 옷자락은 성전에 가득하였고 스랍들이 모시고 섰는데 각기 여섯 날개가 있어 그 둘로는 자기의 얼굴을 가리었고 그 둘로는 자기의 발을 가리었고 그 둘로는 날며 서로 불러 이르되 거룩하다 거룩하다 거룩하다 만군의 여호와여 그의 영광이 온 땅에 충만하도다(사 6:1~3) 했을 때 스랍들이 자기의 얼굴과 발을 가진 것은 영의 육을 가진 하나님을 감히 볼 수 없었기 때문이지. 욥기에서도 하나님의 아들들과 사탄이 참석한 가운데 하늘나라 회의를 주재하신 하나님도 썩지 않는 육의 형상으로 계시었고 요한 계시록에서 사람에게 주시는 최고의 큰 상급으로 세상을 이긴 그에게는 내가 내 보좌에 함께 앉게 하여 주기를 내가 이기고 아버지 보좌에 함께 앉은 것과 같이 하리라(계 3:21) 약속하신 것처럼 보이시는 전능의 하나님이시므로 하고자 하시면 얼마든지 영의 육을 입으실 수 있는 거룩 그 자체이시지. 그러니까 태초에 말씀으로 천지를 창조하셨을 때 하나님께서는 태초이고 끝이며 시작이고 완성이시기 때문에 태초에 라고 말씀하셨을 때 이미 끝까지 완성될 세계를 보시면서 삼라만상을 창조하셨겠지. 태초에 천지를 지으셨을 때 계시록의 끝까지를 바라보시면서 오직 어린 양의 생명책에 기록된 자들만 들어가리라고(계 21:22) 약속의 말씀을 선포하셨지. 하나님께서 천지를 창조하신 것은 자기의 뜻대로 생명책에 기록된 자들을 절대 진리 한가운데서 훈련시켜서 자기의 영원한 자녀 삼으시려고 역경의 파도를 주시는 것이 아닌가 해. 그런즉 우주 가운데 티끌로 떠 있는 지구에서 잘 살고 못 사는 것은 의미가 없고 사탄의 끝없는 유혹을 물리치고 설령 거지 나사로가 된다 해도 말씀을 따라 기록된 대로 행하고 살아야만 하겠지. 하나님의 택한 자는 하나님의 공의 안에서 처음부터 일생을 마치는 순간까지 다 가는 길이 기록되어 있으므로 성경이 천지창조부터 완성까지 기록된 것처럼 무조건 순종하는 것이 그분의 보호를 받는 첩경이 되겠지. 그러기에 모압 왕 발락이 발람을 시켜서 하나님이 보호하시는 자들을 저주하게 하여도 나귀의 입을 여셔서 발람의 저주를 막고 내가 네게 이르는 말만 말하라고 알려주셨지. 하나님 안에 있는 자는 악한 발락과 발람이 아무리 악한 꾀를 써서 넘어뜨리려 해도 그 저주가 먹혀들 수 없지. 그의 나라와 의만 구하면 모든 것은 그분께서 처리해 주시겠지."

예수영은 하나를 물었지만 장황하게 풀어서 열을 대답해주었다.

그날 밤은 식당 근처의 작은 숙소에서 하룻밤을 묵었다. 다음 날 이른 아침, 우리는 마닐라의 교통체증을 피하여 앙헬레스를 경유하여 가는 바기오행 버스에 올랐다. 1,600m의 고지대에 위치한 바기오는 필리핀에서도 손꼽을 만큼의 시원한 곳이어서 더운 여름이 되면 바기오로 피서를 가는 사람들로 분주하기 일쑤였다. 차창 밖으로는 막 피어난 옅은 분홍빛의 구겐베리아 꽃이 길가에 드문드문 흐드러지게 피어나 여행객의 시선을 붙잡았고 이름 모를 각양각색의 열대 꽃들이 그 뛰어난 색채와 향기를 자랑하였다.

고속도로에서 예전의 미군들이 주둔하던 클락 공군기지의 비행장 부지를 거쳐 천사들이라는 뜻의 이름을 가진 앙헬레스 터미널에 도착할 때까지 예수영은 창밖에 펼쳐진 풍경들을 감상하며 행복한 탄성을 연발했다.

앙헬레스는 필리핀 루손섬의 서쪽 수빅만에 위치한 도시로써 미국의 태평양 함대가 주둔할 당시에는 경제력이 필리핀에서 으뜸으로 갈 정도의 잘 나가던 도시였다. 하지만 미군이 철수한 뒤에는 그들과 연계된 지역 상권이 쇠퇴하며 낙후된 빈민 지역이 많이 생겼다. 그러한 빈민 지역에서는 마약 중독자와 알코올 중독자, 돈을 갈취하는 소매치기와 야바위꾼들로 넘쳐났다.

심지어 서양 각국의 중년 이상의 남자들이 그곳에 살며 현지의 어린 처녀들을 대동하여 다니는 이상한 풍속도 만연하였다.

그리고 이곳에서는 한국에서 온 유학생이나 여행객들과의 잘못된 만남으로 태어난 코피노(한국인과 필리핀인 사이에서 태어난 자녀) 아이들을 많이 볼 수 있었다. 그 아이들은 하루에 단 돈 500원을 벌기 위해 온종일 뙤약볕이 쬐는 뜨거운 거리로 내몰려 쓰레기를 뒤지는 일도 마다하지 않았으며 그 흔한 신발조차 없어 맨발로 다니는 경우도 허다하였다.

이곳에서는 가난, 매춘, 강도. 살인은 조금만 둘러봐도 쉽게 볼 수 있어서 천사들의 도시라는 이름과는 상반된 배척받은 도시라는 느낌을 받았다.

더욱 가관인 것은 이곳의 일부 경찰은 청부업자의 사주를 받거나 자체적으로 계획하여 저지르는 셋업 범죄를 저지르는 것을 어렵지 않게 볼 수 있었다.

셋업 범죄는 여행객이나 현지에 사는 외국인들에게 마약 소지 등의 이유로 마약을 소지하지 않았음에도 불구하고 체포하여 처벌을 안 하는 대신에 합의금 명목으로 큰돈을 갈취하는 그런 범죄이다.

또한 이곳에서는 몇십만 원만 있어도 총을 구입할 수 있고 몇십만 원에서 몇백만 원 정도만 주면 한 사람의 목숨도 닭 모가지 비틀 듯이 해치워주는 일반적인 사고방식으로는 이해할 수 없는 버림받은 무법천지였다.

거리마다 빈민가의 아이들과 코피노 아이들이 넘쳐나 쉽게 볼 수 있었는데 남의 것을 갈취하는 나쁜 어른들과는 달리 그들의 표정은 해맑고 천진난만하였다. 그저 외국인을 만나면 좋다고 해맑게 웃어줄 뿐이었다.

  한국전쟁을 겪을 때처럼 늘 배고프고 배부름을 잊은 아이들, 그 나라의 버팀목이 될 새싹이자 기둥이지만 잊힌 아이들… 나는 그 착하고 순수한 아이들을 돌보기 위하여 그곳에 설치된 아동센터에 NGO로 파송 받았다. 주거비의 반에도 못 미치는 사례비를 받고 자비를 더 들여서 아이들을 돌보는 일을 해야 하는 조금은 이상한 느낌의 후원자였다.

  교통상황도 열악하여 근무지를 오고가는 것조차 어려웠지만 다행히도 미군들이 예전에 주둔하며 남기고 간, 수십 년이 지난 군용트럭을 개조해 양쪽으로 나무 발판을 놓고 앉아가는 지프니를 이용할 수 있었다. 크기는 작고 천장은 낮아서 허리를 90도로 바짝 구부리지 않으면 탈 수 없는 유일한 교통수단인데 나는 이 지프니를 항상 이용하며 그들과 소통하며 동화되려 노력하였다. 외국인은 대여섯 명이 겨우 앉을 자리에 20명가량의 사람들이 빽빽이 타고 달리는 진풍경도 종종 연출되었다. 그래도 그 험한 더운 날씨에 누구 하나 화를 내지 않고 가만히 있는 것을 보면 이곳 사람들의 본래 성품이 순박한 듯싶었다. 나를 보면 종종 미소로 화답해주는 해맑은 사람들이었다.

  나와 예수영은 큰 부피의 가방과 짐들로 인하여 터미널에서 지프니를 타고 2만 명의 한인들이 밀집한 한인 타운에 예약된 숙소로 이동했다. 무척이나 노후화된 지프니의 바닥은 구멍이 뚫려 그 사이로 땅바닥이 그대로 위태롭게 보였다. 그 옆 부분을 자세히 보니 폐깡통을 이어붙여 각설이 옷을 꿰맨 듯 붙어 있었다. 바닥도 종잇장처럼 얇아 주저앉을까 걱정이었다. 위태로워 보이는 차의 배기구를 비집고 검은 매연이 분사되었는데 마치 로켓이 발사될 때의 그 소리와 모양이 유사하였다. 검은 매연은 어찌나 자욱하던지 현지 사람들도 견디지 못하여서 손수건을 꺼내 입과 코를 가렸다. 그러던 중에도 우리와 눈이 마주치면 언제나 환한 미소로 화답하는 그들이었다.

나는 그들의 처연한 미소를 보면서 답답한 가슴을 참지 못하고 예수영에게 따지듯이 물었다.

"이 나라가 5·16 이전에는 한국보다 잘 살아서 우리나라에 원조를 할 정도의 풍요롭던 기독교 국가인데 어쩌다가 이토록 낙후되었을까요? 거리에는 고아와 도둑, 마약 중독자들이 넘치고… 그 허울 좋은 목회자와 신부들은 이 어려운 현실을 하나님께 왜 직고하지 않는 걸까요? 목회자만 깨어 있어도 하나님께서 거저 주시는 현대판 만나와 메추라기로 이들의 배고픔을 채우고 병마를 쫓을 수 있을 건데요."

"저들도 우리와 같이 복음을 먼저 받은 자이나 들은 바 그 말씀이 저들에게 유익하지 못한 것은 듣는 자가 믿음과 결부시키지 못하기 때문이 아닐까 해(히 4:2). 아무리 오랜 기독교 나라라 해도 하나님을 그저 알기만 하고 믿지 않으면 하나님의 안식과 사랑이 저희와는 무관하겠지. 하나님을 믿지 않는다면 저희를 이끄시는 하나님을 멸시하는 것이니까(민 14:11). 하늘에서 이슬을 무한정 내려서 그 이슬방울이 잣 씨 같은 맛있는 만나로 새벽 광야에서 변한다 해도 믿지 않는 사람들에게는 결코 만나로 변할 수 없어서 그저 한 방울의 이슬에 지나지 않겠지. 이미 하나님이 주신 믿음의 안식인 말씀 안에 들어간 자는 하나님이 자기의 일을 쉬심과 같이 저절로 자기 일을 쉬겠지만(히 4:10) 믿음이 없이는 절대로 그분의 안식인 예수의 이름 안에 들어갈 수 없는 터여서 가지가 포도나무에 붙어 있지 않으면 포도열매를 맺을 수 없는 것처럼 하나님께서 공짜로 주시는 만나의 열매를 수확할 수 없겠지. 오늘 너희가 그분의 음성을 듣거든 광야의 맛사와 므리바에서와 같이 마음을 완악하게 하지 말라고 경고하셨는데도(시 95:7~8) 우상숭배와「나는 나」라는 배짱으로 하나님과 점점 멀어지고 있기 때문이 아닐까 해. 농부가 하나님이 내려주시는 풍족한 비로 농토를 가꾸지 않으면 논농사를 지을 수 없는 것 같이 자기 노력으로는 이 나라를 살릴 수 없는데도 안식 그 자체인 말씀 곧 예수의 이름 밖에서 방황하고 있는 거야. 저들이 다 하나님의 안식인 예수의 이름 안에 들어가서 광야에서 불순종한 것처럼 순종하지 않는 본에 빠지지 않아야 하지만(히 4:11) 사실상 저들은 야훼를 불러도 자기가 만든 세상 신을 부르는 터여서 하나님의 긍휼하심을 받고 때를 따라 돕는 은혜를 얻기 위하여 은혜의 보좌 앞에 곧 말씀이신 예수의 이름 앞에 담대히 나아가지 못하기 때문이지(히 4:16). 예수께서는 우리의 죄를 사하고 승천하셨지만 예수의 이름은 남아서 똑같은 권능으로 살아서 역사하시지만 야훼를 시험하기를 야훼께서 우리 중에 계신가 안 계신가를(출 17:7) 말하고 있지."

"그러면 하나님이 이 세대에게 노하여 말씀하신 것처럼 저들이 항상 마음이 미혹되어 내 길을 알지 못하기 때문에 그분의 안식인 말씀 곧 살아 계신 예수의 이름 안에 들어가지 못한다는 것인가요?(히 3:10~11)"

"저들이 하나님이신 예수의 이름, 곧 말씀의 안식에 들어가기만 해도 하늘에서 비를 흡족히 내려서 거저 농사를 지을 수 있겠지만 내 노력으로 양수기를 동원해서 물을 채우려고 하니까 예수께서 등을 돌리시고 있겠지. 하나님이신 예수께서 내가 천국 열쇠를 네게 주리니 네가 땅에서 무엇이든지 매면 하늘에서도 매일 것이요 네가 땅에서 무엇이든지 풀면 하늘에서도 풀리리라고(마 16:19) 하시면서 음부의 권세가 이기지 못하는 각자의 성전을 말씀의 반석이신 예수의 이름 위에 세워주셨지만 저들의 믿음이 말씀이신 예수의 이름에 화합치 못하고 각 자의 신을 섬기고 있으므로 해서 좌우에 날 선 예리한 검보다도 살아서 역사하시는 말씀이 폭풍우 속에서 잠자시는 것처럼 관망하시는 거겠지. 천국 열쇠이신 예수의 이름을 주시면서 네가 내 이름으로 땅에서 무엇이든지 매면 하늘에서도 매일 것이요 네가 땅에서 무엇이든지 풀면 하늘에서도 풀리리라고(마 16:19) 약속하셨건만 그 말씀을 알긴 해도 저들의 믿음이 화합치 못해 행위가 따르지 않는 거야. 행위가 따르지 못하는 믿음은 죽은 것이니까. 말씀을 믿고 그 이름으로 그대로 행하였으면 병이 낫고 가난이 물러갔겠지만 공의의 하나님께서 은혜를 베풀려고 기다리셔도 저들은 그 사랑의 궁휼에서 비껴나서 살아 계신 예수의 이름 안에 들어가지 못하는 거겠지. 내 이름을 기념하게 하는 모든 곳에서 네게 임하여 복을 주리라 약속하셨으니까(출 20:24) 채림이 이곳에서 할 일은 그분을 기다리는 자마다 복이 있는 것을(사 30:8) 가르쳐야 되겠지."

예수영은 그들의 병마와 가난이 숨이 막힌 듯 안타까운지 황색 청렴화가 흐드러지게 피어 있는 큰 나무 울타리 밑에 있는 안타까운 사람들을 슬픈 눈으로 바라보았다.

아동 보호 센터에서 내가 하는 일은 갈 곳 잃은 아이들에게 교육을 시키고 건강을 돌보는 일이었고 빵과 우유 등의 간단한 식사도 제공하였다. 특히 한국인과 필리핀인 사이에서 생겨 안타깝게 남겨진 코피노들이 특히 많았다. 이 센터를 다닐 수 없는 주변의 대다수의 빈민가 아이들은 부러운 눈으로 늘 밖에서 바라보았기 때문에 언제나 따로 시간을 내어 돌보기 일쑤였다.

센터의 아이들의 부모에게는 제빵기술, 미용기술, 마사지법, 한식 만드는 법 등을 가르쳐 취업시켜주고 아이들을 자력으로 먹여 살릴 수 있도록 지도하였다.

이들의 주식인 안남미 쌀도 한국과 비교해도 반값 가격대여서 10만 원에서 20만 원 정도의 월급을 받는 이들로써는 7명에서 10명 되는 대가족을 먹여 살리기도 부족해 간장에 절인 탱자만 한 돼지비계 덩이 하나를 반찬으로 하루에 두 끼를 비벼 먹으면 그만이었다. 이마저도 어려운 이들은 그나마 하루 한 끼도 먹지 못해 설탕물 한 그릇으로 끼니를 대신해 빵 한 덩어리라도 나눠줘야만 생명을 연장할 딱한 형편이었다.

나는 종종 아이들을 괴롭히는 가려운 머릿니를 잡아주려고 약물을 섞은 물로 머리를 감기고 근처 빵집으로 데리고 가서 빵과 과자들을 먹여주었다. 가끔씩 예수영은 도매시장에서 쌀을 대량으로 사다가 5kg 단위로 비닐봉지에 담아 아이들에게 나눠주고 코코넛을 파는 노점상인을 불러 바나나 튀김과 같은 간식 등을 먹였다. 예닐곱 살 먹은 한 아이는 5kg의 쌀이 담긴 봉지가 버거울 법도 하건만 언제나 거부하지 않고 먼 집까지 낑낑거리며 가지고 갔다.

필리핀에서의 일상은 나의 자아를 예수께 온전히 내려놓고 자신을 없애는 훈련의 연속이었다. 가진 자도 부러운 자도 없는 순수한 자연인의 동심으로 돌아가서 아이들의 눈높이에 맞춰가며 기쁨과 찬양으로 예수영과 동행하였다.

더위가 절정에 달한 4월 말, 숨이 막혀오는 더위 속 도시의 한 초등학교에서 봉사단원들과 함께 닭고기로 만든 영양식과 카레빵을 배식하였다. 한국에서는 일상적으로 접할 수 있는 음식이지만 이곳 아이들은 언제나 신이 나서 좋아하며 배식을 받는 모습에 큰 만족감을 느꼈다.

또한 이 나라에서 가장 소외된 원주민으로 구성된 초등학교에 들러 가지고 간 문구류와 생필품 등을 골고루 나눠주곤 하였다. 까만 얼굴에 꼬불꼬불한 머리카락을 가진 이들은 일반적인 필리핀 사람들과는 다른 아이따족이였다. 그래서인지 아이와 어른 할 것 없이 차별로 인해 외출을 꺼려하였는데 일주일에 한 번씩 들리는 우리를 무척 기다리고 반가워하였다. 빵 한 조각, 과자 한 봉지를 배급받고도 무척이나 기뻐하는 그들의 열악한 환경을 바라보면서 이렇게 계속 조금이나마 도울 수 있다면 그들보다 오히려 나 자신이 더 기뻐하리라는 확신을 얻었다. 행복이란 이처럼 작은 것에도 숨어 있는 것일까?

우리가 들리는 한 동네의 아이들은 우리가 믿는 예수 그리스도를 자기들도 믿겠다며 교회를 따라가곤 하였다. 한 끼의 밥, 한 봉지의 과자 그리고 머릿니를 잡아주고 머리를 감겨주고 빗겨주는 이러한 작은 행동들에 만족하였는지 아이들은 우리가 교회를 가자고 하지 않았음에도 항상 교회에 먼저 도착하였고 심지어 부모들도 따라오는 광경을 심심치 않게 볼 수 있었다.

이곳에서의 일상은 이처럼 순탄하지만은 않았다. 하루는 부패한 경찰들이 나를 무턱대고 찾아와서는 마약의 밀반출이 의심된다며 가방을 열고 은근슬쩍 마약으로 보이는 가루가 들어있는 봉투를 넣는 것이었다. 그들은 다짜고짜 그 봉투를 다시 꺼내 들었다.

"당신을 마약 소지자로 체포합니다."

"마약이라뇨? 내 것도 아닌 이런 봉지를 느닷없이 들고 와서 살짝 넣는 것을 제가 확인하였는데 이러시면 곤란합니다."

나는 그들에게 항의했고 옆에서 어처구니없이 이를 지켜보던 예수영이 화를 참지 못하고 그들의 목덜미를 잡고 길 가장자리로 밀어젖혔다. 길 건너편, 트라이시클 옆에서 한 패거리로 보이는 경찰 두 명이 합류해 끼어들었다.

"이 도시의 질서를 관리하는 경찰로써 마약 소지자를 체포하는 것은 당연한 의무입니다."

"……"

"저기 목격자가 확실히 있습니다."

"맞습니다. 우리도 저 가방에서 꺼낸 마약 봉지를 확인했어요."

처음부터 그 경찰관들 옆에 붙어서 그들의 연극을 지켜보던 현지인 두 명이 거짓 목격자를 자청해 나섰다. 경찰관 네 명과 두 명의 목격자, 총 6명의 패거리에 둘러싸여 예수영과 나는 꼼짝없이 마약 소지자로 지명되어 범죄자가 되어 있었다.

어쩔 수 없이 현행범으로 체포되어 수갑을 차고서 시내에서 꽤 떨어진 경찰서로 끌려갔다. 말도 제대로 통하지 않는 사람들 틈에서 나는 영어로 땀을 뻘뻘 흘리며 억울하다며 하소연했으나 이미 계획된 "셋업"범죄에 걸려든 이상, 나는 어찌할 바를 몰랐다. 법을 지키며 시민을 보호해야 할 그 경찰들은 개인의 호의호식을 위해 범죄를 저지를 정도로 부패하였다. 결국, 우리 같은 외국인들을 보호해 줄 기관은 어디에도 없었다. 일부 판사나 검사들도 협잡꾼이 되어 행동하기 때문에 하소연을 한들 눈사람 굴리듯 일만 점점 커져서 우리가 지불해야 할 액수만 불어난다는 거였다. 그들은 경찰제복을 착용하고 도적들과 같은 짓거리를 당당히 하였다.

그 부패한 협잡꾼들은 수천만 원의 거액을 요구했고 나는 급하게 마련할 수 있는 돈 전부를 긁어모아 일단 그들에게 넘겨주었다. 그리고는 가난하고 소외된 이곳 사람들을 위한 일들을 하고 있다는 이야기를 그들에게 풀어 놓고는 밤새워 철창 안에서 기도할 뿐이었다. 나는 이 기도가 신속히 응답받을 수 있도록 하나님께 죽으면 죽으리라는 비장한 각오로 기도하였다. 음식물은 사절하고 물만을 마시며 버티면서 성령 하나님께 내가 알지 못한 교만과 저지른 모든 것을 사하여 달라고 죄 사함을 간구하고 그분의 자비하심을 소리 죽여 찬양하였다.

쇠창살로 한가운데를 분리한 곳에서도 내 목소리를 들은 듯 예수영이 화답하는 느낌의 찬양을 은은히 부르는 것이 들렸다. 나는 이 으슥한 지하실에 끌려와 실제로 죽은 사람도 있다는 소문을 들은 터여서 더욱 기도에 열중할 수밖에 없었다. 이런 나와는 상반되게 예수영은 자기와 항상 함께하신 하나님께서 옆에 계시므로 안전하다는 믿음 때문인지 연신 감사 찬양만 드렸다.

아침이 되어 우리를 속인 경찰들이 출근하자 우리가 낸 액수가 일부에 지나지 않자 그들의 협박은 다시 시작되었다. 우리를 윽박지르며 마약의 루트는 어디이고 또는 어디에서 구입했는지를 계속 물었다.

나와 예수영은 굽히지 않고 너희가 조작하고 만든 함정이므로 우리와는 무관하다는 의미의 "No"를 내뱉으며 고개를 계속 내저었다. 그들은 3.8g의 마약만 소지해도 종신형이라고 겁을 주면서 그 10배가 넘는 마약을 소지한 우리는 무조건 사형에 처해질 것이라고 그들의 말을 내뱉었다.

그 말이 끝나는 순간, 한국인으로 보이는 한 사람이 구석에서 다른 경찰들과 이야기하는 것이 보였다. 그는 예수영과 눈이 마주치자 놀란 듯이 예수영 곁으로 달려왔다. 그는 험한 표정에 어울리지 않는 멋진 콧수염을 기른 얼굴이었다. 그는 예수영을 보고 뛸 듯이 반가워하였다.

"혹시 저를 기억하시는지요? 이 먼 앙헬레스에는 무슨 일이십니까 형님!?"

"누구신지…?"

"벌써 십여 년 전이군요. 쓰레기장을 기억하시는지요? 바로 그 쓰레기 더미에서 만난 들개입니다. 형님께서 죄 없이 납치당한 분을 못 이겨 바다에서 자살을 시도했을 적에, 제가 건져드린 그 장본인 아니겠습니까? 그리고 밤새워 컨테이너 안에서 술을 같이 마셨고…."

"아, 그래! 선명히 기억이 나는군! 그런데 자네야말로 이 먼 곳까지는 어떻게 와 있나?"

"네, 한국에서 일어난 살인사건에 누명을 쓰고 이곳까지 도피해 흘러왔습니다. 아무쪼록 큰일 날 뻔 햇수다. 여기는 법과 상식이 통하지 않는 치외법권 지역이나 마찬가지인 곳입니다."

들개의 별명을 가진 그 남자는 말을 마치고는 우리를 속인 경찰들과 밖으로 나가서 무언가를 긴밀히 상의하더니 곧 우리를 수갑에서 풀어주고 빼앗아간 여권을 돌려주었다. 아마도 그의 신분은 한국인 가운데 돈 많은 사람을 추려내 경찰 조직 내에 알려주고 사례비를 챙기는 숨은 밀고자일지도 몰랐다. 과거에는 예수영을 청부 납치해 쓰레기 산에서 죽이려 했다가 오히려 자살하려던 예수영을 구해준 은인과도 같은 사람이었다. 이번에도 부패한 경찰들과 작당해 패거리로 살아가는 그가 되레 우리를 살려주는 희한한 풍경이 연출되었다.

예수영에게 네 죄가 사함 받았다고 말씀하신 하나님이 그의 병을 고쳐 주실 적에 나 곧 나는 나를 위하여 네 허물을 도말하는 자니 네 죄를 기억하지 아니하리라(시 43:25) 동이 서에서 먼 것 같이 네 죄과를 멀리 옮기셨으므로(시 103:12) 비록 악한 자들이 우리의 허물과 죄과를 찾지 못하도록 그분의 강한 빛을 비추어서 품어주신 것이라고 사료되었다.

한인 타운의 주민들도 종종 그들이 파놓은 함정에 당하든가 아니면 비자에 기록된 주소와 운영하는 점포의 주소가 다르다는 이유로 경찰들에게 트집이 잡혀 끌려와 며칠 동안 갇혀 있다가 천여만 원의 뒷돈을 주고 풀어주는 일이 자주 발생했다. 이에 맞서 항의하는 주민들은 블랙리스트에 기록되어 비자를 재발급 해주지 않아 운영하던 사업체를 남겨놓고 한국으로 추방되기 일쑤였다. 한국에서 피신해 온 지명수배자들과 도박꾼, 마약 범죄자, 조직폭력배일지라도 한인 타운의 주민으로 정착해 숨어 지내려면 그들의 비위를 건드리지 않고 늘 친구로서 지내야만 했다. 이런 한심한 경찰에게서 풀어준 건 표면상으로는 들개의 별명을 가진 지명 수배자였으나 다른 한편으로는 우리의 기도를 들으시는 하나님이셨던 게 분명했다.

5월이 되면서 모든 학교가 여름방학이 시작되어 자연히 여러 초등학교 등에서 진행된 배식이 중단되어 시간적 여유가 생겼다. 아동센터에서 운영하는 간식 만들어주기와 보조 수업, 아이들의 부모들에게 실시하는 직업교육 등은 그대로 진행했어도 여러 초등학교에 나가지 않아 한가했다. 주말이 되면 아동센터를 분야별로 운영하는 다섯 명의 현지인 선생님들과 벤을 빌려 서쪽에 위치한 수빅으로 향했다. 수빅의 해변에서 우리는 더위를 식히기 위해 수영과 캠핑을 즐기곤 하였다.

수빅만은 미국 태평양 함대가 주둔했던 곳이다. 지금도 그 가족 일부가 남아서 요트를 타며 바닷가를 낀 별장에서 한가히 노년을 즐긴다. 바다가 열린 깊은 만 한 편에는 항공모함 대신에 우리나라의 기업이 세운 도크에서 수만 명의 인력이 커다란 화물선을 건조한다. 우리 일행은 양쪽으로 날개 달린 배를 빌려 타고 두 시간에 걸쳐 수빅만을 한 바퀴 돌며 타갈로그어로 대자연의 위대함을 찬양하였다. 방갈로 옆으로 모닥불을 피우고 현지식인 바비큐와 음식을 즐기었다. 아직도 대다수의 현지인들은 지독한 가난으로 놀러 가는 건 생각할 수도 없는 지경이다. 하지만 극소수의 사람들은 결혼식에 억대의 돈을 뿌리며 일주일간 열기도 하며 땅을 수백만 평을 소유하는 등 사회 불균형을 조장하기도 한다. 이처럼 우리가 생각하는 이상으로 이곳은 빈부격차가 큰 나라였다.

수빅만에서 하루를 즐기고 돌아온 나와 선생님들은 일주일 뒤, 소문을 듣고 몰려온 아이들의 성화에 못 이겨 그들의 가족과 함께 3대의 지프니를 대절하여 1박 2일의 여름 여행을 또 떠나게 되었다. 예수영은 아이들의 기뻐하는 모습을 보며 덩달아 기뻐하는 듯싶었다. 할 수만 있다면 매달 이곳에 오지 못한 아이들과도 파티를 벌이며 기쁨과 위로를 주고 싶었다.

개인화기를 소유한 위험지역이었으나 아이들의 순박한 웃음 속에서 그 무서움을 상쇄시키기에 충분했다. 내가 배고프면 소외된 빈민 아이들도 배고프므로 내가 배부른 만큼 버려진 이웃도 배부르게 만드는 것이 하나님의 뜻이고 명령이리라 되새기었다.

우리와 동행했던 다섯 명의 선생 가운데 제니퍼는 식사가 끝난 뒤 느닷없이 질문을 던졌다.

"선생님! 왜 나라에서조차도 지원하지 않는 소외받는 저희를 돌보시나요? 어떻게 하면 선생님의 나라처럼 잘살게 돼서 남을 도울 수 있을까요?"

"제니퍼, 제니퍼는 견고한 믿음의 소유자가 아닌가요? 말씀을 붙잡고 야베스의 기도를 드리세요. 내게 복을 주시려거든 나의 지역을 넓히시고 주의 손으로 나를 도우사 나로 환란을 벗어나 근심이 없게 하옵소서라고 기도하시면 하나님이 구하는 것을 허락하실 거예요(역대상 4:10). 한 사람의 생명이 천하보다 귀하므로 하나님은 자기를 믿고 기도하는 자에게 귀를 기울이시지요. 그 소리는 하늘에 들리고 그 기도가 여호와의 거룩한 처소 하늘까지 닿을 것입니다(역대하 30:27)."

"선생님, 기도는 어릴 적부터 매일 드렸는데 집중하지 못하고 왜 중언부언 딴소리를 하게 될까요?"

"말씀의 기도는 일점일획의 헛된 소리가 없고 때가 되면 이루어져요. 말씀을 붙잡고 그 안에서 소리 내어 기도하세요. 내가 소리 내어 여호와께 부르짖으며 소리 내어 여호와께 간구하는도다(시 142:1)라고 나와 있듯이 우리가 대통령을 만나거나 앙헬레스시의 시장을 만난다 해도 정신을 똑바로 차리고 말하는데 하물며 온 우주의 창조주이신 만군의 여호와께 졸듯이 내 생각을 전하면 안 되겠지요."

나는 평소에 궁금증을 갖고 예수영과 이야기하던 주제가 제니퍼의 입에서 나오자 주저 없이 그녀에게 대답하며 더 열심히 하나님과 기도로 동행하라며 권면하였다. 평소에 믿음이 깊은 제니퍼에게 비록 나의 짧은 설명이지만 온전히 전해진 느낌이었다.

평소에 믿음이 깊은 제니퍼는 그 의미를 받아들인 듯했으나 2%의 무엇이 부족한 것처럼 나에게는 영어로 말하다가 예수영과 이야기할 때는 언제나 그랬던 것처럼 타갈로그어로 바꿔서 그를 향해 물었다. 그 옆에 앉아있던 같은 또래의 마닐라 신학대학의 동창인 한국의 거주민인 남자 친구 탁구 씨의 유창한 통역을 믿고 옆의 선생들도 이해하도록 타갈로그어로 그녀의 답답함을 호소했다.

"선생님! 저희는 너무 가난해서 믿는 마음을 크게 가지려 해도 보이는 것을 벗어날 수가 없어서 뜬구름 잡는 식의 믿음만이 남게 돼요. 열대 나라에 살면서 바나나 하나, 망고 한 개를 제대로 먹을 수 없는 현실을 도저히 극복할 수 없어요. 이 어처구니없는 현실에서 탈출하지 못하면 예수 믿는 것 자체가 헛것인지도 몰라요. 일본이나 브루나이, 중동지방은 우상숭배를 해도 최고의 부를 누리며 행복하게 살건만 우리나라에는 죽지 못해서 사는 가난한 사람들도 너무 많아요."

"제니퍼, 선생의 답답한 마음은 나도 잘 알고 있어요. 그러나 믿음은 현실을 보는 것이 아니고 현실 위에 계신 하나님을 바라보는 것임을 선생도 잘 알고 있지 않나요? 모세의 지시로 가나안 땅을 정탐하고 돌아온 열 명의 정탐꾼들이 그 정탐한 땅의 사실을 보고 느낀 대로 한 점의 거짓이 없이 보고하지요. 거기서 본 모든 백성은 신장이 장대한 자들이며 네피림 후손인 아낙 자손들의 거인들을 보았나니 우리는 스스로 보기에도 메뚜기 같으니 그들이 보기에도 그와 같았을 것이니라(민 13:33)고 그 정탐한 땅을 악평하지요. 실제로 요즘에 가나안 땅에서 발굴되는 그들의 유골을 보면 골리앗(2.9m)보다 더 큰 4m 정도이고 그 머리통 크기가 코끼리 머리보다 커서 대충 그들의 몸무게를 가늠해보면 적어도 1톤 정도는 되겠지요. 오죽하면 바로와 그의 군대를 홍해에 엎드러트리신 이에게 감사하라는 시편 136편의 기록을 비교하면서 그들의 웅장한 사실을 다윗은 기록해 놓았겠어요. 아모리 왕 시혼을 죽이신 이와 바산 왕 옥을 죽이신 이에게 감사하라 그 인자하심이 영원함이로다(시 136:19~20)고 찬양했을까요? 홍해를 가르듯이 도저히 인간이 할 수 없는 일을 하나님이 처리하셨기 때문이지요. 정탐꾼의 눈에 비친 현실은 한 점 거짓이 없어서 칼을 들고 탱크와 싸우는 격이어서 보이는 원망 그대로 거인족을 상대로 싸워야 했기에 그들의 말은 조금도 거짓이 없었어요. 그들을 앞서가서 싸우시고 보호하시는 하나님을 보지 못하는 메뚜기 신앙을 가졌기 때문이지요. 하지만 여호수아와 갈렙은 자기들의 옷을 찢고 야훼께서 우리를 기뻐하시면 우리를 그 땅으로 인도하여 들이시고 그 땅을 우리에게 주시리라 이는 과연 젖과 꿀이 흐르는 땅이니라. 다만 야훼를 거역하지 말라 그들은 우리의 먹이라. 그들의 보호자는 그들에게서 떠났고 야훼께서는 우리와 함께 하시느니라. 그들을 두려워하지 말라(민 14:9)고 하면서 네피림의 후손 거인족을 하나님의 권능으로 메뚜기처럼 때려잡자고 거꾸로 주장하였지요. 그때에 야훼의 영광이 회막에서 나타나시어 내가 그들 중에 많은 이적을 행하였으나 어느 때까지 나를 믿지 않아서 멸시하겠느냐고 진노해서 나무라셨지요(민 14:11). 하나님을 믿지 않는 것은 곧 그분의 권능을 인정하지 않고 멸시하는 것이니까요. 믿음은 이슬방울을 먹을 수 있는 양식인 만나로 변케 하시는 하나님을 믿는 것이지 네피림의 후손인 현실의 거인을 바라보는 것이 아니니까요. 싸움은 하나님께 속한 것인데도 정탐하고 돌아온 자들은 자기의 눈에 보이는 감정과 현실만을 바라보다가 모두 재앙으로 엎드려져 죽었고 그 나머지의 20세 이상의 이스라엘 자손들도 가나안 땅에 들어가지 못하고 광야에서 엎드려 죽었지요. 그들의 자녀들은 조상들의 반역죄를 지고 그들의 시체가 광야에서 소멸되기까지 40년간을 광야에서 방황하는 연단을 받았지요. 야훼께서는 노하기를 더디하시고 인자가 많아 죄악과 허물은 사하시나 형벌 받을 자는 결단코 사하지 아니하시고 아버지의 죄악은 자식에게 갚아 삼사대까지 이르게 하시는 분이시니까요(민 14:18). 여기서 죄악과 허물을 사하신다는 의미는 영적으로 죄를 깨끗하게 사해주신다는 뜻이지만 육적인 벌은 잘못을 저지른 죄수가 감옥에 갇히는 것처럼 본인과 그 자손에게 벌을 주어서 같은 죄를 범하지 않도록 하신 것이지요. 이스라엘 자손인 그들은 영적으로 죄와 허물은 사함 받았기에 개인적으로 탐욕의 우상숭배인 부린 다단과 아비람, 고라와 아간처럼 욕심의 죄를 짓지 아니했다면 지옥의 심판은 면하게 하시겠다는 의미겠지요. 제니퍼 선생, 한 점의 거짓이 없는 성경은 절대적 진리와 상대적 진리가 있는 터여서 현미경처럼 보기보다는 때로는 망원경처럼 넓게 바라보는 것도 좋은 듯해요. 나는 누가복음 16장 거지 나사로와 부자와의 관계에서 나는 부자보다는 당연히 거지 나사로의 생을 택하겠어요. 서너 시간에서 며칠을 겨우 사는 하루살이도 그 짧은 시간을 공기 중에서 날아다니려고 물속에서 일 년을 애벌레 상태로 헤엄치는데 하나님 안에서는 하루가 천 년이고 천 년이 하루인(벧후 3:8) 우리의 일생을 계산하면 겨우 이 지구에서 서너 시간을 머물다가 떠나는 인간의 하루살이보다 못한 생을 하나님의 뜻을 거슬려 살다가 지옥인 스올에 들어가면 얼마나 억울하겠어요. 하나님을 믿는 사람들은 창세전에 그리스도 안에서 택함을 받고 세상에 태어났는데(엡 1:4) 서너 시간은 만족하게 살려고 탐욕 안에서 우상숭배를 하다가 부자처럼 스올에 빠지면 정말 슬프겠지요. 물론 탐욕의 교만을 다스릴 수 있는 선과 의를 행하는 부자로 살다가 천사들에게 들려서 천국에 올라가면 좋겠지만 그렇지 못할 바에야 부자보다는 거지 나사로를 택하겠어요. 예수 안에서 거지 나사로처럼 혹독한 시련을 받지 못한 세상의 부자들은 하늘나라에 들어가는 것이 낙타가 바늘귀를 통과하는 것보다 어려우니까요. 다행히 선생의 나라는 하나님이신 예수를 믿으므로 죄와 허물은 사함 받았지만 일본을 비롯한 중동의 우상숭배 국가들의 대다수 국민들은 육적으로는 부를 누리긴 해도 영적인 벌은 사함 받지 못해 부자처럼 아래로 내려가서 내 혀에 물 한 방울을 묻혀서 시원하게 해달라고 울부짖겠지요. 눈에 보이는 부자들의 무성한 금덩어리와 석유는 과수원에 돋아난 잡초와 가시넝쿨 같아서 때가 되면 그 주인이 과일 열매를 타고 오른다는 이유로 낫을 들어 제거시키겠지요. 주인에게는 먹을 수 있는 과일 한 개가 잡초와 가시넝쿨의 무성함보다 나으니까요. 그들은 산고를 겪지 못하였고 출산하지 못하였고 양육하지도 않았는데도(사 23:3) 모든 것을 가졌지만 그 거저 얻은 부는 빛의 굴절로 이루어지는 사막의 신기루처럼 거짓 오아시스에 불과해서 언젠가는 사라지고 말겠지요. 선생은 형질이 이루어지기 전에 주의 눈이 보셨으며 선생을 위하여 정한 날이 하루도 되기 전에 주의 책에 다 기록되었으므로(시 139:16) 지금은 비록 가난하여도 하나님의 정한 뜻이 곧 이루어져서 나라와 매일반으로 예수 안에서 늘 회개하므로 심판을 면하고 거지 나사로처럼 들려 올라가겠지요. 그 날부터 두로가 한 왕의 년 한 같이 칠십 년 동안 잊어버린 바 되었다가 칠십 년이 찬 후에 두로는 기생의 노래 같이 될 것이라(사 23:15) 칠십 년이 찬 후에 야훼께서 두로를 돌보시리니 그가 다시 값을 받고 지면에 있는 열방과 음란을 행할 것이라(사 23:17) 그리고 땅은 온전히 뒤집어져서 공허하게 되고 황폐하게 되리라 야훼께서 말씀하셨느니라(사 24:3) 그 때에 두려운 소리로 말미암아 도망가는 자는 함정에 빠지겠고 함정 속에서 올라오는 자는 올무에 걸리리니 이는 위에 있는 문이 열리고 땅의 기초가 진동함이라 땅이 깨지고 깨지며 땅이 갈라지고 갈라지며 땅이 흔들리고 흔들리며 땅이 취한 자같이 그 위의 죄악이 중하므로 떨어져서 다시는 일어나지 못하리라 그 날에 벌하시며 땅에서 땅의 왕들을 벌하시리라(사 24:18-21) 무화과나무가 싹이 나고 칠십 년이 차면 한 이레의 경점이 이루어질 것을… 나는 겨우 서너 시간을 욕심대로 지상에서 살다가 회개하지 못하고 지옥으로 떨어지는 부자보다는 무조건 하늘로 들려 올라가는 나사로의 가난을 그래서 택하겠다는 것이지요. 비록 하나님을 눈으로 보지 못하고 소리를 듣지 못해도 성경을 통해서 매일 그분을 만나므로 칠십 년이 끝나면 한 경점이 열린다는 것을 나는 알고 있어요."

예수영은 숙소 야자수 사이로 스며드는 별빛을 바라보며 그저 그만이 나눌 수 있는 두서없는 대답을 멈추었다. 제니퍼는 두 눈에 눈물이 가득 고이더니 탁상 옆에 심겨진 향기 짙은 열대 꽃을 한 송이 꺾어서 두 손으로 예수영에게 내밀었다.

나와 예수영은 아이들의 손을 잡고 제니퍼를 따라 현지인 교회도 참석하고 때로는 한국인 선교사가 목회하시는 한인 교회에도 들려 한국에 대한 향수를 달랬다. 예배가 끝나고 돌아오는 길에는 아이들과 함께 바나나에 달콤한 튀김가루를 입혀 기름에 튀긴 바나나 튀김을 사 먹기도 하고 간혹 적당한 크기의 돼지에 소스를 발라 통째로 숯불에 구운 레촌을 사 먹기도 하였다.

그런 평범한 일상 가운데 외국에 나와 있는 외아들 성령으로부터 급하게 연락이 왔다. 갑자기 길을 걷다가 기절을 하여 뼈가 부러져 응급실에 실려 왔다는 청천벽력 같은 소식이었다. 나는 급한 마음에 당장 달려가고 싶었지만 이곳에 남아있기로 하고 예수영 혼자 아들이 있는 응급실로 보내기로 하였다. 오랫동안 성령이를 만나지 못한 예수영은 응급실 면회를 빌미 삼아 바로 떠나가고 나 혼자 숙소에 남아 무료함을 달래려고 예수영의 나머지 글들을 읽기 시작하였다.

부르심과 낮아짐의 사랑

나는 쓰레기 산 밑의 바닷가에서 새벽녘까지 나를 구해준 들개를 비롯한 주먹 패거리와 주거니 받거니 하며 술을 마시다가 여명의 빛이 밝아올 때쯤이야 얼이 빠진 모양새로 한적한 도로로 빠져나왔다. 그 악취가 찌르는 냄새나는 쓰레기 산을 탈출하고 보니 눈부신 하늘과 신선한 공기와 마주한다는 게 신기할 정도로 새벽 공기는 맑고 투명했다. 길은 어디에도 걸쳐있어 쓰레기를 버리고 가는 청소 차량들이 전쟁을 피해 달아나듯 미친 속도로 질주했다. 저렇게 꼬리에 꼬리를 물고 목숨을 담보 삼아 질주하며 무엇을 잡으려고 어디로 가는지 나는 술에 전 눈을 치켜떠 긴 자동차의 행렬을 멍청히 바라보면서 주절거렸다.

"쓰레기는 본래 더러운 게 아니었어. 아무리 깨끗한 것도 인간의 손에 들어가서 생명을 살려주다 보면 쓰레기로 변하는 것을 어찌 쓰레기가 더럽다고 퉤퉤 침을 뱉을까. 나도 쓰레기 더미에 묻혀보니 쓰레기일 뿐 그 이상도 이하도 아니었어. 더 이상 더러워질 수 없는 쓰레기가 되어 새로운 출발점에서 또 달리는 거야."

나는 사거리의 신호등 앞에서 일단 정지한 청소 차량을 얻어 타고 김포공항을 지나 영등포역에서 내려 청량리행 지하철로 갈아 탔다. 혼란과 갈등의 수렁 속을 헤쳐 나온지라 몸의 중심이 흔들려서 다리가 휘청거렸다. 자신이 현실이라고 믿었던 것이 일시에 무너져서 영화 속의 한 장면을 목격하는 것처럼 눈에 밟히다가 정신을 가다듬고 창밖을 바라보니 지하철은 한강대교를 건너갔고 한강은 아침 빛에 반사되어 나 자신이 물결을 타고 어디론가 흘러갔다. 자신은 가뭇없이 사라지고 초췌한 노숙자 하나가 눈이 풀어진 우거지상으로 차가운 한강 물에 떠서 정처 없이 떠내려갔다.

하나님은 분명히 살아 계신다는 증거는 얻었지만 기도원에서 새롭게 거듭나겠다고 버티어 낸 7일 금식의 각오는 이래저래 무너지고 나는 혈기의 범주를 벗어나지 못한 평범한 소시민으로 또다시 돌아와 있었다. 세상의 돌부리에 걸려 쉽게 넘어지면서 뜨거운 피와 혈기로 호흡하는 그저 그런 일개 생명체였다.

지하철이 서울역에 멈추고 나는 집으로 향하는 버스를 갈아타려고 지하도를 빠져나와서 계단을 올라와 보니까 정류장이 있는 대우빌딩 쪽이 아니고 기차표를 판매하는 광장 쪽이었다. 한 겨울의 변덕스런 기운으로 거리의 추위가 쓰레기장에서 얻어 입은 운동복 바짓가랑이로 을씨년스럽게 파고들었다. 아내 채림과 아들 성령이가 그리워져 눈에 밟혔지만 술에 전 초라한 꼴로 사랑하는 가족에게 안길 수는 없는 일이었다. 아내와 아들에 대한 사랑이 깊을수록 소중한 가족의 삶을 구겨버릴 권리가 내게는 없어서 집으로 발길을 돌릴 용기가 갑자기 나지 않았다.

나의 사업 실패가 아내와 아들에게 용서받을 일을 아닐지라도 아내와 아들에게 남편과 아버지의 소임을 못 한 죄로 기인해서 가족의 소중한 꿈과 자존심은 지켜 줘야 할 책임은 막중했다. 술에 전 추한 꼴을 보임으로써 그들이 기억하는 예전의 남편과 아버지의 냄새를 지워 무너뜨려서는 안 될 일이었다. 그래야만 그토록 내 영혼의 깊숙한 곳에 자리 잡은 사랑하는 가족이 진정 자유 할 수 있지 않겠는가. 가장 한 사람만을 믿고 사는 가족의 가슴 한 자락을 실망으로 후벼 파서 멍들게 할 배짱은 없었다.

아들 성령이의 해맑은 눈동자와 따뜻한 미소가 선연히 떠올라 정말 보고 싶어졌다. 그 천진한 음성과 영혼을 울리는 피아노의 음률도 듣고 싶었다. 내 발바닥과 손가락을 주물러주는 그 정감 어린 보드라운 손에 몸뚱이를 누이고 아내와 더불어 풋풋한 내일을 향해 다시 한 번 싱싱하게 채색하고 싶었다.

아내와 아들의 얼굴이 각각 따로 떠올라 보이다가는 다시 서로 겹쳐져 보이면서 사업의 몰락으로 인한 처참한 몰골을 어떻게 이해시킬 수 있을는지 악한 자들이 탐욕으로 파 놓은 함정에 빠져 허우적거린다고 변명할 수도 있지만 그건 아버지의 무책임한 행위의 명징성을 드러낸 자기변명일 터였다. 아내와 아들의 자존감을 지켜주기 위해서라도 초라한 모습으로 불쑥 얼굴을 내비치기보다는 자신의 미끄러진 몰락을 감추기 위해 당분간 떨어져 지내면서 자신 속에만 묻어두는 게 아버지의 도리이고 최소한의 가족사랑인 것 같았다. 무소식은 희소식과 같은 맥락이어서 추잡한 몰락으로 실망을 안겨주기보다는 무엇을 해야 할지 다음 구상이 떠오를 때까지 아예 숨어버리는 게 현명할 듯싶었다.

나는 자꾸만 집으로 향하려는 발걸음을 이를 악물고 멈춰 서서 서울역 대합실에 쪼그리고 앉아 누군가 버린 신문지를 무릎에 놓고 긴 하루를 허비했다. 웬 생각이 코피 터진 듯 쏟아져 나오는지 온종일 과거의 가슴 깊은 곳에 쌓였던 추악한 기억들을 파헤쳐 꺼내어서 서로를 용서할 것은 용서하고 회개할 것은 회개하면서 기억하고 싶지 않은 일그러진 일들을 지워나갔다.

배부르고 등 따뜻할 때는 아무렇게나 흘려버렸던 일들이 영화의 한 장면처럼 또렷이 떠올라서 독한 기억으로 되새김 되어 현기증을 일으켰다. 돌이켜보니 미움과 증오, 탐욕과 투기, 교만과 자만 등 맹랑한 마음속 감정의 원천은 처음부터 나 자신에게서 비롯되었지만 그것은 점점 엄청난 힘을 지닌 괴물로 자라나서 나를 끌어당겨 파멸시켰다. 도대체 그 측량할 수 없는 힘겨운 감정들은 어디가 밑바닥이고 어디에서 시작되어 어디로 이어지는지 그 깊이를 스스로도 가늠할 수 없었다. 서광의 박순만 전무, 하청업자 양재덕 사장, 도박으로 나를 곤경에 빠트린 시화 현장의 송가을 소장, 당연히 줄 것도 주지 않는 반포 현장의 시공업자 이영곤, 흑석 현장 옆의 교회의 담임목사, 인위적 사고를 일으켜 고귀한 인명을 다치게 한 숨은 범인들과 기업 해결사 등등…… 내 과민한 집중력은 외골수의 그것이어서 그동안 쌓인 서운한 감정을 내어 쫓지 않으면 그 엄청난 괴물의 괴력에 내가 먹혀들어서 자신이 완전히 파괴될까 두려웠다. 태백 기도원에서 7일을 금식하며 나는 할 수 없어서 예수의 이름으로 이미 용서하고 또 용서해서 관용과 포용으로 받아들인 사람들이건만 아직도 아픈 갈고리로 남아서 나 자신의 목덜미를 끌어당겼다.

용서를 했으면서도 아무것도 없는 빈털터리의 노숙자로 전락해 떠돌다 보니까 그 서러운 기억이 복수심의 분노를 일으켜 전이되는 것은 무슨 억지 심보일까. 완전한 용서가 이루어지지 않았는지 몰라도 나의 내면 안에 충격으로 새겨진 그 기억들이 자신의 어깨를 내리누르고 발등을 찍었다. 나의 검붉은 죄는 야훼 하나님께서 흰 눈같이 깨끗이 용서하셨건만 나는 왜 그들을 진실한 사랑으로 포용하고 감싸 안지 못하는지 못난 나의 성격을 질타하며 대합실 구석에 쪼그리고 앉은 채 육체를 지닌 본능의 자아와 또 다른 의로운 영적인 자아가 부딪혀 싸우면서 완벽한 용서를 부르짖었다. 나도 모두를 용서하지 않으면 나 자신이 평생토록 저질러 쏟아놓은 더러운 것들을 그분으로부터 말끔히 죄 사함을 받지 못해서 거듭나지 못한 죄인으로 낙인찍힐 수 있는 일이었다.

그런 와중에서 나는 사람의 훼방과 비방은 잠깐이지만 하늘을 펴고 땅의 기초를 정하신 하나님의 사랑과 의는 영원해서 광야와 사막에서 꽃이 피어난 꽃동산같이 찬란한 기쁨으로 위로해주신다는 것을 깨닫게 되었다. 점차 나 자신의 증오와 미움, 탐욕과 교만 등은 사그라지고 조금씩 누구든지 용서하고 포용할 수 있는 사랑의 감정이 싹트기 시작했다. 어차피 한 줌의 흙에서 왔으므로 한 줌의 흙으로 돌아갈 티끌인 만큼 야훼의 무한한 사랑에 파묻혀서 나의 고민과 갈등 그 전부를 덮어버리고 싶었다. 야훼께서는 열방 위에 세우려고 뽑은 사람은 파괴하고 파멸시켜 넘어뜨려서 새로 만들어 심으시는 모든 것의 하나님이셨다(렘 1:10). 나를 꼼짝 못 하도록 올무에 가두셔서 항복을 받은 분은 그 보잘것없는 사람들이 될 수 없고 그 뒤에 버티고 계셔서 만물을 움직이는 그분이었다. 그들은 말을 잘 듣는 로봇과 같은 도구로 사용되어서 나의 재산과 탐심을 파괴시켰고 그 핵심은 나를 선택해 바로 세우려는 지존자의 계산된 배려이고 숨은 사랑이었다. 나의 죄로 말미암아 그분과 나 사이에 틈이 생겨서 그 벌어진 공간을 메꾸려고 그분께서 내 안에 그분의 형상이 이루어질 때까지 베푸신 특공대 훈련이었고 나중에 내가 깨우친 뒤에야 터득한 지존자의 고귀한 낙인이었다.

낮이 지나고 밤이 오면서 대합실은 오고 가는 사람들의 행렬로 만원이었다. 누구에게 쫓기기라도 하는 듯 사람들은 바쁜 걸음으로 달려와 표를 사서 개찰구를 빠져나갔다. 온종일 상행선을 타고 달려온 사람들은 서울역사를 빠져나와 뒤도 돌아보지 않고 동서남북으로 흩어져 제 갈 길로 떠나갔다.

대합실의 빈터에는 더는 내려갈 곳이 없는 밑바닥의 노숙자들이 몰려들어 긴 하루를 지내고 종교단체에서 운영하는 무료 급식소를 찾아 발길을 돌렸다. 예전에는 세상의 전부를 포기한 채 어디에선가 굴러들어온 걸인들의 동냥 터였지만 IMF의 복병을 만나면서부터는 실직한 사람들이 일터를 잡지 못해서 잠시 머무르는 도피처도 되었다.

추운 겨울의 IMF 경제 한파는 혹독한 것이어서 고갈된 외화의 환율은 치솟을 대로 치솟아 있었고 주가는 바닥없이 폭락해서 휴지조각이 된 주식도 많았다. 수출과 내수 판매 저하로 인해 기업들은 현찰이 바닥나서 쓰러져가는 형국이어서 직장 잃은 실직자들은 길 잃은 가랑잎처럼 각지에서 몰려와 서울역을 맴돌았다.

금리는 사상 최고치로 치솟아 가진 자는 그 가진 것에 힘입어서 더 큰 부자로 군림했고 없는 자는 빚진 돈의 이자를 갚지 못해서 점점 파괴되고 피폐해졌다. 가진 자와 없는 자의 빈부격차는 갈수록 하늘과 땅의 구렁처럼 넓어져서 돈을 구하려고 동분서주해도 돈이 어디로 꼭꼭 숨었는지 개인사업체를 운영하는 사람들은 하루의 부도를 메꾸려고 이리저리 돈맥을 잡으러 뛰어다녀도 그 역겨운 냄새조차 맡을 수 없어서 하던 일을 포기하고 풍지박살 나서 공중분해 되는 실정이었다. 대학을 갓 졸업한 젊은 청춘들은 물론이고 제법 유능했던 직장인들도 몸담았던 직장에서 쫓겨나 잃어버린 세대의 노숙자로 전락했다. 나 또한 거울을 드려대고 냉정한 선을 그어보면 빼고 보탤 것도 없이 그들 가운데 한 사람이었다. 따뜻한 보금자리에서 기다리는 아내와 초등학교에 다니는 아들이 기다린다는 것을 제외하면 차디찬 가슴이 허물어지기는 마찬가지였다. 나는 아침과 점심, 저녁을 거르고 온종일 앉아있던 그 자리에서 쫓기고 쫓아가는 듯한 바쁘게 움직이는 사람들의 대열을 하염없이 주시했다. 누가 봐도 갱년기의 응어리를 지독히 앓고 있는 거리의 노숙자이기는 마찬가지였다. 대합실의 밤 풍경은 속수무책의 병을 앓고 있는 사람들에게는 어떤 감흥의 느낌도 받지 못하고 그저 감당할 수 없는 삭풍이 불어 닥치는 살기 위한 전쟁터일 뿐이었다.

나보다 더 지치고 곤죽창이가 된 목소리가 상념에 잠긴 내 의식을 깨운 건 그 밤이 깊어질 무렵이었다.

"선생님, 제 배낭과 텐트를 사지 않겠어요? 취사도구와 꼭 필요한 비상 식료품도 남아 있습니다. 아버지가 당뇨의 합병증으로 쓰러지셔서 시골집으로 돌아가야 하건만 배낭여행에서 허둥대다가 돈지갑을 송두리째 쓰리 맞았습니다. 두 사람의 기차비만 된다면 거저 드릴게요."

여름도 아닌 한파가 몰아친 겨울에 텐트와 배낭을 사라는 엉뚱한 사람이 누구인지, 아버지가 위독하다는 급한 하소연에 뒤돌아보니 목소리의 주인공은 두꺼운 방한복에 백을 소지한 두 형제였다.

"나도 돈이 떨어졌는데…"

"선생님, 이 큰 가방도 덤으로 드릴 테니까 그러지 마시고 사주세요. 선생님이 없다면 이곳에 돈 가진 사람이 누구겠나요? 저희 아버지가 매우 위급하니 도와주신다는 마음으로 제발 사주십시오. 몇 사람에게 부탁해 봐도 한겨울의 한파가 닥쳐서인지 반응이 시큰둥했지요. 그러니 도와주십시오."

"아직도 나에게 남을 도울 수 있는 여력이 남아 보이는가? 잠깐 기다려 보게."

나는 문득 아내 채림이 구두 안에 깔린 떨어진 밑창을 본드로 발라주면서 내뱉은 말을 기억해냈다.

"여보, 만일 먼 곳에 갔다가 술을 마시고 차비가 떨어지면 구두 밑창을 뜯고 차표를 사서 돌아오세요. 지갑을 날치기당해도 그렇게 하세요. 세상은 험하니까요."

나는 아내의 다정다감한 주의사항을 떠올리며 구두 한 짝을 벗어서 밑창을 잡아당겼다. 아내 채림이 나의 위급상황을 예견했음인지 두 겹으로 접어 비닐로 포장한 10만 원권 수표 석 장이 밑창 안에 숨겨 넣어져 있었다. 나는 아내의 사려 깊은 수표를 꺼내서 한 장은 두 젊은 형제에게 주고 두 장은 내 호주머니에 넣었다. 그 길로 아버지라는 단어로 나의 마음을 움직인 두 사람은 표를 사서 고향으로 떠나갔고 나는 물려받은 텐트와 슬리핑백, 취사도구가 담긴 배낭을 어깨에 메고 자동차들이 주차되어 있는 시계탑 광장으로 나왔다.

내 뒷덜미로 난데없이 두 번째 목소리가 내려꽂힌 건 거기서였다. 내 옆자리에 앉아서 온종일 나를 지켜보던 내 또래의 노숙자가 졸래졸래 뒤쫓아 오며 말을 걸었다.

"여보쇼 형씨! 내가 텐트 칠 좋은 장소를 물색해 놨소이다. 내가 텐트가 마련되면 지으려 했던 곳인데 형씨가 먼저 집을 갖게 되었소!"

"……?"

"갑시다. 염천교 다리 옆에 붙은 서소문 쪽이오"

그야말로 빼어난 착상이었다. 갈 곳을 몰라 방황하는 자의 뛰어난 계산이고 명쾌한 결정이었다. 마땅히 정한 곳이 없던 나는 그를 따라 철길 곁에 담장을 두른 서소문 공원으로 들어갔다. 내 어릴 적 어머니를 쫓아서 장보러 갔던 기억이 맞는다면 거기는 서울에서 가장 큰 채소와 곡물 시장이 자리했던 곳이었다. 벌써 발 빠른 노숙자들이 여기저기에 색 바랜 텐트를 치고 장기 노숙을 하고 있었다.

나도 그들 가운데 어울려서 가지고 온 텐트를 안내해 준 노숙자와 함께 정성 들여 세우고 비나 눈이 내려도 스며들지 않도록 그 위로 투명 비닐을 덧씌웠다. 열심히 세워놓고 보니 내가 그동안 건축한 빌딩이나 철골 공장, 아파트에 견주어 비견할 만큼의 최고로 그럴싸한 보금자리가 되었다. 찬 기운이 가득한 도시 속 공원, 잔디밭이나 통로를 가리지 않고 옹기종기 모여진 텐트촌 위로는 도시의 어두운 빛살이 아뜩했다.

가야 할 길은 캄캄 무지의 황량한 광야인데도 내 낙천적인 성품은 텐트를 우러르며 그 어둠은 넘어서 문득 동해안으로 어느 여름날에 놀러 가서 좋아하는 어린 소년처럼 동심으로 돌아가서 머물렀다. 나는 언제쯤 영원한 어린아이로 성장을 멈추었는지는 모르지만 강렬한 시선을 텐트에 집중시키고 마냥 설레 임으로 탄성을 내질렀다.

"내가 이제껏 세운 어떤 건물보다 훌륭한 보금자리인 것을…. 이만하면 겨울나기에는 그만이야… 빈곤 속의 풍족, 모자람이 없는 페트라, 욕심을 버리고 나니까 부자의 도피성이 탄생했다! 자, 들어갑시다. 살 집이 완공되었으니 상량식을 올려야 되지 않겠소!"

서울 중심부에 내 집을 세울 수 있는 공간이 마련된 것 자체에 나는 흥분된 포만감이 밀려와서 뿌듯한 기분이었다. 내일 당장 철거될 도피촌 일지라도 사방이 천으로 가린 텐트에 누워 앙상한 나뭇가지 사이로 드러난 도시의 희미한 빛살을 받다 보니 쓰레기 산에 묻혀 내장까지 밴 썩은 냄새가 단번에 사라졌다. 사람들의 따가운 시선을 받지 않고 사면의 벽이 가리어져 눈을 붙일 수 있는 도피처가 마련되어서 이후로 누구와 무엇이 되어 떠돌지는 모를 일이지만 그나마 다행이었다. 동행한 대합실의 노숙자도 덩달아 좋아하면서 새로 지은 저택에 입주한 것처럼 소주 세 병과 새우깡 한 봉지를 사 왔다.

자기 성을 신 씨라고 밝힌 노숙자는 약간 수상쩍은 눈초리로 나를 탐색하다가 술이 불그스레하게 취하자 경계를 풀고 자신의 처지를 하소연했다. 그는 김천 공단에서 방직업체를 다니다가 회사가 파산하는 바람에 공사 일이라도 할 요량으로 일주일 전에 상경했지만, IMF 여파로 일자리를 구하지 못해서 노숙자로 지낸다는 사연이었다. 더 말해 무엇 하랴. 그는 쥔 자와 가진 자의 무슨 치명적인 약점을 잡아낸 것처럼 그들을 몰아 세워 질타했다.

"IMF가 뭔가 하는 건 순전히 권력 쥔 자와 재벌이 만든 합작품이지요. 우리처럼 힘이 없는 서민들은 소처럼 일만 했어도 그 사람들의 장단에 맞춘 채찍 놀음에 덩달아 희생양이 된 게 아닌가요? 입에 풀칠을 하려고 일을 찾아 나서도 경제를 마비시켜 놓아서 그 짓도 못 하게 하니 어찌하란 말이요? 이 맹꽁이 같은 놈의 세상, 몽땅 망해나 버려라!"

"모두 지당한 말씀입니다. 일밖에 모르고 살아온 우리 소시민에게는 살 수 있는 숨구멍을 뚫어 주어야만 태어나서 죽는 날까지 먹고살지 않겠어요? 배가 주린 자도 먹고 배에 기름 낀 자도 더 먹으려고 바둥거리는 것이 인생사니까요. 일을 해서 먹고 몸을 팔아먹고 그나마 팔 게 떨어지면 영혼이라도 팔아서 먹어야만 부모가 남기어준 몸뚱이를 유지하지요. 먹는 것은 생명 활동의 본능으로 이어지기 때문에 살아있음을 확인하느라 먹고 배를 채우지 못한 날은 하루가 허전해서 술이라도 마셔야만 만족해서 잠이 드는 것이 소시민의 인생사가 되겠지요. 그 먹고 마시는 인생사를 쥔 자와 가진 자가 IMF를 퍼트려서 물꼬를 막았으니 꼴까닥 할 수밖에 없지요."

"아 좋은 말이네요. 꽉 막힌 숨통이 형씨의 이야기를 들으니까 조금씩 소화되어 내려가네요. 술 한 잔을 들이켜면서 형씨가 가진 소견을 더 말해 보시지오."

나와 같은 처지의 노숙자로 전락한 신 씨는 쥔 자의 화살 끝에 상처 입은 맹수처럼 아픈 부위를 술로 퍼부으며 내 곁으로 바싹 다가앉았다. 내가 무슨 결론을 내릴까 하는 호기심으로 침을 꼴깍 삼켰다.

"사람들은 작은 자로부터 큰 자까지 굶주림과 헐벗음에서 벗어나 살기 위해서 꾸역꾸역 먹어대고 그 앞에 무엇이 기다리는지도 모르면서 빨리 뛰어가지요. 뒤에 따라붙은 자는 서로 앞서려고 밀치며 앞서가면서도 왜 그토록 경쟁적으로 뛰는지도 모르면서 뛰었지요. 무언가를 향해 죽어가면서도 왜 달리는가를 모르고 영문도 모른 채, 덩달아 달리던 자들 가운데는 왜라는 질문을 반복하며 상대를 낚아채고 팽개치면서까지 더 정신없이 달렸지요. 그리고 그 길이 맹목이었음을 스스로 자각하면서 물음표도 스러지기 시작했어요. 세상은 눈먼 자의 손을 잡고 눈먼 자와 함께 무작정 달리는 곳이었음을 그제야 깨우치고 하늘을 향해 싱겁게 웃었지만 자기는 이미 절벽 끝에서 눈먼 자가 뛰어내린 것처럼 뛰어내리고 있었지요. IMF는 그 눈먼 자가 꾸역꾸역 먹고 마시고 싸면서 눈먼 자들을 이끈 결과의 소산물로 닥쳐온 것이지요. 눈먼 자는 잔뜩 먹어치우고 떠나가면 그뿐이고 뒷날은 생각할 줄 모르니까요. 보이는 세상이 전부인 줄 착각하고 맥없는 사람들의 목숨을 제물로 삼아 양껏 먹어치우고는 절벽을 향해 뛰어갔지요.

인간은 넉넉하게 먹을 수 있게 되면서부터 먹는 것보다 더 많은 욕심과 부도덕함을 떠안게 되었다. 노숙자 신 씨는 내 말이 어렵고 알쏭달쏭한지 반은 심각하게 그 의미를 되씹으며 술잔을 잡은 채 로댕의 생각하는 사람의 모양새로 잠잠했다.

그러다가 신 씨의 미간에 경련이 일며 뭔가 잡히는 게 있는지 손바닥으로 자기의 무릎을 탁 내리쳤다. 의심할 여지 없는 울분의 증상이었다.

"아, 알았어요. 눈먼 집단인 김영삼 정권을 비꼬았지요. 저희 놈들이 소경인 줄 모르고 양껏 처먹고 호의호식하다 끝내는 소경이 된 착한 사람들을 제물로 삼고는 길이 끊어진 절벽 밑으로 줄행랑친 거지요. 소시민들은 순한 양처럼 그놈들의 엉덩이만을 바라보며 그 뒤를 의심 없이 따르다가 함께 절벽 아래로 떨어지는 이러한 IMF 사태를 맞게 되었지요."

나는 한두 번 고개를 끄덕여주고는 또다시 세차게 좌우로 가로저었다. 좁게는 타당한 대답일 수 있지만 넓게는 완전히 틀리다는 의미였다.

"어찌 일개 인간이 이 세상을 다스리리오. 버려야 할 것은 움켜쥐고 정작 버리지 말 것은 버리는 그 하찮은 인간들이 어찌 세상의 주인이 되리이까? 그 버러지 같은 인간들이 누구이기에 이 축복 받은 세상을 소돔과 고모라성으로 변질시켜 놓았으리요!" 그 뒤에는 땅을 공허하게도 하시고 뒤엎기도 하시는 위대한 지존자 하나님께서 그들의 죄악으로 말미암아 그들이 빛을 바라지만 어두움 가운데 행하게 하신 결과물이지요. 저희 탐심이 죄악으로 인해서 거짓을 일삼고 그분을 경외하지 않음으로 말미암아 세상을 요동치도록 사탄에게 허락하셔서 사탄의 낚싯밥이 된 거겠지요.

우둔하여 지각이 없고 눈이 있어도 보지 못하며 귀가 있어도 듣지 못하는 백성이여(렘 5:21), 이 아름다운 낙원을 먹는 것으로 눈이 뒤집힌 자들이 지존자의 지극한 사랑을 거부하고 쾌락과 탐욕, 질투와 아집, 간음과 우상숭배, 교만 등 추하고 더러운 것만을 고집하고 포식해서 에덴의 땅을 스스로가 더럽혀서 자초한 환란이었다. 선악과를 따먹지 말라는 하나님의 명령을 거부하고 자기가 하나님 자리에 앉아 「나는 나」라는 등의 식으로 먹지 말라는 탐욕과 교만을 따먹었기 때문에 빛 대신에 어둠을 들이키게 되었다.

"무너졌도다. 큰 성 바벨론이여! 귀신의 처소와 각종 더러운 영이 모이는 옥과 각종 더럽고 가증한 새가 모이는 옥이 되었도다(계 18:2)."

노숙자 신 씨와 거듭된 술자리로 어울리면서 그와의 스스럼없는 친근감이 싹트면서 나 역시 똑같은 처지의 노숙자로 전락했다. 몰아닥친 한 밤의 매몰찬 추위는 육체의 고통을 수반하기는 했지만 슬리핑백 위에 신 씨가 초상집에서 얻어온 죽은 자의 이불을 두껍게 덮으면 그런 데로 엄동설한의 삭풍도 이길만한 거였다. 그러다가 봉사업체에 노동일을 딱 두 번 나갔던 신 씨가 철골 대여섯 개와 비닐을 가져와서 텐트 위로 철근을 반원형으로 구부려 그 양쪽을 땅에 꽂고 두 겹 비닐로 덮으니까 온화한 이중의 움막집으로 탈바꿈해서 낮에는 제법 따뜻했다. 운이 좋은 날은 대충 씻은 쌀을 코펠에 담아 휴대용 버너에 익혀서 해 먹었으나 대부분은 라면 국물에 신 씨가 급식소에서 얻어온 찬밥을 말아서 때우기 일쑤였다. 비닐하우스는 온실효과가 뛰어난 낮에는 따뜻한 대신 밤에는 추위가 달려들어 사다 놓은 소주를 두세 병씩 나눠 마시고 술기운에 잠이 들었다. 안주는 고작 찌그러진 코펠에 끓인 라면과 과자 부스러기가 고작이었다.

그냥 무기력하게 놀 수만은 없어서 건설 현장의 습관대로 일찍 일어나서 새벽녘이 되면 주워온 털벙거지 모자를 귀밑까지 푹 눌러쓰고 공원 곳곳을 돌아다니며 널브러진 빵 봉지와 술병, 라면 봉지, 구겨진 휴지조각을 말끔히 쓸어내었다. 겨울밤의 추위와 아픈 상처의 뒤 트림으로 상심하기보다는 술꾼들이 토해낸 오물을 치우고 담배꽁초를 줍다 보면 흔들리는 가슴이 서서히 정화되었다. 예전에 술 한 잔을 마시고 몽마르트르 언덕 위의 아름다운 성당 밑의 계단에 섰을 때, 사람들이 밤새 버린 쓰레기와 심지어 구석에 내갈긴 소변 냄새로 곤욕을 치른 것이 떠올라서 더 열심히 쓸어 내었다. 섬김받는 자리에서 섬기는 자리로 위치 변동을 하고 보니 눈멀고 귀먹고 코 막힌 세상의 돌아가는 바람개비가 내 영혼 속에서도 돌면서 나를 가르치고 훈련시켰다. 그곳의 노숙자들이 매일 공원을 청소하는 내 예전에 하던 일을 궁금해하면 나는 막노동을 하다가 일이 없어서 쉬는 정도로 어물쩍 넘기기가 일쑤였다.

자신의 힘 모두를 쏟아내고 내 전체를 쥐어짜서 나를 비워 자신은 카타르시스의 시간이 이어지고 나를 이기려는 생의 사투를 벌이는 사이, 어느덧 봄날이 머리를 들고 전령사인 개나리가 노란 꽃망울을 터트렸다. 그리고 땅거미가 짙어갈 때, 나는 종종 화장실을 가려고 텐트 움막집을 나서다가 놀랍게도 한 여인과 딱 마주쳤다. 아내 채림이 내 앞에 와있었다.

그녀는 설마 하는 심정인지 손등으로 눈을 비비고는 나를 뚫어지게 응시했다. 덕지덕지 누적된 색이 변한 운동복에 온통 안면을 덮은 털북숭이 수염, 큰 키임에도 낮은 높이의 텐트 생활로 살짝 구부러진 허리와 영양실조로 퀭한 눈, 귀밑까지 눌러 쓴 털벙거지 모자에 술에 전 악취, 어디를 둘러보아도 집을 나설 때의 깔끔했던 나는 아니었다. 아니 그 생김생김과 눈빛은 분명한 남편인 나였다.

이럴 수가, 말도 안 돼…. 그녀는 나의 터무니없는 변모와 주위의 열악한 분위기에 섬뜩 놀라서 발을 멈추었다. 본능의 힘에 의지해서 자기를 가다듬지 않았다면 참 놀라운 남편의 초췌한 행색에 외마디 비명을 지를 일이었다.

그녀는 자기의 남편임을 확인하고는 쏟아지려는 울음을 애써 삼키며 내 곁으로 다가서서 조용히 심호흡을 하였다.

"여보 저예요. 당신의 아내이고 성령이 엄마예요. 당신은 역시 당신이 늘 말씀하신 것처럼 한 방울의 집시의 피가 흐르는 방랑벽이 있으시군요. 집에서 몇 리도 안 떨어진 지척에 두고 이제껏 당신을 찾아 헤매었어요. 어젯밤 IMF가 애꿎은 노숙자를 양산한다는 뉴스에서 새벽마다 청소하는 당신의 옆모습이 살짝 비쳐 지고 이곳이 선량한 노숙자들로 넘친다고 집중 조명했어요. 잠깐 지나가는 당신의 모습은 내가 아니면 아무도 알아차리지 못할 만큼 당신은 완전히 딴 사람이어서 설마 하고 찾아왔어요. 왜 이곳에 머물고 있느냐고 묻지 않을 것이니 당신의 보금자리인 따뜻한 집으로 돌아가세요. 당신의 마음 다 알고 있어요. 아들 성령이도 기다리고 있어요. 제가 국가에서 받는 봉급으로도 우리 세 식구가 살기엔 부족함이 없어요. 그만 돌아가요."

그녀의 여린 눈에는 반짝이는 눈물이 글썽이었다. 그 울음은 통곡의 끝까지 도달해도 시원찮은 참고 참은 무아의 오열이었다. 풍족한 집을 두고도 차가운 겨울바람 앞에서 버티어 낸 굶주린 남편이 가여워서 입술을 깨무는 소리 없는 통곡일 터였다.

나는 그녀와의 만남이 너무도 반가워서 뒤통수를 맞은 통증처럼 현실로 여겨지지 않아서 다만 말을 잃고 잠자코 있을 따름이었다. 그 놀라움도 잠시고 남자로서의 알량한 자부심은 잃지 않으려고 가슴은 숨겨둔 채 잔뜩 목에 힘을 주었다.

"난 멀쩡히 살아 호흡하니 창피하게 울지 마. 그러잖아도 남부끄러운 구경거리가 될지 모르는 터에 울긴 왜 울어. 내가 뭐 죽어 나가는 건 아니니까 눈물을 닦아…. 뭔가 잡히면 들어가려고 차일피일 미루다가 아무것도 안 이루어져 겨울 동안 여기서 주저앉았을 뿐인데… 울긴 왜 울어. 바보처럼 울지 말아 이곳을 전세 낸 것처럼 혼자 울지 말라고!"

"역시 당신은 전혀 변하지 않으셨어요. 이전 그대로의 어린아이인 순수한 당신이군요. 어떻게 서너 달 만에 만난 아내에게 이곳을 전세 냈냐고 호통칠 수 있어요? 알겠어요. 당신의 명령대로 울지 않겠어요. 하나님의 섭리로 당신을 찾은 거로 만족하고 아무 일도 없던 것처럼 울지 않겠어요. 제가 울고 또 울부짖는다 해서 당신을 찾으려고 지치고 문드러진 심장이 금세 정화되진 않을 거니까요. 그분께서 끌어당기지 않으셨다면 이곳에 올 수 없었으니까요."

채림에게 남아서 끝까지 풍기는 것은 창조주 성령의 냄새와 이끌림이었다. 사탄이 독사와 전갈을 보내서 나를 덥석 물으려 해도 그녀의 기도가 지속되는 한 야훼의 권능으로 나는 보호받고 있었다.

그녀의 호소 섞인 눈물은 나의 한계를 넘어선 무기력한 체념에 갇힌 나에게 현실을 인정하지 않을 수 없는 여운을 안겨 주었다. 그래서 부부는 일심동체라고 했던가. 그녀는 감당하기 어려운 내 형편을 그녀 나름대로 정리해서 등짐을 나눠진 유일한 동반자였다. 길든 짧든 그녀와 소중하게 살아온 질곡의 삶 속에서 그녀는 나의 무너진 자존감을 끝까지 지켜준 마지막 보루였다.

사람은 언젠가는 호흡이 멈춰 서는 한계성 존재에 불과하지만 그녀는 마지막 호흡이 멈추는 순간까지는 야훼 하나님의 뜻 안에 살아야 할 그 무엇이 반드시 숨겨져 있다고 믿는 터여서 하잘 것 없는 일에도 최선을 다하는 여자였다. 나약한 여자의 몸이면서도 어쭙잖아 동정심으로 남편의 화를 돋우기보다는 힘겨운 투혼일지라도 여자다운 사랑으로 남편을 포옹하고 지켜주길 기뻐하는 아내였다. 내가 서너 달을 전화 한 통 주지 않고 집에 들어가지 않았어도 끊임없는 기도와 범사에 감사하는 자기 절제로써 자신의 화를 덮어 버리고 자신을 재충전시켜서 새로운 활력을 채우는 여자였다. 그녀는 내가 강한 삭풍이 불면 옷깃을 여미었다가 따스한 봄날의 빛을 죄어주면 움츠렸던 옷깃의 단추를 푸는 아주 평범한 남편임을 진작 알고 있었기에 자기의 따스한 사랑의 빛을 내 품에 비춰서 나로 하여금 스스로 단추를 풀게 해서 아들 성령이가 기다리는 집으로 귀가 시켰다. 길다면 긴 노숙자의 겨울 외출의 방황은 그걸로 끝이었다.

나는 세상의 딱 한 곳, 아내와 아들이 함께하는 가정의 훈훈한 향기를 맡으면서 실로 오랜만에 편안한 잠자리에 들었다. 이해하고 받아주는 가족이 건재하건만 왜 처참하게 차디찬 거리에 버려져서 사람들이 적대시하는 시선 앞에 추한 표적으로 노출되어서 길 잃은 노숙자로 전락해 방황의 겨울밤을 떨어야 했는지는 풀어야할 긴 숙제로 남았다.

돌아온 밤의 환영의 자리에선 아들 성령이의 피아노 연주가 있었다. 나의 입가에 흐르는 미소의 행복감은 그대로 멈추어져 그대로 음율이 되어서 허공으로 떠다니는 기분이었다. 그다음 날의 저녁, 5시에 직장에서 정확히 퇴근한 아내는 행주치마를 단정히 걸치고 내가 긴 방황으로 먹지 못했던 음식들을 골고루 준비했다. 내가 좋아하는 활어회를 뜨고서 얻어온 남은 뼈에 미더덕과 소라, 대합조개와 고춧가루에 갖은 양념을 듬뿍 넣고 매운탕을 끓였다. 도라지와 실파에 식초를 넣어 맵게 묻히고 쌈장에 찍어 먹도록 마늘, 고추도 송송 썰어 내놓았다. 음식이 대충 마무리되자 활어회를 내 앞에 차려 놓고 냉장시켜둔 소주병 뚜껑을 따서 투명한 잔에 정성껏 따라 주었다. 내가 주량껏 술을 마시고 실컷 취해서 지나간 일그러진 기억들을 화통하게 잊으라는 주문이었다. 원점으로 돌아가서 다시 시작하면 되는 것을 스스로 자학해 고통스러워할 의미가 없다는 위로의 잔이었다.

그녀가 제일 싫어하는 소주를 극진히 따라주면서 그녀의 깊은 곳에 부자연스러움이 없겠냐마는 자신을 절제하는 생채기를 내면서도 변함없이 생긋이 웃어주는 인내심은 나를 생각하기에 앞서서 네 이웃을 먼저 사랑하는 예수의 가르침에서 비롯되었다.

그녀는 왜 무엇 때문에 술을 끊지 못하고 젊은 시절부터 방랑벽을 핑계 삼아서 허구한 날에 밤새워 술을 들이켜는가를 따져 분명 묻고 싶었으리라. 술은 육체와 영혼을 죽이는 최악의 독약인 것을 가르쳐주고 술로 기인된 갈등과 피해는 내 방황과 비길 바 아니라고 외마디 비명을 내지르고 싶지 않았겠냐마는 그녀는 꾹 참고서 오히려 술을 양껏 자유롭게 마시라고 잔이 빌 적마다 따라주면서 권했다. 남편이 누릴 수 있는 최고의 자유와 탈출구는 술이었기 때문이었다. 내 자유와 탈출구를 보장해 줌으로써 나 스스로의 양심으로 돌아가서 술버릇을 고쳐달라는 무언의 압력이기도 했다.

그녀는 두 손으로 술을 거듭 따르면서 뜨거운 사랑으로 나를 몰고 들어갔다.

"여보, 당신을 서소문공원에서 만났을 때, 비록 당신의 얼굴은 검게 그을렸어도 당신의 눈동자에서 그분의 빛을 찾아내고 얼마나 기뻤는지 몰라요. 당신은 어디서건 하나님과의 생생한 만남의 체험을 통해서 당신의 영혼이 치료받았음을 알았지요. 하나님이 하시는 일에는 언제나 소중한 목적의 섭리가 작용하기 때문에 당신의 사업을 넘어트린 뒤, 그 허전하고 빈 마음을 그분의 영원한 사랑으로 채우신 거예요. 하지만 악마 사탄을 세상의 흑암에서 하나님 아들의 나라로 옮겨서 거듭난 사람을 다시 넘어뜨려 파괴시키려고 갖가지 시험과 올무의 덫을 끝까지 포기하지 않고 쳐놓는 탓에 큰 교회의 목회자는 물론이고 대부분이 그 유혹에 걸려 또다시 파괴되어서 넘어지지요. 그러기에 당신도 악마의 유혹에서 끝까지 이길 수 있도록 말씀 안에서 말씀을 붙잡고 철저히 기도해야만 하지요. 적신호가 꺼지고 청신호로 신호등이 바뀔 때까지 수시로 마음의 부조리와 불안을 제거하고 그분이 주시는 평강으로 이겨내야 하지요."

그녀의 은밀한 속삭임은 저 멀리서 내 귀에 아련히 들려온 어린 시절의 종소리처럼 내 우매함을 일깨웠다. 그녀는 자신이 감동받은 대로의 솔직성을 드러내서 사탄의 섬뜩한 손길로부터 나의 자존감을 지켜주려는 노파심으로 증언했지만 나에게는 가슴을 뚫고 박힌 화살촉처럼 심한 아픔을 주었다. 나를 진실로 잡아주려는 그녀의 눈물 어린 호소와 새근새근한 숨소리는 나를 꼼짝 못하게 잡아매었다.

"사탄의 미혹에서 벗어나려면 나를 버리고 하나님의 믿음으로 채워야 된다는 의미지? 하지만 나는 안 돼, 과거의 나를 버리고 새롭게 거듭난 사람으로 태어나고 싶어도 괴상한 마성이 나를 한 순간에 도로 파괴시키는 거야 과거의 제한된 사고방식에 갇혀서 버릇대로 해오던 습관적인 일을 해야만 직성이 풀리는 거야. 술과 담배도 끊은 체했다가도 그대로이고 나를 파멸시킨 사람들을 용서했다가도 때로는 미움과 증오가 되살아나서 나의 용서와 관용, 부족한 인내심은 위선과 기만으로 전락하는 거야. 나는 거듭난 척 위선을 떨지만 내 영혼은 아직 세상의 시궁창에서 벗어나지 못한 팔불출에 불과해. 나를 잡아 줘. 나는 할 수 없어."

나는 소주잔으로 컬컬한 목구멍을 헹구면서 자신의 나약함을 솔직히 내보였다. 아내 채림은 빈 소주잔에 넘치도록 거듭해 술을 따르는 재치를 보이면서 묘한 뉘앙스의 예우로 내 머쓱함을 덮었다.

"로마서에 너희는 이 세대를 본받지 말고 오직 마음을 새롭게 함으로 변화를 받아 하나님의 선하시고 기뻐하시고 온전하신 뜻이 무엇인지 분별하도록 하라(롬 12:2)고 말씀하셨지요. 하나님의 뜻은 영에서 난 건 영이고 육에서 난 건 육이니 영과 육을 분별해서 영의 생각을 갖고 믿음을 터득하라는 거예요. 믿음은 하나님의 말씀을 듣고 입술로 시인하여 행동으로 옮겨야만 자라나게 되지요. 나의 부정적 사고방식을 긍정적 사고방식으로 바꿔서 자신의 제한된 생각으로 폄하하지 말고 하나님의 관점으로 일해야만 하지요. 당신의 믿음을 행동으로 옮겨서 믿음의 씨앗을 뿌리면 하나님의 믿음이 당신의 믿음 위에 겹쳐져서 당신은 초자연적 믿음의 소유자로 우뚝 서서 영적 풍요를 누릴 수 있겠지요. 믿음은 행함과 함께 일하고 행함으로 온전해지니까요(약 2:22). 그리하면 인간의 한계를 초월해 도우시는 하나님의 사랑으로 악마 사탄과 자기 자신을 당당히 이길 수 있겠지요."

그녀의 설명은 기독교에 갓 입문한 나로서는 지루한 울림이었지만 야훼의 사랑 안에 그녀의 사랑이 겹쳐져서 차츰 이해되었다. 나의 혼란한 자존감 따위는 그녀의 하나님에 대한 선한 열정과 믿음이 합치되어 맥없이 쓰러졌다. 그녀는 내 심정을 얼마든지 이해한다는 뜻으로 내가 술잔을 비우면 그 빈 잔에 또다시 술을 가득히 따라 부어주는 아량을 내보였다. 남편에 대한 한없는 배려로 냉장고에서 또 다른 술병을 꺼내서 거듭거듭 따라주었다. 더 이상 내가 죄짓고 비참해지는 것을 좌시하지 않을 듯 많은 위로의 신앙상담을 해주었다.

내가 양껏 술을 마시고는 비틀비틀 자리에서 일어나려 하자 그녀는 뭔가 본론을 꺼내려 하다가 잠깐 내 주변을 맴돌더니만 그 눈빛에 결심을 담아내었다. 이윽고 성경 사이 책갈피에서 봉투 하나를 꺼내오더니만 나에게 내밀었다.

놀랍게도 현재의 처지로는 만져볼 수 없는 천만 원짜리 수표 7장이었다. 노숙자 생활을 하면서 단돈 천 원을 아끼려고 라면으로 끼니를 때우던 나에게는 눈이 휘둥그레지는 거금이었다. 그녀는 나를 가죽 소파에 앉히면서 사근사근 조용히 속삭였다.

"여보, 당신에게는 우뚝 서고 싶은 열망을 키워갈 기댈 것이 필요해요. 뭐든지 하고픈 의지대로 해 보세요. 예전처럼 작은 집을 짓든 환투기를 하든, 카페를 하든 당신 기분 가는 곳에 사용하세요. 넓은 광야를 활보하던 호랑이가 좁은 우리 안에 갇혀 숨을 헐떡이는 모습을 측은해서 더는 볼 수 없어요. 마음으로는 내 전부를 드려도 아깝지 않으나 가진 게 그것밖에 없어요. 그 돈은 제가 십 년간 푼푼이 적금 부어 마련한 종잣돈이어서 당신의 미래를 위해 기꺼이 투자하겠어요. 그런즉 당신도 이제부터는 돈을 벌면 좀이 먹지 않고 녹슬지 않는 영원한 하늘나라에 투자하세요."

나는 콧등이 시큰해지는 충격에 할 말을 잃었다. 7천만 원은 나 자신이 잘 나갈 때는 얼마간의 술값에 불과하지만 그녀에게는 십 년의 시간을 적은 봉급에서 아끼고 아껴 적금한 거금이었다. 회사가 부도난 이래 생활비 한 푼을 드려놓지 않았음에도 박봉으로 생활을 꾸려나가고 거금을 만들어 내놓은 터여서 쥐구멍이라도 찾아 기어들어 가고픈 심정이었다.

수표 7장을 받으면서도 문득 아내가 가여워서 고맙다는 인사를 하려 했지만, 가슴과 입술이 떨려서 말이 나오지 않았다. 나는 뭔가를 사죄하고 용서를 빌려 했으나 오히려 거북할 적에는 늘 그러했듯 바닥의 술잔을 들어서 쓴 액체를 입안에 퍼붓고 한쪽 팔을 뻗어 아내의 손을 잡고는 차마 안 나오는 말을 꺼내느라 억지스러운 미소까지 지어 보였다.

"당신이 무조건 믿고 순종하는 당신의 하나님은 결국 나도 굴복시켰어. 그 좋으신 하나님은 나와 당신을 연결시킨 촉매제가 되셨으므로 나도 영원히 믿고 순종하겠어. 고마워 당신!"

"말하지 마세요. 부부끼리는 말없이 가슴으로만 말하는 거예요."

얼굴을 돌려 내 가슴에 파묻은 그녀는 평소와 같이 눈물을 어쩌지 못해 훌쩍이었다. 감추려 해도 감춰지지 않는 지난 회한과 서러움의 눈물이었다. 그간의 죄스러움으로 창밖의 불빛만을 멀리 지켜보던 나는 아내를 끌어당겨 힘주어 껴안았다. 내 기운 없는 손등에는 아내와 나의 눈동자에서 떨어진 눈물방울이 하얗게 겹쳐져서 하나로 촉촉이 감촉되었다.

봄이 오는 길목에서 나는 온종일 7천만 원을 호주머니에 찔러 넣고 나에게 합당한 일을 찾아서 더운 시내의 곳곳을 헤집고 다녔다. 하지만 어디를 가도 IMF를 맞은 상가는 꽁꽁 얼어붙어서 무엇에든지 투자하면 이익은커녕 현상 유지도 불가해서 사람들의 경제 심리는 완전히 무너진 제로 상태였다.

나는 신촌에서 명동으로 헤매다가 시중에 나온 투자 정보책을 사려고 시내의 한 대형서점이 자리한 종각 쪽으로 무거운 발걸음을 옮겼다. 나의 건설 사업은 안타깝게도 타의에 의해서 두 번 다 실패해서인지 다시 발을 들이기 싫은 분야가 되었다.

을지로 지하도를 건너서는 눈을 들어서 빌딩 숲 아래 걸쳐진 간판들을 무의식적으로 살피면서 걸었다. 국내 굴지의 대형 증권사들의 이름이 보였다. 증권사가 어찌나 많은지… 신기하게도 내 눈에 띄는 간판은 오로지 증권이었다. 나는 명동 입구에 위치한 한 증권에 들리려다가 그만두고 가까이 눈에 띈 장은 증권에 들렸다.

객장 안에는 몇 명의 사람들이 각 주식의 가격 변동을 나타내주는 대형 전광판 앞에 앉아서 이야기도 나누다가 꾸벅꾸벅 졸기도 했다. 나는 그들이 마치 직장에서 쫓겨난 사람들과 사업에 실패한 사람들 같아 보였다. 그 처지가 나와 비슷한 것 같아서 재빨리 뒤돌아서서 승강기를 타고 도망치듯 빠져나왔다.

거기서 몇 발자국을 건너 신호등을 건너려고 기다리며 몇 번을 끊었다가 다시 피우게 된 담배 한 개 피를 피워 물었다. 폐 속 깊숙이 스며드는 니코틴 연기의 매콤한 맛이 지친 심신에 위안이 되었다. 신호등을 건너려 해도 담뱃불이 꺼지지 않아서 멈칫거리고 서 있는데 내 눈에는 또다시 국내의 대형 증권사의 이름이 세로로 새겨진 간판이 눈에 들어왔다. 누가 볼세라 담뱃불을 꺼 그 꽁초를 바지 호주머니에 쑤셔 넣고 종종걸음으로 증권이 위치한 그 건물 3층 계단을 뛰어 올라갔다. 소변이 급해 객장의 화장실에서 볼일을 보고 옷매무새를 고쳤다. 그리고는 담배 한 개비에 불을 붙여 피워 물고 회색빛 연기를 내뿜는데 옆에서 같이 담배를 피우던 직원으로 보이는 젊은이가 다가왔다.

"선생님, 혹시 주식 알아보고 계신가요? 아마도 지금이 최고의 적기입니다. 지수가 350포인트 밑도는 일은 수십 년 만에 처음이고 전시에나 나타나는 희귀한 기회이지요. 망설이지 마시고 위기가 곧 기회니까 투자해 보세요."

"과연 증권사 직원답게 눈치가 재빠르네요. 몇 푼밖에 없지만 경험 삼아 한 번 해보지요."

나는 이름표를 가슴에 부착한 직원을 따라 객장으로 들어가서 그가 추천하는 종목을 믿고 매수했다. H전력, P제철, S전자 등의 블루칩과 R전기를 각각 1천만 원씩 7가지를 사두었다. 늦봄이 지나면서 주가는 막 당선된 대통령에 대한 기대심리로 연일 상승세로 이어졌다. 나는 주가가 상승세로 이어지면 소유한 주식을 몽땅 팔았다가 바닥세로 헤매면 다시 사들기를 반복했다. 보통 3~4일의 상승세를 타면 매수 세력의 이익 창출로 하락세로 이어지는 틈을 비집고 들어가서 때로는 많은 이익을 남겼다. 점차 자신감을 회복하면서 신용거래를 터 가진 돈의 100%를 빌려서 재투자하며 견문을 넓혀나갔다. 하루 일과는 새벽 경제 신문이 도착하는 즉시 가격 낙폭이 큰 종목을 붉은 사인펜으로 밑줄을 그었다. 그리고 그 종목이 하락세로 돌아서면 사들이는 요령을 터득했다. 주식공부를 해본 적이 없으면서도 아이들 수준의 셈법으로 떨어지면 사고 오르면 팔았다. 철저한 인내심을 갖고 자신을 잘 관리만 하면 주식투자도 어려운 일은 아니었다.

제약과 철강, 전자와 금융 주에 이르기까지 굶주린 하이에나처럼 닥치는 대로 사고파는 부지런을 떨었다. 증권 객장에 나가지 않아도 케이블TV 채널에 나오는 주식방송을 틀어놓고 지켜보니까 가격 낙폭이 커지면 사들이고 급박한 낌새가 감지되면 바로 매도 주문을 내었다. 엉터리 종목으로 상한가를 치게 해서 작전하는 작전세력으로 인해서 많은 피해를 당하기도 했지만 그런 가운데서도 대체로 양호하게 나갔다. 재미를 본 종목은 8천 원가량에 사두었던 한 종목이 다섯 배인 4만 원 선까지 치솟아 올라 많은 이윤을 남기게 되었다. 그 외에 S전자, D통신, S중공업 등도 외국 펀드가 매수한 덕에 적지 않은 이익을 거두었다.

한국에 불어 닥친 혹독한 경제 한파는 언제 풀릴지 기약이 없어 보였지만 한 해가 지나고 그다음 해의 봄이 오면서 조금씩 전 세계적으로 안정권에 들어가기 시작했다. 부도난 기업들의 정리 작업이 끝나가며 집값과 달러화의 가치는 제자리를 찾아갔다.

흰 목련이 피고 샛노란 개나리와 분홍 진달래가 산야를 뒤덮었다. 그 위로 꽃바람이 불어서 나는 숨기고 싶던 방랑벽의 몸살에 은은히 바람 들어간 아이처럼 몸뚱이를 채근 대었다. 다행히 부도 종목은 피하게 된 행운으로 내 주식 통장은 작은 주택을 살 만큼 부풀어 올랐다. 나는 노란 개나리 꽃무더기 속에 앉아서 술을 양껏 마시고는 아내 채림에게 재기의 자신감을 신나게 털어 놓았다. 아직도 아이같은 어른으로 철없는 마음은 지나가는 꽃바람을 잡으려고 한껏 기지개를 켰다.

"나는 그동안 고집을 부리면서 언제나 교만을 떨었었지 그러나 이제부터는 개처럼 벌어서 정승처럼 사용하라는 격언에 어울리도록 나는 사고방식을 완전히 바꿔서 새로운 나로 탄생해서 살아갈 거야. 주식 투자로 돈을 많이 벌면 사업도 일으키고 가난한 사람들도 도와줄 거야. 내가 하면 아무거나 되는 만큼 나를 믿어 줘."

"그럼요. 당신은 무엇이든 해낼 거예요. 쉽게 벌든 어렵게 벌든 당신은 지치지 않는 끈질긴 생명력을 가진 잡초처럼 절대로 죽지 않아요. 하지만 당신은 이 말씀을 꼭 기억하세요. 내가 너희로 노력지 아니한 것을 거두러 보내었나니 다른 사람들은 노력하였고 너희는 그들의 노력에 참여 하였다는(요 4:38) 사실을 잊지 마세요. 당신의 힘으로만 이룬 것 같아도 주님께서 도와주시고 계시는 거예요. 하나님의 떡은 하늘에서 내려 세상에서 생명을 주는 것이니까요(요 6:33). 만일 당신이 이 교훈을 한시라도 망각하고 세상과 돈에만 집착한다면 그분께서는 당신에게 등을 돌리실 거예요. 마찬가지로 저 역시 주식투자를 강태공이 낚시하듯 하나의 소일거리로 삼아야지 세상으로 미끄러져 추락하는 돈과 환락의 노예가 된다면 아마 마음이 슬퍼질 거예요. 당신이 돈을 버는 것도 중요한 일과이겠지만 말씀을 보면서 그분에게 기도하고 영광을 돌리는 일이 더더욱 중요한 당신의 생이 되는 것을 기억해야만 할 거예요."

그녀의 말투와 억양은 내가 주식투자로 많은 이익을 얻음으로써 간신히 만난 하나님을 멀리하고 잊어버릴까 봐 그녀 나름대로의 불안한 근심에서 나온 노파심이었다. 꽃향기 묻혀오는 봄날의 강렬한 그리움에 들뜨게 되면 내 혼과 육을 누이고 싶은 욕구와 어디론가 떠나갈지 모르는 방랑벽이 내 안에서 꼬리치는 게 짐짓 걱정스러웠나보다. 나는 절대로 그런 일은 없을 것이라는 확신을 주면서 그녀를 위로했다.

"걱정 마. 앞으로 돈 버는 목적은 당신이 믿고 순종하는 하나님의 선한 사업에 투자하려는 것이지. 결코 나 혼자 독식하지는 않을 거야. 내가 소경이었을 때는 죄를 지어도 보지 못해 몰랐지만 이제는 보는 눈이 열려서 죄를 지면 그 죄가 나를 따라다니며 파멸시킨다는 것을 나도 알고 있는 터여서 내가 판 무덤에는 묻히지 않을 거야."

"당신이 말씀 안에서 우뚝 서는 거인이 되도록 기도하겠어요. 당신의 잔은 당신을 절제시켜 넘치지 않을 거예요."

그녀는 남편의 의미 속으로 고요히 스며들었다. 나는 하나님을 감히 들먹였었지만 사실 그 심리에는 나 자신의 자신감이 그분을 앞서 있었으므로 그녀는 차라리 남편이 많은 돈을 버는 것보다는 그분의 나라와 의를 철저히 더 배워서 더더욱 겸손해지길 바라는 나의 낮아짐의 기도일 터였다.

노란 개나리와 활짝 만개한 벚꽃이 지면서 앙상한 몸으로 겨울 내내 벌거벗었던 단풍과 은행나무도 초록의 움을 터 새싹이 돋아났다. 거리에는 팬지꽃이 줄지어 피어나고 짙은 라일락 향기가 후각을 마취시켜 향긋함으로 곤두세웠다. 나는 때때로 라일락의 꽃무더기 속에 코를 들이박고 그 강한 향기에 빠져들어서 나 자신 속으로 무너져 내렸다. 하루 반나절은 컴퓨터 앞에 앉아서 증권 투자에 열을 올렸고 객장이 끝나는 3시 이후에는 아들 성령이 들려주는 선율에 도취돼 라일락 꽃그늘에 기대앉아서 깊은 명상에 잠기었다. 그러다가 일요일에는 아내에게 끌려 집 근처의 교회에 나가서 하나님의 말씀으로 허허해진 빈 가슴을 가득 채우는 단조로운 일상이 반복되었다. 하나님의 말씀은 오묘하고 질서정연해 살아서 내 영혼을 비집고 들어와 어느 구절, 어디를 펴 봐도 상상 이상의 신선한 찔림으로 감명을 주었다.

그럴 즈음, 나는 한 통의 너무도 반가운 전화를 받고 봄날의 향취에 흠뻑 젖어 들어서 눈을 감았다. 그 아리따운 소야곡은 나의 잠자던 말초신경을 자극해 내 열망을 열었다.

"여보세요. 누구시더라?"

"어머, 이사님! 저는 은미, 지 은미에요."

"응, 반가워. 너무 오래 돼 미스 지의 정겨운 소리도 잊어 미안해. 요즘 뭐하고 지내?"

"시집갈 준비하고 있어요. 다음 달에 갈지도 몰라요. 그리고 회사를 벌써 관두었으니까 미스 지가 아닌 지은미에요."

그녀는 자기의 성보다는 이름을 불러주길 원하면서 봄바람에 불려가는 따스한 훈풍을 불어 넣으며 나의 방랑벽을 일깨웠다.

"……?"

"저요…. 이사님! 제가 이사님께서 승낙 안 하실 것 같아서 일방적으로 제주행 비행기 표 2장을 예매해 놓았어요. 3시 정각에 국내선 매표구 앞에서 만나시지요. 시집가기 전, 이사님을 만나서 모든것을 훌훌 털고 갈 수 있을 것 같아서요!"

"어떻게 갑자기? 아직도 미스 지 답게 신속하군. 아무튼 내가 미스 지에게 인사할 게 있으니까 만나서 이야기하지."

나는 그녀의 제안에 그래서는 안 됨을 알면서도 냉정히 거절하지 못하고 모호한 태도로 일관했다. 나의 열망이 나를 연 것이 아니고 오히려 나로 말미암아 그녀가 열려 있었다. 아니었다. 그녀는 남자를 겪은 여자가 아니었음에도 완숙한 정염으로 나를 길들여 벗겨 내었다.

강산도 한 번 변하고 남을 긴 세월을 나에게 충성한 그녀에게 어떤 방식이든 별도의 보답을 하려고 늘 생각하고 있던 터여서 그녀의 전화는 단숨에 나를 끌어당겼다. 조금만이라도 못다 한 성의 표시를 해야만 양심의 중압감에서 벗어나서 자유로울 것 같아 오랜만에 외출을 서둘렀다.

아내 채림에게는 잠시 봄바람을 쐬고 오겠다는 간략한 메모를 남기고 서둘러 증권사로 향했다. 거기서 삼천만 원을 인출해 호주머니에 넣고 약속 시간 이전에 김포공항의 청사에 도착했다. 공항 주변은 활기 넘치던 다른 해의 봄과는 차별 나게 썰렁했다. 관제탑 저 너머로 뜨고 내리는 비행기 숫자는 여전해도 청사 앞으로 늘어선 빈 택시들은 아직도 덜 풀린 경제 한파를 대변했다.

지은미는 국내선 입구에서 먼저 기다리고 있다가 택시에서 내리는 나를 기쁘게 맞이했다. 봄 꽃향기에 배어 나오는 그녀의 다정한 언어는 화사하게 빛나는 옅은 홍조 빛을 띤 그녀의 맑간 피부만큼 애교스러웠다.

"이사님, 많이 보고 싶었어요. 먼 곳까지 나와 주셔서 고마워요."

"아니야. 내가 언제나 미스 지에게 해야 할 감사함이지. 미스 지가 착하고 좋은 여자이기 때문이 아닌가 해."

"감사합니다. 혼자이기를 즐기지 않는 저에게 함께해주셔서⋯ 지금부터는 은미라고 본디 제 이름을 불러주세요."

짧은 순간에 그녀의 투명한 동공에는 엷은 액체의 막이 형성돼 아른거렸다. 팔등신의 잘록한 허리와 통통한 몸매, 빛나는 홍조 띤 피부에 어울리지 않을 만큼 괴로움이 담긴 진지한 눈빛이었다. 그녀는 누가 봐도 양귀비를 능가하는 뛰어난 외모에 사근사근한 친절미에 칭찬을 아끼지 않는 여자였다. 나는 그녀의 애잔한 눈 속으로 어쩔 수 없이 빨려 들어감을 느끼며 젊을 적 애액 내음을 맡는 충동을 감지하면서 가만가만 대꾸했다. 그녀의 해맑은 미소와 신비성을 띤 눈빛에 값하는 응답이었다.

"지은미, 정말 아주아주 미안해. 내가 맨 처음 연대보증만 서 주지 않았어도 회사는 부도 맞지 않았을 것이고 부도 이후에도 독한 맘으로 정신 차려서 개인 사무실을 이끌었더라면 은미는 내 곁을 떠나는 비운을 맞지 않았을 거야. 이 그릇됨이 내가 은미에게 사죄할 남은 짐이고 내 영혼을 끝까지 내리누르는 중압감이 아닌가 해."

그 순간 그녀는 푹 숙였던 고개를 세우고 내 시선을 지긋이 쓰다듬으면서 절절한 아쉬움으로 마주 받았다.

"매번 그런 말씀을 하시는 이사님은 아직도 때 묻지 않은 어린 아이 같아서 싫어요. 이사님의 결백성에 무슨 흠이 있는 양 스스로 자학하시는 중압감을 갖고 있어요. 회사는 망해도 기업인은 빼돌린 차명 자산으로 풍족한 생을 사는 게 현실이건만 이사님께서는 한 푼을 사사로이 챙기지 않으시고 빈털터리로 떠나셨어요. 오랫동안 회계담당으로 이사님을 모셨던 저는 얼마나 깨끗하고 욕심 없는 분임을 잘 알고 있어요. 아마 이 세상에 이사님같이 순수한 분이 열 명만 존재해도 불법을 다스리는 법도 필요 없고 죄의 단어도 성립되지 않아서 이사님의 그 순수성으로 말미암아 세상은 하얗게 정화되어서 의인 열 명이 없어서 멸망한 소돔과 고모라처럼 망하지 않을 거예요. 전혀 저에 대해서 부담 갖지 마시고 이전의 은미로 부담 없이 불러 주세요."

"고마워. 은미! 그래도 늘 죄진 자로 살고 있어."

나는 그녀에게 지은 과거의 짐을 온전히 떨치지 못하고 내 발등을 찍는 안쓰러움으로 응수했다. 비로써 그녀는 다소 침체되었던 얼굴에 붉은 화색이 돌며 이전의 그녀로 돌아가서 내 팔짱을 떨어지지 않도록 꼭 끼었다. 나를 향한 열망의 불씨가 생생하게 타올랐다.

"자, 이제는 이사님답게 기쁜 표정을 지으세요. 제주도 봄 소풍을 떠나는 분답게 밝게 파안대소하세요. 그래야만 저도 기쁜 마음으로 이사님을 모시지요!"

"그런 뜻 아니고 나는 다만……"

"말씀하지 마세요. 말씀 안 하셔도 저는 이사님의 감추어진 영혼까지도 훤히 들여다보고 있어요. 이사님과 저는 이미 마음과 마음이 일치하는 마음의 공감성을 달리고 있으니까요."

그녀는 눈을 동그랗게 뜨고는 장난 반, 웃음 반의 눈빛으로 나를 바라보며 내 입술을 손바닥으로 막았다.

나는 자신을 제어해야 한다는 걸 알면서도 브레이크가 고장 나서 멈추지 못하는 자동차처럼 내리막길을 달려서 그녀의 팔짱에 매달려 못 이기는 척 비행기에 올랐다.

웬일인지 그녀의 치렁치렁한 긴 머리와 빛나는 피부와 비견할 만한 화장 솜씨는 아내 채림과 또 다른 분위기를 연출하는 청청한 젊음을 이끌어 내었다. 아내는 감추고자 하는 수줍음으로 뭔가를 가렸어도 은미는 지속적으로 무엇인가를 드러내고자 하는 생기 있는 30대의 젊음으로 막 껍질을 터트려서 붉은 속살을 드러낸 석류 알처럼 톡톡 튀는 싱그러움이 넘쳤다. 인생의 최고봉에 서 있는 젊음의 향취로 화단에 핀 꽃들을 강렬하게 끌어 당겼다. 다윗이 왕궁 위에서 밧세바를 보고 반했던 것처럼 밧세바의 아름다움에 비할 그녀를 향한 나의 초조한 가슴앓이가 드디어 두근거림의 열망으로 변해서 나를 미혹했다.

비행기가 제주 공항에 도착하자 그녀와 나는 택시를 잡아타고 줄곧 서쪽 해안도로를 달리다가 문득 그 바다에 매료돼 어촌 근처의 해안가에 무심코 내렸다. 그 바다의 색깔은 검푸르다 못해 거의 흰색을 띤 층으로 나누어져서 어떻게 한 바다가 저토록 층

층의 빛으로 투시되는지가 신비로웠다. 바다가 꺾이는 한 귀퉁이에서는 해녀들이 떼를 지어 자맥질로 해삼과 소라, 전복과 문어 등을 채취하는 이색 풍경이 해안선을 따라 노랗게 핀 유채꽃과 잘 어우러져서 깊은 인상을 남겼다. 그 위로 물새 떼가 유유히 날갯짓을 휘저으며 수평선을 향해 훠이훠이 날아갔다.

바다는 잔잔하고 평온해서 해안가의 솔솔바람이 불어오면 바다 표면의 파도가 물고기 떼의 표면처럼 은빛으로 번뜩이었다. 그녀와 나는 그 바다를 거닐면서 파도의 나부낌에 동화돼 우리를 내맡겼다. 도시에서 일어난 우울했던 일들을 그 널따란 바다에 내던지고 팔짱 낀 은미의 발걸음에 이끌려 한 다발의 불꽃으로 타올랐다. 내 영혼 깊숙이에서 발화된 불꽃은 나 자신도 억제할 수 없으리만치 점점 뜨겁게 타올라서 땅끝에 만개해 핀 샛노란 유채꽃을 깡그리 태우고도 남을 기세였다.

사면이 막힌 방에서 움츠러들었던 내 가슴은 그 바다의 시원한 호흡으로 말미암아 펑 뚫리면서 한없이 풍요롭고 넓어졌다. 나는 검은 화강암 바위가 움푹 팬 곳과 그 뒤로 유채꽃이 밭을 이룬 인적 없는 곳에 앉아서 증권사에서 인출한 삼천만 원 가운데서 백만 원권 수표 5장을 빼고는 흰 봉투에 담긴 그대로를 그녀에게 쥐어주었다.

"은미, 눈을 감고 이 봉투를 받아 줘. 작은 성의이지만 이제야 은미에 대한 중압감에서 아주 작게라도 탈피할 것 같아. 내가 예전의 형편이라면 그 열 배, 백배를 줘도 부족하겠지만 이번의 경제 한파가 끝나고 다시 회복되면 꼭 그렇게 할 날이 오겠지."

"어머, 이게 뭐예요?"

"내 마음의 표시이니까 다른 소리는 하지 마."

"그래도요. 보겠어요."

그녀는 감은 눈을 떠 봉투 속으로 시선을 옮기고는 놀란 토끼 눈처럼 경악하는 눈빛이었다.

"이사님, 형편도 여의치 못하실 건데 너무 많이 주시네요. 송별 금을 전에 주신 오천만 원과 사무실 컴퓨터 집기 등을 정리해서 가질 만큼 가졌어요. 이 돈 이사님과 제가 반반씩 나눠 함께 써요."

"걱정하지 마. 별도의 오백만 원이 내게 또 남아 있어서 경비는 충분해. 이제는 건축 일을 안 해도 봉이 김선달처럼 돈을 쉽게 버는 방법을 터득해내어서 은미는 걱정을 놓아도 돼. 큰돈은 아직 어려워도 그 정도의 용돈은 언제든지 필요하면 전화해도 돼."

"어머, 이사님! 또다시 활기찬 이사님을 뵙게 되니 보기 좋아요."

나는 그녀로부터 경미하게 자유로워진 느낌으로 떨어지는 해를 보았다. 그 순간 그녀가 내 쪽으로 가까이 다가서면서 자기의 풍만한 가슴 안으로 얼굴을 힘차게 끌어안았다. 그녀의 몸이 부르르 전율하면서 내 입술 위로 보드랍고 뜨거운 입술을 겹쳤다. 나는 아내 채림과 결혼한 이래 나를 벗어난 이러한 부정은 처음이라서 나 자신을 자제하게 해주시도록 신의 이름을 불러 보았지만 이미 세상의 안일한 촉감은 나를 벗어나서 제멋대로 굴러갔다. 전날에 그녀와 가졌던 낭만 어린 만남은 그런대로 잘 버티어 내었으나 이번에 가진 그녀와의 밀회는 숨겨진 화약고의 심지에 불을 붙인 격이어서 하나님께서 죄를 짓지 말고 나를 이겨내라는 경고를 날리셨음에도 불구하고 될 테면 되라는 식으로 나에게 나를 맡겼다.

  그녀의 혀가 내 목마른 입술을 열고 긴 입맞춤이 이어지면서 그녀의 전신이 차츰 불덩이처럼 달아오르는가 싶더니 한스러운 슬픔이라도 껴안은 듯 그녀의 맨 젖가슴이 내 얼굴에 달라붙었다. 그랬었다. 그녀의 긴 슬픔이 내 영혼을 열기보다는 나의 숨은 열망으로 그녀의 영혼이 열렸다. 검은 화강암 언덕 위로 핀 샛노란 유채꽃잎의 방향(芳香)이 내 후각을 자극하면서 내 메마른 영혼은 그녀의 젖무덤 밑에 쓰러졌다. 여자의 가슴이 그토록 고혹적인지는 예전에는 미처 모를 만큼 달콤했다. 어디를 둘러봐도 내 영혼 속에서 찾아 헤매던 영원한 열망이 그녀에게 숨어 있었다. 큰 산만 한 크기의 태양은 완전히 기울어져 수평선에 닿았다. 삽시간에 하늘과 바다는 붉은 융단으로 깔아놓은 듯 태양의 긴 꼬리가 해변까지 이어지면서 진한 노을빛으로 활활 타올랐다. 그녀와의 긴 입맞춤은 나의 몸 전체를 쥐어짜서 그녀와 하나가 되려는 열망을 일으켜 나와 신을 초월해서 희미해져 가는 노을이 스러질 때까지 이어졌다. 그녀 또한 거기서 그치지 않고 자기 신을 거슬러 오르려는 열망으로 노을 안에 머물렀다. 곧 노을이 스러지고 깜깜한 어둠의 바다가 노란 유채꽃 무더기를 넘어서 해안가의 대지 위에도 넘실대었다. 그녀는 짙은 어둠 밑으로 떨어지는 별빛의 향연을 폐부 깊숙이 담으며 바위 곁의 잔디밭에 색색의 융단 치마를 벗어 깔았다. 그것은 영혼으로 움켜 주니 그녀의 슬픈 첫사랑이었다.

봄바람의 감촉이 그녀의 젖은 눈동자에 이슬을 맺히게 하면서 그녀는 내 귓가에 닿아 고요히 속삭였다.

"저는 이런 철부지 행동이 부끄럽지 않아요. 세월이 가도 제가 저지르는 행위에 후회하지 않을 거예요. 저의 모두를 이사님에게 드리지 않으면 서울에 올라가서 바로 시집을 간다고 해도 두고두고 개운치 않을 거예요. 이사님은 여자를 부끄럽게 하지 않는 외롭고 슬픈 마력으로 늘 저를 끌어당기셨어요. 술집으로 미끄러질 위험한 순간, 제 손을 잡아서 대학으로 이끌고 졸업시켜준 그 의로운 사랑은 잊지 못할 거예요. 제가 시집을 가도 이사님에 대한 진심은 그대로일 거예요. 사랑해요. 이사님!"

그녀는 열망과 감정의 찌꺼기인 슬픔, 외로움, 경포대의 추억 전부를 해변에 쏟아부었다. 나는 어떤 대답도 못하고 그녀의 슬픈 괴로움을 나의 못난 자괴감에 휩싸여 받아들이고 그녀를 거부해야 함을 알면서도 그녀 방식대로 나를 내맡겼다. 보이는 것은 껍데기에 불과한 것이어서 그녀의 정념의 손끝으로 나를 열고 벗겨도 만류하지 못한 채 천천히 길들였다. 그녀가 숨소리를 트려고 그 바닷가가 마련 된 것처럼 그녀의 하얀 탄식은 무르익었다.

그녀는 파도 소리의 아련한 빛을 띠고 긴 날의 그리움을 그녀의 치마로 덮어 버렸다. 그 검은 파도의 물보라가 모래톱을 할퀴면서 그녀는 자기의 슬픈 그리움을 움켜쥐려는 듯 깊은 허무를 터트렸다.

나는 그녀의 꽃그늘에 감싸여서 무언가를 쥐었다가 펴보니 거기엔 아무것도 없는 빈손이고 빈 바람이었다. 마침내 두 영혼의 빛은 하나가 되어 떨어질 줄 몰랐다. 어둠이 점점이 날리면서 바다의 장막으로 덮어져 보이지 않았다.

그 꽃바람이 부는 밤을 시작으로 나는 가지고 간 오백만 원이 떨어질 때까지 열하루 동안을 바닷가 해변 호텔을 기점으로 목로주점과 유채꽃이 만개한 해변 이곳저곳을 표표히 떠돌았다. 절대 진리이신 야훼 하나님을 만나서 그분의 사랑 안에 머무르다가 얼마 지나지 못해서 또 다른 눈에 보이는 세상 신을 거부하지 못하고 그녀의 치마폭으로 나를 둘렀다.

하나님을 섬기면서도 푸른 나무 아래의 바알 제단 앞에 나가서 너는 나의 아버지라고 부르고 또 돈과 나무 우상을 향해서는 너는 나를 낳았다 하는 등 갖은 추태를 부린 이스라엘 사람들처럼 나 역시 지은미의 핑크빛 살결과 밧세바를 능가하는 그녀의 고운 젊음에 매료돼 야훼께 등을 돌리고 사랑놀음을 일삼았다. 묵은 땅을 갈고 가시덤불 속에는 파송하지 말라는 그분의 경고를 무시하고 나는 모른 척 외면했다. 그 결과 나에게 단비가 그쳐졌고 늦은 비도 단절되었겠만 나는 창부의 낯을 가려서(렘 3:3) 배 째려면 째라는 식으로 수치를 알지 못했다.

　해 뜨는 낮에는 유채꽃 무더기가 만발한 은밀한 곳에서 사랑의 이름으로 긴 하루의 짝꿍이 되었고 달 뜨는 밤에는 호텔 근처의 목로주점에 앉아서 포도주와 꼬냑을 벗 삼아서 탐닉했다. 야훼께서는 내 방향성이 흐트러지자 분명한 방향을 제시해주고 그곳으로 달려가도록 이끄셨건만 내 행위는 정반대로 돌변했다. 야훼 이외의 또 다른 세상 신에게 이끌려서 소녀의 허리띠를 끄르고 유채꽃 치마로 덮었다. 동해안의 경포 바닷가에서는 반야의 그녀를 손잡고 긴 밤을 지새웠어도 나를 지켜 아내에게 충실했지만 지금은 내 생이 당장 끝나도 후회 없다는 열망으로 풍요의 여신에게 탐닉되었다. 큰 저수지가 조그만 쥐구멍을 막지 못해서 전체 둑이 무너지는 참변을 겪을지라도 나는 내 영혼의 피폐한 방랑벽을 막지 못해 그 그릇된 길을 선택했다. 빛과 어둠의 차이가 얼마나 극명한지를 모르고 나 나름대로의 그럴만한 이유를 들어 한 번만의 객기라도 변명하면서 눈동자처럼 지키시는 야훼의 진노를 자초했다.

　나는 그분께서 지켜보시든 말든 눈에 보이는 신적인 존재인 은미가 항상 새롭게 만들어내는 분위기로 내 영혼은 그녀 하나만으로 모자람 없이 풍족했다. 학문적 깊이보다는 다윗과 밧세바를 조화시킨 사랑의 이름으로 그녀와 나는 맑은 하늘과 바다, 솔솔 부는 봄바람과 해변의 유채꽃과 어우러져서 하나가 되었는데 거기에는 범접할 수 없는 무게와 나름대로의 설득력이 있었다. 그녀는 아무에게도 말하지 않아서 누구도 알 수 없는 나의 갈등과 문제들을 알아차리고 들추어서 해답을 제시했고 때로는 나의 실패를 동정해서 흐르는 눈물로 고운 뺨을 적시는가 하면 내 기쁨을 자기의 기쁨으로 삼아서 그 눈빛이 초롱초롱 빛나기도 했었다.

그녀는 외로운 사랑으로 굶주린 남자를 자기의 사랑을 베풀어서 채워줄 줄 아는 사랑의 핵이었다. 사랑에 끌려가기도 하고 끌어당기기도 하는 사랑이 최고의 묘약임을 터득한 여자였다. 나에게 푸른 바다보다 깊은 사랑받기를 원해서 내 사랑이 덮이게 되면 그 사랑 안에서 진짜 위로의 기쁨과 가득 찬 행복을 얻는 여자였다. 아버지의 사랑과 연인의 사랑을 함께 겸한 초월된 사랑을 시집가기 전에 얻으려는 영원한 사랑의 여신이었다.

김포공항에 도착한 나는 그제야 내가 무슨 일을 저질렀는가를 깨닫고 깜짝 놀라서 두려움에 떨었다. 나 야훼는 심장을 살피며 폐부를 시험하고 각각 그의 행위와 그의 행실대로 보응하리라는(렘 17:10) 경고를 무시한 것을 기억해 내었다. 증권에 투자한 돈의 첫 결실은 당연히 하나님의 사업에 사용할 것을 스스로 서원하고는 나의 쾌락에 낭비한 죄가 양심을 찔렀다. 또한 채림 이외의 아무하고도 잠자리를 함께한 적이 없건만 은미로 인해 무너져 내린 자괴감이 자신을 압박했다.

나는 머리가 깨지는 두통으로 이마에 손을 짚고 휘청거렸다. 야훼 하나님께서는 가슴이 찢어지는 부모의 심정으로 밧세바를 범한 다윗처럼 통회 자복하면 죄는 용서하시지만 같은 잘못을 반복하지 않도록 벌을 주셔서 피의 제물을 받으신 분명 보응하시는 분이셨다.

"나는 야훼라. 창조주시라. 자비롭고 은혜롭고 노하기를 더디 하고 인자와 진실이 많은 하나님이라 인자를 천대까지 베풀며 악과 과실과 죄는 용서하리라 그러나 벌은 면제하지 아니하고 아버지의 악행을 자손 삼, 사 대까지 보응하리라(출 34:6~7).

어떻게 그분에게 용서를 빌어야 할지 눈앞이 노래지면서 현기증이 일었다. 십자가에 못 박히신 예수의 피가 모든 죄를 사했다 해도 아직 훈련소에서 연단 받는 동안에 그 안에서 저지른 죄는 가르치는 조교가 그 벌은 결코 면제하지 않으리라는 것을 나는 알고 있었다. 뒤돌아보니 은미와 지낸 열하루의 달콤함은 정녕 사랑의 이름으로 저지른 밀회였지만 그녀와 헤어지고 보니 공허한 허상의 이정표에 속아서 야훼와 아내 채림을 배신한 헛되고 헛된 허무였다. 가급적 후회라는 단어는 쓰지 않았지만 야훼께서 주신 십계명 안에서는 나는 핑계 못 할 죄인이었다. 우선 은미에게 간곡한 사죄를 해야만 다시 원점으로 돌아가서 내 자아의 아집을 깨뜨리지 못한 자만과 오만을 야훼께 용서받을 수 있을 것 같았다.

은미는 공항에서 만나 열하루를 여행하고 돌아온 그 순간까지 못내 아쉬워서 내 팔짱을 끼고 한숨도 쉬지 않고 어린 소녀의 동심으로 돌아가서 내내 떠들며 까르륵 웃었다. 그녀는 내 관심을 붙들고 뭐가 그토록 재미있고 행복한지 나에게 어떤 부담도 주지 않으려는 듯 깔깔 종알거렸다. 나와 어울리는 밝고 천진난만한 성품 덕에 그녀의 행복을 나의 행복으로 받아들이면서 어느 한 마디도 대답할 필요 없이 그저 웃어주면 그만이었다. 그녀와 팔짱을 끼고 유채밭 샛길과 일몰의 바닷가를 걷는 동안에는 행복이 넘쳐나서 내 행위가 십계명에 어긋나는 타락한 죄라는 것도 사실 까맣게 잊었었다. 그녀는 공항 카페에서 팔짱을 끼고 헤어지면서도 끝까지 나를 편안하게 해주려는 기색이 역력했다.

"더 이상 무얼 어떻게 하겠다는 죄의식으로 저를 대하지 마세요. 그건 이사님을 떠나간 사람들과 저의 몫이지 이사님의 몫은 될 수 없어요. 이사님은 벌써 가진 것의 전부를 주셨고 저 또한 제가 가진 모든 여자마저 처음으로 드리고 나니까 얼마나 개운한지 몰라요. 제가 이제 곧 헤어지면 시집을 가도 이사님의 끊임없는 사랑과 냄새를 간직하고 그 추억으로 지치지 않고 열심히 살 거예요."

"은미, 나에게도 엄청난 도전이고 용기가 필요했어. 나도 그리운 친구의 웃음과 냄새를 지구에서 생존하는 날 동안, 몸 안에 담아두고 싶어서 무작정 따라나섰던 거야. 어차피 감당하지 못할 나라는 사실을 알면서도 내 친구인 은미를 잊을 수는 없었어. 내가 어떤 식으로 사죄해야 두고두고 나를 짓누른 죄의식에서 벗어날 수 있을까 고민하겠지…"

나는 그녀가 편안히 시집갈 수 있도록 그녀를 향한 영원한 이별을 말하고 있었다. 문득 그녀는 내 의미를 깨우치고 굳어졌다.

"뭐가 그리도 매 순간 죄의식을 불러일으키지요? 절대 아니에요. 제가 먼저 행복해지려고 행복을 부탁드린 거예요. 그토록 정죄하시면 이 세상은 죄투성이여서 아무도 살아갈 수 없어요. 간음한 여인에게 예수께서 누구든 죄가 없는 자가 돌로 먼저 치라 하셨을 때 군중은 흩어져서 아무도 없었어요. 이사님과 저의 만남은 죄가 아닌 적나라한 사랑이에요. 영원한 이별을 말할 수 없는 아름답고 슬픈 이사님과 저만의 사랑 이야기에요."

은미는 헤어지면서도 뭐가 그토록 아쉬운지 팔짱을 끼지 않은 다른 손으로 내 남은 손을 꼭 부여잡고 이별을 어쩌지 못해 애절한 그 눈동자에 눈물을 머금었다.

그건 확실한 사랑이었다. 아무것도 아닌 마른 잎새처럼 떨어져서 스러져가는 것이 될 수 없는 영혼 깊은 곳을 후벼 파고 남아있는 그녀와 나의 눈물이었다. 영혼의 냄새가 풍기는 연인들만이 나누는 사랑의 핵이었다. 그녀는 떠나가면서도 그 소중한 사랑을 지우지 못해 슬픈 미소를 지어 보였다.

"이사님! 사랑에는 나이도 국경도 없어요. 이사님의 꽃이 되어 평생을 기억하면서 살 거예요. 힘내시고 일어나 빛을 발하세요. 이사님만이 비출 수 있는 영원한 사랑의 빛을!"

"은미는 나에게도 지울 수 없는 꽃이 되어 두고두고 기억돼 진한 향기로 남을 거야. 그간 나를 영과 육으로 보살펴 줘서 진정 고마워. 나 또한 영원히 잊히지 않는 그리움으로 내 영혼 속에 각인

되어 남을 거야. 나의 사랑, 지은미!"

나는 눈동자에 아롱진 이슬방울을 감추려고 활주로에서 떠오르는 여객기를 바라보았다. 은미는 지평선 위의 허공 끝으로 사라지는 여객기를 따라 멀리멀리 가버렸다.

내 영혼에 응어리진 열병이 공항의 이별로 식었다고 해서 간단히 해결될 문제는 아니었다. 그녀와 잘못된 부정은 외견상 없었던 일로 지워버리면 단번에 끝날 일이겠지만 신의 노트에 내 잘못이 기록되었음인지 참 나로서는 이해하기 힘든 불가해한 보응법칙이 일어나기 시작했다. 밖으로 분출된 열정은 지워졌지만 안으로 뿌리내린 저지른 죄는 오히려 자명해져서 현실로 보응되었다.

야훼 하나님의 법과 증거대로 행하지 않아서 그분의 재앙은 이미 미쳐 있었다(렘 44:23). 구름에게 명해서 비를 내리지 말라하고 그 땅에 질려와 형극이 나게 하셨다(사 5:4-6).

그 허무한 사랑의 끝은 봄날의 생명력을 키우지 못하고 심장을 짓누르는 액운으로 돌아왔다. 내 뇌리를 점령했던 그 예리한 공포는 집에 도착해서 경제신문의 주식 부분을 들춰보는 순간, 현실로 나타났다. 세상으로 나가 빛을 발할 수 있는 길이 봉쇄돼서 한 마디로 나는 이럴 수가 하면서 외마디 비명을 질렀다. 그야말로 허탈한 일장춘몽이어서 나는 한없이 낙담되어 읽던 신문을 밀어 제켰다.

내가 제주에서 앓은 사랑의 열병은 한낱 생의 치정에 불과한 불꽃이었지만 신의 보응은 실로 엄청나서 생의 끝으로 몰고 간 낭패였다. 아론의 두 아들 나답과 아비후가 야훼께서 명하지 않은 불을 담아 분향하였다가 인간의 관점으로는 하찮은 실수인데도 그분의 진노를 일으켜 불에 삼키어 즉사한 것처럼 내 작은 실수가 또 다른 진노의 불꽃으로 타올라서 나를 불살라 일벌백계된 기분이었다. 의인 욥을 표적으로 자식과 재산을 불사르고 피부의 종기가 가려워서 기왓장으로 몸을 긁게 한 사탄이 하나님의 허락을 받고 나에게도 응징하는 마수를 뻗쳤다. 많은 죄인들 가운데 형사들의 표적 수사에 걸리면 그 한 사람만 체포돼 벌을 받는 것 같이 나도 그분의 택하심을 받고 응징되었다. 나를 어디에 쓰시려고 일반인으로서는 감당하기 어려운 특별훈련을 시키시는지 어안이 벙벙했다.

내가 지은미와 11일 동안의 제주 여행을 즐기는 짧은 시간에 평소에 사두었던 매수증권이 내가 알아차리지 못하기를 기다렸다는 듯 하나같이 그 가격대가 반 이하로 뚝 떨어져서 폭락해 있었다.

좀 더 욕심을 부려 블루칩을 팔아서 수익성이 좋은 중소형 주식을 사두었는데 그 점이 낭패이고 실수였다. 내가 은미와의 부정에 시선을 돌리지 않고 경제신문의 주식란을 뒤졌다면 절대로 어리석은 실수가 없었겠지만 이미 나의 부정은 알고 계신 그분께서는 내가 인내심으로 은미와의 잘못된 길로 가지 않으면 아무 일도 없을 것이고 내 열정으로 잘못된 죄악에 빠지게 되면 그분께서 쳐둔 올가미의 덫에 걸리도록 깊은 함정을 파놓으신 거였다. 그렇게 해서라도 당신의 살아 계심을 나에게 알려서 이후로는 거듭나 내 생에 충실하도록 교훈하셨다.

D 제약은 부도설에 휘말려 1만 원 안팎의 가격대가 3천 원 대로 주저앉았고 화성산업, 명성, 한국 티타늄 등도 거의 반 이하로 폭락했다. 덫을 쳐놓고 짐승을 잡으려는 사냥꾼의 올무에 걸린 것처럼 나는 사탄의 덫에 걸려 한눈을 파는 틈에 내가 가진 종목은 폭락장에 몰락했고 심지어 경향건설은 부도를 맞고 관리종목에 편입되었다. 이건 우연으로 설명하기 곤란해서 그분이 나를 교훈하기로 작정해서 사탄에게 허락하신 역경의 섭리로 해석되었다.

내 가슴은 자폭 일보 직전의 내출혈이 있었다. 5억 원 선을 넘나들던 증권 총액이 신용거래로 100%의 돈을 더 빌려서 두 배로 재투자한 탓에 원금 자체가 날아간 상태였다. 앞뒤로 계산해도 천만 원도 미쳐 남지 않은 파산이었다. 아내 채림이 십 년 이상을 자린고비로 모아서 밀어준 자금으로 5억 원 선을 만들었다가 은미와의 부정을 저지르며 눈을 감은 11일 만에 종잣돈을 통째로 날린 셈이었다. 초라한 증권 잔액의 내역서만큼 은미와의 관계된 댓 가는 너무 커서 야훼의 진노를 불러일으켰다. 하지만 어느 면에서는 그녀와 내 영혼이 합치된 진지한 사랑은 내 생의 마지막에 장식된 큰 사건이어서 야훼의 진노를 불식시킬 수 있다면 인간적인 관점에서는 후회할 것 없는 내 방랑벽이 절정에 이른 툭 터진 숨쉬기였다. 사면으로 막힌 답답함이 그녀의 젊음 안으로 파고들면서 절감하던 허무와 빈 공간이 폭죽처럼 터트려져서 머무르고 싶은 순간이 되었다.

　이렇듯 깊은 통증으로 가슴앓이를 하다가 경제 신문을 그다음 주에 뒤적이다가 잘만 하면 솟아날 구멍이 있을 것 같아서 쾌재를 불렀다. 나의 부질없는 시선은 5천 원 선을 넘나들던 은행 주가 급락해서 1천 원 미만의 초 바닥권에 머무는 곳에 집중했다.

　나는 남은 잔금 천만 원과 신용거래를 담보로 빌린 대체자금 천만 원을 이용해서 도합 이천만 원으로 은행주에서 가장 낙폭이 큰 칠백 원 선의 D은행 주식 3만 주를 사들였다. 그러나 주식에 대한 내 무지함은 놀음판의 호구를 연상시켜서 얼마 가지 않아서 내 주식은 퇴출은행에 들어가더니만 휴지조각으로 공중분해되어 날아갔다. 다행히 이용하는 증권의 담당자가 빌려준 돈을 회수하려고 반대급부로 휴지조각이 되기 전, 3만 주 전부를 강제 매도해서 빚은 청산되었다. 이것이 길 잃은 사람에게 안겨준 주식투자의 끝이었다.

　내 연단은 거기서 종지부를 찍고 매듭진 것이 아니고 밑이 없는 구렁처럼 이어져서 산 뒤에 또 산이 있었다. 내가 그분이 정한 계명을 어긴 잘못으로 그분과의 깊은 골이 파이면서 사탄은 그 틈을 비집고 들어와서 앞뒤 재지 않고 닥치는 대로 신나게 공격했다. 내 형편이 얼마나 처참해졌는지 마치 내가 관 안에 들어가서 못질을 당하고 비좁은 공간에 누워서 쓰디쓴 쓸개를 곱씹는 맛이었다. 그 쓸개 맛을 지운다는 핑계로 채림이 묻혀준 매콤한 홍어회를 안주 삼아서 소주잔을 기울이는데 전화벨이 울렸다.

나는 칼끝으로 심장을 찔러대는 섬뜩한 예감에 짓눌려서 수화기를 들었다.

"여보세요. 누구시죠?"

"예수영 이사님 맞죠? 나 기억할랑가 모르겠는디 왜 양재덕이랑 고속버스 터미널 2층 술집에서 만난 사람이랑께."

그제야 나는 두 해 전의 일을 간신히 기억해 내고는 되려 의아해 물었다.

"무슨 일로 전화하셨지요?"

"시방 무슨 말하는 거랑께요. 아따 양재덕이랑 사업을 함께 하다가 나에게 빚을 졌지 않당가요?"

"아니, 뭘 오해하셨나 본데 나도 양재덕 씨에게 많은 피해를 본 사람입니다. 그분이 반포 현장에서 보증한 거금도 받지 못했어요. 내가 하청업체로 선정해서 많은 일감을 밀어주었을지언정 사업을 함께 한 적은 더구나 없어요. 사돈 관계라고 밝혔으니까 잘 알 것 아닙니까?"

적반하장도 유분수여서 나는 너무 기가 막혀 전화선에서 울리는 충격으로 온몸이 굳어지고 뼈마디가 쑤셔왔다. 상대는 자초지종을 알면서도 험상궂은 협박으로 일관했다.

"난 그런건 모르니께 빌려간 내 도 1억 4천만 원을 당장 내놓으랑께요. 이제껏 참았으면 됐지 얼마나 더 참는당가요?"

"여보세요. 당신이 나에게 단돈 천원이라도 준 적 있나요? 나는 거기서 당신을 처음 만났고 양재덕 씨가 처음 사무실을 개설할 적에 빌린 돈이라고 들었어요. 당신과의 마찰로 양재덕 씨의 사정이 딱해서 술 한 잔 마시다가 그분의 부탁으로 한 달 안에 갚겠다는 약속을 듣고 입회 보증인으로서 사인만 해주었을 뿐 내가 갚는다는 뜻은 아니라는 건 알고 있잖아요? 양재덕 씨가 한 달 안에 빚을 갚는다고 해 그 기간만 보증해 줬으니 그 시효도 끝난 게 아닌가요? 나도 혼란스러우니 공연히 전화하지 마시고 사돈관계이니까 양재덕 씨에게 받으세요."

"아따 이 양반, 받을 만 하니까 받을려고 하는디 왜 그런당가요? 양재덕이가 돈을 갚았으면 뭔 지랄났다고 이사님에게 청구한당가요? 어서 싸게싸게 내 돈을 내놓으랑께."

"왜 그러실까 나에게는 빚이 없는 줄 알면서…"

"그럼 나가 주지도 않은 돈을 받을라고 한당가. 받을만 하니께 받자는 거 아녀. 안 주면 내용증명을 겁나게 띄우고 법으로 무섭게 조져버릴 거랑께 쓰벌 놈."

이번에는 순전히 공갈이고 욕이었다. 나는 거의 본능적으로 화를 참지 못하고 그에게 저항하는 말을 내뱉었다.

"뭐, 법으로 조져. 야 인마, 너 말 다 했어? 네가 뭔데 나를 빚진 죄인으로 몰아붙이는 거야?"

"이 새끼가 지랄났구먼, 하…"

수화기에서는 연신 입으로 담기 민망한 폭언이 터져 나왔다. 거짓으로 일관하는 양재덕의 잘못이 크겠으나 사돈인 그 사람은 내가 빚진 죄인이 아닌 줄 자기 자신이 더 잘 알면서도 나를 억지로 몰아붙였다.

나는 더 흥분해서는 아무것도 해결될 것 같지 않아 냉정한 이성으로 수화기를 끊었다. 나 자신의 실수로 돌린다 해도 그것은 돌이킬 수 없는 신의 올무이고 오판이었다. 세상에는 가끔 억울한 일도 있지만 도저히 있어서는 안 될 착오였다. 그렇다고 인정해야 하는 급박한 현실이면서도 나에게는 변제할 능력이 남아있지 않았다.

이후로 지루한 협박 전화 끝에 내용증명이 날아왔고 빨간 딱지가 법원에 의해 집행되어서 피아노와 가재도구 등 쓸만한 것의 곳곳에 빨갛게 도배되었다.

그래서일까 나에게 중지되었던 병이 재발해서 허리를 펴고 앉아 있기도 힘들 지경이었다. 허리와 몸 안의 장기가 끊어질 듯한 아픔으로 땀으로 범벅이 돼 진통제를 복용했다. 몸무게를 재어보니 100kg을 넘던 체중계가 80kg 아래로 밑돌았다. 피부가 까매지고 거울 속의 나는 점점 추한 몰골로 변했다. 죽음의 환상에 사로잡혀서 한 줌의 흙이 될지 모른다는 검은 공포로 잠 못 이루는 밤도 많았다.

의자에 앉아 책을 읽거나 깜박 잠드는 순간에도 죽음의 악귀는 내 뒤에 서서 목줄을 눌렀다. 동네 의원에서 진통제를 처방받고 자기 소견으로는 상태가 좋지 않으니 큰 병원에 가는 것을 권유하였다. 그러나 전문의에게 MRI로 촬영된 진단으로 확정된 병명을 선고받느니 차라리 아내가 공부한 책자를 들춰가며 자신의 병을 스스로 진단해서 혼자 이겨내고 싶었다. 어차피 현재의 의료기술로는 못 고칠 병이라면 외로워도 혼자 짊어질 등짐이었다. 아내와 아들에게는 슬픈 충격을 주지 않으려고 애써 태연하게 있으면서도 죽으면 죽으리라는 각오로 일초 일각을 정비해 나갔다. 가족에 대한 내 사랑은 생명의 샘, 그 원천이었다.

나는 피눈물 나는 노력으로 내 상태를 애써 감췄고 아내는 놀라운 직관으로 예의 주시했다.

"여보, 병원에 들러 종합검진을 받아 보세요. 급작스런 몸무게 감소는 이상 징후의 신호에요. 돈은 당신의 능력이면 얼마든지 벌 수 있으니까 세상일은 잠시 접어두고 건강을 챙기세요. 당신을 지켜보노라면 너무 안쓰러워서 아무것도 생각나지 않아요. 당신은 그 강한 정신력과 신앙심으로 무슨 병이든 이겨낼 수 있어요. 믿는 자에겐 능치 못할 일이 없으므로 당신은 어떤 연단에서도 살아남을 수 있는 믿음의 소유자가 아니시던가요?"

그녀의 말투로 미루어 짐작건대 오랜 기간 의료계에서 지낸 경험으로 딱 집어서 정확한 병명을 대지는 못하지만 대강 무엇인가를 감 잡고 있는 눈치였다. 아들 성령이와 나를 통해서 많은 기사와 이적을 체험하지 않았다면 당장 병원으로 남편을 이끌었겠지만 오히려 그녀는 밤을 꼬박 새워 기도하며 감사드렸다. 욥의 심한 욕창과 종기를 완벽하게 치료하고 두 배의 물질 축복으로 원상 복구시킨 야훼께서 나에게도 똑같은 축복으로 베푸실 것을 믿고 감사 찬양을 드렸다.

막연히 중병에 걸리면 이제 죽었다는 사고방식을 바꿔서 나에게 닥친 현실은 말씀과 기도의 힘으로 극복하고 있는 아내에게 나는 고마움을 표시했다.

"난 당신 마음을 알아. 나는 견딜만하니까 그대로 기도해 줘. 어찌 사람이 불을 품에 품고 있으면 그 옷이 타지 않겠으며 사람이 숯불을 밟고야 어찌 그 발이 데지 아니하겠느냐?(잠 6:27-28) 나로 기인한 채림의 심적 고통도 이와 같이 데어서 타들어 가겠지만 나는 아직 건강하고 사탄을 이길 자신감이 충분히 비축되어 있어."

"저도 당신을 믿지만 더 이상 당신의 노력으로 무엇을 하려고는 하지 마세요. 내가 해야 할 몫도 남아 있어야 하니까요. 오늘 양재덕의 사돈을 만나서 당신이 사인해준 현금 보관증의 빚은 갚았어요. 당신의 병이 그 사건으로 깊어져서 집을 담보로 대출받아 눈을 질끈 감고 모조리 청산했어요. 저는 가슴에 불을 품거나 발밑에 숯불을 밟고서는 뜨거워서 견딜 수 없는 여자이니까요."

나는 아내의 가슴을 어리석게도 시리도록 칼질했지만, 그녀는 남편을 원망하지 않고 자기가 할 수 있는 최선의 방법으로 내 실수를 청산해 주었다. 양재덕의 부채를 한 달간만 보증해준 바보스런 대가로 빨간 딱지가 집안 곳곳에 붙어서 그 상처로 내 병은 깊어져 재발했었다. 그런 아내에게 내 자존감과 변명은 무익한 것이어서 나는 그저 그녀의 손을 잡고 창문 너머의 밤하늘을 말없이 응시했다.

믿음은 바랄 수 없는 데서 바라는 그 무엇이므로 내가 아내의 손을 잡은 것은 또다시 원점으로 돌아가서 시작해 보자는 무언의 감사였다. 무릇 지킬 만한 것보다 더욱 자신의 마음을 지키라 생명의 근원이 여기서 나는 게 아니던가(잠 4:23).

나는 통증이 심하게 치솟으면 마른입에 허겁지겁 진통제를 털어 넣어서 고통을 이겨내었다. 샛노랗게 타들어 가는 입술과 시커멓게 변해가는 얼굴빛… 나는 거울에 투시된 나를 보다가 사지를 가누지 못해 축 늘어지기 일쑤였다. 내일이 또 올지 모른다는 생각이 들면 죽음 연습을 하다가도 집 근처의 절에 들러서 경내를 걷기도 하고 스님들의 염불 모습을 물끄러미 지켜보다가 포장마차 타운에서 소주잔으로 아픔을 마비시켰다. 아무하고나 만나서 나 혼자만의 외로움을 삭이고 싶어서 사람들이 깔깔거리는 공간으로 들어가 함께 흡수되어서 담소하는 것도 지켜보았다.

악마의 검은 미소가 나의 틈새를 비집고 들어와 비웃으면 이제는 끝낼 수도 있다는 죽음 연습의 철부지 시간으로 갈피를 못 잡고 헤매었다.

나와 한솥밥을 먹었던 최기술 소장과 여러 사람들로부터 자주 안부를 묻는 전화가 걸려왔지만 일절 받지 않았다. 자동 응답기에 수많은 사람들의 정다운 목소리가 녹음되었고 한 달, 두 달, 반년이 지나면서 그 횟수가 현저하게 줄어들었다. 유일한 친구인 설계실의 최정수 실장만 지친 기색 없이 수시로 전화해서 내 무식함을 질책했다.

"예 이사, 자네 정말 그럴 건가. 집 안에 두문불출로 틀어박혀서 신선이 되겠다는 뜻인가? 자네가 들른 적이 있는 방배동 골목의 포장마차 여주인도 자네가 오지 않는다고 성화인데 어찌하겠는가. 이제 자네가 나오지 않으면 내가 자네 보금자리로 찾아가겠네. 아무리 무소식이 희소식이라 해도 이렇듯 나를 팽개쳐도 되겠는가!"

나는 자동 응답기에서 들려 나오는 최 실장의 소리를 듣고는 피하기보다는 만나서 정리해둘 일이라고 생각했다. 돌이켜보면 어린 시절 냇가에서 물장구치고 개구리를 잡고 여자아이들의 고무줄을 끊고 딸기 서리를 하며 놀던 그에게 만일 이별의 술잔도 나누지 않고 떠나간다면 그 친구가 하늘이 무너지는 허무감으로 충격을 감내하리라고 생각하니 나를 접어두고 방배동 먹자골목의 포장마차로 발걸음을 옮기지 않을 수 없었다.

포장마차 여주인은 내가 얼음을 채운 안주 박스 앞에 돌연 나타나 앉자 믿어지지 않는 표정으로 바라보았다.

"예 이사님께서 한 번쯤 꼭 들리실 줄 알았어요. 찾아주셔서 정말 고마워요. 최 실장님에게 이사님의 이야기를 종종 들었어요. 사랑하는 사람들끼리 사랑하면서도 왜 서로를 멀리해야만 하지요? 이사님이 즐기는 유일한 자유와 탈출구는 술이라 하셨듯이 오늘 밤에는 저도 이사님의 술친구로 대작해 드리겠어요."

"최 실장이 그러던가요? 맞아요. 나와 그 친구의 도피처는 오직 술이지요. 우린 젊음에 묻은 울분을 술잔에 채워 나누며 각자의 생에 대한 회의를 허공 위로 뿌리기로 했지요."

나는 오랜 친구를 대하듯 서먹한 벽을 허물고 내 가슴을 여주인에 열어주었다. 알고 보면 인간의 정은 사귐의 오램과 짧음을 떠나서 함께 호흡하고 한 관점으로 친분을 나누고 자신을 솔직히 내보이면 외로울 땐 외로운 대로 슬플 땐 슬픈 대로 동조되어 서로가 보고파 기다려지는 것이었다.

여주인은 내가 안주를 시키지도 않았어도 싱싱한 꼼장어를 맵게 구워서 마늘을 곁들어 내놓았다.

"이사님은 부산 자갈치 시장에서 연탄불에 구워 드시던 꼼장어와 회 종류를 좋아하시죠? 신선한 꼴뚜기와 서해안에서 캔 대합도 드셔보세요. 오랜만에 오신 이사님의 활어 잔치에 제가 쏠 테니까 뭐든지 말씀하세요."

"사장님이 주는 거면 뭐든지 달게 먹어야지요."

"놀라시기는…이사님은 제가 사귀던 과거의 남자와 얼굴 생김이며 활달한 성품까지 닮으셨어요. 사랑하는 사람에게 뭐 아까운 게 있겠어요."

여주인은 묻지도 않은 말을 그녀의 그리움으로 남았는지 과거의 남자를 연상하면서 그 아득한 빈 공간에 나를 채워 나열하였다.

아픈 부위의 통증으로 시달리던 나 역시 그녀의 털털한 성격에 쉽게 적응돼 궁금증을 파헤쳤다. "그 좋은 인연을 왜 걸어차고 헤어졌을까? 사랑으로 맺어져 의지하는 연인이라면 신방을 차려서 행복하게 쌓아야 할 것을"

"해피엔딩으로 끝나면 좋았겠지만, 누구든 사연이 있기 마련이지요. 그 남자는 부잣집 외아들이고 저는 아기를 못 낳는 여자이기에 그의 부모님의 반대로 소박을 맞았지요. 그리고 그 남자는 화가 나서 술을 잔뜩 마시고 운전하다가 교통사고로 즉사했어요."

그녀는 과거의 회상이 두려워 과거를 지우려다가 오히려 나로 말미암아 그 과거의 공포에 얽매였는지 깊은 한숨을 들어내 쉬었다. 왠지 기우뚱한 모습으로 나를 바라보는 눈빛이 과거의 매를 맞고 있는 듯 보였다.

나는 여주인의 비극이 나에게 전이됨을 실감하면서 소주잔을 내밀었다.

"술 한 잔 받으시지요. 술은 잊어버림의 묘약 아니던가요?"

"또 주셔도 기꺼이 대작해 드리겠어요."

내 술잔을 두어 번 받은 그녀는 기다렸는지 소주를 한입에 털어 넣고는 다시 나에게 잔을 건네고 술을 부었다. 다시는 만나지 못할 사람과 이별을 나누는 양 술잔에 묻은 상대의 냄새와 체온을 간직하려는 진지한 자세로 술잔을 돌렸다.

그녀와 내가 살짝 취기가 들 때쯤 해서 일과를 마친 최정수가 홀연히 다가와서 포장마차의 한자리를 차지하고 앉았다.

술꾼들은 술을 가리켜 지혜를 밝혀주는 약, 곧 반야탕(般若湯)

이라 부르지. 반야는 지혜로써 술을 비워서라도 사랑의 눈이 열리도록 이끌어 사랑의 경지에 도달케 하는 명약이지…"

"어서 오게 최 실장! 과연 자네는 왜 술을 마시고 술에 취해야 하는가를 잘 아는 술꾼의 달인이 틀림없군. 한 잔 받게나!"

나는 반가움을 대신해서 술을 가득 따랐다. 그는 내 건강의 적신호를 알고 있으면서도 포장마차 여주인과 말을 맞춰 나를 곤란하게 하려 하지 않으려는 배려인지는 몰라도 전혀 내색하지 않았다. 그는 어디서 술을 마시고 왔는지 발그레한 홍조를 띠었다. 최정수로서는 전에는 볼 수 없던 새로운 변신이었다.

"술 마시는 것이 가슴 아파 술을 끊었더니만 가슴이 더 아파서 술을 배로 마셨다네."

"자네가 나를 앞서 술을 마셨다니 참 신기하네. 누구와 그리 많이 마셨는가?"

"왜 나라고 먼저 마시면 안 되나? 영화금속 시화 현장에 나갔다가 천지건설 담당 이사를 만나서 주고받고 하였지."

최정수와 함께하는 술자리는 불협화음이 없는 실내악단의 연주처럼 언제나 잘 조화되는 자리였지만 그 순간만은 내가 당혹할 정도로 무슨 자극을 받아서 분한 마음을 절제하지 못하고 가쁜 숨을 씩씩대었다.

"맞아. 영화금속이 소속된 단체의 십여 개의 공장도 자네가 감리하겠지. 자네 팀이 설계했으니까 자네보다 적합한 감리단장은 없겠지."

"감리고 뭐고… 예 이사! 자네는 그렇게 기댈 곳이 없어서 아니 도와줄 사람이 없어 고작 하청업자 양재덕을 도와주었나? 서광건설의 박순만과 짜고 고의적으로 자네 공사를 천지건설에 넘겨준 배은망덕한 놈들! 자네에게는 도합 오백 억대가 넘어서기 때문에 자질이 부족하다고 공사를 못 하도록 건설면허를 보이콧 해놓고는 자연히 차 순위인 천지건설에 넘어가도록 잔꾀를 써서 각각 수억 원씩의 떡값을 챙긴 거야. 천지건설의 담당 이사가 나와 자네의 관계를 모르고 솔직히 이실직고했어. 자네는 그 공사를 시공했어야만 그 단체에 속한 다른 산업공단은 물론이고 그 기업주들의 본사 건물은 합쳐서 최소한 수천억의 공사를 수주할 수 있었어. 하청업체와 연관된 회원사를 합치면 조 단위를 넘는다 해도 과언이 아니겠지."

"최 실장, 자네가 뭔가 잘못 들었겠지. 양재덕은 적어도 필리핀의 선교사였어."

나는 최 실장의 갑작스런 기습에 뒤통수를 맞은 걸 뻔히 알면서도 상식을 넘어 그럴 수 없다는 식으로 반박했다. 이미 끝난 상황을 두고 양재덕과 박순만을 미워해 보았자 원수를 사랑하고 모욕하는 자를 위해 기도하라는 말씀의 가르침을 불순종하는 행위여서 나는 모른 척 시치미를 뗐다. 그래도 최정수는 분을 풀지 못하고 노여운 기색이 역력히 묻어 나왔다.

"아니네. 내가 잘못 들은 건 결코 아닌데, 박순만과 양재덕은 수억 원씩만 받고 약속된 금액을 더 챙기지 못하자 천지건설 사장을 만나서 나머지 돈을 더 내라고 협박했던 모양이야. 이에 화가 난 천지에서는 서광 사장에게 박순만의 비위 사실을 통보했다더군."

"그래서?"

"자네는 남의 이야기처럼 화도 내지 않고 뭐가 그래서야… 그제야 서광은 박순만에게 철저히 기만당한 줄 파악하고 박순만을 내쫓았지…"

나의 파산한 사정을 속속들이 알아낸 최정수는 그 일로 상심이 컸음인지 분노를 가라앉히지 못하고 계속해 치근덕거렸다. 나 역시 지나간 일에 그가 불씨의 도화선을 일으키자 고요한 분노가 잠시 일어나기도 했지만, 그 문제라면 태백 기도원에서 용서할 것을 기도한 터여서 그 기묘한 시험에 나 자신의 감정을 개입할 수 없었다.

인간의 의지로는 분노가 치밀어 오르지만, 자신의 분노를 참고 일어서야만 하나님께서도 나의 추악한 죄를 용서하고 당신의 사랑을 나에게 안겨줄 걸 믿었기에 내 감정에 동요되지 않았다. 최정수는 자신의 분노에 발목 잡혀 치솟는 화를 참아가며 소주잔을 단숨에 비웠다.

"이 친구야. 자네는 전 재산이 날아갔는데도 화나지 않아? 박순만과 양재덕, 이 천하의 나쁜 놈들이라고 목이 쉬도록 욕이라도 좀 해보게…"

"욕하면 무엇 하겠어. 모래사장의 어스러진 강태공의 낚시… 물인 것을⋯ 신나게 욕한다고 해서 상황은 달라지지 않아. 내가 예수 안에 들어와서 그분을 아는 이상, 나는 아무도 욕하지 않아. 내가 사는 맛은 하나님이신 그분을 알아가고 맡기는 것이니까. 차라리 기가 막혀도 나는 웃을 거야. 으헛허허⋯"

"과연 자네답네. 그래서 모두가 너를 탐내지. 강남땅과 은마아파트 붐이 불 적에 너는 그곳에 투자하면 떼돈을 벌줄 알면서도 이마에 땀을 흘리지 않은 돈은 벌지 않겠다고 사훈으로 정하고 거부했었지. 투기 붐이 불면 자라나는 세대가 그로인해 결혼을 포기하고 아이를 포기하는 세대가 올 것이라고 예측도 했었고 말이지. 나는 미래에 닥칠 일은 모르네만 내가 시화 현장에서 만난 서광 사장도 천지 사장도 우연히 만났는데 두 건설 사장의 말이 똑같았지. 자네만 원한다면 수주 담당 이사로 언제든지 채용하겠다는 거야. 경제난국이라 다른 임원들은 퇴출하는 시국에서 자네만은 서로 채용하겠다고 욕심을 부리니 자네는 대단한 인재야. 이 문제를 매듭지으려고 내가 자네를 불러낸 거야. 천지야. 서광이야? 자네 좋을 대로 양자택일해 보게."

최정수는 아직도 화가 덜 풀린 얼굴로 벌겋게 상기되어 내 결정을 바라고 재기의 길을 열어주는 데 초점을 맞추었다. 나는 자신의 감정을 어떻게 이해시킬 수 없어 알맹이는 감추고 넋 빠진 웃음을 웃어 젖혔다.

"허허헛 헛허허⋯ 지금도 나를 필요로 하는 사람이 있다는 게 감사하지만 나는 그보다도 훨씬 넓은 세계가 있음을 깨우쳤지.

내가 해야 할 일을 비로써 알게 되었지."

"나도 그토록 활동력이 강했던 자네가 샛길로 빠지는 것을 이해하지 못하겠어. 자네의 용서처럼 자유하기 위한 마침내 양재덕과 박순만을 용서한 그 자유로움으로 생명의 샘을 발견했다는 뜻인가?"

최정수는 내 또래의 나이에 걸맞지 않은 철부지 대답에 곤혹스러워 하면서 돌연 긴장해 말끝을 흐렸다.

나는 박순만과 양재덕으로 기인된 실망감의 격정이 분출되어서 한편으로는 피가 끓어올랐지만, 그들이 배신했든 말든 관심을 두지 않고 말씀의 용서로 승화시키려고 식은땀을 흘렸다.

"내가 무슨 일이든 누구든 용서하면 그리스도 앞에서 한 것이니 이는 우리로 사탄에게 속지 않게 하려 함이라 우리는 그 계략은 알지 못하는 바가 아니로다(고후 2:11)…"

내가 터득하고 발견한 세계는 사탄에게 속지 않기 위해서 그 모두를 받아들이고 덮어줘도 모자람이 없었다. 그 세계는 원수와 죄인도 용서되고 우주도 포용되고 남을 크고 넓은 야훼의 품이었다. 영원한 신의 거처였다.

"헛되고 헛되며 헛되고 헛되니 모든 것이 헛되도다. 한 세대는 가고 한 세대는 오되 땅은 영원히 있도다. 해는 떴다가 지고 그 떴던 곳으로 빨리 돌아가고 강물은 바다로 흐르니 바다를 채우지 못하는 법. 데카르트의 용어를 빌리면 허구 관념의 그 무엇이 되겠지."

나는 전도서의 첫 구절을 생각나는 대로 나열하며 나를 향해 웃었다. 이러쿵저러쿵 구차한 개념을 늘어놓기보다는 자신의 심정을 더 피력해서였다.

"결론은 그런 허무로 스스로 자유하게 되었다는 것인가?"

"아니, 나는 신을 드디어 발견했고 그 세계에 붙잡혔지. 그 순간 내 눈의 비늘이 수행자인 사도 바울처럼 벗겨졌던 거야. 눈이 감겨서 소경으로 살던 세계에 신의 빛이 들어온 거겠지."

"혹 자네는 쉰 살의 안팎이 되면 바로 실행하겠다던 자네 식의…"

"자살, 그럴 리가? 내가 진짜 신을 모르고 고대의 철학서에 심취되었을 때는 사탄에게 미혹되어 헛소리를 지껄였지만 그건 단순한 살인행위에 불과해. 이제는 어려운 논법으로 내 말을 비화시키지 말아 주게. 나는 그 반대로 사람들을 살리려고 고심하고 있네. 이를테면 빛이 없는 곳에 내가 신으로 지칭한 창조주의 빛을 전하고 내가 만난 그분을 증거 하겠어."

술기운 탓으로 돌리기에는 내 믿음은 확고부동했다. 최정수는 내가 말장난하지 않는 것을 알아채고 따뜻한 친구의 신념에 찬 대답에 조바심을 품었다.

"예 이사, 자네 생각은 내가 손을 뻗어도 잡을 수 없어. 다가서면 떨어지고 물러서면 다가오는 늘 그만큼의 거리를 유지하고 혼자만의 성을 쌓고 있는 거야. 하지만 자네는 그 신의 정체에 너무 몰입되어서 속고 있는지도 몰라. 세상의 어떤 신이든 자네 삶의 전체를 주고 바꿀 만큼의 귀중한 신은 없지 않나? 어쩌면 빈 허공을 잡으려고 주먹을 굳게 쥐었다가 피는 거나 마찬가지일지도 몰라."

"절대로 아니라고 또 부정해야 되겠군. 나는 그분을 분명 만났어. 이 세상에서 내가 가진 모든 것을 주고도 바꿀 수 없는 우주보다 크신 지존한 분이셨지. 내게 유익하던 모든 것을 그분을 위하여 해로 여길뿐더러 해로 여김은 내주 그리스도 예수를 아는 지식이 가장 고상하기 때문이라. 내가 그를 위하여 모든 것을 잃어버리고 배설물로 여김을 그리스도를 얻고 그 안에서 발견되려 함이니 내가 가진 의는 오직 그분을 믿음으로 말미암은 것이니 곧 믿음으로 하나님께로부터 난 의라(빌 3:7-9) 그분의 이름은 내가 오랜 시간을 방황하던 끝에 만나주신 야훼 그리스도이시지. 의심이 나거든 자네도 직접 만나 뵐 수 있어."

"어디서?"

"성경의 말씀 안에서… 깨닫거든 마음을 비우고 어디서 건 기도해 보게. 어떤 방식이든 그분의 살아 계심을 체험할 수 있을 거야. 내가 박순만과 양재덕에게 내 전부를 털리고 그들의 머리통을 장작 패는 도끼로 깨부수려고 준비할 때 그분께서 세미하게 말씀으로 찾아오셨지. 너는 스스로 지혜 있는 체하지 말고 아무에게도 악을 악으로 갚지 말고 선한 일을 도모하라. 할 수 있거든 모든 사람과 화목하고 네가 친히 원수를 갚지 말고 하나님의 진노하심에 맡기라 원수 갚는 것이 내게 있으니 내가 갚으리라. 네 원수가 주리거든 먹이고 목마르거든 마시게 하라 그리함으로 네가 숯불을 그 머리에 쌓아 놓으리라 악에게 지지 말고 선으로 악을 이기라(롬 12:16-21) 하나님의 은사와 부르심에는 후회하심이 없기에 나는 울면서 그분의 말씀에 순종해 용서하게 되었지. 그분의 지혜의 샘은 깊어서 그 판단은 헤아리지 못하지만 그분의 신비한 공의로 판단 받게 되지 않나 해."

"사실 나도 내 어머니가 평생을 나를 위해 새벽마다 눈물의 제단에서 돌아오라고 기도하셨지. 나는 야훼 하나님을 모르네만 내 어머니와 자네는 많이 앎으로 그분의 책을 읽어 보겠어.

"최 실장, 그렇게만 해준다면 자네 어머니와 내가 자네에게 줄 수 있는 지상 최고의 선물로 남겠지. 최고의 행복은 태어나지 않는 것이라고 우리가 늘 나누었던 철학적 사상이 돌연 거꾸로 바뀌어서 참으로 살만한 값어치가 있는 것으로 자리바꿈하겠지."

나는 이제껏 최정수가 나를 귀하게 대해준 게 고마워서 오늘이 끝이라는 각오로 이 세상에서 가장 거룩한 예수의 이름을 그의 관심 안에 심었다. 그 이름을 믿지 않고서는 악마 사탄에게 속아 스올로 지칭하는 음부의 지옥으로 떨어질 게 정확해서 굵은 눈물을 보이면서까지 서둘러 전도했다. 물론 그의 어머니의 평생에 걸친 기도가 나를 통해서 이루어졌겠지만 나는 바로 그를 구원하지 않으면 현실의 아득한 방해 공작으로 다시는 볼 수 없을 것 같아서 내가 만난 예수의 이름으로 소주잔을 쨍그랑 마주치며 설득했다.

최정수는 무심코 주고받던 대화 속에서 자신의 영혼을 구원하기 위해 흘리는 친구의 눈물을 보고 진한 감동으로 떨었다. 예수라는 이름만 들어도 동네북처럼 예수를 믿으려면 나를 믿고 나를 못 믿으면 전봇대나 믿으라고 신명 나게 두들겼던 내 입술에서 그 이름이 쉼 없이 튀어나오는 걸 듣고는 고개를 끄덕였다.

"알았네. 그만하게. 죽은 자의 소원도 들어주는데 친구인 자네 부탁을 외면할 최정수는 아닐세. 내 어머니의 기도가 자네에게 임재 했네."

거부할 수 없는 항복의 표시였다. 자기 어머니의 새벽 제단이 이미 그를 움직였고 진실 그 자체인 내 눈물을 통해 백기를 들었다.

포장마차 여주인은 세 팀의 손님이 다녀갈 동안, 안주 마련에 분주하다가 그들이 가고 나자 일손을 비우고 우리 사이에 끼어들었다.

"저도 늘 비어있는 가슴인데 이사님의 말씀을 듣고는 작은 설렘이 이는군요. 교통사고로 죽은 그 사람에게 끌려서 저도 교회에 나간 적이 있어요. 그 사람이 죽자 뭐가 뭔지 모르는 예수를 버리고 포장마차의 여주인이 되었지만, 저의 무너지는 나약한 권태를 꽉 채울 수 있는 신이라면 저도 그분을 다시 믿어보겠어요."

"주인장도 예 이사의 이야기를 귀동냥으로 얻어들었구먼!"

"흘러나오는 소리를 무슨 재간으로 막겠어요. 예 이사님이 순종하는 하나님이어서 저도 관심을 두고 끌려들었지요."

여주인은 내가 좋아하면 검은색도 흰색으로 변색되는지 감사하게도 예전의 기억을 되살려 다시 하나님을 믿겠다고 무조건 나를 앞서서 선포했다. 나를 인도한 분으로 높여서 받들자 이제는 그분께서 그 값어치에 값하는 분으로 다가서는 모양새였다.

나는 부끄러움에 낯빛이 달아오르면서도 다행이라는 생각에 머리를 끄덕이었다.

"내 입술로는 처음으로 전하는 분이지만 그분을 믿고 의지하면 상상을 초월한 큰 세계를 발견할 것이오. 난 살아서 역사하시는 그분을 확실히 만났어요. 내 전부를 걸어도 모자람이 없으시지요. 주인장도 택함을 받아서 전에 그분을 만났고 다시 그분의 이끌림으로 다가선 거예요." "됐어요. 예 이사님! 이사님이 그토록 전도를 안 하셔도 저도 그분을 진짜로 믿을 것을 작정했어요. 대신에 자주자주 이곳에 오셔서 제가 잘 나가는지 안 나가는지를 확인해 보세요."

"글쎄요. 약속은 못 해도 최정수와 만날 장소로 이곳을 정하지요. 주인장이 그분의 언약 속에 들어온 것을 축복합니다."

나는 오늘이 세상의 끝 날이라는 건강 상태로 살기에 그 자리에 꼭 온다고는 장담하지 못했다. 병이 깊어져도 야훼께서 보호해 주신다는 것은 믿었던 터이지만 딱 부러지게 산다고는 말할 수 없었다. 어쩌면 영원한 이별을 매듭짓는 석별의 자리일 수도 있어서 살아 호흡하는 순간까지 열심히 살다가 떠나가면 그만이었다. 최정수와 나는 서로의 우정을 간직하고 안타까운 이별을 고하는 사람들처럼 그 밤이 깊어질 때까지 소주잔을 주거니 받거니 나누면서 내일이 끝이 된 것처럼 밀린 회포를 풀었다.

최정수와 헤어져 일주일쯤 지나서 나는 심한 감기몸살로 기침을 하다가 약 처방을 받으러 동네 의원을 찾았다. 한눈에 봐도 나이가 들어 보이는 의사는 목구멍에 조그만 의료용 거울을 넣어 심각하게 살피다가 급기야 엔 가슴 이곳저곳을 청진기로 진단하며 아픈 곳의 상태를 물었다. 내가 느껴지는 대로 솔직하게 대답하자 의사는 엑스레이 촬영을 지시했고 모니터를 들여다보면서 자기 소견을 피력했다.

"조짐이 안 좋은 상태를 넘어 아주 심각합니다. 내가 소견서를 써 줄 터이니 큰 병원에 입원해 정밀 진단을 받아보도록 합시다. 진작 들렸어야지 이 정도로 깊어지도록 왜 방치하셨습니까?"

안경 너머로 실눈을 뜬 나이 든 의사는 고개를 가로저으며 보지 못할 것을 발견한 듯, 처음과는 달리 웃음기가 사라졌다. 나는 노의사가 눈이 휘둥그레져 발견한 결과가 나와 같음을 의식하고 큰 병원 대신 곧장 집으로 돌아왔다. 적어도 나는 사람의 손을 빌려 마지막까지 고생하기보다는 하나님의 자비와 긍휼에 나를 맡기기로 결정했다. 그분께서 안 들어 주시면 그만인 것을 구태여 사람의 손에 구걸하고 싶지 않았다.

숲은 들어갈수록 깊어지는 법, 돌아갈 길도 나아갈 길도 없어져 어느덧 병은 늪지에 들어간 것처럼 깊어졌다. 내 몸에서 자생한 유전자의 돌연변이로 하루가 다르게 수척해지는 몸과 검누렇게 변해가는 피부, 체중을 재면 티 나게 줄어든 몸무게, 이따금 전신을 찌르는 진통으로 몸과 마음이 지쳐 혼미했다. 암세포가 혈관을 타고 사방에 씨를 뿌려 폐와 장기 전체로 전이돼 통증이 돌출되었다. 그걸 입증이라도 하는 듯 먹은 걸 토해내고 맹물을 마셔도 어딘가에 걸렸다. 그대로 호흡이 끊어지면 육체는 한 줌의 티끌로 태어난 대지 속으로 돌아갈 것이나 영원히 소멸되지 않을 영혼은 어디로 갈지를 몰라 영적 공포의 두려움이 있었다.

큰 바윗덩어리이든 작은 조약돌이든 잔잔한 호수에 떨어지면 그 밑바닥에 가라앉기는 마찬가지이겠으나 큰 바윗덩이만 한 죄는 별로 지은 일이 없다 해도 작은 조약돌만 한 죄는 매일 반복해 지으며 살아온 나였다. 베데스다 연못 곁에 서른여덟 해 된 병자가 예수로부터 네가 죄 사함을 받았으니 네 자리를 들고일어나 걸어가라는 말씀을 듣고 병에서 해방된 것처럼 나도 그분의 온전한 은혜로 해방돼 자유를 찾았었다. 그러나 보라 네가 나았으니 더 심한 것이 생기지 않게 다시는 죄를 범하지 말라(요 5:14)는 그분의 명령을 어기고 세상과의 끊 질긴 인연으로 말미암아 한순간의 유혹에 빠져 지은미와의 사랑놀이를 벌인 게 큰 악이고 실수였다. 그 불순종이 죄를 불러들여 나를 다시 덮쳤고 또 다른 질병과 함께 철저하게 응징했다.

나는 아픈 가운데 잃어버린 입맛을 찾으려고 집 근처의 보신탕집에 가려고 역촌동 사거리의 신한은행 앞을 걷다가 호흡이 단절되는 기이한 공황상태가 오면서 죽음이 가까워져 오고 있다는 것을 느꼈다. 그곳은 개천을 복개해 도로를 개설하기 전에는 어린 시절 한여름에는 물장구치고 송사리를 쪽대로 몰아 동네 아이들과 잡던 곳이어서 거기를 떠나서는 아무것도 말하지 못하는 추억 어린 곳이었다.

갑자기 내가 저지른 죄의 무게가 양쪽으로 시퍼렇게 날이 선 칼날이 되어 머리통의 정수리에서 발바닥까지 두 쪽으로 갈라서 내려쳤다. 나무꾼이 마른 통나무를 시퍼런 도끼로 위에서 아래로 내려치면 두 쪽으로 나눠지듯이 내 몸뚱이도 두 쪽으로 나눠져 왼쪽은 어디론가 날아서 튀어가고 오른쪽만 남아서 간신히 버텼다. 동시에 사라진 왼발로 말미암아 몸뚱이는 왼쪽으로 갸우뚱 넘어가고 있었다. 길 가던 사람들이 이상한 내 행동을 목격하고는 빙 둘러서 나를 응시했다. 자존심이 강한 나는 사람들의 시선을 의식하면서 반절 잘려나간 내 몸뚱이를 그제야 쳐다보았는데 신기하게도 왼쪽 다리는 그대로 붙어 있었다. 몸뚱이는 왼쪽으로 넘어가건만 육체의 사지는 멀쩡했다. 나는 자신의 한계에 놀라서 무의식적으로 손바닥으로 입술을 가리고 소스라쳐 외쳤다.

"예수의 이름으로 명하노니 나를 잡고 있는 악한 영은 물러가고 왼발은 땅을 딛고 굳세게 설지어다."

놀랍게도 내 예상대로 들어맞아 다리와 왼쪽 팔의 감각이 돌아오면서 굳어졌던 몸뚱이가 재차 힘을 얻기 시작했다. 나는 약간 떨어진 건널목에 초록불이 들어오자 사람들의 시선이 창피해 불이 나게 길을 건너 그 앞의 골목길에 위치한 보신탕집으로 숨어들었다. 거기서 고기와 매운탕을 시켜 놀란 가슴을 진정시키려고 술과 담배의 독성분으로 혈관이 막힌 마비 현상임을 알면서도 소주 두 병을 주문해서 단숨에 들이켰다. 술을 연거푸 마시면서 취기가 들수록 눈에는 지옥의 허깨비가 보이고 귀에는 그곳에서 고통 받는 수천수만의 비명소리가 환청으로 들려졌다. 이따위 육체야 티끌이 되어 허공중으로 사라지면 그만이지만 내 영혼은 지옥에 떨어져 저들과 함께 소리칠 것이 무서웠다. 작은 조약돌의 죄라도 호수 바닥에 가라앉기는 큰 것이나 마찬가지여서 그 무거움을 털어내고 하늘 끝으로 비상하기 위해서는 가만히 앉아 있어서는 안 되고 어떤 비상조치를 취해야 된다고 생각했다. 암세포로 인한 이쯤의 통증은 아무것도 아니나 유황 물질이 녹아서 활활 타오르는 저 심연의 스올에 가라앉아 영원히 갇혀서 고막이 터지는 비명을 지르며 담금질할 나 자신이 떠올라 안절부절못했다.

나는 마시던 술병을 옆으로 제치고 큰 바윗덩어리든 작은 조약돌이든 완전히 떨쳐내고 자유자재로 하늘 높이높이 날아오르기 위해 젖먹이 힘을 다해 몸을 일으켰다. 이것은 첫 번째로 나에게 닥친 무서운 뇌졸중인데 이후에도 똑같은 현상이 같은 장소에서 또 한 번 반복되었다.

소주 두 병을 마시고 알코올에 중독되어 아픔은 덜한 듯싶어 꿀잠을 자고 아침을 맞았다. 일어나 보니 아내와 아들은 직장과 학교로 나가고 나 혼자 남았는데 나는 눈을 뻔히 뜬 현실 속에서 기이한 일을 경험했다. 잠시 현기증 이는 머리를 쉬려고 침대에 누운 상태에서 갑자기 천장에 닿을 만한 검은 괴한이 시커먼 망토를 두르고 나타나 불덩이가 쏟아지는 부리부리한 새빨간 눈으로 나를 잡아먹을 듯 노려봤다. 나는 혼절할 정도로 무서워서 떨며 단번에 도적임을 알아보고 그와 눈이 마주치자 도, 도, 도 도적이라고 소리치건만 내 몸뚱이에서는 식은땀만 비 오듯 흘렀고 "도"라는 첫소리 외에는 나오지 않았다. 그 괴한과의 대치 상태는 수분 이상이 흘렀고 그 검은 도포 입은 괴한은 나를 지옥의 불 가운데로 끌고 갈 듯이 뚫어지게 바라보다가 잔뜩 무서운 겁을 주고 어디론가 사라졌다.

그제야 나는 검은 괴한이 도망간 줄 알고 긴장된 한숨을 후 깊숙이 내 쉬고는 방 밖으로 나와 현관문을 살폈는데 기이하게도 문의 잠금장치는 그대로 잠겨 있었다. 강도는 분명 집 어딘가에 꼭꼭 숨어있으리라고 생각하고 나는 겁에 질려 아들의 야구 방망이를 꺼내 들고 안방과 건넛방을 돌고 베란다와 옷장까지도 샅샅이 뒤졌으나 어디에도 검은 도포의 침입자는 흔적조차 없었다. 비로써 하나님이 계시든지 악마 사탄이 존재하든지 뭔가 확실히 보여주셔야만 내 의심이 해소되지, 그렇지 못하면 이제까지 내가 믿던 눈에 보이는 신을 그대로 섬길 테니 제발 뭔가를 보여 달라고 기도한 것이 생각났다.

그렇다면 검은 망토 입은 괴한은 악마 사탄이 확실한데 악마가 나타났으면 살아 계신 하나님도 존재하실 것이 떠올라 그분을 만나서 나에게 닥친 불운을 따질 요량으로 자리를 박차고 일어섰다.

그간 나는 술을 마시다가 일주일에 한두 번 집에 들어오면 건설 현장에서 일어난 사건과 심정, 병마의 진행 상황 등을 일기 형식으로 대충 흰 종이에 끄적였었다. 사람은 공수래공수거여서 떠나가면 어차피 잊혀갈 존재인데 무슨 거추장스러운 자국을 남겨야만 하나 반문하면서도 아내 채림과 아들 성령에게 남겨줄 나의 흔적은 오직 일기장뿐이어서 전신의 통증을 누르고 한 자, 한 자를 끄적여 놓았다.

우주에서 태양계의 지구를 바라보면 축구공만 한 파란색의 지구 우주선이 정해진 궤도를 따라 무한한 공간을 떠다니는 모습을 나는 기도 가운데서 환상으로 투시했기에 언젠가 본향의 목적지에 우주 귀환선이 도착하게 되면 만물을 창조하신 하나님으로부터 살아서 행한 행적대로 상과 벌을 받을 것을 확신했다. 육체의 죽음이 소 돼지처럼 끝이라고 가정하면 더럽게 살다가 주인에게 잡아먹히면 될 일이지만 지구 우주선을 만들어 우리 은하계의 한 구석에 띄우신 분은 낱낱이 당신의 생명수첩에 사람 각자의 행위를 기록물로 남기셨다가 우리가 한 줌의 티끌로 돌아가면 평생의 행적을 심판하는 분이시므로 지구 여행은 생명의 끝이 될 수 없는 또 다른 시작점이었다. 꽉 채워진 그분의 손바닥 위에서 한 치의 실수도 눈물의 회개 없이 용납하지 않는 그 무서운 비밀을 나는 깨우치고 그분을 만나려고 어디론가 무작정 떠나려다가 그래도 몇 마디의 흔적을 남기려고 메모지 한 장을 꺼내 놓았다.

아들에게는 아버지로서 세상을 비겁하게 살지 않고 당당하게 살아온 증거를 남기고 아내에게는 살아 계신 야훼를 만난 기쁨

등을 평강과 위로가 넘치는 대로 일기에 기록했다. 아내는 내가 사업을 한답시고 매번 고통을 안겨주었기에 왜 여자로서 억제 못할 불만이 없겠느냐만 남편에게 부담을 주는 불만은 한 번도 터트리지 않고 매사에 의연히 참아내었다. 큰 내일을 위해서라는 거창한 표제를 간판으로 내걸고 허구한 날 외박과 술이고 더군다나 수십억 원의 공사비를 현찰로 굴리면서도 수백 만 원의 생활비도 주지 않은 나에게 가족을 돌보지 않은 사람이 무슨 아버지이고 남편이냐고 분명 묻고 싶었겠지만, 그녀는 철저히 자신의 불만을 잘 절제하고 활짝 핀 얼굴로 남편을 변함없이 믿어주었다. 그녀 자신도 모를 깊은 상처가 왜 없겠느냐만 재채기 한 번 내지 않고 누구도 흉내 못 낼 아내의 길을 묵묵히 걸었다.

나는 그토록 철저히 순종하는 아내에게 나의 점점 쓰러져가는 몰골을 보여주는 게 싫었다. 신을 상대로 왜 하필이면 나를 골라 표적으로 삼았느냐고 따져서 묻지 못하는 나 자신에게 참았던 화가 치밀어 올라서 폭발하는 포효의 신음을 내뱉으며 두 팔로 얼굴을 묻었다.

"욱, 욱, 욱. 왜 나에게… 왜 나보다 못되게 사는 사람도 부지기수거늘…왜 나에게…"

참고 참은 설움의 굵은 눈물방울이 두 볼 밑으로 주르륵 굴러 떨어졌다. 아들은 아직 학원에서 아내는 직장에서 돌아오지 않은 공간이어서 내 맘껏 신을 향해 소리 질렀다.

사람은 누구나 때가 차면 지구를 떠나기 마련이어서 아내와 아들에게 무엇도 남기지 않고 떠나가면 그것은 슬픔을 넘는 가증한 고문이 될 터였다. 내 삶이 존귀하면 아내와 아들의 삶도 나에 버금가게 존귀해, 두 사람의 삶과 자존심을 끝까지 지키도록 최소한의 무언가를 준비해야 하건만 내가 해놓은 것은 아무것도 없는 허무였다. 빈손으로 왔다가 빈손으로 돌아가는 하나의 하숙생이었다. 세상에 태어난 게 나와 상관없는 그분의 뜻이라면 그 이전의 곳으로 다시 끌려가는 것도 그분의 자유의사일진대 내가 누구이기에 왜 하필이면 나를 끌어가려고 점찍어서 선택했느냐고 강력히 묻고 싶어 울부짖었다.

나는 자신을 이기고 그분에게 최소한의 항거를 하려면 그분을 감동시키는 철야 금식기도라도 들어가서 어차피 한 줌의 티끌로 돌아갈 육체가 항의 비명이라도 내질러야만 속이 후련할 것 같았다. 현재의 내 상태는 전신으로 퍼진 암 덩어리 이외에도 책과 방송에서 주워들은 상식으로 판단하건대 뇌경색이나 뇌출혈 곧 뇌졸중이 확실해서 시시각각 숨통을 조여 왔다. 응급실에 실려가 보았자 각종 검사를 하고 뇌 속에 드러난 500원 동전만 한 크기의 하얗게 죽은 뇌의 상태를 보여주며 의료진으로서는 더는 어떻게 할 수 없다고 좌우로 머리를 흔드는 것은 정해진 순서여서 나는 그 무력한 사람들에게 나를 맡길 수도 없는 일이었다. 나는 조금 혼미해진 정신을 가다듬고 아내 채림에게 펜이 가는 대로 마지막 몇 마디를 남겼다. 내가 그녀와 아들에게 남기고 떠나가는 남편과 아버지로서 최후의 족적일 수 있었다.

『사랑하는 아내 채림에게,』

여보, 이제는 나의 잘 난 자존심과 못된 교만 다 버리고 당신을 사랑했다고 고백할 때가 되었소. 난 늘 사랑을 알고 싶어 갈망했지만 진정한 사랑이 뭔지 모르는 남자였소. 어쩌면 사랑과는 전혀 무관한 이기적인 삶을 살아온 갈 곳 잃은 표류히 떠돌던 방랑자였소.

남편과 아버지의 의무와 권리도 포기한 채 내 안에서만 떠돌며 세상에 굴복한 외로운 기러기였소. 참 책임감이 결여된 돌팔이 남편이 아니었던가 하오. 그러나 지금은 그런 작은 소임조차 못하는 암 덩어리와 뇌졸중 환자로 전락했으니 더더욱 미안할 뿐이오. 아들 성령이는 이제껏 당신 혼자 키웠으니 앞으로의 여생도 그러하리라 믿소. 태어나는 순간부터 사무엘처럼 택함 받은 아들이니 오직 그분의 영광을 위해서만 훌륭하게 키워주시오.

이 세상은 잠시 쉬었다 가는 우주의 오아시스로써 천국과 지옥 백성으로 가르는 야훼 하나님의 시험장 같은 곳, 지금 떠나가면 언제 어디서 무엇이 되어 만날지는 나는 알 수 없지만, 당신과 아들 성령이를 사랑한 것은 틀림없는 진실이었소. 야훼의 뜻이라면 세상에서는 잠시 헤어질지라도 저 하늘나라에서는 영원히 함께 할 것이오.

나는 살아 있을 적에 그분을 만나 내 죄 사함을 받으려고 나보다 높은 곳, 능력의 성산이라 불리는 삼각산 능력봉에 오를 것이오. 만일 그분의 자비한 사랑으로 히스기야 왕처럼 내가 죄 사함을 받고 내 생명이 연장되면 나의 사적인 일은 버려두고 그분에게만 모든 영광을 올리면서 살겠소. 나의 은밀한 비밀과 세상의 흔적은 일기장에 세세히 기록되어 있소. 나는 떠나가도 당신을 영원히 사랑하고 기도할 것이오. 아들 성령이에게도 처음이면서 끝까지 사랑했다고 전해주시오. 안녕!

  못난 남편 예수영이…』

  등산복으로 갈아입고 편지를 쓴 내 눈썹과 그 아래의 눈시울에는 연신 눈물이 흘러 앞을 가렸다. 흉흉한 가슴은 통증의 충격과 나 자신의 부끄러움으로 채워지지 않은 공허가 깃들어 나부꼈다. 그것은 소리쳐 불러도 잡을 수 없는 먼 곳, 먼 세계의 영원이었다.

  허공은 훤하게 비어 높고 푸르렀다. 나는 벽을 잡고 넘어졌다가 재차 일어나 그 허공 속으로 달려가 택시를 잡아타고 태백 기도원에서 만난 윤시온 목사가 능력을 받았다고 알려 준 삼각산 위의 정상, 이 세상에는 없는 신의 빛을 찾아 능력봉으로 향했다. 그 빛에 끌려가는 바람처럼 평창동 고갯길을 날아올라 북한산 국립공원의 매표소 입구에서 하차했다.

  어디서 날아온 벌 떼인지 수천, 수만 마리가 날아들어 푸른 허공 위로, 위로 바람을 타고 솟아올랐다가 더 멀리멀리 사라졌다. 주위를 우러러 돌아보니 매표소 바로 앞의 공터에 자리한 움막집에서 노부부가 수십 통의 양봉을 치는 게 목격되었다.

  나는 철조망이 쳐진 그곳을 통과해 나무숲이 이어진 소롯길을 따라 산을 올랐다. 마침 가을로 접어든 산은 장마철이 끝났음에도 오르지 않는 다른 산에 비해 의외로 깊고 높아서 음습했다. 소나무와 참나무 군락 지대를 지난 오르막길에는 크고 험상궂은 바위들이 사방 지천으로 깔려 있어 나는 넘어지기를 반복하며 두어 시간의 산행 끝에 험난한 능력봉의 정상에 간신히 올랐다.

그 높은 산 정상의 나무와 풀, 바위와 돌, 그 사이로 부는 바람도 살아서 숨 쉬는 자연이었다. 멀리 백운대와 인수봉을 빼고는 그보다는 높은 산이 보이지 않는 최고봉의 산정이어서 아래를 내려다보면 현기증이 일었다. 짧아진 가을 해는 서녘 산등성이의 미끄러지는 구름 떼 사이로 잔뜩 기울었다. 나는 산 정상으로 회오리치는 억센 바람결에 송골송골 맺힌 비지땀을 식히며 집채만 한 바위 곁에 비스듬히 기대앉았다. 삼백 평이 될까 말까 하는 최고의 정상에는 수십 명의 사람들이 펑퍼짐한 바위와 큼직한 바위들을 방석 삼아 여기저기 곳곳에 앉아서 뜨거운 기도로 열을 올렸다. 나는 어두운 땅거미가 온 산을 덮기 전에 사방을 두리번거리다가 금세 누군가가 거쳐 갔는지 흰 스티로폼 방석과 커다란 비닐이 바위를 끼고 덮어진 아늑한 곳에 자리를 잡았다. 그곳에서 먼저 하산한 기도자가 남기고 간 흰 스티로폼을 주어 바닥에 다시 이중으로 깔고 바짝 다가선 어둠을 둘러쓰고 조용히 무릎 꿇고 눈을 감았다. 어떤 힘으로 그곳까지 넘어지며 기어 왔는지 다치고 피멍이 든 곳이 너무 아파서 차라리 아무 감각도 없었다. 그렇게 무릎 꿇고 앉아 있기를 얼마쯤 지나자 볼 수 없는 하나님을 믿음으로 보는 것 같이 하여(히 11:27) 원컨대 주의 영광을 내게 보이소서(출 33:18) 하고 울먹이며 나지막한 목소리로 야훼 하나님을 찾았다.

"사랑하는 하나님, 나의 괴로운 날에 주의 얼굴을 내게서 숨기지 마옵소서(시 102:2) 내가 주의 영을 떠나 어디로 가며 주의 앞에서 어디로 피하리이까(시 139:7) 내가 야훼를 항상 내 앞에 모심이 내 우편에 계시므로 내가 요동치 아니하리로다(시 16:8) 주의 얼굴빛을 비춰 나를 돌이키시면 내가 구원을 얻으리이다(시 80:19) 사실 저는 어릴 적부터 사탄에게 속아 당신을 대적해 싸워왔어요. 당신의 존재를 눈에 보이지 않는다고 부정하면서 그 위대하신 이름을 더럽혔지요. 꺾일지언정 그 누구에게도 무릎 꿇지 않는 얄팍한 자존심 탓에 만군의 아버지를 몰라보고 감히 까불었지요. 늦게서나마 깨달았으니 저를 불쌍히 여기셔서 알거나 모르고 진 죄를 하나하나 이 자리에서 흰 눈같이 깨끗이 사하여 아버지 품에 기쁨으로 안기도록 품어주세요. 히스기야의 생명을 연장해 주었듯이 네가 죄 사함을 받았느니라는 위로의 말씀을 주시면 저의 모든 병은 씻은 듯이 낫겠나이다. 저는 몸이 산산이 조각나 상하고 야위어져 숨이 끊어진다 해도 순종하겠지만 저를 지켜보는 아내와 아들 성령이의 슬픈 눈동자를 차마 볼 수 없으니 죄와 벌을 면제해 주세요. 제가 바쁘게 떠나가면 아내와 성령이는 보고 싶어도 볼 수 없는 남편과 아버지를 온종일 목이 메어 부르며 하나님을 원망할지 몰라요. 그 두 사람을 사랑하시거든 저를 살려주세요. 하나님이 사랑하시는 백성 중에 적어도 그 둘 만큼 순수를 지키며 살아온 자가 없음을 잘 아시잖아요! 제발 저를 살려 주시면 저 또한 순수를 지켜 세상으로 말미암아 더럽히지 않겠어요. 아버지께서 항상 가까이 계시오니(시 119:151) 제가 요동치 않도록 살려 주세요."

어이없게도 내 기도는 만물의 창조주께 드리는 거룩한 예배이기보다는 몇 줄의 글로 옮기기에는 가당찮은 육신의 아버지에게 억지로 대드는 발악이고 하소연이었다. 그저 네 죄가 사함 받았노라 말씀하셔서 무조건 살려줘야만 한다고 막무가내로 두서없이 매달렸다.

말을 하다가 막히면 입을 딱 벌린 채 아무 말도 못 하고 가만히 앉아 있다가 뭔가가 생각이 나면 또다시 살려달라고 무작정 매달렸다. 앞에 사람을 세워놓고 상대방이 듣던 말든 나 혼자 떼쓰는 기묘한 형상이었다. 캄캄한 빈 허공에 대고 정신 나간 미친 사람인 양 뭐라 뭐라 홀로 떠들어 대는 주절거림이었다. 누군가가 바위 뒤에 숨어서 내 기도를 들었으면 한 사람이 다른 사람의 손을 붙잡고 무조건 잘못했으니까 제발 죄 사함을 받게 해달라는 애처로운 호소로 들렸을 터였다. 내가 누워 깨었으니 야훼께서 나를 붙드심이로다. 천만인이 나를 에워싸진 친다 하여도 나는 두려워 아니하리로다(시 3:5-6) 너희가 진심으로 나를 찾고 찾으면 나를 만나리라(렘 29:13).

그 밤에 장대비가 내렸으나 나는 그 자리를 피하지 않고 바위틈에 낀 투명 비닐로 온몸을 덮어 보호막을 삼은 그 자세로 어둠을 넘어갔다. 태백에서 튀어나온 그 미묘한 방언으로 주절대다가 기도의 끝에는 울고 웃기도 하면서 뭐라고 속삭였다.

주는 나의 하나님이시라 내가 간절히 주를 찾되 물이 없어서 마르고 궁핍할 땅에서 내 영혼이 주를 갈망하며 내 육체가 주를 앙모하나이다. 내가 주의 권능과 영광을 보려 하니 이와 같이 성소에서 주를 바라보았나이다(시 63:1-2).

이튿날도 하늘은 잔뜩 흐려 비가 내릴 조짐이었지만 나는 밥을 굶은 채 탈진될 때까지 같은 자세로 앉아서 같은 내용의 방언을 되풀이하다가 지치면 졸고 갈증이 나면 움푹 팬 바위 안에 고인 빗물을 핥아먹고는 보이지도 않는 그분을 믿음의 눈으로 초점을 맞춰 바라보면서 젖먹이 힘을 다해 죽으면 죽으리라는 각오로 매어 달렸다. 시간이 가는지 오는 지도 모르고 육체의 통증은 접어둔 채 낮이나 밤이나 그분의 사랑과 긍휼을 바라며 그분만을 불러대는 절박한 환자였다.

내가 하나님의 모든 자비하심으로 너희를 권하노니 너희 몸을 하나님이 기뻐하시는 거룩한 산제사로 드리라 이는 너희가 드릴 영적 예배니라(롬 12:1). 내가 너희를 고아와 같이 버려두지 아니하고 너희에게 오리라(요 14:18).

그분은 내가 혼절하도록 떠들어대도 바위 뒤에 숨으셨는지 검은 구름 틈에 숨으셨는지 도대체 어디에서 꼭꼭 숨어 술래잡기하시는지 옷자락조차 보이지 않으셨다. 믿음의 눈으로는 전부가 보였어도 눈을 뜨면 멀리 사라져서 실상은 아무 형체도 보이지 않았다. 만일 더 이상 그분이 현실 세계 뒤로 숨어 계신다면 나는 화가 나서 인내심의 한계를 느끼며 왜 내 죄를 사해주지 않으시냐고 떠들어 대고는 내가 앉아 기도하던 바위 아래의 낭떠러지 밑으로 뛰어내릴 기세로 소리 질렀다.

그리스도께서 우리를 위하여 저주를 받은 바 되사 율법의 저주에서 우리를 속량하셨으니 기록된 바 나무에 달린 자마다 저주아래 있는 자라 하셨음이라. 이는 그리스도 예수 안에서 아브라함의 복이 이방인에게 미치게 하고 또 우리로 하여금 믿음으로 말미암아 성령의 약속을 받게 하려 함이니라(갈 3:13-14) 하셨사오니 네 죄 사함을 받았느니라(눅 8:48) 말씀하소서."

바로 그때 아들 성령이가 5살이었을 적에 내 부러진 다리에 손을 얹고 기도해준 사실이 불현듯 떠올랐다. 그 당시 나는 서울 종로에 위치한 큰 사찰에 다녔는데 내가 섬기던 대자대비하신 부처님에게 수십 번의 절을 하고 내려오다가 계단에서 그만 발을 헛디뎌 인대가 늘어지고 발목이 부상당한 적이 있었다. 병원에서 치료를 받고 하얀 깁스를 했어도 미끄러져 다친 발이 퉁퉁 부어 화장실에 갈 때도 엉금엉금 간신히 기어 다녔는데 이를 목격한 아이가 나를 보기 안쓰러운지 자기가 기도해줘도 되냐고 잔뜩 겁에 질려 물었다.

나는 무료한 시간을 때우려고 버럭 소리를 지르는 대신 그 아이와의 기도 놀이에 머리를 끄덕여 좋다고 승낙하자 아이는 태어날 때부터 주절대던 이상한 방언으로 이마에 땀을 뻘뻘 흘리며 중얼중얼 뭐라고 떠들어대었다.

내가 장난삼아 승낙한 기도 놀이는 그대로 끝나고 그다음 날 삼각산 기도원 밑의 약수터에 물을 길러 갔는데 나는 차 앞자리에 앉아있고 운전하고 온 아내는 생수 통 20리터짜리 두 개에 생수를 가득 담아 한 개씩 옮기려는 찰나였다. 나는 물통을 든 아내의 모습이 측은해 앉아 있던 자리를 박차고 일어나 10m 앞에 자리한 약수터까지 성큼 걸어가서 생수통 두 개를 양팔로 번쩍 들어서 차 뒤의 트렁크를 열고 가볍게 실었다. 그제야 나는 발목이 완전히 나은 것을 깨닫고 장난일 수 없는 신기한 표적에 깜짝 놀랐었다. 의사가 3개월은 최소한 고생해야 된다고 진단했음에도 불구하고 나는 알 수 없는 권능으로 회복되어 걷고 있었다. 그 의문의 수수께끼가 갑자기 내 뒤통수를 내려치며 네 죄 사함을 받았느니라(눅 8:48)는 말씀과 함께 그분의 사랑과 평강이 잔잔한 감동으로 내 가슴에 물결쳤다.

그야말로 절벽 아래로 뛰어내릴지도 모르는 자폭 일보 직전, 위기일발의 기로에서 그분의 임재가 분명해지더니 절벽 위, 허공으로 한 빛이 떠오른 건 그 순간의 찰나였다. 그 빛은 지금까지 이 지상에 비친 모든 빛과 우주의 빛, 예전의 과거로부터 날아온 빛과 앞으로 우주로 뻗어 나갈 모든 빛들이 하나로 뭉쳐져 빛을 발하는 눈부신 거룩의 광명 채였다. 빛으로 빛을 빚은 빛의 거룩함이었다.

태양보다 열 배 이상 밝은 그 빛의 거룩은 바라볼 수 없을 만큼 너무나도 눈부시어서 그 빛을 정면으로 맞는 순간, 나는 그 빛의 권능 앞에 벌렁 꼬꾸라져 나자빠져서 꼼짝할 수 없었다. 그리고 그때, 그 강렬한 빛의 평강은 엎드러진 나에게 다가와 암세포가 전이된 척추와 폐, 장기의 각 부분을 훑고서 핏방울이 한 움큼 고인 뇌의 전두엽과 후두엽, 신경계통을 장악하는 간뇌를 부드럽게 비추며 지나갔다. 이 세상의 언어로는 도저히 표현 못 할 시원함과 포근한 평강이 그 거룩으로부터 점점이 떨어져 감싸주었다. 그 빛은 내가 이제껏 찾아 헤매던 완벽한 환희, 기쁨의 핵이었다. 나는 그 한없는 평강의 품에 안겨 넘치는 환희의 눈물을 강물처럼 줄줄 흘리며 깊고 깊은 안락의 잠에 의식 없이 빠져들었다. 그 가운데서 나를 이끈 건 미세한 소리였다.

아직 잠시 동안 빛이 너희 중에 있으니 빛이 있을 동안에 다녀 어둠에 붙잡히지 않게 하라 어둠에 다니는 자는 그 가는 곳을 알지 못하느니라 너희에게 아직 빛이 있을 동안에 빛을 믿으라 그리하면 빛의 아들이 되리라 (요 12:35-36).

문득 깨어보니 그 빛은 내 주위의 어디에도 없었다. 아니, 그 빛의 거룩은 살아서 막 동터오는 새벽빛의 무더기 안에 그 여명의 요요한 햇살의 떨림 속에 생동했다. 짙은 햇빛의 찬란함이 구름을 뚫고 쨍하니 비치는 태양 가운데 임재 했다.

나는 그 빛에 실려 산의 정상에서 가볍게 내려와 평창동 언덕길에서 택시를 잡아타고 집으로 달려왔다. 내 의지로 너럭바위 기도처에서 산 밑으로 하산한 게 아니고 그 빛살에 안겨 거의 무의식 상태로 내 방까지 들어와서 또다시 깊고 긴 잠에 빠졌다.

누군가의 인기척이 깊은 잠에서 나를 깨웠다. 그게 꿈인지 생시인지 영 구별이 되지 않아 나는 허리를 곧추세우고 그 인기척 안으로 귀를 기울이면서 눈부신 빛의 파도에 눈이 익숙해지길 기다렸다. 그 응축된 시간 안에 놀랍게도 빛의 천사 옷을 걸쳐 입은 아들 성령이 한껏 웃으며 서 있었다. 아침 빛의 향기 젖은 싱그러움이 넘쳐나는 무엇보다도 나를 가장 사랑한다는 의미의 발랄한 웃음이었다.

그 순간, 구름 틈새를 뚫은 눈부신 햇살이 레이저의 빛처럼 아들의 얼굴에 반사돼 비추었다. 아들은 그 빛살에 이끌려 빛의 천사 옷에 어울리는 환한 얼굴로 빛나면서 하늘의 시를 읊으며 고요히 속삭였다. 그 잔잔한 음성은 내 뇌리에 수천, 수만 송이의 빛이 되어 알알이 박혀 메아리쳤다.

두려워 말라 내가 너와 함께 함이니라 놀라지 말라 나는 네 하나님이 됨이니라 내가 너를 굳세게 하리라 참으로 너를 도와주리라 참으로 나의 의로운 오른손으로 너를 붙들리라(사 41:10). 그리스도를 위하여 네게 은혜를 주신 것은 다만 나를 믿을 뿐 아니라 또한 나를 위하여 고난도 받게 하려 하심이라.(빌 1:29) 네 죄 사함을 받았느니라(막 2:5) 내가 정녕 너와 함께 있으리라(출 3:12) 볼지어다 내가 세상 끝날까지 너와 항상 함께 있으리라(마 28:20). 아들 성령이는 기이한 말을 마치고 그 해맑은 얼굴에 발랄한 웃음을 연신 지었다. 이해하기 어려우면서도 빛이 반사되어 흩날리는 빛의 웃음이었다. 나는 지치고 피곤해서 꿈의 연속으로 착각하고 내 병이 착시현상을 일으켰으면 깨어나게 해달라고 손등으로 눈을 비비면서 말없이 기도했다. 그러나 전혀 아니었다. 웬 조화인지 창가의 빛 앞에 서 있던 아들이 먼저 아버지를 싱글벙글 웃으며 불렀다.

"아빠!"

"아들, 어쩐 일이니? 그리고 방금 뭐라고 내게 말한 거니?"

"아빠… 저는 말을 한 적이 없어요. 제가 어제저녁에 학원에서 돌아오니까 쿨쿨 잠자고 계시던데요?"

"뭐? 니가 말을 안 했다고?"

비로써 나는 환상과 꿈, 현실 사이에서 맴돌다가 쿠오바디스 영화에 등장하는 한 아이가 구름 틈새로 비치는 아침 햇살을 마주 받고 베드로에게 말씀 전하는 장면을 연상하고는 수줍은 미소를 흘렸다. 그것은 영과 영의 사랑으로 전부를 알아차리고 받아들인 기쁨이었고 깨우친 자만이 빛 앞에서 빛나지 않을 수 없는 뿌듯한 미소였다.

붉어진 일출의 햇살을 받고 아내 채림이 그 빛을 따라 반가운 목소리로 일깨웠다.

"여보, 일어나셨군요."

"당신이!"

"네, 저예요. 어제 늦은 밤에 올라와서 당신이 깰 때까지 내내 기도했어요. 사랑은 언제나 끌려가고 끌려오는 것이니까요."

"여보, 도대체 뭐가 뭔지…"

"말하지 않아도 저는 이미 당신을 알고 있었어요. 당신은 저와 만난 긴 세월을 늘 하나님을 거부하고 다투면서도 저보다도 가까이 그분과 동행하며 지내셨지요. 가진 전부를 잃으면서까지 연단

되고 그 반석 위에서 그 이상의 전부를 찾았어요. 당신은 제가 닿지 못하는 그 먼빛의 세계를 마침내 소유하게 된 거예요. 당신의 거짓 없는 정직과 사랑의 선이 그분의 사랑을 끌어당긴 거예요. 이제 당신은 빛 앞에서 빛이신 그분의 선택된 본연의 아들로 돌아온 거예요. 축하해요. 당신!"

"아, 여보! 내 아들아!"

죽음에서 살아 돌아온 나는 자리에서 벌떡 일어나 양쪽 팔에 아내와 아들을 함께 껴안고 또다시 만난 기쁨으로 아침 빛을 맞아들였다. 아침 빛의 분자들이 세 사람을 물들이자 나는 속 입술을 질경이며 기쁜 환호성을 터트렸다.

"여보! 내 몸 전체가 개운해. 내부의 폐와 장기도 개운하고 뇌줄 중의 통증과 이상 현상도 말끔히 사라졌어. 완전히 정상으로 회복된 거야. 어찌 이런, 이런 일이 나에게도…. 바람 바람 야훼의 바람이 거룩한 빛을 내 안에 몰고 불어온 거야."

야훼는 나에게 끝없는 평강이고 영원한 사랑의 빛이었다. 비밀의 열쇠를 일시에 풀어준 빛 앞의 빛이고 빛 뒤에서도 빛이었다. 영원한 빛, 그 자체였다.

감사하세! 그 선하심이 영원하시도다

예수영이 아들 성령이와 함께 파리 에펠탑 근처의 작은 아파트에 체류한 지 1개월이 넘었다. 아들은 오랜 유학 생활로 육과 영이 피폐해져 허약체질로 변한 탓에 원인 모를 기절을 자주 하곤 했다. 그래서인지 약한 심신을 단련하기 위해 매일 저녁 센 강가를 걷고 새벽엔 근처 한인교회에 나가 새벽 예배를 드리고 있다. 주말에는 알프스의 산자락 작은 도시, 그르노블로 TGV를 타고 가서 그곳의 친분이 있는 유학생들과도 소통하는 모양이다.

예수영은 유럽의 아름다움에 푹 빠져 있는 듯했다. 그는 노르망디에서부터 지중해의 마르세유와 니스를 거쳐 북아프리카의 모로코에 들러 사하라 사막을 여행 중이었다. 시간을 지새웠다고 변명 아닌 변명을 하면서 7월 초에나 말레이시아의 쿠알라룸푸르를 경유하여 클락으로 직접 돌아오겠다고 연락하였다.

예수영이 파리에 체류하는 동안 내가 앙헬레스 아동센터에서 하는 일과는 단조로웠다. 한국보다 3개월 이른 여름방학을 맞이한 바랑가이와 먼 곳에 있는 아이들을 25인승 미니버스에 태워 등하교를 시키고 간식을 만들어 먹이는 단순한 일이었다. 코코넛 열매, 빵과 과자 등을 파는 현지 상점과 한국식당, 제과점, 옷가게, 정육점 이름 모를 나무들이 심어진 광장과 교회를 지나 재래시장인 팡팡 시장으로 연결된 동네에서부터 빈민들이 주어온 합판과 종이박스로 얼기설기 칸막이를 하고 수백 가구 살고 있는 다리 밑까지 오전반 아이들을 내려주고 오후반을 태워왔다. 오후 하굣길에는 다리 밑 움막집에 살고 있는 아이들의 손을 일일이 잡아주면서 사탕 몇 알을 손에 들려주기도 하고 그 초입의 골목길에서 차에서 내려 비닐봉지에 담아 파는 주스를 사서 들려주고 널따란 사탕수수밭에서는 아이들과 어깨동무를 하고 먼지 이는 신작로를 걸었다. 대체로 그곳 아이들은 저희 놀이에 참여해 놀아주고 손 한 번 잡아주기만 해도 어깨를 으쓱대고 자부심을 가졌다. 달력에 새겨진 빨간 공휴일에 호텔 위로 이어진 소롯길을 따라 무료한 시간을 산책으로 때우다 보면 어디서 몰려왔는지 아동센터에서 보충수업을 하는 아이들은 물론 동네 아이들까지 합세해 일개 대대를 이루어 내 뒤를 따른다. 아이들은 가끔 내가 사주는 바나나 튀김과 최고의 영양식으로 여기는 부화 직전의 삶은 계란을 먹곤 하였다. 배고픔을 잊으려고 얻어먹으려는 마음도 물론 있었겠지만, 눈높이를 맞춰가며 놀아주는 나를 마치 골목대장과도 같은 친구로 여겼다. 어느 동네, 어느 골목길에 들어서도 늘 어디선가 쏟아져 나온 아이들이 "마미"를 연호하며 든든한 호위병이 되어 내 손을 잡고 따랐다. 대부분 직업이 없는 아이들의 부모들도 멀리서 늘 손을 흔들어 주기는 마찬가지였다.

형편이 어려워 하루 두 끼도 제대로 때우지 못하는 빈민가 사람들은 바나나 한 개와 빵 한 조각, 사탕 몇 개를 나눠줘도 고맙다는 제스처로 두 손바닥으로 물을 담는 것 같이 모아서 머리 위까지 팔을 뻗어 공손히 받았다. 팔을 위로 높이 뻗을수록 그들이 상대에게 대하는 최고의 존경의 표시이다. 나눠주는 것이 보잘 것 없었음에도 그들이 보여주는 작은 행동 하나하나는 내 마음을 따뜻하게 위로하였다. 이렇듯 나는 어느새 그들과 동화되는 것을 느낄 수 있었다.

예수영이 클락 비행장에 도착한 날은 건기에서 우기로 막 접어드는 때여서 대기는 맑고 싱그러웠고 그 기운이 대지로 연결되어 나무와 풀, 이름 모를 꽃들은 살아서 싱그러웠다. 예수영은 비행장으로 벤을 타고 마중 나간 나를 만나서 수년 동안 만나지 못한 젊은 연인처럼 반가워했고 나는 우리가 자주 들러 커피와 음료수를 마시는 클락의 골프클럽에 위치한 한 카페로 그를 이끌었다. 오랜만에 마주한 그는 환갑이 넘은 나이임에도 젊은 시절의 건강미가 넘쳤고 그 마음의 생각은 어린아이 그대로였다. 나는 뇌졸중으로 쓰러졌던 그때의 그를 떠올리며 아찔했던 순간을 회상했다.

"당신은 매운탕 집에서 돌아와 다음, 다음 날인가 곧바로 진단받으러 뇌 전문병원으로 갔다가 강제 입원했지요. 칫솔질을 하려 해도 칫솔이 밖으로 나와 못하고 몸의 반절이 상실된 느낌을 3일 동안 받았다는 당신의 설명에 담당의는 그저 농담으로 여기다가 MRI로 확인해보고는 무척이나 놀라 비상을 걸었었지요. 뇌뿐만 아니라 몸 곳곳의 암의 흔적도 나타나서인지 당신을 그저 곧 죽을 사람처럼 생각해서인지 바로 입원시켰지요. 당신은 완전히 나았다고 입원을 거부했지만 내 뜻을 거부 못 해 며칠을 그곳에 머물며 여러 조사를 끝내고 머리를 갸우뚱거리는 담당의를 뒤로 하고 퇴원했지요. 모두 하나님이신 예수의 은총으로 당신의 약한 것을 짊어지시고 뇌졸중과 몸에 있던 암 덩어리를 치료하셨지요. 아마 그분을 체험하지 못한 사람은 그분께서 앞에서 행하시고 뒤에서 호위하시며 눈동자처럼 지키시는 분이심(신 32:10)을 모를 거예요.

"뇌졸중에 걸렸을 당시에는 혀가 꼬부라져 벙어리 백치 아다다처럼 아다다만을 소리 냈고 찬양 자체도 못 했는데 정상인으로 회복된 뒤로는 오히려 청소년기보다도 목이 좋아져 고음까지도 그분의 은혜로 소리 내게 되었지. 바람이 임의로 불매 바람은 보이지 않아도 바람 뒤에 나타난 나의 회복은 완전해서 강풍에 물결치던 나뭇잎이 잔잔해진 것처럼 나의 회복은 눈에 띄게 좋아졌지."

예수영은 뇌졸중과 암을 치료한 그 당시가 눈물겨운지 일말의 감상에 젖었다. 나는 바깥 풍경에 약간의 인공미가 겸해진 대자연의 파노라마를 바라보면서 실로 오랜만에 한가한 여유를 즐기며 시원한 냉커피를 홀짝거렸다.

"그런데 진실로 당신에 대한 한 가지 궁금증이 있어요. 당신은 예수 안에서 모든 게 정상화되었는데도 사업은 벌리지 않고 매일 성경 읽기와 기도로 반나절 이상을 보내고 나머지 짬을 이용해 찾아온 목회자들을 가르쳤어요. 이곳 필리핀 만 해도 제자 선교사가 너덧 명이 분포되어 있잖아요! 최정수 실장을 비롯한 당신과 절친한 사람들이 공장을 비롯한 빌딩을 지어달라고 연락이 와도 당신은 한사코 일하기를 거절하고 오직 하나님 말씀에 빠져 며칠씩의 금식을 수십 번 반복하며 기도에만 전념했어요. 지나칠 만큼 집착해 우울증이라고 판단이 들 만큼 당신 성격에 걸맞지 않게 세상을 끊었어요. 당신 여동생조차 당신이 정신병 초기증상이 아니냐고 반문하며 예전처럼 술이라도 실컷 마시도록 간섭 말라고 나를 닦달했지요. 나도 당신이 일하면서 성경에 몰두하는 건 좋지만 어떻게 그 좋아하는 사업을 접고 한 가지에만 집착하는지 심히 답답했어요. 어떤 이유로 당신이 펼쳐놓은 광대한 꿈을 접고 당신이 하고자 하면 땅 짚고 헤엄치는 안전한 사업을 재시도하지 않았는지 궁금했지요. 참으로 별난 아집이 아닌가요?"

"채림 조차 나에 대한 궁금증이 남아있는 게 우습군. 어느 면에서는 나에게 의문을 충분히 가질 수는 있겠지. 일 년에 아파트 한 채 씩을 술값으로 탕진하던 희대의 호탕아가 술과 담배를 사양하고 말씀과 기도에만 몰두해 살았으니 어찌 답답하지 않았겠어! 그러나 나는 예수께서 제자들에게 교훈하시는 말씀을 묵상하다가 큰 충격에 빠졌지. 하나님께서 태양보다도 더 큰 땅을 주실 수 있음에도 불구하고 지구처럼 비좁은 땅덩어리를 주신 것은 지구라는 작은 무대를 설정해 태어난 사람 하나하나가 지구 무대 위에서 자기에게 맡긴 배역을 착한 선으로 잘 소화해내는지를 관찰해 하늘에서 영원히 살게 될 주 연급 배우를 뽑는 장소임을 깨닫게 되었어. 지구에서 태어난 배우가 감독의 뜻을 무시해 순종하지 않고 나는 나라는 배짱으로 시험관인 사탄의 유혹에 속아 제멋대로 연기를 하면 땅 아래로 내려가고 감독되신 예수의 뜻대로 절대 순종으로서 연기하면 땅 위로 올라간다는 절대 진리를 배우게 된 거야. 하나님이 연출하신 대하 드라마의 출발점은 아담과 하와가 선악과를 따먹음으로써 죄가 세상에 들어오고 죄로 말미암아 사망이 지배하면서 지구 무대의 배역들은 움직이기 시작했지. 그런데 잘 먹고 잘사는 배역을 맡은 배우들은 자기들이 감독이 연출한 배우임을 망각하고 대부분 하나님이신 감독을 욕하고 예수 하나님을 막연히 아는 자도 혹독한 어려움과 가난이 없으면 제멋대로 말씀에 순종치 않고 연극에 참여하므로 드라마의 감독은 마음이 아파도 어쩔 수 없이 당신이 택한 주연 배우에게는 욥의 고난을 허락하셨지. 연출하시는 감독의 말씀을 복종하지 않으면 그 어떤 세상의 잡신의 이름으로 지구 무대에서 연기한 배우라도 땅 아래 무덤에서 영원히 탈출할 수 없음을 깨우친 거야. 양재덕이 땅속에 묻힌 것 같이 감독이신 그분의 이름을 경외하고 믿지 않으면 우리 역시 연극배우로서 자격이 없는 똑같이 무덤에 갇힌 자로 전락하고 말 테니까. 진실로 내가 너희에게 이르노니 내 말을 듣고 나 보내신 이를 믿는 자는 영생을 얻었고 심판에 이르지 아니하나니 사망에서 생명으로 옮겼느니라. 진실로, 진실로 너희에게 이르노니 죽은 자들이 하나님 아들의 음성을 들을 때가 오나니 곧 이때라. 듣는 자는 살아 나니라 아버지께서 자기 속에 생명이 있음같이 아들에게도 생명을 주어 그 속에 있게 하셨고 또 인자됨으로 말미암아 심판하는 권한을 주셨느니라. 이를 놀랍게 여기지 말라. 무덤 속에 있는 자가 그의 음성을 들을 때가 오나니 선한 일을 행한 자는 생명의 부활로 악한 일을 행한 자는 심판의 부활로 나오리라(요 6:24-29). 내가 말씀을 모를 때에는 여기 등장하는 무덤과 죽은 자를 막연히 연기를 제멋대로 하다가 무덤에 묻힌 버림받은 배우를 의미하는 줄 알았는데 누가복음 9장 59절에 어떤 제자 될 사람에게 나를 따르라 하시니 그는 먼저 가서 내 아버지를 장사하게 허락하소서 하므로 예수께서는 분명히 말씀하셨지. 죽은 자들로 자기의 죽은 자들을 장사하게 하고 너는 가서 하나님 나라를 전파하라고 강조하셨지. 여기서 장사하는 죽은 자들은 말씀에 불순종하다가 땅에 묻힌 연극배우가 아니고 살아있어도 예수 그리스도를 몰라 순종하지 않은 배우가 아닐까 해. 다시 말해 선악과 사건으로 이 세상에 죽음이 온 이래 예수 십자가에 힘입어 살지 못하면 그 누구이든 죽은 자로 전락하는 지구 무대에 선 연극배우가 되겠지. 나는 무덤에 갇혀 정말로 영원히 죽는 연극배우가 되지 않으려고 사업은 두 번째로 돌리고 예수를 만나려고 감독의 말씀에 순종해 내 전부를 받쳐 낮이나 밤이나 혼신의 힘을 다해 지구 무대에서 연극하는 배우로 변하게 되었지. 내가 가본 하늘나라의 보화는 세상 재물과는 너무 달라서 만약 세상 언어로 표현할 수 있다면 그건 이미 하늘나라 보화가 아닐 테니까. 그곳의 하루는 세상의 천년과 맞먹거나 그 이상으로 향기롭고 화려해 하루가 천년이고 천년이 하루로(벧후 3:8) 훌쩍 지나가서 돌아오고 싶지 않았지. 내가 그분을 만나 그분이 감독하시는 무대에서 말씀에 순종해 주연급 배우로 택함을 받으려고 채림에게 충족히 채워주지 못한 게 정말 미안해."

"아니에요. 무엇을 입을까 마실까 먹을까는 당신이 대감독의 지휘 아래 연극배우로 순종하는 동안 하나님이 언제나 필요한 만큼 채워주셨어요. 당신이 예수 이름의 권능을 목회자에게 가르치고 파송된 선교사를 은밀히 돕고 후원하는 것을 제일 기뻐해요. 그리고 당신의 기록들을 하늘나라 전파를 위해 쓰셨잖아요. 일본에서는 죽은 자를 일으키고 대지진과 쓰나미로 다친 많은 사람들을 예수의 이름으로 치료해 그분께 영광을 돌리셨지 않나요.! 예수를 증거 한 그걸로 충분히 내게 답하고 세상에서 최고 보람된 배역을 연극배우로서 소화해낸 거예요. 이로써 당신은 지구 무대에서 하나님이 택하신 주연급 배우로 발탁된 거예요."

예수영은 자기가 잠시 사업을 포기한 이유는 무덤으로 묘사한 이 세상에서 탈출해 주어진 역할을 소화해낼 택함 받은 연극배우로써 소임을 다하기 위한 묘안이었다고 적나라하게 표현했다. 그는 자기를 비워 그 안에 예수로 채우고 그분의 이름을 높이는 사업에 동참했다. 세상 사람들은 돈을 벌고 권세를 얻는 데에 자신을 투자해야만 진정한 사업으로 불러도 예수영은 돈과 권력, 명예에 상관없이 사람의 영혼을 살리는 사업에 자기의 모든 역량을 쏟았다.

　나는 예수영의 손을 잡고 발코니로 나가 끝없이 이어진 잔디밭을 바라보며 한국의 목가적 풍경을 그리워했다. 해 질 녘까지 그곳에 머물러 마음의 여유를 즐기다가 가로등 빛이 점점이 발하면서 한인 타운의 숙소로 돌아왔다.

　한인 타운의 입구에 위치한 R 호텔은 클락 공항의 활주로와 맞닿아 있어 4, 5층의 본관과 별관이 나란히 이어져 대칭을 이루고 그 앞에는 야자수로 그늘막을 삼은 풀장과 분수대, 안으로 연회장이 연결되고 멀리 위로는 널따란 사탕수수밭이 광활히 펼쳐져 한결 툭 터진 시원함을 더했다. 내 방에서 창문을 열면 육각형의 경비초소에 24시간 권총을 차고 방문객들을 일일이 확인하는 경비원들의 분주한 일상생활이 투시되었고 담장 철책 너머의 골목길에는 종종 사람을 실어 나르는 트라이시클과 손수레 망고 장수, 맨발로 폐품을 주우러 다니는 아이들이 눈에 띄었다. 밖에는 35도를 오르내리는 무더위가 기승을 부려도 숙소 내부는 21도 정도로 늘 유지되어 시원하고 아늑했다. 내가 일 년 단위로 계약한 방은 로비와 별관 옆문으로 이어진 가운데로 누구나 들락거리기에 편리했고 크고 넓어서 십여 명이 동시에 쉴 수 있는 정도의 공간이었다. 가끔 아동센터의 선생님들과 아이들이 놀러와 다과를 즐겼다. 가끔은 이 지역에서 활동하는 선교사들도 방문하여 사역의 어려움 토로하기도 하였는데 그때마다 우리는 그들과 함께 기도하며 성령 하나님과 소통하곤 하였다.

"예수께서는 우리가 쉽게 이해하도록 그 당시에 통용된 화폐 단위로 우리를 가르쳤지요. 달란트, 므나, 드라크마, 데나리온, 앗시리온 등의 현실적 가치의 비유로 일일이 가르쳐 적시 적기에 물이 흐르듯 설득하셨지요. 달란트는 대략 40Kg의 중량의 금덩어리로 1kg의 값이 5천만 원 정도여서 곱셈으로 환산하면 20억의 값어치로 노동자가 평생 벌어야 하는 큰 액수였지요. 그분은 자기의 택한 자들에게 많이 주시길 좋아해 각각 그 재능대로 한 사람에게는 금 다섯 달란트를, 한 사람에게는 두 달란트를, 한 사람에게는 한 달란트를 맡기고 떠났어요. 다섯 달란트를 받은 자는 바로 가서 그것으로 장사해 또 다섯 달란트를 남기고 두 달란트 받은 자도 그같이 하여 또 두 달란트를 남겼으되 한 달란트 받은 자는 땅을 파고 그 주인의 돈을 감추어 두었지요. 시간이 지나서 그 종들의 주인이 돌아와 그들과 결산할 새 다섯 달란트를 받은 자는 또 다섯 달란트를 남겼으므로 그 주인이 이르되 착하고 충성된 종아 네가 작은 일에 충성하였으니 내가 많은 것을 맡기리니 네 주인의 즐거움에 참여할지어다. 두 달란트를 받았던 자도 또 두 달란트를 남겼으므로 네 주인의 즐거움에 참여할지어다 말씀하셨지요. 그러나 한 달란트 받았던 자는 당신은 심지 않은 데서 거두고 헤치지 않은 데서 모으는 분인 줄을 알고 내가 두려워하며 땅에 감추었나이다 그 주인이 대답하길 악하고 게으른 종아 나는 심지 않은 데서 거두고 헤치지 않은 데서 모으는 줄 네가 알았느냐 그러면 네가 마땅히 내 돈을 은행에 맡겼으면 내 원금과 이자를 받았으리라 하고 그에게서 그 한 달란트를 빼앗아 열 달란트 가진 자에게 주라 말씀하셨지요. 무릇 있는 자는 받아 풍족하게 되고 없는 자는 그 있는 것까지 빼앗기리라. 이 무익한 종을 바깥 어두운 데로 내쫓으라 거기서 슬피 울며 이를 갈리라 하셨지요(마 25:14-30). 이 비유는 또 고전 12장 8절로 연결돼 짝을 이루지요. 어떤 사람에게는 성령으로 말미암아 지혜의 말씀을, 지식의 말씀을, 다른 사람에게는 믿음을, 병 고치는 은사, 능력 행함을, 예언함을, 영을 분별함을, 통역함을, 방언함을⋯ 그 아홉 개의 은사 중에 달란트 비유처럼 다섯 개, 두 개, 한 개를 그 종들의 능력대로 주셔서 사용하도록 의미를 부여하셨지요. 그런고로 선택되어 받은 하늘나라 달란트를 열심히 사용하는 종들에게는 그 능력이 배가되도록 하셨어도 한 개를 받았다고 해서 받은 달란트를 땅에 묻은 종은 그 한 개마저 빼앗기고 바깥 어두운 음부, 스올에 내쫓겨 버려져 슬피 울게 되지요. 여러 선교사님들도 나와 예수 이름을 공부하는 과정에서 자연스럽게 여러 은사와 병 고치는 은사를 각자 받은 터여서 그것을 땅에 묻지 말고 소외되고 아파 우는 이웃을 위해 최선을 다하세요. 예수께서는 자기가 만든 그릇의 크기만큼 주시는 분이어서 열심히 더 큰 그릇을 만들어야 하겠지요. 많이 주어도 달란트는 그릇에 차면 물처럼 넘치기 마련이니까 많이 받을 수 없겠지요. 하지만 누가복음 11장 이하의 므나의 비유에서는 어떤 귀인이 왕위를 받으러 먼 나라로 가면서 종 열 명을 불러 똑같이 한 므나씩을 나눠주고 돌아와서는 그들이 잘하였는지를 알고자 하여 부르지요. 그 첫째는 한 므나로 열 므나를 남겼기에 주인이 이르되 착한 종아 네가 지극히 작은 것에 충성하였으니 열 고을의 권세를 차지하라 하셨지요. 여기서 작은 것은 므나를 지칭하는데 므나는 한 사람이 한 계절 일하면 벌 수 있는 작은 액수여서 아무도 가리지 않고 종 열에게 똑같이 나눠 주셨지요. 둘째 종도 한 므나로 다섯 므나를 남겼으므로 다섯 고을을 차지하는 상급을 주셨으나 또 다른 한 사람은 받은 므나를 사용하지 않고 수건에 싸서 보관하였지요. 이에 주인이 이르되 악한 종아 네 말로 너를 심판하노니 너는 내가 두지 않은 것을 취하고 심지 않은 것을 거두는 엄한 사람인 줄 알았느냐 그 옆에 서 있는 자에게 이르되 한 므나를 빼앗아 열 므나 있는 자에게 주라고 명령하셨지요. 이 구절은 마가복음 16장 17절에서 18절과 연결되는 말씀으로 믿는 자에게는 누구에게나 므나를 주었다는 말씀이지요. 달란트의 비유에서 한 달란트는 20억 원, 두 달란트는 40억 원, 다섯 달란트는 100억이 넘는 큰돈이므로 그것을 운용할 수 있는 그릇을 만든 사람에게만 주셨어도 므나는 한 계절의 품삯에 불과한 터여서 누구에게나 주어 그 결과를 지켜보셨지요. 믿는 자들에게는 이런 표적이 따르리니 곧 그들이 내 이름으로 귀신을 쫓아내며 새 방언을 말하며 뱀을 집어 올리며 무슨 독을 마실지라도 해를 받지 아니하며 병든 사람에서 손을 얹은즉 나으리라고 약속한 증거의 말씀을 하셨지요. 이와 같이 누구든지 예수 이름을 믿기만 해도 귀신을 쫓고 병 고치는 것은 당연히 기본 약속에 속하는 이치에요. 어찌 이런 기초적인 무기조차 없으면서 어떻게 광활한 세상의 전쟁터에 나가 하늘 복음을 전하며 싸울 수 있겠어요. 예수는 종교가 아니고 영원히 우리를 살리는 생명이니까요. 성령 하나님이신 예수를 무조건 믿지 않아 겉으로는 경건의 모양은 그럴싸하게 갖췄어도 속으로는 경건의 능력이 없는, 아는 것에 그치므로 아무나 할 수 있는 기본 권능조차 그분의 명령대로 행하지 못하는 종이 있는 거예요. 이런 종은 당장 무릎 꿇고 밤을 새워 금식하며 경건의 능력을 주시라고 믿음의 회개 기도를 드려야 할 거예요. 누구든지 살아계신 예수 이름을 믿기만 하면 귀신 쫓고 병 고치고 방언하는 것은 평신도나 사역자나 경계 없이 모두가 할 수 있어요. 세상 들녘에 병자가 넘치는 것은 하나님의 종들이 각기 맡은 사역을 제대로 감당하지 못하기 때문이에요. 참새 다섯 마리가 두 앗시리온에 팔리는 것이 아니냐 그러나 하나님 앞에는 그 하나도 잊어버리는 바 되지 아니하도다. 너희에게는 심지어 머리털까지도 세신 바 되었나니 두려워하지 말라 너희는 많은 참새보다 더 귀하니라(눅 12:6-7) 예수 그리스도 안에서는 섭리는 있어도 우연은 절대 없어요. 보잘것없는 참새도 그분의 허락 없이는 떨어지지 않는데 어떻게 머리털까지 세신 사역자를 그저 방관하고 계시겠어요. 성령을 받은 사람은 이에 그분과 더불어 수호천사가 지키고 있는 터여서 아무도 여러분을 헤치지 못하고 또한 예수의 열두 제자가 행했던 사역을 그대로 답습할 수 있지요. 열두 제자는 고작 3년을 예수를 따라다니지 못했어도 예수의 이름으로 권능을 행하고 귀신과 병을 쫓아냈는데 적어도 20년에서 30년 이상을 예수와 동행한 분들이 세상의 왕 되신 예수의 어명을 거역한다면 제자로서 통곡하고 자복해야 할 일이지요. 여기 모인 다섯 분 가운데 세 분은 그분의 어명을 받들어 권능을 행하고 두 분은 아직 기도 중이라고 들었는데 더욱 분발해 믿음의 종이 되세요. 병 고치고 귀신 쫓는 게 능사가 아니고 말씀과 하늘나라를 전파는 게 전부일지라도 필리핀 현지인과 우선 가까워지려면 병도 고쳐주고 귀신도 쫓고 생필품을 공급하면서 그들의 가려운 데를 긁어주어야만 빠른 시일에 영원한 생명의 복음이 전파되지 않겠어요? 또 다른 돈의 비유로 예수께서 무리가 어떻게 헌금함에 돈을 넣는가를 보실 새 여러 부자는 많이 넣는데 한 가난한 과부는 두 렙돈 골 한 고드란트를 넣는지라 이 가난한 과부가 모든 사람보다 많이 넣었도다.

    다른 사람들은 풍족한 중에 넣었거니와 이 과부는 자기의 모든 소유를 넣었다고 칭찬하셨지요(막 12:41-44). 복숭아 씨앗이 아무리 클지라도 생명이 없으면 싹이 나지 않으나 겨자씨는 눈에 보이지 않을 만큼 작아도 생명이 있으므로 싹이 난다는 것을 말씀하신 거지요. 과부는 눈물을 뿌리며 단돈 천 원을 정성껏 헌금함에 넣었어도 부자는 천만 원의 수표를 거만하게 거드럭거리며 넣었다면 오히려 싹이 나는 쪽은 만 배나 적게 넣은 과부의 겨자씨에서 생명의 싹이 난다는 의미이겠지요. 그러므로 누구든지 가난해도 동전 한 닢, 아니 현지 돈으로 10페소짜리 바나나 튀김 한 개를 굶은 자에게 사주는 눈물겨운 씨앗을 뿌리면 싹이 돋아나고 나무가 자라나서 새들이 찾아와 앉을 정도로 수많은 열매를 거두는 말씀의 진리가 작동하기 때문에 반드시 돈의 액수와 관계없이 좋은 밭에 씨앗을 뿌리도록 가난한 신자들을 지도하세요. 하나님은 사람의 외형을 보시지 않고 그 중심을 보시므로 아주 작은 씨앗을 뿌려도 생명이 있는 자에게는 새들이 날아와 둥지를 틀 만큼 크게 자라게 하시지요. 그러나 가난하다고 해서 씨앗을 뿌리지 않으면 생명의 싹은 절대 돋아나지 않아 열매를 거두지 못하지요. 배고프다고 볍씨를 다 먹어버리면 당장은 배부를지라도 그다음 해는 굶어 죽게 되지요. 여기 죽어가는 어둠의 땅에 선교의 씨앗이 뿌려져 빛의 열매를 풍성히 거두어들이는 하늘나라의 씨앗이 되도록 기도하겠어요."

예수영은 사람들이 다섯 명이 모이나 오십 명이 모이나 수백, 수천 명이 들을 수 있는 정도의 큰 소리로 열정과 힘을 다해서 말씀을 나누었다. 비록 다섯 명의 숫자가 듣고 있으나 그들이 흩어져 성심껏 전도하면 수천, 수만 명에게 복음이 전파될 터인데 어찌 수만 명을 미리 보고 떠들지 않겠느냐며 웃었다.

그는 말씀을 나눈 뒤, 영적 전쟁터에서 싸움하는 선교사들을 이끌고 숙소 앞의 성당을 지나 마주 보고 있는 현지 꽃게요리 식당으로 안내하였다. 필리핀 현지에서도 비싼 이 꽃게요리 집은 3명을 기준으로 현지인들의 한 달 월급과 맞먹는 수준이어서 한가한 편이었다. 모처럼 귀한 음식을 대접받은 선교사들은 만족한 웃음으로 화기애애했고 예수영은 한 가지 지식이라도 더 전달하려고 그들의 갖가지 질문에 답했다.

"환자에게 예수의 이름으로 안수할 때는 마치 내가 환자가 된 긍휼한 심정으로 상대의 병을 내가 끌어안고 애절하게 기도해야만 병마가 도망가지요. 예수의 간절한 사랑 앞에서 사탄도 항변하지 못하고 도망가는 하늘나라의 폭탄이 되기 때문이지요."

"선생님, 환자의 병을 내가 끌어안고 축귀하면 그 병마가 내게로 옮겨오지 않을까요?"

"세상 법칙으로는 질병이나 바이러스가 옮을지 몰라도 예수 안에서는 티끌이 되어 녹아서 사라지기 때문에 절대로 그러지 않아요. 아직 능력을 행하지 못하는 두 선교사님도 단연코 할 수 있다는 간절한 바람으로 기도해서 꼭 만물의 왕 되신 예수의 어명을 받은 자로서의 사명을 감당하세요."

예수영은 두 선교사를 지적해 사랑이 깃든 안쓰러운 심정으로 스스럼없이 나무라는 어조였다. 한 사람은 부끄러운 자세로 고개를 떨구었는데 또 다른 50대 초반의 K 선교사는 황당한 표정으로 자기는 능력이 없어도 지금도 선교를 잘 감당하고 있다며 자신의 입장을 강하게 나타냈다.

"선생님, 은사에도 여러 가지가 있듯이 저는 복음 전파보다도 현지인들이 찾아와 복음은 들을 수 있도록 성전 공사에 매진하고 있습니다. 제가 머무르는 필리핀의 북부 도시 비간을 시작으로 마닐라까지 필리핀 루손섬 곳곳에 수십 개의 교회 성전을 지어주었지요. 조금만 더 분발하면 백 개가 넘는 교회당이 지어질 거예요. 지금도 건축이 계속되는 곳이 여러 군데 있으니까 선생님께서 직접 확인하시고 한국에 돌아가시거든 많은 교회들로 하여금

제 후원자가 되도록 설득해 주십시오."

"성전 터를 넓히는 K 선교사님의 선교도 훌륭한 일이지요. 내가 꼭 선교사님의 사역지를 방문하도록 약속드리지요."

예수영은 K 선교사의 업적을 무척이나 칭찬하면서 그 노고에 대하여 높이 평가하였다.

K 선교사의 사무실이 위치한 빌딩은 앙헬레스 내의 워킹스트리트에서 버스 터미널 중간에 위치한 5층 건물이었는데 K 선교사가 그 건물의 건물주였다. 그는 자산이 튼튼해 필리핀 국민 가운데 1% 안에 들어갈 만큼 꽤 성공한 사업가로 비쳤다.

그는 자기가 쌓은 업적을 과시하려는 듯 1박2일을 우리와 함께 하며 최근에 준공한 일부의 교회당과 현재 짓고 있는 건물들을 마닐라에서부터 비간에 이르기까지 20시간을 달리며 곳곳에 위치한 현지의 예배당을 자랑삼아 보여줬다. 대부분의 예배당이 마닐라에서 신학교를 졸업한 현지인 사역자가 목회하는 최근에 지어진 예배당이었다. 하지만 수빅만에 위치한 한 예배당에 들어서니 아무것도 남아있지 않은 텅 빈 상태였다. 예배당을 관리하는 현지인 목회자가 악기, 음향기기 등 모든 시설을 팔아치우고 민다나오 섬으로 줄행랑쳤다는 거였다.

현재 건축 중인 건물은 비슷비슷한 크기로 교회 아이들이 주어 온 돌멩이를 바닥에 대충 깔고 근처 강가에서 퍼 온 모래에 시멘트를 섞어 서너 명의 인부들이 바닥의 수평을 맞추고 있었다. 벽면은 한국에서 60년대의 가난한 시절에 벽을 쌓던 약한 시멘트

블록으로 쌓아 올리고 부서지는 벽돌 구멍의 한 장 간격에 제일 얇은 철근을 대충 박고 몰탈 시멘트를 채우는 방식이어서 강풍이 불어닥치면 넘어지기 쉬운 구조였다. 다만 표면만은 시멘트를 잔뜩 넣어 미장 기술자가 정성스럽게 바르고 페인트공이 각종 색깔을 덧칠한 관계로 겉과 속은 완전히 달라서 바로 준공한 건물은 그럴듯해 보였다. 천장 역시 2차 대전 전에 지은 시내 건물에서 철거하고 나온 폐자재를 얼기설기 엮어 사용한 관계로 새것 같으나 많은 비가 내리면 썩어서 주저앉을 부실투성이였다. 예전에 한국에서 임시 사용하는 무대를 짓는 수준으로 비용을 최대한 줄여서 건물 자체가 내 눈에는 허름한 날림투성이였다. 인건비도 한국에 비교해 1/10 밑이어서 별로 돈도 안 들고 가난한 시절에서 시골에서 볼 수 있었던 곡식 창고의 그것과 비슷한 수준이었다.

K 선교사는 이틀째 되는 날, 비간 가는 길목에서 마지막 건물을 보여주며 자신이 얼마나 성의껏 많은 돈을 투자해 짓고 있는지를 생각 없이 드러내었다.

"선생님도 아시겠지만, 한국 교회의 직분 자나 권사님들이 자기가 세웠다는 자부심으로 기념교회를 건설하는 데 한 곳당 3천만 원 정도밖에 보내주지 않아요. 그 정도의 금액으로는 항상 적자라서 저희가 돈을 보태 매번 짓고 있어요. 이 교회도 시공률이 반절 정도밖에 안 되었는데도 벌써 2천만 원이 투자되었어요."

겨우 20여 평의 건물을 시멘트 벽돌로 시골 헛간 짓는 식으로 사면 벽을 고작 가렸을 뿐인데 2천만 원이 투자되었다는 돈 이야기에 예수영은 기가 막힌 지 시선을 돌려 먼 허공을 바라보았다. 예수영이 돌아다니며 지켜본 건물들은 우기에 비가 내려 잠시 멈췄던 것을 감안해도 완전한 준공 시까지 천만 원 미만이면 충분함에도 3천만 원도 부족해 자신이 더 보탠다는 식으로 K 선교사는 엄살을 부렸다. 자신의 사무실은 대통령궁 부럽지 않게 호사스럽게 꾸며놓고 자동차도 몇 대 굴리며 한국에서 방문한 사역자나 직분 자들에게 자기 부를 과시해 그들의 기를 죽이었다. 현지인들의 교회는 내부는 엉터리로 초라하게 만들고 겉은 멀쩡하고 화려하게 지어 보여주는 식이니 속아 넘어가지 않을 사람이 없었다. K 선교사는 예수영이 시공 분야에 내공이 깊은 전문가라는 사실을 모르고 이야기를 이어가는 듯싶었다.

예수영은 속이 뒤틀려 구역질이 나는지 직설적인 성격 그대로 화를 참지 못하고 은근히 비아냥거렸다.

"선교사님, 제가 어릴 적, 6·25전쟁 직후에 저런 시멘트 벽돌로 뒷간을 지었지요. 그때는 시멘트벽이 사방으로 막혀 참 좋았지만 지금은 첩첩산중 산골짜기에 들어가도 저런 부슬부슬 부서지는 큰 벽돌로는 외양간도 짓지 않아요. 저런 시멘트 벽돌은 파는데도 없거니와 퇴락해 부서지면 수리비가 더 들어서 개집에도 쓸모가 없겠네요."

"이곳은 날씨가 덥고 경제 사정이 좋지 않아 어쩔 수 없습니다."

"이것 보세요. K 선교사님! 창조주 하나님은 무엇이든지 하실 수 있지만 딱 한 가지 못하는 것은 거짓말이지요. 당신은 3천만 원에도 적자를 본다고 엄살인데 만일 제가 짓는다면 감가상각비를 포함해 그 1/3이면 충분하겠습니다. 평생 권사님들이 안 입고 안 드신 돈, 거금 3천만 원을 저축해 평생소원으로 하나님의 성전을 건축하는 곳에 투자하였는데 당신은 이토록 흥청망청해도 되겠습니까? 여기서 돈을 벌려면 한국에서 수입한 중고 자동차나 가전제품을 팔아 이익을 챙길 일이지, 하나님의 것을 거짓으로 빼돌려 빌딩을 짓고 흥청망청 사용해도 괜찮은 것인지 뒤돌아보시기 바랍니다. 이런 짓거리는 사람에게도 죄를 짓거니와 하나님의 성령을 훼방하는 죄를 짓는 것이어서 회개할 방법이 없습니다. 마태복음 12장 31절에 사람에 대한 모든 죄와 모독은 사하심을 얻되 성령을 모독하는 것은 사하심을 얻지 못하겠고 또 누구든지 말로 인자를 거역하면 사하심을 얻되 누구든지 말로 성령을 거역하면 이 세상과 오는 세상에서도 사하심을 얻지 못하리라는 구절을 읽지 못하셨습니까? 말씀을 전하라고 파송하였더니 사탄의 계략에 빠져 성령 하나님의 이름으로 교회들을 속이고 그분마저 기만하고 돈을 긁어모았으니 그분께서 용서하시겠나 반성하길 바랍니다. 나 역시 당신을 용서 못 해 당신을 파송한 교단과 후원자들에게 이 사실을 폭로하겠습니다."

"선생님이 몰라서 하시는 말씀인데 이곳에서는 사람들이 게을러 이렇게 돈이 많이 들지요. 오해해도 단단히 오해한 거예요. 안 도와주면 그만이지 왜 열심히 사역하는 사람에게 생트집을 잡는 거예요? 거 더럽네!"

K 선교사는 나단의 충고를 듣고 밧세바를 범한 뒤 그 자리에 꿇어앉아 눈물바다를 이루며 회개한 다윗과는 반대로 회개하지 않고 자기의 잘못을 숨기기에 바빴다. 오히려 사탄이 들어가 욕을 퍼 대며 날뛰었다.

"선생님은 이곳 사정을 몰라요. 선교비가 떨어져 이역만리 타국에서 자식새끼하고 배고파 울며 방황해 본 적 있나요? 토끼 같은 자식새끼와 여우 같은 마누라가 한국으로 돌아가자 하는데 젊음을 이곳에서 보내고 중년을 넘은 나이에 무엇을 하겠나요. 땅을 팔자니 땅도 없고 노동을 하자니 힘도 없는데 굶어 죽어야 하나요? 내가 살인한 것도 아니고 어차피 누군가가 뺏어 먹을 물질인데 내가 좀 나눠 쓰면 안 되나요? 선생님이 안 도와줘도 괜찮으니 모른 척 넘어가 주세요. 어차피 기독교는 용서와 사랑의 종교가 아니던가요?"

"사람의 죄는 용서와 사랑을 받을 수 있어도 예수 이름을 팔아서 예수를 모독한 성령 훼방 죄는 그 무엇으로도 되돌리지 못합니다. 성전을 잘 짓겠다고 맹세하고 하나님의 것을 도둑질하는 더러운 짓거리는 용서받을 수 없습니다."

관용과 이해, 긍휼과 사랑으로 무장한 예수영일지라도 성령을 빌미로 최소한 3배 이상의 순이익을 남긴 K 선교사에게는 단호했다. 하늘나라 확장의 복음 전파에는 관심이 없고 물질 챙기는 데만 관심을 둔 그에게 예수영은 얼굴을 돌렸다. 물질이 있는 곳에 마음이 있다고 물질의 귀중한 것을 하늘에 두면 마음은 하늘에 있고 땅에 두면 땅에 있다고 예수영은 재차 강조했다. K 선교사는 자신의 하소연과 잔꾀가 더는 먹혀들지 않는 것을 깨닫고 황급히 차를 몰고 그 자리를 빠져나갔다. 노기가 잔뜩 서린 사탄의 표정으로 변해 두고 보자는 식으로 칼이나 총이 있으면 찌르고 쏠듯이 예수영을 잔뜩 노려보다가 저주가 가득한 눈빛으로 씩씩거렸다. 이 세상 사람에게서 보지 못한 악마의 표정과 눈빛이었다.

반년의 건기가 끝나자 이어서 하루 반 이상이 추적추적 비가 내리는 우기가 돌아왔다. 바랑가이의 빈민가 아이들, 코피노들은 비를 철철 맞으며 아동센터에 들러 보충수업을 듣고 나눠주는 간식거리를 먹는 것을 유일한 하루의 낙으로 여겼다. 나는 빨간색으로 표시된 공휴일을 빼고는 주어진 기본 업무 외에는 언제나 미니버스의 승무원이 되어 먼 곳에 살고 있는 아이들을 등하교 시켰다. 아이들과 오고 가며 빵을 비롯한 사탕, 아이스크림과 음료수 등을 나누어 먹으며 아이들과 같은 수준으로 나이도 잊은 채 즐겁게 하루를 지냈다. 예수영은 많게는 일주일에 두세 번 정도 센터의 선생들을 여러 곳의 음식점으로 초대해 현지식과 한식을 번갈아 먹으며 그들을 알뜰히 보살폈다.

그곳의 선교사들과는 한 달 간격으로 어울렸고 K 선교사는 예상했던 대로 공동 모임에 참석하지 않고 전화 연락도 완전히 끊었다. 예수영은 K 선교사와 말씀의 주제를 연결해 자연스레 말씀을 이어나갔다.

"성령이 밝히 말씀하시기를 후일에 어떤 사람들이 믿음에서 떠나 미혹하는 영과 귀신의 가르침을 따르리라 하셨으니 자기 양심이 화인을 맞아서 외식함으로 거짓말하는 자들이라(딤전 4:1~2)

자기를 사랑하며 돈을 사랑하며 교만하며 부모를 거역하며 배신하여 쾌락을 사랑하기를 하나님 사랑하는 것보다 더하여 경건의 모양은 있으나 경건의 능력을 부인하니 이 같은 자들에게서 네가 돌아서라(딤후 3:2-5)고 말씀하셨지요. 그들은 진리를 대적하니 그 마음이 부패해 믿음에 관하여는 버림받은 자들이라 여러 가지 욕심에 끌린바 되어 항상 배워도 끝내 진리의 지식에 이를 수 없게 되지요. 하나님이 미혹의 역사를 그들에게 보내사 거짓 것을 믿게 하심은 진리를 믿지 않고 불의를 좋아하는 모든 자들로 하여금 심판을 받게 하려 하심이지요(살후 2:11-12). 아담의 군대장관 나아만의 나병이 완전히 낳아 어린아이의 살 같이 깨끗하게 회복되었을 때, 엘리사의 사환 게하시가 나아만의 뒤를 쫓아가서 거짓으로 은 두 달란트와 옷 두 벌을 받아 숨기었을 때, 엘리사가 뭐라고 책망했나요? 한 사람이 수레에서 내려 너를 맞이한 때에 내 마음이 함께 가지 아니하였느냐 지금이 어찌 은을 받으며 옷을 받으며 감람원이나 포도원이나 양이나 소나 남종이나 여종을 받을 때이냐 그러므로 나아만의 나병이 네게 들어 네 자손에게 미쳐 영원토록 이르리라 하니 게하시가 나병이 발하여 눈같이 되었지요(왕하 5:26-27). K 선교사가 예배당을 짓는다는 영욕으로 최소 3배 이상의 이익을 탈취한 것은 정당한 거래 행위를 한 것이 아니고 상대를 속여 물질을 쟁취한 도둑질이므로 각 사람이 시험을 받는 것은 자기 욕심에 끌려 미혹됨이니 욕심이 잉태한 즉 죄를 낳고 죄가 장성한즉 사망을 낳는 것이지요(약 1:14-15). 내가 K 선교사에게만 훈계하는 것이 아니고 내가 사랑하는 모든 분들에게 드리는 충언이지요. 보물이 있는 곳에 마음이 있다고(마 6:21) 하셨는데 마음은 물질 곧 가장 귀한 보물을 하늘에 쌓으면 하늘에 있고 땅에 쌓으면 땅에 있는 것이지요. 내가 속히 오리니 네가 가진 것을 굳게 잡아 아무도 네 면류관을 빼앗지 못하게 하라(계 3:1) 하셨듯이 보물을 땅에 쌓으면 마음은 땅에 있어 면류관을 빼앗기게 되지요. 볼지어다 내가 문 밖에 서서 두드리노니 누구든지 내 음성을 듣고 문을 열면 내가 그에게로 들어가 그와 더불어 먹고 그는 나와 더불어 먹으리라 이기는 그에게는 내가 내 보좌에 함께 앉게 하여 주기를 내가 이기고 아버지 보좌에 함께 앉은 것과 같이 하리라(계 3:20-21)한 그때가 바로 지금이에요. 지금 드리는 말씀의 비밀은 성령의 감동으로 들으시고 사람의 말로 듣는다면 롯의 사위처럼 농담으로 듣게 돼 소돔성에서 멸망하나 성령의 말씀으로 듣게 되면 영원한 생명의 면류관을 얻겠지요. 내가 그동안 성경에서 풀어지지 않는 성령의 감동하심으로 응답받았으나 단 한 가지 무화과의 비밀만은 예외였지요. 아주 민감한 부분이라 다른 선교사님들이 수없이 그 무화과 부분을 성경에 근거해 해석해 달라고 하였으나 나는 번번이 때가 아니라고 거절한 것을 아실 거예요. 그러나 K 선교사님의 사건으로 더는 미룰 수 없어 설명해드리지요.

K 선교사님의 가족을 위하여서 저지른 실수였다는 항변은 세상적으로는 옳을 수도 있겠지만 말씀 안에서는 그렇지 않습니다.

엘리사가 그 종 게하시에게 지금이 어찌 은을 받으며 옷을 받으며 감람원이나 양이나 소나 남종이나 여종이나 밭을 때냐고 나무란 것처럼 나도 K 선교사를 혼내줬어요. 게하시가 은과 옷을 훔쳤어도 그렇지 않은 감람원이나 양이나 소나 남종이나 여종을 받았느냐고 나무란 것은 우리 모든 사역자들에게 이때에 일어날 일들에 대하여 미리 경고한 것이지요. 너희는 넉 달이 지나야 추수할 때가 이르겠다 하지 아니하느냐 그러나 나는 너희에게 이르노니 너희 눈을 들어 밭을 보라. 희어져 추수하게 되었도다(요 4:36). 지금이 추수할 시기, 무화과의 때가 드디어 도래한 것이지요. 무화과가 싹이 난 것은 네 선교사님이 아시는 것처럼 이스라엘이 국가로서 다시 선포된 1948년 5월 14일을 정점으로 보는 게 타당하겠으나 실질적인 땅 예루살렘 회복은 1967년의 아랍권과의 6일 전쟁을 시작점으로 삼을 수 있지요. 그 두 시기 외에는 무화과가 움이 돋고 싹이 나고 6일 전쟁의 승리로 꽃이 핀 적은 결코 없지요. 아랍권과의 전쟁에서 예루살렘 성을 정복함으로써 이스라엘의 무화과는 확실히 싹이 나고 꽃은 피었지요. 물론 1948년 이스라엘 독립일이 확실히 싹이 난 시기라고 단정할 수 있으나 그 두 시점 사이에서 어느 경점이 맞는가는 하나님만 아시겠지요. 중요한 관점은 싹이 나면 하나님 나라가 가까이 온 줄을 알라. 이 세대가 지나가기 전에 모든 일이 다 이루어지리라 천지는 없어지겠으나 내 말은 없어지지 아니하니라(눅 21:30-33)하신 선포된 약속이지요. 내가 체험한 하나님의 말씀은 일점일획의 거짓이 없는 절대 진리여서 천지는 없어져도 이 세대, 곧 무화과가 싹이 나는 것을 시점으로 하나님의 시계는 반드시 돌아간다는 것을 강조한 게 아닐까요? 이 문제를 두고 끈질기게 기도하면서 나는 그동안 내 생각을 사로잡은 의문을 물었어요. 그날과 그때는 아무도 모르나니 하늘의 천사들도 아들도 모르고 오직 아버지만 아시느니라(마 24:36)고 하셨는데 아버지만 아시는 그 중요한 비밀의 경점을 어찌 저희가 상상인들 하겠어요? 그때, 작은 음성이 내 마음에 감동으로 다가왔지요. 그 음성은 바로 하나님께서 천지창조부터 선악과 사건, 노아의 방주, 아브라함, 모세, 다윗, 여러 선지자로부터 세례 요한까지 다 기록으로 남기며 미리 알려주었는데 왜 네가 묻는 아버지가 말씀임을 깨닫지 못하느냐? 나 여호와는 자기의 비밀을 그 종 선지자들에게 보이지 아니하고는 결코 행하심이 없느니라(암 3:7)하지 아니했느냐? 너희는 예언자임을 자칭하는 사람들의 엉터리 예언이나 세상 끝에 자기만의 추측성 생각을 갖고 시간을 낭비하지 않도록 그때의 경점을 말씀으로 완벽하게 기록해 놓았느니라. 그 시기와 경점은 그 누구의 경거망동한 말과 엉터리 예언도 듣지 못하도록 아버지, 그 자체인 말씀 안에 명백히 감추어 놓았느니라. 나는 그 순간, 아버지는 곧 말씀이므로 하나님의 비밀이 말씀 안에만 들어있음을 깨닫고 내가 암기하고 있던 한 구절이 불현듯 떠올라 정신이 번쩍 들었지요. 나를 보내신 아버지께서 이끌지 아니하시면 아무도 내게 올 수 없으니 오는 그를 내가 마지막 날에 다시 살리리라 선지자의 글에 그들이 다 하나님의 가르치심을 받으리라 기록되었은즉 아버지께 듣고 배운 사람마다 내게로 오느니라 이는 아버지를 본 자가 있다는 것이 아니니라 오직 하나님에게 온 자만 아버지를 보았느니라(요 6:44-46) 여기서 아버지는 말씀이고 오직 하나님께서 이끌어 온 자만이 아버지인 말씀을 보았다는 것이 감동으로 다가오시면서 내가 곧 생명의 떡이니 믿는 자만이 영생을 가졌다고 말씀하셨지요. 그런즉 이 말씀들을 무조건 믿으면 말씀의 눈이 열려 무화과의 비밀을 조금씩 깨달을 수 있으나 비평가의 입술로 판단하면 말씀의 영생이 내 것이 될 수 없는 탈락자가 되겠지요. K 선교사가 누구나 믿기만 하면 할 수 있는 귀신을 쫓고 병을 고치는 표적이 나타나지 않은 것은 말씀을 무조건 믿지 않고 과연 그럴까 하는 의문을 품고 방관자의 눈으로 바라본 거예요. 자기는 말씀을 믿었다고 항변하지만 하나님이 보시기에는 그저 안 것에 불과한 것이지요."

예수영은 이 부분까지를 강론하다가 네 명의 선교사를 돌아보고 진실로 이해하고 받아들일 자세가 되어 있는지 눈을 들어 일일이 그들과 맞춰 나갔다. 그들은 예수영이 끊임없는 기도로써 하나님께서 직접 들려주시는 말씀이라는 것을 각자 알고 있는 터여서 세상의 종말에 관하여 말한 부분에서는 날아가는 파리의 날갯짓조차 들리지 않을 만큼 숨소리조차 멈췄다. 그들 가운데 신문사 기자 생활을 하다가 늦게서야 신학을 공부하고 선교사로 파송 받은 50대의 J 선교사가 날카로운 질문을 던졌다.

"선생님, 그 시기와 경점이 성경에 자세히 기록되었으면 성경에는 짝이 없는 구절이 없다고 하셨는데 우리가 쉽게 알도록 두세 곳은 기록되지 않았을까요?"

"당연히 두세 곳을 넘어 창세기에서 계시록에 이르기까지 곳곳에 기록되었지요. 하나님께서는 대충 말씀하신 게 아니고 세상 끝의 경점이 세상 창조 이상으로 중요해 선지자를 통해 자주 깊이 말씀하셨지요. 자 점심시간도 지났으니 건너편 대로변의 맛집에서 더 깊이 이에 관하여 나누도록 하지요." 예수영은 앞장서서 숙소 앞, 대로변에 위치한 맛집으로 향했다. 그 거리에는 은행을 비롯한 환전소, 슈퍼, 제과점, 호텔, 개인 저택 등 돈이 굴러가는 어느 곳이나 권총으로 무장한 사설 경비원이 경찰 제복 비슷한 옷을 입고 보초 서 있어 그 카페에서도 안면 있는 젊은 경비원과 인사를 나누었다. 우리 일행은 야자수와 남국의 이색 꽃들이 있는 마당을 지나서 유리 칸막이로 칸을 막은 방으로 안내되었다. 밖은 우기의 여름 소나기로 인하여 습한데도 안은 전혀 그렇지 않은 시원함과 아늑함을 느낄 수 있었다. 100m 정도의 짧은 거리임에도 흐르던 땀방울이 일시에 식혀지는 겨울의 냉기조차 들었다.

J 선교사는 주문한 음식을 먹으면서도 마음이 심히 갈급한지 예수영의 눈치를 살폈다.

"선생님, 4차 산업혁명으로 자율 비행기와 자동차, 빅데이터 기반의 AI 로봇이 사람을 대신하는 비약적인 기술발전을 이룬 놀라운 지금 이 시기에 과연 하나님 자체이신 예수님께서 정말 오실까요? 말씀은 신묘막측하여 거짓 없는 사실이지만 이 좋은 세상에 예수께서 다시 오신다고 하니 믿기에는 뭔가 힘든 면이 있네요. 저희는 열심히 신학을 공부하여 성경을 알고 선생님과 말씀을 나누며 권능으로 아픈 사람들을 치료하며 그분의 은총으로 더러운 악한 영들을 내쫓는 체험을 직접 사역하고 있으니 다시 오실 그분을 가감 없이 믿어야 하겠지만 세상 사람들은 과연 믿어줄까요?"

"세상 사람들이 믿고 안 믿는 것은 중요하지 않아요. 그들의 자유이기 때문이죠. 말씀으로 온 우주와 천지를 창조하신 그분께서 말씀으로 선포하셨으면 반드시 그대로 이루어지지요. 중요한 점은 그분에게 택함을 받고 말씀이 믿어지면 영원한 생명을 얻고 노아와 롯의 때와 같이 조롱한 자들은 심판을 받아 멸망한 것이지요. 믿고 안 믿고는 그들이 선택할 일이고 우리는 기록된 말씀을 일점일획의 거짓 없이 선포하고 끝날까지 우리가 맡은바 선교 사명을 이루어 나가야 하지요. 야곱은 살던 곳에 흉년이 들자 요셉이 보낸 마차를 타고 자기 가족 70명을 이끌고 식량이 풍족한 애굽으로 내려갔고 거기에서 여생을 편히 살다가 죽어서는 그를 위하여 70일 동안 애굽 사람들의 우는 소리를 들으며 다시 예전에 살던 요단강 건너편 타작마당에 올라와 아들 요셉의 슬피 우는 소리를 7일 동안 듣고는 마침내 아브라함이 묻힌 마브레 앞 막벨라 굴에 장사되었지요. 사람들은 애굽에서 70일, 가나안에서 7일 동안 울었지만 모세의 때는 이스라엘 장로 70인이 하나님의 산에 올라가 발아래의 청옥을 편 듯한 청명한 곳에서 하나님을 뵙고 마셨고(출 24:10-11) 모세는 7일째 날에 여호와께서 구름가운데서 부르시어 시내산 위로 올랐지요. 여기서도 중요한 점은 하나님을 만난 7과 70이라는 암호화된 숫자이지요. 기드온은 자기를 조롱한 숙곳의 방백과 장로 70여 명을 죽였고 기드온의 첩의 아들 아비멜렉은 바알브릿 신전에서 가져온 은 70개로 방탕자를 사서 정실이 낳은 자기 형제 70명을 한 바위에서 죽였지요(사 9:5). 또 벧세메스 사람들은 블레셋이 돌려보낸 여호와의 궤를 들여다본 까닭에 하나님께서 그들을 치사 70명을 죽이셨고(삼상 6:29) 이사야와 예레미야(렘 25:12) 선지서에는 70년이 끝나면 내가 바벨론 왕과 그의 땅을 그 죄악으로 말미암아 벌하여 영원히 폐허가 되게 하고 세상 모든 나라에 하나님이 보내신 진노의 술잔을 받아 마시고 미친 듯이 행동하게 하는 칼의 전쟁을 일으키도록 70년이 끝나므로 더 세세히 기록하셨지요. 다니엘은 여호와께서 예레미야에게 알려주신 그 년 수를 깨달았나니 곧 예루살렘의 황폐함이 70년만에 그치리라 하신 것이지요. 바벨론의 70년 포로 생활은 예레미야서에 자세히 기록된 바여서 누구든 읽어보면 아는 것이고 다니엘이 깨달은 것은 미래의 한 기점에 이스라엘이 영적으로 70년간 **황폐했다가** 예레미야서에 기록된 세상 왕 세삭이 진노의 잔을 마지막으로 마시고 (렘 25:26) 비틀거리게 되지요. 세상 끝은 무화과가 잎이 나면 인자가 가까이 곧 문 앞에 이른 줄 알라 하시면서 이 세대가 지나가기 전에 이 일이 다 일어나리라고 확실한 한 세대를 은밀히 암호화시켜 알려 주신 거지요. 그 밖에 70년을 기록한 구절들을 내가 전부 나열하지 않아도 70년의 숫자를 여기저기 기록된 걸로 미루어 보건데 무화과가 싹이 나는 것을 정점으로 한 세대가 70년임은 분명한 사실이지요. 성경 어디를 둘러보아도 하나님께서 의식적으로 암호화시키신 70이라는 숫자 외에는 다른 기록이 없어요. 천지는 없어질지언정 내 말씀은 없어지지 아니하리라고 경고하신 창조주 하나님께서 어찌 세상 끝의 그 중요한 경점을 기록하지 않으셨겠어요. 알파와 오메가요 시작과 끝이 되신 그분께서는 이스라엘의 무화과가 싹이 나고 잎이 난 1948년의 건국이냐 아니면 아랍과의 전쟁에서 승리한 실질적 예루살렘 땅의 회복으로 무화과가 꽃이 핀 1967년인가는 그분만이 아시지만 우리는 언제나 오늘이 세상 끝이라는 준비된 마음가짐으로 매일매일 살아야 하겠지요. 나와 내 집은 이스라엘 독립을 기점으로 70년을 마무리하고 7년 가운데 전반기 3년 반을 살겠어요. 만일 그때에 예수께서 다시 오시지 않는다고 해도 예루살렘 성을 회복해 무화과가 꽃이 핀 67년을 기점으로 70년이 지난해를 기점으로 삼을 수 있겠지만 정말로 무화과가 싹이 난 1948년을 기점으로 70년을 마치고 7년간을 적그리스도와 거짓 선지자 그리고 사탄의 영에게 지배당하면 어찌하겠어요? 한 가지 확실한 점은 그들이 평안하다 안전하다 할 그때에 임신한 여자에게 해산의 고통이 이름과 같이 멸망이 갑자기 그들에게 이르리니 결코 피하지 못하리라(살전 5:3)는 것이지요. 때와 시기도 중요한 쟁점이지만 우리의 마음가짐과 믿음의 자세, 내일이 세상 끝이라도 말씀을 무조건 믿고 받아들이는 믿음의 의가 더 중요하겠지요. 설령 하나님의 정하신 경점이 우리 세대에 오지 않는다고 해도 육체의 한계점인 죽음의 때는 반드시 누구에게나 예고 없이 닥치는 터여서 항상 철저히 회개하며 정해진 끝 날을 준비해야 되겠지요. 우리가 매일 죄를 짓는 게 무서운 것이 아니고 철저히 회개하지 못해 흰 눈같이 희어지지 못하는 것이 더 큰 문제가 아닐까요? 내일이 종말이라도 우리는 이 순간이 끝이라는 자세로 그분의 말씀에 떨며 순종하면서 하늘나라로 올라갈 준비를 해야 하겠지요."

예수영은 네 명의 선교사와 나를 번갈아 둘러보면서 이 사실을 인정하고 믿는 것은 각자의 자유에 맡긴다는 표정보다는 이 말을 듣고 있는 나와 그들만이라도 어처구니가 없을지라도 정성껏 귀를 기울여 달라는 간절함을 드러내었다.

기자 출신의 J 선교사는 호기심에 비례해 자기의 믿음과 소통되는지 예수영의 정성 어린 가르침에 머리를 끄덕였다.

"저희는 선생님께서 말씀해 주신 대로 예수 이름으로 항상 선포하였을 뿐인데도 병을 고치고 악한 귀신을 내쫓는 등의 많은 기사와 이적을 예수의 사도들처럼 행하고 있습니다. 처음에는 유치원에서 아이들을 다루듯이 쉽게 가르치는 식이어서 조금은 어처구니 없고 황당했으나 말씀대로 믿고 선포하며 실행하니까 많은 이적들이 이루어졌습니다. 저희는 무조건 믿고 순종하겠으니 이사야와 예레미야의 예언도 참고로 자세히 말씀해 주십시오."

"다니엘이 깨달은 70년은 바벨론 포로 생활의 기간이면서도 마지막 때 일어날 70년을 나타냈듯이 이사야와 예레미야가 받은 70

년의 계시도 같은 맥락이지요. 성경은 한 부분만 바라보면 착시 현상이 일어날 수 있어서 이사야나 예레미야도 앞 뒷장의 문맥을 적어도 여러 장을 읽어보아야만 정확한 문맥을 파악할 수 있어요. 그 가운데 애굽과 두로, 바벨론 등은 그 당시의 그 나라를 지칭하면서도 미래의 세상 나라와 세상 왕, 곧 사탄의 나라의 도래를 의미하기도 하지요. 그날부터 두로가 한 왕의 년 한 같이 70년을 잊어버린 바 되었다가 70년이 찬 후에 두로는 기생의 노래같이 될 것이라 70년이 찬 후에 여호와께서 두로를 돌보시리니 그가 다시 값을 받고 열방과 음란을 행할 것이고(사 23:15, 17)는 **바벨론의 육적 포로 생활과는 반대의 개념으로써 이스라엘에게 주어진 마지막 때의 70년 포로 생활로 육적으로는 부유하나 영적으로는 피폐해져서 여호와의 잊어버림이 되었다가 무화과가 싹이 난 70년이 끝나면 기생의 노래같이 열방과 7년의 음란을 행하다가 끝을 맺는다는 뜻이지요. 그다음 장의 문맥을 참고하면** 여호와께서 땅을 공허하게 하시며 황폐하게 하시며 지면을 뒤집어엎으시고 그 주인이 흩어져 종과 상전이 같고 사는 자와 파는 자가 같고 이자를 받는 자와 내는 자가 같고 땅이 온전히 공허하고 황무하게 되리라고 말씀하셨지요(사 24:1~3). **70년이 끝나고 7년의 정한 때에 끝이 나면** 땅이 깨지고 깨지며 갈라지고 갈라지며 땅이 취한 자 같이 비틀비틀대며 그 뒤에 죄악이 중하므로 떨어져서 다시는 일어나지 못하리라 그때에 여호와께서 높은 군대를 벌하시며 땅에서 땅의 왕들을 벌하시리니 그때에 달이 수치를 당하고 해가 부끄러워하리니 이는 만군의 여호와께서 시온산과 예루살렘에서 왕이 되시고 그 장로

들 앞에서 영광을 나타낼 것이라고 말씀하셨지요(사 24:19~23). **또 다니엘도 70년이 찬 후에는** 일흔 이레의 한 이레를 사탄이 정한 백성이 와서 성읍과 성소를 무너뜨리고 끝까지 전쟁이 있으리니 황폐한 것이 작정 되었느니라 그가 장차 많은 사람들과 한 이레 동안의 언약을 굳게 맺고 그 이레의 절반에 제사와 예물을 금지할 것이며 또 포악하여 가증한 것의 날개를 의지하여 설 것이며 또 이미 정한 종말까지 진노가 황폐하는 자에게 쏟아지리라고(단 9:26~27) 하였지요. **이와 같이 이사야와 다니엘에서도 끝 날의 70년과 그 끝에 7년의 정한 날이 이르면 사탄의 최후의 발악이 정확히 예시된 것처럼 예레미야도** 70년이 끝나면 내가 바벨론 왕과 그의 나라와 갈대아인의 땅을 그 죄악으로 인해 벌하여 영원히 폐허가 되게 하리라 내가 그 땅을 향해 선언한바 곧 예레미야가 모든 민족을 향해 예언하고 이 책에 기록한 나의 모든 말을 그 땅에 임하게 하리라(렘 25:12~13)고 **선포하였지요.** 너는 내 손에서 이 진노의 술잔을 받아 가지고 내가 너를 보내는바 그 모든 나라로 마시게 하라 그들이 마시고 비틀거리며 미친 듯이 행동하리니 이는 내가 그들 중에 칼을 보냈기 때문이라(렘 25:15~16) 예레미야가 여호와의 손에서 그 잔을 받아서 여호와께서 보내신 세상의 모든 나라, 예루살렘과 유다 성읍, 애굽과 바다 건너 쪽 성, 아라비아, 시므이, 지면에 그려진 세상의 모든 나라와 왕과 모든 백성으로 마시게 하였고 그 후에 전 세계의 통치자인 세삭 왕도 마시게 하였지요(렘 25:25). 더불어 여호와께서 말씀하시기를 내가 너희 가운데 보내는 칼 앞에서 마시고 취하며 토하고 엎드려져 다시는 일어나지 말라 내가 칼을 불러 모든 세상 주민을 칠 것이라고 하셨지요. 그런즉 너희 목자들아 양 떼의 인도자들아 잿더미에서 뒹굴라 이는 너희가 도살당할 날과 흩음을 당한 기한이 찾음인즉 너희가 귀한 그릇이 떨어짐같이 될 것이고 결코 도망칠 수 없으리라(렘 25:35-36)고 하나님의 말씀으로 생계를 유지하는 전 세계의 목회자들에게도 애곡하여 회개하지 아니하면 파멸당할 것을 강력히 경고하신 것이지요. 지금이 바로 그 경점임을 여호와의 택한 종들은 깨닫고 성경에 기록한 이전의 선지자들처럼 모든 민족과 백성에게 목숨 걸고 외쳐야 되겠지요. 살고자 하는 종은 죽을 것이고 예수와 하늘 복음을 위해 죽으면 영원한 생명책에 기록되어 의와 생명의 면류관을 받고 영원히 살게 되겠지요."

J 선교사는 단호한 말씀 선포에 다리가 떨리는지 숯불에 구운 꼬치구이와 새우볶음밥을 먹다 말고 포크를 조심스럽게 놓았다. 나를 비롯한 선교사들도 충격을 많이 받은 듯 동시에 수저를 내려놨다. 죽은 자까지도 살리시는 하나님의 화급한 말씀에 누구도 아무런 말도 못 하고 멍한 상태로 눈을 감았다. 그러기를 수 분이 흐르자 겨우 용기를 낸 J 선교사가 다시 질문을 던졌다.

"그렇다면 70년의 첫 번째로 싹이 나는 경점은 2018년 5월 14일부터 7년이고 그다음으로 무화과에서 꽃이 피는 경점은 67년에서 70년을 더한 2037년부터 7년이 된다는 말씀인가요? 선생님 말씀은 언제나 정확하여 착오가 없으셨지만 혹 성경에서 다른 구절들을 경점으로 찾아낼 수 없을까요?"

"사실 나도 내 해석이 착오가 되길 바람이지만 하나님의 말씀이신 〈절대진리 한가운데〉를 놓고 기도하는 가운데 두 가지의 환상을 보았어요. 이제는 내가 아는 것을 빙빙 돌려 감추지 않고 귓구멍에 대고 임금님 귀는 당나귀 귀야 하는 시원한 심정으로 다 실토하겠어요. 한 가지 6·25 사변 후의 각 가정에서는 냉장고가 있기 전, 대나무 소쿠리나 곡식 가루 거르는 둥근 채에 줄을 달아 부엌 천장에 매달아 놓고 남은 찬밥을 거기 넣어 쉬지 않도록 방지해 먹었는데 바로 그 채에 다른 사람들이 먹고 남은 밥이 오분의 일가량 남아 있는 환상이었어요. 두 번째는 종이에 크게 둘둘 말아놓은 마른 국수 다발이었지요. 이미 지어놓은 찬밥은 모든 사람이 먹고 남긴 것을 나에게 먹으라고 남긴 말씀이었고 마른국수는 누구든지 배고픈 사람만 끓여 먹으라는 말씀의 간식으로 해석되었어요. 그때 비로써 깨달아지는 것이 사랑의 하나님은 우리의 날은 백 이십 년이 되리라고 분명 말씀하셨는데(창 6:3) 왜 모세는 우리의 년 수는 70이고 강건하면 80이라는 (시 90:10) 괴리감을 표현했을까 하는 의문이었지요. 그것은 70년에 10년간을 더 기다려 주신다는 사랑의 의미로 다가섰지요. 이사야(사 23:15)와 에레미야(렘 25:12)에게 말씀하신 70년이 끝나면 십 년을 더 합산한 만 80년을 뜻하는 2028년의 경점이고 적그리스도가 등장하는 한 이레가 플러스 되는 2035년이 세상 끝으로 풀이되었어요. 이어서 다니엘이 에레미야를 통해서 깨달은 곧 예루살렘의 황폐함이 칠십 년 만에 그치리라(단 9:2) 하신 것이 감동으로 다가왔어요. 애레미야에게는 만 70년이 끝나면 바벨론 왕을 그 죄악으로 말미암아 벌하리라고 하셨는데 왜 다니엘에게는 70년이 되는 해에 예루살렘의 황폐함이 일 년 빨리 끝나리라고 하셨을까요. 이는 두 시작점이 다르다는 것을 시사하는 게 아닐까요? 에레미야에게는 무화과가 피는 경점이고 다니엘에게는 므낫세의 우상 숭배 죄로 격노하신 하나님이 내가 택한 이 성 예루살렘과 내 이름을 거기에 두리라 한 이 성전을 버리리라(왕하 23:27)하신 이래로 실질적인 예루살렘 성전의 회복을 깨우쳐주었어요. 하지만 67년의 6일 전쟁으로 예루살렘을 이스라엘이 점령하긴 했어도 여전히 유대교는 회교도와 기독교의 영적 전쟁터로 남아 있어서 70년이 되는 해에 그때서야 하나님의 권능으로 세상 싸움을 마치리라는 뜻이 아닐런지요? 그러므로 다니엘에게 두 번이나 보여준 인자야 깨달아 알라 이 환상은 정한 때 끝에 관한 것임이니라(단 8:17.19)한 그 경점이 2036년인데 택하신 자들을 위하여 그날들을 감하리라(마 24:22) 하셨으므로 몇 개월을 뒤로 돌린 2035년이 그날의 경점이 되겠지요. 그렇다면 에레미야가 예시한 70년에 모세의 10년을 플러스하면 28년이 되고 거기에 한 이레인 7년을 플러스하면 35년이 되므로 에레미야와 다니엘이 말한 두 경점이 정확히 일치하지요. 더불어 하나님이 적그리스도에게 허락한 시간을 29년에서 35년의 중간부터로 보면 32년의 어느 시점에 곡물의 첫 단을 드리고(렘23:10) 그다음에 본 추수하는 것을 깨닫고는 나는 등허리에 식은땀이 흘렀지요. 이스라엘이 애굽에서 유월절에 출애굽해서 정확히 40년이 끝나는 유월절에 가나안 땅에서 유월절을 지켰고(수 5:10) 그다음 날에 40년 동안 내리던 만나가 그쳤지요. 더불어 아기 예수님이 태어날 때는 동방 박사 세 사람이 육신의 별을 좇아 왔지만 지금 우리는 말씀의 별을 좇아 이끌려가고 있는 것이지요. 만일 두 가지의 환상을 보지 않았다면 J 선교사님의 물음에 적당히 어물쩍 넘겨버렸겠지만 내 해석이 무조건 틀리기를 바라면서 나를 지배하는 그분의 권세에 눌려 어쩔 수 없이 응답하는 거예요. 차라리 내 상상에서 쥐어짠 소설이길 바라지만 제3 성전의 부품들을 완벽히 준비해 두고 중동 평화조약만 체결되면 바로 조립하려는 유대인들의 소망이 이루어지면 어찌하겠어요? 이것은 자기 영혼의 영원한 안식이 걸린 심오한 문제이기 때문에 누구의 말도 듣지 말고 스스로가 말씀 구절을 찾아 기도하면서 각 사람이 성령의 감동으로 해석하세요. 사실 나도 그 환상을 보고 깨우친 뒤로는 너무 기가 막히고 황당해 난 자신을 도저히 자제하지 못해서 제주 올레길에서 하롱베이의 깟바섬에 이르기까지 끊었던 독한 술을 연거푸 마시며 내 사업체가 거덜 날 때보다 더 많은 충격 속에서 방황했지요. 내가 성경을 많이 읽어서 드디어 무엇에 끌려 미쳤구나 생각할 정도였으니까요. 그래서 내 해석이 술 취한 자의 헛소리로 빗나가길 바라면서 끝까지 침묵하려 했지만 내 양심의 의식이 답답해서 허락하질 않는 거예요. 차라리 내 깨달음이 완전히 틀린 삼류 소설로 끝나면 조금 비난받고 다음 기회를 기약하면 될 일이지만 만일 내 해석이 진짜라면 나는 잠자는 파수꾼이 되어서 하나님과 사람들에게 영원한 죄인으로 남겠지요. 또 다른 무화과의 경점이 어딘가에 감춰져 있느냐는 하나님만 아시겠지만 이미 우주의 창조부터 세상 끝. 사탄이 쇠고랑에 메여 무저갱에 던져지는 끝 날까지 말씀에 기록한 하나님께서 그 중요한 경점을 택하신 종들에게 감췄다고는 보지 않아요. 하나님은 자기의 종들에게 경고하지 않고는 행하심이 없는 분이시므로(암 3:7) 사람이 동의하든 반대하든 그날은 반드시 닥치고 말 것이므로 매일 회개하는 마음가짐으로 깨어서 기도해야 되겠지요. 하나님을 향한 말씀의 확신이 있으면(고후 3:4) 집 지키는 개는 잡아 먹혀도 짖어야만 하니까요. 하나님께서 두 가지 환상을 내게 보여주신 것은 파수꾼이 멍멍 짖으라는 의미로 생각되니까요 천지는 없어질지언정 하나님 말씀은 없어지지 아니하니까요.(마 24:35)"

"선생님! 저희는 충분히 납득할 수 있지만 아무리 믿음이 있다고 자처하는 자라도 만일 사탄의 덫에 걸려 방해를 받는다면 그 경점을 이해 못 해 낙오될지도 모르는데 어떤 조건을 갖추어야만 마귀의 훼방을 이기고 승리의 면류관을 쓸 수 있을까요?"

"예수님의 생명력 곧 하늘나라의 의와 권능으로 전신 갑주를 입어야만 그 영광의 나라에 들어갈 수 있지요. 너희는 아래서 났고 나는 위에서 났으며 너희는 이 세상에 속하였고 나는 이 세상에 속하지 아니하였다고(요 8:23) 말씀하셨으므로 그분과 같은 높이에 서서 우리가 흙에 속한 자의 형상을 입은 것 같이 하늘에 속한 이의 형상을 입고(고전 15:49) 위에서 거듭나야 하겠지요.

직설적으로 표현한다면 태초에 말씀이신 그분께서 성모마리아를 힘입어 육신의 아기 예수로 태어나신 것처럼 우리도 부활하신 그분의 체세포를 먹고 오직 그분만이 내 안에서 완전히 자라나서 내 존재는 없어지고 살아 계신 주 예수만 나를 지배해야만 하겠지요. 진실로 예수의 이름은 체세포의 핵이 되고 나머지 세포는 DNA를 이루는 살이 되므로 그분의 피가 DNA로 흘러 영원한 생명력으로 거듭나는 것이지요. 그분의 살과 피를 먹지 않고는 우리 속에 생명이 없으니까요.(요 6:53) 살아 계신 아버지께서 나를 보내시매 내가 아버지로 말미암아 사는 것 같이 나를 먹는 그 사람도 나로 말미암아 살리라고(요 6:57) 말씀하셨으니까요. 살리는 것은 영이니 육은 무익하니까요 그분께서 우리에게 이른 말씀이 영이고 생명이니까요.(요 6:63) 예수의 이름은 살아 계신 하나님 그 자체이므로 부르심을 받은 자들은 그분께서 주시는 체세포를 먹고 그 옷을 입어야만 사탄의 어둠을 뚫고 영원한 본향인 하늘나라로 들림 받겠지요. 하지만 이 시간이 지나면 나도 연약한 인간이므로 그분의 경점에 대해서 또 다른 해석을 할지 몰라요."

6월 말부터 시작된 우기에는 동쪽 먼 해상에서 발생한 태풍으로 필리핀의 많은 곳에서 많은 피해를 입었다. 앙헬레스 시도 예외는 아니어서 아동센터의 아이들이 다니는 바랑가이의 교회가 막대한 피해를 당해 반파되었다고 아이들이 울면서 발을 동동 굴렀다. 지붕과 벽이 반절이나 부서지고 아이들이 조성한 화단의 꽃들도 망가졌다고 도움을 요청했다. 단단한 콘크리트 교회라면 끄떡없었겠지만 낙후된 곳인지라 시멘트 벽돌로 벽을 세우고 함석지붕을 엉성하게 엮어 페인트를 칠한 구조여서 태풍이 지나치며 피해를 입는 것은 당연한 이치였다. 나는 하굣길에 아이들을 미니버스에 태우고 팡팡 재래시장 방향으로 돌다가 피해를 입은 교회에 들러 어느 정도의 비용이면 수리가 가능한지 현지 담임 목회자에게 물었다.

"목사님, 다치지 않으신 것만 해도 하나님의 보호하심이에요. 이곳을 원상복구 하려면 어느 정도의 비용이 들까요?"

"마담, 관심을 가져줘서 감사합니다. 인부 6명이 5일 일하면 되니까 인건비가 만 페소, 자재비가 2만 페소 합계 삼만 페소(한국 돈 60만 원)면 원래대로 복구 가능합니다."

"걱정하지 마세요 목사님! 우리 아이들이 다니는 교회이므로 꼭 고쳐 드리겠습니다!"

이곳의 하루 인건비는 하루에 300페소(한국 돈 6천 원)로 곧 한인 타운의 국밥 한 그릇 값이어서 한국의 1/10 수준이고 지붕용 함석과 플라스틱 덮게는 이곳 어디에서나 생산하는 품목이어서 저렴한 편이었다. 시골의 가난한 집은 3만 페소면 그럴싸한 안식처를 꾸밀 수 있는 수준으로 내가 천 페소짜리 삼십 장을 세어주자 현지인 목회자는 감사합니다를 연발하였다.

나는 피해 입은 교회를 눈여겨보면서 K 선교사가 얼마나 많은 부당 이익을 챙겼는지 지레짐작했다. 그는 복음을 전파하는 성전을 짓고 그럴듯한 음향시설을 설치한다는 명목으로 성전 건축비 3천만 원 이외의 음향 설치비 2천만 원을 후원자들을 설득해 별도로 가져갔지만, 사실은 악한 도둑과도 같았다.

내가 머무는 숙소는 언제나 왁자지껄 떠드는 사람들의 소리로 밤마다 활기찼다. 숙소 내 카페에서는 건기고 우기고 상관없이 매일 뷔페식을 동반한 파티가 열려 음주가무를 즐기는 사람들로 가득 찼다. 현지인들도 부담 없이 즐길 수 있는 합리적인 가격이어서 노래를 좋아하는 현지인들로 넘쳐났다. 거기다가 수영장과 노래 시설 무대도 무료 개방이고 카페 옆에 붙은 안마시술소도 반값이어서 투숙객은 물론이고 현지인들에게도 인기 만점이었다.

나는 간혹 방 안의 공기를 환기시키려 창문을 열고 야자수 밑에서 파티를 즐기는 사람들을 바라보면서 아동센터의 빈민가 아이들의 환경과 비교돼 나도 모르게 손등으로 흐르는 눈물을 훔쳤다. 간장에 절인 손톱만 한 돼지고기 한 점으로 하루 두 끼만 겨우 밥을 먹는 아이들과 선생들, 그것도 없어서 설탕물 한 잔으로 아침밥을 대신하고 나오는 일부의 아이들과 운전기사인 요나단, 그러면서도 누구를 원망하지 않는 순수한 사람들은 나의 마음을 늘 애잔하게 하였다.

카페에 모인 사람들이 노래와 춤, 수영으로 하루의 피로를 해소하고 자기들의 보금자리로 모두가 돌아가자 숙소는 고요해졌고 또다시 하루가 시작되어 해가 떠오르기 전에 여명을 깰 무렵, 난

대 없이 내 방 앞에서 누군가가 똑똑 노크했다. 내가 그 방에 투숙한 이래 새벽녘에 나를 찾아온 건 처음 있는 일이었다.

"마담, 마담"

그 꼭두새벽부터 종업원들이 예의 없이 문을 두드릴 리 없다고 생각하며 나는 너무 피곤해서 다시 잠을 청했다. 십여 분이 흐르고 문을 두드리는 노크 소리는 더 청명하게 들리면서 다급하게 나를 불렀다.

"마담, 마담, 마담… 죄송합니다. 급해요. 문 좀 열어주세요."

그때야 나를 찾아온 손님임을 깨닫고 전등 스위치를 올리고 문을 열었다. 놀랍게도 미니버스의 운전기사인 요나단이 초췌한 모습으로 머리를 푹 숙이고 서 있다가 나를 보고는 그 자리에 무릎을 덥석 꿇었다.

"요나단, 어쩐 일이신가요? 무슨 급한 일이라도 있으신 건가요?"

"살려 주세요. 마담, 제 아내가 집에서 아기를 낳으려다가 난산으로 병원에 입원시켰는데 돈을 지불하지 않는다고 수술을 안 해줘요. 아기가 나오려다가 발부터 걸려서 수술하지 않으면 곧 죽을 거예요. 마담만이 저희를 도우실 줄 알고 황급히 달려왔어요. 실례를 용서해 주세요."

"돈이라면 됐어요. 요나단이 그동안 성실하게 일하였던 것을 항상 지켜봤었는데 어려운 일에 처했다니 꼭 도와야지요."

"감사합니다! 마담! 이 은혜 꼭 잊지 않겠습니다!"

운전기사 요나단은 8천 페소를 손에 쥐고 숨 한 번 들이킬 겨를 없이 횡하니 사라졌다.

나는 아이들을 등하교 시킬 때에 가끔 그의 집에 들러 물 한 컵 얻어 마시고 집 안 사정이 딱해 쌀을 팔아주곤 하였다. 착한 성품인 그의 행동 하나하나는 나의 마음을 더욱 애잖하게 하였다. 운전기사 요나단은 일당제로 일을 하였는데 필리핀에서는 거의 모든 일터에서는 이러한 일당제를 실시하여서 휴일은 없고 혹 몸이 아파서 일을 쉬게 되면 가차 없이 일당을 못 받게 된다. 일당을 다 합친 월급이라곤 6천 페소(15만 원)에 불과하여 질이 낮은 쌀 한 가마니 반을 사려 해도 쌀값에도 월급이 못 미치는 형편이었다. 처가 식구인 장인 장모와 그 가족들, 심지어 손아래 처남이 술집에서 만난 여자와 그 사이에서 태어난 아기까지 총 17명이 살고 있었다. 하지만 일하는 사람은 고작 요나단 한 사람뿐이어서 몸이 아파 정작 쉬고 싶어도 쉬지 못하여서 기어 나와서라도 출근부에 도장을 찍는 성실한 가장이었다.

이런 딱한 처지의 요나단이 그날, 두 번째로 나를 방문한 것은 어둠이 짙어진 깊은 밤이었다. 노크 소리에 방문을 열자 요나단이 나를 보고는 복도 바닥에 무릎을 다시 꿇고는 울먹였다.

"마담, 용서하세요. 아기가 수술 끝에 간신히 태어났지만 긴 산고로 인하여 지쳤는지 제대로 숨을 쉬지 못해요. 산소호흡이 필요한데 시설이 낙후된 병원이어서 저보고 산소통을 구해 오래요. 부디 다시 한 번만 도와주세요. 우리 아기를 살려 주세요."

"얼른 해결해야죠. 산소통 값은 얼마죠?"

"3천 페소예요."

"알겠어요. 부족하지 않게 더 챙겨드렸으니 이 돈이면 산소통 여러 개는 사실 수 있을 거예요. 어서 빨리 가서 아기를 살리셔야죠"

"감사합니다. 마담!"

땀과 빗물로 범벅이 된 허름한 티와 반바지 차림의 요나단은 말이 끝나자마자 밖으로 사라졌다.

요나단은 다음 날인 월요일에 아무 일도 없었다는 듯이 미니버스를 몰고 아이들을 등하굣길에 열심히 실어 날랐다. 나는 아이들을 태워다주고 돌아오면서 요나단과 함께 큰길가에 위치한 슈퍼를 겸한 빵집에 들렀다. 뜨거운 햇빛을 피해 쳐놓은 파라솔 밑에 앉아 음료수를 마시며 요나단에게 어제의 일이 어떻게 되었는지 물었다.

"요나단, 출산은 잘 되었나요? 딸인가요? 아들인가요?"

"딸이었어요…. 하지만 산소통을 늦게 구해온 관계로 바로 죽었어요."

"뭐라고요? 바로 죽었다니요?"

나는 너무 놀라서 소리쳤지만, 그는 아무 일 없었다는 듯이 담담하게 있을 뿐이었다. 한국의 의료여건이었다면 얼마든지 쉽게 살릴 수 있는 상황이었지만 몇 푼의 돈이 없어 아기는 안타깝게도 태어나자마자 눈을 감았다. 나의 놀래는 소리에 주변에 있던 사람들이 하나같이 바라보았다. 요나단은 그 시선이 부담스러웠는지 목소리를 낮춰 조용히 내게 말하였다.

"마담, 저희는 젊으니까 아이를 또 가지면 돼요. 아이는 죽었으나 마담께서 그동안 보여주신 사랑은 저와 우리 가족 모두에게 큰 위로와 감동을 주셨어요. 이번 일 때문인지 장모님은 안마사로 일하기로 결정하였고 장인어른은 트라이시클을 빌려 돈을 벌겠다고 약속했어요."

"아마도 요나단이 그동안 보여줬던 착한 심성과 성실함에 가족들도 깨달은 게 있으리라고 봐요. 참 잘 되었네요."

17명의 대가족 가운데 두 사람의 일손만 더 있어도 요나단의 어깨는 한결 가벼워질 수 있다는 것을 누구보다도 잘 알았기에 흡족한 마음이 들었다.

요나단이 유리병에 담긴 8페소짜리 탄산음료로 목을 축이고 있던 순간 우리 센터 근처에서 자주 보았던 한 소년이 요나단에게 다가와 현지어로 그에게 무엇인가를 급하게 말하였다. 요나단은 그 말을 듣고 얼굴색이 변하여 나에게 당황하며 말을 걸었다.

"마담! 지금 저랑 이야기했던 소년은 그의 어머니가 저희 센터에서 직업교육을 받는 중이라 잘 알고 있던 아이예요. 방금 전, 옆 골목길에서 얼핏 누군가를 죽여 달라는 한 무리의 대화를 우연히 듣게 되었다고 나에게 말하였어요. 근데 그 표적이 예수영 선생님이었던 것 같다고 하더군요! 선생님께서는 이곳에서 혼자 자주 돌아다니셔서 지금 굉장히 위험해요! 지금부터 절대로 혼자 다니시지 말도록 꼭 마담께서 동행하여 주시고 어두워지면 호텔 밖으로 나오시면 안 돼요."

"그게 정말인가요? 도대체 누가 우리 남편을 죽이려고 하나요? 제발 잘 못 들은 거라고 믿고 싶군요. 나도 그동안 혼자 다니는 거에 대해서 굉장히 걱정이 많았던 상태였는데 워낙 겁이 없고 고집불통이라서 내 말도 듣지 않더군요. 항상 자기 앞뒤로는 천사들이 둘러 경호하는데(시 34:7) 걱정하지 말라며 성경 말씀을 인용하시는데… 속이 답답하고 걱정되네요. 그저 하나님께서 이럴 때일수록 꼭 지켜주실 거라 믿고 싶군요."

나는 요나단의 심각한 경고를 설마 아닐 거라는 심정으로 받아들였지만 조바심을 하게 된 것은 어쩔 수 없는 일이었다. 이곳까지 나를 위하여 따라와서 나와 같이 이곳의 힘없는 사람들을 위하여 헌신했던 예수영에게 예기치 못한 불행이 닥친다는 것은 나에게 있을 수 없는 일이었다.

하지만 8월 말이 되어서 요나단의 심각한 경고는 결국 현실로 드러났다. 보충수업을 마친 아이들을 미니버스에 태우고 집에 대려다 주기 위해 200m 정도 아동센터에서 지났을 즘 저번에 요나단과 이야기했던 그 소년이 우리가 탄 버스로 긴급히 달려오고 있었다.

"요나단 아저씨! 확실해요. 제가 들었던 이야기는 사실이었어요. 저번에 예수영 선생님을 죽여 달라고 말했던 그 사람이 다시 왔어요!"

요나단과 나는 황급히 앞 공터에 차를 세우고 소년이 이끄는 곳으로 따라갔다. 남아있는 30여 명의 아이들에게 차에서 있을 것을 부탁하였지만 차에서 내려 결국 우리 뒤를 따라왔다. 걸음이 멈춘 곳은 한인 카페의 야외 테라스였다. 그동안 보이지 않았던 K 선교사와 예수영이 마주 보며 이야기를 나누고 있었다.

요나단에게 우리를 따라온 아이들을 근처 슈퍼에서 아이스크림을 사주도록 부탁하였는데 결국 나를 쫓아 예수영과 K 선교사가 있는 카페 테라스까지 달려왔다.

그리고 아이들은 약속이라도 한 듯 K 선교사 주위에 몰려들더니 K 선교사 주위를 에워싸려고 하였다. 그러던 순간, 헬멧으로 얼굴을 완전히 가린 두 사람이 타고 온 오토바이를 멈추고 내렸다. K 선교사와 그들은 눈이 마주치며 미리 정한 신호를 주고받는 듯싶었다. 그러자 헬멧을 쓰고 있는 그중 한 명이 총을 꺼내어 예수영을 겨냥했다. 일촉즉발의 순간이어서 나는 하얗게 질려 넋이 나간 듯 아이들과 섞여 구경꾼이 되었다. 아이들과 요나단은 더욱 촘촘히 예수영에게 몰려들었고 K 선교사를 목격했던 소년은 급히 손을 내저으며 안 된다는 제스처를 괴한에게 보내었다.

예수영에게 총을 겨냥하던 괴한은 갑작스러운 아이들의 출현과 헬멧으로 얼굴을 가린 자기를 알아보는 듯한 소년의 제스처를 보고 심히 당황해 총을 든 팔을 내렸다. K 선교사는 당황했는지 아까와는 다르게 지켜보는 사람들도 알아차릴 정도의 엉성한 수신호를 계속해서 괴한들에게 보내었다. 괴한은 어쩔 수 없었는지 결국 총을 발사하였다.

탕! 탕! 탕!

세 발의 총성은 한순간에 울려 퍼졌다. 나는 요나단 옆에 엉거주춤 서 있다가 놀라서 비명을 지르며 눈을 가렸다. 외마디 비명소리가 들리고 오토바이를 탄 살인청부업자들은 골목길로 쏜살같이 사라졌다. 나는 정신을 차리고 예수영에게 달려갔다.

"예수영! 예수영! 괜찮나요 당신?"

"지금 무슨 일이 일어난 거야? 난 괜찮아."

"감사합니다. 하나님 아버지! 살려주셨군요."

세 발의 총탄은 살인 청부를 부탁했던 K 선교사를 향해 날아갔고 이마 두 곳과 가슴 한 곳에 정확히 관통하여 의자에 앉은 채로 그 자리에서 즉사하였다. 그가 죽으며 흘리는 홍건한 피는 말로 형언할 수 없을 정도로 끔찍하였다. K 선교사는 청부살인을 의뢰했던 괴한들에게 유언 한 마디 남기지 못한 채 도리어 죽게 된 것이었다. 아마도 그들은 K 선교사에게 수천 달러의 거금을 받았기 때문에 예수영을 죽이지 않으면 안 될 상황이었던 것이었다. 하나님의 도우심이 없었다면 괴한이 예수영에게 분명히 겨냥했던 총은 정확한 궤적으로 예수영을 관통하여 살해하였을 것이라 생각했다.

예수영은 정신을 차리고서는 아이들의 머리를 일일이 쓰다듬어 주며 고맙다는 인사를 하였다. 그리고는 아무 일 없었다는 듯이 근처 빵집에 있던 모든 빵을 아이들에게 사서 나눠주었다. 마침 사건을 듣고 급히 경찰들이 현장으로 달려왔다. 예수영은 경찰들과 오늘 있었던 일들에 대하여 진술하기 위해 경찰서로 담담히 동행하였다.

 K 선교사와 우리의 인연은 그날부로 끝이 났다. 혈육도 아닌 심지어 예수영을 죽이려고까지 했던 K 선교사의 죽음에 예수영은 슬퍼하며 울부짖었다.

 9월 초가 되면서 앙헬레스는 이른 크리스마스 준비로 도시 곳곳이 분주하였다. 필리핀의 각지에서는 9월부터 크리스마스 준비를 하는 것이 보통의 일이었기 때문이다. 또한 9월은 내 생일이 있는 달이기도 하였다. 나의 프로필을 줄줄이 외우듯 하는 아동센터의 선생님들은 아이들과 함께 나의 생일파티를 준비하였다. 아이들에게는 나를 위한 생일축하 노래를 가르치고 손수 만든 귀한 요리들을 준비했던 것이었다. 또한 나와 연줄이 닿아 조금의 일면식만 있던 현지인들조차도 나의 생일을 축하하며 초청해 주었다. 아동센터, 아이따 마을, 바랑가이의 초등학교, 동네 교회 심지어 내가 묵고 있는 숙소의 직원들까지도 나를 위한 생일 파티를 열어주었고 축복해 주었다. 이러한 축복 속에서 이곳저곳을 다니며 2주간의 긴 기간의 생일 파티를 열어주는 이색 풍경이 이어졌다. 나를 위해 이렇듯 헌신적으로 마음을 쓰는 이들을 위해 가는 곳곳마다 통돼지 바비큐인 레촌을 대접하였다. 그들과 나는 레촌과 케이크를 비롯한 다과를 즐기며 서로를 마음껏 축복하였다.

 J 선교사가 나의 생일 소식을 듣고 축하해 주기 위하여 다른 선교사님들을 대표해서 방문해 주었다. J 선교사는 비가 세차게 내

리는 폭우 속을 뚫고 날이 어두워져서야 도착하였다. 그는 케이크와 이곳에서도 자주 볼 수 없었던 많은 열대과일 꾸러미를 한 아름 가지고 왔는데 보기만 하여도 배가 부를 지경이었다. 그는 우리와 10년 이상을 알고 지내온 한 가족이나 다름없는 분이어서 말하기 어려운 것들을 나눌 수 있는 사람이었다. 그와 우리는 간단한 파티를 하고 이야기를 나누었다. 그는 준비해 온 질문들이 많았는지 영롱한 눈빛을 띠며 예수영에게 질문의 퍼레이드를 시작하였다.

"선생님, 예수께서 오시는 경점을 70년이 지난 7년이라고 저번에 풀이해주셨는데 그 외에 세상 끝에는 무슨 징조가 나타날 것이고 성경에 기록된 짐승의 숫자 666과는 무슨 관련이 있는지도 알고 싶습니다. 누구든지 그 오른손에나 이마에 표를 받게 하고 이 표를 가진 자 외에는 매매를 못 하게 하니 이 표는 곧 짐승의 이름이나 그 이름의 수라. 지혜가 여기 있으니 총명한 자는 그 짐승의 수를 세어 보라 그것은 사람의 수니 그의 수는 육백육십육이라(계 13:16-18)고 기록되었고 만일 누구든지 짐승과 우상에게 경배하고 이마에나 손에 표를 받으면 거룩한 천사들 앞과 어린 양 앞에서 불과 유황으로 고난을 받으리니 그 고난의 연기가 세세토록 올라가리로다. 짐승과 그의 우상에게 경배하고 그의 이름의 표를 받는 자는 누구든지 밤낮 쉼을 얻지 못하리라(계 14:9-11)고 딱 집어서 말씀하셨는데 정말 이토록 무시무시한 사건이 벌어지겠습니까? 어느 기록된 말씀처럼 상징적으로 해석해야 하나요?"

"나는 상징을 언어적 상징과 내용적 상징으로 분류하고 싶은데요. 언어적 상징은 말씀을 쉽게 이해할 수 있도록 비유를 든 것이고 내용적 상징은 절대 진리이신 하나님의 뜻을 영원히 변치 못하게 묶어서 인친 것이 아닌가 해요. 소 돼지가 사람이 되지 못하고 철과 동이 절대로 금이 되지는 못하니까요. 한 바퀴 돌려서 풀이하면 창조주의 말씀에는 거짓도 상징도 없는 절대 진리만이 존재한다는 뜻이지요. 나는 666을 본 적도 없고 어떤 형체인지 들은 적도 없으므로 이 표의 정체를 파악할 수 없으나 분명한 것은 이 표를 받으면 불과 유황으로 고난을 받고 밤 낮 쉼을 얻지 못한다는 것이 성경 속 사실이지요. 성도들의 인내가 여기 있나니 그들은 하나님의 계명과 예수에 대한 믿음을 지키는 자니라(계 14:12)로 미루어 판단하건대 어떠한 어려움이 닥쳐도 그 표를 받으면 무조건 하나님의 명령을 어긴 자로써 말씀의 심판대 앞에 서게 되겠지요. 아담과 하와가 하나님께서 따먹지 말라 네가 먹는 날에는 반드시 죽으리라(창 2:17)는 선악과를 따먹음으로써 세상에는 생로병사의 죽음이 시작되었는데도 뱀으로 변신한 사탄은 너희는 결코 죽지 아니하리라(창 3:4)고 듣기 좋은 거짓말로 속여 선악과를 따먹도록 미혹한 것처럼 세상 끝 날에도 사탄은 말씀으로 위장한 뱀 속에 들어가서 너희가 그것을 받는 날에는 너희 눈이 밝아져 하나님같이 되어 선악을 아는(창 3:6) 지혜자가 되리라는 거짓말로 하나님이 금하신 것을 받으라고 미혹하겠지요. 그 거짓 선지자는 큰 이적을 행하되 심지어 사람들 앞에서 불이 하늘로부터 땅에 내려오게 하고 짐승 앞에서 받은바 이적을 행하므로(계 13:13~14) 예수님처럼 높아지겠지요.

이 표가 없으면 매매를 못 하고 은행과의 거래, 비행기 탑승, 병원 이용 등의 사회활동이 일절 금지되니까 예수의 믿음을 지키는 자는 정해진 기간이 지나기까지 인내로써 받지 않을 것이고 예수의 믿음을 지키지 못하는 자는 뱀으로 위장한 사탄의 미혹과 협박에 넘어가서 그저 상징으로 몰아세우고 어물쩍 받게 되겠지요. 그러나 J 선교사님과 나는 예수와 열두 제자가 행했던 사역을 예수의 이름으로 지금도 똑같이 이적과 표적을 행하면서 말씀에는 일점일획의 거짓도 상징도 없다는 것을 깨닫고 답습한 터여서 목숨을 바치는 어려운 상황이 닥쳐도 그 표를 받으면 안 되겠지요. 육체는 죽여도 영은 죽이지 못하고 그 후에는 능히 더 못 하는 자들을 두려워 말고 곧 죽인 후에 지옥에 던져 넣는 그분을 두려워해서(눅 12:4~5) 그분의 명령에 어설픈 토를 달지 말고 무조건 복종해야 되겠지요. 이 지구 위에 나타난 징조 가운데 하나는 세상의 220개가 넘는 나라와 2만 4천 개의 종족에게 이미 20,000곳까지 하나님의 복음이 80% 이상이 전파되었으며 2020년경에는 세계 모든 종족에게 다 전파되리라는 연구 결과가 있습니다. 이 천국 복음이 모든 민족에게 증언되기 위하여 온 세상에 전파되리니 그제야 끝이 오리라(마 24:14)는 이보다 확실한 말씀의 증거가 어디 있을까요? 문제는 무화과가 잎이 난 이스라엘 건국의 경점부터인가 아니면 무화과가 꽃이 핀 1967년 6월 10일 예루살렘 땅의 회복이 성경의 경점인가는 하나님만이 아시는 때이므로 오늘이 세상 끝이라는 마음가짐으로 내 이웃을 내 몸같이 사랑하는 착한 일을 행하면서 하루하루를 지내야 하겠지요. 끝 날에 나타날 사탄의 하수인 적그리스도는 자기가 하나님의 아들이고 사랑이어서 세상 종교를 하나로 통합하는 것을 주장하며 나타날 것입니다. 그는 모든 종교는 산꼭대기에 올라가 보좌를 두고 하나로 창조되었으니 어느 산길로 올라오든지 하나님인 자기를 만날 것이라고 짐승의 보좌에 앉아 선포할 것입니다. 독일의 히틀러는 세계를 통합할 목적으로 나치의 문양을 만들어 그 들의 표식으로 사용했던 것 같이 앞으로 출현할 적그리스도는 666을 자기의 표식으로 오른손과 이마에 받도록 활동할 것입니다. 적그리스도는 자신의 표식이 없으면 사회에서 모든 활동을 통제하며 금할 것이므로 적그리스도를 자신들을 구원할 메시아로 착각하겠지요. 결국 그들 모두가 그 죽음의 표를 받을 것은 정해져 있는 수순이겠지요. 설령 그의 정체가 적그리스도라는 것을 알아차릴지라도 사회적 고립을 두려워한 끝에 현실과 타협하며 그를 따르는 사람들은 분명 있겠지요. 하지만 이런 상황 가운데서도 사탄과 타협하지 말고 설사 순교한다고 할지라도 하나님의 말씀을 지키는 굳건한 믿음의 자세가 필요합니다.

우리가 지금 살고 있는 지금이 주께서 정하신 마지막 때라는 것은 다른 많은 증거에서도 볼 수 있습니다. 예수께서 탄생하실 때 동방박사 세 사람은 멀리서부터 떠오른 별을 보고 그 별을 쫓아 예루살렘을 거쳐 베들레헴으로 아기 예수를 만나러 왔습니다. 저는 여기서 나오는 별을 육신의 별이라 말하고 싶습니다.

그러나 지금은 눈에 보이는 육신의 별이 아니라 눈에 안 보이는 영적인 별이 이미 떠올라 가까이 왔습니다. 우리는 말씀의 별이 떠오른 시기에 살고 있는 것이지요. 이 말씀의 별은 보이지는 않지만, 어느 정해진 시간에 이미 떠올라 그때처럼 베들레헴 가까이 근접했다는 사실이지요. 우리는 이 사실을 분명히 직시해야 합니다. 다시 강조하지만, 예루살렘이 수도로 회복되고 그들이 평안하다 안전하다 할 그때에 여자에게 해산의 고통이 이름과 같이 멸망이 갑자기 그들에게 이르리니 결코 피하지 못할 것입니다(살전 5:3).

예수영은 앞으로 다가올 미래를 어느 정도 알고 있다는 듯이 J 선교사의 물음에 차근차근 답하였다. J 선교사는 예수영의 대답이 자신의 생각과도 부합되었는지 동조의 눈빛을 보내며 머리를 끄덕였다.

숙소 창문 앞의 야자수 밑으로는 비가 거세게 내리고 있었다. 빗줄기가 가늘어졌을 무렵 나는 실내공기를 환기시키기 위해 창문을 열었다. 그런 와중에도 J 선교사의 질문은 계속되고 있었다.

"선생님, 고린도전서 15장 22절 이하에 기록된 말씀을 보면 아담 안에서 모든 사람이 죽은 것 같이 그리스도 안에서 모든 사람이 삶을 얻으리라 그러나 각각 자기 차례대로 되리니 먼저는 첫 열매인 그리스도요 그다음에는 그가 강림하실 때에 그리스도에게 속한 자요 그 후에는 마지막이니 그가 모든 통치와 모든 권세와 능력을 멸하시고 나라를 아버지 하나님께 바칠 때라 그가 모든 원수를 그 발 아래에 둘 때까지 반드시 왕 노릇 하시리라(고전 15:22-25). 여기에서 각각 자기 차례대로 되리니 먼저는 그리스도이고 다음에는 그리스도에게 속한 자이고 그 후에는 마지막이니의 세 단계의 뜻은 무엇을 뜻하는 걸까요?"

"그가 모든 원수를 그 발아래에 두셨다 하셨으니 만물을 그의 아래에 두신 그리스도께서 그중에 들지 않은 게 분명하지요(고전 15:27). 예수께서 크게 소리 지르시고 영혼이 떠나가실 적에 성소 휘장이 위로부터 아래까지 찢어져 둘이 되고 바위가 터지고 무덤들이 열리며 자던 많은 성도의 몸이 일어나고 예수의 부활 후에 그들이 무덤에서 나와서 거룩한 성에 들어가 많은 사람에게 보인 것처럼(마 27:50-53) 첫 열매인 그리스도는 예수로 볼 수 없는, 예수에게 붙은 자를 비대칭적으로 표현한 것이겠지요. 여호와께서 모세에게 이르시기를 너희의 곡물을 거둘 때에 너희 곡물의 첫 이삭 한 단은 제사장에게 가져가 그가 여호와 앞에 그 단을 기쁘게 받으시도록 흔들라(레 23:10)는 말씀의 구절처럼 첫 열매인 그리스도는 한 단의 들림 받는 사람들을 먼저 비대칭 형식으로 표현한 것이고 그다음으로 그리스도에게 속한 자의 의미는 그리스도의 밭에서 오랫동안 수확한 모든 들림 받는 사람들의 총체적인 합계를 말하는 것이고 그 후에는 마지막이니의 의미는 밭에서 수확하고 떨어진 이삭줍기로 곧 유대인을 포함한 이 땅에 남은 사람 가운데 회개하고 돌아오는 마지막 메시아닉 쥬가 아닌가 해요. 너희 땅의 곡물을 벨 때에 밭모퉁이까지 다 베지 말며 떨어진 것을 줍지 말고 그것을 가난한 자와 거류민을 위하여 남겨두라 나는 너희의 하나님 여호와이니라(레 23:22). J 선교사님의 궁금증은 들림 사건이 한 번에 이루어지는가 아니면 세 단계로 곡물을 수확하듯이 이루어지는가를 은밀히 나를 떠보는 것이 아닌가요? 아무튼 내가 설명한 취지는 에녹과 엘리야, 예수님 이 세 단계로 나뉘어 각각 살아서 승천했듯이 인류의 택한 자의 들림 사건도 예수 안에서 이미 땅에서 잠자는 자를 포함해 세 단계로 나뉘어 들림을 받고 영원한 생을 얻지 않을까요? 다시 말해 이스라엘의 곡물을 수확하는 시기에 제일 좋은 첫 열매 한 단을 제단에서 먼저 하나님께 드리고 나머지 밭 전체의 모든 곡물을 일시에 수확하는 것처럼 택함 받은 사람들도 똑같은 방법으로 들림 받고 나머지로 이삭줍기한 사람들은 그대로 살아서 이 세상에서 천 년 동안 왕 노릇 하다가 영원한 생을 누린다는 의미가 아닐까요? 하나님께서는 천지를 창조하시기 전에도 알파와 오메가이시고 처음과 완성이 되시므로 세상 끝에 대해서도 말씀하셨건만 예수께서 처음에 오셨을 때에도 말씀을 매일 연구하고 알던 지도자 격인 제사장과 서기관, 장로들은 믿지 않고 예수를 죽였어요. 오히려 세상의 소외받은 신분인 세리와 창녀, 가진 것이 없는 빈곤한 백성이 예수를 하나님의 아들로 믿고 호산나, 호산나를 외친 것처럼 세상 끝 날, 그분께서 다시 오실 때에도 비슷한 신비로운 현상이 벌어지겠지요. 물질과 지식, 헛된 영적 부자는「나는 나」라는 부유한 독선으로 가득해 자신이 하나님 자리에 앉아 있어서 예수 그리스도께서 들어가실 자리가 없는 것이므로 그들 부자는 하늘나라에 들어가는 것이 낙타가 바늘구멍을 통과하는 것만큼 어려울 테니까요." 예수영은 J 선교사의 궁금증을 거침없이 풀이하면서 마음이 허탈하고 아픈 듯 먼 허공과 도시 너머로 보이는 산맥을 긴 시간 말없이 바라보았다. 긴 침묵이 이어지자 J 선교사는 무료함을 이기지 못하고 혼잣말을 내뱉었다.

"어린 양의 발이 예루살렘 앞 동쪽 감람산에 서셨을 때, 더럽히지 아니하고 순결한 자, 속량함을 받아 처음 익은 열매가(계 14:4) 지구의 들녘에서 본격적인 추수를 하기 전에 드리는 첫 단이 되겠지요. 그렇다면 짐승과 그의 우상에게 경배하고 그의 이름표를 받은 자는 그분의 발이 서셨을 때, 그들의 살이 썩고 눈동자가 눈구멍 속에서 썩으며 혀가 입속에서 썩게 되므로(슥 14:12) 결국은 이 세상에 살아서 무서운 지옥의 재앙을 받는 것을, 오! 이 일을 어찌하나!"

"내가 사업을 접고 라오스의 방비엥으로 배낭여행을 떠나갔을 때였지요. 어두움이 막 사라지는 새벽 여명에 하롱베이의 낙타 등처럼 생긴 산골짜기에서 흰 구름이 산 아래로 쏟아져 내려와서는 3층 창가에서 바라보는 내 안에 구름 빛의 형태로 들어와 잔잔한 말씀의 감동으로 변했지요. 네 하나님 여호와를 섬기면 네 양식과 물에 복을 내리고 병을 제하리니 내가 너의 날 수를 채우리라(출 23:25~26)고 그분의 영광의 위엄이 임했지요. 나는 그날부터 변화되어 그날 일은 그날에 만족하고 내일 일은 바라보는 무릇 나를 비우고 오직 그분에게만 나를 맡기는 자가 되었지요. 어찌 그분의 무한한 절대 진리를 티끌의 먼지보다 적은 인간이 감히 거스리리오!

예수영은 창가를 때리는 앙헬레스 우기의 빗줄기 속에서 먼 기억을 회상하며 방비엥의 산 밑으로 흘러내리는 새벽 구름 빛을 바라보는 듯싶었다. J 선교사도 방비엥의 그 새벽빛에 동요돼 바라보는 듯 자신을 드러내었다.

"저도 나를 비우고 나를 맡기는 선생님의 생을 배우겠어요. 이스라엘 민족은 광야 생활할 적에 심지 않았어도 아침마다 만나를 거두었고 바위에서 터진 시원한 생수를 마셨어요. 마지막 때를 사는 저희는 선교 현장에서 어떤 자세로 하루를 이어가야 하는지요? 사실 선교 현장에서 강도를 만나 뭔가를 빼앗기고 해충과 모기에 물려 말라리아에 걸려서 죽을 고비를 넘길 적에는 내가 이러려고 선교사로 파송되었나 자괴감마저 들었지요."

"J 선교사님, 세상 살 동안 잠시 쓰다가 버리고 떠나는 세상 돈을 버는 것도 버겁고 힘든 일인데 하물며 하늘나라에서 영원히 쓸 돈을 벌어서 저축하는 선교사님의 일은 얼마나 힘들고 인내를 필요로 하는지, 또한 그 나라와 의를 위해서 목숨까지도 버려야 하는 것을 나는 알고 있지요. 선교사님은 눈 깜빡할 동안 지나가는 세상 돈을 버는 게 아니라 영원히 사용할 돈을 벌어서 하늘 창고에 저축해야 하기 때문에 그 노고와 어려움은 상상을 초월하겠지요! 그러나 나와 J 선교사님의 물음표는 언제나 같은 눈높이의 소망을 바라보는 터여서 둘이 힘을 합치면 헤치지 못할 장벽은 없겠지요. 예수께서 너희 중 누구에게 밭을 갈거나 양을 치거나 하는 종이 있어 일터에서 돌아오면 그더러 곧 와 앉아서 먹으라 할 주인이 있겠느냐 오히려 그 종에게 너는 내 먹을 것을 준비하고 내가 먹고 마시는 동안에 수종 들고 너는 그 후에 마시라 하지 않겠느냐 명한 대로 하였다고 종에게 감사하겠느냐 이와 같이 너희도 명령받은 것을 다 행한 후에 이르기를 우리는 무익한 종이라 우리가 하여야 할 일을 한 것뿐이라 할지니라(눅 17:7-10) 하셨지요. 종은 주인이 명령한 일을 처리하는 게 당연한 종의 주어진 의무라는 말씀이지요. 그렇지만 같은 누가복음 12장 35절 이하에서는 완전히 다른 극과 극의 상반된 말씀을 하셨어요. 허리에 띠를 띠고 등불을 켜고 깨어 준비하고 서 있으라 마치 그 주인이 혼인집에서 돌아와 문을 두드리면 열어 주려고 기다리는 사람과 같이 되라 주인이 와서 깨어 있는 것을 보면 그 종들은 복이 있으리로다. 주인이 띠를 띠고 그 종들을 자리에 앉히고 나아와 수종들리라고 약속하셨지요. 주인이 거꾸로 종이 되어 수종 들겠다는 놀라운 말씀이지요. 미쳐 생각하지 않은 경점에 기록된 말씀대로 주인이 돌아오겠으므로 종들은 밤이 깊어질수록 등불을 켜고 대기하고 있으라는 뜻이지요. 양을 치고 밭을 가는 일은 당연히 종이 할 일이어서 상급이 미미하지만 멀리 떠나갔다가 돌아오는 주인을 기다리는 것은 진실로 사랑하는 친구만이 나눌 수 있는 인내의 결과물이기 때문에 종의 지극한 자유의지의 기다림을 높이 사겠다는 의미이겠지요. 나는 J 선교사님이 밭을 갈고 양을 치는 주어진 사명을 감당하면서 항상 깨어 혹 이경이나 삼경까지도 허리에 띠를 띠고 깨어서 주인을 맞이하는 종이 되어 최고의 상급을 받기를 기도하겠어요. 일의 결국을 다 들었으니 하나님을 경외하고 그분의 명령을 지키는 것이 우리 모두의 본분이지요(전 12:13) 해 아래에서 행하는 모든 수고가 헛되고 헛되며 헛되고 헛되니 바람을 잡는 헛된 것이니까요."

예수영은 말을 마치고는 의자에서 내려와 초록 카펫을 깐 바닥에 무릎을 꿇었다. 나와 J 선교사도 그를 따라 말없이 무릎 꿇고 창밖 빗줄기 속 야자나무를 넘어 먼 산을 바라보면서 눈을 감았다.

우리의 기도는 빗줄기가 그치고 사방이 어둠으로 덥힐 때까지 계속되었다. 기도의 깊이는 더욱더 깊어져 3시간 이상을 기도하다가 실눈을 뜬 J 선교사가 아직도 의문이 남아있는지 넌지시 입을 열었다.

"선생님! 마지막 질문을 하나 더 해도 될까요? 왜 하나님께서는 아브라함을 택하시고 복에 복을 더하셔서 그 자손에게만 선민사상을 주셨는지 이해할 수 없습니다. 지구 위의 모든 이방인은 아브라함의 자손이 되어서 선민의식을 가진 유대인처럼 아브라함의 축복을 이어받을 수 없을까요? 물론 아브라함의 영적 복을 믿는 자에게는 이어진다는 사실은 알고 있지만 전 세계인 가운데 육적인 축복은 유대인에게만 한정된 것인지 아무리 기도해도 그 의문은 풀어지지 않아요."

"성경은 성경 안에서 해답을 찾아야 하지요. 우리가 아브라함의 영적인 축복을 받았지만 육적인 축복은 받지 못했다는 것은 말씀의 해석 차이에서 기인되었지요. 알고 보면 진정한 유대인은 예수께서 권능의 심판주로 다시 오시기를 사모하는 이스라엘 가운데 극소수의 메시아닉 쥬이고 바로 J 선교사님을 포함한 우리 자신입니다. 곧 말씀의 유월절을 지키려고 하는 이방인도 할례를 받으면 본토인과 같이 될 것이고 본토인에게나 이방인에게나 동일하게 적용된다고 하셨지요(출 12:48-49). 그 뒤에 바울은 무릇 표면적 유대인이 유대인이 아니고 표면적 육신의 할례가 할례가 아니니라. 오직 이면적 유대인이 유대인이며 할례는 마음에 할지니 영에 있고 율법 조문에 있지 아니한 것이라고 기록했지요(롬 2:28-29). 타국인이라도 마음의 할례를 한 사람이 유대인인데 단 조건이 있지요. 그 조건은 극히 좋은 무화과가 되어야만 하고 나쁜 무화과가 되어서는 안 된다고 말씀의 선을 그어 놓았지요. 무화과는 이스라엘 민족을 상징하는 열매인 것은 주지의 사실이고 나쁜 무화과는 자기들이 하나님께 부르짖어서 출애굽한 애굽 땅으로 돌아가거나 예루살렘에 남은 자를 의미하는데 곧 예수님을 부인하고 예전에 지키던 율법으로 돌아가자는 사람과 현재 내가 갖고 있는 생각의 의와 자존감을 그대로 소유한 사람을 의미하지요(렘 24:8). 하나님의 의를 모르고 자기 의를 세우려고 힘써 하나님의 의에 복종하지 아니하는 자들로써(롬 10:3) 유대인이나 이방인이나 마찬가지이지요. 그러나 느브갓네살의 포로로 잡혀서 갈대인의 땅으로 멀리 끌려간 자는 좋은 무화과라고 하셨지요. 곧 자기 의와 자존감을 포기하고 하나님의 포로로써 무조건 말씀에 복종하는 사람을 의미하지요. 어떤 임금이 다른 임금과 싸우러 갈 때에 먼저 앉아 만 명으로써 저 이만 명을 거느리고 오는 자를 대적할 수 있을까 헤아리지 아니하겠느냐 만일 못할 터이면 그가 아직 멀리 있을 때에 사신을 보내어 화친을 청할지니라. 이와 같이 너희 중의 누구든지 자기의 모든 소유를 버리지 아니하면 능히 내 제자가 되지 못하리라(눅 14:31-33). 내 생각의 의와 자존감에 머무르는 표면적 유대인은 예수의 말씀에 순종하지 않는 극히 나쁜 무화과이기 때문에 하나님이 원 나무에서 원 가지들도 아끼지 아니하시고 꺾으시고(롬 11:21) 좋은 무화과로 접붙이는 것이지요. J 선교사님은 하나님의 포로로써 어쩔 수 없이 자기를 포기하고 무조건 순종해서 믿고 행하고 있기 때문에 원 가지 뿌리에 접붙임을 받고 좋은 무화과로써 이면적 유대인인 메시아닉 쥬가 된 것이지요. 이는 이방인들이 복음으로 말미암아 그리스도 예수 안에서 함께 상속자가 되고 함께 지체가 되고 함께 약속에 참여하는 자가 되었기(엡 3:6) 때문이지요. 우리도 하나님께로 와서 아브라함에게 접붙임을 받은 실질적 아브라함의 후손인 메시아닉 쥬가 되어서 그 복을 받고 에녹처럼 동행하며 살다가 들려 올라가겠지요. 무화과가 회복된 시점을 기준으로 하나님께서 한 세대로 정하신 70년이 차면 한 왕의 백성이 와서 그가 장차 많은 사람들과 더불어 한 이레 동안의 언약을 굳게 맺고 그 이레 절반에 제사와 예물을 금지하겠지요.(단 9:27)

그가 이천오백 년 전에 이미 예언되었던 그 위장된 평화조약을 체결하면 드디어 적그리스도의 7년은 시작되는 것이고 유대인들이 통곡의 벽에서 이제껏 울며 기도하던 제3성전이 세워지고 그 시기를 전 후해서 메시아닉 쥬만이 누릴 수 있는 하나님 품에 영원히 안기게 되겠지요. 악한 자는 아무것도 깨닫지 못하고 믿지 않는 악을 행할 것이나 오직 지혜 있는 자는 깨닫고(단 12:11) 많은 사람을 옳은 데로 돌아오게 하여 궁창의 별과 같이 영원토록 빛나겠지요(단 12:3) 말씀은 99.9%만 믿고 0.1%는 의심하는 게 아니고 다니엘과 J 선교사님처럼 100% 믿는 자가 정한 날에 예비 된 그분의 영광을 차지하겠지요.

천지는 없어질지언정 그분의 말씀은 한 점도 없어지지 않으니까요(마 24:35)

축하합니다.

J 선교사님!"

그리고 예수영은 어둠 낀 하늘을 향하여 혼잣말로 무언가를 다시 읊조렸다.

아. 슬프도다. 사람은 입김이며 인생도 속임수이니 저울에 달면 너희는 입김보다 가벼운 것을-.(시 62:9) 내일 일을 너희가 알지 못하는도다 너희 생명이 무엇이냐 너희는 잠깐 보이다가 없어지는 안개니라.(약 4:14) 너희 연수는 70이요 강건하면 80이라(시 90:10) 외식하는 자여 너희가 천지의 기상은 분간할 줄 알면서 어찌 이 시대는 분간하지 못하는가?(눅 12:56)

마라나타! 아멘 주 예수여 오시옵소서!(계 22:20)

후기

　여호와 하나님이 선악을 알게 하는 나무의 열매는 먹지 말라 네가 먹는 날에는 반드시 죽으리라 하시니라(창 2:17)
　아담과 하와가 뱀의 꼬임에 빠져 인간 창조 이래 그동안 몇천 년에서 몇만 년 그 이상 살아왔을 무한의 생명이 금지된 선악과를 따 먹음으로써 유한의 생명으로 제한되고 그때부터 선악을 분별하는 눈이 밝아져 마침내 성경의 역사가 시작되는 경점이 되었다.
　뱀은 여자에게 너희가 결코 죽지 아니하리라(창 3:4) 거짓으로 미혹하였지만 이미 선악을 알게 하는 나무의 열매 속에는 사람의 피가 천사들처럼 죽지 않는 무한한 영원성에서 때가 되면 죽게 되는 한계성의 생명으로 제한된 사망의 DNA 인자가 내포되어 있는 터여서 영은 생존해도 육체는 사망할 수밖에 없었다. 하나님이 땅의 흙으로 사람을 지으시고 생기를 그 코에 불어 넣으시니 사람이 생령이 되니라(창 2:7) 는 영은 영원히 죽지 않고 산다는 말씀인데 마치 육체까지도 선악과를 먹고 죽지 않을 것처럼 속임수로 미혹한 것이 여자의 원초적 호기심을 자극한 것이다. 하나님은 사람을 정직하게 지으셨으나 사람이 많은 꾀를 낸 것이었다.(전 7:29)

그러므로 하나님은 아담과 하와의 피가 다시 영원히 살게 하는 생명나무의 열매를 몰래 따먹고 그들의 육체가 영생하지 못하도록 에덴동산에서 쫓아내시고 동쪽에 그룹들과 두루 도는 불칼을 두어 생명나무의 길을 지키게 하시었다.(창 3:23) 생명나무의 열매를 사람이 꾀를 내어 따먹게 되면 선악과를 먹고 죽게 된 피를 다시 영생하도록 살려서 하나님의 뜻을 저버림으로써 사망하게 된 육체를 죄 짓기 이전의 영원한 생명으로 되돌리지 못하도록 그 길을 막으셨던 것이다. 그 생명나무는 그때부터 숨겨져 있다가 구약에서는 언약궤의 말씀으로 존재했고 그 이후로는 말씀이 육신이 되어 아기 예수로 태어나심으로 말미암아 그 피를 믿고 대속함을 받은 자는 아담과 하와가 원죄를 짓기 이전의 영원한 생명으로 되돌릴 수 있는 길이 열린 것이다.(행 4:12)

십자가에서 흘린 그 한 방울의 피는 온 우주를 덮고 남을 거룩이고 그 예수의 이름은 지구와 태양계에 속한 더러운 죄를 단번에 용서 할 수 있는 사랑이기 때문이다.

또한 생명나무를 지키는 그룹들은 여호와의 군대 천사로서 소돔과 고모라를 멸망시킨 하나님의 종으로서 사람과 똑같이 변화해 옷을 입고 음식물도 자유자재로 먹을 수 있으며 보통은 보이지 않다가 갑자기 나타나 하나님의 말씀을 전달하기도 한다. 지금도 지구 곳곳에서 그룹으로 남아 하나님의 뜻에 절대 순종하며 사탄과 귀신들, 악한 무리를 감찰하고 공의와 믿음과 사랑이 넘치는 하나님의 사람들을 돕기도 한다.

악마 사탄과 그 졸개들이 함부로 까불지 못하는 것은 그룹들이 정해진 구역에서 눈을 부릅뜨고 하나님의 공의로 감시하기 때문이다. 야곱이 고향으로 귀향할 때에 길에서 만난 하나님의 사자들이라든가, 여호수아가 여리고 성을 정복할 때 성을 무너지게 한 군대 대장, 기드온이 미디안을 물리치도록 도와준 천사, 삼손의 부모가 만난 천사, 사람들의 환상과 꿈 가운데 나타나 미래 일을 예고하는 순찰자 등이 바로 그룹들이다. 느부갓네살 왕이 머릿속으로 받은 환상 가운데 또 본즉 한 순찰자 한 거룩한 자가 하늘에서 내려왔는데(단 4:13) 또 다니엘의 세 친구를 느부갓네살의 뜨거운 풀무불에서 구해낸 사람도 그들이었다. 왕이 이르되 네가 보니 네 사람이 불 가운데로 다니는데 상하지도 아니하였고 그 넷째의 모양은 신들의 아들과 같았다.(단 3:25)

여호와 하나님이 이르시되 이 성읍을 관할하는 자들이 각기 죽이는 무기를 손에 들고 나아오게 하라 하시더라. 내가 보니 여섯 사람이 북향한 윗문 길로부터 오는데 각 사람의 손에 죽이는 무기를 잡았고 그중의 한 사람은 가는 베 옷을 입고 허리에 서기관의 먹 그릇을 찾더라.(겔 9:1~2) 보라 가는 베 옷을 입고 허리에 먹 그릇을 찬 사람이 복명하여 이르되 주께서 내게 명령하신 대로 내가 준행하였나이다.(겔 9:11)

예수님께서 부활 후에 마지막 사역을 마치시고 하늘로 올라가실 때에도 제자들이 자세히 하늘을 쳐다보고 있는데 흰옷 입은 두 사람이 그들 곁에 서서 이르되 갈릴리 사람들아 어찌하여 서서 하늘을 쳐다보느냐 너희 가운데에 하늘로 올려지신 이 예수는 하늘로 가심을 본 그대로 오시리라.(행 1:10~11) 일러 주었다. 여호와의 지으심을 받고 그가 다스리는 모든 곳에 있는 너희여 여호와를 송축하라 내 영혼아 여호와를 송축하라.(시 103:22)

　아브라함 시대는 물론이고 예수님 시대에도 그룹 천사들은 사람과 똑같은 복장을 하고 능력이 있어 여호와의 말씀을 듣고 행하며 수종들면서(시 103:20~21) 동시에 사람 사이에 섞여 하나님을 전하였다. 마찬가지로 이 순간도 우리 눈에는 보이지 않고 인식하지 못하지만 그들은 우리 사이에 섞여서 사람 하나하나 각자를 감찰하고 보살피면서 만군의 여호와가 정한 날에 의인과 악인을 분별하고 하나님을 섬기는 자와 섬기지 아니하는 자를 분별할 것이다(말 3:18)

　사람이 이 세상에서 살 동안 자신과 싸우는 것은 선과 악, 빛과 어둠의 대결이 아닐까 사료된다. 하나님의 뜻 안에서 사람과 의를 행하며 빛 안에서 살아야 하지만 대부분 사탄에게 미혹 당하고 속아서 악과 어둠에 이끌려 자기만을 위해 살아가는 어리석은 이기적 인생으로 전락하는 것이다. 그저 아무런 감각 없이 타인들을 짓밟으며 살고 있지만 하나님께서는 그 가는 베 옷을 입고

서기관의 먹 그릇을 찬 사람을 불러 세상의 모든 가증한 일로 말미암아 탄식하며 우는 자의 이마에 표를 그리라고 명하신다.(겔 9:3~4) 이는 그들의 행위대로 그들의 머리에 갚으셔서(겔 9:10) 상과 벌을 살아 있는 동안의 행위대로 각각 내리신다는 의미로 해석된다.

이 책의 주인공인 예수영은 위기의 순간에 어디서 주위들은 예수의 이름 한 마디를 겨우 믿음으로 외쳤는데도 어디선가 불이 시퍼렇게 타오르는 불칼이 나와서 사탄의 모가지를 찌르는 장면을 목격했고 그 이후에도 사람이 사람과 눈 뜨고 만나는 것처럼 현실 세계에서도 직접 검은 복장을 한 사탄의 소름 끼치는 검붉은 눈깔을 대면하면서 뻘뻘 진땀을 흘린 아찔한 순간을 경험했다.

만일 먹 그릇을 찬 그룹이 감찰하지 않았다면 숨통이 끊어질 무서운 공포였다. 매일 여러 갑의 줄담배를 피우고 365일 술의 향락에 절어 밤거리의 뒷골목을 누비던 그가 완전히 변화된 것은 그로 인해 영의 세계를 체험하고 사후 세계의 저승사자를 만나게 된 까닭이다.

그는 맨 처음 성령세례를 받고 예수와 결혼을 했으나 성령 충만의 사랑은 하지 못한 탓에 나름대로 열심히 상급을 쌓았다고 자부했지만 겨우 건물의 기초석을 다지는 데 불과했고 정작 사람이 살아야 할 건축물을 짓지 못했었다. 하지만 새벽마다 말씀과 기도로 맺어진 사랑으로 예수님을 만났을 때 성령 충만한 사랑의 건축물은 지어졌고 드디어 능력과 신유의 단계에 이르렀다. 강력한 성령님의 이끌림으로 예수영의 체험을 기초석 삼아 쓰게 된 이 책은 아직 세상에 소개되지 않은 숨겨진 성경 내용이나 잘 못 해석된 부분들을 바로 잡아 집필했고 그가 수년 동안 가르쳤던 선교 제자들에게 권능을 행하도록 이끌었던 방법대로 쉽게 이해 되도록 소설화시켰다. 사실 하나님의 말씀은 쉽고 간결하게 기록 된 것이어서 정확한 해답을 찾아 순종하기만 하면 나아만의 나병 이 선지자 엘리사의 간단한 지시에 불순종하다가 결국은 순종해 서 깨끗이 완치된 것처럼 누구든지 예수의 제자들이 행했던 권능 을 직분자에서 평신도까지 그 자신도 순종을 배워 습득 할 수 있 을 것이다. 한 번 읽어 권능을 습득하고 예수의 이름이 정말 살아 있는 말씀의 권능임을 체험하고는 쉬임없이 기도하며 범사에 감 사하게 될 것이다.

  이런 의미에서 이 책의 양이 방대해 상, 하 두 권으로 나눠 출간 하려다가 누구나 부담 없이 하나님의 사랑을 받아들일 수 있도록 한 권으로 편집해서 값은 반으로 줄여 한 권 값만을 받게 하였다.

  하나님을 사랑하고 경외하는 자는 누구든지 예수의 이름이 참 하나님이고 영생임을 믿고(요일 5:20) 인생 교과서인 성경대로〈 전대진리 한가운데〉머물기를 진실로 기도한다.